笔下的路

刘惠南新闻作品集

刘惠南——著

人民日报出版社

图书在版编目（CIP）数据

笔下的路：刘惠南新闻作品集 / 刘惠南著 . —北京：人民日报出版社，2017.9
ISBN 978-7-5115-4951-8

Ⅰ.①笔…　Ⅱ.①刘…　Ⅲ.①新闻－作品集－中国－当代　Ⅳ.① I253

中国版本图书馆 CIP 数据核字（2017）第 230539 号

书　　名：笔下的路：刘惠南新闻作品集
著　　者：刘惠南

出 版 人：董　伟
责任编辑：林　薇　陈　佳
封面设计：春天工作室

出版发行：人民日报出版社
社　　址：北京金台西路 2 号
邮政编码：100733
发行热线：(010) 65369527　65369509　65369510　65369846
邮购热线：(010) 65369530　65363527
编辑热线：(010) 65369526
网　　址：www.peopledailypress.com
经　　销：新华书店
印　　刷：娄底市昌盛美术印务有限公司

开　　本：710mm×1000mm　1/16
字　　数：479 千字
印　　张：25.75
版　　次：2017 年 10 月第 1 版　　2022 年 4 月第 2 次印刷

书　　号：ISBN 978-7-5115-4951-8
定　　价：88.00 元

序言

写出来的康庄大道

中共娄底市委常委、宣传部长 吴建平

我敬重写作的人。

对那些因写作而改变了处境，因写作而帮助了别人，因写作而赢得了赞誉的人，我尤为敬重。

刘惠南就属于这样的人。

说实话，我原来对刘惠南的名字与本人根本对不上号。我经常在《娄底日报》上看到一些署名“本报记者刘惠南”的颇有深度的新闻报道，以为这出自一个小伙子，因为这个名字的曝光率很高，不是年轻人怎么可能这么勤快？怎么会如此思维敏捷？

直到2016年11月7日，娄底市委宣传部、娄底市新闻工作者协会举行庆祝记者节的大会，刘惠南作为娄底市“十佳新闻工作者”之一上台领奖并发表感言的时候，我这才深感意外：原来刘惠南是一个年届六旬、即将退休的“老”记者。这就令我更加心生敬意。

令我意想不到的是，前不久，惠南同志突然捧来厚厚一本即将由人民日报出版社出版的新闻作品集《笔下的路》，让我写个序。对于这样一位即将退休的资深记者之请，我深感却之不恭。仔细拜读书中的新闻作品特别是自序、后记之后，对惠南同志也有了进一步了解。

原来，惠南同志人生坎坷，颇有传奇色彩。他能一步步走到今天，完全得益于那支勤奋而有才气的笔。他高中毕业后当过六年的初中民办教师，后来又当上了在千米井下作业的采煤工人。经历过那个年代的人都知道，在当时那种城乡二元体制的背景下，当上采煤工就意味着吃上了“国家粮”，就是令人羡慕的正式职工。但刘惠南没有满足于这种改变，他满怀对生活的热爱，对社会的感恩，对新闻写作的向往，在艰苦的劳作之余，操起那支开始稍嫌钝重的笔，讴歌火热的生活，讴歌矿工兄弟，讴歌矿山的变化。他从零开始，艰难起步，虚心学习，勤奋采写，用笔写就了一路辉煌：从稿子上企业报头条，到成为企业报的“明星记者”；从企业报的主编，到党报的骨干记者、部室主任；从经常发党报头条到38次获国家、省、市新闻奖，再到两度获得娄底市“十佳新闻工作者”的殊荣……真是一路写来一路歌，一路多姿多彩，一路诗情画意，当然，也是一路的汗水和心血！他用那支辛勤的笔赢得了同行的认可和主管部门的好评，也赢得了读者的表扬和社会的敬重！

唐朝的魏征在《谏太宗十思疏》里说：“善始者实繁，克终者盖寡。”刘惠南就属于“盖寡”的这类“克终”者：在新闻战线工作几十年，一直如一位怀抱着远大的新闻理想、新入行的记者一样，不忘初心，扎扎实实，深入一线，用独到的眼光，发现、采写属于自己的独家、深度报道。几十年如一日，实属不易。他练就了一枝生花的妙笔，把耳闻目睹的大小事件、各色人等，把上至庙堂的国策，下到黎民的家常，叙写得生动细腻、淋漓尽致。他的新闻作品里，既有事关全局的宏大叙事，亦有出自市井百姓的家常俚语，读来妙趣横生，满满的正能量。

“笔”是记者的武器，“永远在路上”是记者工作的状态。惠南同志《笔下的路》，不仅体现了他在新闻之路上默默无闻、兢兢业业奔跑的工作状态，体现了他的执着与真诚，而且彰显了娄底人奋发图强、敢为人先的精神风貌。从他的新闻作品所记录的历史画面，我们可品读出一个时代的独特印记，看到娄底波澜壮阔、异彩纷呈的发展进程；可看到娄底三十多年来全力做好民生、民安大文章，种花引蝶，筑巢引凤，文化引领力和城市软实力不断提升；可看到顺应时代发展大势的娄底“弄潮儿”敢想敢干、勇闯敢拼的干事创业风采；也可看到杨建一、肖光盛、彭海珍、徐永平等普通人，或是在自己平凡的岗位上敬业奉献，或是以一己之力担当起千钧重任，或是在艰难的生活中发出金子般的人性光芒……以小见大的报道，见证了娄底人朴素的人生观、价值观、事业观。所有这些，读来依然令人热血沸腾、激情满怀。

两年前，惠南同志经人介绍加入了市作协，“老”记者成了一名“新”作家。六十岁，可以是一个人职业生涯的终结，也可以是一个人崭新阶段的开始，许多杰出的人物，都是在他们退休以后才创造了一生的最高成就。希望这本《笔下的路》既成为惠南同志对几十年新闻生涯的一个总结、一个见证，又成为他开始人生新阶段的一块垫脚石，从此开启他新的更加美好的未来！

是为序。

自序

从未停下

——我的新闻生涯

刘惠南

2016年11月8日，第17个“中国记者节”，在娄底市委宣传部、市新闻工作者协会主办的“新闻路上你我同行”庆祝大会暨娄底市“十佳新闻工作者”“十佳通讯员”表彰会上，我再次荣获“十佳新闻工作者”称号，受到表彰奖励。

站在庄重的颁奖台上，我心潮澎湃。从矿山“业余通讯员”到长期坚守在新闻采编一线的党报主任记者，32年的新闻生涯历历在目。32年间，做记者，抓发行，拉广告，搞摄影，编专刊，办报纸……岁月悠悠，蓦然回首，感慨万千。

涟邵矿区的新闻“新兵”

我是“半路出家”吃新闻这碗饭的。

1982年11月，涟邵矿务局斗笠山煤矿为解决影响区的青年就业，分配给村里一个招工指标。我幸运地被选拔上了，告别了6年初中民办教师生活的校园，来到涟邵这方热土，由“人类灵魂的工程师”变为“特别能战斗”的采煤工人。

因为心怀感激，我在香花台工区千米井下采煤工作面，拖材料、扒余煤、开溜子，尽职尽责；架杠子、背顶板、搞加固，从不怕险累。每月“三班倒”，月月出满勤，工余时间读书看报听广播。矿山火热的工作、生活场景深深地感染着我。“我要把自己的才智贡献给祖国的煤炭事业，用手中的笔讴歌矿山、讴歌矿工！”我暗暗告诫自己。

1984年盛夏时节，矿山附近的斗笠山镇云盘村梨子组有30多亩稻田因干旱开裂。看着正值灌浆抽穗的早稻，村民们心急如焚。矿支农办工作人员急村民所急，冒着酷暑，在白马水渠安装大功率抽水机，日夜不停地抽水灌溉，使这30多亩田不仅早稻丰收，而且及时插上了晚稻。我了解到事情的原委后，以《渠水滔滔寄深情》为题，写了一篇400多字的新闻故事投到《涟邵工人报》，稿子很快在该报头版刊登。

这篇“豆腐块”给我很大鼓舞。于是，我上班在千米井下采掘“乌金”，下班在十里矿区“挖掘”新闻，常常加班熬夜赶稿，第二天照样下井。

初写新闻稿，不懂ABC，在工区宣传干事段志光的指教下，我逐渐摸索了一点门道。到年底，居然在矿工报上稿16篇，在矿广播站上稿50余篇。

第二年5月，我从井下调上来，以工代干，任工区宣传干事。为提高知识素养和写作水平，我订阅了《新闻写作》《中国记者》等专业刊物，大量阅读新闻业务知识，还报名参加全国高等教育自学考试，获得行政管理专业大专文凭后，又参加武汉大学新闻本科函授班，系统地学习新闻学本科知识。课余工后，我把理论知识运用到工作实践中，将自己撰写的原稿与见报稿比较，看其高明之处在哪里。同时建立资料库，及时收集有关业务资料，不断丰富自己的知识，总结业务上的经验与教训。并利用新闻培训班、新闻例会等机会，与各驻矿记者、通讯员交流写作体会。

功夫不负有心人。我的业务技能不断提高，把全区对外新闻报道搞得很活跃，迅速成长为矿通讯报道的一员大将。我广抓题材，优选角度，快抢新闻，文字报道、摄影报道一齐上：老矿工放弃休假夺高产，老劳模修旧利废，女工矿灯房过春节……都成为我笔下的新闻。每年在《涟邵工人报》上稿50篇以上，在矿广播站上稿100篇以上，工区通讯报道组连续6年获得矿“甲级通讯组”称号，我也年年被评为局、矿“新闻报道一等奖”。

1991年5月，我调任矿宣传科新闻专干，成为湖南有名的企业报《涟邵工人报》的驻矿记者。我不忘初心，经常奔矿区、下矿井、走车间，《清廉生威》《甘居清贫献光热》《灯房之恋》等100余篇反映矿区风貌和矿工风采的新闻在市、省和国家级媒体发表。1993年，我被评为涟邵矿务局新闻报道“记者一等奖”。

在“湘中第一厦”办厦报

20世纪90年代初，星城娄底一批设施先进、功能齐全的大中型商厦相继落成，商业竞争群雄逐鹿，百舸争流。地处清泉广场黄金码头的湘中商业大厦，玻璃幕墙，自动扶梯，中央空调，富丽堂皇，货真价实，服务一流，被誉为“湘中第一厦”。湘中商厦开业不久，急需各类专业人才。1994年6月，我作为“笔杆子”被一纸调令引进。

当时，娄底城区“百花”“工贸”“新世纪”“华龙”“湘中”五大商业大厦之间的商战硝烟弥漫，人称“五虎”闹娄底。为树立“湘中第一厦”良好形象，湘中商厦经营者十分重视新闻宣传。我到商厦后不久，编辑了一本打印的内部刊物，取名为《商厦天地》，开设诸如“商厦要闻”“营销策略”“商厦内外”等10余个栏目，内容反映商厦物质文明和精神文明建设中的新事物、新经验、新成就。刊物两月一期，发至商厦领导和各部门。

刊物出了5期。一天，商厦总经理、党委书记叶红昕把我叫到办公室：“惠南，你在涟邵做过记者，在全国的报刊发表过文章，商厦领导经过研究，决定由你负责办一张企业报。”

湘中商厦是娄底地区商界的龙头企业，是首家把军队管理机制引入商业企业管理并获得“省级质量计量信得过企业”殊荣的企业，它以专业化、系列化优势，最早改写了娄底人外出大采买的历史，销售收入居全区十大零售商业企业首位。娄底地委、行署十分关注商厦的发展。在这样的单位工作，且商厦领导又把办报的重任交给我，我感到自豪。

我一口应承了下来。

这是娄底地区流通领域第一家企业报。办报筹备工作紧锣密鼓地进行，批刊号，做方案，定版位，设栏目，写稿件，编版面。我夜以继日地干。经过20天努力，1995年5月29日，报纸正式创刊。

这张由叶红昕总经理题写报头的四开小报，取名为《湘中第一厦》(因是娄底内部刊号，报名不能有“报”字)，定位于“紧随社会主义市场经济发展步伐，为造就一代儒商鼓与呼”，着眼于“反映‘湘中人’默默地为他人、为社会，辛勤劳动，创造价值”，一版为要闻，二版为经营管理，三版为员工生活，四版为商魂副刊。叶总还为创刊号撰写了发刊词，标题叫《造就一代儒商》。

报纸每月出版一期，每版10条稿件以上，绝大部分稿子由我采写。我几乎独揽了重要活动、重大典型和每期的本报评论员文章等重头稿件的采写任务，还要编辑版面，送厂印刷，取报发行，这期报纸刚出版，又要准备编辑下期报纸。工作繁重，我却乐在其中。

报纸每期发行1000份，主要以现场发送和邮寄方式免费赠阅给顾客和地委、行署机关，地区企、事业单位，以及全国大型商业企业。并与北京王府井集团《一团火时报》、上海东方集团《东方导报》、沈阳中兴商业集团《中兴报》等36家全国大型商业企业报进行交流。《湘中崛起第一厦》《“湘中”，娄底商界的坐标》《掀开辉煌的一页》等重头报道在社会上引起良好反响，湘中商厦在全省乃至全国的知名度、美誉度快速提升。

为让员工参与办报，加大报纸信息量，我着手培养业余通讯员，举办通讯员培训班，并给商厦各部室下达报道任务，实行新闻报道表彰奖励制度，激发写稿积极性，涌现出了王亮贵、王梅松、罗向东、郭红雨、刘志奇、陈春风等10多名骨干通讯员，厦报影响力大增。

1996年5月，报纸创刊一周年之际，全国商报联合会、中国商报社及湖南省文联主席、娄底地委副书记谭谈等全国100余家单位和个人驰电或致函祝贺。全国商报联合会的贺函是这样写的：《湘中第一厦》报创刊一年来，在宣传企业改革、推介先进典型、提供营销信息、繁荣娄底市场等方面，取得卓著成绩。衷心希望再接再厉，将《湘中第一厦》报办成商品经营者离不开、产品厂家少不了的一流报纸，为繁荣湘中商业做出更大贡献。

谭谈的贺词是："贺《湘中第一厦》报创刊一周年，愿湘中第一厦赢得一流的信誉，创造一流的效益，培养一流的人才，做出一流的贡献！"

1997年8月8日，全国商报联合会第五次商业企业报工作会议在珠海百货集团召开，我作为《湘中第一厦》报主编出席会议，与太原五一百货大楼《五一商报》、郑州亚西亚商场《亚西亚人》周报、长沙友谊商厦《友谊报》等28家全国商业企业报的总（主）编交流办报体会。

我搞对外报道，是与办厦报结合起来的。商厦有了重大新闻，我就去采访，挖掘闪光点进行报道。1995年10月，商厦与宁波洛兹制衣有限公司联合开展首届"十佳营业员"评选活动，有一对夫妻入选获奖。我深入采访后写了一篇800字的通讯《夫妻同登"十佳"榜》，编排在厦报的三版头条《恋爱婚姻家庭》栏目，随后用复写纸复写一份投给《湖南日报》。不久，《湖南日报》在第七版青春园《爱的芳草地》栏目刊发了这篇新闻。《走向成熟》《商海横流 方显"龙头"本色》等长篇通讯在中国贸易经济类核心期刊——《商业经济论坛》和《湖南工人报》发表以后，均引起了较大反响。

在党报锤炼人生

机遇总是青睐时刻准备着的人。

1998年，全国报业进入蓬勃发展期，《娄底日报》由四开小报，改为对开大报，需增加采编人员，我作为4名拟定人选之一，应招入社，被安排在经济新闻部，负责跑工商、财贸、流通部门的报道。

从此，党报记者的使命与责任激励着我执着前行。

当时正值党的十五大召开不久，明确了"以公有制为主体、多种所有制经济共同发展，是我国社会主义初级阶段的一项基本制度""非公有制经济是我国社会主义市场经济的重要组成部分”。娄底地委、行署做出了《关于加快个体私营经济发展的决定》。为搞好新闻宣传，我坚持深入基层、深入群众抓题材，每周下县市4天以上。

那时下县市采访只能坐班车。我总是天刚蒙蒙亮就赶到汽车站，搭上头班车，赶到县市正好是上午上班时间。一般一天采访两个单位，再坐下午最后一班车赶回娄底。到路程远的新化县采访，有时还得住上一晚。但一赶回娄底，匆匆吃了饭，就坐在桌前写稿至深夜，第二天又赶往下一个采访单位……

一次，我到涟源市商业局采访，了解到饮食公司和棉麻土畜产总公司通过深化改革，扭亏增盈，摆脱了困境。我立即找这两个公司的老总和职工采访，整整一天，采访干部职工20多人，赶上最后一班回娄底的车。那时年轻，思维敏捷，坐到车上就开始思考稿子的写作，7点多钟车到娄底，腹稿就已打好了。吃过晚饭赶稿，到凌晨3点多钟，就完成反映“涟饮人”闯市场的消息《“涟饮”逼出192条闯市场好汉》、涟源市饮食公司解困的通讯《绝处逢生》和反映棉麻土畜产总公司盘活资产的通讯《闯过险滩是平川》的写作。

第二天上午稿件刚送完审，又接到去新化县采写反映个体私营经济小区和个体私营大户典型的通知，我立即搭班车赶往新化县城。下午搞完新化兴龙工艺厂的采访，却没能赶上最后一趟回娄底的班车，晚上住宿新化宾馆。睡到子夜一点多钟，因连续劳累，休息不好，我的眩晕症犯了，头晕得厉害，一抬头就呕吐不止。新化县新闻专干伍实强早晨叫我去吃早餐，见我痛苦的样子，立即把我送到新化县人民医院，打针输液两个小时后病情才好转。我顾不上休息，赶回娄底后写出1500字反映新化兴龙工艺厂创业发展的通讯《透明的事业》。

后来，《“涟饮”逼出192条闯市场好汉》在《娄底日报》头版头条发表，并获得“湖南省地州市报好新闻三等奖”；《绝处逢生》在《娄底日报》二版《流通改革》专栏发表；通讯《闯过险滩是平川》在《娄底日报》二版头条位置刊发。一天采写两个单位3篇新闻，并在重要位置和栏目刊发，还获得一个新闻奖，这在娄底报业新闻采编史上是不多见的。通讯《透明的事业》则在《娄底日报》头版以反映个体私营经济小区和个体私营大户典型经验的专栏《石门效应》作为首篇加“编者按”发表。

1999年初夏的一天上午，我在新化县了解粮食企业内部体制改革情况，陪同采访的县粮食局干部杨理球挂在腰间的BP机突然发出“哔哔哔哔”的叫声。那时没有手机，联系靠呼BP机，再根据BP机上留下的号码回电话。他跑到局办公室回电话，电话那头问：“娄底日报社的刘记者是否在你们局里采访？”在得到肯定答复后，电话里说我的母亲被车撞了，已送往涟源煤炭医院，叫我赶快过去。还说我的BP机怎么也呼不通，真急人！

呼机和接电话的是报社农村部主任段志光。原来，我母亲被斗笠山煤矿的矿车撞了，左小腿粉碎性骨折，矿里打电话到报社，报社呼我的BP机，因BP机出了故障呼不通，段志光只好根据我的出差派遣单，从新化县委宣传部，到县粮食局办公室，一路追寻，才找到我。

我坐班车赶到涟源煤炭医院时已是中午一点多了。医院为母亲腿伤做了简单处理，等我签字后才能做手术。手术做了近3个小时，医师却下了“很可能残疾”的断言。晚上，我守在母亲病床前，看着她打着石膏板的左腿和痛苦的表情，想着她含辛茹苦养大我们姊妹六人，年过花甲还要辛勤劳作，为到煤矿广场拾点柴火却不幸被矿车撞断了腿，我鼻子一酸，眼泪止不住地往下掉。我必须好好陪伴母亲，让她早日康复。但一想到报社正在开展的“娄底国合商业企业改革报道”活动和白天没有完成的采访，我心里又忐忑不安。我想，母亲治伤再重要也是家里的事，家里的事再大也是小事，报社工作上的事再小也是大事，我不能因家里的小事而误了报社工作上的大事。于是第二天上午，我把照顾母亲的任务交给弟妹后再次赶到新化，采访了几家粮食企业的改革，在掌握大量素材后迅速赶回报社，写出通讯《走出“胡同”上大道》。伤筋动骨一百天，母亲在医院住院疗伤3个月，我的足迹踏遍5个县市区。期间仅到医院陪护了母亲4晚，都是在涟源出差时顺便去的。3个月里，我共采写反映国有商业企业改革、个体私营经济发展、金融业优质服务和下岗职工自强不息等方面内容的新闻稿60余篇，其中，《改革拓出新天地》《挑战开放市场》《春风发新枝》和《敢闯才有路》《书写金色年华》等通讯，分别在《湘中改革潮》和《自强之路宣传战役》专栏发表，受到领导和读者好评。1998年、1999年，我被报社评为“优岗”。

2000年5月，娄底日报社步入新的发展里程，经国家新闻出版署批准，创办《娄底晚报》。我作为八名骨干之一被报社党组派去筹办晚报，负责晚报专刊采编工作。当时，都市类报业在全国刚起步，没有现成模式。晚报自办发行，采编人员既要搞采编，又要抓报纸征订。我骑着那辆除了铃子不响其他都响的二手单车，与同事们一道奔街串巷，利用熟人、朋友和在日报积累的人脉关系，上门游说，联系征订，搜集素材，采写稿件。经过20多天精心准备，5月28日，《娄底晚报》成功试刊。

三年后，晚报由每期8个版、周二刊彩报，扩到每期12个版、周三刊彩报。我负责专刊《投资消费》《影视城》两个版，每周采编4至6个版面。《投资消费》版聚焦百姓经济，每期一个视点，什么开放式基金投资新渠道、家居装修谁来设计、鸽子孵出无限商机……都成了我笔下的“投资视点”；而电热水器成家庭消费新宠、老龄消费前景有多广、定做服饰成消费新潮……均成了我版面的“消费聚焦”。《投资消费》专刊逐渐成了晚报读者最喜欢的版面之一。

2003年2月，娄底日报社党组任命我为晚报广告部主任，专刊采编工作由新来的实习生杨立霞协助。由于人手紧，晚报人员除承担采编、发行任务外，还要承担广告任务，同仁们戏称头上有“三座大山”。我街头巷尾送报宣传，厂矿社区采集新闻，超市门店苦苦寻找广告资源。没有人邀请，没有节假日，却乐此不疲。

全员参与，以主题宣传活动促广告，是当时晚报广告创收的法宝。“‘3·15’，我们的庄严承诺”“我们与春天一同到达”“娄底首届名牌名店风采展”等大型主题宣传活动，搞得风生水起。2003年3月15日，“‘3·15’，我们的庄严承诺”主题宣传活动，晚报广告版面达13个，刊发广告12.5万元，占一季度广告刊发金额的一半。2003年、2004年，晚报广告刊发分别以30%、50%的速度增长。

新闻人生的升华，离不开不断挑战自我。

2010年初，报社从工财新闻部抽调两名骨干去办网站，并设立市委书记、市长专职记者，工财新闻部负责市长活动的报道。报社把这一任务交给我。我虽是市长“专职记者”却不专，还要负责原有单位的新闻宣传。加上当时全市启动“三个创建”（创建国家园林城市、国家卫生城市、全国文明城市）工作，采编任务繁重，每天采访报道任务一个接一个，最多的一天跑5个单位采访，同行们戏称为“赶场子”。

而跑市长专职记者的压力远非如此，每天诚惶诚恐的，常常为了一个人名一个细节或一句话，要不厌其烦地打上N个电话予以核实。有时睡到半夜都会猛然惊醒，唯恐哪个地方出错或者没写到位。做新闻的高压力高强度，非外人能理解与想象。

尽管这样，我从没耽误过一次采访报道，坚持着“今日事今日毕”的习惯。办公室成了我的第二个家，加班赶稿成了“家常便饭”。

2010年11月10日至11日，全市新型城镇化工作会议在双峰县召开，我作为驻会记者听取大会经验介绍，跟随市、县领导观摩现场，拍摄图片，联系专版，回到报社已是晚上八点多钟了。因第二天还有重要采访，我顾不上休息，直奔办公室写稿，处理图片，编辑版面，直忙到凌晨3点多钟。1300字的消息配现场图片在第二天的《娄底日报》头版头条发表，双峰县《推进新型城镇化 构建发展新平台》专版也于第三天见了报。

为了提高新闻采写效率，我平时注意积累资料。一次，我参加娄底经济开发区与涟钢集团的联谊活动，活动只是双方领导礼节性的见面，时间很短，主办方没有提供任何文字材料。我凭着现场观察和自己“资料库”积累的资料，精心构思，一篇800字的现场短新闻《娄底经开区携手涟钢推进新型工业化》半个小时就写好了，赶在下午下班前将稿件发到总编室。第二天，娄底经开区的领导看到报道后，称稿子不但见报快，而且角度好。

2006年到2011年，报社采编考核排名，我都稳居全社前三名，其中有两年居全社第一，连续6年被评为“优岗”。2010年11月，在报社领导的肯定和推介下，我荣获娄底市第四届“十佳新闻工作者”称号。

2012年4月，报社实行机构改革，设立社会新闻部，承担科教、文卫、旅游和社会新闻的宣传报道工作。创建国家卫生城市和承办好湖南省第十二届运动会、第九届残运会，分别是娄底市委、市政府2012—2013年和2014年的中心工作。我作为社会新闻部主任，率领一名副主任、两名科员，办专栏，推典型；搞专访，做专题；写评论，引导向。在炎炎夏季，我们冒着高温巡城，聚焦农贸市场和小区创卫；在迎检关键时刻，开辟《创卫大家谈》专栏，引导市民积极参与，营造创卫浓厚的舆论氛围；省运会、残运会报道，赛前、赛中、赛后有效发声，先后采写农贸市场和社区创卫“现场短新闻”“新闻特写”20余篇，编辑“创卫大家谈”言论稿80余篇，撰写创卫评论员文章10余篇，采编省运会、残运会报道200余篇，被评为“省运会工作先进个人”，受到市政府表彰奖励。

记者的通行证和里程碑

策划采写重头稿件，打造新闻精品，是记者的看家本领，也是记者的通行证和里程碑。在新闻路上，我孜孜以求。

抓好热点新闻和深度报道。2009年3月，国际金融危机带来严峻的就业形势，我策划主持《经济·就业》专刊，并采写编发《就业寒冬春风暖》一文，既分析当前严峻的就业形势，又阐述加强就业工作的重要性，介绍娄底市委、市政府的种种应对措施，同时刊发返乡农民工的创业故事，介绍创业人物和就业信息。专刊见报后，受到读者好评，省委宣传部在2009年4月23日编发的第56期《阅评简报》里给予高度评价，称赞其“抓了热点，内容丰富，重点突出”。2008年至2016年，我策划采写了“转方式调结构”“工业经济对接融入长株潭”“承接产业转移”等热点新闻和深度报道60余篇。

重视典型报道。在典型选取上，我力求紧扣时代脉搏，切实体现出时代性、先进性，而在报道角度上，更注重挖掘典型人物所蕴含的震撼人心、给人以启迪的新闻价值。近10年来，我独立或参与策划推出“全国十大健康风云人物”——娄底市中心医院健康管理中心主任和高血压防治中心主任胡卫民、全国第二届助人为乐道德模范入选人——涟源市国税局退休干部肖光盛、“湖南省优秀农村实用人才”——涟源市北部中低山区古塘金秋梨基地负责人吴治凡等先进典型20余个。

突出民生报道，以高度的社会责任感关注民生。2000年5月至2005年4月在《娄底晚报》期间，我针对娄底蛋糕、面包、纯净水、热水器等消费品存在的质量问题，写出《星城食品抽检：三分之二不合格》《购买电热水器：做个冷静消费者》《合格碘盐，你吃了多少》等透视性报道，给消费者以警示；针对医疗药品和美容美发市场违规经营、服务质量差、收费高等现状深入采访，写出《着力净化医疗市场》《娄底美容美发：掀开你的盖头来》等报道，有力地发挥新闻媒体的舆论监督作用。近10年来，我紧紧围绕就业、住房、医疗、上学、物价、水、电、气等民生话题，精心策划专版、专题报道100余个，每年采写民生新闻200篇以上。

为打造新闻精品，我坚持策划先行，站在理性和思辨的高度，善于发现和捕捉新闻，提炼和深化新闻主题。2009年5月，我了解到近10年来娄底城区科学节水，6万用户水损率低于供水行业标准6个百分点，居全国领先水平。而在当时，资源性缺水是全国性难题，全国供水企业水损率高。娄底市作为全国资源性缺水城市之一，已取得“居全国领先水平”的成绩，其新闻价值不言而喻。于是我提炼出具有时代感的新闻主题——“娄底城区科学节水‘一马当先’”。稿件在《娄底日报》刊发后，引起全国强烈反响，先后有《中国水星网》《中国供水节水报》《新华网湖南频道》《湖南省政府门户网》等全国20多家媒体和网站转载，又有湖北省沙洋县自来水公司等200多家供水企业来人或来电、来函到娄底学习取经。此稿获“湖南省市州报好新闻一等奖”。

注意挖掘新闻题材，勤于观察与思考，力求内容新、形式活、影响好。2008年12月，娄底市自来水公司成立30周年，我应邀参加新闻发布会。对此，我没有写一个简单的会议消息了事，而是抓住时机会上会下采访，写出《勇于创新 破解难题（眉题）水费抄收管理“娄底模式”全国推广（主题）》的经验消息。稿件在《娄底日报》头版头条刊发。之后，我密切关注着此事发展，两个月后又写出《本报一篇报道引起300余家企业关注（眉题）水费抄收管理“娄底模式”之花开遍全国（主题）》的反响文章。此经验性消息获“湖南省市州报好新闻一等奖”“第23届（2008年度）中国地市报新闻奖一等奖”。

一摞摞采访笔记本，是我11000多个日夜在新闻路上的长跑印记；一本本发黄的新闻剪辑册粘满了我发表过的作品，里面承载着我新闻人生所有的收获与荣光。32年来，我独立策划、编辑、采写有影响的新闻报道共260万字，先后获省级以上奖项或被中央、省级媒体、网站转载的新闻作品达50多篇，荣获“通讯报道一等奖”“记者一等奖”“先进工作者”“优秀共产党员”等称号50余次。2012年12月，经湖南省新闻系列高级职称评审委员会评审，我获得高级职称，成为“主任记者”。

回顾这32年，我庆幸把自己的爱好干成了事业，并为之执着追求过，不懈努力过，更庆幸能把自己所热爱的事业写成了人生精彩的篇章，以至于尝遍酸甜苦辣仍乐在其中，从未停下，从不后悔!

2017年1月于娄底

目 录

CONTEOTS

第一辑 谋定而动

第二辑 幸福征程

第三辑 潮头壮歌

第四辑 窗口风采

第五辑 大美娄底

第六辑　风骚独领

第七辑　现场直击

第八辑 热点探析

第九辑 时代留影

第十辑　学有所思

第一辑

谋定而动

真情暖民心

——周强省长走访慰问娄底困难企业和群众侧记

本报记者　刘惠南

春回大地，暖流涌动。

2月8日，省委副书记、省人民政府省长周强率省政府秘书长、省政府办公厅主任袁建尧，省政府副秘书长、省政府研究室主任刘庆选，省民政厅副厅长唐白玉，省劳动和社会保障厅副厅长吕兴元等，在娄底市委书记蔡力峰，市委副书记、市长林武，市委副书记姚正先，市委常委、常务副市长田福德，市委常委、市委秘书长张定良，市人大常委会副主任、市政府秘书长谢元龙，及市直有关部门领导，双峰县委、县政府领导的陪同下，走访娄底市困难企业，看望慰问困难群众，送去党和政府的关怀和温暖。

早春的湘中，春风中已见点点新绿。周省长一行首先来到双峰县荷叶镇横木村。“身体好不好？”“孩子在上学吗？”走进特困户周平家，周省长关切地询问。当52岁的周平告诉省长，自己得了肝病无钱医治，妻子多年外出未归，家里靠种2亩薄地维生，上初一的女儿面临失学时，周省长动情地说：“有病要治，孩子一定要上学。有困难党和政府来帮助你。”并叮嘱随同的市、县领导和有关部门负责人，要给予他家更多的关怀，在扶贫助学基金里解决小孩的学费，要切实把群众最关心、最直接、最现实的利益问题解决好。

在丰田村63岁的困难户葛香兰家，周省长摸摸老人的衣服，问她“冷不冷”，揭开老人家的米缸，问她“粮食够不够”。当得知老人办理了低保，生活有保障，只是常患哮喘病，每年打针吃药要花好几百元时，周省长再三叮嘱当地负责人，要时刻关心这样的困难家庭生活，为他们解决实际难题，让他们过上好日子。

随后，周强省长来到双峰县航运公司、孝崇铁合金有限公司、华达机械厂、湖南标达实业公司，看望慰问困难职工家庭。在67岁的老党员、军转干部李丁朋家，周省长拉着老人的手嘘寒问暖，当得知李丁朋妻子有高血压病，自己患糖尿病，家庭经济十分困难时，周省长深情地说：“您为革命和建设事业做出了贡献，党和政府不会忘记你们！”听着那亲切的话语，热泪涌上他的眼眶。

在下岗女工梁雪云家里，省长的到来，给这个简陋的家庭既带来了惊喜，也带来了一股暖流。梁雪云告诉周省长，全家6口人，丈夫下岗在家，身体不好，经常吃药，自己打点零工，婆婆患心脏病，一对双胞胎小孩上一年级，生活难以维持。周省长心情十分沉重，他把带去的慰问金送到梁雪云手里，充满深情地说："你是家里的顶梁柱，一定要坚持住，要带好孩子，照顾好老人，党和政府非常关心和挂念困难群众，虽然你们的生活出现了暂时困难，但只要有党和政府在，我们一起来想办法，生活会慢慢好起来的。"梁雪云热泪盈眶，哽咽着说："感谢党和政府！感谢省长！"

周省长先后慰问了李建怀、李松青、尹满石、郭春声、康新元等7户困难职工家庭，鼓励他们自力更生，克服暂时的困难，让子女读好书，学好本领，以从根本上步出困境。并反复叮嘱企业负责人：要关心企业特困职工的生活，要多作解惑释疑的工作，党和政府会想办法解决大家的困难的。春节快到了，他还委托企业负责人转达省委、省政府对企业职工的问候。

在娄期间，周省长一行还考察了曾国藩故居。

（原载《娄底日报》2007年2月10日第一版头条）

拳拳关爱　浓浓深情

——湖南省副省长贺同新的娄底旅游情结

本报记者　刘惠南　段志光

湘中娄底，以其美丽而独特的山水自然资源，以其古老而丰富的人文历史资源，日益引起国人的关注，引起世人的关注。

湘中娄底，神奇而迷人的新兴旅游景区的崛起，为娄底的经济发展插上了腾飞的翅膀。

娄底旅游日新月异的今天，娄底旅游光辉灿烂的明天，与一位令人尊敬的省领导紧密相连，他的拳拳关爱，浓浓深情，让400万娄底人民永远铭记。

他，就是湖南省副省长贺同新。

2006年12月1日，晚清“中兴名臣”曾国藩故居富厚堂，嘉宾满堂，热闹非凡。国家有关部门，省、市有关领导，曾氏后裔、曾氏宗亲会成员及海内外专家学者700多人聚首这里，隆重举行2006双峰国际曾国藩学术研讨会暨中国首届曾国藩文化旅游节。省领导唐之享、文选德分别为“国家重点文物保护单位——曾国藩故居”和“曾国藩研究会”授牌，同时为“神秘的乡间侯府——富厚堂入选新潇湘八景”启封。

喜庆之时，娄底旅游界人士心潮澎湃，惦记着因工作忙未能与会、曾为富厚堂开发建设做出重要指示、情系娄底旅游的贺同新副省长。

2002年初，贺同新率省旅游局的领导到娄底考察，在视察曾国藩故居等重点景区后，就娄底旅游景区开发与保护提出十分中肯的意见、建议。他对陪同考察的市旅游部门领导说：“旅游工作要全面保护景点，打造旅游亮点。娄底的旅游品牌还在曾国藩故居，这主要是这个品牌后面有着深厚的文化底蕴，有着巨大的市场开发潜力。对曾国藩故居的开发建设，要全面保护，逐步修复，创造条件，形成热点。”并叮嘱省旅游局的领导，要加强对曾国藩故居景区开发建设与保护工作的指导，精心规划，使娄底这一独具特色地域文化、传统文化通过旅游开发得以充分利用，使文化旅游产业得到新的飞跃。

此后，贺同新每到娄底，都要仔细询问曾国藩故居的开发建设情况，勉励市、县旅游部门克服困难，尽快精心打造这一品牌。在贺同新的指示、鼓舞下，近 3 年来，娄底市、县联动，科学规划，加快对曾国藩故里文物保护与旅游开发步伐。曾国藩故里声名鹊起，“全国重点文物保护单位”“新潇湘八景”等荣誉纷至沓来。一个以修旧如旧、简朴隆重的乡间侯府和丰富充实、图文并茂的陈列改版，展现在广大游客面前。

惦记着贺同新对曾国藩故里的关爱之情，娄底旅游界人士更忘不了贺同新为娄底旅游产业发展所做出的贡献。

2004 年 3 月，娄底旅游发展战略高层研讨会在新化县召开，为确立新化旅游业发展思路，给娄底旅游业发展一个基本定位，贺同新登大熊山、上紫鹊界、漂油溪河、爬梅山龙宫……进行 4 天的考察、调研，掌握新化县乃至娄底旅游业发展的第一手资料。

娄底山川俊俏，风光秀美，旅游资源种类齐全，品位甚高。按国家分类标准，8 个主类都有，31 个亚类有 28 个，江南稻作文化遗存——紫鹊界秦人梯田、世界溶洞极品梅山龙宫、与炎黄争天下的蚩尤故里大熊山国家森林公园等一批旅游资源享誉国内外。贺同新每到一个景区悉心察看，仔细询问，认真思考。在随后的研讨会上，他作重要讲话，从新化旅游发展的优势谈到面临的困难，从新化旅游资源谈到旅游发展前景，从一个个具体景区谈到对新化旅游开发整体规划的意见。

他指出：新化旅游开发总体规划，要与新化县的国民经济发展规划、以交通为重点的基础建设发展规划、城镇发展规划和省市及周边产业规划衔接；旅游业的发展要坚持政府主导、市场运作的方针，以总规和详规为蓝图包装若干个项目来面向市场招商引资，加强合作，加快发展；旅游市场定位要以面向周边市场起步，面向全省市场扩张，面向粤港市场提速，打造个性鲜明、特色突出的湘中旅游版块；要坚持多渠道筹集资金，千方百计尽快解决交通问题；要按旅游产业的内在要求，着力规划好、建设好、管理好城市，提高城市品位。

贺同新强烈的工作责任感、深入的调查研究和对娄底旅游产业的高度重视，及发展娄底旅游业的高深见地，令与会人员敬佩不已，不时博得一阵阵经久为息的掌声。

作为一名分管全省旅游工作的副省长，工作特忙，在一个县进行为期 4 天的工作调研，实属不易。这充分体现他的务实作风、对娄底山水的拳恋之情和对娄底旅游产业发展的热情关怀。然而，这仅仅是他娄底旅游情结的一个缩影。

2004 年夏，新化梅山龙宫开发建设如火如荼，贺同新亲临现场指导，他被梅山龙宫特色鲜明的洞内自然景观所吸引，他对陪同考察的市、县旅游部门负责人说：

“要加强旅游产品资源保护，梅山龙宫景区的人工湖、周围山水要尽力保护好，洞、山、水浑然一体，体现自然景观；景区道路、灯光等基础设施均要按市场要求设计，突出以人为本。”并欣然为梅山龙宫写下“神奇、神韵、神往”的题词。

2005年春，国家森林公园大熊山景区公路建设需列入全省交通建设规划，新化县政府找贺同新副省长汇报，刚从外地考察工作回到长沙的贺同新知道后，当即在申请报告上签字指示省交通厅要全力支持尽快落实，并叮嘱新化县的领导：“新化旅游产业发展最大的制约在交通，旅游、交通、计划等部门要加强协作，用好政策，凡是有资源、有市场的旅游通道要优先考虑。”

近3年来，贺同新先后4次到娄底考察、调研，足迹踏遍娄底重点景区的山山水水，悉心指导、督促娄底旅游开发建设，为娄底旅游产业的发展指明方向，为娄底旅游工作鼓劲加游、排忧解难。

在贺同新的指导下，省旅游局和娄底市委、市政府及各县委、县政府加大对“湘中旅游版块”研究、开发力度。省旅游局的领导仅2006年就先后7次到娄底，具体指导娄底旅游支柱产业的培育和“湘中旅游版块”的打造。其中局长袁新华就来了3次。娄底市委、市政府加大对全市旅游产业主导力度，去年2月20日，市委、市政府召开高规格的全市旅游发展工作大会，市委书记蔡力峰提出“精心打造湘中旅游板块”的远大构想；去年春节过后不久的2月14日，市长林武就率相关部门负责人赶赴双峰县曾国藩故居，主持召开市长办公会，专题研究曾国藩故居的保护与开发问题，为曾国藩故居维修工程的全面启动推波助澜；同年6月，全市旅游区（点）建设工作会议在双峰县召开，进一步推进景区（点）的开发建设与保护；8月，林武市长又深入新化县现场办公，专题研究新化县的旅游发展问题，加速推进娄底旅游格局西翼的开发建设。

绚丽山水情意浓。贺同新副省长对娄底旅游产业的精心呵护与悉心指导、大力支持，化作娄底旅游业发展的具大动力，赢得丰厚回报。2006年，全市接待旅客231.9万人次，实现旅游收入11.4亿元，分别比上年增长31%和34%，增幅居全省前列。全市旅游业呈现出快速发展的强劲势头。

贺同新副省长对娄底旅游的那份关爱之情，与山水同在，深深地铭记在400万娄底人民的心中。

湘中娄底，正向着全国重点旅游区、中国优秀旅游城市奋进！

（原载《娄底日报》2007年3月2日第一版）

三十年探索，三十年开拓，三十年奋进，三十年辉煌，今天，青春娄底已经展示出迷人的风采。然而，迷人的风采并不能让我们沉醉。站在新的历史起点上，娄底如何审时度势，如何跨越发展？本刊特约记者访问了中共娄底市委书记蔡力峰，中共娄底市委副书记、市长林武。

青春娄底　激情跨越

——访中共娄底市委书记蔡力峰

刘惠南

记　者　蔡书记，我们曾听过您对“娄底”二字十分形象而生动的解释：娄底的娄字，下面是个女字，上面是个米字，“米”预示着有饭吃，有丰富的物产；“女”预示着人丁兴旺；那么“底”呢？您是把它当作洼地来解释。钱财、人才和其他各类生产要素都向这个地方聚集。我们觉得这个解释是有着丰富内涵的，能否请您再深入阐述一下？

蔡力峰　我那只是一个玩笑，一个趣味性的解释。但娄底这块古老而年轻的土地，的确是得天独厚，物华天宝；的确是群星璀璨，英才辈出。如此人杰地灵的娄底，在时代的风云际会中迸发出后发赶超的激情，当然会创造出惊人的奇迹来。“十五”期间，娄底经济实力明显增强。从经济总量看，地区生产总值由2000年的166.4亿元发展到2005年的312.8亿元，平均每年以10%的速度递增，比“九五”时期平均增速高0.8个百分点；经济总量在全省十四个市州中的排位由第12位上升到第10位，后发赶超的初级目标已经实现；人均GDP则由2000年的4186元提高到2005年的8238元。从经济结构看，第一、第二、第三产业增加值2005年分别达到58亿元、151亿元和103.8亿元，“十五”年平均增长速度分别为3.2%、13.2%和10.3%；三次产业结构由2000年的23.9∶39.6∶36.5逐步调整为18.5∶48.3∶33.2。从财政实力看，地方财政总收入由2000年的9.85亿元增加到26.16亿元，其中一般预算收入由7.58亿元增加到15.32亿元，年均递增11%以上。地方财政收入基本上每年上一个亿的台阶，特别是后两年增速明显加快，2004年、2005年比上年分别增长了10.6%和21.5%。进入“十一五”，全市经济又好又快发展。经济总量再上新台阶。去年全市生产总值达361亿元，增长12.8%，增速连续三年超过全省平均水平。结构调整初见成效。规模以上非公有制工业增速达到54%，对规模以上工业的贡献率高达70%；第三产业全年增速为11.5%，拉动全市经济增长4个百分点。工业增速回归高位。去年全市规模以上工业增加值由元月份的12.6%提高到11月份的25.7%，在全省各市州排名第三。新农村建设扎实推进。78个示范村建设全面启动，"一免三补"惠农政策继续实施。城镇化水平不断提高。中心城区扩容提质继续推进，成功创建"全国绿化模范城市"和"省级文明城市"；各县市城区和小城镇建设步伐加快，城镇化水平由2005年的30.5%提高到33%。运行效益稳步提升。规模以上工业利税总额增速达25%，利润总额比2005年增长10%，赢利企业赢利额增速近50%；全市一般预算财政收入实现15.16亿元，增长23.5%；城镇居民人均可支配收入和农民人均纯收入分别增长8.8%和7.3%。改革开放活力进一步释放。全市国有企业改制面达到92%；园区建设继续推进，外源型经济发展加快，去年全市进出口总额增长12.1%，其中出口增长34.5%，实际利用外资5000万美元，引进市外境内资金36亿元。一大批高新技术项目落户娄底，今年上半年仅娄底经济开发区招商引资项目就达10个，合同引资5.49亿元，引资总额比去年同期翻了一番。我想，经过全市人民的共同努力，青春娄底这颗"湘中明珠"一定会发出更加夺目的光彩。

记　者　是的，娄底人对自己的未来是充满信心的。蔡书记，我们深知，深化改革和扩大开放是推动经济社会发展的强大动力，那么娄底如何继续深化改革、扩大开放？

蔡力峰　全面推进和深化各项改革，目的在于消除影响经济发展的体制机制性障碍。要着眼于增强活力和竞争力，把企业改革推向纵深；着眼于建立精兵简政、利民富民的长效机制，大力深化农村改革；着眼于转变政府职能，不断深化行政管理体制改革；着眼于建立社会公平保障体系，加快社会领域体制改革。要坚持扩大开放，狠抓招商引资。着重围绕优势资源和优势产业，推进大项目招商、产业链招商和产业集团招商，吸引国内外知名企业来娄投资兴业。要改进和创新招商方式，采取"请进来"与"走出去"相结合的办法，精心策划和组织一些有规模有影响的招商活动。要抓紧签约项目的跟踪落实，切实提高履约率和投产率，使签约项目真正"安营扎寨"、开花结果。

记　者　*蔡书记，您在今年元月4日的市委经济工作会议上作了一个非常鼓舞人的报告，强调要加强组织领导，形成赶超氛围。这方面应如何出实招、使硬劲？*

蔡力峰　一是要进一步强化发展意识。要紧紧抓住经济建设这个中心不放松，把第一要务真正摆到高于一切、大于一切、先于一切的位置，把全市上下的精力和注意力集中到抓经济上来，把工作着力点放到促发展上来。二是要不断提高领导发展的能力和水平。要从提高政策理论水平、科学决策水平、综合协调水平和依法行政水平入手，内强素质，外树形象，切实提高各级领导干部的执政能力，特别是领导发展与驾驭复杂局面的能力。三是要建立健全干部考评、选拔机制。要切实端正用人导向，真正把那些德才兼备、熟悉经济工作、具有现代领导意识的干部安排到重要领导岗位，放到经济建设的主战场，在领导地方经济发展中挑大梁。要建设完善绩效考核管理机制，严格按照绩效结果评价和使用干部。四是要切实转变工作作风。要求真务实，勇于担当，敢说“硬话”，多办实事，善解难题，力戒心浮气躁，防止急于求成，反对形式主义、官僚主义，多花精力想大事、谋大事，多下基层搞调研、察民情，多为群众解难题、办实事，真正使好思路、好政策、好措施落实到位，见诸成效。

记　者　*发展经济是全面建设小康娄底的基础。经济基础牢固了，全面建设小康娄底才有保障。您认为发展娄底经济要从哪些方面着力？*

蔡力峰　一是要以升级增效、壮大规模为重点，大力推进新型工业化。按照“传统产业新型化、新型产业规模化、优势产业集群化”的路子，着力构建精品钢材及薄板深加工、煤炭深加工、机械制造业、农机机电产业、建材产业、有色冶炼及深加工、煤机产业、农产品加工、现代中药及电子信息等十大产业集群，接长产业链条，提高产业竞争力。二是要以提高农业综合生产能力、增加农民收入为重点，扎实推进新农村建设。要继续加强农村基础设施建设，突出乡村道路、农田水利、农村电网、人畜饮水、生态环境几个重点，掀起新一轮农村基础设施建设高潮；要大力发展特色农业和现代农业，立足当地实际，依托资源条件，发挥比较优势，找准发展方向，使山地农业、丘陵农业、精细农业、设施农业、观光农业、休闲农业各适其地，使动物养殖、中药材、楠竹、优质米、名特优蔬果、农产品加工各得其所。要着力提高农民素质，扎实推行“9+1”“12+1”的教育培训模式，抓好农民科技文化、从业技能、创业本领的培训工作；要不断发展壮大劳务经济和技能经济，坚持对外输出与就地转移相结合、自发务工与统一组织相结合，探索建立劳动力转移“超市”，及时收集和发布各地劳务供需信息，引导农民跨区域、跨行业有序输出，扩大转移规模。三要以项目开发与建设为重点，千方百计引导投资增长。要开动脑筋，放开眼界，抓好潜在项目的包装储备；要加强衔接，积极跟进，推动预备项目的开工上马；要加强协调，周到服务，促进在建项目的竣工投产。四要以激活商贸物流、做强旅游为重点，切实扩大消费需求。要引导市民更新消费观念，增强消费意识，解决“想消费”的问题；要设法增加市民收入，提高消费能力，解决“有钱消费”的问题；要完善市场体系建设，激活城乡居民的消费欲求，解决“有地方消费”的问题。五要以城镇带动、扶贫攻坚为重点，促进区域经济协调发展。要注重对接融合，促进市际互动协调；要注重提质上档，促进城区配套协调；要注重点线相连，促进城乡统筹协调。六要以节能环保、提高效益为重点，切实转变经济增长方式。首先，要创新转变经济增长方式的思路；其次，要严把新上项目的关口；再次，要改进现有产业的装备与工艺；其四，要构建循环经济的发展模式。

记　者　*加强科技创新，强健内在素养，是加快建设创新型娄底，增强市域经济核心竞争力的重要保证。我市在这方面有何举措？*

蔡力峰　一是切实找准主攻方向。要瞄准市场需要，依托现有资源、企业和产业，立足现有基础，创新实用技术。二是要切实做好科研成果的引进、消化、吸收、利用、再创新工作。要善于借梯上楼、借别人的“脑袋”发财。推进产学研的有机连接，抓好成果转化，努力实现互利双赢、共同发展。三是要充分发挥企业的创新主体作用。要加快建立以企业为主体、以市场为导向、产学研相结合的技术创新体系，激发企业技术创新的内在动力。四是要大力加强科技人才队伍建设。努力造就一支门类全、结构优、素质高、阵营强的创新型科技队伍，形成既出成果，又出人才的生机勃勃的创新局面。

记　者　*环境是竞争力，环境是生产力。优化环境是经济发展的必然要求。娄底经济发展环境的优化要从哪些方面着力？*

蔡力峰　一是要以强化服务、提高效能为重点，优化政务环境，努力为基层、为群众、为企业、为各类市场主体提供优质高效服务。二是要以开展文明创建、构建和谐文化为重点，优化人文环境，激发人们奋发向上、艰苦创业、共谋发展的进取精神。三是要以调处矛盾、整顿秩序为重点，优化建设施工和生产经营环境。四是要以维护稳定、确保安全为重点，优化社会环境。要进一步加强社会治安综合治理，严厉打击各类违法犯罪行为，提高群众的安全感。

记　者　“和谐”是当今社会发展的主题。建设和谐娄底，是全市人民孜孜以求的社会理想。娄底要从哪些方面加强和谐社会建设？

蔡力峰　构建社会主义和谐社会，是一项复杂、庞大的社会系统工程，一定要始终坚持以科学发展统领经济社会发展全局，把以人为本的执政理念贯穿于各项工作的全过程。一要更加注重扩大就业。逐步建立有利于增加就业的经济结构和增长方式，特别要注重发展劳动密集型产业、中小企业和服务业，形成更多的就业增长点；继续做好下岗失业人员再就业、大学毕业生就业、复员转业军人安置、城镇新增劳动力和农村富余劳动力就业工作。二要更加注重完善社会保障体系。要继续巩固“两个确保”，规范和完善城市“低保”，逐步推行农村“低保”工作，切实保障困难群众的基本生活；进一步扩大基本养老、基本医疗和失业保险的覆盖面，提高统筹层次，增强保障能力；高度重视农村贫困人口和基本生活问题。三要更加注重理顺分配关系。正确处理效率与公平、先富与后富、按劳分配为主体与实现多种分配方式的关系，通过增加公共支出、加大转移支付等措施，合理调整收入分配格局，严格执行最低工资制度，逐步解决部分社会成员收入差距过大的问题。四要更加注重发展社会事业。2007 年要继续办好 8 件实事，让人民群众共享改革发展成果。五要加强党风廉政建设和反腐败斗争。这是建设和谐娄底的一个十分重要的方面。3 年来，市委和各县市区党委就严格履行勤政廉政问题向社会做出公开承诺，并从教育、制度、监管和惩治等方面采取了一系列措施，在上级纪检检察机关的直接领导下，先后查处了极少数干部的腐败案件，以铁的手腕打击了“官媒勾结”，促进了党风、政风和社会风气的进一步好转。今后，我们要进一步推进依法治市进程。坚持依法理政、依法用权、依法治“吏”，加强执法队伍建设，推进司法改革，强化执法和司法保障，支持各级检察机关、审判机关和行政执法部门依法独立负责地行使职权，确保依法为民，司法公正。坚决清除涉法领域中的腐败现象，严厉惩治徇私舞弊、贪赃枉法行为，切实纠正执法“不作为”“乱作为”和有法不依、执法不严、执法不公等问题，维护法律尊严和国家法治的统一。

记　者　青春娄底，激情澎湃。我们坚信：有市委、市政府的坚强领导、运筹帷幄，有各级各部门的团结协作、务实创新，有410多万娄底人民的艰苦奋斗、开拓进取，娄底一定能够跨越式发展，谱写“小康和谐娄底”的恢宏篇章。

后发赶超　奔向美好前景

——访中共娄底市委副书记、市长林武

刘惠南

记　者　林市长，“十一五”时期是我市经济、社会发展极为重要的五年，是实现“后发赶超、跨越式发展”的关键五年，是娄底发展的又一个新的起点。请问“十一五”时期全市经济社会发展总的要求和主要奋斗是什么？

林　武　“十一五”时期，全市经济社会发展总的要求是：全面落实科学发展观，坚持以经济建设为中心，进一步转变发展观念，创新发展模式，提高发展质量，继续推进“三化”进程，大力实施体制创新、结构转型、开放带动、科教兴娄、环境保障战略，与时俱进，后发赶超，切实促进全市经济快速、健康、协调、可持续发展和社会全面进步。主要奋斗目标是：

——经济发展再上台阶。全市地区生产总值年均增长 12.5%，力争 13%，到 2010 年，经济总量突破 600 亿元，人均地区生产总值突破 14000 元；地方财政一般预算收入年均增长 13%。三次产业结构调整为 13：56：31；高新技术产业增加值占地区生产总值比重达到 18%；非公有制经济占经济总量比重达到 60%以上。到 2010 年，进出口总额达到 8 亿美元，年均增长 15%。外商直接投资五年累计达到 4.1 亿美元，内联引资五年累计达到 200 亿元。

——生活水平明显提高。城镇居民家庭人均可支配收入年均增长 9.5%，达到 13000 元；农村居民家庭人均纯收入年均增长 11.3%，达到 4000 元。2010 年，农村和城镇居恩格尔系数分别下降到 41.7%和 37%。城市空气质量达二级以上标准的天数 292 天，城市集中式饮用水源地水质达标率 99%，农村生活饮用水源合格率达 80%，全市农村广播和电视综合人口覆盖率分别达 80%和 98%。城镇居民各类社会保险基本实现全覆盖，逐步推行农村居民最低生活保障制度，城乡一体的生活社会保障体系形成初步框架。

——社会事业更加繁荣。全市人口控制在 425.2 万人以内，人口自然增长率控制在 7%以内。城镇登记失业率控制在 4.5%以内。非农产业从业人员占全部从业

人员的63%。普及和巩固义务教育，适龄儿童入学率达90%以上，普通高中毕业生升学率达到65%。农村新型合作医疗覆盖率达到90%，城市社区卫生服务体系基本建立。公共安全感指数达80%。

——生态环境持续改善。可持续发展能力不断增强，资源利用效率有较大提高，防灾减灾能力得到增强。2010年，全市森林覆盖率达到43.67%，城市人均公共绿地面积达到9平方米，城市人均掩蔽面积达到0.3平方米，单位地区生产总值能源消耗降低20%以上。工业废气、工业废水排放达标率95%以上，工业固体废物综合利用率75%以上。

记　者　实现“十一五”时期娄底经济社会发展奋斗目标，环境很重要。作为市长，您是如何看待娄底经济社会发展环境的？

林　武　当前，娄底经济社会发展已进入一个关键阶段，从影响发展的内外环境来看，可以说机遇与挑战并存，压力与动力同在，既是一个“黄金发展期”，也是一个“矛盾凸显期”。

内外环境具有诸多机遇，是一个“黄金发展期”。社会主义市场经济体制不断完善和消费结构升级，创造了巨大需求，将为经济发展注入新的活力；“三化”进程加快，将为经济发展开辟广阔空间；国家促进中部崛起战略和支持老工业基地调整改造的政策措施，将为经济发展提供新的机遇；统筹区域发展，“扩权强县”措施和构建“3+5”城市群设想的出台，将为区域经济协调发展开创新的局面；发达地区产业加速转移，将为人力和矿产资源丰富的内陆地区提供新的动力；经济全球化趋势深入发展，科技进步日新月异，生产要素流动和产业转移加快，国内国际两个市场、两种资源相互补充，将为经济发展营造良好的外部环境。

同时，经济和社会发展也存在一些不利因素，是一个“矛盾凸显期”。一是思想观念落后，企业管理水平和产品科技创新能力不强，产业结构调整难以跟上宏观调控政策步伐。二是资源约束加剧，建设用地与确保粮食生产用地矛盾突出，水资源在时间和空间上分布不均。三是社会矛盾突出，人口、就业和社会保障将面临很大压力。四是外部竞争压力加大，国际贸易保护主义有新的表现。

但总的说来，娄底发展面临的机遇大于挑战。只要发展思路对头，谋划周密得当，政策措施有力，就能乘势而上，后发赶超，实现跨越式发展。

记　者　的确，思路决定出路。我市实现经济社会跨越式发展目标的主要思路是什么?

林　武　今后五年，要实现娄底经济社会跨越式发展，必须坚持以实现又好又快的发展为主题，以转变经济增长方式、调整经济结构为主线，以改革开放和科技进步为动力，以促进人的全面发展为根本出发点和落脚点，具体来讲，要抓好6个方面的工作：一、全面促进农村发展，加快推进社会主义新农村建设。二、大力推进新型工业化，提升工业发展水平和层次。三、加快推进城镇化，增强其辐射带动与综合服务功能。四、进一步扩大投资和内需，保持投资、消费的双向拉动。五、全面深化改革，扩大开放，为经济社会发展增添新活力。六、坚持统筹兼顾，促进经济建设与资源、环境、社会事业协调发展。

记　者　加快推进社会主义新农村建设是当前的重中之重，我们应该从哪几个方面着力?

林　武　新农村建设总的要求是实现生产发展、生活宽裕、乡风文明、村容整洁、管理民主。当前具体要从五个方面着力：一、着力提高农业综合生产能力，加快发展优势产业。二、着力加大农村基础设施投入，规划建设好新型村镇。三、着力加强农村社会事业建设，树立农村新风尚。四、着力全面推进农村综合改革，建立发展新机制。五、着力促进农民增收，培育造就新农民。

记　者　新型工业化是地方经济的重要支柱，我市如何大力推进新型工业化?

林　武　为切实强化新型工业化“第一推动力”的带动和引领作用，未来几年，我市将从四个方面着手：一是进一步调整工业结构，强化产业支撑。立足能源、冶金、建材、化工四大传统优势产业基础，搞好精深加工，调整品种结构，延伸产业链条，变单纯依靠量的增长为注重质的提高，到2010年，工业增加值达到350亿元。二是着力优化区域布局，构筑产业集群。着眼于娄底的交通、区位和产业优势，系统整合资源，着力建设两个“增长极区”：娄底中心城区增长极区和冷水江增长极区。突出抓好园区开发，充分发挥工业园区产业集群、要素集聚、资源集约的洼地效应，形成市域和县域经济的亮点。三是加大技术创新力度，提升产业竞争力。坚持把自主创新放在加快产业发展的首要位置，促进传统支柱产业的改造与升级。进一步抓好高新技术产业发展，力争2010年高新技术产品增加值占工业增加值比重达到43.6%。四是强化节能降耗，转变经济增长方式。严格实行节能降耗目标责任制，大力推进节能技术进步，加快高耗能行业和企业的技术改造，积极推广应用节能技术，鼓励和支持节能环保项目建设，大力发展循环经济项目。

记　者　城镇化水平是一个地方现代化文明和经济实力的重要标志。近几年来，娄底先后获得了“省级园林城市”“省级卫生城市”“省级文明城市”和“全国绿化模范城市”的荣誉称号，今后一段时期我市加快推进城镇化的主要任务是什么？

林　武　加快推进城镇化总的思路是，以争创全国优秀旅游城市为契机，着力配套设施，完善功能，提升品位，填充产业，切实增强各级各类城镇的综合承载力、产业支撑力和辐射带动力。具体来讲要以提质扩容和安居乐业为目标，以城市基础设施建设为重点，以城市群发展为主体形态，高起点规划，高质量建设，高标准管理，做优做强中心城市，做大做活中小城市，做精做美小城镇。加强统一规划，构筑合理的城镇体系，努力建设娄底—涟源—冷水江—新化城镇带和娄底—双峰城镇带。到2010年，全市范围内形成1个区域中心城市、4个中小城市、11个重点镇和若干个一般镇构成的布局合理、联系有序的区域镇群；城镇化水平达到40%左右，城镇人口达到168万人左右。

记　者　进一步扩大投资和内需，保持投资、消费对经济增长的强力拉动。“十一五”期间娄底在这方面有何打算？

林　武　扩大投资和内需是有效形成和培养经济增长内生动力的重要方面，“十一五”期间，我市将在这方面下功夫。一是集中力量抓好事关经济发展全局和长远发展的大项目。“十一五”期间，集中力量抓好230余个重大建设项目。煤炭重点建设3-4家年产30万吨以上的矿井；电力重点抓好金竹山电厂扩建、新化火电厂和涟源坑口火电厂建设；冶金重点支持涟钢、冷钢发展和锑、锌等有色金属做优做强；建材重点抓好双峰海螺第二条生产线和新化海螺干法水泥生产线建设；化工重点支持金信化工改扩建；并加快发展机电、农副产品加工、生物医药、新材料四大新兴产业，抓好一批新项目；交通完成娄邵铁路既有线改造，建好娄底火车站到达场，争取冷水江火车东站扩建改造工程和二广高速公路娄底段、娄新高速公路、娄益公路、潭衡西线高速公路双峰联络线尽快开工建设，全面完成国省道、县到乡镇公路改造，加快乡到村公路建设，力争到2010年全市公路通车里程达至9855公里；社会发展重点抓好社会公益事业项目建设，改善城市公共设施和农村生产生活条件。通过项目带动，到 2010 年，确保全市完成全社会固定资产投资 830 亿元。二是加快发展以旅游业、商贸流通业、金融业等为重点的第三产业。适应生产、生活方式转型和消费结构升级需求，逐步形成结构合理、功能完善、生产主导的服务业体系。力争到 2010 年，实现旅游综合收入 32 亿元，社会消费品零售总额达到 200 亿元，年均增长 13%。

记　者　奋进的宏图已经绘就，赶超的战鼓已经擂响。听了林市长高屋建瓴的阐述，我们看到了娄底更加美好的明天。

（原载娄底市文联《青春娄底》2007 年 9 月特刊）

在加快城镇化进程中有所作为

——访中共娄底市委副书记、市长张硕辅

本报记者　刘惠南　实习生　左任良

国家加大基础设施建设力度，娄底迎来了新型城镇化建设的累累硕果。至2009年底，全市城镇人口达到149.68万，比2005年增加26.17万，年均递增16.5%；城镇化率达到35.6%，比2005年提高5.3个百分点，年均递增1.32%。娄底中心城区道路骨架扩展到60平方公里，建成区面积由36平方公里扩大到42平方公里，城镇人口由32.3万增加到38万。5年间，新增园林绿地面积130万平方米，2009年绿化覆盖率达到39.52%。人均住房建筑面积由11平方米增加到28平方米，增长154.5%。市本级和县市城区用水普及率达87.67%，燃气普及率达79.26%，公交网络更加完善，市民生活、出行购物更加方便。

在中央加快推进新型城镇化进程的历史性机遇面前，娄底如何抢抓机遇，有所作为，实现新型城镇化建设跨越式发展？如何对接融入长株潭，全力打造“三基地一中心一枢纽”城市？近日，记者就此专访了市委副书记、市长张硕辅。

明确发展态势，坚定发展信心

张硕辅首先意味深长地强调了这样一个观点：城镇化是一个区域发展水平的重要标志。“十一五”以来，特别是近两年来．我市大力实施“科学发展，加速赶超”战略，紧紧围绕打造“三基地一中心一枢纽”和建设“四个城市”目标，以娄底中心城区建设为龙头，以县市城区建设为节点，以小城镇建设为纽带，加快完善城镇基础设施，强化城镇产业支撑，突出宜居宜业主题，着力打造青春娄底崭新名片，全市新型城镇化推进力度不断加大，城镇发展步伐不断加快，城镇化水平不断提高，“生态宜居娄底”呈现崭新风貌。先后获得了“省级园林城市”“省级卫生城市”“省级文明城市”和“全国绿化模范城市”“中国优秀旅游城市”“全国十佳宜居城市”等6张城市名片。那么，横向看，我市新型城镇化发展又怎样呢？张硕辅语气一转，如数家珍地说出一串串数字：放眼全国、全省，差距较大。2009年我市城镇化率分别比全国、全省

低9、7.6个百分点，居全省第12位。与“3+5”城市群兄弟市州相比，2009年比长沙、株洲、湘潭、岳阳、益阳、常德、衡阳分别低27.03、14.7、14.34、11.1、5.9、2.7、7.55个百分点。5个县市区内部发展也极不平衡，从城镇化率来看，2009年娄星区为90.03%，冷水江为74.17%，涟源为34.05%，双峰、新化分别为20.3%、18.5%。

张硕辅侃侃而谈：城镇综合实力不强的状况尚未根本改变。2009年我市人均GDP仅为14492元，比全省人均水平低5734元。财政投入严重不足，城市建设负债较多，直接制约了城镇基础设施配套建设。我市已建成的高速公路不足50公里，只占全省的1/40，一批高速公路、高速铁路都在建设之中，缺乏与外围便捷的交通对接。娄底中心城区环线尚未形成，受“两河一线（铁路）”的分割影响，南北交通不畅。城镇产业单一，物流、消费、娱乐等第三产业发展滞后，尚未形成合理的产业布局和各具特色的城镇经济。此外，城镇粗放式发展的状况尚未根本改变。城市经营理念不新，城市建设质量不高，自身造血功能不强，小街小巷、城中村、社区环境改造缓慢，没有实现资源资本的最大化和最优化。

机遇与挑战并存。张硕辅指出，向前看，我市新型城镇化发展正面临难得的多重机遇。主要表现为“三新”：以工哺农、以城带乡时代的到来，为加快推进新型城镇化创造了新的平台；长株潭“两型社会”建设和“3+5”城市群建设，为加快推进新型城镇化提供了新的动力；城镇化自身发展的客观规律，为加快推进新型城镇化展示了新的期待。我市城镇化已经进入加速发展时期，未来10至15年，我市城镇化发展的空间将更大，速度将更快，后劲将更强。

把握基本思路，全面科学谋划

市委、市政府把加快推进新型城镇化进程作为“十二五”工作的重中之重，以长株潭城市群建设为契机，深入实施“科学发展、加速赶超”战略，按照更加注重以人为本、更加注重资源节约和环境友好、更加注重统筹协调、更加注重生态宜居、更加注重体制机制创新的基本思路，加速推进“四化两型”建设，努力创建城市品牌，走经济高效、功能完善、“两型”带动、城乡统筹、社会和谐的新型城镇化道路。总的目标是，按照“两型社会”建设要求，主动对接融入长株潭，把我市建设成“三基地一中心一枢纽”（新型能源原材料基地、特色装备与先进制造业基地、文化与生态旅游休闲基地；区域性商贸与物流中心、区域性交通枢纽）和“四个城市”（新型工业城市、交通枢纽城市、生态宜居城市、和谐文明城市），成功打造长株潭向大西南辐射的重要区域性中心城市和全国生态文明建设示范区，力争2015年全市城镇人口达到200万左右，城镇化水平达到46%左右；2020年城镇人口达到248万以上，城镇化水平达到55%以上。

张硕辅强调，要遵循五条原则：坚持规划引领，加快修编和编制城镇发展总体规划、城镇产业发展规划、各功能区详细规划，促进城镇化健康发展；坚持统筹发展，以城带乡、以工促农、协调发展；坚持“四化”互动，积极发展新型工业和现代服务业，加快发展现代农业。促进工业向园区集中、农民向城镇集中、居住向社区集中，进一步提升城镇化水平；坚持政府主导，制定落实促进城镇化发展的政策措施，破除制约城镇化建设的体制机制障碍，协调解决城镇化进程中的各种矛盾和问题，坚持市场运作，通过市场机制，盘活城镇资产，促进以城建城、以城养城、以城兴城。

着力增强“五力”，加快推进步伐

张硕辅指出，思路明确之后，重在建设，贵在加快。具体要增强“五力”：一要加快城镇体系建设，增强带动能力。立足全省“3+5”城市群“一区三圈一带四轴”的总体空间布局，加快构建我市“一心两翼”的新型城镇化体系框架，把娄底城市带打造成“3+5”城市群辐射中部地区的重要发展轴。二要加快基础设施建设，增强承载能力。加快城镇交通建设，构建以市中心城区为中心，以县市城区为节点，以公路、铁路、城际轨道交通为骨干，以水运、空运为补充的综合交通运输体系；加快配套设施建设，完善跨河、跨路、跨线的桥梁隧道建设和市政供水、供电、供气、管网、治安防控网络建设；加快生态环境建设，让城镇天更蓝、水更清、环境更优美。三要加快城镇经济转型，增强综合实力。优化产业布局，优化产业结构，优化产业园区，着力构建现代产业体系，以产业发展带动人口集中，以产业发展促进城镇就业，以产业发展支撑城镇建设。四要加快城乡统筹发展，增强推进活力。加快规划向农村拓展，加快服务向农村延伸，加快产业向农村布局，加快人口向城镇转移，走出一条以工促农、以城带乡、城乡统筹发展的新路子。五要加快体制机制创新，增强发展动力。敢于先行先试、探索创新，搭建用地平台，搭建投融资平台，搭建管理平台，破除瓶颈，增强城镇可持续发展动力。

加快推进新型城镇化进程，关键在今年。张硕辅最后加重语气强调．各级各部门一定要抢抓机遇，乘势而上，加速赶超，全力推进“四化两型”建设，把市区和各级城镇打造成为人民群众安居乐业的美好家园。

（原载《娄底日报》2011年1月13日第一版）

与娄商朋友携手共建幸福娄底

——访中共娄底市委副书记、市长易鹏飞

本报记者　刘惠南

亲不亲，故乡人。多年来，关心、支持家乡发展的海内外娄底工商界精英，在铸就自身辉煌、成就自己事业的同时，也在回家乡投资兴业、促进娄底加速赶超方面做出了积极而卓有成效的贡献。特别在交流娄商商道、传播娄商文化、宣传娄底形象、拓展合作空间、实现互动双赢、建设幸福娄底方面产生了巨大影响，引起了人们的浓厚兴趣，在娄底市第二届娄商大会暨市工商联第三次会员代表大会召开之际，记者采访了市委副书记、市长易鹏飞。

谈到娄商，易市长十分激动。他说，改革开放以来，娄底人不畏难、不信邪，发扬敢闯敢干的精神，在风起云涌的商海中摸爬滚打，上下求索，茅塘农军闯市场，洋溪农民走天下，双峰农民画世界，"三一"传奇誉中华，娄商以其独特的人文背景与个性特征自成一体，形成了一个颇具实力的商业群体，在全省乃至全国产生了较大影响。据不完全统计，娄商在国内外涉足行业70多个，亿万富翁200余人，拥有资产近2000亿元，成了助推家乡经济社会发展的重要力量，形成了"爱国爱乡、敢闯敢干、追求卓越、勇于制胜"的娄商精神。他认为，娄商精神与家乡厚重的历史文化一脉相承。在娄底，古老与青春碰撞，激情与理性共振，历史与现代交融，全省最年轻的城市因此更加魅力四射、光彩夺目。

娄底经济社会发展前景灿烂，易市长说，未来几年，娄底将把资源节约、环境友好作为衡量经济发展的第一准则，紧紧围绕科学发展主题，全力推进经济发展方式转变，以水府示范片区建设引领全市"两型"社会建设，打造"三基地一中心一枢纽"。把做大做强新型工业作为促进我市"科学发展、加速赶超"的第一引擎，以信息化促进新型工业化，以新型工业化带动农业现代化、新型城镇化，加快园区建设，努力构建现代产业体系。把上项目、扩投资作为保增长、促转型的第一抓手，做实项目前期，狠抓项目争取，加快项目建设，以项目扩投资、调结构、强基础、增后劲，努力推进全市经济社会持续快速健康发展。把深化改革、扩大开放作为提升市域经济影响力的第一选择，全面树立开放包容意识，充分调动一切积极因素，为发展提供更加灵活、更加有效的外部支持和体制机制保障。把以人为本、建设幸福娄底作为政府工作的第一目标，更加注重社会和谐与民生改善，更加注重生态建设与城乡统筹，更加注重解决实际问题，维护群众利益，努力提高人民生活质量。可以说现在的娄底，商机无处不在、投资无处不兴。他希望广大娄商抢抓当前家乡发展新的机遇，以促进娄底繁荣昌盛为己任，积极投资家乡、建设家乡，把更多更新的理念、资本、技术和人才带回家乡，在重大基础设施、战略性新兴产业、总部经济、现代服务业等领域发挥更大作用，全面推进娄底经济与娄底人互动融合发展，共建共享幸福娄底。

携手共建幸福娄底，人是决定性因素，教育则是关键。面对城区大班额、读书难、师资力量不平衡、农村教育事业滞后等十分突出的问题，娄底市委、市政府计划通过 4 年努力，投入资金 8.7 亿元，完成学校建设项目 53 个，新增中小学学位 32860 个，力争到 2015 年，基本满足娄底城区学生就近入学的需求。同时决定采取“四个一点”的办法，即市财政调集一点、县级财政安排一点、向省财政借一点和发动社会各界捐一点，通过多方筹资，确保教育投入。为此，市工商联、娄商联合会、市企业家协会、市教育基金会联合发起捐资助学活动，号召全市各界人士积极参与捐资助学，在全社会形成关心下一代成长、支持教育发展的良好氛围，促进娄底教育事业的全面协调发展。易鹏飞动情地说，舐犊恩重，赤子情深，最爱是家乡，最浓是乡情。希望广大娄商充分发扬“富而思源，富而思恩，富而思报”的光荣传统，鼎力支持家乡的教育事业，共同把家乡建设得更加美好。

谈到如何凝聚娄商力量，共建幸福娄底时，易市长围绕促进娄底经济社会发展大家比较关注的问题畅谈了他的一些深邃思考。他指出，具体从四个方面着力：

以项目建设为抓手，竭尽全力促推“四化两型”。计划从今年开始，连续 4 年开展“项目建设推进年”活动，实现“十二五”期间完成投资 3400 亿以上，年均增长 25% 以上，到 2015 年实现地区生产总值突破 1300 亿元，年均增长 12.5% 以上，确保全市产业结构更趋合理，城市建设扩容提质，资源环境明显优化，社会事业发展。广大娄商要牢牢把握娄底大抓项目建设的有利时机，结合自身企业的特点与优势，主动加强项目建设的对接力度，积极参与娄底项目建设，为推进娄底“四化两型”建设奉献力量。

以作风转变为动力，竭尽全力促推发展环境优化。在全市开展以“学习宁乡经验、实施加速赶超”为主题的作风建设活动，活动的主要内容是“万名干部下基层，三联三转三提高”，即部门联村联企，领导联点联项，干部联户联人，转变观念学宁乡、转变方式促发展、转变作风惠民生，提高公信力、提高推动力、提高执行力，组织全市各级干部带着感情、带着责任、带着任务走下去，食宿农家，深入企业，听民声、访民苦、解民忧、结民情，真正问政于民，问需于民，问计于民，使全市广大干部牢固树立“实干就是真本领、落实才是真功夫”的理念，以能为的素质、敢为的勇气、有为的魄力，积极投身建设幸福娄底的新征程之中。

以捐资助学为载体，竭尽全力促推教育事业发展。近年来，全市广大干部群众在各级党委政府的号召下，发扬传统，积极响应，社会各界无私奉献，踊跃参与，谱写了一曲曲捐资助学的大爱之歌。据统计，通过“教育基金一日捐”、部门结对帮扶、书画义卖义捐、娄商以及成功人士募捐等形式，以及大力开展“爱烛行动”、救助特困学生等奖教助学活动，全市社会各界近年来捐资办学资金累计达到 5 亿元以上。一大批企业家、知名人士、成功人士，致富不忘回报社会，主动热心反哺桑梓，积极开展捐资助学，勇于担当社会责任，既体现出企业家深厚的重教情怀，又体现了他们崇高的思想境界。广大娄商要充分发扬爱国爱乡的光荣传统，积极参与捐资助学活动，以实际行动为解决城区大班额问题奉献爱心。

以合作共赢为导向，竭尽全力促推娄商返乡兴业。首先，要把合作双赢作为我们共同的目标。坚决摒弃那种简单陈腐的单方面回报家乡的思想观念，强化回乡投资也要获得应有回报的意识，并以此作为衡量家乡投资环境、衡量娄底各级领导干部政绩的重要标准。其次，要把搭建平台作为我们合作的基础。一方面，进一步构筑好联结的平台，以亲情乡情友情为纽带，以血缘业缘地缘为基础，以娄商大会、项目对接会、投资洽谈会、合作恳谈会等为载体，建立起相互沟通、经常联系的桥梁和纽带。另一方面，进一步构筑好投资平台，紧紧围绕产业体系建设、工业园区建设、物流园区建设、基础设施建设等方面，加大投入，加快建设，加强配套，真正打造投资的“洼地”，降低投资的综合成本，让投资尽快发挥效益，让各方投资能尽快实现增值。第三，要把优化环境作为实现共赢的重中之重。着力优化政务环境，从项目审批、金融贷款、市场准入、工商税务登记等各个环节提供更加便利化的服务；着力优化人文环境，积极营造尊重成功者、容忍失败者的评判文化，积极营造娄底人爱娄底、娄底人支持娄底人的良好氛围；着力优化社会环境，继续下大力气加强法治娄底建设，加强对“三强”行为的整治，着力构建化解矛盾纠纷的长效机制，真正让娄商回乡兴业投得舒心、安心、放心。

（原载《娄底日报》2012 年 3 月 30 日第二版）

推动娄底旅游产业转型升级

——魏小安教授旅游讲座解读

本报记者　刘惠南　石　瑶

5月25日，在娄底市委常委学习中心组（扩大）学习旅游工作会议上，我国著名旅游经济和管理专家魏小安教授应邀以“娄底耀人间，旅游谋幸福”为主题，做了一场生动精彩的讲座，既有理论阐述，又有政策解读；既有实践总结，又有感性思考；既有顶层设计，又有操作建议，对我市实施“旅游兴市”战略，推动旅游产业转型升级，促进旅游业跨越式发展具有很强的现实指导意义。

小安论点：准确把握当前旅游发展形势

休闲是中国旅游转型升级的必然发展。城市化的发展要求城市休闲功能的完善，城市休闲功能通过具体的房地产项目体现出来，其中重点的是建设城市中央休闲区。而投资热推动着旅游休闲业发展，旅游小城镇、文化村，成为各地新的旅游发展亮点。因此，加快旅游文化村、旅游主题镇和城市中央休闲区建设，是完善城市休闲功能，推进旅游转型升级的重要举措和必然要求。观光旅游出人气，休闲度假出财气，文化旅游出名气；商务旅游主导，特种旅游补充。围绕人们的休闲需求，形成需求链，同时形成服务链、经营链，最终形成产业链，是未来中国休闲产业群的形成和中国休闲产业发展最终成熟的标志。

社会发展是中国旅游产业发展的强大基础。政府主导形成旅游发展的强大动力，工业化发展提供旅游投入基础要素，城市建设创造旅游环境的优越条件，区位交通强化旅游产业的综合功能，多元模式提升旅游产品的多种优势，传统复兴带来旅游市场的广阔前景，文化产业构造旅游社会的独特魅力，科技提升带动旅游全面的转型升级。一产围绕旅游调结构，二产围绕旅游出产品，三产围绕旅游搞服务，交通围绕旅游上档次，城建围绕旅游美形象，林业围绕旅游出景点，文化围绕旅游创特色，宣传围绕旅游造声势，公安围绕旅游保平安。各行各业围绕旅游聚合力量，成为推进旅游产业发展的强劲动力。

旅游业是百姓创造幸福的重要源泉。种植业保障生存，制造业缓解短缺，服务业提供便利，旅游业创造幸福。我们要以后工业化的视角，挖掘前工业化的资源，利用工业化的成果，创造超工业化的旅游产品，对应变化中的旅游市场，强化旅游产业发展的差异度，培育旅游产品的文化度，增强旅游服务的舒适度，提高旅游进出的方便度，创造旅游休闲的幸福感。

当前旅游业发展的新特点：战略提升，更加注重全面性、体系化、综合性发展；消费高涨，休闲型消费、个性化消费需求同步增长，商务旅游需求稳定；活动促销，经贸型、运动型、娱乐型、文化型活动风起云涌；产业联动，以旅游市场为平台促进各个相关产业发展，构造新兴产业体系；投资增长，城市化带动城市休闲、农家乐升级，旅游小城镇成新亮点；顶层设计，旅游发展的设计、策划、咨询、营销、活动组织等，推动旅游均质化，发展智能化；高速带动，航空、高速铁路、高速公路所构成的“三高”体系，推动旅游与交通的双赢。因此，旅游业日益与国家和地区人文、社会、历史紧密结合，成为“软实力”的重要方面；旅游业不仅是经济上具有综合性、基础性和可持续性的支柱产业，也是关乎社会就业、扶贫、环保等的一项重大民生工程；旅游业发展要更加注重规划优化与资源整合，形成“大旅游”的发展格局；旅游业发展要紧扣市场需要与自身条件，合理定位，有效营销。

小安评判：充分认识娄底旅游发展优势

娄底旅游具有良好的发展优势。一是市场需求持续。产业规模不断扩大，全市旅游总人次和总收入年平均增速均超过 30%，到 2011 年底，全市接待游客 1134 万人次，旅游总收入 57 亿元。二是资源丰富，品味好、品种多。娄底有五级资源区 2 处，四级资源区 4 处，三级资源区 6 处，另有二级资源区、一级资源区各 10 处。到 2011 年底，全市共有国家等级景区 7 个、经营性景区 5 个、旅游星级饭店 31 家、旅行社 33 家，还有省级农业旅游示范点 4 家，星级乡村旅游区（点）80 家。三是自然环境好。有列入首批国家自然文化遗产名录的江南稻作文化遗存——紫鹊界秦人梯田，有五大惊现溶洞奇观的世界溶洞极品梅山龙宫，有我国保存最完整的乡间侯府曾国藩故居富厚堂，有绝壁画廊、三湘一秀的湄江，有与炎黄争天下的蚩尤故里大熊山国家森林公园，有遍布唐代医圣孙思邈足迹的龙山森林公园，有国家重点水利旅游区水府庙水库等等。这些良好的自然环境，展示出娄底旅游的豪迈和壮美。

娄底旅游具有独特的品牌。有世界的紫鹊界：梯田成形于秦汉，集自然美、古朴美、形体美、文化美于一体，有“梯田王国”之美誉，堪称“世界奇迹”。有东方的曾国藩：一代大儒、一代名臣，“立德，立功，立言”，屹立于世界东方，流传千古。有中国的湄江：集山、水、涧、峰、石、泉、瀑布、悬崖、峭壁、深坑及溶崖湖于一体，有折皱、断裂和节理发育等构造地貌类型，具有幼年期岩溶地貌发育特征和标志，被我国地质专家誉为不可多得的世界地质遗迹。有湖南的溶洞：梅山龙宫、有溶洞极品之称的波月洞。梅山龙宫是一个地下溶洞群，洞道已探明长度2876米，其中已开发1856米，包括466米世界罕见的神秘地下河，共9层，大小石厅80多个，被誉为“亚洲最美的地质博物园”；波月洞有大小洞厅27个，厅厅有景，景景各异，让人赞叹大自然的神奇。有娄底的水府：这不是对水府庙水库景区低的评判，而是从客源市场上说的，说明水府庙水库景区还有待开发、打造成知名景区。

娄底旅游也还存在明显弱势。一是品牌严重不足，品位不高。在全国、全球叫得响的旅游品牌不多，核心景区资金投入都是“小打小闹”，景观设计建设品位不高，特色不突出，文化味不浓，管理落后。二是小交通差，出入不畅。娄底旅游大交通状况虽逐步缓解，但通往景区的连接公路标准低，建设缓慢。三是旅游不成体系，结构不优。旅游产业的基本六要素还没有形成完善的体系，旅游接待、休闲娱乐、文化体验等配套不全；旅游管理体制不优。旅游资源分属农业、水利、建设、文物、国土等部门，景区建设开发与管理有“多个婆婆”，难以整体统筹推动。

娄底要超越城市，引领发展潮流。娄底已经拥有很多城市称号：“省级园林城市”“省级卫生城市”“省级文明城市”“全国宜居城市”“中国优秀旅游城市”“全国绿化城市”等，但最根本的是要超越城市，创建未来城市，引领发展潮流。要建山水城市、田园城市、生态城市、森林城市、文化城市、创造城市、数字城市、休闲城市、幸福城市。要开发资源，开拓市场，开放运营，开明治理，开一代风气之先。

小安支招：创新战略提升旅游发展水平

“莫道中华山水美，此处风光别有天”。娄底旅游要实现跨越式发展，必须大力实施“旅游兴市”战略，推动旅游产业转型升级。

娄底旅游兴市，必须从七个方面做文章。一是创新观念，牢固树立新型发展观，跳出旅游看旅游，跳出娄底看娄底，加强与全国、全省旅游的对接与融合，加强市内旅游资源的整体营销与策划，提高对外影响力和综合竞争力；二是转变方式，着力培育集约型发展方式，按照块状和带状发展的思路对旅游资源进行整合，坚持旅游景区开发与旅游资源保护并举，加大旅游资源保护力度，切实加强旅游产品的塑造、提升、建设，完善产业体系；三是完善机制，努力形成合理的旅游产业推进体制和充满活力的旅游业运行机制；四是打造品牌，积极创造新的旅游目的地品牌和旅游产品品牌；五是形成功能，全面发挥旅游综合性强、关联度高、拉动面大的特点，形成旅游配套功能；六是提升质量，不断提升旅游发展质量和旅游服务质量；七是改善生活，使旅游成为一种新的生活形态，通过旅游提高广大群众的生活水平。说到底，必须超出旅游认识旅游，超越区域发展区域，超越时代理解时代，才能实现跨越式发展。

娄底旅游兴市，必须在六个方面下功夫。一是要保增长，转方式，调结构，强基础，惠民生。二是要正确选择发展路径，优先发展优势产业。三是要不断扩大旅游产业规模，优化产业结构，提升产业发展水平。四是要大力推进城乡统筹，加快城市群一体化进程。五是要创新旅游市场发展理念，不断拓展外来客源市场、本地客源市场、出游客源市场和地方层面客源市场，吸取人气，增加收入。六是要增加旅游密度。

小安策划：战略构想挖掘娄底旅游发展潜力

打造世界的紫鹊界。以山上高端独特的大众观光旅游，山下休闲度假和梯田、民居、温泉、森林为主的组合性休闲旅游，打造世界级旅游产品。并建立国际梯田旅游发展组织，召开世界梯田旅游发展大会，开拓世界性旅游市场。

树立东方的曾国藩。大题目要做大文章，从立德、立功、立言，强化德与言上做足旅游产品开发文章；建立一门“曾学”，以曾国藩为中心、重心，上溯曾子、曾巩，下到今天，凡曾氏有学之人均可成为研究对象，使之成为一门开放性的学问，流传千古。

开发中国的湄江。超越单一观光，建立休闲农庄、科学考察基地、户外运动基地和自驾车营地，实行多元化发展。

建立湘军将领故居群。将湘军将帅 14 个大院重新修建好，将湘军传奇式人物、传奇性故事整理推介，使之成为国家级的旅游产品，成为全国性的旅游市场。

做好“十二个一”。要围绕娄底旅游资源保护、旅游产品开发、旅游产业发展，摄制一部电视宣传片、创作一首旅游主题歌，提炼一套主题宣传口号、确立一位旅游形象大使、设立一个旅游吉祥物、开播一个电台频道、出版一套系列丛书、创立一个专题网站、编纂一台常演文化大典、传播一支口头传唱歌曲、叫响一个网络流行口号、创办一个著名节庆活动。通过这“十二个一”，提高娄底旅游的知名度、美誉度，增强娄底“旅游兴市”和旅游产业转型升级的使命感、责任感，形成全市上下推进旅游产业发展的强大合力。

（原载《娄底日报》2012 年 6 月 5 日第三版）

奋力争创国家级经济开发区

——访中共娄底经开区党委副书记、管委会主任方建荣

本报记者　龙红年　刘惠南　通讯员　易南辉　曾吴霞

春天，因梦想而精彩。作为全市新型工业化主战场、两型引领示范区、投资兴业新洼地和经济发展增长极的娄底经济开发区，应如何贯彻落实中央、省、市经济工作会议精神，抢抓机遇，真抓实干，争创国家级经济技术开发区，实现春天的梦想？ 2月29日，本报记者访问了娄底经开区党委副书记、管委会主任方建荣。

2011年，是娄底经开区科学谋划、奋发有为的一年。全区经济快速发展，全年工业总产值同比增长45%，规模工业增加值同比增长48%；财政总收入同比增长62%，固定资产投资同比增长40%。主要经济指标超额完成。荣获全省“加速推进新型工业化三等奖”、全市“绩效考核先进单位”、全市“新型工业化第一名”、全市“项目建设第一名”、全市“产业园区绩效考核第一名”等多项殊荣。

回顾过去的一年，方建荣倍感欣慰。他说：娄底开发区人付出了艰辛，得到了丰厚回报。这得益于我们在市委、市政府的坚强领导下，团结带领全体开发区人，坚持“把招商引资作为第一职责、把项目建设作为第一抓手、把产业培育作为第一任务”。招商引资成效突出。围绕主导产业招大引强，新引进硬质磁芯及深加工、超级活性炭生产及加工、光华机械设备制造、建筑机械系列项目；与三一重工、华菱集团、长丰集团、中国供销集团等上市公司达成长期合作意向；选定薄板深加工产业园、三一配套生产基地、湘中国际物流园等一批成长性强、辐射力大的项目开展谈判。项目建设扎实推进。全年实施建设项目54个，投资额同比增长40%。金太阳多晶硅、方圆磨具等11个项目顺利开工，绿色动力科技园、乐开口等项目平基进入扫尾；汽车板电工钢项目500余万方土地平基全面完成，配套建设抓紧推进；雪花啤酒厂房主体完工，金华车辆试投产，众一电子信息产业园、健缘科技投产，三一中兴第三期扩建实现年产值25亿元。产业培育风生水起。新增规模以上企业5家。三一中兴、泰基建材、创一电子等优势企业产销两旺，战略性新兴产业快速成长，新兴产业高新技术产值同比增长91.4%；高新技术产品增加值同比增长92.5%；高新技术产值占总产值比重达40.1%。薄板及深加工、汽车及工程机械制造、

电子信息三大产业主导地位凸显，已集聚关联企业72家。园区配套更加完善。基础建设投资近2亿元，吉星路开发区段正抓紧施工；娄涟公路改扩建工程正式开工；S209线开发区段、为氏星广场配套的沿河路建成通车；永兴街、尤莉街等园区道路破土动工，龙眼公园、鸭丝塘公园初步建成。“安置基地建设年”活动中凤阳市场、金利达市场、太和工业园、江龙等安置基地建设开始道路硬化、管网改造和配套建设，沿河路、民福第一期安置基地已移交给村（居）民自主建房，梅子湾、迎春、吉星安置基地基础工程全面提速，东部新区建设迈出实质性步伐，开发建设步入又好又快发展轨道。

方建荣说：新一届市委、市政府高度重视园区经济，武生书记、鹏飞市长走马上任不久，就多次视察娄底经开区，寄予厚望，明确提出要把园区经济打造成为娄底工业经济发展的突出亮点，加大对园区发展的政策性投入，在财政体制、土地出让、基础设施建设投入上，实行重点支持、重点倾斜。要求娄底经开区“赶九华、超益阳”，争创国家级经济技术开发区。这是我们谋求跨越发展的极好机遇。我们唯有咬定目标不放松，跨越发展，赶超进位，才能不负市委厚望。

争创国家级经济开发区，发展理念很重要。当记者问及如何创新发展理念时，方建荣兴奋地说：一要进一步转变观念。坚持发展至上，真抓实干，在百舸争流的进位追逐中拼出一条新路；坚持服务至上，时刻牢记投资商的需求，以海纳百川的襟怀、包容四方的气度，尊重投资商，支持投资商，服务投资商。二要进一步突出重点。项目是发展的“生命线”。强化“以项目论英雄”的导向，在项目建设主战场考察干部、检验作风、评价政绩、兑现奖惩，重奖项目建设有功人员，重用项目建设出色干部，重处项目建设害群之马，最大限度调动全区干部职工工作积极性，迅速掀起项目建设新热潮。三要进一步提升效益。大力提高土地经营效益，对那些以圈地为目的的企业，坚决请出园外，腾笼换鸟换出效益。大兴调查研究之风，努力做到决策贴近实际，干事务求实效。确定了的目标，认准了的理，计划好了的事，无论千辛万苦，都一以贯之、一抓到底。四要进一步看重民生。坚持民生为本，把改善民生作为经济社会发展的首要任务，把提高人民幸福指数、建设幸福园区作为始终不渝的目标。从解决群众最关心、最直接、最现实的问题入手，倾听民声，开发民智，爱惜民力，化解民怨，凝聚民心，最大限度维护人民群众的根本利益，合力推进开发建设。

千里之行始于足下。谈到争创国家级经济开发区应从哪几方面着力时，方建荣胸有成竹：

做大做强主导产业。引导园区优势企业在扩大生产规模的同时，以商招商，做好上下游产业配套文章，延伸产业链条。依托汽车板和电工钢、三一中兴、华菱涟钢等龙头企业，努力打造薄板深加工、工程机械、电子信息三大主导产业集群，新增工业投资45亿元以上，力争薄板深加工产业园、三一工业园、明人机械等重大项目早日签约落户。

全面提升园区形象。将完善园区基础设施与推进城市化有机结合，加紧实施一批基础工程项目，提升园区形象。加快启动推进娄涟公路、吉星路、迎春路、香茅街、江龙路、太和南路、西坪南路、永兴街、尤莉街、勤丰路、秋蒲街、食府路、第二工业园东西一路、二路和南北一路、二路等道路及水、电、通讯、绿化、亮化等配套建设，构建便捷交通网络，启动第二工业园供水、供电、供气、通讯、公交、环保等配套建设，不断提升现有园区城市化综合配套服务水平。进一步加快沿河风光带建设，推动众一桂府二期及金潭大酒店、三一中兴公司高管生活小区等高端社区建设，将商住区建设成我市新型城市化的亮丽风景区。

强力推进项目建设。继续开展“项目建设年”活动。千方百计创造条件，推动中兴液压年产8万台（套）油缸、金华车辆年产3万辆特种车辆、华润雪花年产20万千升啤酒项目和方瑞钢管、华南煤机扩建等项目投产达产，推进汽车板电工钢、乐开口自动化米粉机、大丰和绿色动力科技园、广东巨大重工设备、三泰新材料扩建等项目全面开工建设。同时，力争新增产值过亿元企业5家，力争高新技术产值比重达到园区工业总产值的50%以上，高新技术产业增加值增幅在50%以上。

打造高效服务平台。坚持服务至上，时刻牢记投资商的需求，以海纳百川的襟怀、包容四方的气度，尊重投资商，支持投资商，服务投资商，集中精力研究、完善政策扶持措施和投资服务体系，积极主动支持、帮助投资商和企业破解资金、土地、劳动用工、子女教育、职工住宅等现实难题；倡导实干作风，大兴亲力亲为之风。大力倡导“一线工作法”。广大党员尤其是领导干部深入开发建设一线，零距离办公，做到“情况在一线摸清，矛盾在一线化解，服务在一线优化，感情在一线融洽，成绩在一线体现”。由纪检监察牵头，政法、公安、优化办、办事处联动，在全区范围内进行全面排查，侦破涉及重点工程建设的刑事、治安案件，铲除一批以重点工程为主要侵害对象的犯罪团伙，打击一批扰乱重点工程正常施工的违法犯罪分子，为工程项目建设和企业生产经营保驾护航，推进开发建设和谐、快速向前发展。

（原载《娄底日报》2012年3月20日一版）

在转型创新中打造“三区两基地一中心”

——访中共涟源市委书记谢学龙

本报记者　谭清华　刘惠南　通讯员　刘再丽　吴业平　王万超

湖南省特色县域经济重点县市涟源市，近年来又获得三张闪亮的全国名片：“国家资源枯竭型城市转型发展先进县市”“中国最佳养生休闲基地”“全国现代农业示范区”。作为湖南能源材料基地，“十二五”期间，涟源市在传统支柱产业跌入谷底的情况下，仍然保持了年均10.7%的GDP增速，规模工业增加值、社会消费品零售总额、地方财政收入、固定资产投资，分别是2010年的1.6倍、2.0倍、1.7倍、3.1倍。2016年12月1日，涟源市委书记谢学龙接受记者采访时认为：这得益于涟源坚定不移地走转型创新发展之路。

涟源资源丰富，素有“煤炭之乡”“建材之乡”“有色金属之乡”的美誉。过去市内几乎所有的产业都围绕资源进行布局，规模以上企业大多分布在采煤、焦化、冶炼、水泥等高能耗、高污染、低技术、低附加值的行业。“十二五”期间，随着宏观政策的调整和市场环境的变化，靠拼资源的涟源市发展面临严峻考验。传统产业煤炭、煤机、建材等行业，步入前所未有的低迷期。光拿煤炭税费来说，就从“十二五”初的3亿元，断崖式跌落到了去年的不足3千万元。谢学龙说：“转型，成了唯一的选择。”

改造提升传统产业，培育战略性新兴产业，加快崛起现代农业，成功激活旅游产业，着力实施产城融合，“十二五”期间，涟源市积极探索转型、推动转型。谢学龙介绍说，涟源市委、市政府以壮士断腕的决心，坚决淘汰落后产能，关闭了最大的纳税企业顺鑫钢铁，全市100多家煤矿关闭到只剩下40家，小型水泥厂几乎全部关闭，极大地改善生态环境；积极延伸传统产业链条，逐步实现由单一原煤采掘向煤电、煤化工、煤机产品转变，打造中南地区最大煤机生产基地。新引进、新培育智能装备制造、生物医药、新材料、新能源、特色农产品加工等高新技术产业，改变了过去依靠煤炭、建材、冶金为支撑的产业结构格局，逐渐形成多极发展、多点支撑的工业格局。大力发展规模农业、特色农业、精品农业，农业产业结构得到进一步优化；大力发展精美休闲农业，培育了一批“可看、可摘、可参与”的生态景观型“农家乐”。同时，依托湄江、龙山两大核心景区，有效整合连接飞水涯、围城文化、湘军故里、三甲古村落等各具特色的景区点，建立涟源旅游的大框架；不断完善旅游公共服务体系，促进旅游业快速发展。紧紧围绕“山水园林、宜居宜业”目标，全力推动新型城镇化全面提质发展，产城一体化步伐加快。

转型发展永远在路上。谢学龙告诉记者，涟源是“武陵山片区区域发展与扶贫攻坚县市”“湖南新型城镇化试点县”“全省一二三产业融合发展试点县市”，也是“国家资源枯竭型城市”“全国第二批全域旅游示范县”创建单位，这给涟源“十三五”加速转型、加快发展提供了外在机遇。而涟源交通区位优势的进一步改善，现代产业布局的基本形成，又为涟源加速转型、加快发展创造了内在条件。“十三五”涟源转型发展的目标是：建成“三区两基地一中心”，即资源枯竭城市转型发展引领区、武陵山片区脱贫攻坚先行区、全省新型城镇化示范区、全省应急产业基地、全省特色农副产品深加工基地、区域性旅游休闲养生中心。

思路一打开，豪情满胸怀。谢学龙说：“涟源实现转型发展目标，必须用前瞻的眼光来描画，用市场的观点来引导，立足涟源传统优势，牢牢抓住良好机遇，充分利用好自身条件，坚持‘三转’的总体思路，即‘地下’向‘地面’转、‘黑色’向‘绿色’转、‘夕阳’向‘朝阳’转。”

谢学龙表示，具体要做好五篇文章，推进转型创新。一是做好先进装备制造文章，推进传统产业转型。以创安防爆、海福矿灯等煤机企业为示范，引导传统产业改造升级；以三一中源等龙头企业为样板，延伸产业链条，开拓新的市场。二是做好应急产业文章，推进工业企业转型。充分利用涟源老工业市传统制造技术优势，以康麓生物、回春堂中医药产业为龙头，瞄准国际技术和国际化市场，大力开发接续替代产业，重点发展矿山监测、矿山预防防护、矿难处置救援、安全巡检预警、应急物流及应急服务产品，打造涟源首个百亿级产业，建成湖南应急产业制造基地和中南地区应急产业示范基地。三是做好现代农业文章，推进农产品加工转型。以邬辣妈、富田桥豆腐、肖老爷食品、天华牧业等系列农业龙头企业为引领，大力开展特色农副产品深加工，形成多点支撑的现代工业体系。四是做好产业链接文章，推进产业融合转型。以桥头河现代农业综合产业园为依托，用工业化方式发展农业，把现代农业和工业、旅游业联系起来，把精致农业、高效农业、生态观光农业进行整合，通过加工把初级产品变为农副产品、把简单的食品变成旅游商品，通过休闲观光农业把农产品变成旅游产品，从而拉长农业产业链条，实现一二三产业的有效融合。五是做好山水园林文章，推进生态旅游转型。充分利用涟源得天独厚的旅游资源优势，以“一中心（中心城区）两翼（南部大龙山养生休闲度假区和北部湄江

4A 级景区）”为发展态势，围绕“依山傍水、山水相连、宜居宜业宜游”城市发展目标，搞好中心城区提质改造，融入文化元素，植入健康产业，打造山水园林城市，推动生态旅游持续发展。

谢学龙满怀深情地说，创新是资源型城市转型发展的新动力，涟源市委、市政府将充分利用好上级支持创新的政策，打造好创新平台和载体，培育好创新型企业和人才，为实现涟源转型发展目标提供强有力的保障。

（原载《娄底日报》2017 年 1 月 11 日第二版）

打造未来娄底城市新形象

——访中共万宝新区党委书记罗孝贵

本报记者　龙红年　刘惠南　通讯员　李　哲

一年之前，在省、市各级领导的高度重视下，在全市人民深切的瞩目中，娄底市水府示范片万宝新区胜利起航。一年来，这方充满希望的热土呈现出怎样的发展态势？作为全省环长株潭城市群建设中“五区十八片”之一的万宝新区，如何突出“两型”引领，加快开发建设，打造“未来娄底城市新形象”？ 3月2日，万宝新区党委书记罗孝贵挤出时间，接受了本报记者的专访。

罗孝贵首先兴奋地告诉记者，在市委、市政府的正确领导和市直部门、娄星区的大力支持下，2011年，万宝新区高标准完成万宝新城、百亩组团、仙女寨生态公园和娄底高铁南站等9个规划设计，完成社会固定资产投资27.5亿元，实际到位内资30.6亿元，实际利用外资3400万美元，批回土地1875亩，搭建融资平台，筹措资金4.5亿元，实现了良好开局，擂响了打造“未来娄底城市新形象”建设的铿锵鼓点。

把握制高点，科学规划设计。坚持将顶层设计作为“两型社会”建设战略的制高点，高标准定位、高起点编制，以确保规划既体现“两型”建设的先进理念，又凸显地方优势与特色。在《水府示范片区总体规划》的框架内，通过国际邀标方式，确定法国夏瓦纳设计公司完成具有较高水准的28平方公里万宝新城城市概念性设计与2平方公里核心区城市设计；委托市规划设计院编制完成万宝新城组团、百亩组团控制性详细规划；邀请国内顶尖策划机构——王志纲工作室完成仙女寨生态组团的前期策划方案，已经交付初步成果。同时，委托铁三院完成沪昆客专娄底南站站前地区修建性规划，聘请湖南大学规划设计院编制湘中国际汽贸城修建性规划。此外，万宝新城和百亩组团的路网规划设计也已全面启动。

抓住关键点，力推项目建设。精心策划，包装推介“两型”项目。新区对仙女寨——水府庙生态公园、万宝新城中央商务区、物流中心、小商品城、五星级宾馆、汽贸城、精品楼盘等项目进行精心策划和包装，并通过媒体、招商会等各种渠道进行广泛推介。目前，各类投资商竞相洽谈，新区的吸引力日益增大。积极招商，力推各类项目建设。立足新区现有基础，按照产业集群、环境友好的要求，引进北京有色研究总院半固态铝基复合材料流变生产线、台湾南良集团中岳体育用品、仙女寨悠活五星级酒店、青松碳纳米管、塑钢护栏等9个项目；与中粮集团年产30万吨小包装油品分包项目、江苏中南集团高铁北广场金融商务区、上海万尚会城市综合体、红星美凯龙家居生活广场等项目进行积极洽谈。全面落实新区领导联系重点企业、项目工作责任制，确保项目建设顺利进行。加大投入，不断完善基础设施。以路网建设为重点，加快甘桂路（早元街—湘中大道）、大石山路、高丰路（早元西街—湘中大道）、大井路、镇堂街、百宝街及二污干管等基础设施建设。

突破制约点，强化要素保障。全力保障项目用地。新区及时报回仙女大道、高丰路等项目用地1875亩，办理5000亩用地的规划选址手续，完成2次4300余亩土地利用总体规划的调整。全力配合娄星区完成仙女大道、高丰路、恒大地产等项目1508亩土地丈量登记工作，签订土地协议1195亩。坚持节约集约用地原则，最大限度地提高土地的节约集约利用水平。积极筹措建设资金。在巩固同省农发行贷款支持的同时，积极争取国家开发银行湖南省分行为新区设立独立的融资平台；大胆探索与开元基金、湖南建工、湘铁集团等大型国企开展BT合作模式，并就娄星南路的BT建设形成具体方案；积极盘活存量资产，做好土地开发文章。2011年，万宝新区共筹措各项资金4.5亿元，有力地推动新区开发建设。

激发活力点，着力锤炼团队。提出“务实、高效、尚德、创新”的核心理念，着力打造学习型团队。建立新区党委中心组和日常学习制度，组织开展“我为新区献一策”“学习的力量”等征文活动，特邀省委讲师团郑昌华主任、浙江大学连云尧教授来新区进行“以两型社会建设引领发展方式转变”与“塑造高效行政执行力”专题讲座，强化干部职工“两型社会”建设政策理论知识的培训。着力打造效能型团队。邀请北大纵横咨询公司为新区量身打造绩效考核办法，并出台了内部管理、工程建设等一系列管理制度。同时，不断加强新区的文化建设，用各种先进理念引导和打造团队执行力，强化服务意识、责任意识和效率观念，将年度工作目标详细分解到部室、落实到个人，把工作实效与职务晋升、工资收入挂钩。着力打造竞争型团队。新区党委、管委会对中层领导岗位实行公开竞聘，一般干部员工岗位采取双向选择和优化组合，对各部室的工作进展情况定期进行排名公示，实行末位淘汰，形成你追我赶、奋发向上的良好氛围。

如果说去年是万宝新区开局起步之年，今年则是万宝新区拉开建设骨架、推进开发建设的关键之年。罗孝贵说，万宝新区要按照“两型社会”建设的总体要求，以规划编制为龙头，以项目建设为重点，以团队建设为保障，强化土地、资金、征迁、安置等要素保障，全面推进新区开发建设。经济工作目标是：以新区路网等基础设施建设为重点，完成全社会固定资产投资 38 亿元，增长 40%；以商贸物流为主导产业，以 CBD 城市综合体开发为切入点，完成内联引资 28 亿元，增长 40%，实际利用外资 0.35 亿美元，增长 60%；批回土地 2000 亩，筹措资金 8 亿元，实现税收 1.5 亿元。

谈到万宝新区应如何采取措施，为娄底未来城市新形象的建设开拓进取，实现今年经济工作目标时，罗孝贵眼光中透着睿智，话语里充满激情。他说：具体要从三个方面着力：

解放思想，突显一个优先。即效率优先。以创新开发模式来提高效率，如在新型城市化建设中，用城市综合体发展的模式，实现产业、城市、公共基础设施配套、公共文化设施的配套，实现新区从传统的发展路径走向综合开发、科学发展之路，较短时间内打造出一个崭新新城。以提升团队执行力来提高效率，对团队加强执行力培训。同时，以项目建设实物工作量来衡量工作效果，提升绩效考核水平，彰显团队的执行力。以加强协调、形成合力，来提高效率。

务实求真，突出两个重点。第一，突出路网建设。围绕路网建设开展工作，2012 年新区路网建设主要是几条主干道的建设，即投资近 7 亿元的娄星南路，投资近 3 亿元的仙女大道，加上高丰路等其他几条路，是万宝新区今年项目建设的重中之重。同时，还要抓好松山街、众园路等基础设施项目的规划设计和开工建设，力争 3 年左右新区的主干路网成型。第二，突出对企业的支持。全力支持文昌科技、台湾南良集团中越体育用品公司等具有一定发展基础、具有市场潜力的企业。围绕商贸物流产业，力争引进中粮集团年产 30 万吨小包装油品、大润发、红星美凯龙等一批投资 1 亿元以上的项目。围绕城市综合体开发模式，加大对中南集团、大汉集团、上海万尚会等企业的跟踪联络力度。

巧借东风，突破三个难点。重点突破征地拆迁、安置模式、控违拆违三个工作难点。征地拆迁方面，要结合体制机制的理顺，加大与娄星区及市直相关部门的对接力度，尽快体现成效。安置模式方面，要实行超前规划，集中建设单元式高层住宅楼，实现城乡“一步到位”对接，让农民从心理上、生活习惯上直接向城市居民转变；由分散型安置变集中式安置，千方百计节约土地。控违拆违方面，明确责任主体，尽快出台新的规定，遏制违法建设的现象蔓延。并迅速组织大规模行动，对在建违法建设进行强制拆除，确保开发建设快速推进。

（原载《娄底日报》2012 年 3 月 28 日第一版）

第二辑

幸福征程

星城娄底入画来
科学跨越奔征程
千秋基业绘宏图
湘中明珠放异彩
满园青翠尽芳菲
构建幸福安康的家园

星城娄底入画来

——从城建旅游业强力推进看娄底后发赶超

本报记者　刘惠南　吴丽萍

青春娄底，璀璨明珠。

在强力推进城市化，加快发展旅游产业，实现后发赶超的进程中，湘中大地热浪奔涌，展现出美好前景与迷人魅力。

城建：日新月异

经济的腾飞，基础在城建。

一条条宽敞平坦的街道整洁亮丽，一个个独具特色的广场悄然呈现，一栋栋富丽堂皇的高楼拔地而起……满城树木青翠，似锦繁华芳香四溢。晨曦里，华灯下，游人如织的广场、公园，激情四溢，众多的市民随着欢快的音乐，翩翩起舞，陶醉其中……

湘中娄底波澜壮阔的城市建设，使这座年轻的城市英姿勃发，异彩纷呈。

2001 年，市委、市政府高瞻远瞩，拉开城市建设帷幕，按照“不求最大，但求最好”的指导思想，大力实施“北扩南移”战略，扩容提质，拓展城市空间。到 2005 年底，全市累计投入城市建设资金 20 多亿元，新建市中心城区道路 28 条，改建扩建城区主要街道 16 条，改造小街小巷 43 条，新增城市道路 86 公里，城市道路总长度达 510 公里，形成“两翼一中心”的发展格局，“两翼”即城南以市委、市政府等行政机关搬迁形成的行政区和城北以涟钢和市经济开发区为主形成的工业区；“一中心”即以乐坪街、长青街、娄星路、氐星路为框架的城中商业区。中心城市面积由 26 平方公里扩大到 41 平方公里，城市人口由 21 万增加到 56 万。全长 13 公里的吉星路全线开工，将使中心城区的面积再扩大 10 平方公里，全市城镇人口达到 127 万，城镇化水平达到 31%，比“九五”期末提高 11.5 个百分点。

以人为本，优化人居环境。娄星广场、文化广场、火车站广场、人民广场等城市广场，先后改建、扩建；珠山公园、石马公园、九亿商业街等一批颇具娄底特色的城市亮点，相继得到打造。园林绿化形成一街一景、一街一品的绿化美化效果和公园广场、单位院落各具特色的绿化局面。城市建成区绿地总面积达1028公顷，绿化覆盖面积达1125公顷，绿地率达33%，绿化覆盖率达35%，人均公共绿地面积达6.8平方米。娄底城区路灯上升到45000盏，路灯数仅次于长沙，居全省第二。水、电、气、通讯已能满足50万人的需要。全市城镇居民人均居住面积达到29平方米。娄底一大桥、新星中路、吉星路、垃圾填埋场、生活污水处理厂等城市基础设施建设工程稳步推进，城市的承载能力和环境质量明显提高。

徜徉在娄底新城，明显感到城区变大了，变美了，也变干净了。城区环境卫生变多头管理为“一支队伍管到底，一个扫把扫到边”，实行区域路段责任包干制。环卫职工以“脏了我一个，洁净千万人”的奉献精神，每天凌晨3时30分上街清扫，深夜抖落尘土回家，一年四季，风雨无阻。现在，大街小巷每天17–19小时清扫保洁，机关、小区、门店等场所垃圾每天两次定时收集、清运，主街道每天2次洒水降尘，每周1次清洗。城管队员严格执法，文明执法，马路市场销声匿迹，违章建筑棚点及广告招牌被拆除，城区环境清新亮丽，市容市貌规范有序。

2003年11月，全省城镇化工作会议在娄底召开。随后，“省级园林城市”“省级卫生城市”“全国绿化模范城市”等荣誉纷至沓来。人居环境质量位列全省第二，并入选全球100个重点推介城市。

城市发展，人气兴旺。近年来，娄底酒店、娱乐服务行业一片繁荣。战略投资者纷纷看好娄底这块商机无限的宝地，据不完全统计，2003年至今，已有100多批国内外客商来娄考察、投资兴业，仅市经济开发区就引进项目83个，引资总额40多亿元。2005年，全市完成地区生产总值315.4亿元，比上年增长13.6%。

旅游：魅力四射

相传，娄星、氐星交相辉映，孕育了湘中这片神奇的沃土，也星耀着娄底这方秀美的山水。

娄底历史悠久，文化底蕴深厚。这里是中华民族三大始祖之一蚩尤的故里和湖湘文化的主要发源地之一，养育了被诸葛亮称为“社稷之器”的后蜀丞相蒋琬、清末重臣曾国藩，“湘学复兴导师”邓显鹤、堪称我国近代舆地学研究开山祖的邹家七君子……特别是近代以来，谭人凤、陈天华、蔡和森、蔡畅、成仿吾、罗盛教等一个个响亮的名字，更是给娄底大地增添了光彩。悠久的历史孕育了这里多姿多彩的地方文化，蚩尤故里文化、梅山文化内蕴深厚，博大精深，成为荆楚文化的重要组成部分；素有“楚声遗风”之称的新化山歌，合山川之神韵，抒乡民之情怀，具有浓郁的地方色彩；梅山武术，流布甚广，享誉海内外。今年 9 月，新化县被中国民间文艺家协会授予“中国蚩尤故里文化之乡”和“中国梅山文化艺术之乡”。

娄底山川俊俏，风光秀美。雪峰山雄居西北，南岳山横贯东南，龙山盘踞中部，西部资江滚滚，东部涟水滔滔，地上奇峰翠谷，地下别有洞天。一批享誉国内外的旅游资源脱颖而出，惊现于世：有列入首批国家自然文化遗产名录的江南稻作文化遗存——紫鹊界秦人梯田，有五大惊现溶洞奇观的世界溶洞极品梅山龙宫，有我国保存最完整的乡间侯府曾国藩故居富厚堂，有早期革命家蔡和森纪念馆，有绝壁画廊、三湘一秀的湄江，有与炎黄争天下的蚩尤故里大熊山国家森林公园，有遍布唐代医圣孙思邈足迹的龙山森林公园，有国家重点水利旅游区水府庙水库等等。这些高品质的自然人文、种类齐全的旅游资源，正向人们撩开它那迷人的面纱，展示出“万里风云供吐纳，四时花草著精神”的豪迈和壮美。

娄底物阜民丰，特产多多。盛产大米、花生、小麦、茶叶、猪、牛、羊、鱼等农牧渔产品，永丰辣酱、白溪豆腐、花萼粉丝等名特土产驰名三湘，畅销海外。

近年来，娄底市委、市政府审时度势，科学决策，把旅游作为振兴市域经济的战略措施来抓，作为第三产业的龙头产业来培育，加大对旅游的开发投入力度，推进规划编制，加快景区建设，着力市场营销。“全国第 11 届洞穴大会暨梅山龙宫惊现五大洞穴奇观庆典”“中国首届鸟人飞行大赛”等节会活动享誉全球。

重点景区声名鹊起。紫鹊界秦人梯田——梅山龙宫被评为“国家重点风景名胜区”，列入我国首批自然与文化双遗产预备名录；曾国藩故居被国务院核定为“国家重点文物保护单位”。这三个景点均入选“新潇湘八景”。湄江风景区、大熊山国家森林公园等 5 个景点入选“百姓喜爱 · 湖南百景”。

旅游产业规模不断壮大，旅游经济成为新的经济增长点。目前，全市拥有旅游星级饭店 17 家，国内旅行社 23 家，国际旅行社 1 家，主要旅游景区 14 个，旅游汽车公司 1 家，湖南省旅游餐饮示范点 1 家，全市旅游直接从业人员 5000 余人。2005 年，全市共接待游客 177 万人次，实现旅游总收入 8.5 亿元；今年 1–10 月，旅游接待人次和旅游收入又分别比去年同期增长 32% 和 33%，增幅居全省首位。

魅力旅游，显示出娄底厚重人文、绚丽山水，昭示出娄底旅游产业的美好未来。

前景：辉煌灿烂

展望“十一五”，娄底城市建设和旅游产业将更加绚丽多姿。

城市建设将紧紧围绕创建“国家园林城市”“国家生态园林城市”和“联合国最佳人居环境城市”的目标，切实加强城市基础设施建设和重点工程建设，大力推进城镇化进程，着力构建中心城区、县市城区和小城镇建设协调发展的城镇化体系。全市城镇化水平提高 9 个百分点，达到 40%；完成市政公用基础设施固定资产投资 35 亿元，其中市本级完成 19 亿元；建成区面积新增 20 平方公里，达到 112 平方公里，其中市本级达到 42 平方公里以上；新增城市道路 90 公里，其中市本级新增 50 公里，全市城市道路总长 600 公里，人均道路面积达到 10 平方米，其中市本级达到 13.4 平方米；铺设供水管网 60 公里、排水管涵 150 公里；每万人拥有公共交通车辆 7 标台；城市用水普及率 90%，燃气普及率 80%，污水集中处理率 60% 以上，生活垃圾无害化处理率 60% 以上；建成区绿化覆盖率 30%，建成区绿地率 28% 以上，人均公共绿地面积达到 6 平方米；城镇住宅建设竣工面积达到 1750 万平方米，完成投资 105 亿元，城市人均居住面积 26 平方米。

旅游产业将以大旅游、大市场、大产业和努力建设旅游强市为目标，坚持以科学发展观为指导，坚持“政府主导、市场动作、部门联动、社会参与”的旅游发展模式，实施精品带动战略，壮大旅游产业规模，夯实建设旅游强市基础，提高旅游业竞争力，实现由旅游资源大市向旅游经济强市的重大跨越，使娄底成为我省及粤港澳地区重要的新兴旅游目的地。到 2010 年，全市接待国内外游客 510 万人次，旅游总收入达到 32 亿元以上，相当于全市 GDP 的 5%-6%。

（原载《娄底日报》2006 年 11 月 9 日第五版）

科学跨越奔征程

——从全市经济工作流动现场会听娄底转型发展

本报记者　刘惠南　实习生　邓文超

这是一场建设成果的检验，这是一次工作经验的交流；

这是一场发展信心的提振，这是一次进取动力的激发。

7 月 27 日至 30 日，夏日炎炎，热浪滚滚，全市经济工作流动现场会议如期召开。与会的市委、市人大、市政府、市政协四大家领导，市直相关部门负责人和各县市区以及市经济开发区主要领导 60 余人，通过考察永州、参观娄底各县市区及市经开区，分析座谈全市经济形势，切身感受发展的氛围，体会竞争的压力，激发进取的动力，迈上科学发展、加速跨越新征程。

创新求变，推进发展方式转变新征程

7 月 27 日上午，市委书记林武率市党政代表团赴永州参观考察。

永州是国家加工贸易梯度转移重点承接地，产业承接企业占到规模工业企业总数的三分之一，产值占到规模工业产值的一半以上。2009 年承接产业转移对永州 GDP 的贡献率超过 35%，全社会固定资产投资中来自承接产业转移的投资占到 65% 以上。促进了社会就业，近年来永州承接产业转移企业共提供了 30 万个就业岗位，占全市新增就业的 80% 以上。

代表团一行冒着酷暑，先后参观考察了重庆啤酒、长丰汽车、奔腾彩印、电子工业园和湘龙铜业等企业，听取了永州市承接产业转移工作汇报。

“永州市把承接产业转移作为经济发展的战略支点，在财税规费、担保融资、园区建设、用地保障、提高通关能力等方面出台系列举措，将招商引资、园区建设和承接产业转移有机结合、相互促进，有效地解决了就业、经济增长、产业结构调整等问题，很值得我们学习。”在随后召开的永州、娄底两市工作交流座谈会上，林武感慨万千：“近几年来，娄底虽然通过发展先进制造业、发展园区经济，规模总量结构有所调整，但以钢铁、冶金、建材、化工、煤炭、电力以及机械加工为主

的产业没有根本的改变，这几大支柱产业，都是高耗能或产能过剩产业，属于国家宏观政策业加调控的对象。当前又面临需求不足的问题，涟钢、冷钢等重点企业难以满负荷生产，严重影响产能和效益的提高。长期形成的粗放型增长模式积重难返，经济结构性矛盾突出，加快转变发展方式、调整经济结构任重道远。”

在随后两天到我市各县市区实地考察里，林武与其他市级领导、市直部门和各县市区主要领导一边看，一边思考，学习经验，查找差距。

的确，近年来，在“工业主导、基础先行、项目带动、协调发展”战略推进下，娄底转方式、调结构迈出可喜步伐，今年上半年，全市工业项目建设完成投资58.96亿元，同比增长19.46%，在完成的工业投资中，冶金、煤炭、建材等传统产业的投资比例明显下降，而机械电子、轻工业、农林产品深加工等符合低碳经济特征的产业投资增长幅度明显上升，分别达93.02%、172.96%、22.02%。投资123亿元的汽车板电工钢项目、投资5亿元的大丰和电动车辆整车及关键零配件项目、投资2亿元的农友机械整合扩产项目等一批市场前景好、附加值高的先进装备制造项目开工或即将开工建设，为我市产业结构调整注入强大活力。

在机声隆隆的双峰定园机械生产车间，在紧张繁忙的鑫盛手袋工艺制作现场，在科技含量高、成长性好的创一电子系列产品前，在省农业产业化龙头企业湖南黑猪养殖基地，在致力打造湘中金银花产业“航母”的德仁金银花基地，在变废为宝的华天能新型建材公司，领导们不时为县市区委、区政府和企业转变发展方式、主动承接沿海产业转移的举动和产业良好的成长空间及美好的发展前景赞叹不已。

“成绩令人振奋，但决不能盲目乐观，务必加大转变发展方式力度。”在7月30日全市经济形势分析座谈会上，林武高屋建瓴：“要在传统产业的深加工上下功夫，一个一个产业甚至是一个一个企业进行研究，明确产业转型升级的目标、路径和举措，实现由初级、低端产品向高级、终端产品转变，增强整体竞争力；要在加快发展战略性新兴产业上下功夫，依托传统产业的母体，通过技术改造、创新和嫁接，拓展新产业的成长空间，努力从过去单一的资源型、能源型产业困局中走出来；要在承接产业转移上下功夫，主动对接，积极作为。”

娄底，推进发展方式转变新征程的号角吹响。

强基固本，打造产业承接服务大平台

沿双峰和森大道5平方公里区域，分布着城市堤防及湄水风光带、园艺路改造、凤凰城开发、汇丰购物步行街建设等14个城建项目。其中城市堤防及湄水风光带建设规划用地近300亩，集城市防洪、道路交通、风景园林于一体，于去年9月开工，计划2012年完成。项目建成后，不仅可提高县城防洪能力，还形成“一带、一轴、一山、五点”的城市景观系统。在和森大道两侧，随处可见的是工地飘舞的彩旗、高悬的彩球、紧张施工的机械……

这是我市城镇基础设施建设的一个缩影。

7月29日，参观团在新化县见到了城市建设的又一喜人景象。该县城市防洪堤及沿江风光带建设项目集防江、城建、交通于一体，全长7.8公里，总投资6亿元，建设工期分3期，目前城东防洪堤及沿江风光带第一期基础工程已基本完成。走在宽阔平坦的防洪大堤上，眺望滔滔资水和计划建设的配套商住、景观项目，尽管汗流浃背，却令人心旷神怡。

冷水江滨江休闲公园的建设同样令人兴奋。该公园规划面积9.44万平方米，集休闲、娱乐、健身、集会等多样生活需求于一体，近期沿江风光带和沙洲中心广场、沙周角的建设有序推进，沙洲中心广场分休闲区、中心广场、儿童活动区、观景区、老人活动区、亲水平台等7个功能区，预计9月正式向市民开放。

城市生活污水处理设施建设、小城镇设施配套建设等全面推进。今年上半年，全市市政基础设施建设完成投资6.55亿元，比上年同期增长25%。

在加快推进“硬件”建设的同时，注重投资服务的“软件”建设。“你投资、我服务”的理念和“一个项目、一套班子、一名领导、一个目标、一抓到底”的工作机制，受到广大投资商的青睐。上半年全市到位外资5403万美元，比去年同期增长119%。

“承接产业转移势必要有城市平台作为载体，加快城镇化进程，除了为工业化提供支撑，还可为农村人口和外来务工人员架起转移平台，必须抓紧抓好。”参观考察期间，市委书记林武不时告诫县市区和市直部门的领导。

“新型城市化和新型工业化是现代经济发展的两个轮子，据测算，中等城市的城市化率提高1个百分点，能拉动GDP增长1至1.5个百分点。今后一段时期要把城市经济作为加快发展的重要支撑点和新的经济增长点来抓，大力加强城镇建设，强健要素吸纳平台。”经济形势分析座谈讲话时，林武再次强调。

凝心聚力，奏响科学发展跨越最强音

4天的参观学习，相互交流，大家在对比中学习先进、借鉴经验，在对比中发现问题、寻找差距，也在对比中树立雄心、提振了信心。

“我们要以贯彻落实全市经济工作流动现场会精神为动力，围绕把工业经济做大、把城市经济做强、把农村经济做活、把社会管理做好的总体目标，全面完成今年经济工作各项目标任务。”7 月 30 日下午表态性发言，上半年大部分主要经济指标在全市起龙头带动作用的娄星区，区委书记陈明华第一个走向发言席。

“我们将学习借鉴兄弟县市区的工作经验，更加努力工作，抓好发展不落后，搞好优化不松懈，实现目标不动摇。”上半年有 1 项指标排全市第一、2 项指标排全市第二的涟源市，市委副书记、市长曾益明的发言振奋人心。

“把加快转变发展方式作为经济工作的重中之重，坚持以大产业推进转型、以大城建拉动转型、以大环境承载转型、以大民生保障转型。”上半年 2 项指标增速在全市领先、2 项指标居第二位的冷水江市，市委书记刘小龙的表态掷地有声！

“抓基础，竭力扩投资；抓项目，扎实强产业；抓消费，精心建平台；抓和谐，全力保民生；抓作风，倾情强保障。”上半年 4 项指标列全市前茅的双峰县，县委副书记、县长吴德华的表态成竹在胸。

“进一步转变观念，创新思路，以灾后重建为重点，突出抓好民生改善；以项目建设为支撑，突出抓好投资增长；以税收增长为重心，突出抓好经济发展；以群众满意为目标，突出抓好和谐社会建设；以对接融入为契机，突出抓好‘十二五’规划编制。”上半年有 3 项指标增速领先全市、2 项指标增速排第二位的新化县，县长彭展发的表态令人鼓舞。

“立足有利于产业结构调整、主导产业培育、产业集群壮大的目标，加大招商选商工作力度，招大项目，选产业关联度高的项目，积极破解发展瓶颈，快速推进汽车板电工钢、大丰和电动车辆等项目建设……”上半年 4 项指标增长居全市首位的娄底经济开发区，区党委副书记、管委会主任罗孝贵的发言简短而具体。

表态归表态，关键在于落实。上半年全市完成生产总值 258.62 亿元，增长 17.8%，增速同比提高 10.6 个百分点，居全省首位，离不开各项政策、措施的落实。

“各级各部门一定要咬住目标不动摇，加快发展不松劲，强抓项目不放手……”会上，市委副书记、市长张硕辅提出要求。

凝心聚力奏强音。随着一项项举措的实施，一个个目标的实现，娄底定会迎来科学发展、激情跨越的美好明天。

（原载《娄底日报》2010 年 8 月 2 日第一版）

千秋基业绘宏图

——娄底市全力化解城区“大班额”纪实

本报记者　刘惠南　聂国颂　毛　丹　通讯员　肖君健

金秋十月，硕果累累。

青春娄底，宏图大展。

新型城镇化建设日新月异，新型工业化产业方兴未艾，现代农业化发展异彩纷呈……娄底展现出后发赶超的魅力场景。

关注民生，心系教育，关爱孩子，齐心协力化解城区“大班额”，实现教育资源的均衡配置，推进义务教育均衡发展——湘中大地更是激情迸发，展示着如火如荼的建设画卷。

不到 1 年时间，完成投资 3.56 亿元，启动新建、改建项目 36 个，12 个项目如期竣工，娄底中心城区完成 2012 年预定项目可增加学位 8705 个，其中小学学位 7000 个、初中学位 1705 个。娄底“化解城区‘大班额’问题四年行动计划”稳步推进，初见成效。

心系教育，立下“铮誓言”

娄底，街道整洁亮丽，广场独具特色，高楼富丽堂皇，让每一个生活在这里的人自豪。

然而，教育资源配置的不均衡，城区读书难和“大班额”，又让生活在这里的市民，特别是广大教师和学生、家长感到难以言状的困惑。

近年来，由于娄底城市建设突飞猛进，城市规模越来越大，周边县市区及农村流动人口大量涌入城市，城市人口急剧增加，作为重要社会公共设施的学校却远远跟不上城市发展的步伐。再加上市民对优质教育资源的需求与教育供给之间的矛盾日益突出。农村孩子进城来读书，县里的跑到市里来，市里又择名校选名师，这样就导致城区学校所承受的压力越来越大。学校想扩班，一少教室二少教师。只有在每个班加人，于是班级人数剧增。尽管市教育部门以均衡教育为目标，采取积极措施，实施了一批改、扩建项目整合城区学校现有的资源，在一定程度上缓解了“大班额”现象，但“大班额”问题仍然非常严重。国家规定的标准班额为小学 45 人、初中 50 人，可娄底一小平均每班 76 人，最大的班 91 人；娄底三小最大的班竟达 103 人。使得这些学校只能挤占功能教室或临时搭建活动板房教室，增加班级和招生人数。建于 1979 年的娄底一小，当初设计规模 24 个班 1200 人。33 年来为适应城市人口增长，学校一再增加班级和招生人数，目前达到 69 个班 5087 人。

“孩子上个小学比上大学还难！”不少市民感叹。有关部门曾做过统计，按标准班额计算，2011 年，全市城区学位缺口已达到 18000 个，预计到 2015 年，全市城区学位缺口将达到 34160 个。

教育是最大的民生工程，“有学上”是人民群众最基本的民生权利。娄底城区读书难和“大班额”问题牵动市委、市政府主要领导的心。

市委、市政府及时研究市人大提出的议案。2011 年 12 月 20 日，市委书记龚武生来娄履新的第二天就深入各县市区专题调研娄底教育发展情况，并走进娄底一小活动板房，感受“大班额”问题。强调：“百年大计，教育为本。要把化解城区学校‘大班额’问题作为以人为本执政理念的具体实践、为民办实事的重要途径、实施教育强市战略的重要突破口来抓。”

市委副书记、市长易鹏飞在娄底三小调研时，走进教室坐到孩子们的座位上，感受孩子们的学习环境。他说：“每一个孩子都是家庭的希望，我们要用关爱之心、善良之心来对待‘大班额’问题。”

一个个现场调研清晰着思路，一场场热烈的讨论坚定着信心。

2011 年 12 月 24 日，市委召开常委会议，敲定《娄底城区化解大班额问题四年行动计划》。

基本方针：通过建设、整合、改办、合并等途径化解“大班额”问题。

基本思路：分解任务，分期落实；整合资源，增加投入；加大政策扶持力度，强化要素保障；依法加强社会办学，形成强大合力；加强师资队伍建设，逐步改善待遇。

总体规划：投入资金 87110 万元，完成学校建设项目 53 个，其中新增中小学学位项目 26 个，新增师资 1468 人，新增中小学学位 32860 个。

年度计划：2012 年启动项目 21 个，新增学位 8705 个；2013 年启动项目 12 个，新增学位 7420 个；2014 年启动项目 11 个，新增学位 12365 个；2015 年启动项目 9 个，新增学位 4370 个。

市委书记龚武生立下铮铮誓言：“咬定目标，一年初见成效，二年大见成效，三年完成‘四年行动计划’，到 2015 年，小学平均班额降至 50 人，初中平均班额降至 55 人。”

娄底，一张化解城区“大班额”问题的宏伟蓝图得以绘就；

娄底，一场事关千秋基业的“民生工程大会战”拉开大幕。

胸怀大局，谱写“协作曲”

这是上下联动的“协作曲”，

这是齐心协力的“大合唱”。

早春 2 月，生机勃发；湘中娄底，红旗招展。规划建设总面积 1.6 万平方米、总投资 4200 万元的吉星小学隆重开工。3 天后，又一所为化解城区“大班额”问题的学校——城南中学开工建设。这是娄底市委、市政府实现教育强市、化解城区“大班额”问题的“龙头工程”。吉星小学设置 60 个班级，建成后可容纳 2400 名学生；城南中学预算总投资 4.3 亿元、规划建筑总面积 15 万余平方米，采用 BT 模式投资兴建，建成后可容纳 150 个班级、7500 名学生就读。

“城南”“吉星”两大重点工程开工建设的背后，是全市上下的通力协作。1 月 30 日，市委副书记、市长易鹏飞主持召开现场办公会议，专题研究城南中学加快建设速度问题。1 月 31 日，副市长鄢福初主持召开会议，就市长办公会议精神进行贯彻落实。此后，市委书记龚武生，市委副书记、市长易鹏飞和市人大、市政府、市政协的领导多次到两大工地督查指导。

市规划、住建、国土、财政等职能部门想项目之所想，急项目之所急，特事特办，急事急办，做到处理有关项目问题不过夜。去年大年三十，娄底一小综合楼建设项目招投标进入关键时刻，为赢得时间，市住建局招投标办 2 名工作人员放弃与家人团聚，加班制作招标文书，确保项目及时进入招标程序。

这只是娄底“化解城区‘大班额’四年行动计划”“协作曲”中的一个美丽音符。

建立“四年行动计划”管理体系。市里成立了以市委书记龚武生任顾问，市委副书记、市长易鹏飞任组长，分管市领导任常务副组长，各职能部门主要负责人为成员的“化解城区‘大班额’四年行动计划领导小组”，加强对“四年行动计划”的组织领导。各县市区也相应成立了领导小组，按照一个项目、一名挂点领导、一个协调领导小组的工作措施抓落实。市教育局成立化解“大班额”问题领导小组办公室，抽调政治可靠、责任心强、懂专业技术的 10 名同志组成项目办，对全市建设项目进行指导、督查，对市直项目进行直接管理。实行局班子成员项目挂点包干制，明确责任，严格考核；每个市直在建项目明确 1 名联络人，为项目建设服好务、把好关。市里还成立了由纪检、监察、住建、审计、财政等相关部门组成的项目建设资金监审领导小组，对市直项目的建设资金进行全程监督。

市规划设计院以教育发展为重，免收娄底城区教育专项规划费 120 万元；娄星区社保局从降低城南中学建设成本出发，按最低标准收取失地农民社会保险基金；市国土局优化工作环节，仅 1 个多月就办理好了城南中学的土地报批手续，比正常时间提前 10 个月以上。

为优化城南中学设计方案，市教育局项目办组织相关部门到长沙、常德、江西等地考察学习，并组织有关专家对方案就投资规模、功能设置等进行多次论证，先后 6 次对方案进行修改。经修改的方案，功能更完善，布局更合理，规划超前，满足城市可持续发展要求。

征地拆迁是天下第一难事。因城南中学建设项目的征迁安置政策按娄政发［2012］1 号文件实行，由过去的宅基地安置改为货币安置或安置房安置，娄星区万宝镇江溪、富冲 2 村的征迁户开始难以接受，使得征迁工作难上加难。为在 2 个月内完成 275 亩学校建设用地上房屋的拆除任务，市人大常委会主任易春阳直接指挥，经常深入拆迁现场协调解决矛盾。娄星区委政法委书记、城南中学征拆领导小组常务副组长刘杰夜以继日，组织区、镇、村组成的征迁工作组，耐心细致地做思想工作，晓之以理，动之以情。并推出从土地房屋丈量到安置方式、安置结果的“三榜”公示，充分体现征迁工作的公开、公平、公正。关键时刻，党员干部作表率。镇干部李松求主动做好家人的工作，第一个带头丈量房屋，第一个带头签订安置协议，又是第一个带头拆除了自家 340 多平方米的房屋。

榜样的力量是无穷的。江溪、富冲村 8 个组 58 栋房屋 105 户，不到 2 个月全部征迁完毕，比市政府确定的时间提前 1 个月。“这是娄底征迁史上的里程碑。”市领导这样评价。

胸怀大局，上下一心，彰显的是“四年行动计划”的紧密协作与高度和谐。

肩扛责任，唱响“奋进歌”

以责任与担当唱响“奋进歌”；

用汗水与智慧浇灌丰硕果。

10 月 27 日上午，位于万宝镇江溪村的城南中学建设工地机声隆隆，车来车往。近 1 公里长的工地上 8 台钩机、15 台挖掘机、100 台大卡车在紧张作业，一派热火朝天的施工场面。施工方湖南壹贰房地产开发有限公司总经理邱南平介绍：为赶工期，近1个月来工人们每天早上提前1个小时上班，晚上推迟1个小时下班，中午休息由2小时缩短至1小时；30余名施工人员分布在7个标段，每天作业14个小时。计划11月10日提前完成土石方工程。

地处娄底城区吉星路以西、离城南中学建设工地5公里的吉星小学建设同样如火如荼。100多名施工人员在安全网围成的脚手架上挥汗大干。承建方大汉房地产开发公司娄底分公司负责人曾跃兵介绍：工程虽2月15日举行了开工仪式，但因春季雨水多等原因，耽误了工期，直到8月28日才正式动工建设。为把耽误的时间抢收回来，公司由2套模板增加至4套模板，周转作业，提高施工效率。工程计划明年1月31日完工，交付使用。

由清泉集团、五江集团捐资的学校建设业已启动；星星实验学校、娄底六小改扩建工程稳步推进。全市由市教育局负责改扩建的12个项目，已启动9个，完成投资5650万元。全市围绕“化解城区大班额四年行动计划”的建设项目也如期启动。

娄底七小、九小扩建工程和娄星区先锋实验学校教学楼建设工程等12个项目快速推进，相继竣工。先锋实验学校教学楼今秋开学交付使用后，增加学位1080个。

在“四年行动计划”项目推进中，无论是领导干部，还是普通群众，不计得失，忘我工作，表现的是勇于担当和无私奉献精神。

市教育局领导和项目办同志经常深入现场了解项目进展情况，及时解决工程建设中存在的问题。7月2日晚，为加快星星实验学校施工手续办理，尽快启动该校教学楼建设，市教育局局长封旺洲率领市教育局相关部门负责人到学校召开项目合同审议会，与施工、监理单位一道审议、签订合同，一直到凌晨1时才休息。

铁肩担道义，责任展雄风。为弥补“四年行动计划”项目建设资金缺口，市委、市政府在全市组织开展捐资助学活动，倡议一出，响应者众，市委、市人大、市政府、市政协、娄底军分区5大家领导纷纷带头捐款，市直各部门踊跃捐资，企业不分强弱、地域不分内外、单位不分大小、职位不分高低、年龄不分老少，全市上下掀起捐资助学的热潮。短短1个多月，全市共有204家单位认捐1.7亿元。

市委、市政府对教育发展的重视和真抓实干，前所未有。

十年树木，百年树人。娄底加快发展教育的坚强决心和化解城区“大班额”问题、建设教育强市的铿锵行动，将激励着我们奋发进取，勇往直前！娄底教育发展的明天将更加光辉灿烂！

（原载《娄底日报》2012年11月3日第一版）

湘中明珠放异彩

——娄底市创建国家园林城市纪实

本报记者　刘惠南　段志光　通讯员　潘新杰

山水绿韵，三湘独秀。

娄底位于湖南省中部，1977年设立地区，1999年撤地设市，是中华民族三大始祖之一蚩尤的故里和湖湘文化的重要发源地之一。全市总面积8117平方公里，人口436.8万。从2000年开始，娄底启动园林城市创建活动，开展了一系列扎实有效的工作，先后荣获“省级园林城市”“省级卫生城市”“省级文明城市”“中国优秀旅游城市”等殊荣。2009年以来，娄底将创建国家园林城市作为深入实施“科学发展、加速赶超”战略，加快推进“两型”社会建设的重大举措，坚持“科学创建、全民创建、节约创建”的理念，努力提高广大市民爱绿护绿意识，健全完善园林绿化规章制度，加强园林绿化建设和管理，切实改善城市生态人居环境，促进了经济社会协调可持续发展。

娄底，这座湖南省最年轻的地级市，与绿结缘，与绿色一同成长。

科学创建　绘就园林之美

尊重科学，吹响创园号角。娄底成立了高规格的创建工作领导小组，由市委副书记、市长任组长，相关市级领导任副组长，相应部门单位为成员。下设创建国家园林城市工作领导小组办公室，创园办主任由分管城建的副市长担任，市城管执法局局长兼任创园办常务副主任。科学制定《娄底市创建国家园林城市实施方案》，重点实施新增公共绿地建设、单位庭院和居住小区绿化达标、临街闲置土地绿化等十大工程。将任务分解至26家责任单位、86家市级绿化任务单位，形成了领导有力、运转高效、上下协调的创园工作机制。

规划建绿，美化锦山秀水。娄底以建设山水相融、林城相依、环境优美的园林城市为目标，结合本市丘陵地貌特点，科学编制了《娄底市城市绿地系统规划（2010—2020）》。确立了以水系为纽带，以中心城区为核心，以经济开发区、万宝新区为两翼，融山、水、城、林为一体的城市绿地系统规划。完善园林绿化规章制度，先后制定了《娄底市城市绿化管理办法》《娄底市城市园林绿化建设工程管理办法》等一系列规范性文件。实施城市绿线管制制度，对各类已建和拟建绿地进行严格管理。

科技兴绿，提高创新能力。娄底形成了以园林科研所、林业科研所为骨干，园林绿化企业、苗圃等行业实体和社会力量共同参与的园林科研工作新格局，拥有苗圃、花圃等生产和科研基地 16 个，面积 1492 亩。近年来，娄底园林科研工作扎实推进。蚊母、火棘快速繁殖培育技术等课题项目喜获“科技进步奖”，蛇含、过路黄等乡土品种的培育和推广取得突破。建立娄底风景园林网，构建了园林绿化信息工作新的平台。

科学建绿，完善园林布局。近年来，娄底先后新建了孙水公园、珠山公园、体育公园、仙女寨植物园、涟水公园、氐星广场等公园绿地，打造了风景如画的娄星广场、碧波荡漾的石马公园、景色迷人的青山公园、郁郁葱葱的珠山公园等精品公园绿地。

一街一景，一路一品。娄底街道绿化与道路建设同步设计、同步施工、同步验收，65 条城市主次干道绿化全面实施，构建了绿量充盈、层次丰富、林荫连线的街道绿化网络体系。注重乔灌花草有机结合，植物造景灵活多样，色彩搭配简洁明快，街道景观各具特色。乐坪大道曾荣获“湖南省样板街”美誉，法国梧桐、广玉兰、香樟、雪松等 10 排高大乔木绿意盎然、遮阴蔽日，构建成美丽宜人的林荫景观大道。

坚持以人为本，构建“生态社区”。娄底大力推进园林式单位（小区）创建工作，积极实施拆墙透绿工程，全市已有 167 家单位（小区）被认定为省、市级“园林式单位（小区）”，单位、小区绿化与街道绿化融会贯通，浑然一体。庄重秀丽、绿树成荫的办公区，古树参天、清新静谧的校园，四季如春、繁花似锦的宾馆，绿地如画、鸟语花香的生活小区，成为娄底园林绿化的一个个亮点。

到 2010 年底，娄底建成区绿化覆盖率达 39.8%，绿地率达 34.9%，城市人均公园绿地面积 9.51 平方米，形成了“城在林中、人在园中”的生态园林景观体系。

全民共建　汇聚城乡合力

全民参与，共建绿色家园，这是娄底创园工作的鲜明特点。每年早春，书记、市长都会带头铲开第一抔芬芳的泥土。在城区、在路旁、在院落、在荒野……植树大军浩浩荡荡。从“城市绿化周”到“义务植树月”，每一场活动都是普通市民的自发行动，2010 年，全市 242.6 万人次参与义务植树，尽责率 95.2%。从春天的绿色行动到秋天的花卉展览，变幻的是季节，不变的是人们积极参与绿化建设的热情与执着。

“爱我娄底，绿化家园”，这是娄底最为响亮的口号。2011 年，娄底开展了声势浩大的树木捐植活动。在珠山公园、孙水公园、石马公园、青山公园、仙女寨植物园，由普通园林工人组织的 5 场树木现场捐植活动，场场人潮涌动。市委、市人大、市政府、市政协、娄底军分区 5 大家领导带头捐款捐树，社会各界积极响应，踊跃捐赠树木或捐款认购树木。捐植人中，既有行政、事业单位，也有民营企业、社会团体；既有 87 岁高龄的耄耋老人，也有不满 7 岁的学前儿童；既有娄底城区的市民，也有农村和娄底其他县市的人员，还有来自香港的侨胞。短短两个月时间，就有 171 家单位、2 万多人踊跃参与，捐款捐树总价值达 738 万元，10 个公园广场品质得到显著提升，全民创建的热潮持续高涨。

花团锦簇、活力四射。娄底自撤地设市以来，每年由市人民政府主办，各机关、企事业单位出资参展，已成功举办了十届大型花卉展览活动。每年的花卉展览成为娄底的一大盛事，吸引了众多本市和周边县市民众前来观花赏菊，增强了市民爱花护绿的意识，激发了全民参与的热情。

节约创建　打造生态城区

娄底遵循低成本、集约型、高效益的园林绿化建设之道，积极推进资源节约型和环境友好型社会建设，以节地、节水、节财为主要手段，加强建设管控，全面开展节约型、生态型园林绿化建设。

针对城市绿化用地紧张这一情况，娄底大力推行节地措施，采取见缝插绿、拆墙透绿、拆违建绿、立体增绿等多种形式，千方百计提高土地利用率。利用城市原有地形地貌和植物群落，因地制宜地规划建设了青山公园、石马公园、珠山公园、仙女寨植物园、龙眼公园等公园绿地。一方面，注重园林绿化节水，通过增加乔木、大灌木种植，选用优良的乡土树种和耐旱植物，逐步减少需水量较大的片栽小灌木数量。倡导使用透气铺装材料，采用渗水地砖、草坪砖，推广喷灌等节水型先进园林技术。另一方面，注重园林绿化建设资金节约，认真保护、合理开发和充分利用各种自然资源。从设计源头上严格把关，在植物配置上，坚持“适地适树、乔木为主、花灌为辅”的原则，提倡栽植成本低、适应性强、本地特色明显的乡土植物。充分利用园林废弃物，使用枝叶粉碎机将修剪、断裂的枝条和废弃树叶进行粉碎处理，节省了运输成本，减少了环境污染，重复利用，变废为宝。

与此同时，娄底不断加强防护林和城郊大环境绿化建设，公路、铁路、河流、工厂防护绿地保护圈已基本成型。潭邵高速娄底段、娄湘、娄涟等公路全面绿化，在湘黔、洛湛铁路沿线建设防护林带，打造绿色通道。充分利用涟水、孙水河自然资源，沿河建设公园、广场及风光带。高标准建设工厂防护绿地。城区四周风景林地保护完好，形成生态调节圈，改善了环境质量。

民生为本　建设幸福娄底

娄底以民生为本，加强生态环境保护，完善市政设施，改善人居环境，强化社会保障，努力打造“生态宜居、安全适业”的城市环境，使市民拥有更高的幸福指数。

2008 年以来，娄底大力实施“蓝天碧水”行动，推广使用太阳能、天然气等清洁能源，完成了 24 家重点工业企业的污染整治，关停、淘汰污染严重的企业 12 家。2008—2010 年，年空气污染指数小于或等于 100 的天数均在 362 天以上。投资 1.8 亿元实施涟水河综合治理工程，建设涟水公园、氐星广场和沿河风光带，大幅改善了两岸生态人居环境。

随着城市化进程的加快，娄底市政设施日臻完善。先后对 22 条道路实施基础设施配套改造，推进道路畅通工程建设。对城区环境进行综合整治，狠抓城区的净化、序化和美化。投资 1.46 亿元，建成第一污水处理厂和第二污水处理厂，日处理污水能力达 7.5 万吨。2010 年，城市污水处理率达到 83.81%。生活垃圾卫生填埋场顺利通过环保验收，获得住房和城乡建设部生活垃圾Ⅱ级无害化处理达标评定，生活垃圾全部通过垃圾中转站处理后转运至卫生填埋场，无害化处理率达 100%。

娄底不断完善社区建设，提高市民生活质量，让市民共享经济发展带来的成果。55 个社区，教育、医疗、体育、文化各类设施配套齐全，人居环境大幅改善。娄底把保障性住房建设作为切实改善民生的重要内容和重点工作，近三年，共筹措资金 4.7 亿元用于保障性住房建设。保障性住房建设计划完成率达 100%。

历尽天华成此景，人间万事出艰辛。随着创建国家园林城市的深入开展，娄底园林绿化和市政设施日益完善，城市服务功能逐渐增强，城市面貌日新月异，青春娄底已成为湘中大地的一颗绿色明珠。

（原载《娄底日报》2011 年 10 月 16 日第一版）

满园青翠尽芳菲

——娄底推进“菜篮子”工程建设纪实

本报记者　刘惠南　通讯员　彭抚伯

9月3日，久旱不雨的湘中娄底迎来第一场甘露。而地处“湖南十大无公害蔬菜基地”的涟源市桥头河镇迎来另一场“甘露”——娄底市委副书记、市长易鹏飞，副市长刘益丈等领导率市直有关部门负责人到这里调研“菜篮子”工程建设。

易鹏飞看到满园青翠、长势喜人的蔬菜，非常高兴，指出要把桥头河蔬菜基地作为中心城区稳定的蔬菜规模化生产供应基地，作为涟源乃至娄底市蔬菜产业发展的标准化示范基地来建设，继续推进娄底“菜篮子”工程建设三年行动计划，切实让群众得到实惠，让蔬菜产业得到健康发展。

雨露滋润蔬菜翠。2012年以来，娄底市政府以科学发展观为指导，立足当前保市场，着眼长远兴产业，坚持“政府主导、企业主体、市场动作、整合资金、加大投入、形成合力”的原则，着力实施“基础先行、龙头带动、科技兴菜”战略，促进全市“菜篮子”产业快速、可持续发展。蔬菜种植面积不断扩大。2012年全市新扩专业蔬菜基地面积7万亩，新建蔬菜标准园2273亩，全年完成种植面积71万亩，比上年增加7万亩。蔬菜产量不断增加。2012年蔬菜总产量由上年的120万吨增加到138万吨，增长15%，蔬菜自给率由上年的不足30%提高到50%，且品种丰富，质量安全。价格水平基本稳定。上半年大白菜、黄瓜、茄子、青椒等主要监测品种价格比上年略有下降。今年1至8月主要“菜篮子”产品价格平均涨幅为5.3%，市物价部门监测的15个品种，平均上涨15%以内，趋于平稳，有效地缓解了“菜篮子”越提越沉的问题。

2012年度省政府组织对14个市州“菜篮子”市长负责制目标管理落实情况开展专项考评，娄底市以得分第一的成绩荣获“全省‘菜篮子’市长负责制目标管理先进单位”。

强化领导机制　整合各方资源

娄底市政府把“菜篮子”工程建设摆到十分重要的位置，强化领导机制，整合各方资源。

确立行动计划。制定《娄底中心城区“菜篮子”工程建设三年（2012—2014 年）行动计划》，明确指导思想、发展目标、行动计划和保障措施，真正把娄底“菜篮子”建设成为人民群众满意的民生工程、民心工程，到 2014 年，新增专业蔬菜生产基地 1.3 万亩，蔬菜年产量达到 40 万吨。

加强组织领导。成立以市委副书记、市长为组长，分管领导为副组长，市发改委、规划、农办、财政、物价等有关部分参加的“菜篮子”工程建设领导小组，实行“一把手亲自抓、分管领导直接抓、落实专人具体抓、各部门分工协作”的齐抓共管工作机制，领导小组下设办公室，由市政府副厅级干部邓迪华任办公室主任，市农业局局长任常务副主任，市蔬菜局局长任副主任，负责日常工作。

实行目标管理。市政府向省政府递交蔬菜生产目标管理责任状，并把蔬菜工作列入各县市区政府工作目标管理考核范围，制订考核办法；各县市区向市政府递交责任状，相应成立政府主要领导牵头的“菜篮子”工程建设领导小组；市本级从“菜篮子”工程建设专项资金中每年安排 50 万元用于目标管理奖励。

坚持领导办点示范。市四大家主要领导挂点兴办蔬菜生产示范基地，市委书记龚武生负责九龙蔬菜基地建设，市委副书记、市长易鹏飞负责东菱科技蔬菜基地建设，市人大常委会主任易春阳负责桥头河蔬菜基地建设，市政协主席姚兵负责杉山蔬菜基地建设。2 年来，四大家主要领导每年都要到挂点基地调研或现场办公，协调解决基地建设中存在的困难和问题。

开展督查和检查验收。市政府“菜篮子”工程领导小组办公室每年都要对“菜篮子”工程建设进行督查验收，奖励先进，激励后进，不断推进“菜篮子”工程建设。

强化扶持机制　壮大产业规模

强化扶持机制，是加快“菜篮子”工程建设、壮大蔬菜产业规模的重要保障。娄底市政府——

出台扶持政策。对新建蔬菜基地补助 500 元 / 亩，新建蔬菜标准园补助 1000 元 / 亩，新建钢架、水泥大棚补助 2000 元 / 亩，新建农超对接生鲜超市补助 10 万元 / 个，蔬菜直销网点补助 7 万元 / 个。今年市政府对新扩蔬菜基地的补助标准提高到 800 元 / 亩。并出台了对蔬菜标准园和销售网点连续补助 3 年的后续补助政策，加大蔬菜销售网点建设力度。

加大资金投入。加大财政预算投入，2012 年全市“菜篮子”工程建设资金

1000 万元，2013 年增加到 1400 万元；积极争取上级扶持，3 年来，共向省争取价格调节资金 7000 多万元；积极整合市本级涉农项目资金，2012 年整合市本级其他部门涉农项目支持蔬菜产业发展的资金 5236 万元，占上年度财政支出比例的 2%；实行价格调节基金倾斜，市政府每年从价格调节基金中提取 20% 以上用于“菜篮子”工程建设。市物价局运用价格调节基金扶持“菜篮子”基地建设，凡生产企业或各类合作组织连片种植蔬菜 200–500 亩的，给予每亩 450 元的建设补助；种植蔬菜 500–1000 亩的，给予每亩 500 元的建设补助；种植蔬菜 1000 亩以上的，给予每亩 550 元的建设补助。建设标准菜园的，按每亩 1000 元补助，发展蔬菜水泥或钢架大棚设施栽培的，按每亩 2000 元给予设施补助。2012 年全市共投放资金 3000 万元，扶持 148 个蔬菜生产加工、养殖种植基地。今年 6 至 8 月，娄底遭遇大旱，市物价局从市本级价格调节资金中投入 95 万元，扶持涟源市桥头河镇、九龙科技、东菱科技等 5 个蔬菜基地，帮助他们生产自救，搞好秋、冬播生产。

壮大龙头企业。为引导龙头企业和合作组织进一步加大“菜篮子”工程投入，市政府对龙头企业和合作组织投资建设蔬菜生产基地、配送中心、直销店、生鲜超市的给予适当补助。并鼓励土地流转和发展合作组织。2012 年，城区周边有 2000 多亩土地流转到龙头企业和专业合作组织种植蔬菜。据初步统计，全市流转土地发展蔬菜生产的面积达 2.28 万亩，全市蔬菜专业合作组织或蔬菜生产龙头企业发展到 55 个。湖南肖老爷食品有限公司建设标准示范基地 3950 亩、蔬菜大棚 102 个，生产的时令蔬菜和反季蔬菜品种达 30 余个。

扶持机制给蔬菜生产基地建设注入强大活力，全市蔬菜生产基地建设力度加大，进展顺利，3 年计划新建设基地 4800 亩，至 8 月底已完成 3191 亩，完成 3 年计划的 66.5%；3 年计划建设蔬菜标准园 8900 亩，到 8 月底，已建成 4073 亩，完成 3 年计划的 45.8%；今年计划的 2190 亩蔬菜标准园建设已全部开工建设，建成 1800 亩，完成 3 年计划的 40.4%；今年计划发展 469 亩大棚设施，已完成 100 余亩，其他 300 多亩已在 9 月份陆续开工建设。桥头河蔬菜基地推行无公害蔬菜标准化生产，实行“统一品种、统一用药、统一标准、统一检测、统一标识、统一销售”的生产经营管理模式，产品直销涟源、娄底、长株潭地区，同时与香港强记蔬菜公司合作，将特色蔬菜出口到了香港。

强化监管机制　规范市场行为

强化监管机制，是规范市场行为，有效推进“菜篮子”工程建设的重要条件。

按照“让人民群众吃上放心菜、平价菜”的要求，娄底市政府——

健全“菜篮子”监管体系。进一步强化农产品质量安全检验检测体系建设。在各县市区农业、畜生部门建有农产品质量安全检测机构的基础上，投资1000万元建设市级农产品质量安全检验检测中心，形成健全的农产品质量安全检测体系。强化农产品质量安全自律性检测。2012年，市政府投资80万元，在10个蔬菜生产基地、5个农贸市场和1个蔬菜配送中心建立农产品农药残留自律性检测室，组织蔬菜基地、农贸市场和配送中心开展自律性检测，今年还将建设19个检测室，把好基地准出、市场准入关。积极开展“三品一标”认证。全市累计获得“三品一标”认证产品96个，其中无公害农产品59个，绿色食品34个，有机农产品2个，地理标志农产品1个。加强蔬菜用药安全监管。市县两级农业部门开展禁用高毒农药专项整治行动，规范用药行为，严格要求基地和菜农使用无公害蔬菜农药；投资30万元组织10个蔬菜生产基地建立蔬菜生产记录档案，确保蔬菜生产基地用药安全。

强化价格监测和市场巡查、检查。市物价局强化对蔬菜等37种生活必需品价格监测，发现问题，及时预警；加强对物流环节收费监管，认真落实蔬菜等鲜活农产品运输绿色通道政策，降低物流成本；强化市场巡查制度，价格监测科坚持每周巡查市场2次以上，对恶意囤积、哄抬价格等价格违法行为进行严肃查处和打击，有效防范“菜篮子”价格突发性上涨。

完善价格监测通报、公布制度。市物价局坚持向省物价局和市政府一日一报价格监测情况，每天更新娄底物价网价格监测表，及时在娄底电视台、娄底晚报等主流媒体公布主要蔬菜价格情况，为领导决策服务，以平抑物价，引领和规范市场。今年4月下旬至5月上旬，娄底菜价出现突发性上涨，市物价局及时从价格调节基金中拿出50万元对涟源市桥头河镇、九龙科技、东菱科技等5个蔬菜基地进行补贴，并对这5个基地的9家平价菜市采取限价措施，规定平价菜市大白菜、黄瓜、红萝等6个大路菜品种价格上涨不得超过15%，确保了市场菜价基本平稳。

强化长效机制　保供稳价惠民

“菜篮子”里装的是沉甸甸的民心。为确保市场供应，稳价惠民，市政府强化农产品保供稳价长效机制。

依托基地创办平价菜市，实现农超对接。今年2月，市物价局组织桥头河星园公司、九龙科技公司、东菱科技公司、双峰金土地、洪山殿等5家运用价格调节基金重点扶持且规模较大的蔬菜生产基地，在全省率先开设9家平价菜市，以直销方式将基地生产的蔬菜销售给消费者。9 家平价菜市覆盖了娄底中心城区主要居民集中社区。这种农超对接形式，减少了流通环节，据调查测算，平价菜市实行农超对接，可以减少一道中间批发环节、一道运输环节、一道装卸环节，降低蔬菜经营成本 25% 至 30%。蔬菜基地向社会郑重承诺：平价菜市销售的自产蔬菜，市场蔬菜价格正常时段，低于市价 15% 以上；市场价格异常时段，低于市价 30% 以上。并自觉接受价格主管部门指导和监督。承诺书张贴在菜店内醒目位置，便于社会各界监督。从开业到现在检查情况看，蔬菜基地恪守承诺，店面经营良好，绝大部分蔬菜价格要比市场价低 20% 左右，个别自产蔬菜价格低 40% 以上。

依托“创卫”改造提升农贸市场，取缔马路市场。市商务部门以娄底创建国家卫生城市为契机，组织对娄底中心城区 15 家农贸市场进行升级改造，至 8 月底已有 12 个进行了标准化改扩建，营造良好的经营环境。在此基础上，取缔占道经营，引导蔬菜经营户进市场，临街摊点进门店经营，提高服务水平。

依托有关惠民政策建立生鲜门店，着力便民利民。市商务、农业部门用好用活国家有关惠民政策，在娄底中心城区设立 58 家生鲜经营门店，每个门店营业面积 20 平方米左右，进一步方便市民买菜。并与湖南人文科技学院、娄底职业技术学院等大中专院校建立农校对接关系，在新一佳、沃尔玛、步步高等商场建立 3 个蔬菜直销专柜，还扶持天客超市有限公司建立大型农产品配送中心，为稳定农产品价格，特别是稳定蔬菜价格发挥着“稳定器”作用。

（原载《娄底日报》2013 年 10 月 16 日第三版）

富民之路在脚下延伸

——娄底市推进乡村旅游富民工程纪实

本报记者　刘惠南

金秋清风徐来，湘中瓜果飘香。

距娄底城区 100 余公里的突尼斯软籽石榴基地，连片种植的优质石榴、红肉蜜柚一望无际，旅客们品着甜硕的软籽石榴，泛着小舟嬉戏、垂钓，深入石榴蜂蜜提炼生产线、石榴茶生产线、石榴系类营养品生产线观看绿色产品生产，兴趣盎然……

这仅是娄底市乡村旅游发展的一个缩影。

近年来，娄底市将乡村旅游与新农村建设、富民工程紧密结合，坚持科学规划、标准引领，着力打造特色品牌，全面提升服务品质，积极推进示范带动，全市乡村旅游业呈现出持续快速增长的势头，成为全省乡村旅游的亮点。到今年 8 月，娄底市先后建设了全省首批乡村旅游星级线路和 1 个“旅游强县”、2 个“旅游名镇”、5 个“旅游名村”、5 家“五星级乡村旅游区（点）”，全市乡村旅游服务点达 300 余家（其中星级乡村旅游区点达到 137 家）、乡村家庭旅馆 40 余家，年接待游客 200 多万人次，年经济收益近 10 亿元，解决 4 万余人劳动就业。

立足“两个结合”　打造特色品牌

2010 年 4 月，为贯彻落实国务院《关于加快旅游业发展的意见》，顺应休闲旅游发展趋势，娄底市委、市政府在长沙召开新闻发布会，在全省率先启动乡村旅游富民工程。

为使这一民生工程扎实推进，收到实效，娄底市委、市政府在坚持政府主导、强化机制保障的基础上，立足“两个结合”，即立足乡村旅游与新农村建设相结合、与乡村富民工程相结合。他们成立由市长任组长，分管旅游、农业的副市长及联系旅游、农业的市级领导任副组长，农办、旅游、农业、水利、林业、财政、交通、国土、发改、建设、文化、规划、劳动、环保、广电、扶贫等部门主要负责人为成员的乡村旅游富民工程领导小组，建立和完善乡村旅游统筹协调机制。各县市区政府和市、县有关部门出台扶持政策，引导村镇在新农村建设、城乡环境整治和规模化、特色化种植中与乡村旅游相对接，促进乡村旅游业的发展。

在“两个结合”中注重科学规划。2010年，娄底市编制了《全市乡村旅游“十二五”发展规划纲要》，按照“一区、四圈、二走廊”对全市乡村旅游进行总体布局，形成“山、水、花、田”四大乡村旅游特色品牌，即以国家森林公园新化大熊山、涟源龙山等山色胜景为代表的“山之恋”，以水府庙、涟水、孙水流域旖旎风光为主的“水之梦”，以双峰锁石、花门的万亩油菜花基地—甘棠的芍药、牡丹花基地—三塘铺的突尼斯软籽石榴花基地—曾国藩故居的荷花基地等沁脾花香为特色的“花之缘”，以列入世界自然、文化双遗产预备名录紫鹊界梯田为核心的20万亩峒田风光的“田之韵”。

在此基础上，各县市区按照“以点连片、以片带面”的原则，以省政府实施的乡村旅游“3521工程”为契机，积极扶持引导，迅速形成各具特色的乡村旅游品牌：娄星区形成以孙水河、仙女寨、洪家山为中心的乡村旅游聚焦区；娄底经开区形成以中阳白鹭山庄、湘军水府农业观光园、新东方葡萄园、石泉国际度假山庄“四位一体”的乡村旅游格局；冷水江形成王家村、大坪村、眉山村等新农村建设与乡村文化旅游村建设的新亮点；双峰、新化和涟源依托景区发展乡村旅游接待区点，很大程度上缓解了景区接待压力，成为旅游接待主力军。

“两个结合”促进了娄底乡村旅游区经济结构和农民收入的显著变化，紫鹊界从事乡村旅游接待的农户家庭人均收入翻了一番，奉家下团村自开通娄底至奉家桃花源旅游专线以来，旅游年接待人数和年收入翻了两番。

建设“标准体系”　提升服务品质

创建标准体系，规范和提升乡村旅游服务品质，是推进乡村旅游富民工程的关键。

2010年以来，娄底市先后设计乡村旅游标识体系，出台乡村旅游包括住宿、餐饮、娱乐、购物等主要消费环节在内的服务规范，如《娄底市农家乐星级评定与划分标准（试行）》《娄底市星级乡村旅游服务管理办法（试行）》《娄底市乡村旅游诚信公约》等等。娄底市旅游外事侨务局还与娄底市质量技术监督局联合于2010年9月在全省乃至全国首创《乡村旅游线路星级评定与划分》，形成从产业准入、基础设施建设、安全标准建设到组织管理、服务规范、市场营销和质量等级评定划分的完整标准体系。

这些地方性标准的实施，对规范和指导乡村旅游发展，以及积极调动民间资本投资乡村旅游发挥了十分重要的作用。广大农民发掘特色传统文化和民俗民风的热潮高涨，紫鹊界的草龙舞、梅山山歌、梅山傩戏、涟源的珠梅抬故事等一批非物质文化遗产得到传承和发扬，奉家下团村村民自发组织和编排了一台地方戏，丰富了游客的娱乐生活，提高了当地乡村旅游的吸引力、知名度和美誉度。2011 年，娄底辖区新化县成功跻身全省首批 9 个“旅游强县”行列，新化县水车镇、双峰县荷叶镇获“特色旅游名镇”，涟源市湄江镇蒿子村、娄星区浒石村、双峰县荷叶镇富托村、娄底经济开发区大埠桥办事处中阳村等 5 个村获“特色旅游名村”，九龙仙女山庄、南扶生态农庄、银凯山庄、白鹭山庄等 5 家休闲场所获得“五星级乡村旅游区（点）”。

着力“省市共建” 推进示范带动

发展乡村旅游，可以促进农业结构调整，促进农民增收就业，改善农村生活居住环境，缩小城乡差距，是一项真正惠及民生的富民工程。但对拥有一个“国家级贫困县”、一个“省级贫困县”和一个“财政贫困县”的娄底市来说，要让这项工程真正富民，唯有建设“乡村旅游富民工程示范区”，实行示范带动，全面推进。2010 年底，娄底旅游部门人士提出大胆设想。然而，娄底市财力薄弱，且因地方现有政策瓶颈的制约，单靠市、县两级力量难以达到预期成效。

“省、市共建，加大扶持和培育力度，把娄底乡村旅游打造成全省乃至全国富民工程亮点。”

去年 5 月，娄底市旅游外事侨务局向娄底市委、市政府提出“省、市共建乡村旅游富民工程示范区”的建议，并提出了具体建设方案。方案经各相关部门会签，获得一致通过。接着，娄底市旅游外事侨务局向省政府、省旅游局及其他相关省直部门汇报，娄底市政府向省政府提出省、市共建请求，很快得到了省委、省政府和省直有关部门的高度重视和支持。去年 12 月 26 日，副省长何报翔在全省“3521 旅游创建工程”工作会议上，指示省直相关部门要积极参与这一省、市共建工程。并要求娄底市加强与省直有关部门的衔接，加大工作推进力度。

在省委、省政府和娄底市委、市政府的高度重视下，省直旅游、农业、林业、水利等相关部门与娄底市各相关部门携手，按照“三年提质上档、五年整体建成”的总体要求，出台一项项切实可行的举措，上下联动，扎实推进。

——领导推动。成立省、市政府相关领导挂帅，省、市相关部门领导参加的“省、市共建乡村旅游富民工程示范区领导小组”，加强领导，全面指导。

——机制促动。建立省、市共建乡村旅游富民工程示范区的协调机制、激励机制、督查机制和要素保障机制，规范管理，有效推进。

——项目带动。以省、市在城乡环境建设、新农村建设和扶贫帮困等方面的重点工程为依托，加快乡村旅游富民工程推进步伐，以点连片连面，惠民富民。

——平台驱动。以节庆活动为平台，加强对乡村旅游示范村、乡村旅游星级线路和秀美村庄等示范典型的宣传，不断深化乡村旅游富民工程主题活动，扩大乡村旅游的知名度和影响力。娄底市旅游外事侨务局还积极引导发展乡村旅游行业协会、合作社等中介组织，提高乡村旅游社会参与水平。2012年初，娄星区成立乡村旅游协会，为乡村旅游业主搭建了一个崭新的合作交流平台。

项项举措催人奋进。我们坚信：有省委、省政府的高度重视，省、市相关部门的通力合作，娄底乡村旅游将全面推动、整体提质，娄底将培育成为全省乃至全国乡村旅游富民工程示范区。

（原载《娄底日报》2012年10月16日第三版）

构建幸福安康的家园

——娄底市创建国家卫生城市工作纪实

本报记者　刘惠南

冬日融融的娄底，一条条街道宽敞整洁，一处处游园树木葱茏，一个个市场规范有序……碧水蓝天，车畅其流，显露着生机与繁荣。

走入城市深处，社区、公园，市民悠然自得，游客畅快惬意，男女老少或健身、或唱歌、或休憩……处处洋溢着健康幸福与和谐文明。

娄底地处湖南省中部，是中华民族三大始祖之一蚩尤故里和湖湘文化重要发源地之一，相传天上28星宿中的“娄星”和“氐星”在此交相辉映，故而得名，素有“世界锑都”“百里煤海”和“有色金属之乡”的美誉。2010年娄底市全面启动创建国家卫生城市以来，始终秉持“惠及百姓民生，助推城市发展”的理念，始终坚持“科学创卫、节俭创卫、全民创卫、和谐创卫”的原则，设置高标准、提出严要求、注重广覆盖，集全民之智，倾全市之力，完善城市功能、改善市容环境、提升市民素质、推进城市发展，为市民营造着幸福安康的家园，市民对“创建国家卫生城市”工作的知晓率达到96.21%，对城市卫生状况的满意率达94.73%。

科学推进　着力彰显温馨和谐

思路决定出路。

娄底，这颗“湘中明珠”，“十五”“十一五”期间坚持“不求最大，但求最美”的城市建设理念，强力推进新型城镇化，城市的“硬件基础”全面加强。但随着城市规模的不断扩大，与之而来的水、电、油、气、运配套不强，城市科学管理水平不高，特别是城市环境卫生脏、乱、差等问题日益突出，与整个城市的“软硬”实力形成较大反差。

这一切让广大市民扼腕叹息，也促使娄底市的决策者们，站在为百姓谋幸福的高度，重新为城市的科学发展定位：这座年轻的城市要在追寻物质文明的同时，为百姓创造更为舒适的人居环境。

2010年2月，创建国家园林城市、国家卫生城市、全国文明城市“三城联创”，拉开了这场战役的序幕。

思想的高度决定工作的力度。市委、市政府将创建国家卫生城市工作作为城市建设与管理的突破口，作为贯彻落实科学发展观、构建和谐社会、推进经济社会健康持续发展的“经济工程”“民心工程”“惠民工程”和“德政工程”来抓，2011年成功创建国家园林城市后，及时把工作重心转移到创建国家卫生城市上来，以启动全市城乡环境整治及建设“四年行动计划”为标志，全面打响“创卫”总体攻坚战。

市委、市政府特别注重顶层设计和路径优化。对10个必备条件、16个一票否决指标，严格做到完成任务的时间只提前不滞后、完成任务的标准只提高不降低，确保每一个“规定动作”提前、超额完成任务。并对照国家卫生城市标准，将“创卫”目标任务量化、细化成10个部分、329个计分点，以责任状的形式分解落实到15个专业组、11个牵头单位和213家城区单位，目标任务、验收标准、时间步骤甚至方式方法都列得清清楚楚，做到项项有人落实、严格标准落实。

实行高位推动。成立由市委书记任顾问，市长任组长，专职副书记任第一副组长，市四大家分管领导任副组长的创建工作领导小组，下设创卫办，由市委一名正厅级干部任办公室主任，从各个单位抽调骨干成员组成强有力的工作班子，专门负责“创卫”工作。娄星区、娄底经济开发区、街道办事处、村（居）委会、社区都成立相应的“创卫”机构，确保市委、市政府的决策部署和市创卫办的指令半小时内直通村组、社区。

实行重奖重罚。制定《娄底市“三个创建”工作奖惩办法》，对每一个“创卫”主体的目标任务、工作责任和奖惩措施做了详细规定，两级财政专门安排1600万元奖励经费，对搞得好的单位进行重奖，对搞得差的单位进行约谈甚至一票否决。

为创造性开展工作，市委、市政府组织庞大的专家团队，对全市“创卫”工作进行专业指导。旱厕整治是“创卫”的重点工作，整治时充分考虑南方的气候条件，没有采用推倒重建的方式，而是依山就势进行“三格式化粪池”改造，节省大量财力，效果良好。

娄底是欠发达地区，“创卫”最大的困难就是财政薄弱，筹资艰难。市委、市政府坚持把钱花在刀刃上，最大限度将“创卫”所需的项目建设纳入“十二五”规划和城市建设总体规划，并确保优先立项、优先规划、优先建设，千方百计争取上级的政策、项目和资金支持；通过奖励，引导民间资金，充分调动社会力量参与“创卫”，达到花小钱办大事的效果。

娄底中心城区背街小巷“一硬化三配套”改造，政府主要负责干道和公共区域的改造，对入家入户的改造只给予一定的补贴或奖励，通过调动老百姓的积极性，财政只投入了 3000 多万元，就完成了 204 条背街小巷的改造，硬化道路 30.11 万平方米。

在绿化娄底四年行动计划中，创造性地开展“人人为家园添一抹绿”的认捐、认种、认养活动，四年来，群众义务植树 4541 万株，参加人数达 1186 万人次，建立义务植树基地 31 处，面积 1836 公顷，而政府几乎没有花一分钱。

“创卫”内容成千上万，每一个过程都涉及群众的切身利益。在处理“创卫”与民生的关系时，市委、市政府始终坚持“依法依规、有情操作、和谐推进”。

为取缔城区 3900 多个流动摊贩、480 多个夜宵排档、28 个马路市场，市里先出台相关规范性文件，在城区提升改造 18 个农贸市场、建设 6 个过渡夜宵市场、50 个生鲜超市，对原有摊主进行登记，再凭卡入市，既保障原来摊主的谋生需求，又不影响居民日常生活。

在小餐饮行业整治中，最初的财政预算是给每一家门店补助 800 元用于“门前灶”的改造，但是在开会研究时，考虑到实际成本高于 800 元，又临时将标准提高到每户 1000 元。

科学创建，体现着市委、市政府务实创新的宏观决策，节约高效的工作原则和以人为本的工作理念，彰显着温馨与和谐，人民群众从开始时的冷嘲热讽，到后来衷心拥护，积极热情地参与“创卫”。

全民创建　提升市民生活品质

昔日的臭水沟，成了景观带；昔日的垃圾场，变成了小公园……“创卫”让娄底市民切身感受到城市的日新月异。

居住在双园社区的贺润林用一连串的对比，叙说着身边的变化：以前出楼门便是黄土路，现在水泥路铺到楼门口；以前小区内满眼找不到几棵树，现在到处一片绿；以前楼道内黑乎乎的，现在变得白净净；以前垃圾随手扔，现在环保垃圾箱摆放在家门口，干净又卫生……

在小区住了近 10 年的贺春宴带着骄傲的口气总结道：“要我说，这创建国家卫生城市，着实提升了我们的生活品质！”

这变化，离不开全市上下广泛参与、众志成城。

市、区两级四大家班子全体成员包干社区，分管领导直接挂帅担任 15 个专业组组长，既当指挥者，又当战斗员，及时解决“创卫”工作中遇到的重大问题，有效推动创建工作。市“创卫”领导小组多次召开工作部署会、工作推进会和督查通报会，研究解决存在的问题，督促落实工作任务。

市直各机关、企事业单位、乡镇办事处、社区，采取对口联系城中村、城乡接合部、背街小巷、“三无”小区的方式，常态化开展周末大扫除、清除“牛皮癣”等行动，全面形成市、区、街道、社区四级共同整治环境卫生的良好格局。

为发动群众营造浓厚的“创卫”氛围，市委、市政府先后5次召开从四大家全体班子成员到县（市、区）、乡（镇、街道办事处）、村（居）委会、村民小组、社区、小区、企业、机关单位参加的“千人动员大会”，不计其数召开市委常委会、市政府常务会、专题调度会、电视电话会议，进行广泛的宣传发动。新闻媒体开辟各类专栏，全天候报道和宣传创建工作。并针对“创卫”工作中的重点难点问题进行采访报道，开展舆论监督。各基层单位通过多种形式开展宣传，城区各交通要道和广场树起大型户外“创卫”广告牌，主要街道两旁架设“创卫”灯柱广告，滚动播出“创卫”公益广告。同时，免费向市民发放《中国公民健康素养66条》等宣传资料200多万份，发送各类公益短信500多万条，在市区行政和企、事业单位全面推广使用创建集团彩铃。组织各单位走上街头、走进社区开展“创卫宣教”活动，使“创卫”工作深入人心、家喻户晓。

清泉社区的尹顺英是社区保洁志愿者。每天一大早，她做的第一件事就是看看小区庭院有没有垃圾，查查绿化带里有没有废弃物。小区卫生打扫好了，她就上街义务巡逻。像尹顺英这样热心“创卫”的人，几乎每个社区都有一大批。

在娄底的“创卫”工程中，人们经常会看到一个个令人感动的闪光亮点：街道上随处可见佩戴红袖套认真值勤的“创卫志愿者”，自备小塑料桶、小铲子、毛巾、擦拭剂，沿街认真清除乱贴乱画的“牛皮癣”；小学生在放学的路上，主动捡拾垃圾，带动起爱护环境的良好社会风气；市民自发地拿起各式“武器”除“四害”和清理环境卫生……

以各类活动为平台，充分激发广大市民参与“创卫”的积极性。

市妇联、市直机关工委牵头，在娄底中心城区全面开展“洁美院落”“洁美家庭”竞赛活动，将“创卫”工作延伸到基层、到社区、到单位、到楼道、到家庭，通过创建考核、量化评分，共评选出68个“最洁美院落”、380个“洁美院落”，洁美率为94.1%；评选出2936个“最洁美家庭”、82573个“洁美家庭”，洁美率为99.2%，参与人数达到30万人，占娄底中心城区总人口的85%。

市卫生局广泛开展“五小门店”卫生情况评比活动，将全市8957个“五小门店”分五大行业、若干片区进行评比，把卫生评比工作延伸到全市每一个门店、每一个角落。

市商务局深入开展农贸市场摊位卫生情况评比活动，覆盖全市20个农贸市场内的所有摊位，通过发放流动红旗等激励方式，极大地调动摊位业主注意卫生、保持清洁的积极性。

市委宣传部牵头组织的城区“牛皮癣”大清理活动，市城管执法局牵头组织的取缔占道经营活动，市住建局牵头组织的背街小巷改造、城中村及城乡接合部整治活动，市交警部门牵头负责的交通秩序整治活动，市畜牧水产局牵头组织的开展生猪退城进郊活动等，与娄底中心城区6个办事处58个社区一同发力，大干快上，每一项整治工作均在50天内完成任务。

此外，车载垃圾桶赠送活动、“我是娄底人，创卫大家行”大型公益宣传活动、“创卫有我”主题演讲比赛、“我爱我家”少儿书画比赛、“小手拉大手”和志愿者服务、文明劝导、万人签名等活动，深入人心，300名“创卫”巡查督导员、卫生监督员进入办事处、社区、城中村和城乡接合部开展巡查督导。

通过这些活动的开展，引导大家增强环境卫生意识，让大家把各自的事做好，即机关把机关院子的卫生搞好，企业把企业内部的卫生搞好，小区把小区院内的卫生搞好，群众把家里的卫生搞好、把门前的卫生搞好，慢慢养成文明卫生习惯，不破坏公共区域卫生。也让垃圾的生产者、混乱的制造者自觉管理好垃圾，自觉维护好秩序，成为环境卫生的保洁者、市容市貌的美化者，全市上下营造了“创国卫，我参与、我享受、我奉献”的良好氛围，形成了全民参与、你追我赶的生动局面，使“创卫”变为了广大干部群众的一种热情、一种责任、一种追求。

夯实基础　不断完善城市功能

以前，涟水河周边环境脏、乱、差，防洪排涝标准低，河道水质污染严重，蚊蝇滋生、臭气冲天，是有名的“臭水沟”，居住在这里的群众苦不堪言。

2011年8月，集提高防洪排涝能力、改善人居环境、提升城市品位、发展社会经济于一体的涟水河风光带、涟水公园和氐星广场正式开园，与市民见面，新颖的亭台，别致的廊桥，精致的绿化……昔日的“臭水沟”，成了人们休闲纳凉、健身娱乐的景观长廊。

家住涟滨东街的胡小琴和老伴，每天早晚带着孙子都有一项例行“工作”：到涟水公园和氐星广场来散散步，打打拳，看看花草。“臭水沟变成了景观带，我们的生活环境真是越来越美！”看着眼前的美景，胡小琴夫妇感慨万千。

涟水河风光带的建设，只是娄底城市基础设施建设中的“冰山一角”。

自创建国家卫生城市以来，娄底编制完成了城乡总体规划和绿地系统规划、环卫设施规划等一批专项规划，中心城区加快“北延南扩、东优西联、扩容提质”步伐，按照“不求最大、但求最美”的建设理念，先后投入资金 77.3 亿元，组织实施了 100 多项重点工程建设，不但夯实了“创卫”基础，也让娄底人实实在在地享受着“创卫”带来的实惠。

近年来，娄底对中心城区 26 处交通岛、35 条街道进行增花提质或补植增绿，完成潭邵连接线、早元游园、珠山公园等绿化工程，新增绿地面积 245 万余平方米。对背街小巷进行改造，对城中村和城乡接合部、安置小区和弃管小区进行全面整治。并对 125 座社会公厕进行提质改造。还实施城区夜景亮化工程建设，娄底中心城区三纵五横、重要节点、重点场所和所有临街建筑物全面亮化，城市夜晚处处流光溢彩。

道路岔口安装装饰灯，主次街道亮起了新颖别致的路灯，新建和改扩建城市道路 38 条，使城市形象明显提升；市体育中心、孙水公园、珠山公园等公共服务设施的建成，更是丰富了人民群众的文化生活。

在娄底中心城区单位院落、居民小区，人们可以见到一个独特的景象，满眼见不到一个垃圾箱，单位和居民有垃圾，环卫部门以增加收集路线、增开收集班次、增加垃圾容器、调整收集时间等方式进行收集。而在大街小巷，也见不到一个垃圾归集点，环卫部门推行垃圾日产日清，杜绝二次污染，全面提升环境卫生质量。

曾经这些公共垃圾箱为半敞开式，摆在单位院落、居民小区门前，垃圾箱里的碎皮烂纸常常被风刮得满街跑，公共垃圾箱反而成了城市的一个污染源。而在街道旁设立垃圾归集点，存在二次污染、清理起来困难等缺点。如今，市环卫处每天即时收集垃圾，彻底解决了这一问题。现在，娄底中心城区已新建 32 个垃圾转运站，添置环卫清扫、洒水、运输、收集车辆 51 台，安装、修复、刷新、更换分类垃圾（果皮）箱 3247 个。垃圾桶配备到每个楼栋，垃圾运转实行无缝对接、密闭运输。给力的环卫设施建设，让垃圾去了它该去的地方，街上不见了乱飞的垃圾，夏季臭烘烘、蚊蝇乱飞的现象，再也不见了。

来到城市，如厕难是遇到的最大难题之一。而在娄底城区，经过提质改造，遍布市区的 128 座公厕、9 个流动厕所，全部免费开放，让你不会受到这样的困扰。

娄底是全省乃至全国重要的新型能源原材料产业基地。既要“金山银山”，也要绿水青山，市委、市政府深入推进城乡环境绿化，加快绿色娄底建设，全市通过义务植树、联村建绿、林业重点工程建设、社会造林，投入绿化资金 3.5 亿元，共完成植树造林 16.77 万亩。设立市环境监控站，提高了环境监测监察能力。

2012 年，娄底城区空气质量 API 指数≤ 100 的天数占全年天数比例为 93.83%，区域环境噪声平均值为 51.5 分贝，集中式饮用水水源地水质达到《地表水环境质量标准》和《地下水质量标准》Ⅲ类标准。城市生活污水集中处理率达 80.43%，城市饮用水源水质达标率 100%。

环境整治　倾力打造美丽星城

“创建国家卫生城市，悄然改变了一些市民不文明的习惯。”居住在长春社区的廖华生说，以前，由于居住在小区的人员成分复杂，经常从楼上往下乱扔垃圾，人从楼下经过时，时常要提防着“不明飞行物”。邻里间，也经常因为楼道上堆放的杂物挡道，而发生争吵。

“现在呀，这些现象在我们小区，可是很难再有哦！”戴着志愿者小红帽在社区转悠的廖华生发出感慨。“一是现在楼前屋后卫生环境这么好，他们不好意思扔了。二是大伙的眼睛都盯着呢，他们不敢扔了！”

市委、市政府重点锁定百姓期盼的领域，强化专项整治，攻克重点难点，一系列“组合拳”，使得一大批多年未能解决的“顽症”得以根治。

以倡导“六大文明交通行为”、摒弃“六大交通陋习”为主要内容，深入开展交通秩序整治，先后举行大型宣传活动 5 次，发放文明交通手册等资料 4 万多份，拆除 9 个重点交通路口的绿化带，在商业繁华路段和学校门前科学设置交通标志标线和交通设施，根据车流实际有效进行引导分流，交通拥堵现象有效缓解；组织开展声势浩大的“百日文明劝导”活动，市、区 2000 多名机关干部走上街头，在城区主要交通路口进行文明劝导，较好地解决了行人乱穿马路、乱闯红灯等突出问题。

以制定并实施的《娄底市城市市容环境卫生管理办法》《娄底市城市建筑垃圾管理办法》《娄底市门前三包管理办法》《娄底市人民政府关于倡导市民文明行为、规范城区公共秩序的通告》《娄底市人民政府关于对违反城市市容和环境卫生管理规定行为实行严管重罚的通告》等规范性文件为依据，深入开展市容市貌整治，从制度上规范城区管理秩序。

以环境卫生达标和食品安全为重点，深入开展“五小”行业整治。对 150 平方米以下的小食品业、床位 30 张以下的小住宿业、经营场所面积 20 平方米以下的小美容美发业、经营场所面积 150 平方米以下的小洗浴业和经营场所面积 200 平方米以下的小文化娱乐业开展集中整治，整治达标五小门店 6615 家，五小行业卫生面貌有了质的提升。

以提质达标为目标，投入1.78亿元，对城区18个农贸市场进行标准化改造，建设2个过渡性市场和50个生鲜直销点。目前，各市场已达到道路平坦明亮、卫生设施完善、划行归市经营、清扫保洁及时的要求。

深入开展社区环境卫生“百日整治”活动，处置积存垃圾5650余吨，全面根除“脏、乱、差”现象；开展违法建设专项整治活动，拆除违法建筑242处，遏制了乱搭乱建现象；开展取缔占道经营专项整治活动，取缔城区所有临时马路市场、夜宵摊市，28个临时马路市场摊点按照“就近安置”的原则，全部转入附近集贸市场内经营，28个夜宵摊市按照“五统一”原则，实行统一安置、规范管理。

由于历史原因，娄底市城郊有相当一批建于20世纪七八十年代的住宅小区，基础设施落后，违章建筑集中，狭窄的巷道和低矮的棚户星罗棋布，环境卫生差，渐渐成了被人遗忘的角落。

而这些“城中村”和城郊接合部，如今在“创卫”中却成了最受益的地方。

以推进城乡一体化为契机，按照“六无、三配套、一硬化、一整洁”标准，投入近5000万元，改造背街小巷，整治城中村和城乡接合部，整治安置小区和弃管小区。4年来，改造背街小巷204条，硬化道路23.61万平方米。整治42个城中村和23个城乡接合部，整治82个安置小区和弃管小区。彻底改变了背街小巷、城中村和城乡接合部设施简陋、房屋破旧的面貌。

迎难而上，一个个“创卫”难点被攻克。在从突击整治到长效管理的进一步转变中，娄底人深刻意识到，要想夺得“国家卫生城市”这块含金量重的金牌，荣誉固然非常重要，但更重要的是通过“创卫”建立一套长效工作机制，以进一步提高城市的日常管理水平和市民的文明素质，让城市变得更靓丽、更和谐。

随着“创卫”的不断深入，一个个城市管理的“金点子”成了日常管理的“老规矩”。

每天清晨，当人们还在睡梦中时，市区的大街小巷便响起了环卫工人“唰唰”的清扫声。34条主次街道、400万平方米的路面，700多名环卫工人要在市民上班前清扫干净。

为创建工作的需要，更为了市区的干净、整洁，市环卫处将清扫保洁时间由17小时延长至22.5小时，从7月中旬开始又全面启动夜间清洗道路。同时，完善垃圾收转运体系，坚决做到垃圾当天清扫、当天收集、当天清运、当天处理，绝不留过夜垃圾。还强化机械洗扫，坚持每天“两扫三洗”“日扫日洗”制，洗出路面本色。

在此基础上，大力推行门前三包，积极开展严管重罚。1100余名市容环卫监督员上街，对乱倒垃圾、乱贴乱画、乱停乱放、乱穿马路等行为进行纠章处罚，更有效地保障了“门前三包”的落实到位。

马路市场、占道经营、乱搭乱建是城市卫生管理的顽疾，群众反应很强烈。城管部门与公安、规划、建设等部门联合作战，誓为群众创造一个良好的居住环境，先后实施专项整治，拆除违法建筑242处，取缔城区临时马路市场、夜宵摊市56个。临街铺面更美观了，城市更加亮丽明净。

在坚持不懈的“创卫”中，市委、市政府意识到，在城市管理中，不但要治标，更要治本。由此，探索建立完善的工作推动、奖惩考评机制、日常管理等长效机制，更是推动卫生城市创建由突击性向经常性、制约性向服务性、经验性向制度化不断转变。

行业监管　构建群众健康“安全网”

涟钢大市场规范的蔬菜经营区，熙熙攘攘的顾客正在挑选需要的蔬菜。各摊主或与顾客讨价还价，或是忙碌地摆放上架销售的新鲜蔬菜。大厅内卖生肉的老板，仔细地用一张张洁白的纱帘将牛羊肉包裹起来，以防蚊蝇的侵扰。穿着工作服的清洁工，在大厅四周随时清扫地上的垃圾。

蔬菜大厅里的经营户刘梅英说，过去，顾客挑选蔬菜时剥落的叶子和果皮经常洒落一地，大家到收摊时才会清理，现在都做到了及时清理。一边经营一边清理垃圾，虽然比以前忙了，但摊位变干净了，到市场买菜的顾客也比原来多了。

呵护市民生命健康，确保公共卫生安全，娄底市按照“政府协调、部门协作、属地管理、软硬齐抓”的原则，建立片区监管责任制，强化行业卫生监督管理，为市民构筑起了一道健康“安全网”。

食品安全涉及千家万户，高度的责任感使相关部门不断加大对食品生产经营单位的监督检查力度，如今，酒店的豪华餐厅不用说，即便是街头风味小吃店，餐具消毒已基本普及，娄底中心城区32家食品生产加工企业全部取得了《食品生产许可证》，65家食品生产小作坊全部签订了《食品安全承诺书》，3696家食品经营企业全部建立了《食品进货索证索票制度》，2775家餐饮单位全部实行了量化分级管理，餐饮行业量化分级率达99.5%。

遍布市区、方便居民的放心粮油门店和早餐门店，为消费者提供营养、卫生、便捷、实惠的粮油食品和快餐食品。

生猪、牛、羊、禽类经严格检疫后全部在指定地方进行屠宰，再由放心肉配送车安全卫生地运输到销售点，更是让百姓吃得放心。

娄底城区20个农贸市场均建立农药残留物检测室，检测信息通过市场电子显示屏一日一发布，接受顾客监督，确保市民吃得健康。

“创卫”以来，娄底逐步制定多个有关食品安全的法规、办法，加大食品生产、加工、流通、消费环节的日常监管，形成一套机制完善的食品安全管理体系，安全覆盖食品从“农田到餐桌”的全过程。近3年来，全市未发生食品安全事故，无甲、乙类传染病暴发流行。

针对“五小行业”难管理的痼疾，相关部门制定了《公共场所卫生监督量化分级管理实施方案》，按照“谁许可、谁管理、谁负责”的要求，严格落实监管责任，全面改善了“五小行业”卫生条件。

目前，娄底城区卫生监督检查覆盖率100%，各类公共场所有效《卫生许可证》持有率100%，卫生知识培训合格率达100%，卫生知识知晓率达90%；建有水质监测点20个，供管水人员《健康合格证》持证率达100%，水质四项常规指标监测合格率达100%，生活饮用水出厂水卫生合格率达100%。

在集贸市场，按照“牵头部门组织协调，相关部门各司其职，市场经营者、管理者具体落实”的原则，设置了市场管理员和卫生保洁员，对无照经营，销售过期、劣质、违法食品的各类摊点坚决依法取缔；采取疏堵结合、以疏为主的办法，教育动员临时摊点入市入店经营，杜绝了沿街串卖、占道经营等行为。

通过“创卫”的一次次行动，娄底人把理想一步步付诸实践，不断摸索着现代城市建设之路，寻找着美化、净化这座城市的每一个机缘和灵感。近年来，娄底先后获得省级“园林城市”“卫生城市”“文明城市”和“全国绿化模范城市”“中国优秀旅游城市”“国家园林城市”等荣誉称号。

追求文明、卫生、健康的生活理念已渗透到这个城市的每一个角落，深深植入到每个人的心中，在这条追求文明的道路上，娄底将走得更快、更远。

【短评】

星城因“创卫”而美丽

刘惠南

4年“创卫”，4年艰辛，4载收获。4年来，娄底各级政府、各有关部门把“创卫”工作作为城市建设与管理的突破口，作为贯彻落实科学发展观、构建和谐社会、推进经济社会健康持续发展的“经济工程”“民心工程”“惠民工程”和“德政工程”来抓，使城市面貌大改观。星城娄底正向美丽城市阔步前进。

经过4年的“创卫”，娄底锻炼出了一支能征善战、吃苦耐劳的干部队伍。“白天加班加点、晚上干过零点”，这是娄底“创卫”队伍的真实写照。创建过程中，市、区领导和市直各机关、企事业单位、乡镇办事处、社区，上下一心，团结一致，共同下好“创卫”工作这盘棋，按时有序完成自身“创卫”任务。为了“创卫”，娄底各级干部不知熬了多少个夜，不知道付出了多少汗水。

经过4年的“创卫”，娄底的市民素质得到进一步提升。小区居民自觉把家里的卫生搞好，把门前的卫生搞好；摊位业主自觉管理好垃圾，自觉维护好秩序。街头文明劝导的志愿者多了，乱停乱放、不遵守交通规则的少了；文明出行、微笑待人的多了，乱扔垃圾、随地吐痰等不良现象少了。文明、卫生、健康的生活理念，成为广大市民的一种追求，深深地植入到了每个人的心中。

经过4年的“创卫”，娄底的城市功能进一步完善。“创卫”不单是为了获得“国家卫生城市”这块金字招牌，最终的目的是完善城市功能、美化城市环境。娄底中心城区26处交通岛、35条街道增花提质或补植增绿；204条背街小巷、125座社会公厕改造提质；18个农贸市场进行标准化改造；城区夜景亮化工程建设，使城市夜晚处处流光溢彩……4年中，娄底通过扎实开展“创卫”工作，改善了群众居住和生活环境，提高了城市管理水平，完善了城市功能，使得城市面貌焕然一新。

经过4年的“创卫”，娄底百姓生活质量稳步提升。昔日的臭水沟，成了景观带；昔日的垃圾场，变成了小公园。以前黑乎乎的楼道，现在变得白净净；以前垃圾随手扔，现在环保垃圾箱摆放在家门口。在“创卫”的带动下，城中村进一步融入现代都市；“五小”门店卫生让市民放心享用美味小吃……创卫，让影响市民生活质量的种种顽疾消弭于无形。

艰辛“创卫”，贵在坚持。“创卫”是一件为城市添光彩、为百姓谋福利的“民心工程”。让我们一如既往地抓好各项创建工作，让老百姓的生活变得更加安康。

（原载《娄底日报》2013年12月11日第一版）

资源型城市奏出转型乐章

——冷水江市转方式调结构走笔

本报记者　刘惠南　龙红年　段志光　通讯员　谢立松

11月6日，拥有“世界锑都”之称的冷水江市将成为全国焦点，一个国家级专业化的“首届全国科学发展与资源枯竭城市转型高峰论坛”将在冷水江市召开，冷水江市在资源城市转型中进行的成功探索吸引了全国专家学者。

冷水江市是湖南重要的能源原材料基地。2009年3月，冷水江被国务院列入第二批资源枯竭城市。在学习实践科学发展观过程中，冷水江紧扣“转方式、调结构、惠民生”这一主线，强力推进“一转三化”（深化转型工程，推进产业规模化、城市生态化、城乡一体化）战略，锻造了一个传统的能源原材料基地向全国资源型城市可持续发展的试验区转变的发展样本，得到了包括中央党校、国家发改委、财政部、环保部等中央部委的关注。

转型战略：提速发展推进产业规模化

1969年，冷水江市建市，成为湖南第一个县级市。

大自然对这片只有439平方公里的土地是恩赐的，境内矿产资源富集，是湖南省重要的能源原材料基地，享有“世界锑都”“江南煤海”“有色金属之乡”等美誉，其中锑产量占全球的60%，煤炭占全省已探明储量的1/6。

锑和煤也成为冷水江产业最大的特色，锡矿山成为全球最大的锑产品冶炼和研发基地，湘煤集团金竹山矿业成为湖南最大的原煤生产企业。而依托锑和煤，冷水江派生了很多大中型企业，使这个只有37万人口的县级市连续五年进入湖南经济十强县市。

由锑和煤为基础的冷水江市发展史，其实也是冷水江的环境破坏史。

锑和煤都是不可再生资源，挖完了，土地塌陷了，如果没有替代、接续产业，城市可持续发展就要出问题。冷水江市委、市政府对于“转型”有着深刻的体会，一场以“壮士断腕”的产业升级战打响。

今年3月至6月，冷水江开展了涉锑企业关闭整顿专项行动，共关闭锑冶炼企业75家，取缔选矿手工小作坊145处，淘汰落后生产能力17.4万吨。

同时，冷水江对现有的锑产业进行优化整合和壮大产业规模，抓住中国五矿并购湖南有色的机遇，使闪星锑业尽快形成50亿元产值规模。

淘汰落后产能带来的效果是明显的，关闭的大批企业，产能产量却实现了稳中上升，而锑价却上升到了目前的7.2万元/吨，比年初增长了一倍，国家财政部将锑产业纳入淘汰落后产能补偿奖励目录。

冷水江这种挂大靠强的步伐越发加大，今年3月，湖南钢铁“老大”华菱集团与冷钢坐在一起，标志着华菱并购冷钢进入实质操作阶段。如果并购成功，将使冷钢目前300万吨规模扩大到500万吨以上。

而华新水泥项目的引进，标志着冷水江的产业升级进入纵深阶段。由湖北华新水泥投资7亿元，与波月水泥共建日产4500吨和配套纯低余热发电的新型干法回转窑生产线项目，使用国际国内最先进的水泥生产工艺，生产能力提高近10倍。

如果说发展壮大资源型企业是冷水江这个资源枯竭型城市目前的权宜之计，那么，大力发展以生物医药、新材料、木纤维制品为代表的新兴替代产业是冷水江未来持续长久发展的动力所在。在面积10平方公里的冷水江经济开发区内，各大工业园区和建设工地都是一片热火朝天的场景，新兴替代产业将在这里成为冷水江工业企业的新品牌。

转型路径：拉动发展推进城市生态化

11月29日，尽管进入深秋季节，但在毛易镇群丰村新行政中心工地上，数十台挖掘机正在进行紧张的施工。在不远处的平安大道现场，也是一片热闹场景。

“一年一变样，三年大变样，五年再造一座新城”，这是冷水江市城市东扩的宏伟目标。以城市东扩来推进新型城镇化，成为冷水江又一富有特色的城市转型发展之路。

由于众多的大中型企业纷纷扎根于城乡各地，使得冷水江市城市化率远高于全国、全省平均水平。最新的统计显示，该市城市化率达到了75%，高于全国、全省30多个百分点。

这些企业为经济高速发展立下了汗马功劳，也给冷水江市的环保和人居带来了压力。

城区面积狭小。15万城市常住人口挤在不足10平方公里的城市区域，城市的承受能力已经达到了极限。

环境污染严重。冷水江市先出工业，后有城市，城市依厂而建，厂在城中，“三废”污染比较突出。

城市功能不齐。城市基础设施滞后于城市发展，停车场、停车亭及公共厕所、垃圾转运站等公共设施不足，市休闲场地、公园、影院和大型会场不够，城市绿化率偏低。

城市管理失范。由于地窄人多，人流车流拥堵不畅，城市卫生难以整治，城市管理有待提高。

发展之路究竟该朝什么方向走？冷水江市在改善城市环境时面临的一个现实矛盾是，将城市外迁？还是将工厂外迁？一场“搬厂”还是“搬城”的讨论，一段时间内在冷水江的市民中间引起了强烈反响。

在专家论证的基础上，冷水江市确定了搬城与搬厂相结合的思路，即在着力打造城东生态城的同时加速污染企业退城和治理。既保证传统产业在扩容提质的过程中保持快速增长，又给市民创造良好的生活环境。

而“搬城”与“搬厂”，无一不与提高城市承载能力紧密关联。

“搬城”即在毛易镇群丰村规划 10 平方公里建成新城区，新的城东新城建设成行政新区、文化新区、生态新区，等于再造了一个与老城区同样大小的新城。

“搬厂”就是将城区不符合环境要求的企业进行退城进郊，还城区一片蓝天。

值得关注的是，城东新城，绿色和生态将成为最大的亮点。新城区将充分运用依山傍水的特点，做活山水文章，在这片 10 平方公里的土地上，绿化覆盖率将达到 35% 以上。

“新城区将不会有一家冒烟的工厂。”城东新城将全面坚持生态优先的原则，塑造城市景观形象、环境形象、空间形象，提升城市的建筑品位，利用借景、附景、造景艺术，结合山势、水形布局，建设城市形象中心区。

目前，城东新城骨干路网建设进入全面开工阶段。平安大道在 7 月开工后，力争今年 12 月拉通毛路，明年底完成油路；资江大道今年 12 月底完成路基工程，明年拉通资江二桥北；荷叶路明年拉通主线。同时抓好管网下地、广场、停车场及水、电、气、通讯、给排水等配套设施和城市美化、亮化、绿化工程。

与城东新城的行政新区、文化新区和生态新区定位相比，老城区定位为生活商业中心，与城东新城遥相呼应。

今年以来，冷水江市加大城市重点基础设施投入，全面启动创建省级卫生城市的“一号工程”。冷水江市委、市政府已经明确 3 年时间，大力实施净化、绿化、美化工程，彻底改变老城区脏、乱、差形象。

一个基础设施完备、社会管理有序、环境整洁优美、生活舒适健康的山水园林工业城市将在湘中崛起。

转型实践：统筹发展推进城乡一体化

三尖镇石槽居委会是冷水江市南端最远的乡村，11 月底，记者在这里看到，超市、储蓄所、幼儿园、医务室、网吧、汽修店、自来水等一应俱全，一个 200 多人口的小集镇已初具雏形。像石槽这样城乡一体化的农村，在冷水江市已普及所有乡镇。

当资本和资源越来越向城市集中时，冷水江却反弹琵琶，瞄准广袤的农村，唱响城乡一体化新曲，成为全省两个城乡一体化试点县市之一。

冷水江市顺势而为，按照城乡统筹发展原则，构筑“一中心（毛易镇群丰中心）、三组团（老城区组团、沙塘湾组团、禾青组团）、四卫星（矿山、渣渡、铎山、三尖）”的城镇总体布局，形成以 S312 线沿线两侧城镇分布密集区为核心带，以周边区域为辐射区的经济地理空间布局。

而打造半小时经济圈，则为冷水江城乡一体化打破了空间障碍，冷水江市通过娄新高速公路以及省道、县乡公路建设，使得全市所有乡镇到市区只需要半小时，从而形成了快速的城乡一体化经济圈。

均衡城乡公共服务，是统筹城乡经济社会发展的关键。近 3 年来，冷水江每年投入 7000 多万元进行乡村公路建设，共投入 2700 多万元进行农村医疗卫生服务、供水、垃圾处理以及购物、文化、体育、乡镇汽车站等社会公共设施建设，逐步完善城乡均衡、全民共享的公共服务体系。目前农村医保参与率达到 82.4%，农村低保覆盖率 100%。

今天，行走在锑都大地，城乡居民的生产方式、生活方式、居住方式的重大变革，正在这座城市的每一个角落体现。公交车开进乡村，自来水流入农家，社会保障惠及农民……这里的城市令人向往，这里的农村令人留恋。

锑都城乡，正奏出一体化的和谐乐章。

（原载《娄底日报》2010 年 11 月 2 日第一版）

做活“回”字文章 “转”出发展空间

——从“涟商回归”看涟源市转型创新发展

本报记者 刘惠南 唐丽丽 实习记者 李 莜 通讯员 王万超

在传统支柱产业持续低迷的情况下，涟源市全面探索转型发展、创新发展，交出一份靓丽答卷：“十二五”年均GDP增长10.7%，规模工业增加值、社会消费品零售总额、地方财政收入、固定资产投资分别为2010年的1.6倍、2.0倍、1.7倍、3.1倍。

从地下“挖煤”到地上“掘金”，从过去对资源过度依赖，到现在向绿色生态要效益，短短几年间，“船大掉头难”的涟源市发生翻天覆地的变化，资源型产业在经济总量中比重由最高峰50%降到30%左右，被评为“国家资源枯竭型城市转型发展先进县市”。

在推动这些变化的力量中，有一个不容忽视的企业家群体，他们的名字叫“涟商”。围绕“三区两基地一中心”目标，涟源市积极做活“涟商回归”文章，拓展转型发展空间。5年里，合同引资200多亿元的80多个重大产业项目中，涟商资本就占了50%以上。

抢抓机遇 战略性引才引资引智

涟商一直是湘商品牌队伍里的一支特殊力量，他们的每次成长、出击，都会在商海激起不小的浪花，被外界称为“涟商现象”。

涟源人素有经商传统。以城区蓝田为核心的商圈已拥有600多年历史，早在明清时期就是贯通南北联结中西的重要商埠，并因盛产药材和楠竹，在水运上开辟了远近闻名的“竹木商道”。改革开放后，深受这种商业文化熏陶的涟源人开始走出蓝田，走出湖湘，闯出了一个响当当的涟商品牌。中国慈善事业第一人彭立珊、中国股改第一人梁稳根、中国专利第一人邱则有、中国保温杯及搪瓷制品大王肖自江、世界电解锰业大王曾纠雄就是其中佼佼者，被当作涟商群体的标志性符号。

哪里有商机，哪里就有涟源人。改革开放后，他们凭着敏锐的经济触觉，在各行各业中寻求商机，创造出了三一集团、长沙巨星集团、五江集团、天雄控股集团等一批大型企业，而在日用百货、铝塑制品、小家电等行业，涟源人经销的商品在全国所占市场份额也是名列前茅。“涟源市百货城”是我省唯一一家以县级市命名驻地省会长沙的商业批发大市场。作为首个在长沙成立的县级市异地商会涟源市商会，2007年至今已在机械制造、房地产开发、轻工建材、有色金属、能源、贸易流通等领域累计投资近5000亿元。无论是资金，还是技术、人才，涟商资源可谓极其丰富，对涟源来说，是不可多得的宝贵资本。

但这颗“珍珠”很长一段时间并未引起足够重视，因为涟源有大自然馈赠的资源财富，素有“煤炭之乡”“建材之乡”和“有色金属之乡”，被誉为湖南的“鲁尔区”。其中煤炭储量4亿吨以上，占全省近1/6，年产原煤400万吨左右，是全国100个重点产煤县市之一。过去20多年间，煤炭产业带火了煤电、煤化工、煤机等中下游产业，形成了煤炭、机械、建材、轻化、医药食品等五大主导产业，工业对经济增长的贡献率每年都保持在60%以上。涟源市也凭此在2007年荣获“全省县域经济发展先进县市”称号，2009年县域经济进入全国“中部百强”。

然而，“兴也资源，败也资源”。涟源市委、市政府越来越意识到，由于基础差、底子薄，资金、技术、人才等瓶颈制约，过分依赖资源的产业结构、过于粗放的发展方式暴露出了严重弊端。特别是后金融危机时代，随着国家产业政策调整，转方式、调结构已成为时代强音。涟源市坐拥丰富资源的同时，转型升级的压力骤然增大，经济发展面临巨大挑战；单靠自身现有资本、技术和人才转型发展，困难重重。如何引资求发展，如何引智寻突围，成为摆在涟源这个资源型城市面前的大事。

谁抓住了引才引资引智机遇，谁就能求得又好又快发展。

在前有标兵“换挡提速”、后有追兵“狠踩油门”的大环境下，招商引资的竞争更加激烈，引进市外资本技术的难度更大。如何充分发挥“地缘”“人缘”关系，召唤远方的游子回家投资兴业，找到“涟商兴，涟源市强、涟源市强，涟商兴”的路径，变“涟商”优势为招商优势，变资源优势为发展优势，显得尤其紧迫和重要。

“十二五”初，涟源市委、市政府在吸引“涟商回家、资本回归”上进行全面探索，并将其作为一条长期实施的战略确定下来。

筑巢引凤　打造涟商经济生态圈

人在千里，家在心里。为使涟商想回家、愿回家、安下家，涟源市一方面调动一切积极因素，广开招商引资门路；一方面着手搭平台、出政策，优化发展环境，为涟商回归创造良好的软硬件基础条件。

首当其冲的是加强园区建设。为了让大项目进得来，落得下，留得住，2011 年，涟源市“一区多园”建设正式起航。所谓“一区多园”，就是以涟源经济开发区为核心，开辟乡镇特色园区新阵地，带动其他六个各具特色工业园的发展。

涟源经开区现有入园企业 105 家，近 5 年高新技术产品产值年均增长率 31.2%，2016 年 7 月正式升级为省级高新技术产业开发区。据涟源经开区党委书记邱许爱介绍，园区正在对接一批北上广深战略转移项目，届时将有 30 余家涟商企业组团进驻。

而以五江集团、天华牧业为代表的茅塘石门工业园，以汇源焦化、国产实业为代表的斗笠山煤化建材工业园，以一六九化工为代表的杨市化工、轻工工业园，以华润电力、华天能建材为代表的渡头塘煤电一体化及新型建材工业园等园区，均已初具雏形并成长迅速。

其次是加快完善交通体系。近年来，通过实施“大交通、大发展”战略，涟源市加快推进总投资达 160 余亿元的八大交通项目，交通瓶颈得到有效解决，正朝着打造区域性交通枢纽、进入环长株潭 1 小时经济圈迈进。这也给杨市、桥头河等区位优势明显的乡镇落实“涟商回家、资本回归”战略赢得了先机。

“我们重点推进旅游产业提质转型，主打湘军文化牌和立珊慈善牌，把休闲农业和一二三产业都融入进来。”杨市镇镇长刘五洋告诉记者，总投资 4.5 亿元的湘军文化商业街就是涟商回归的代表性招商引资项目。该项目占地近百亩，分两期建设，按照仿古风格、街巷建设模式，集商业和旅游开发于一体，高标准打造主体电商、星级酒店、农贸市场、休闲旅游、湘军博物馆、文化展示中心等主题建筑。刘五洋表示，该项目将大大推动杨市镇推进新型城镇化、农业现代化、旅游产业化建设。

另一人口大镇桥头河镇则更倾向于打造现代农业综合产业园。

“桥头河的转型之路是被逼出来的。”在该镇党委书记肖俊看来，桥头河是因为在资源上不占优势，穷则思变。20 世纪 90 年代镇上仅有的几家煤矿关闭后，该镇就基本依赖传统农业，但农业产业大而不强，财政贡献率很低。2012 年开始，该镇审时度势，开始谋划依靠农业自然资源禀赋和得天独厚的交通区位优势，盘活集体闲置资产，改善投资创业环境，激发涟商回归创业兴业的信心，探索一条现代农业产业化之路。

经过一轮针对性的招商引资，目前园区内已有“博盛”“肖老爷”“邬辣妈”等 16 家农业企业入驻，其中投资亿元以上企业 5 家，70% 以上资本为涟商回归投入，基本实现了一二三产业深度融合。计划在 3–5 年内打造成百亿级的农业产业园区，重点培育一批本土特色品牌，把桥头河农业的综合实力做大做强。

在优化发展软环境上，涟源市一方面稳步推进政府机构改革，规范权力运行，力推基建联审和刚性收费；一方面深入开展“千人百企服务”等活动，各级领导干部点对点帮扶，一对一服务，深入现场办公，及时排忧解难。同时凝聚各方力量重点抓整治，铁心治“四乱”、打“三强”，破解阻工难题，营造招商、安商和富商的良好环境，涟商回馈桑梓的愿望日益增强。

打通经脉　做大做强创新型产业链条

美不美故乡水，亲不亲家乡人。经过几年探索，涟商回归成效初显，涟源市重点项目资金到位率、履约率连续 3 年位居娄底首位。三一中源新材料产业园、五江汇源焦化项目、五江汇源循环经济园、湄江国家岩溶地质公园提质改造项目等，被视作“金凤返巢”的最好见证，也是实施“涟商回家、资本回归”战略的得意之作。

“虽然还没生产，但订单已经排到了明年 3 月，根本不愁销路。”

11 月 17 日上午，站在静悄悄的工地上，湖南康麓生物科技有限公司董事长肖业成从脚下抓起一把土，摊开看了看，微微一皱眉，“现在就怕下雨，工程进度赶不上。”

今年 39 岁的肖业成已经跟植物打了快 20 年交道，在植物化学领域颇有名气。这个从涟源市七星街镇走出去的中科院研究生，拒绝了浙江某市的两次邀约，2015 年 6 月带着康麓农业生物科技项目回到七星街，开始了他的二次创业。

这是一个主要做全产业链柑橘产品的绿色环保项目，投入小，销路好，见效也快。通过“公司 + 基地 + 合作社 + 农户”模式，不出 3 年就能建成超 2 万亩的国内最大玳玳酸橙种植基地，全部投产后年产值达到 5 亿元以上。肖业成说，他要把家乡的荒山变成绿茸茸的“金山银山”，让农民“在家就把钱赚了”。

近几年，同肖业成一样回到涟源“掘金”的人不少。2011 年，在外闯荡多年的湖南省博盛生态农业技术开发有限公司董事长彭卫和就在桥头河镇画了一个 3000 亩的“圈”，投入 2 亿多元，开始了他的生态农业梦。现在第一个五年计划已经完成，一个集园林工程绿化、苗木栽培、珍贵树种观赏保护和花卉培育种植、林下经济推广示范、乡村生态旅游、休闲度假为一体的农业产业现代化综合性生态园初见雏形，明年春天将迎来首个牡丹花花期。

湖南肖老爷食品有限公司总经理王建良也正打算在桥头河 5000 亩蔬菜基地开始“互联网 + 农业”实践，明年开始陆续投入 1000 万元建立大数据平台，实现信息化管理。

目前，涟源市各级各部门围绕“涟商回家、资本回归”战略推出了一系列有效措施，重点做大做强创新性产业链条。市农业局已经安排专项经费，着手培训新型职业农民，并组织 12 人的技术团队专门为市内各个蔬菜基地点对点服务。在该局牵头下，一批新型农业企业每年都组织管理人员到清华、复旦等高校进修，针对性地学习农业企业管理、互联网 +、市场营销、市场定位等课程。

“加速转型、加快发展，仍然是全市共识，也是‘十三五’时期发展主基调。”涟源市委书记谢学龙表示。

“要通过推进‘涟商回归’战略，引老乡回故乡建家乡，引进一批战略性新兴产业、资源节约环境友好型产业，打造多层次资本市场，让涟源市成为共赢发展的财富‘洼地’。”11 月 28 日，在涟源市第十七届人大一次会议上，市长宋建明为“涟商回家、资本回归”战略赋予了新的内涵。

涟源再次站上全新的起点，整装待发。

（原载《娄底日报》2016 年 12 月 23 日第一版）

“农机航母”已扬帆

——双峰县转方式调结构侧记

本报记者　刘惠南　龙红年　段志光　通讯员　吴长江

10 月 15 日至 16 日，在党的十七届五中全会召开之际，我们“风生水起看湘中”新闻采访团一行第一站来到双峰县。在我市农业大县双峰，我们听到最多的，便是农机产业转型升级的话题。近年来，双峰县依托农机产业优势，坚持“龙头企业＋农机市场＋农机会展＋产业园区＋自主创新”五位一体战略，注重产业转型升级，走大公司、大集团带动大产业发展之路，通过整合资源打造“农机航母”。农机年产值达 11.3 亿元，占全县工业总产值的 33.8%，占全省农机工业总产值的四分之一。

“农友”牵头整合“小舢板”

双峰县是全国著名的小农机之乡，拥有全国最齐全的农机产品线，从 2003 年开始每年都要举办全省或全国性的农机会展。作为著名的农机生产大县，“鼎盛”时期双峰县光是米机企业就有 158 家，产销量占全国市场份额的 70%。然而，小作坊遍地开花的局面也困扰着该县农机产业做大做强。

2008 年下半年，受原材料涨价和金融危机的冲击，这些“小舢板”遭遇大风浪，一些小企业不得不“关门大吉”。在湖南省农友机械董事长刘若桥看来，双峰县的小农机在产业基础、市场网络等方面都占据优势，发展前景是十分可观的，但道路只有一条，那就是整合、升级。

2008 年 12 月，由农友机械牵头，大鹏机械、永旺机械、湘中远达、恒昌机械、兴鑫机械、良华机械等 7 家企业走到一起，以股权为纽带，组建双峰县第一家企业集团——湖南省农友机械集团。集团组建后，内部分工合作，成员企业负责各部件的加工，总部负责研发、组装、品牌和渠道建设。公司引进中国工程院院士罗锡文等专家，与湖南农业大学合作建立湖南省现代农业装备工程技术研究中心。

通过资源整合、产品优化和市场提升等一系列手段，在当年因整合停产数月的情况下，农友集团实现产销量同比增长 20%、成本降低 15%、利润增加 10%、税收增加 200%。2009 年实现销售收入 1.5 亿元，创利税 1400 多万元，16 个产品列入国家、省支持推广的农业机械产品目录和 12 个农业大省的农机购机补贴目录，显著提升了抗风险能力。

“大船队”携手打造“产业航母”

集团组建后，升级换代的新产品迅速打开了市场，提升产能迫在眉睫。2010 年，农友集团投资 6000 万元扩建 2 万平方米厂房，并对生产线和相关设备进行技术改造和更新，预计今年 10 月以前全部建成投产，达到年产谷物加工组合机 40 万台，耕整机和旋耕开沟机 5 万台，玉米脱粒机、电机、磨浆机、水泵等其他农业机械 50 万台的生产规模，年产值将超过 13 亿元，创利税 1.7 亿元，出口创汇 1500 万美元。

刘若桥告诉记者，小农机适合南方耕种和农产品加工的习惯，具有广泛的市场前景。另外，农友集团目前正开发适合北方规模生产的半喂入式多功能收割机、大型米机，适合城市居民家庭使用的胚芽米机及节能电机等附加值高的产品。

从“小舢板”到“大船队”，双峰农机企业从农友集团的成功看到产业整合的前途。在农友集团的带动下，100 多家米机企业自发整合成了 13 家集团公司。而农友集团的成功组建也吸引了很多有识的同行，长沙的湘华凯收割机、滨王柴油机、湘粮机、娄底的湘丰机电等企业纷纷伸出橄榄枝，寻求合作。

刘若桥表示，公司计划进一步整合提升，争取 3 至 5 年内上市，10 年内打造世界最大的小农机企业，成长为真正的“航空母舰”。前不久，曾精确投资湖南汉森制药的复星集团投资总监陈水清一行考察了农友集团，他们对农友集团的产业基础和整合前景产生了浓厚兴趣。

产业集群破解作坊瓶颈

资本是市场经济的原点，不同于靠信誉和承诺来维系，以股权为纽带的资源整合，会最大限度地激发低效资产的活力，也是实体企业在商业竞争中逆水行舟的原动力。双峰农机产业通过资源整合与转型升级，打造产业集群，突破了家庭作坊小而散、小而差的瓶颈，正显示出勃勃生机。

近年来，双峰县提出“龙头企业 + 产业园区 + 农机大市场 + 农机会展 + 自主创新”五位一体的发展战略和品牌整合、资产整合、产业整合的总体思路，抓大并小，扶强汰弱，规范管理，着力打造现代农机机电产业集群。

在县政府的引导下，占地1600亩的湖南省唯一的农机机电产业园区，入驻“农友”、金峰、湘源等10多家农机企业集团，聚集了一大批中小企业的产能，起到了巨大的牵引、辐射和示范带动的作用。通过资源整合，双峰农机作坊数量大幅减少，企业集团快速发展，产品和产业的竞争力显著提升。农友集团生产的家用组合米机产销量居全国第一，占全国市场份额的20%。而与产业园区毗连的湘中农机机电大市场，通过举办全国区域性的农机会展，辐射湘、鄂、川、黔等20多个省（区）及缅甸、老挝、越南等10多个国家和地区，年交易额达15亿元。

“产业集群是区域工业经济发展的大势所趋。中小企业以股权为纽带，组建企业集团，加强自主创新，提升科技含量，走规模化、品牌化的道路，是与行业巨头抗衡的唯一途径。”农友集团总经理助理朱婷饶有兴趣地介绍：2010年4月，“农友”引来“金凤凰”，与永州的金丰科技达成合作协议，双方共投入资金3088万元，专业生产多功能收割机。此举标志着双峰县农机产业集群发展、内聚外联的发展战略又迈出实质性的一步。

“双峰县农机产业集团的进一步发展，需要按专业化分工、社会化生产的要求，制定高起点的产业规划，充分发挥大企业集团和产业园区的洼地效应和资源优化配置的作用，加快产业集群的建设，实现规模化、专业化、协作化生产，破解技术、产能、市场、成本和资金的瓶颈，通过政策和市场的双重调控，推动企业重组和资源优化配置，并通过龙头企业的聚集和带动效应，形成大集群，对接大市场。”分管农机产业的副县长齐志刚深有感触地说。

面对未来双峰农机产业发展，娄底市委副书记、双峰县委书记刘事青表示：要认真贯彻十七届五中全会“坚持把经济结构战略性调整作为加快转变经济发展方式的主攻方向，坚持把科技进步和创新作为加快转变经济发展方式的重要支撑”的精神，按照县里的产业发展规划，进一步加大农机产业整合力度，支持企业扩产扩能项目建设，力争到2015年实现农机工业总产值40亿元，出口创汇5000万美元。

愿双峰“农机航母”扬帆奋进，独领风骚！

（原载《娄底日报》2010年10月29日第一版）

旅游奇葩争春晖

——新化县转方式调结构纪实

本报记者 刘惠南 通讯员 李 劲

一处处享誉海内外的旅游景点，设施配套，游人如织；一家家名播三湘的星级饭店、特色农家乐，服务规范，热闹非凡；一个个以带动旅游、促进农民增收为目的的项目建设，如火如荼，快速推进……金秋时节，我们走进新化梅山大地，深切感受到这里旅游产业的勃勃生机与活力。

“2009 年接待游客 162.81 万人次，旅游综合收入 8.23 亿元，是 2004 年的 6.6 倍，增幅居全市第一。今年 1 至 9 月，接待游客人次和旅游综合收入分别比去年同期增长 36.6% 和 33.7%。”谈起县里的旅游产业，县委书记吴建平异常兴奋：“新化旅游作为繁荣经济的一枝奇葩，正绽放出夺目异彩。”

从“旅游兴县”到“旅游活县”

新化是国家贫困县，又是农业大县，农村人口占 90%以上。至 2001 年，全县农民纯收入仅 1200 元，贫困人口达 13.5 万，贫困发生率占全县总人口的 11.7%。

新化又是旅游资源大县，拥有诸多美称：“世界溶洞极品”梅山龙宫、“梯田王国”紫鹊界、“三湘明珠”大熊山森林公园、“江南第一漂”油溪河漂流、“湘中千岛湖”苏溪湖、“洞天福地”奉家山桃花源、“宗教圣地”古台山……每一处山水都展现出她独特的自然美质。

旅游资源大县没能让农民脱贫致富，成为县委、县政府决策层心中的隐痛。2002 年 10 月，新一届县委、县政府经过认真调查分析，提出“旅游兴县”的重要战略，拉开“开放新化，激活旅游”的序幕。

2004 年，县委、县政府对新化旅游发展战略又作进一步调整与布局，将“旅游兴县”改为“旅游活县”，并随之出台了一系列优惠政策，制订《新化县旅游总体规划》《紫鹊界梯田旅游总体规划》《大熊山核心景区规划》《梅山龙宫外园景区详细规划》等一系列旅游规划文书，把旅游作为支柱产业来打造，高标准、高起点规划开发景区，形成较为科学的旅游规范体系。

此后，随着大熊山、梅山龙宫、油溪河漂流、紫鹊界秦人梯田等旅游景点的对外开通，全国洞穴工作会议和中国第四届梅山文化学术研讨会在新化的成功举办，新化旅游产业的品牌日趋响亮，名气越来越大，紫鹊界秦人梯田、梅山龙宫双双名列世界自然与文化双遗产预备名录，名列国家自然与文化双遗产名录，被批准为国家级重点风景名胜区，国内外游客纷至沓来，成为游人寻奇访幽的焦点。

新化旅游产业从无到有，从小到大。截至今年 9 月，全县已拥有三星级酒店 5 家，省“星级乡村旅游示范点”26 家，市三星级、四星级乡村旅游线路 2 条，旅游接待人次和旅游收入以年均 30% 以上的速度增长，旅游从业人员达 1.2 万人。

伍东惺是油漆乡高桥村一位普通农民，2004 年春在梅山龙宫景区开办“梅山兴隆土菜馆”，生意愈来愈红火，去年经营收入达 30 万元，还解决了当地村民 12 人就业。

像“梅山兴隆土菜馆”一样的“农家乐”，如今在新化县就达 460 家，年经营收入在 8400 万元。

今年“十一”黄金周，新化旅游市场十分火爆，各旅游景区（点）接待游客 15.47 万人次，创门票收入 170.29 万元，同比增长 46.4％和 42.6％；旅游综合收入达 1798.04 万元，同比增长 38.2％。

从“经营山水”到“经营文化旅游”

千年新化千年山水，每一处山水景观都蕴藏着深厚的文化资源，集中着古老梅山亘古以来的自然美、形态美和文化美!

“文化是旅游资源最重要的组成部分，富有文化底蕴的旅游资源，蕴藏着巨大的经济潜能。”2006 年底，县委、县政府审时度势，提出挖掘梅山文化，推进旅游产业加速发展的战略构想。用县委副书记、县长彭展发的话来说就是：要充分利用与发挥古老梅山文化的作用，做到既不能在发展的过程中被同化，也不能因为今天的发展而透支未来的资源。新化的决策者们意识到，科学的发展观是提高旅游经济核心竞争力的首要前提。

为此，他们提出“文化塑县”战略，通过丰富而独特的文化资源和文化活动，探索与挖掘上梅镇的古城文化、紫鹊界秦人梯田的农耕文化、大熊山的蚩尤文化和梅山龙宫的洞穴文化，充分释放旅游产业的文化魅力。

大熊山是“九黎之君”蚩尤的故里，至今仍留有“蚩尤屋场”“春姬（蚩尤妻）

坳”等遗址。中华始祖黄帝登临此山，《史记》及《方舆览胜》中都有“黄帝南至于江，登湘熊”的记载。乾隆皇帝南巡御涉此地之时，留有他亲笔书写的匾额和对联。为保护和挖掘蚩尤文化，县委、县政府投资3000万元，规划建设占地50亩的“蚩尤文化园”。目前，项目建设已全面启动。

“蚩尤文化园”建设是新化旅游文化项目建设的缩影。总投资2996万元的紫鹊界梯田“国家自然文化双遗产地保护项目”、投资1255万元的“熊山寺项目”、投资8000万元的“梅山民俗文化村”建设等一批旅游文化项目正在建设中。

旅游文化活动丰富多彩。面向全球华语区的首届“中华蚩尤文化旅游形象大使选拔赛”，100余名专家、学者参加的“2010年海峡两岸宗教与区域文化暨梅山宗教文化研讨会”“首届梅山旅游文化艺术节”等节会活动，极大地弘扬了蚩尤始祖文化，新化县先后荣获“中国山歌艺术之乡”、全国“武术之乡”“中国蚩尤故里文化之乡”“中国梅山文化艺术之乡”“蚩尤文化研究基地”等城市文化名片。

在湖南省文化旅游“十一五”规划中，新化被确定为“全省旅游文化重点发展县”；梅山龙宫、大熊山、紫鹊界梯田、油溪河漂流名列全省100个重点支持的高级景区和开发景区，蚩尤故里、紫鹊界梯田被确定为全市旅游的主打品牌。

从“突出景区开发”到“注重基础设施建设”

景区开发是旅游产业发展的前提，而基础配套设施建设是实现旅游产业加速发展的保证。新化县的决策者们深谙此道。

2007年7月，总投资6亿元、全长7.8公里，由防洪堤、沿江大道和风光带“三位一体”组成的城市防洪堤综合工程开工。目前一期工程完工。10月18日，记者来到这里，陪同采访的县领导介绍：防洪堤以“十里梅堤”景观为核心，以展示梅山文化精髓为主体，实现江、堤、路、滩、坝、园、场巧妙结合，建成后不仅将大大提高防洪防涝能力，改善库区人民生产生活条件，提升城市品位，还将成为新化县极具现代气息的集旅游、观光、休闲娱乐于一体的艺术长廊。

城市防洪堤项目仅是新化城建亮点之一。骨架道路新改扩建工程、绿化亮化工程等一批项目快速推进。近5年来，全县竣工和在建的城市基础设施建设项目达67个，总投资35亿元。

与城市基础设施建设并驾齐驱的是交通网络建设。新化县多方努力，先后争取了县乡公路改造、通畅工程建设、省道改造等公路建设里程2000多公里，资江一桥、二桥等桥梁建设改造工程60余处，农村客运站场建设项目20多个，娄新、新溆高速公路、沪昆客运专线和娄底支线飞机场等特大交通建设项目 5 个，启动投资 118.3 亿元。县领导告诉记者：县乡公路与正在建设中的娄新高速、新溆高速、沪昆客运专线和 S217、S225、S312 构成“对内大循环、对外大联通”的大交通格局，将彻底改变“车到新化止，西去无路行”的交通困境，加快新化旅游产业跨越式发展步伐。

与此同时，景区公路、游道、观景台、民俗文化演艺中心等景区基础设施建设全力推进，全面提速。

“未来 10 年，我们要抓住娄新高速、沪昆高铁通车和新化机场建成通航 3 次机遇，投资 30 亿元，精心打造 6 个高等级景区，实现新化旅游的‘三级跳’。”谈及未来新化旅游产业发展，县委书记吴建平激情飞扬。

新化，正以经典的千年山水和“科学发展、加速赶超”的铿锵脚步，向世人展露出她的绰约风姿和旅游产业的神奇魅力！

（原载《娄底日报》2010 年 11 月 4 日第一版）

崛立三湘势如虹

——娄底经济开发区跨越式发展纪实

本报记者　刘惠南　通讯员　易南辉

这是一片神奇的热土。80 平方公里区域，去年财政收入达 2.2 亿元，5 年增长 26.3 倍。

这是一串闪光的脚印。开发建设从零起步，从无到有，由弱变强，至今共引进项目 118 个，开工建设工业项目 92 个，建成投产工业项目 68 个，固定资产投资达 74.82 亿元，规模以上企业达 44 家。

娄底经济开发区自 2003 年 5 月实质性启动以来，秉守“诚实守信、厚德载物”的发展理念，坚持“工业立园、科技富园、生态美园”的发展战略，以奋发进取的豪气、敢为人先的勇气，负重加压，拼搏前行，短短 6 年，开发区成功跻身全省重点开发区行列，实现跨越式发展。一个发展理念新、发展产业强、发展机制活、发展人气旺的现代工业园区初具规模，崛立三湘。

观念为先：科学谋划，创新发展

观念是发展的先导，思路决定出路。娄底经济开发区不断调整发展思路，创新发展观念，坚持走科学发展之路。

启动之初，开发区坚持“工业领跑”，全力克服资金压力，建设工业园区。委托上海同济大学编制高水准的总体发展规划，科学布置综合工业园、薄板深加工产业园、高新技术产业园、仓储物流园等 6 大园区。并委托中南大学国富凯咨询公司编写《娄底经济开发区产业发展规划总体规划纲要》《经济开发区先进制造业发展规划》和《经济开发区电子信息产业发展规划》，引导园区工业向先进制造、电子信息产业等高新技术产业发展。随着国家政策和经济形势的变化，区党委、管委会及时提出“工业与第三产业齐头并进”的发展战略，积聚人气和资金，提升园区经济实力，实现了工业与商业两翼齐飞。今年，面对金融风暴，“把招商引资作为第一职责”“把项目建设作为第一抓手”“把产业培育作为第一任务”的发展战略如沐春风，令人振奋。以优化园区规划为重点，对产业结构进行进一步的调整优化，对太和工业园、薄板产业园、电子信息产业园、生物医药产业园、水府庙区金融会展商贸园、行政区等6个产业区域进行了基本确定，发展规划更具前瞻性眼光。

开发区人认为：开发区要实现更快更好发展，必须走“资源节约型、环境友好型”发展道路，既要追求经济总量的扩张，又要注重发展质量；既要“金山银山”，又要“绿水青山”。这是一种更高起点上的发展。为此，娄底经开区着力引进科技含量高、带动能力强、生态效益好且符合国家产业政策的项目。沃尔玛、三一集团、五江集团、巨星集团、大汉集团等一批国内外著名企业纷纷入驻，与中石油、中色建等大型国企建立战略合作关系，建成一批优质项目，强势推动园区经济快速、健康发展。

务实为上：集聚产业，凸显特色

务实是园区经济快速发展的前提。娄底经开区党委、管委会始终坚持务实作风，一心一意谋发展，凝心聚力促发展，千方百计抢发展。

亲商、富商、安商，蓄积发展潜能。建立一整套招商推进机制，在充分发挥亲情招商、节会招商、敲门招商的基础上，着重加强中介代理招商，以商招商、阵地招商，先后与市人民政府驻北京、长沙办事机构签订招商合作协议，并设立广东招商站，招商工作由以往“游击站”转变为“阵地站”。市委常委、开发区党委书记谢志雄，管委会主任罗孝贵等开发区领导带头敲门招商。招商引资工作一路高歌，捷报频传。今年正式签约项目13个，引资135.87亿元。总投资120亿的华菱安赛乐米塔尔汽车板、电工钢项目，投资2.8亿元的东捷科门磁电系统公司的磁性材料生产及深加工（二期）项目，投资1.2亿元的深圳泰普电子有限公司的软磁铁氧体深加工项目等相继落户开发区。此外，北汽福田、柳工集团、华润集团等大型企业纷纷前来考察，大型轧辊、型材、特种车辆、啤酒、煤机工业园、新能源、生物医药等一批优质项目正在跟进洽谈中，在谈项目达50多个，谈判进展顺利。

提升服务效能，力推项目建设。推行项目服务包干负责制和领导责任制，细化各部门服务职责，每一个项目从洽谈到审批，到征地、到开工、到投产，按照工作流程和分工，每一个环节都有专人管理负责，对于企业在发展中的问题和要求，都能在第一时间内知晓和受理，在最短时间内得到解决，做到“一个项目、一种方案、一位领导、一套班子”的要求，努力实现“有限政府、无限服务”的目标，强力推进项目早投产、早达产、早见效。6年来，项目服务的能力不断提高。华菱安赛乐米塔尔汽车板、电工钢项目要求8月31日前交净地，确保10月1日开工。3个月内要完成征地2400亩、征迁房屋335栋的任务，时间紧、任务重，但开发区人做到了，提前19天完成任务，且实现无一人上访、无一户强拆、无一例突破政策。1到8月，全区新开工建设项目10个，新投产项目3个，重点项目累计完成投资45750万元。

集聚优势产业，凸显产业特色。招商引资和项目建设强势推进园区产业集聚，初步形成了薄板深加工、先进机械制造、电子信息、生物医药、综合物流和休闲旅游等特色产业，今年已列入全省“十大千亿园区”。

——薄板深加工产业初具规模。开发区紧紧依托华菱涟钢薄板产业优势，大力发展薄板上下游产业。目前已引进汽车板、电工钢、方瑞钢管、三泰轧辊等38家薄板上下游企业落户，薄板产业集群被省政府授予“千亿产业集群”，成为全省重点打造的十大产业集群之一。该产业工业总产值到2015年可望达到200亿元，税收收入可预期为20亿元。当前，正以精品薄板深加工产业为主导产业，积极组织申报“国家新型工业化产业示范基地”。

——先进机械制造产业前景喜人。开发区着力培育钢铁配件、工程机械、机电及一体化先进制造体系，自我定位为“特色机械之都”。6年来，引进了三一中兴液压、华南煤机、新野等28家先进制造企业，年产值达12亿元。计划到2015年园区先进制造产业销售收入达60亿元，年创利税10亿元。

——电子信息产业发展良好。开发区重点发展磁性材料、通信器材和电子元器件等高新技术产品，太和工业园区已成为全省“十大电子信息产业园区”之一。众一手机、天源卫星、星源电气等13家电子工业信息企业已有8家投产运营，年产值达5.2亿元。捷磁门磁电有限公司年产4.2万吨的锶铁氧体预烧项目和珠海创一的SMD/SMT电感磁芯项目现已开工建设。此外，还有20多家电子信息企业正在洽谈。计划到2015年园区电子信息产业实现销售收入30亿元，年利税5亿元。

——生物医药产业、综合物流产业潜力巨大。根据《医药产业发展规划》，凭借本地丰富的中医药资源，在已有发展规模的基础上，到2020年拟引进生物医药企业30家以上，形成占地3500亩的生物医药专业园区，实现产值100亿元以上。目前，引进大汉物流园、涟钢物流中心、中国新合作公司投资3.1亿元的湘中商贸物流中心等6个物流项目，有2个企业已投入运营，湘中商贸项目正在积极筹建。沪昆线娄底铁路口已获批准，将给园区物流产业带来前所未有的发展机遇。

——旅游休闲、现代农业产业特色斐然。开发区被列入水府“两型社会”示范区，将规划建设500亩集生态旅游、休闲、商贸和会展于一体的特色区。目前，区内国家高新技术产业化示范工程——珍稀食用菌项目和油茶林项目已建成投产。多家省级农业龙头企业生产规模不断扩大，集群化程度不断提高。

民生为要：固本强基，构建和谐

既要打造“经济强区”，又要建设“人居福地”，这是区党委、管委会发展园区经济的重要目标。6年来，娄底经济开发区始终把关注和改善民生作为推进园区产业发展的基础和保证，摆到十分重要位置。坚持将改善好、实现好、维护好群众利益与推进开发建设大业有机结合起来，让群众能在开发建设的热潮中得到实实在在的实惠，能分享社会改革发展的喜悦成果。

伴随着开发建设的深入推进，征地拆迁使当地群众成为最大的受益者。迄今为止，开发区共完成征地1000余亩，拆迁住房900多栋。开发区人高度重视征迁安置工作，最大力度保障拆迁户利益，积极探索市场安置办法，建立起了“居住社区化、就业非农化、保障社会化、受益多元化”的征迁安置模式。太和工业园安置基地、迎春路安置基地、梅子湾安置基地的启动，使当地群众由破旧平房迁入宽敞明亮的高楼，人均年收入也由5年前的2880元提高到4480元。

大力推进基础设施建设，基础设施配套完善程度和基础承载能力全省一流。自开发区启动以来，共完成平基土石方工程2590万立方米，全面完成一工业园和二工业园平整工业用地4平方公里；完成全长25.2公里道路的路基、排水、路面、绿化、亮化工作；建设起步区与工业园道路19条，大汉路、凤阳街、石玉街、群乐街、洪冠街、新坪街、铁炉冲路、西坪路、太和路、吉星路、铁炉冲南路、西坪南路、太和南路、香茅街、青山街等街道宽敞平坦，完成凤阳市场、金利达市场专家楼、太和工业园安置基地基础建设。

各项惠民措施落到实处。城乡居民保险制度稳步推进，保障队伍不断扩大，保障水平日益提高，新农村合作医疗保险全区覆盖，城镇居民医疗保险人员与日俱增；劳动就业再就业体系更加健全，社会援助体系得到完善，困难生活群体的生产生活备受关注；教育事业加快发展；社区公益性文化设施建设力度不断加大，公共文化设施网络逐渐成形，民众文化生活精彩丰富，人民安居乐业。

（原载《娄底日报》2009年9月29日第九版）

倾心尽力绘新图

——娄底市城投集团加快项目建设纪实

本报记者　刘惠南　通讯员　刘新文

12月1日，娄底市思乐水质净化厂迎来竣工验收暨移交的日子。上午8时20分许，2台中巴、数台小车载着市委、市政府有关领导、市直有关单位部门负责人和专家，穿过车来人往的城区，来到位于娄星区大科街道办事处思乐村的厂址。

初冬的湘中大雾弥漫，使这一由娄底市城投集团承建的省、市重点工程显得更加多彩迷人。这是该集团开展创先争优活动以来取得的成果之一。

“不错！不错！”领导和专家们在依次参观厂区氧化沟、二沉池、粗格栅与提升泵站、细格栅及旋流沉砂池等主体工程，看着通过截污干管从娄底中心城区接来的滚滚污水经处理后成为涓涓清水排入孙水河时，禁不住竖起大拇指连连称赞。

娄底市思乐水质净化厂工程建设项目是湖南省“实施城镇污水处理设施建设三年行动计划”的重点工程，是市委、市政府为民办实事的民心工程项目，主要承担娄底市乐坪大道以南的城市生活污水处理任务。该工程从2009年7月10日开工建设，到2010年5月21日，仅用了10个月时间就建成投产，得到省政府的奖励和社会各界的好评，成为省优质工程与示范工程。5月28日，工程通过省环保验收。7月13日和11月3日，工程2次通过国家环保部检查验收。至今已正常运行7个多月，处理城市生活污水600万吨。“污水经处理后，出水水质达到国家一级B类排放标准，对加强水资源保护，实现节能减排，提高城市生态环境质量，具有十分重要的作用。”陪同参观的娄底市城投集团总经理欧文安高兴地介绍。

“工程征地拆迁工作和谐推进，创造了奇迹；设备安装调试没有出现质量问题，创造了奇迹；工程项目10个月竣工，创造了奇迹！”在随后召开的竣工验收暨移交会议上，与会的市委常委、纪委书记王善明和市政府副市长余明庭连用3个“创造了奇迹”对工程项目给予高度评价。

娄底市思乐水质净化厂的建设是市城投集团快速推进项目建设的缩影。

2009年以来，娄底市城投集团以创先争优为契机，面对人员没有增加、城建投资翻倍、宏观调控政策趋紧等不利因素，他们以全市“项目建设年”和集团公司成立为动力，制定《娄底市城建投年度绩效考核办法》《建设项目工程施工管理办法》，完善《娄底市城市建设投资管理办公室（公司）办公会议制度》等7项制度，使各项工作量化到各科室与项目部，职责明确，目标具体。组建8个工程建设项目部，明确工作任务和职责，制订奖惩措施，加强科学调度，开展创先争优劳动竞赛活动，各工程项目齐头并进，亮点纷呈。

去年，吉星路、乐坪东街、孙水公园、早元街、娄星南路、月子街、4处交叉路口改造、娄星路娄底二中地下人行通道等11个项目先后竣工投入使用，秀石街、月塘东街、甘桂路、新铺街、思乐水质净化厂、涟水河南岸东段截污干管、孙水河北岸沿河路与风光带等项目快速推进。全年计划完成预算投资4.34亿元，实际完成预算投资5.25亿元，超年度计划0.91亿元，同比增加1.85亿元。

2010年，以娄底市城投集团为业主的市政基础设施项目建设更是如火如荼。潭邵高速娄底连接线克服时间紧、交通压力大等困难大干快上，已完成征地拆迁、路基与排水工程，完成投资1.6亿元，超年度计划0.4亿元；甘桂路克服征地拆迁任务重、矛盾多等困难稳步推进，已完成征地拆迁、部分路基与排水工程，完成投资0.61亿元，圆满完成了年度计划任务；吉星路涟水河大桥克服地层溶洞和裂隙发育、跨涟水河与铁路施工难度大等困难，快速推进项目建设，已完成下部构造主体工程、部分匝道与支架，完成年度计划投资0.4亿元；秀石街克服拆迁矛盾多等困难，按目标完成任务，超额完成年度计划投资0.22亿元；月塘东街提前3个月竣工通车，完成年度计划投资0.26亿元。全年计划建设潭邵高速娄底连接线、甘桂路、吉星路涟水河大桥等27个项目，之后新增市人民来访接待中心和政务中心、西贸街、三创工作与娄底军分区新打靶场4个项目，共31个项目，计划完成预算投资5.2亿元。全年实际完成预算投资5.4亿元，超年度计划0.2亿元，创历史最高水平，比2006年翻了一番。同时，千方百计抓好市重点项目的筹资工作。

项目建设的快速推进，与市城投集团一班人和建设者们的倾心尽力密不可分。

——强化责任，加强考核。面对建设项目较多、分布面广、管理难度大的特点，严格落实《建设项目工程施工管理办法》，对勘察设计、项目监理、项目开工前、质量安全与进度、工程设计变更及工程量签证、项目竣工验收及移交等6个管理环节，进行规范和强化。并严格实行“管理明示制、质量监理制、工程清单制、支付计量制”和“周检查、旬调度、月考评”机制，形成了主管部门、建设业主、质监、监理、施工单位等多层综合与专业管理机制，使考核管理工作步入程序化、规范化、科学化、制度化的良性轨道。

——科学调度，加强监管。各项目部严格对施工材料检测，从源头上严把质量关；实行施工全过程监理，前一道工序完成后，经监理人员验收合格认证后，方可进入下一道工序施工；质监部门不定期进行检查，发现问题及时处理；施工单位严格按施工图设计文件与相关规范要求作业，并坚持自检，对验收与检测达不到规范要求的，及时返工处理，直到合格为止。同时，强化安全管理。开工前要求施工单位办理好相关安全手续、签订安全施工合同，并与相关单位衔接，查清地下地上管线等市政设施分布情况，避免施工时损坏或出现安全事故；施工中在各施工项目设置醒目的安全标志，对重要地段实行围栏施工，对重要岗位做到持证上岗，按程序作业；各项目部和施工单位明确专人负责安全管理工作，发现事故隐患及时处理，并对施工现场进行定期和不定期的安全检查和安全隐患排查，对存在的问题及时进行整改。公司总经理欧文安与班子成员经常深入施工现场抓质量、抓安全，督进度。吉星路涟水河大桥工程地层溶洞和裂隙发育，公司技术人员现场攻关，采取注浆加灌混凝土的方法对基础进行处理，确保了工程质量与施工进度。

——严格核算，厉行节约。项目多，投资大，资金筹措难，怎么办？他们在千方百计拓宽筹融资渠道的基础上，想方设法节约投资。一是加强项目前期工作管理，通过优化设计节约投资。如潭邵高速娄底连接线电缆沟原设计造价为0.418亿元，通过论证优化设计后，采用电缆管方案实施投资为0.134亿元，直接节约工程造价0.28亿元。二是减少变更量节约投资。一般情况下，任何单位和个人不得随意变更原有设计内容，确因需要修改原设计时，必须按变更审批程序批准后，方可实施变更，从而大大减少了工程变更量。三是实行项目结算会审制。工程项目竣工结算，严格按设计与合同执行。先由项目部初审，市城投集团合约科复审，经公司集体会审后，再经监理核审、市审计局审计、财政局审核，对不合理部分投资予以核减，方可进行集中支付。两年来，通过多种途径共节约投资近亿元。

去年以来，市城投集团承建竣工的18个省、市重点项目，经相关部门检测验收，全部符合设计与相关规范要求，工程质量达到合格标准。各建设项目均未发生重大安全事故，实现了安全施工。

一个个市政基础设施建设项目拉大着城市骨架，完善着城市功能。截至2010年底，娄底中心城区道路骨架扩展到60平方公里，建成区面积由36平方公里扩大到42平方公里；娄底中心城区污水处理率达到90%，比省下达的责任目标超20%多；城市生活垃圾无害化处理率达到100%。

青春娄底，在城市建设的加速进程中，正展现着美好前景！

（原载《娄底日报》2011年3月16日第一版）

安得广厦千万间

——娄底市房地产业蓬勃发展走笔

本报记者 刘惠南 龙红年 通讯员 曾铁平 谢 军

11月26日，冬日融融。背靠仙女峰、面临孙水河畔、离娄底市区仅1公里的仙女峰山庄迎来VIP卡公开发售日。作为娄底首个纯生态山水别墅区，成就了钟情山水、返璞归真的生态人居理想，一问世就赢得成功人士青睐，当日VIP发售额突破400万元。

而离仙女峰山庄不远处的水木华庭，4栋多层和4栋29层高楼，以中央园林、组团绿地、宅间绿地演绎出的全新现代生活形态同样吸引中、高档收入群体，不断刷新着售楼记录。家在长沙的侯先生这天就在水木华庭二期订了一套房。他成为水木华庭高层住宅今年以来签约的第288个客户，也是该小区从去年开盘以来的第398个客户。开发商娄底市永安置业2008年在娄底城西征地22000平方米，两年过去，其一期工程126套精品住宅早已销售一空。二期工程仅今年三季度已实现销售2000余万元。工程质量实现零投诉，在全省综合检查评比中位居前列。

仙女峰山庄和水木华庭只是娄底房地产业蓬勃发展的两个代表。"十一五"期间，全市房地产开发预计完成投资额120.95亿元，占全社会固定资产投资10.01%；商品房竣工面积将达527.8万平方米，年竣工面积由2006年的69.03万平方米，增加到2010年的130万平方米；预计商品房销售面积480.11万平方米，年销售面积由2006年的60.35万平方米，增至2010年的120万平方米，年均销售面积达到96万平方米。

最能体现"十一五"娄底房地产业发展成果的是高层建筑如雨后春笋。2006年前，娄底没有一栋高层住宅。如今在娄底，像水木华庭一样高品质的高层住宅达200多栋，竣工面积达到240余万平方米，销售面积达到157万平方米。"娄底'长高'了！"生活在这里的市民赞叹不已。

而最让人赞叹的，是娄底包括廉租住房和经济适用住房建设的住房保障制度建立。

近几年，房价持续上涨。保障中低收入百姓有房住，成为各级政府加强民生建设的迫切任务。

罗家廉租住房小区是娄底市本级为解决最低收入家庭住房困难而建设的第5个廉租住房项目。小区紧邻珠山公园，共12栋住宅，754套住房，一期574套今年2

月竣工投入使用。

邓希安原是涟邵矿务局桥头河煤矿下岗职工，3口之家通过申请，今年4月在罗家廉租小区住上50余平方米的住房，二室一厅一卫一厨，建有凉台，配套水、电、路、煤气及有线电视、绿化等基础设施，每月不到100元租金。“这里环境好，租金低，我们很满意，感谢党和政府！”谈及感受，邓希安笑得合不拢嘴。

罗家廉租住房小区建设只是娄底保障性住房建设的缩影。而邓希安也仅是娄底低收入家庭享受国家住房保障政策的一个代表。“涟滨西街项目”“花山仑项目”“将军庙项目”……“十一五”以来，全市共完成廉租住房建设项目17个，建设廉租住房3611套，面积达17.6万平方米；目前共有3200个低收入家庭在各级政府建起的廉租住房小区圆了居家梦。

“十一五”期间，全市共建设经济适用住房面积9.09万平方米，还为3.48万户困难城镇居民发放廉租住房补贴2920.2万元，以减轻其生活负担。

“安得广厦千万间，大庇天下寒士俱欢颜”。如今，一栋栋经典大气的高楼拔地而起，一排排现代时尚的建筑群诠释着娄底房地产业的精彩与经典，一批批人文与自然山水共生、休闲与生活娱乐共融的优质小区编织着娄底的美丽。

正确引导、大力扶持，是娄底“广厦千万间”的首要推力。市委、市政府高度重视房地产市场健康发展，先后出台《关于加快娄底房地产业发展》《关于鼓励发展高层商品住宅建筑》等政策措施。并把住房保障列入为民办实事考核内容，构建住房保障体系。全市房地产开发队伍不断壮大，仅中心城区房地产开发企业就达197家，年房地产开发投资额从2006年的16.21亿元预计增至2010年的30亿元，年平均增幅达19.2%。

规范管理，优化环境，是娄底“广厦千万间”的重要推力。政府及相关部门依法行政，加强监管，规范房地产开发行为，规范房地产开发项目收费。并优化项目审批环境，简化程序，改进服务，提高办事效率，使娄底房地产业和市场持续、平稳发展，娄底中心城区人均住宅居住面积由2005年的23.9平方米，提高到2010年的28.4平方米。

诚信经营，铸造精品，是娄底“广厦千万间”的主要推力。以“诚信为本、铸造精品”为经营理念，娄底房地产开发企业不断提高管理水平，商品房建设逐渐朝注重环保、节能、美观、实用方向发展，春园商业步行街、众一桂府、大同芙蓉等具有现代都市美感的商住楼盘精品相继打造，万豪广场、大汉精品建材城等地理位置优越、配套完善的项目相继开发，房地产业逐渐成为娄底国民经济的支柱产业。

（原载《娄底日报》2010年11月28日第一版）

最是橙黄橘绿时

——涟源市农村经营管理工作纪实

本报记者 刘惠南 通讯员 谢思华 梁旭阳 蒋 泱

初秋时节，走进“国家现代农业示范区”涟源市，便感触到一种炽热的为民情怀，一股奋发向上的锐气。

强力推进土地确权、着力打造“阳光村务”、规范推进土地流转、倾情培育新型主体……涟源市委、市政府一项项推进农村经营管理的举措，如清风拂面，激荡人心！

“娄底市农村经营管理工作先进单位”“娄底市农民权益维护和农民负担监督管理工作先进单位”“全省农村经营管理工作先进单位”“全省农村集体资产与财务管理工作先进单位”“全省农村土地承包经营权确权登记颁证工作先进单位”“湖南省委省政府为民办实事农民专业合作社省级示范社建设工作先进单位”“全省农村土地承包经营纠纷调解仲裁工作先进单位”“全国农村土地承包经营纠纷调解仲裁工作先进单位”……涟源市农村经营管理局一块块熠熠生辉的奖牌，凝聚着涟源农经人的汗水，折射出涟源农经人的智慧。他们以责任与担当、胆识与奉献，全力推进新农村建设，竭力维护农村基层和谐稳定。

精心组织，强力推进土地确权

2015 年，涟源市被列入全省 48 个农村土地承包经营权确权登记颁证整县推进县市区之一。省政府要求 2015 年底完成农村土地承包经营权确权登记颁证外业调绘任务，2016 年 3 月完成内业整理、资料归档扫描、数据入库等任务，2016 年 8 月前完成对确权成果验收。这是一项民生工程，涉及全市 21 个乡镇办事处、经开区，907 个行政村、44 个社区 29 万余农户，国土“二调”耕地面积 82.72 万亩。

涟源市是典型的丘陵地区，作为全省仅有的两个旱土与水田确权登记颁证试点县市之一，农村土地承包经营权确权登记颁证工作时间紧、任务重、要求高、涉及面广，工作难度大。

“农村土地承包经营权确权登记颁证工作，事关农村改革发展全局，事关农民群众切身利益，是维护农民权益、促进农民增收的民生工程，各级各部门再难也要抓好落实。”去年7月16日，涟源市委召开常委会议，专题研究土地确权工作，统一思想，拉开全市农村土地承包经营权确权登记颁证工作序幕。

强化组织领导，坚持高位推动。涟源市成立以市委书记谢学龙任顾问，市委副书记、市长宋建明任组长，市四大家分管农业农村工作的领导任副组长，相关部门单位主要负责人为成员的“农村土地承包经营权确权登记颁证工作领导小组”，制订工作方案和考核奖惩办法，明确各成员单位职责。并组建高水平工作班子，从农业、国土资源、林业、农机、农经等相关部门抽调业务骨干力量集中办公，成立综合协调组、业务指导组、督查指导组、矛盾调处组，对工作进行业务指导和政策解答，及时解决工作中出现的问题。各乡镇也相应成立领导小组和工作机构，明确工作任务。

广泛宣传动员，营造良好氛围。市、乡、村三级层层召开动员大会，广泛宣传土地确权的重要意义，全面安排部署土地确权工作。同时，充分利用广播、电视、微信、QQ群和专栏、标语、横幅、挂图、巡回宣传车等多种宣传工具，深入宣传土地确权的各项政策。让土地确权工作深入人心，家喻户晓，奠定坚实的群众基础。

培训业务骨干，选好技术公司。全市共培训乡村两级业务人员5300余人。与此同时，经过遴选，选择中科高盛咨询集团有限公司为招投标代理公司。通过招标公司招标和公平、公正、公开的评标、公示，确定湖南工程勘察院、中冶湖南地质勘查院、湖南农林勘察院、湖南有色一总队4家公司为中标单位，主要负责做好承包地权属调查登记、公示审核、相关数据录入、整理及标准化、规范化处理等工作。

建立工作机制，强化责任落实。实行市级领导包乡镇、乡镇领导包群众工作站、驻村干部包村、村组干部包组包户的包干责任制，落实市、乡、村、组一级包一级的责任体系。市委、市政府与21个乡镇办事处、经开区签订责任状，明确乡镇办、经开区是开展土地确权工作的责任主体，党委书记是第一责任人，乡镇长（主任）和分管领导是直接责任人，确权办主任和村主要负责人是具体责任人。在操作环节上，以村民小组为基本单元，采取村干部包组包户的方式，因地制宜解决土地确权工作中的具体问题，形成“一村一案”工作方案。市农经局敢啃“硬骨头”，本着“不漏一寸耕地”的原则，将旱土纳入土地确权范围，做到“村不漏组、组不漏户、户不漏人地”。同时，大胆创新，实行市局责任领导、责任单位、责任人、工作小组、推进时间表“五个一”责任制，确保公示确认关键环节市、乡、村、组、技术公司五级有专人负责，形成工作合力。

加强工作调度，严格监督检查。仅今年上半年，涟源市委、市政府就先后7次调度全市土地确权工作，通报工作进度和存在问题，安排部署下段工作。市确权办坚持每周一各乡镇和技术单位汇报进度情况，每周一组织督查组碰头，及时解决存在的问题。同时，市确权办主动作为，成立4个督查组，先后4次分组分乡镇深入村组督查指导，对每个环节开展“回头看”“过筛子”，对照标准要求找差距，补“短板”。并及时发出督查通报，将进度和质量情况向乡镇反馈。对土地确权中出现的争议，法律政策有明确规定的，依法依政策进行调处；其他问题则在不违背法律政策精神的前提下，通过民主协商妥善处理，做到“小事不出村组，大事不出乡镇”。

截至7月底，全市已有909个村（社）完成测绘技术公司现场调查指界工作，226个村已完成第一轮公示，382个村正在进行第一轮公示，计划8月20日前全市全面完成第一轮公示。土地确权取得阶段性成果。

强化监督，着力打造“阳光村务”

村级财务管理是村务工作的重要部分，事关农村社会稳定，事关农村党群干群关系。

近年来，涟源市不断加强村级财务制度建设，严格规范村干部行为，强化监督检查，给群众一个明白，还干部一个清白，推进村级财务管理走上制度化、规范化轨道，架起干部与群众的“连心桥”。

健全制度，规范行为。先后制定下发《涟源市村干部报酬管理暂行办法》《关于进一步加强村级财务管理的意见》《关于严格村（社区）财务管理的若干规定》等制度，出台村级财务“十条禁令”，从村级财务的使用范围、开支额度、支付程序、公开回执、票据说明等方面作了明确规定，严格限制。各乡镇、村也结合本地实际，修订村级财务管理制度，从制度层面规范保障村级集体资金安全运行。特别对村级集体土地征（占）用与发包、集体企业承包和改制、村组干部报酬、固定资产处置等重大事项，严格规定须经村民大会或村民代表会议表决通过。为确保制度落到实处，该市加强对农经人员培训，提高其业务水平；今年6月又在全省率先出台《涟源市村级财务监管暂行办法》，进一步规范村级财务行为。

强化监督，狠抓整改。把监督检查贯穿财务管理与清理整顿全过程，覆盖全市21个乡镇办事处、经开区的951个村（社），对村级财务各环节开展严格细致的检查，分批次开展专项督查。对督查发现的问题，及时进行整改。并实行一周一调度、一月一通报，组织业务督导组，对全市各乡镇“村财民理乡监管”“村级财务清理整顿”

开展监督指导，凡村级财务制度不健全、村理财小组没经选举产生、票证要素不齐的，一律不进行财务核算，不拨付资金。同时，狠抓村务公开，积极开展清理整顿村级财务专项行动，稳妥推进建制村合并清产核资工作。全市907个村全面完成第八届村级组织财务清查和离任经济责任审计，审计资金总额3.19亿元。针对群众反映村级财务强烈的223个村，将其列为重点监控对象并重点清查审计。

化解积案，源头防控。该市以查办案件为抓手，对反映村级财务问题的举报件，严格按照信访“五必”机制处理报结，特别涉及救济救灾、征地补偿、危房改造等专项资金问题，严格实行“一案三查”，查处一起通报一起。并在全市开展化解基层信访积案专项行动，将梳理出来的78件村级财务信访积案进行为期两个月的集中化解，从源头防控村级财务问题。两年来，共查处各类违纪违规金额651.5万元，141名村干部受到相应的党政纪处分。

“阳光村务”大大促进了农村基层社会和谐稳定。今年1月至7月，涟源市反映村级财务的信访案件比去年同期下降90%以上。

优化服务，规范推进土地流转

加快农村土地流转，是推进农业现代化，促进农村土地适度规模经营的重要举措。近年来，涟源市认真贯彻执行党的十八大及十八届三中、四中、五中全会精神，按照“依法、自愿、有偿”的原则，以强化服务为手段，规范推进农村土地有序流转。

理顺服务体系。探索建立市、乡、村三级土地流转市场服务体系，为土地流转提供全方位管理与服务。

规范流转合同。统一印制土地流转合同，对土地流转行为要求签订规范的格式流转合同，保障流转农户的利益不受损害，让农民真正做到“我的地盘我做主”，确保农村土地规范有序流转，最大限量释放土地能量。

示范推动流转。以桥头河蔬菜种植园、七星街盛达种植合作社、龙塘珠梅现代农业园区为试点示范，逐步推进土地流转。这几个合作社土地流转面积都在1000亩以上，最多的达4000多亩，涉及农户数千户。合作社按流转合同约定的价格及时支付租金给农户。通过试点示范，形成可复制推广的经验，以点带面，以线带片，推动土地规范、有序、健康、高效地向家庭农场、专业大户、农民合作社等规模经营主体流转。

财政扶持流转。出台《涟源市农村土地承包经营权流转扶持奖励办法（试行）》，市财政每年拿出80万元专项经费用于农村土地流转的扶持和奖励，对桥头河蔬菜种植合作社等土地流转大户进行奖励扶持。

如今，农村土地流转在涟源市呈现出蓬勃发展态势，2015 年全市新增土地流转面积 2.68 万亩，目前全市土地流转总面积达 25.45 万亩。随着土地确权的逐步推进，土地流转的载体作用越发凸显，今年上半年该市新增土地流转面积 2.1 万亩，规模经营渐成气候。

而该市因农业产业基础扎实、组织化程度较高、社会化服务体系健全、土地流转机制比较完善，被农业部确定为 2016 年政府购买农业公益性服务机制创新试点县，农村土地流转服务纳入该市公益性服务重点内容。

示范引领，倾情培育新型主体

培育新型农业经营主体，是加快农业产业化进程、推动传统农业向现代农业发展的必然选择。近年来，涟源市从示范引领入手，大力培育以合作社、家庭农场为主体的新型农业经营主体，促进农业增效、农民增收和农村发展。

大力发展农民合作社。涟源市建立健全市级示范社评定机制，通过政策扶持、举办技术培训班和业务指导，大力培育国家、省、市示范社。目前，全市被各级主管部门认定的示范社 49 个。在示范社带动下，涟源市农民合作社发展如火如荼。截至 2015 年底，全市农民合作社达 701 家，成员 3.2 万个，辐射带动农户 8.3 万户。2015 年农民合作社固定资产总额 3.75 亿元，年销售农产品总额、年经营服务总收入和年经营纯收入分别达 13.8 亿元、6.07 亿元和 0.34 亿元。

积极培育家庭农场。出台《涟源市关于加快培育发展家庭农场的意见》，建立全市家庭农场名录库，共录入 311 家。积极申报省级示范型家庭农场，从 2014 年开展至今，全市共申报“省级示范型家庭农场”161 家。

争创“省级家庭农场示范县”。不断引导和鼓励具有生产规模、资金实力和专业特长的农村专业大户，发展成为家庭农场，计划到“十三五”末，全市家庭农场达到 500 家，其中市级示范性家庭农场 100 家。力争“省级家庭农场示范县”落户涟源。

“一年好景君须记，最是橙黄橘绿时。”我们坚信，有党的富民政策指引，有涟源市委、市政府的正确领导，有广大农经人的务实奋进，涟源农村经营管理工作一定能春华秋实，硕果累累！

（原载《娄底日报》2016 年 8 月 19 日第三版）

我们的生活比蜜甜

本报记者　刘惠南

9月20日下午6时，娄底康力健身健美发展中心热闹非凡，一个个衣着色彩斑斓的年轻女子与一群群着装款式多样、精神抖擞的年轻男子换上随身携带的健美衣裤，涌入训练场，和着欢快的健美操节奏，扭动着腰肢。练了2年多健美操的娄底市石油公司封邵玲女士兴奋地告诉记者："如今人们生活水平提高了，家里不愁吃不愁穿，追求的是生活质量。"梦幻般的彩灯映在她线条柔和的脸上，编织着她多彩的健身健美之梦……

回首共和国成立初期，湘中娄底与全国各地一样，物资极端匮乏，人们缺吃少穿。街上、村头我们看不见绚丽的色彩；老百姓居室里我们见不到一件像样的家具；能吃上白米饭成了人们的奢望。

六七十年代在双峰梓门桥区供销社当主任的李玉林回忆起当时的岁月，他说："那时候，什么物资都是凭票供应，糖票、盐票、肉票、布票、煤油票、尿素票、棉花票等等，总共达30多种。一个区供销社辖7个乡，7万多人，一年只能分配4块手表、7辆自行车、10余台缝纫机。肉票只有吃国家粮的有，且每人月只供应0.5公斤。要是谁买了块手表，衣袖撸得高高的，别人羡慕得不得了。"谈到现在，他说，如今物资极大地丰富了，商场超市里琳琅满目的商品，可供消费者货比3家，不出国门就能买到世界各地的名牌商品。

谈起衣食变化，当年从事过农村调研工作的娄底市供销社退休干部肖济民感慨万千。他说："现在与过去比，真是两个世界。那时，我们下乡穿草鞋，一色的绿军装还是我们的荣耀。乡下农民更没有什么衣服，小孩穿的是哥哥姐姐的旧衣服，常是老大穿完老二穿，老二穿完老三穿，一年到头盼过年做件新衣服，现在想起来都心酸。我们中有个人穿件的确良衬衫，在当地都很稀罕。农民吃的是稀饭拌红薯和胡萝卜，一个星期很难吃上一次肉。如今一切都变了，鸡、鱼、肉不再是稀罕菜，水果要买新鲜的吃。穿着上，人们彻底摆脱了'新三年，旧三年，缝缝补补又三年'的状况，不仅要穿暖，而且要穿好，穿出品味穿出档次，真正是丰衣足食。"

50年来，不仅衣食变化巨大，用的也不断演绎着新的内容。从70年代的手表、单车、缝纫机“老三大件”，到80年代的彩电、冰箱、洗衣机“新三大件”，再到90年代的电脑、住房、小车“最新三大件”，娄底人已一步步赶上时代的步伐。“楼上楼下，电灯电话。”曾被称为一种理想，如今这一理想早已成为现实。从“摇把子”到“程控”电话，再到“移动”电话，一个比一个先进；移动电话从“900”本地通，到“诺基亚”全球通，一个比一个高级，成为人民群众的“顺风耳”。家住娄星区西阳乡的农民“建筑大王”旷经理，在七八十年代拥有老、新“三大件”后，近年建起了一栋20多万元的别墅，安装了程控电话，购置了手机和小车，还准备购买电脑。小车进入寻常百姓家，相信不是遥远的梦。

说起娄底人民生活的变化，几乎每个人都会说全靠党的好政策、好领导。新中国成立50年来，特别是党的十一届三中全会以来，我们党以经济建设为中心，坚持改革开放，在农村推行家庭联产承包责任制，在城市推行一系列经济体制改革，促进国民经济持续稳定发展。娄底市委、市政府认真贯彻执行党的路线、方针、政策，立足市情，加大经济结构调整力度，突出重点抓工业，大力发展优质、高产、高效农业，大力发展乡镇企业和个体私营经济，努力培育经济增长点，壮大经济支撑点，加快向小康迈进步伐。1998年，全市农村居民人均纯收入1816.91元，比1952年提高29.6倍。其中最近20年增加1668.91元，增长12.28倍；城镇年人均可支配收入达4627.8元，比1952年的105.44元增加了4522.36元，扣除物价上涨因素，近20年来实际增长13.2倍。居民消费性支出占可支配收入比重由1952年的94.8%下降到77.34%。

漫步街头、村野，常常会发现无论是与你擦肩而过还是迎面而来的人们，脸上都荡漾着幸福的笑容。因为，在这日新月异的年代，老百姓的生活质量犹如芝麻开花——节节高。

（原载《娄底日报》1999年10月13日第一版）

第三辑

潮头壮歌

大潮涌处放壮歌
扬帆远航起涛声
闯过险滩是平川
走出『胡同』上大道
撑出一片新天地
旗帜高扬风满帆

大潮涌处放壮歌

——娄底商业发展巡礼

本报记者　刘惠南　实习生　梁勇军

站在宽敞的娄底长青街，记者再也找不到昔日又窄又黑的店堂。抬头望，一座座现代化商厦、购物中心拔地而起，一家家新颖别致的美食、娱乐城彩灯闪烁，一个个装饰高雅的专卖店、精品屋各具特色。

新中国成立 50 年来，特别是改革开放 20 年来，娄底商业经过改造改组、治理整顿，已由“官商式经营”向市场竞争转轨，由封闭式计划经济向开放式社会主义市场经济变革，群雄逐鹿，异彩纷呈。

网点建设日新月异。80 年代末、90 年代初，随着商品经济的发展，物资的丰富，娄底商业网点建设进入蓬勃发展的新时期。冷水江锑都大厦、新化百货大楼、湘中商业大厦等一批具有一定规模的国有商厦相继建成，实力不断壮大；青树坪供销社等大批以服务农民为主的集体商业网点得到巩固和发展。至 1998 年，全市各类商业网点达 51100 个，从业人员 143600 人，每千人拥有网点 13.2 个，分别比 1952 年增长 13.9 倍和 14.5 倍。

集贸市场遍布城乡。拥有各类集贸市场 131 个，比 1952 年增加 62 个，增长 95%；市场年成交额 40 亿元，上交税费 5000 万元。从 80 年代建成的综合性市场双峰永丰市场，到近年来建成的湘中农机机电市场等各类专业市场，市场结构逐步趋向优化，形成了以城市为中心，乡镇为依托，高、中、低档相结合的市场网络。

个私商业异军突起。作为国营、集体商业有益补充的个体私营商业如雨后春笋，层出不穷，至今年 8 月，全市个体私营商业达 5.2 万户，比 1952 年增长 14 倍；个私商业销售额占社会商品零售总额的 65%，比 1952 年增长 59.5 倍。

购物环境得到改善。从窄小简陋的货栈、店铺，到装修豪华的商厦、超市，反映了娄底购物环境改善的轨迹。90 年代初，随着投资 5000 万元、高 19 层，集购物、食宿、娱乐、观赏于一体的湘中商业大厦建成开业，娄底商界立即掀起了改造、扩建旧店堂，向高档、豪华店堂发展的浪潮，“新世纪”、娄底工贸中心、百花商厦等国有、集体商场和个私商业经营户，不惜花巨资改造装修店堂。至去年底的 7 年间，全市仅国有商业就投资1.5亿多元，改造、扩建了16大商场和宾馆、娱乐城。如今，玻璃幕墙、自动扶梯、中央空调、豪华装饰，成了娄底商界一道亮丽的风景，成了商厦吸引顾客、占领市场的重要举措。

经营档次获得提高。80年代前，娄底商品短缺，凭票供应，一个商场不足4000个品种，如今一个商场供应品种在4万个以上，且高中低档齐全。湘中商厦、银海广场等“国字号”唱响“名牌战略”，突出精品化、专业化、系列化经营，满足不同层次的消费需求；“圣得西裤装”等专卖店、精品阁、名牌屋，突出品牌经营，引导消费新潮。“副食一条街”“百货一条街”“建材一条街”成了娄底规模经营的亮点。走进商厦，名牌精品琳琅满目，应有尽有，令人目不暇接。1998年全市社会商品零售总额达56.1亿元，比1952年增长132.2倍。

服务手段不断创新。随着经营档次的提高、消费需求的变化和市场竞争的加剧，经营服务意识不断增强，服务日臻完善。经营者由注重研究商品，转变到既研究商品，又研究消费者的购物行为和消费心理，从而不断满足消费需求。于是，站立、微笑服务应运而生；迎宾、导购小姐开服务先河。开架自选取代昔日的封闭经营；电话购物、送货上门、免费安装与维修代替了坐店经营、等客上门。磁卡消费、信贷消费，拓展着新的服务领域，更加方便顾客。而规范服务行为，提高服务质量，成了娄底商界不懈追求的目标。广泛开展“服务承诺制”“百城万店无假货”活动、“推行文明用语，杜绝服务忌语”活动和“争当岗位能手、创建‘青年文明号’”活动，以及“商品三包”“送货上门”等系列服务活动。1993年以来，全市先后有18家商业企业荣获省、地、市级“青年文明号”称号，有100余家个私商业户被评为“文明经营户”。

“娄底商业的发展，是伴随着国家经济体制改革的推进和社会经济的发展而发展的。”采访中，商业界的朋友感慨多多。他们说，只有社会经济发展了，商品丰富了，国家才能取消凭票供应的计划经济，实行开放性的市场经济；只有市场开放，才能有竞争，有发展。娄底商业的发展，折射出了祖国的繁荣、社会的进步和人们的富裕。

（原载《娄底日报》1999年10月25日第一版）

扬帆远航起涛声

——娄底金融业发展巡礼

本报记者　刘惠南　邹新民　实习生　梁勇军

走进工商银行娄底市分行科技大楼，以各类高档微机为主体建成的银行业务处理电子化系统和引进美国最先进的SMP结构SF 20小型机数据库开通的电子汇兑网络，令人耳目一新，而全国联行资金清算系统的运行，储蓄牡丹灵通卡全国通存通兑业务的开通，更使人惊叹不已——工行娄底市分行金融服务手段的改善，折射出娄底金融事业的发展和进步。

娄底金融业的发展始于1937年。是年，中国农业银行在新化设立分理处。1949年，随着新中国成立的隆隆礼炮声，旧银行被中国人民银行所取代。至1952年，双峰、涟源亦相继建立人民银行县支行，组建72个农村信用社。此后，新的金融机构在"发展经济、保障供给"的总方针指导下，积极开展储蓄、信贷业务，不断壮大自己，促进经济发展。但金融机构还停留在简单的柜台服务、人工处理业务和传统的存贷、结算上。

1978年，党的十一届三中全会召开，为全市金融业的发展注入了生机和活力。自此，相继恢复和设立了农业银行、建设银行、中国银行，分设了工商银行。在改革的过程中，证券公司、城市信用社、邮政储汇局、财政信托公司等非银行金融机构也先后组建，形成了以中央银行为领导，国有商业银行为主体，多种金融机构并存、分工协作的金融组织体系。金融网点遍布城乡，金融事业获得长足进展。1950年，各项存款仅19.16万元，各项贷款不足2.6万元。1978年，各项存款、贷款分别达到13974.79万元和24478.42万元。今年上半年，全市金融机构各项存款、贷款余额增加到1072753万元和1086920万元。近20年来，存款、贷款分别增长68.6倍和42.1倍。

金融事业的发展与进步取决于服务。改革开放20年来，特别是近几年来，娄底金融业紧紧围绕经济建设中心，扎扎实实开展金融服务，在不断增设、改造网点，改善服务环境，扩大服务范围，稳步发展定活两便、零存整取等传统服务的同时，陆续兴办外汇、房地产信贷、信息咨询、大额存单、教育储蓄、信用卡以及代收代付等新型业务；提供上门收款、电话预约等优质服务，广泛吸收社会闲散资金，壮大资金实力，为广大工商企业、农户生产经营发展和全市经济振兴提供强有力的资金保障。并建立起高科技服务系统，为社会提供优质、快捷的电子化结算服务，减少结算渠道，缩短资金在途时间；开展柜员机自动取款服务和全国通存通兑业务，方便大众，满足娄底经济发展、社会进步对金融服务的新需求。与此同时，不断加大信贷投放，积极支持水稻、柑橘等优质高效农业产业和涟钢股份有限公司、大乘资氮集团、雪峰水泥集团等一批国有大中型企业的生产和技改；支持双峰磷肥厂、娄底第二机械厂等一大批中小企业的新产品开发；支持交通、电力、通讯、商贸市场等基础设施建设，积极开展对困难信贷企业的支、帮、促，促进全市经济发展和社会稳定。

金融业的发展、进步离不开金融监管。近年来，娄底各金融机构把防范、化解金融风险与改善金融服务有机结合起来，强化金融监管。一方面，建立央行监管、行业自律、机构内控、社会监督“四位一体”金融监管体系，纠正内部金融违规行为；另一方面，加强金融债权管理，严厉打击、制止信贷企业以不规范破产、不规范改制、多头开户等形式逃废金融债务的行为，防范信贷风险。全市金融秩序不断好转，金融业出现平稳发展的好势头。

50年历程，50年发展，50年辉煌。娄底金融业犹如一艘航海巨轮，在改革开放的时代潮流鼓荡下，正扬帆远航，驶入联通全国、全世界金融的广阔海洋！

（原载《娄底日报》1999年10月26日第一版）

走向成熟

——写在湘中商业大厦三周岁之际

刘惠南

元月14日，享有“湘中第一厦”之称的湘中商业大厦迎来了三周岁生日。

三年，是不平凡的。合着市场经济新体制的节拍，踩着深化改革的鼓点，“湘中”顺利完成了股份制改造，建立了与现代企业制度相适应的新型企业——股份制企业。

三年，是辉煌的。在市场经济的汹涌大潮中，“湘中人”搏风击浪，昂扬迈进，以自己独具特色的经营和服务方式赢得顾客，占领市场，三年完成销售总额1.7248亿元，实现利税560万元，使公司成为全区经营规模最大的商业企业和利税大户。跻身全省国有零售商业企业10强，并荣获全省国合商业企业“效益杯”竞赛优胜单位，全省“卫生文明单位”，全区国合商业“十佳企业”，全区首家省级“质量、计量信得过商业企业”等多项殊荣，推动着娄底国合商业和区域经济的发展。

“湘中”，以夺人之势，在不平凡中写就满目辉煌，在辉煌中获得完美，得到发展，走向成熟。

经营——形成规模

湘中商业大厦地处娄底繁华闹市区清泉广场，高19层，建筑面积19500平方米。是集购物、食宿、观赏、娱乐于一体的现代化综合性商业企业。1993年元月14日商场裙楼开业后，大厦的决策者与经营者就把规模经营作为占领市场，赢得竞争的谋略，制订了“以零售为依托，以批发为主导”和“以满足消费占领市场，以引导消费创造市场”的营销方略，盯住“大众”“大款”两个消费群体，将经营定位在“高档商品有、中档商品全、低档商品保必需”上，形成“高档精品化、中档系列化、低档使用化”的经营格局。

围绕这一经营方略，他们不断以市场为导向，把握时机，采用“划细经营”“大力发展总经销、总代理”“开展单项商品百万、千万工程销售”和“连锁经营”等举措，不断拓宽规模经营领域。“94 之夏购物节”“95 夏之韵服饰节”“95 湘中金秋畅销国货精品展”“雅戈尔有奖征文”等促销活动，带来规模效益。“湘中”已由开业初的 10 个商品经营部划细发展到 16 个具有一定经营规模和竞争实力的商品经营部，经营的商品品种也由 2 万种增加到 4 万种以上，且 80% 是名优特新商品，已与上海、北京、广东等 20 个省市的 151 个名优厂家建立了区内或省内总代理关系，将批发业务辐射到娄底周围的邵阳、邵东、隆回、安化、湘乡等 13 个市县，批发额占整个销售额的 3 成；有 11 个商品实现了百万元、千万元的销售；连锁经营已在蓬勃发展中，日化、服装已在邵阳、新化、娄底等大型商场设立了联营专柜，综合性的全区首家连锁店——“湘中商业大厦涟源购物中心”，也于元月 18 日开业。

“发挥‘湘中’优势，实现亿元企业”，也已成为“湘中人”新的一年规模经营、奋发进取的目标。

管理——日臻完善

湘中商业大厦开业前，认真借鉴、学习省内外先进企业管理经验，建立起一系列行为规范和管理制度，制订了 49 个岗位职责和 28 个规章制度，对新招和调入的员工进行一个月的军训，培养员工铁的纪律和吃苦耐劳的精神。开业后以严肃认真的态度，努力追求卓越的企业品质管理。他们对干部实行聘任上岗、竞争上岗制，不拘一格选拔人才；对职工，推行全员劳动合同制，实行在岗、试岗、待岗的“三岗管理”；在分配上，实行劳效挂钩，彻底打破计划经济模式的“大锅饭”。并通过在商场设立的现场管理部，代表总经理现场执法，加强对员工的劳动纪律和服务质量管理。还通过丰富多彩的文体活动，寓教于乐，培养员工的敬业精神；通过经常不断的岗位练兵、知识竞赛，提高员工的业务水平。

在管理实践中，“湘中”不断总结经验、教训，完善管理办法。1995 年，他们在实行干部岗位责任制的基础上，在干部中推行风险抵押制度，签订责任状，完不成考核指标的，要承担一定责任与风险；在抓费用管理、强化现场管理的同时，狠抓资金管理、进货管理和联营柜台的管理。在资金管理上，实行“三定一挂钩”的办法，即定销售、定资金、定周转，与部门经理职务津贴挂钩；在进货管理上，强化进货合同管理，并对各部商品进行清查摸底，处理了 340 多万元有问题的商品；在联营柜台管理上，采取措施，清退了 5 家不合格厂家，重新引进了 4 个正规厂家。

新的一年，他们又将把管理的重点放在进货管理和引厂进店的管理上，进一步完善管理办法，强化检查、监督职能，实行规范化管理。

服务——追求完美

在市场经济大潮中，服务，是竞争的第一手段. 也是企业生存的第一需要。为此，3 年来，“湘中”的决策者和经营者以不断改善服务手段，提高服务水平，去争夺顾客，赢得竞争。大厦成立了以总经理为首的“质量管理小组”，在各商品部配备了专职质量管理员，严把进货、商品验收上柜、售后服务“三关”，并从社会各界聘请了 34 名形象监督员，接受监督，以维护消费者的利益；在保证商品质量过硬的前提下，先后推出了“黄金饰品免费清洗”“大件商品免费送货”“免费安装调试”“上门维修服务”等十几个情感味极浓的服务项目，利民便民。

在“一切为了消费，顾客永远正确”的服务宗旨下，全面推行文明用语，不说服务忌语，以情感去占领顾客的心，诱导和激发顾客的购买欲。

新的一年，大厦又将把这种情感服务引向深入，进一步搞好文明用语竞赛活动，开展“满意希望工程”，做到售前创放心、售中送方便、售后保安全，全过程让顾客满意。

建设——超前意识

建设是企业发展的坚强后劲。具有强烈发展意识和发展欲望的“湘中”经营者，在抓经营管理和服务的同时，不忘企业的建设发展。

1995 年，他们在资金紧张的困难情况下，筹资 300 万元开办了湘中大酒店，投资 100 万元开办了地下家电、家具城，改造了一楼商场；筹资 600 多万元的综合楼也已进入紧张施工阶段。

在精神文明建设方面，重点完善了党建工作，加强了思想政治工作和企业文化建设。去年成立了党委，实行党员挂牌上岗，坚持季度党课制度，组织党员开展知识竞赛等多种形式的活动，充分发挥党支部的战斗堡垒作用和党员的先锋模范作用。同时，在全区流通领域率先创办了员工自己的报纸——《湘中第一厦》和高质量的宣传橱窗，提炼、概括了“真诚奉献，追求卓越”的企业精神，激励员工奋发向上。

新的一年，“湘中”又将进一步加强物质文明建设和精神文明建设，以强劲的发展势头，向着“亿元企业”的宏伟目标迈进。

“湘中”，将更加成熟。

（原载中国贸易经济类核心期刊——《商业经济论坛》1996 年第 4 期）

绝处逢生

——涟源市饮食公司解困纪实

本报记者　刘惠南

4 月 30 日，是涟源市饮食公司发放退休工资的日子，106 名退休工人从公司财会室领到自己的工资后，一个个来到经理室，握着经理肖菊文的手感激地说："是肖经理领着大伙及早转变观念，深化改革，使我们公司绝处逢生！"

会诊

1991 年底，涟源市饮食公司出现一个可怕的信号：公司亏损 80 万元，累计债务 337 万元；9 个核算单位 7 个亏损，2 个稍有盈利；公司向银行贷不到款，员工每月 30% 的工资也无法保证了；207 名员工，人心涣散。冷酷无情的市场经济将公司逼上了绝路。

市场经济不同情眼泪。经理肖菊文召集公司支部一班人开会，从市场形势和公司实际入手，进行认真分析、讨论，认为企业陷于困境，愁和怨都无用。愁，不能愁出富裕；怨，不能怨出美好。"涟饮"网点宽，"码头"多，员工都有一技之长，只要尽早解放思想，转变观念，改革经营机制，挖掘内部潜力，发挥企业优势，公司就能摆脱困境。并开出了二剂解困"良方"：推行经营承包责任制，先试点，后普及；下岗分流，减人增效。公司领导向职工反复讲明：企业要想绝处逢生，必须走经营承包、减人增效之路；员工要想富起来，必须丢掉企业"铁饭碗"，到市场经济中去寻找"金饭碗"。

解困

按照公司经理室制订的改革方案，公司的改革有条不紊地进行，首先，对涟宾饭店开展经营承包试点。在清理资产、准确测算承包标的基础上，进行公开招标，6 名员工竞标。原办公室主任周怒之以年上缴 5.9 万元利润、安排 28 名员工的指标夺标，一包 3 年，每年向公司交纳 4.08 万元风险保证金。责任与风险同在，成果伴压力共存。涟宾饭店人还是那么多人，资产还是那么多资产（49 万元），场地还是那个场地，硬是发生了翻天覆地的变化：3 年承包，上缴公司利润 17.7 万元。而承包前的 3 年，上缴公司利润只有 1 万多元。

尝到甜头后，公司将经营承包改革全面铺开，因企施策，对火车站饭店、冰厂、涟源大饭店等 5 个单位实行资产承包经营，对青少年用品商场、凤知商场、照相馆实行柜组风险承包。一包即灵！有 17 名员工的火车站饭店承包前每年亏损 2 万元，承包后年上缴公司利润 2.5 万元。承包人曾维英一包 8 年，5 年来，未拖欠公司一分钱上缴款。

减人增效与承包经营改革同时进行。就在涟宾饭店招标承包后，公司出台优惠政策，鼓励员工下岗自谋职业。如规定凡员工申请下岗的，享受在职职工调级、养老保险金、计生费、独生子女费等待遇；公司不收管理费，还帮助办理工商执照。机关管理人员由 19 人精减至 7 人，并紧缩开支。

管理出效益。至 1996 年底，公司下岗分流人员 192 人，每年减少工资支出 69 万多元，减少费用支出 6 万余元。106 名退休工人、46 名抚恤对象和 78 名在岗员工能正常领到工资了。

发展

1997 年初，当涟源市城区建设向西南发展，老城区的市场开始转移时，公司一班人果断决策：卖网点、占码头！他们将位于老城区的照相馆以 60 万元拍卖掉，将五马广场西南角的一块地皮买下来，兴建商业门面和水果专业批发市场。钱不够，发动职工集资，还不够，让基建队先垫资，建成后以门面租金偿还。工程投资 160 万元，去年 9 月 18 日动工，12 月底就建成 1100 平方米门面群。2100 平方米的水果专业批发市场也将于今年 6 月竣工开业。

这真是一招妙棋。目前 24 个门面已收回 3 年租金 78 万元，34 个水果摊位已收回 2 年租金 26 万元，已偿还工程集资款和垫付款，实现了资本高效益营运。公司经理肖菊文高兴地告诉记者：现在，公司每年挖潜减亏 40 万元；2 年后每年将增加利润 50 万元，公司插上了腾飞的翅膀。

（原载《娄底日报》1998 年 6 月 3 日第二版）

雨润西河绿

——新化县西河镇发展个体私营经济纪实

本报记者 刘惠南 通讯员 阳昌源

春拂西河岸。4月1日，在新化县表彰的5个“发展个体私营经济先进单位”中，西河镇名列榜首。1997年，该镇个体工商户发展到2308户，私营企业发展到11家，分别比上年新增359户和4家。形成了企业有龙头、种植有基地、养殖有大户、加工有走廊、发展有特色的新格局。

西河镇的个体私营经济过去存在着行业结构不合理、专业化水平不高、规模不大的问题。去年初，该镇成立由政府分管领导和有关职能部门负责人组成的领导小组，确立以雪峰集团为依托，以建材行业为龙头，以鸟山、沙江、河西、大石、太平等村为重点的个体私营经济发展方向，聚集有经济头脑和技术专长的能人从事个体私营经济，主攻生产型和服务型项目，确定发展目标。镇党委、政府将目标任务分解落实到全镇6个责任区，专人负责，签订目标责任状，实行风险抵押，各责任人分别向镇里交300元风险抵押金，如未完成目标管理任务者，其押金转为罚款。压力变动力，西河责任区头8个月就发展个体工商户173家，新增私营企业3家，创产值62万元、利税5.2万元，提前4个月完成了目标管理任务。

西河具有丰富的石灰石、林木资源，充分利用本地得天独厚的资源优势，构造区域经济，形成规模优势，对长期靠小打小闹发展的西河来说显得尤为重要。去年，该镇积极做好“石头”文章，扶持发展了10家个体私营石灰窑和4家私营水泥制品厂，安置剩余劳动力200余人，实现利税近100万元。扶持扩建26.4万吨的天马山水泥厂即将竣工，投产后年生产能力将达到30.8万元，年利税可达1000多万元。

利用资源优势，发展区域规模经济。1996年以前，镇里的木材加工停留在家庭作坊式阶段，生产方式落后、产品单一，经济效益差，林业部门甚至将其视为乱砍滥伐而予以禁止、限制。镇党委、政府经过深入细致的调查，发现这是一条规模经营的好路子。在县委、县政府及林业部门的支持下，镇里积极组织从业人员举办学习班，系统学习林业、工商、税务等法规知识，对木材加工市场实行依法购销、依法注册，对销售凭证实行规范化管理，对经营有困难的个体户实行包干扶持。由于引导扶持得法，目前，西河已有 14 个村 320 户从事木材加工，从业人员达 4200 余人，年产组合衣柜 4 万多套，年创产值 2720 万元，利税 400 多万元。

在发挥优势、构筑区域经济中，西河镇以典型引路。充分利用广播、电视、板报、标语等形式广泛宣传个体私营经济先进人物。去年 4 月 20 日，镇里还召开声势浩大的个体私营经济先进表彰大会，对 20 名优秀个体工商户和私营企业主进行了表彰奖励。通过对先进典型的培植和宣传，带动大批能人积极发展个体私营经济，全镇形成了木材加工、鹌鹑养殖、生猪养殖、家禽孵化和黑木耳、黑山羊、名优林果及石灰等 8 大生产基地。这些基地带活了一方经济。在以曾美秀千头养殖场为中心的明庄等村生猪养殖基地，就涌现出百头以上的生猪养殖大户 60 户，成为个体私营经济的主力军。

鼓励发展与强化管理并重，寓管理于服务中，是西河镇党委、政府和有关职能部门在发展个体私营经济实践中形成的共识。陈家山村周木桓在创办多功能建材厂时，厂址占地的使用手续不健全，镇党委、政府多方疏导，帮他完善了手续。矿山村村民钟石山想办饲料厂，但苦于没有门路，怕门难进，脸难看，事难办，一直未能付诸实施。镇党政领导得知这一情况后，立即带着他去立项目、跑审批、选厂址、征土地，几天就办好了手续。“至尊”饲料厂于去年 3 月竣工投产，效益不错。

没有雨露滋润，哪得山青水绿。西河个体私营经济在镇党委、政府“引导、扶持、服务”的雨露滋润下，充满生机与活力，展示着一片新绿。1997 年，全镇共完成产值 11680 万元，实现税收 280 万元，分别比上年增长 18.5% 和 50 万元。

（原载《娄底日报》1998 年 4 月 30 日第一版）

闯过险滩是平川

——涟源市棉麻土畜产总公司盘活资产纪略

本报记者　刘惠南

3 月 31 日，是涟源市棉麻土畜产总公司 116 名职工值得记住的日子：到这天，公司已闯过险滩，扭亏增盈，步入平川。

当历史的车轮驶向 1993 年，以经营农副土畜产品为主的涟源市棉麻土畜产总公司，经营萎缩、市场丧失、效益下滑：1995 年，亏损 105 万元；1996 年，亏损 104.9 万元。至 1996 年底，公司累计亏损 295 万元；为发工资在银行贷款达 284 万元。公司犹如一叶小舟在激流险滩中。

"只有走向市场，才能拯救公司。"从市供销社调来担任公司总经理的李实飞果断理出头绪，决定把职工推向市场，充分盘活和利用低效、闲置的存量资产，变"死"为"活"，变"废"为"宝"。

开弓没有回头箭。改组改造门店，公开竞标，实施资产经营，是李实飞为首的公司领导班子为公司求生存的第一步。

畜产品分公司火车站老货场仓库，总面积 2000 多平方米，过去每年要支出职工工资和房屋维修费用 17 万余元。去年初，总公司投入 13 万元，将其改建成 12 个商业门面。根据门面特征定卜标的，然后在干部职工内实行公开投标竞租，按 3 人一个门面的标准由中标者自由组合，安排 36 人上岗，企业不给资金、商品，只经营资产，让职工自主经营、自负盈亏。企业不但不要支出一分钱，还收得资产经营管理费 3 万余元。

公司在利用闲置资产上不但见缝插针，还"找缝插针"。机关传达室地处三角坪黄金地段，长期设门卫 1 人，每年耗费工资和其他开支 5000 多元。公司投入 2000 多元改造成门面招租，年收租金 1.08 万元。

就这样，公司的楼梯间、废旧老房、闲置仓库，都成了公司改造利用的对象。短短 1 年多来，公司共改组改造门店 3000 多平方米，安排 108 名职工上岗，年收资产经营管理费和租金 28.76 万元。

在改造门店，推行内部资产经营的同时，公司向外招商引资，对下属综合商场开展联合经营，盘活、利用存量资产。该商场有职工 25 人，1997 年初实行承包责任制，半年下来亏损 6 万多元。去年 7 月，公司以“所有权与经营权分离，借‘鸡’下‘蛋’”的方式与邵阳一个体户签约，联合经营。这名个体户投入资金 60 多万元，将商场装修一新，开起享誉涟源市的“万里鞋城”，除安置公司职工 21 名外，每年还向公司上交纯利 6.6 万元。

把资产经营的文章做活、做大，最重要的是创造一个富有活力的经营机制。

总公司与 7 家下属分公司和商场分离，分公司和商场的所有债务由总公司一家背负，总公司同时对分公司和商场实行统一核算、统一资金管理、统一费用审批和银行账号，分公司和商场从“零”起步运作。管理机构上实行能兼则兼、能并则并，管理人员由 38 人精简到 8 人，精简下来的人员统统下到门店参与投标竞租。

这样，职工积极性高涨。拥有 11 名职工的杨家滩分公司与总公司母体裂变后，大力开展竹木加工。他们把原来请的篾匠全部辞掉，自己当篾匠，加工成品竹架板。在运行机制上实行股份合作制，每人入股 5000 元，生意红红火火。去年发往外地竹架板达 18 个火车皮，实现利润 3.8 万元。职工收入增加，月工资最高的达 1000 多元，最低也不下 500 元。

（原载《娄底日报》1998 年 6 月 19 日第二版）

成功的跨越

——冷水江市粮食局改革纪实

本报记者　刘惠南　通讯员　袁　臻

新年前夕，记者来到冷水江市粮食局采访。这个全区粮食系统改革的样板，去年 4 月全面完成减员增效、转换经营机制改革后，又于去年 11 月率先完成“四分开一完善”粮食流通体制改革，实现了由旧的经营机制向新的经营体制转换的成功跨越。

在粮食局办公室，干部职工兴奋地告诉记者：局机关由 13 个股室精简到 6 个，人员由 50 人压缩到 25 人，减员 50%；全局系统在岗职工由 1997 年末的 928 人，减少到 443 人，减员 48%，另有 78 名多次清而未果的临时工全部清退；分设后的收储和附营企业开始运转。整个粮改期间无上访、无闹事，干部职工思想稳定，营造了一个良好的改革氛围。

粮改成功缘于改革方案的合理、可行。局里在“减人增效”改革中，按减员 50% 的要求核定下属各单位从事政策性经营业务的人员，其余从事多种经营业务人员和下岗人员，由企业自定，充分发挥企业对改革的主观能动性。并在管住政策性经营，搞活多种经营，紧缩进入关的同时，采取兴办多种项目，大力清退临时人员，实行按时离退休和内部退养，鼓励职工停薪留职、辞职、调出等措施，多渠道分流人员，多途径减员增效。

改革率先从局机关“开刀”。按照“转变职能、优化结构、改善素质、提高效益”的要求和精干、合理、高效的原则，将局机关原有的 13 个股室、公司、学校等直属单位，撤并重组为 6 个股室，新股室负责人和压编后的 25 个岗位，一律实行“双向”选择、择优上岗。

对组合下岗的干部职工，采取按政策提前退休、安排去收储企业或附营企业和离岗学习等办法进行分流，并对自愿去附营企业工作的干部职工，给予“安排相应实职”或“配偶安排到收储企业工作”的优惠，减下的 25 人中，有 7 人分流到收储企业，1 人安排到附营企业，9 人提前退休，8 人待岗，真正让留者安心，去者愉快。

在此基础上，局党委再进行企业分设、人员分流和资产分离工作。将原冷水江粮站、城东粮站、东站粮站、沙塘湾粮站，矿山粮站和禾青粮站、粮食建筑工程公司，组建成“冷水江市粮油食品经营总公司”，下辖冷水江分公司、东站分公司、矿山分公司、沙塘湾分公司、禾青分公司和禾青粮油加工厂、粮油批发市场和粮食建筑分公司。市粮食局下辖冷水江粮油收储站、东站粮油收储站和冷水江国家储备库。结合实际制订了企业资产分离和人员分流的具体办法，实行职能根本转换。

粮改成功，得益于细致的思想政治工作。局党委始终扣紧思想政治工作这根弦，充分利用班子会、中层骨干会和职工大会，组织干部职工认真学习、深刻领会全国粮改精神，讲清国家推行粮改的目的就是建立适应社会主义市场经济的粮食流通新体制，切实减轻财政负担，搞活国有粮食企业，引导干部职工积极参与改革。同时，注重做好家庭、社会工作。以局长饶立荣为首的局领导班子坚持把思想工作渗透到家庭及社会关系中，争取家庭社会对粮改的支持、理解和帮助。下属一粮站站长超过 50 岁，按规定要内退，而其老婆是临时工，也要清退，夫妻俩思想不通。局领导多次上门做工作，晓之以理，动之以情，终于求得理解，这位站长愉快地办了内退手续和工作移交手续。据统计，粮改期间，5 名局领导上门做思想工作 500 多人次，平均 100 余人 / 次，保证了干部职工思想稳定。他们还严明纪律，制订相应的制度和组织措施，做到思想不散、秩序不乱、工作不断。

改革使冷水江“粮食”崭露生机。冷水江粮站过去场地窄小，经营单一，资金短缺，亏损大，去年 3 月与粮油贸易综合市场合并，实行资产人员重组，完善市场配套设施，将闲置已久的市场二楼启动，带活整个市场，每年摊位、门面租金及市管费可增收 100 万元。禾青万头猪养殖场过去由临时工养猪，成本高。去年 4 月将临时工全部清退，改用正式工，实行成本定额管理，仔猪成活率达到 95% 以上，猪场在生猪市场疲软、普遍亏损的大气候下去年仍出栏猪 3800 头，创利润 1 万元。粮油食品总公司 800 余名职工心往一处想，正多方筹集资金，开发公司经营。全局系统去年销售收入 7800 万元，完成计划的 102%；实现多种经营利润 15 万元，完成计划的 100%，分别比 1997 年有较大增长。

（原载《娄底日报》1999 年 1 月 13 日第二版）

走出“胡同”上大道

——新化县粮食局企业内部体制改革纪略

本报记者 刘惠南 邹新民 通讯员 杨理球

4月29日，娄底市“粮改考察组”到新化县粮食局参加学习，至此，这个局今年已接待前来参观学习的单位不下10批。

新化县粮食局自去年9月开始以全国粮食流通体制改革为契机，将所属20家企业分设为14个收储企业和19个附营企业，实行自主经营，自负盈亏，自我发展，自我约束。经过半年运作，企业充满生机和活力，已走出封闭的政策性经营的狭小胡同，迈上了充满希望的市场开放竞争经营的阳光大道。干部职工思想稳定，工作热情高涨。今年1至3月，全局系统企业比去年同期减亏60万元。

转换机制，走向市场，减亏增效，在新化粮食局已初见成效。然而这一步迈得的确不容易。新化县年平均粮油收购量只2500万公斤，销售总量仅4000万公斤，中央及省专储粮油总量也只1590万公斤，粮食主营业务这一块约400名职工就足够了。而全县粮食职工却达1175人，意味着一碗饭3个人吃。加上我国延续了40多年的统购统销的粮食流通体制，职工中“吃大锅饭”“吃政策饭”的依赖思想根深蒂固，造成粮食购销价格倒挂，财务亏损严重，财政不堪重负，粮食企业步履艰难。

“粮食企业非改不可，不改不行，刻不容缓！”去年4月，当国务院出台《关于进一步深化粮食流通体制改革的决定》后，新化县粮食局党组立即组织机关干部、基层单位领导和员工学习，层层领会精神，统一思想，坚定粮改信心。他们在全面落实“敞开收购”“顺价销售”“收购资金封闭运行”三项政策的同时，组成专门班子，制定方案，在工商、农发行等有关部门配合下，于9月份首先在横阳粮站进行企业内部体制改革试点，试点成功后，局里组成6个工作组，对13个农村粮站进行业务公开、机构分设、资金分离、人员分流的企业内部体制改革，分离出13个附营企业。城关粮站成建制转体为纯经营性附营企业，国家粮食储备库成建制转体为收储企业。全系统从事附营业务人员775人，从事收储业务358人，分别占职工总数的66%和34%。整个改革至10月底完成，没有一人上访、闹事。

企业内部机制改革的目的，不仅仅是分流人员，减轻粮食企业包袱，而且是要搞活经营求发展。为了实现这一目标，新化县粮食局党组积极引导，服务下属企业以“三产业”为突破口，寻求新的经济增长点，跳出粮食圈子，开展跨行业渗透的多种经营，安置富余人员，谋求企业发展。成建制转体为附营企业的城关粮油贸易公司生产的“驰远”牌面粉、面条系列畅销 18 个县市后，局里又引导公司投资 15 万余元，建成日产 14 吨的大米厂，投资 300 万元新建门店 12 个，安置 120 余人上岗，为企业发展注入了活力。全系统发展种植、养殖、加工、餐饮、娱乐等经营场地 220 多处，开辟生产经营项目 120 多个，安置下岗再就业职工 587 人，形成了以多种经营产业为依托的再就业新天地。

企业内部体制转换，职工市场意识、主人翁意识便得到增强。过去，职工中存在收储企业吃“政策饭”的模糊认识，现在职工认为收储企业也只有走向市场，实现顺价销售，有了利润才能有工资，才能保费用。各收储企业加大闯市场力度，今年一季度销售大米 3000 吨、玉米 2500 吨，分别比去年同期多销售 2900 吨和 1900 吨。过去企业花钱大手大脚，如今精打细算。洋溪粮贸公司将营销任务量化到人，开展上门服务，月销售额在 25 万元以上，超过粮改前一年的总和。今年一季度全公司创销售收入 100 万元，实现利润 5.6 万元，职工不仅拿到了足额工资，而且还有奖金。

走出“胡同”上大道。我们相信，新化县粮食局企业内部体制改革一定会拓出一片市场新天地。

（原载《娄底日报》1999 年 5 月 26 日第二版）

直面市场挑战

——双峰县农资公司改革发展侧记

本报记者　刘惠南　通讯员　阳佑雄　彭建界

在农资市场放开、价格下降、部分农资企业相继亏损的情况下，双峰县农资公司却提前5个月完成了全年销售任务，突破1亿元大关，实现利润26.8万元，比去年同期增长18%，在全省县级农资公司独占鳌头。

“奇迹”是经理王晚春与公司干部职工直面市场挑战创造的。

去年11月，国务院下发《关于深化化肥流通体制改革的通知》，放宽农资经营渠道，即由过去的“一主”（供销农资企业）“二辅”（化肥生产厂、农技三站）经营，放宽为农垦、林业等9条渠道经营。农资经营渠道放宽，意味着农资部门的主渠道地位大大削弱，市场竞争加剧。

“唯有迎难而上，挑战市场，才是出路”。今年初，公司领导班子形成共识：走联合经营、强化管理之路，巩固、拓展市场，适应市场。并在县供销社的支持下，成立以公司为龙头、基层社为依托、利益为纽带的“双峰县农资连锁（集团）批发总公司”，在各基层社设立16个批发部，组成“联合舰队”，实行进货、定价、经营、管理、利润分成“五统一”和“资金封闭运行”的集团经营。

根据农村实际和农民的需求，扩大服务范围和领域，扎扎实实为农民办实事。4名农科专干，经常深入全县各乡镇和12个科技示范村指导农民科学种田，合理施肥用药，免费赠送科技资料2万多份，全方位为农民提供产前、产中、产后服务，树立公司贴心为农服务的形象。优良服务赢得客户信赖，1至8月在市场疲软、价格下降20%的严峻形势下，该公司完成县内销售总额3000多万元，实现综合经济效益60多万元。

稳定巩固县内市场，拓展县外市场。公司积极捕捉市场信息，瞄准外地市场，改“以销定进”为“以进促销”，改单向经营为双向经营，即由过去单纯从生产厂家进货批发到基层供销社，改为既为厂家推销产品，又为厂家提供原材料，进行易货，做到一笔生意两头做，一来二往赚两头。今年1至8月，公司采取这种直销方式就为省内外厂家提供尿素、钾肥、复合肥等原材料7000多吨，扩大销售2500多万元。与此同时，公司充分发挥资金、信誉等优势，在周边县市建立30余个销售联系点，组成10多人的销售队伍，上门服务，拓展市场。今年来，公司组织县外的销售就达7500万元，占公司销售总额的75%。

公司领导深深懂得，企业要适应开放的市场，获得好的经济效益和社会效益，离不开严格科学的管理。为此，公司制订严格的费用、资金管理制度和责任挂钩奖惩制度等一系列规章制度。采取年初预算、事前申报、一支笔审批、分类管理的办法，严格控制应酬费、水电费、修理费等生产性开支。1至8月，公司非生产性开支比去年同期减少20万元，综合费用率仅为3.2%，比去年同期降低0.4个百分点。在资金管理上，采取承兑汇票等多种付款方式，灵活操作，借“鸡”生“蛋”，按期承付，讲求信誉，求得滚动发展，提高有限资金的使用效益。至8月底，公司在银行账号上的流动资金存款就达2000万元。

公司还打破资历、工龄、职务界限，将职工工资奖金与所在门店批发部、仓库的销售收入挂钩，上不封顶，下不保底。并将机关工作人员全部挂靠到各门店仓库、批发部，工资随各店、部、库销售额浮动。这样，增强公司干部职工紧迫感、危机感，调动了干部职工的工作积极性。今年4月21日晚上9点多种，涟源市荷叶供销社给公司化肥仓库打来要货10吨的电话，要求第二天早晨6点前到货。刚从县外销售点赶回的仓库推销员陈鹏得知后，顾不上休息，连夜组织车子装货，然后押车60多公里，硬是赶在规定时间内将化肥送上了门。

（原载《娄底日报》1999年9月25日第二版）

撑出一片新天地

——娄底再生资源总公司挑战废钢市场纪实

本报记者　刘惠南　通讯员　张建军

在浩瀚商海中，仅有73名干部职工的娄底再生资源总公司犹如一叶小舟。

然而，就是这叶小舟，近2年在整个再生资源行业经营不景气的情况下，适时调整“航向”，挑战废钢市场，扩大经营规模，撑出一片新天地。

1997年，公司完成销售总额2400万元，比上年增长2.75倍，有效遏制了亏损。去年更上新台阶，完成商品销售总额4280万元，比上年增长178%，上缴国税54万元，实现报表利润17.8万元，消化历史包袱30万元，一举扭亏为盈。今年来势更好，1至6月完成商品销售3166万元，同比增长660万元，创利税60余万元，同比增长20余万元。成为全市国有商业为数不多的盈利、纳税大户之一。

娄底再生资源总公司成立于1985年，一直以经营废旧有色金属和黑色金属材料为主，曾有过辉煌历史。1995年始因受市场影响，有色和黑色金属价格低迷，公司经营日落千丈，资金周转困难，亏损严重，仅1996年公司亏损就达89万元。

面对困境，公司班子认真反思，认识到公司的生存只有靠自己，企业的出路只有到市场寻找。针对涟钢地处本市、废钢需求量大且有保量加价的优势，做出“主动收缩有色业务，集中精力主攻涟钢废钢市场”的决策。

然而，决策容易实施难。公司过去虽然做过废钢业务，但毕竟不是主营，每年零零碎碎的经营量不过是几百吨。而此时的涟钢废钢市场已是群雄逐鹿，以公司现有实力要打入其中难上加难。但既然看准了，再难也得上！没有资金，他们向银行求援，向职工集资；没有货源，他们一方面派人到涟钢门口昼夜驻守，以现款向送货的个体户现场收购；一方面由公司领导带队下广东、跑上海、走江西，广为联络，先后在10余个省市建立业务关系。

功夫不负有心人，公司在涟钢众多废钢经营户中崭露头角。1997年跻身涟钢八大废钢供应大户行列。1998年坐上涟钢废钢供应大户头把交椅。今年1至6月供应涟钢废钢近3万吨，占涟钢供货总量的1/5，成为涟钢举足轻重的废钢供应大户。

如果说企业经营策略的转变，是企业在市场竞争中生存发展的根本的话；那么，企业内部经营机制的转换，则是确保这种策略转变并取得成效的重要保证。公司在转变经营策略的同时，对内部经营机制进行调整、改革。

首先，是人员优化组合。采取“将点兵、兵选将”的办法，实行双向选择，竞争上岗。对组合下来的10名富余人员，或安排从事汽车废钢的收购工作，或负责追讨公司陈年欠款，或停薪留职，自谋职业，以解决人浮于事的问题，提高工作效率。

其次，分配酬劳挂钩。公司将全年任务分解到各部门，落实到职工，并规定每人交风险抵押金1万元，凡未完成任务造成亏损，或因失职、得回扣造成损失，所亏损、损失额、回扣金额均在其押金中扣除。实行效益与工资挂钩，按月按职工完成利润比例发放工资，还设立“基本奖”“超产奖”“经理特别奖”等多种奖项，视职工业绩和贡献大小奖励。

再次，资金统一调度，极大限度地管好用活现有资金。

三大改革，无疑使公司人员精干，工作责任感增强，资金周转加快。过去由临时工干的商品加工、挑选、打包、清仓盘底等工作，如今都由正式职工自己干。公司资金周转上半年保持在30天左右，比1997年加快17天。

信誉是企业生存之本。公司上下恪守“真诚相待、信誉第一、优质服务”的经营宗旨，不断开拓新的经营领域。

去年3月，江西一从未见过面的客户给公司来电，说他已向涟钢发运了一个车皮的废钢，要求公司派人到涟钢接车、验收、结算，把货款给其汇过去。公司接电后如实照办。不久，这位客商来电致谢，对公司赞不绝口。此后，这位客商陆续给公司发来1000多吨废钢，却从未派人来过。

今年4月，公司到广东联系一批客户，其中一位老板对公司的实力和信誉不放心，在公司携款发回第一批6个车皮的废钢之后，专程到公司考察，其时正值公司业务繁忙，一周内到货41个车皮，累计货款近300万元，客户来来往往，他们总是日清日结，以最快速度兑付货款，让每位客户高兴而来，满意而去。广东老板在公司静静地看了3天，也不要公司招待就回去了。此后，他每月向公司发运废钢1000余吨，关系十分融洽。

2年多来，公司业务越做越大，目前仅废钢业务的客户就达40多家，遍及“两湖”“两广”及河北、上海、福建等10余个省区。月经营量达5000吨以上，成为中南地区较有影响的废钢铁经营大户。1998年，公司荣获全区“财贸系统‘效益杯’竞赛优胜单位”称号。

（原载《娄底日报》1999年8月7日第二版）

旗帜高扬风满帆

——娄底深化供销合作社综合改革纪实

本报记者　刘惠南　通讯员　李利民　聂雄光

2015年3月，中共中央《关于深化供销合作社综合改革的决定》出台，给以服务“三农”为己任的供销社人带来新机遇，也带来新挑战。

一年多过去了，娄底深化供销合作社综合改革情况如何？新年前夕，记者走进充满生机与活力的市供销合作联社，探寻其深化综改的闪光足迹。

“‘全面深化改革，加快建成适应社会主义市场经济需要、适应城乡发展一体化需要、适应中国特色农业现代化需要的组织体系和服务机制，努力成为服务农民生产生活的生力军和综合平台’成为新时期供销社工作的目标。”面对记者，市供销合作联社党组书记、理事会主任、市深化供销合作社综合改革领导小组办公室主任龚卫民激情洋溢。

龚卫民告诉记者，市供销合作社系统深入贯彻中央、省、市全面深化改革政策精神，扎实推进综合改革，按照“打造服务农民生产生活的生力军和综合平台”目标要求，努力完善基层服务组织，加快创新经营体系和服务机制，努力提升经济实力和服务能力。在经历“两个置换”阵痛，经营阵地丧失殆尽的情况下，全市供销社系统各类社属（涉）企业恢复发展到98家，其中基层供销社67家；领办创办农民专业合作社129家、各类涉农行业协会29家；发展农村综合服务社1021家。创办娄底供销社微信公众号、网上供销社平台，吸引本地41家企业120余种农副产品入驻“娄底供销”微信商城，线上线下互动，开辟土特产品快速进入千家万户、增加农民收入新途径，为发展现代农业、富裕农民、繁荣城乡经济发挥着生力军作用。

历经风雨　顶层设计引路

娄底市供销合作联社成立于1977年，近40年的风雨历程，有过辉煌，也有过阵痛。2002年起，全市供销社系统实施“两个置换”为主要内容的企业改制，共处置各类资产1100多处，补偿安置职工15800余人，化解银行债务4.3亿元。随着改制任务的完成，供销社经营阵地萎缩、服务功能弱化的问题，突出地摆在全市供销人面前。

何去何从？一声春雷响，为改革发展指明方向。

2015 年 3 月，中共中央、国务院根据习近平总书记、李克强总理重要批示精神，出台《关于深化供销合作社综合改革的决定》，明确新的历史条件下，要继续办好供销合作社，供销合作社要全面深化改革。

随后，湖南省委、湖南省人民政府出台《实施意见》，就贯彻党中央、国务院《决定》，深化供销合作社综合改革提出具体措施。

为稳步推进娄底供销合作社综合改革，市委、市政府精心设计，科学谋划。市供销合作联社作为综合改革的实施部门，统一思想，积极作为。

建立机构，高层推动。成立以市委常委、市委秘书长王雄任组长，时任副市长刘益文任副组长，23 个相关部门负责人为成员的市深化供销合作社综合改革领导小组，形成党委政府主导、职能部门支持配合、供销社组织实施的综合改革工作格局。

广泛宣传，营造氛围。组织市直机关部门和县（市区）有关局委干部收看省委《实施意见》发布实况，举行供销合作社综合改革工作政策宣讲会，召开全市供销社综合改革现场推进会，营造综合改革良好氛围。

深入调研，求真求实。为摸清家底，市供销社组织人员对全市供销社系统进行调查，掌握第一手资料。并组织相关人员到省内综合改革先进市州和省外综合改革先进地区考察学习，坚定深化供销合作社综合改革决心。

在此基础上，市供销合作联社组成 6 个工作小组，对口联系市综合改革领导小组 23 个成员单位，争取改革配套优惠政策落地；市供销合作社综合改革领导小组办公室按照“立足现实、兼顾历史、力求多讲地方话和在具体政策上求突破”的原则，起草娄底市委、市政府《关于深化供销合作社综合改革的实施意见》，并反复征求部门意见，先后六易其稿，修改完善。

2016 年 8 月 31 日，《实施意见》经报省里批准，成为全省市州第一个发布深化供销合作社综合改革文件的地级市，为全面推进综合改革奠定坚实基础。

试点先行　探索综改之路

双峰县供销社是全省供销合作社系统综合改革县级试点单位。为使试点工作扎实、有效推进，双峰县精准发力，创新发展。

破解难题抓引导。成立以县委书记为顾问、县长任组长的领导小组，在全省县

（市区）率先出台《关于深化供销社综合改革的实施意见》；将供销社综合改革纳入全县年度业绩考核体系，调动县直部门和乡镇工作积极性；县委、县政府主要领导身体力行，帮助破解改革难题，引领改革前行。

健全体系夯基础。全县形成1个“惠农服务总公司”、17个“惠农服务中心”、343个“惠农综合服务社”的供销社基层组织服务体系，覆盖全县乡镇和大部分行政村。同时，注册成立3个“中心基层社”，完善服务职能，分片承担对各乡镇“惠农服务中心”“惠农综合服务社”、农民专业合作社的业务指导和综合服务。

搭建平台聚资源。组建农资、资产管理、电子商务、物流配送四家公司，与省属公司进行业务对接，搭建服务平台、完善服务网络，构建经营服务体系。

增强功能强服务。推行基层组织建设与农村电子商务共融互促发展模式，重点培育和建立基层合作经济组织。2015年创建1家全国基层社标杆社，成立娄底供销社系统首家农民专业合作社联合社——旭日农民专业合作联合社。2016年又组织成立“双峰县雄鹰种养专业合作联合社”和“双峰县为民供销合作社”。目前，该县供销社系统共发展农民专业合作社29家，农民专业合作社联合社2家。

试点推动，双峰县供销社综合改革成效初显，好评如潮。2015年4月，全国总社党组书记、理事会主任王侠到娄底视察，充分肯定双峰县试点工作成绩。2016年9月，省财政厅、省供销社联合对综合改革试点项目进行评估验收，评估验收组称赞双峰综合改革试点“方法得当、措施有力、效果很好”。

在双峰试点基础上，市供销社强化对各县（市区）和乡镇、村惠农服务体系建设，促进综合改革工作平衡发展。

确立投资经营主攻方向。市供销社充分发挥“娄底市新供销资产管理公司”的平台作用，开展投资和经营业务活动，确定“电子商务、土地托管、合作金融”三大主攻方向。目前，电子商务进入实质性建设阶段，“娄底供销”微信公众平台已登记注册，与全国总社“供销e家”紧锣密鼓地展开对接；土地托管方面重点培育涟源“盛达模式”，推广盛达经验，在系统形成规模效应，拓展为农服务领域；合作金融方面着手做好前期基础性准备工作。2016年6月，市供销社与中国人保寿险娄底中心支公司签署全面业务合作协议，提升保险服务农业的能力和水平。

有效推进基层组织建设。按照省供销社提出的由扩面转向提质的要求，适度增加数量，重点加大基层组织的巩固发展力度。至2016年底，全市供销社系统发展“全国总社示范专业合作社”7家、“国家农民合作社示范社”1家、“全国供销合作社基层社标杆社”2家。

进一步理顺社企关系。完善入社协议，对新入社的企业进行全面考察、调研，完善准入制度，确定重点培育对象，积极探索与入社企业产业发展利益联结上的合作，逐步加大实质性投入，壮大为农服务实力。

精准发力 谱写改革新篇

娄底供销社综合改革来势良好，但任重道远。

“深化供销合作社综合改革，进一步激发其内生动力和发展活力，对于发展现代农业、促进农民致富、繁荣城乡经济具有十分重大的意义。”市委、市政府《关于深化供销合作社综合改革的实施意见》指出：“通过综合改革，把供销合作社打造成为与农民联结更紧密、为农服务功能更完备、市场化运行更高效的合作经济组织体系，成为服务农民生产生活的生力军和综合平台。到 2020 年，全市重点构建农业生产服务、农产品流通服务、城乡社区综合服务、农村合作金融服务四大服务体系，基本建成群众性、合作制、规范化的基层组织体系。”

龚卫民告诉记者：围绕这一目标，下一步将进一步加大宣传力度，优化改革环境，凝聚发展合力，精准发力，将改革向基层、向纵深推进，让综合改革服务的大旗高高飘扬。

强力推进基层组织建设工程和惠农服务体系建设工程。到 2017 年，全市创建 1 个“百强县级社”、2 个规范化县级社，乡镇基层社覆盖率达到 85% 以上，村级（社区）综合服务社覆盖率达到 30% 以上。每个县建设 1 个以上基层社标杆社、1 个农民合作社示范社和一批三星级以上村级（社区）综合服务社。

强力推进项目建设，充分发挥项目资金示范引导作用。2017 年，重点督促实施好涟源市盛达土地托管项目和双峰县惠农服务体系建设项目，培育龙头企业，加强项目跟踪，撬动社会资本，助力综合改革。继续做好市财政支持供销合作社综合改革专项资金项目的组织申报工作，并重点向基层基础工作倾斜，加强项目资金的引领驱动效应，夯实壮大基层基础力量。

探索投资方式，壮大社有企业实力。以农村电子商务、土地托管、农村合作金融为主攻方向，通过创新投资方式，密切与社有企业关系，将有限的资金用在刀刃上；重点推进新供销电子商务有限责任公司“1+5”平台建设，县级社加快县级惠农服务总公司的组建与发展，发挥其“火车头”作用。

旗帜高扬风满帆。深化供销合作社综合改革，娄底正一路高歌，扬帆奋进！

（原载《娄底日报》2017 年 1 月 12 日头版）

透明的事业

——伍作兴与妻子刘琼玲创办新化兴龙工艺厂的故事

本报记者　刘惠南　通讯员　刘道荣　伍实强

从手工作坊，到机械化流水线生产；从夫妻 2 人发展到拥有 108 名职工；从 3000 元投资，到拥有固定资产超 1000 万元；从年产值 1 万元、利税 1000 元，发展到年产值 1000 万元、利税 50 万元。新化兴龙工艺厂走过了辉煌的 15 年，成就了厂长伍作兴与他的妻子刘琼玲透明的玻璃事业。

今年 61 岁的伍作兴曾是“老三届”下乡知青，返城后在街办企业当工人。1983 年，受党的富民政策感召，他筹借 3000 元创办兴龙工艺厂，夫妻俩以手工制作玻璃镜片和各种玻璃喷花工艺。两年下来，年产值达 5 万余元，到 1986 年，产值翻番达 10 万元。他由此以娄底地区唯一代表身份，出席全国第一届个体劳动者先进代表大会，受到党和国家领导人的亲切接见。此后，他的工艺厂不断发展壮大，到 1997 年，总产值达 8099.8 万元，上缴国家利税 247.9 万元，成为新化县第一个纳税大户，被县委县政府授予“十佳私营企业”称号。今年 5 月，又被娄底地委、行署授予“优秀私营企业”称号，受到表彰奖励。

走进位于县城大桥路的兴龙工艺厂，只见一块块不同颜色、不同规格的玻璃和一面面不同形状、不同图案的镜屏、玻璃工艺品，倚墙斜放着，一叠叠的，令人心旷神怡。职工们手脚麻利地在给玻璃清洗、镀膜、喷花、车花、钻孔和磨边……厂“内勤”曹太武兴奋地告诉我们：产品销往贵州、四川、广西、河南、湖南等 10 多个省，供不应求。

一个私营企业，为何这样红火？在厂办公室，从“曹内勤”的介绍中，我们找到了答案。

伍厂长艰苦奋斗，创办兴龙工艺厂吃了不少苦。办厂之初制作玻璃工艺品时，他利用自己在高中学到的一些物理、化学知识，以手工在玻璃上进行各种喷花、镀膜试验，通宵达旦地干，手被腐蚀得脱了皮，浸出殷殷鲜血，钻心地痛，也全然不顾。产品试制成功后，发现成本高，又连续几天几晚研究、试验，直到取得最佳配方。后来，玻璃工艺的花样在市场上落后了，他又大胆地向外地同行学习，研制出多种玻璃雕花工艺，并设计出10多种工艺图案，满足市场需求。去年底，为开拓湘西市场，他晚上睡在一间四面透风、上面滴雨的仓库里看守设备，一睡就是10余晚。

伍厂长靠信誉兴企。一次，一批产品因镀银防锈漆有质量问题，销出半年后，一用户反映镜面腐蚀且有点模糊，他二话没说，就为其斢换，并贴出公告，换回有问题产品。这一换，给他换来了5000元损失，也给他换来个“信誉第一、用户至上”的好名声。今年2月，怀化一姓蔡的玻璃老板销售一批绿色玻璃给某个大型建筑工地，首批只供了三分之一的货，还有三分之二的货因缺货要延期供应，建筑工程方不答应，蔡老板向伍厂长求援，他一口应承，但货到建筑工地与蔡老板的货一对照，颜色不协调，他的是新产品，质量要高于蔡的老产品，对方要找蔡的麻烦，他毅然决定把已装上的那部分玻璃换成自己的产品，并为蔡老板承担损失。这一来，他损失4000多元，却在怀化赢得了信誉。

伍厂长总是瞄准市场，不断开拓进取，使企业一年上一个新台阶，5年一个大飞跃。今年，他瞄准湘西和云贵市场，创建兴龙工艺厂怀化分厂，元月18日开业投产，至3月底销售额达112万元，几乎占全厂销售总额的50%。他还利用玻璃包装箱的优质东北松木，创办木器分厂，招收10名技术精湛的下岗木工，制作各式家具。他说：“一个企业家必须时刻瞄准市场，不断开拓市场；一个企业必须不断以新的步伐向前迈进！”

现在，伍作兴、刘琼玲雄心勃勃，决心今年更上一层楼，完成总产值2000万元，上缴利税100万元以上。

衷心祝愿他俩的事业越来越发达。

（原载《娄底日报》1998年6月4日第一版）

跨越的人生

——记娄星区政协委员、怡和房地产开发有限公司董事长、总经理刘正良

本报记者 刘惠南 通讯员 倪志铭

从贫困山村普通农民，到成长为有名的企业家，娄星区政协委员、怡和房地产开发有限公司董事长、总经理刘正良，实现了人生价值的重大跨越。16 年来，他累计上交税费 100 余万元，为社会公益事业、扶贫帮困等共捐献人民币 2 万多元，为社会解决 40 人就业。公司固定资产达到 960 万元。

1983 年 3 月，走出军营、不甘贫穷的刘正良跟人学开车，3 个月后东挪西借 6000 元买了一辆旧汽车，当起个体小老板。起初，帮人拉煤；后来，替单位拉钢材。凭着一股拼劲，每天早出晚归，有时甚至通宵达旦，生意蛋糕越做越大。

尝到甜头的刘正良眼界高了。1989 年夏，他拿出 7.5 万元积蓄到娄底景屏街买下 5 个商住门面，将全家迁往星城，寻求新的发展空间。刘正良先涉足服装经营，参加娄底首届商品交易会，投入 1 万多元，差点亏了本。第二年，他携数千元到深圳炒股，前后 3 个月，不但没赚钱，还倒贴上 1000 多元食宿费。

生意场上的不得意，并没有动摇刘正良顽强搏击、实现人生价值的信念。

1993 年春，长沙制药二厂准备到娄底寻找合作伙伴，设立药品总经销处。刘正良立即与厂里联系，达成总经销协议，凭着诚实经营，刘正良将药品经销得红红火火。很快，刘正良在娄底医药界闻名遐迩。1996 年初，娄星区卫生局聘请他担任下属一医药公司经理。刘正良如虎添翼，凭着精细的市场分析、准确的经营信息，他稳扎稳打地在商海中劈波斩浪，奋力前行，壮大着自己的事业。1998 年初，他看准个体药店广阔市场前景，投资 10 万元，在娄底大市场东门毅然创办怡和堂药店，作为医药公司服务大众的窗口，“怡和堂”在他的苦心经营下，声名远播。是年底，其中药饮片在全市医药质量评比中荣获一等奖，成为全市唯一一家获此殊荣的非公有药店。

有位哲人说过，机遇比时间更宝贵。对事业不懈追求的刘正良不放过人生任何一个发展机遇。

1998 年 10 月，在长沙举行的全国中西部经贸洽谈会上，娄星区农委为兴建湘

中农贸市场寻找主体工程投资伙伴。此前，刘正良的舅舅、台胞廖浩平先生委托他寻找合适的投资项目，为家乡做点贡献。刘正良了解到娄底及周边县市没有上规模上档次的农贸市场，兴建湘中农贸市场的发展前景肯定很好，觉得投资农贸市场主体楼，是实现舅舅夙愿和体现自己人生价值的最好机遇。于是，他便和娄星区农委签订了投资1020万元的协议。此后，刘正良在舅舅的全权委托下组建怡和（台湾）房地产开发有限公司，开始了搏击人生的又一征程。

刘正良有句名言：实实在在做人，踏踏实实干事。这是他的过人之处，也是他的成功之道。1998年12月，农贸市场主体楼破土动工后，刘正良以工地为家，吃住在工地，视质量为生命严抓狠管。工程采用包工不包料的方式，并以招投标形式选定施工单位，实行政府和社会双重监理。同时，公司内部成立以他为首的质量安全检查组，不定期对施工质量进行检查，发现问题绝不放过。在砌第一层柱架时，发现4个柱子（共有100多个柱子）稍微倾斜，检查组硬是责成施工单位推倒重来。在原材料进购上，他规定钢材只能选涟钢的双菱牌，水泥只能用涟邵水泥厂的免检产品，砌外墙一律使用瓷砖。在使用铝材时，许多铝材商劝刘正良："你的房子是出售而不是自己的，用0.7毫米的就可以。"刘正良说："正因为是别人用，就要选质量好的。"刘正良用的铝材都是选1毫米的。为此，他多投入了100余万元。

如今，定名为"湘怡花园"、建筑面积达1.6万平方米的主体楼顺利竣工，门面部分已售出88%，住房售出90%。

刘正良成功了，人们向他投去赞许的目光，娄星区政协常委会3月初增选他为区政协委员。

面对令人炫目的成功，刘正良却不以为然。他说："人生的价值在于奉献，还需不断跨越！"

（原载《娄底日报》2000年3月8日第一版）

敢闯才有路

——记涟邵矿务局斗笠山煤矿下岗职工刘付初

本报记者　刘惠南　邹新民

成功是希望与奋斗的结合，希望永远在奋斗者心里跳动。双峰县第二百货大楼服装鞋业城经理刘付初的心里时刻跳动着希望！

6 月 15 日，记者采访了他。他以不甘人后的壮志和脚踏实地的进取精神，向人们展示出一条不寻常的自强之路。

1988 年，刘付初的父亲从斗笠山煤矿黄港工区退休。就读涟源艺校 2 年、很有培养前途的他，不顾父亲的极力反对和朋友的劝阻，带着对煤矿工人的敬仰和对矿山的希冀，顶职入矿当上了一名掘进工。这年，他刚好 18 岁。他每月满班满点地干，工余时间看书读报、学写新闻，被矿授予“青年突击手”称号。不久，他又被工区作为“笔杆子”从井下调到地面机电队任文书。写稿、编剧、演戏，组织工会、团的活动成了他工作的重要内容。小品《铜锣打到蔡九家》荣获全国煤炭系统优秀编剧二等奖，一批反映矿山“两个文明”建设的新闻稿不断被矿广播站和《涟邵工人报》采用。他还不断在局、矿组织的演讲比赛、职工文艺会演中获大奖。他成了矿里的文艺骨干和“秀才”，被列入矿里团干后备人选。

1992 年 3 月，正当风华正茂的刘付初在企业大显身手时，工区精简机关人员。刘付初连日反思：矿里有困难，我作为一名团员青年，应该主动为企业分忧。经过反复思忖，刘付初以勇敢和自信做出了人生不寻常的抉择：主动申请下岗去闯商海。

下岗后，刘付初穿梭于娄底、涟源两市的店铺，打听有谁需要帮手，寻找自己生存的空间。他不指望打工每月拿多少钱，只指望学一点自立自强的本领。然而，整整 2 个月过去了，除了赔上车费，一无所获。到第 3 个月，刘付初的生活透出一线希望，在本矿开汽车配件店的老板接纳了他，安排他白天卖配件，晚上守店子，月薪 200 元。刘付初不仅将店子管理得井井有条，而且通过看书学习和与司机频频接触，掌握了汽车驾驶和维修方面的知识，深得老板喜爱。1 年后，老板借了 5000 元给刘付初，刘付初另从朋友处借 5000 元，加上自己结婚用的 7000 多元，买回一台单排座微型车，架上简易车棚，跑起了客运。

客运线路定在湖泉至涟源。这是条简易毛路，扬起的灰尘直往车棚里钻，旅客嫌脏不愿坐，生意特差。半月后刘付初只好改跑斗笠山至娄底、涟源，每天来回往返，要到晚上 10 点多钟才能回家。有时晚上被人喊去拉货、送人，或车子抛锚，通宵不能归家。那个辛苦劲无法用语言来形容。10 个月后，刘付初根据客运市场变化，将“单排座”换成“双排座”。到 1995 年初，又将“双排座”换成“奥拓”出租。这年底又请人开“奥拓”，自己改开“夏利”。

这期间，刘付初历经的煎熬很多很多。记得他第一天开着“奥拓”来到火车站候客，车刚停稳，上来 3 个男青年说要租车，将他骗到一偏僻处，警告他以后不要再来，否则把车子砸烂。原来这是车匪路霸请来的“溜子”，不准外地车来此接客。刘付初又是讲好话，又是“意思意思”，才免遭一顿打。还有一次，2 名青年人假装租车。将他骗到娄底市万宝镇一茶山附近，将他身上的 BP 机和 500 元钱洗劫一空。刘付初晚上回到家里伤心地哭了。但哭归哭，第二天他又照常出车。

刘付初涉足客运出租业，但他那颗不安分的心盯住了其他事业空间。1995 年上半年，随着人们生活水平的日益提高，人们对消费有了高的要求。刘付初看到了珠宝玉石市场广阔的前景。他立即在地区体育馆前租了一门面，办起娄底首家个体珠宝首饰店，取名“婕婕首饰行”。“婕婕首饰行”由他从斗笠山煤矿下岗的妻子谢夏丽经营，另接纳了矿里 2 名下岗女工当帮手。

“婕婕首饰行”是刘付初事业的又一亮点，是他涉足商业的新起点。刘付初与妻子格外珍惜。他向湖南省宝玉石协会娄底会员周治国先生拜师学习，参加省宝玉石协会举办的全省宝玉石培训班和在北京举办的全国宝玉石展销会，广交客商。并阅读《中国宝玉石》杂志，买回《宝玉石鉴定 200 问》《宝石学》等书籍认真学习，掌握宝玉石品的进货渠道、真假鉴别和宝玉石的经营等知识。以货真价实和优质服务吸引大批顾客。“婕婕”很快成了娄底小有名气的首饰行。

不安分的人总是永不满足。1996 年 8 月，娄底绿岛商厦开业，刘付初以超前眼光，在这一黄金码头与商厦联营珠宝部，利用大商场的信誉优势开展规模经营。接着，刘付初将经营向周边县市辐射。1997 年 3 月创办涟源婕婕首饰连锁店，又安置 3 名下岗职工；同年 10 月承包双峰第二百货大楼珠宝钟表部，接纳 4 名国企下岗职工。宝玉石的市场份额不断得到提高。

刘付初要挑战风险，把握机遇。去年下半年，双峰县第二百货大楼经营陷入困境，公司决定出租第二层商场。刘付初经过连日深思熟虑，毅然出击，租下第二层商场，创办服装鞋业城。消息不胫而走，家人、朋友不解，极力劝阻：你怕是发疯了。商场如今狼烟四起，日子不好过，何必冒这么大的风险去凑热闹？刘付初自有他的理解：市场疲软，总有热的商品，关键是看你如何经营。经商总得冒点风险。认准了的路就得义无反顾地走下去。

凭着出众的谋划，刘付初从众多竞争对手中脱颖而出，一举中标。他要凭借“双峰二百”这个特殊的舞台，唱响体现人生价值的最强音。

信心是事业的起点。刘付初利用自己滚动发展积攒的20万元将700多平方米的商场装饰一新，从国有商业企业公开招聘了25名下岗职工，创办了双峰县规模最大、档次最高的服装鞋业城。去年10月，服装鞋业城开业，第一天的营业额就达15000多元，相当于“二百”过去一月的销售额，令同行叫绝。

为了树立服装鞋业城良好形象，占领市场。他实施“名牌战略”，借“鸡”生“蛋”，借“鸡”传技，引进浙江、邵东等地10余家名牌厂家联营，开拓具有竞争力的名优特新商品。今年初，他自己独立经营，招聘引进“二百”原经理协助管理商场，开展“优秀营业员评选”等活动，推行优质文明服务。如今商城经营的名牌服装、皮鞋达80多种近1000款。“雅戈尔”“红豆”“森达”“富贵鸟”等全国驰名商标服装、鞋子在这里落户。商城成了双峰消费者购物的首选去处。

刘付初今年30岁。三十而立，他是立了，立在敢为人先、百折不挠的精神上，立在一步一个脚印、蓬勃发展的事业中。6年上缴国家税收12万元，安置下岗职工34人。

（原载《娄底日报》1999年6月18日第一版）

执着前行　放飞梦想

——湖南省农友集团董事长兼总裁刘若桥创新创业的故事

本报记者　刘惠南

“在这个世界上，每个人都心怀自己的梦想。有的人梦想成为爱迪生一样的发明家，有的人梦想成为玛丽莲·梦露那样备受瞩目的明星，也有的人梦想成为理发师、修鞋匠……梦想无论大小、尊卑，都能催人奋进。我的梦想是农机，发展农业机械产业，服务农民……”

6 月 4 日上午，在全省创新创业先进典型巡回报告团娄底报告会上，湖南省农友集团董事长兼总裁刘若桥引人入胜的演讲和饱含激情的创业故事，博得经久不息的掌声。

20 多年来，他坚定信念，不懈追求，以百折不挠的毅力、不断创新的动力和诚信为本的品格力量，实现一个又一个创新创业梦想，赢得一个个成功的喜悦。先后获得“娄底市优秀企业家”“湖南省优秀非公有制经济企业家”“全国农机行业优质服务优秀经理”等荣誉。

百折不挠“寻梦”，走好成功创业第一步

梦想就是人生的目标。人生目标往往需要苦苦寻求。

1994 年 10 月，刘若桥离开双峰县委组织部，自谋职业。干什么呢？当时他很迷茫。做农机吧！因为他是湖南农大农机系毕业的，懂技术，有基础。但当时他一无资金，二无场地，三无市场，做农机谈何容易。这时，一个远亲介绍他做防水材料，对方愿意赊给材料让他做。他想先做简单的事赚点钱，然后再来做农机，于是他就去找远亲做了。做防水材料，就是在房屋平顶涂一层沥青一样的油膏防水防潮，利润很低，虽然能赚一点钱，但很辛苦。因为油膏是用火高温烧出来的，烧后温度 200 度以上，人受不了，夏天上午 10 半到下午 3 点半基本不做，一般早晨 7 点至 10 点和下午 4 点以后做，因此 6 点前必须吃完早饭。因他是一个人在组织，要去联系业务、管理工地，要去结算、讨账，他 5 点就起床去市场买菜，然后做饭给请

的人吃，再组织施工，每天工作 10 多个小时。

一次，他租用一台三轮车去一乡镇水泥厂运水泥，车在泥泞的马路上卡住了，怎么也过不去，司机气呼呼地走了。他只好一袋袋地把水泥卸到地上，再和另外一名工友把车推过去，将货一袋袋地搬到那辆车上，一袋 50 公斤，卸下、装上 100 余袋，他汗水和着雨水、泥水，一身湿透，整整干了 2 个小时，累得倒在泥水里，脸色苍白。工友把他送到医院，骨头像散了架似的，躺在病床上不能动弹，住了 3 天才出院。父母来看他，说："若宝，做防水材料辛苦，你就别做了，随便找份工作都可以。"他说："我不能放弃创业，再苦再累也要坚持。"

成功源于执着。4 年后，刘若桥赚到了人生第一桶金，转战农机行业。没有厂房，他就租用 30 多平方米房子；缺少资金，他东借西凑了 2 万多元作启动资金。没有机器，就到处寻买二手机器，买齐车床等必要设备。刚开始，主要生产米机配件，厂房也是他的睡房。3 年后，厂子由一间变成 100 多平方米的厂房，员工由一人变成了 10 多人。5 年后，他注册成立双峰县农友机械公司，年产值超过 600 万元。2003 年，苦心经营 9 年的他率农友机械公司挺进双峰县科技工业园，置地建房，成为入主工业园的第一家农机企业。2005 年，他开始把目光跳出双峰，公司也变更为"湖南省农友机械有限公司"。

这一路走来，非常的艰辛，他曾经被偷过、被抢过、被骗过，最多的一次被骗走 2 万多元货款。但就是这样凭着对创业目标的专注，他一步步地实现着创业的梦想。

锐意创新"追梦"，走出升级发展之路

创业离不开创新。1998 年刘若桥开办农友机械公司时，全县米机生产商有六七家，而且当时农友公司在双峰组合米机厂家中起步较晚。如何将同类产品打入别人已经占领的市场？刘若桥认定出路就是创新。

双峰当时家用米机大部分是吹风式，他想如果将吹风式变成吸风式，肯定有市场。经过反复试验，2000 年初，他将米机由单米筛改成双米筛，传统家用米机达到负荷减轻一半、能耗降低一半、米质提高一档的要求，获得国家专利，每年可为国家节电 1200 万度，双峰米机市场占有率也达到 60% 以上。从此，刘若桥创新劲头更足了，组织力量开展核心技术自主研发，到 2009 年初，已申请专利 30 多项。并与湖大、湖农大、日本东星等科研机构开展广泛的产学研合作，提升产品竞争力。公司荣获"湖南省产品质量奖""湖南名牌产品"称号，家用组合米机产销量居全国首位。公司也成为组合米机湖南省地方标准参与制订单位。

创新立足于适应市场。农机作为双峰传统优势产业，仅米机生产企业一度近200家，其中组合米机占全国市场份额70%。但由于生产门槛低，管理大多作坊式，不少产品技术含量低，产品款式雷同，购销费用高，很多企业靠低质低价抢夺市场，行业恶性竞争现象严重。2008年下半年，受原材料涨价和金融危机冲击，一些小企业不得不“关门大吉”。刘若桥为双峰农机前途担忧，认为双峰小农机出路在于整合、升级。恰好这时，双峰县委、县政府提出农机企业整合发展举措。他顺势而为，积极与农机企业主洽谈，经过3个多月艰难协商，终于与县内其他6家规模农机企业实现资产整合，组建湖南省农友机械集团有限公司，开创省内民营企业成功整合先河，获得国务院原总理温家宝充分肯定。2010年10月，由农友集团牵头，按照“分工协作、突出优势产品、实行一企一品、统一技术研发、共享供销平台、致力专业化生产”原则，又整合省内外20余家农机企业，组建农广装备、机电设备、烘干种植机械等5个专业子公司，形成以湖南省农友机械集团领军的“农机产业集群”，提高了企业核心竞争力，产、利、税年增速超过30%，而成本降低15%。

在创新企业发展模式的同时，刘若桥注重创新平台建设，先后创建“省级企业技术中心”，牵头组建“湖南娄底农机产业技术创新战略联盟”，主持或参与7项国家、行业标准制订和修改，开创双峰企业“发言权”历史。还与湖南农大、中国农机院组建“湖南省现代农业装备工程技术研究中心”，大大加快新产品开发速度，先后获得100多项外观和实用新型专利、13项发明专利，“好运来”获得“中国驰名商标”，农友从传统、落后的家庭小作坊向现代高新技术企业蜕变。

诚实守信“护梦”，打造双峰农机航母

创新创业的梦想靠诚实守信呵护。

1999年刘若桥做碾米机械时，永州一姓李的老板在他厂里进货，后来没有进货了。半年后李老板经销的米机5个配套电机有问题，想要刘若桥把电机换了，但又不敢来找他，找在农机市场做配件生意的陈老板，希望陈老板做他工作，看能不能把电机换了。刘若桥听说后主动找到李老板，叫李把那几个电机退掉，他把钱退了。李非常感动，说：“没跟刘老板做生意了，刘老板还能够把有问题的配套电机退掉，跟你刘老板合作不用担心信誉问题。”后来，刘若桥的产品质量上来了，还做了双米筛专利产品，李老板马上就到他厂里订货，还介绍永州地区4个经销商经销他的产品。2008年初，我国南方出现特大冰冻，每台米机涨价近40元，刘若桥宁愿损失30多万元，也坚决执行8000台米机供货合同。客户投桃报李，经营中只

认农友品牌。

2008 年 12 月农机企业兼并重组时，刘若桥主动放弃无形资产评估，旧设备、旧米机等固定资产全部剥离，不计入整合资产。当时农友 10 # 米机是全国市场份额最大的米机，连续两届被评为湖南名牌产品，每台米机利润比同类米机高出 50 元，无形资产高达数百万元。资产评估时他积极兑现承诺，感动其他股东，加快了企业整合进程。此后，双峰作为“湖南省农机产业基地”，彰显产业集群效应，达到年产组合米机 10 万台、耕整机和旋耕开沟机 5 万台、年产值超 100 亿元的规模，年利税达到 3000 多万元。中国农机协会授予双峰“中国碾米机械之乡”称号，双峰也因此成为我国农机市场大“航母”。

人生因梦想而精彩。刘若桥的下一个创业梦想是：农友集团 3 年内上市，10 年内打造世界最大的丘陵山区农机企业。他将执着前行，为之奋斗；梦已起航，心亦飞翔！

（原载《娄底日报》2015 年 6 月 15 日第一版）

书写传奇

——湖南肖老爷食品有限公司转型创新的故事

本报记者　刘惠南　实习记者　李　莜　通讯员　刘再丽

数千亩一展平畴的蔬菜基地，田成方、路如网、渠相连，各类蔬菜鲜嫩嫩、香喷喷、绿油油；自动化的农产品深加工生产线，封闭运行，无菌化操作；一个个闪光的数据，刷新着产业发展和出口创汇的纪录……

蔬菜基地 3 年扩大 9 倍，产值增加 15 倍；农产品加工值 4 年增长 6 倍，出口创汇以年均 40% 的速度增长……

湖南肖老爷食品有限公司的经营者勇立时代潮头，以责任与担当、远见卓识和开拓创新，书写着农业产业化现代企业的传奇。

蔬菜基地向“蔬菜公园”迈进

蔬菜，是涟源市桥头河镇的金字招牌。

2012 年 3 月，集食品研发、果蔬种植、农产品深加工、经贸配送为一体的农业产业化现代企业——湖南肖老爷食品有限公司，收购经营难以为继的星园蔬菜基地，成立桥头河种植专业合作社（蔬菜基地）。

合作社在珠璜、候湾等 6 个村集中连片流转土地，加大科技投入，成立专家技术团队，加强基础设施建设，以“公司 + 基地 + 农户”的新型农业产业化模式，打造标准化的蔬菜基地。

4 年来，公司累计投入上亿元，流转土地 5000 亩，温室育苗、蔬菜预冷、太阳能杀虫、有机肥发酵、农产品检测等现代蔬菜基地的基本元素在这里凸显，种植的蔬菜品种达 30 多个，年产蔬菜 2.3 万吨，产值 5000 余万元。吸收当地农民工 400 余人，年发放农民工工资和支付农民土地流转租金 1000 余万元，带动基地周边 6 个村脱贫致富。蔬菜基地成为省内规模最大、品种最齐、质量放心的标准化蔬菜基地之一，被评为“国家级蔬菜标准园”“国家级示范合作社”“中国优秀蔬菜生产商”。

“成绩和荣誉只能说明过去，唯有落实涟源市委市政府‘将蔬菜基地打造成蔬菜公园’的战略构想，转型创新，才能持续发展。”今年初，以董事长王元甫为首的公司经营团队，瞄准新的目标。

他们走一二三产业融合发展道路，对蔬菜基地进行提质升级改造，按功能分区，新建蔬菜净菜、脱水、膨化车间和质量安全体系、信息化溯源系统，推进东石山河生态河堤改造工程、绿化工程、拦河坝工程和六纵八横田间道路（游步道）工程及2座景观桥、亮化工程建设，建设游客接待中心、大型停车场、蔬菜科普馆、沿河风光带休闲长廊及景观亭、蔬菜（农耕）文化展示中心等旅游配套服务设施，在蔬菜种植和农产品加工、销售的同时，发展生态旅游、现代农业观光体验游。目前，蔬菜基地提质改造工作全面展开，一个“省内领先、国内先进”的现代农业示范园区——蔬菜公园，不日将呈现在世人面前。

农产品深加工向拳头产品创汇挺进

农产品深加工，是湖南肖老爷公司又一主营业务。

2009年底，在娄底商界颇有名气的王元甫接管经营困难的肖老爷公司。当时，厂里只加工红薯粉丝、营养快线等5个品种，年产值仅2000万元。王元甫接管后，向现代化农产品加工企业转型，投资5000余万元，加强生产设施技术改造，以湖南农大“国家蔬菜加工技术研发分中心”为技术依托，建成年产2000吨蔬菜深加工生产线；以中科院上海植物所和湖南人文科技学院为依托，建成年产2万吨玉竹饮料和系列产品加工线；以引进浙江先进生产设备和技术为支撑，建成年产2000吨休闲素食产品生产线。累计改扩建厂房12000平方米，新建年储量2万吨的农产品冷链物流冻库，改造科研检测楼500平方米。

新产品研发和品牌建设同步推进。“肖老爷辣椒萝卜”“肖老爷苹果醋”等特色农产品相继亮相市场，特色农产品深加工涉及植物饮料、休闲食品、蔬菜制品三大系列19个品种，先后注册“肖老爷”“桥头河”“湘玉竹”“水源村”等4个商标，“肖老爷”品牌被评为“湖南省著名商标”，“桥头河”牌蔬菜有11个品种评为无公害产品、8个品种评为绿色食品，入选2016湖南农业十大品牌。

玉竹是集保健、药用、食用于一身的优势特色农产品，属国家卫计委颁布的101种药食同源的品种，其主要产区在湖南，约占全国产量的70%，而湖南的主产区在娄邵地区。肖老爷公司充分利用这一优势资源，开发“特级玉竹片”“玉竹参液”等系列拳头产品，出口到马来西亚、新加坡、日本、中国香港等国家和地区。2014年实现出口创汇512万美元，2015年出口创汇达到856万美元，今年出口创汇可望突破1000万美元。“湘玉竹片”被评为“2015中国中部国际农博会金奖”产品。公司农产品出口连续两年居娄底市首位。

营销管理向电子信息化融入

营销创新是企业管理的核心。

为抢占农产品营销制高点，作为省级农业产业化龙头企业，肖老爷公司建立“农超对接、蔬菜配送、直销设点、合作供港”4条销售渠道。4年来，公司蔬菜基地占娄底中心城区本地菜销售60%的份额，每年出口到香港的无公害蔬菜达600吨。

2015年1月，公司创新营销，建立“互联网+”农产品销售模式，注册成立娄底市第一家专业从事农副产品销售和配送的电子商务平台——“尝鲜电子商务平台”，建设面积达1000多平方米、容积5000多立方米的冷库，建设网上商城、微网站，开通家庭会员制蔬菜套餐配送业务，形成一条完整的从生产到配送的供应链。通过线上销售，既减少了销售环节，又降低了价格，实现了农副产品生产、销售、配送一条龙服务，深受客户欢迎。目前已向536户娄底中心城区客户配送蔬菜。

“创新没有终点。”公司总经理王建良告诉记者：他们正在进行农业信息化建设。

“重点打造农产品质量安全溯源系统，实现源头可追溯、流程可监控、信息可查询、异常可应对的目标。充分利用移动互联网技术、物联网智能感知技术、无线通信技术、二维码溯源等信息化技术和集成环境监测传感器、视频监控探头、小型气象站等自动化智能化设备，全天候实时监控农产品生产加工过程。从而成功实现蔬菜生产关键环节溯源信息数字化、环境监测自动化、生产过程管理智能化等主要功能。”王建良介绍：“大数据平台将为每一个地块设置身份识别系统，所有农作物的基本数据都会录入其中，只需在电脑终端点击就能查看该地块的产品种类、所遇到的病虫害和水、肥、气候、阳光等各种参数，并能及时对遭遇侵蚀的农作物开出救治处方，以保证农作物健康生长。”

营销管理融入电子信息，已成为肖老爷公司引领娄底现代农业产业化发展的重要法宝。

（原载《娄底日报》2016年12月18日头版）

放开视野兴礼仪

——记娄星区十大杰出创业青年李鑫与他的视野礼仪庆典公司

本报记者　刘惠南

从潦倒他乡的农民工，到关注民生的优秀政协委员；从礼仪庆典的门外汉，到成为湘中礼仪第一品牌的老板，他走过了艰难、奋进而卓有成效的6年。6年来，他与他的视野礼仪庆典公司以坚韧、顽强和开拓创新，在娄底礼仪庆典这个红色行业独占鳌头，声名远播，共完成大型礼仪庆典1000余场次，客户满意率达100%。公司先后获得“娄底百强品牌”“娄底市消费者信得过单位”等多项殊荣。他就是娄星区政协委员、娄星区十大杰出创业青年、娄底视野礼仪庆典公司董事长兼总经理李鑫。

20世纪九十年代末，摆过地摊、收过废品、开过酒店、奔走陕西打工的李鑫想请摄像师为因病去世的母亲拍下遗容，刻录一张光盘，竟因拿不出160元的光盘刻录费而大失脸面。在北上打工的列车上，他看到一则“刻录一张光盘只要30元”的小广告。“30元到160元，这中间的利润大得惊人。”他心中忽然一亮，返回娄底。他借了300元钱买了一台二手摄像机，自学摄像干起这一行。他赚到了人生的第一桶金。

李鑫琢磨着干更大的事业。2003年秋，娄底举行首届青春娄底·湘中之光文化经贸博览会，他发现经济快速发展的娄底竟没有一家专业的礼仪庆典公司。他敏锐地捕捉到了商机，注册成立娄底首家礼仪庆典公司，取名“视野礼仪庆典公司”，意为创业的视野极其开阔，幸福的前景无限广阔。

李鑫的“视野礼仪庆典公司”很快打开了市场。他靠的是优质服务和时刻为客户着想。

2007年10月29日，五江建材家居城奠基，客户要求除了气球、礼炮、拱门之外，还要他准备一套龙狮队和一套威风锣鼓队。他都按要求提前一天准备好了。但就在奠基前一天的晚上8点多钟，客户通知他龙狮队和威风锣鼓队都要准备两套。可是在娄底只有一套班底，到哪里去搞两套呢？李鑫没加任何考虑就答应了下来。放下电话，他立即联系涟源、湘乡、长沙等地的龙狮队和威风锣鼓队。不巧那几个队当地已预约。李鑫灵机一动，想到娄底电视台曾播出过新化的龙狮队和威风锣鼓队的报道，便跟作报道的记者联系，那个记者不知道对方电话，李鑫不知打了多少电话，才找到那套班底。第二天上午 8 点，那套班底准时来到了娄底。

去年 8 月，娄新高速公路开工，有关部门把承办庆典仪式的重任交给经验丰富、颇具实力的视野礼仪。娄新高速是省重点工程，开工仪式规格高、场面大，光红色气球就要上百个，现场的椅子需要近千把，400 平方米主席台无柱搭建，从湘中大道到庆典现场欢迎横幅的悬挂等等，工作量相当大。李鑫与公司员工精细地做了一个星期的准备。可到庆典会的前三天，突然接到通知，开工仪式推迟三天，由 8 月 28 日推迟到 8 月 31 日。这可急坏了李鑫，因为 8 月 31 日这天他已接下了另外两个重要业务。一个是冷水江商业步行街开工，一个是科达眼镜十周年庆典。日期一改，3 个庆典同时进行，庆典用的拱门、气球、横幅、椅子等资源安排不过来，公司人员也根本不够用。但李鑫知道，既然接了单，就没有任何理由不做，更没有任何理由不做好。为此，李鑫紧急高价调用相关庆典资源，把现场布置工作做得万无一失，3 个庆典仪式搞得非常成功。娄新高速开工庆典仪式后，省、市领导非常满意，省委常委、常务副省长于来山说："娄新高速的开工庆典比一个月前开工的安邵高速公路的开工仪式还要搞得好！"

李鑫搞庆典活动注重策划。请名人当主持，陡升人气；根据庆典要求创作小品，增强社会意义；不断变化着拱门、气球摆放和悬挂方式，调动现场气氛。他还常常有一些意想不到的创意，让客户感到异常的惊喜。有一次，客户为了显示庆典的档次，要求庆典时使用真的鲜花。可真花是一次性买的，不能租，成本高，使用二三小时后就丢掉，太浪费。李鑫就给客户出一个点子，真假搭配着用，用塑料花以假乱真。客户接受了李鑫的建议，节省了不少钱，而且效果也非常好，客户相当满意。

作为一名政协委员，李鑫时刻关注民生，不忘回报社会。他常年资助两个贫困学生，每月按时寄生活。每年春节要为涟源市水洞底镇的孤寡老人送去慰问金。去年汶川地震后，也带头捐款，并发动组织老板捐款 30 多万元。近 8 年来，他用于扶贫济困和公益事业的捐款达数十万元。

（原载《娄底日报》2009 年 4 月 1 日第三版）

“卖货郎”闯富路

本报记者　刘惠南　蒋红春　欧阳洪亮　通讯员　彭肇源

周斌生10年前挑着“货郎担”走街串巷，是个地地道道的“卖货郎”。10余年打拼，如今他是拥有3个固定门面的老板了。门面在涟钢大市场内，一个开文体批发部，一个开床上用品超市，一个经营小家用电器。门面装饰简单，倒也美观大方，里面货架上的货摆得满满的、齐齐的，令人目不暇接。那天记者前往采访，他刚从浙江义乌参加“中国第88届文体用品交易会”和“全国第四届小商品博览会”回来，脸上写满笑容。他说他是娄底三个与会代表之一，又结交了一批生意场上的朋友，与国内14个知名品牌厂家达成了总代理意向，这会开得值！

祖籍邵东县廉桥镇瓦子坪村的周斌生今年30岁。有道是三十而立，他说他算是立了，“立”的背后是坎坷经历和成功中的艰辛与懊悔。

1988年，高中毕业的斌生怀揣外公借给他的800元钱，随村里几位年长的生意人从邵东市场进些铅笔之类的文具品，挑运到广西桂林批发给个体户。小商品的利润低，一个来回要十天半月，头两年亏了500多元。母亲劝他待到家里种田算了。他不甘过人均三分田、一家年收入不足2000元的穷日子，继续他的“卖货郎”生涯。“货郎担”从广西“挑”到了广东，后又“挑”到深圳，与新婚不久的妻子唐丽媛改用人力三轮车送货叫卖。生意越做越顺，越做越大。5年时间他几乎跑遍“两广”所有城镇和深圳城区。到1993年赚了10万元。

有了钱，不免飘飘然。1994年元月，他被人拉去深圳赌场。赢了再赢，输了想扳本，3天时间他就将10万元血汗钱输了个精光。

周斌生是那种天塌下来也顶得住的人。没了钱，他就携妻子回到家乡，借款1.6万元做起化肥生意。5个月后改做菜枯生意。菜枯是种药材用的肥料，廉桥是药材之乡，菜枯需求量大，发财心切的他向菜枯里掺水，结果，菜枯发烧发霉，菜枯卖不出去，他一下赔了2万元老本。

半年多时间两次“栽跟头”，周斌生自责着。他要做实实在在的生意。恰好这时，在涟钢上班的朋友告诉他，娄底是新兴城市，只要实打实做生意，定会闯出一条富路。他就带上仅有的350元钱和那辆三轮车及简便行装，携妻儿来到星城娄底，在涟钢青山区摆起地摊，五金百货、文体服饰、儿童玩具，季节需求什么卖什么，节日消费什么卖什么。由于迎合了市场，他生意做得稳当。到1998年9月还了欠款，还剩下2万多元。此时，涟钢大市场建成开业，他倾其所有，租下一间20多平方米的门面，办起红太阳文体批发部。随着“蛋糕”的做大，他的“野心”也大起来。1999年4月开第2个门面，2000年4月开了第3个门面。

周斌生是那种呷得苦的生意人。跑广东、广西卖文具那几年，他挑着50公斤重的货担，一天走50公里路是常事，最多的一天走60公里路。一次在广西桂林金田镇他累倒了，一连三天又发高烧又畏冷、吐血，下面垫3床棉被，上面盖4床棉被，他还直打哆嗦，房东老板连夜喊医师打吊针，才捡回他一条命。在青山区摆地摊那些年，早晨天刚亮出摊，卖到深夜12点钟往邵东进货，50至100公斤重的包装箱从货房搬到200米外的站台，10多20个包装箱，他来回盘运，像猴子搬家似的。然后，装车、押运，回到娄底天已大亮了。

周斌生头顶有点秃。他说他是想生意想多了，做梦都在做生意。他做生意的切身体会是：只能做真，不能做假；只能脚踏实地，不能有非分违法之举；要舍得吃苦，认准的事就要干下去，千万别回头。他说他不到50岁不买房子，要积累资金做大生意，当大老板——开文体超市、电器超市，赚了大钱再办厂。

（原载《娄底晚报》2001年11月28日第六版）

拓一方美丽天地

本报记者　刘惠南　聂国颂

在进军城市改善生存环境、追求幸福生活的队伍中，有一群不甘平庸的女老板，她们骨子里透着自信、勇气、傲气与胆略，以智慧、果敢和顽强，努力拓一方属于女人自己的天地，创一份充满人生梦想的事业。

星城娄底广泉商业街美丽人生美容美发美体保健城董事长曾时英，就是这众多女老板中的一员。曾时英今年二十有八，创业不到 3 年，而她创办的美丽人生保健城其规模和服务，在娄底美容美发保健行业却是数一数二的。店子上下三层，500 余平方米；装饰田园格调，美观大方，服务从发型设计、除斑、嫩肤、减肥、化妆，到中医疗足、中医推拿，功能齐全。她说她创这份事业，拓一方天地，为的是展示自己作为一名女人的能力和胆量，为社会做点贡献。

1995 年夏，从涟源市斗笠山镇一个小山村走出来的曾时英，完成湖南财政学院会计专业学业，分配到青山硫铁矿工作。矿里在一个山沟沟里，环境特差，她只报了到没去上班，跑到长沙一家印刷厂应聘做会计，做了一年，到了谈婚论嫁年龄，与在涟源市公安局干刑警的谢雄飞相恋结婚。那时，涟源财政状况不太好，公安局半年未发工资，曾时英又没工作，家里经济拮据。年底添了女儿，日子过得更艰难。曾时英要独闯事业，拓一方生存空间。她把刚满月的女儿托付给婆婆带养，与朋友合伙投资在涟源城区租下一间半门面开饭店。5 个月后，朋友退出，饭店她自己独营。不久，她转向开美容美发店。

因技术过硬、服务周到和信誉好，她的美容美发生意做得顺当，吞并了隔壁一家美发店。但同时她感到竞争激烈，要拓一方更广天地，没有更高深层次专业技能不行。今年 3 月，曾时英将店子交给姐姐管理，怀揣 2 万元钱到广州百莲达国际美容美发学校深造，6 月份获得广东省劳动局颁发的中级美容师证书。此时，开阔了眼界的曾时英觉得涟源美容美发市场太小，她要到星城娄底发展。恰好这时娄底广泉商业街建成招商，她就在此租下 3 个门面，投资 40 万元创办美丽人生保健城。

“当女老板难！”曾时英流露出苦闷。她说她感觉最难的是应酬，容易使人产生误解，办事不如男老板方便。她到市里一些部门办事，或上单位联系业务，若遇上男的，她生怕别人产生误会。其次是遇上刁蛮的顾客，欺你老板是个女的，故意给你出难题。

难归难，不愿过平庸日子的曾时英挺得住。她独闯娄底创办“美丽人生”那阵子，白天跑有关职能部门办手续，晚上守在店堂安排装修师傅搞装修，一个人来回奔波、熬夜，人瘦了黑了许多。上广州进货，晚上搭火车去，第二天深夜赶回，路途劳累不说，担惊受怕是常有的事。她说一个女人要创业，比男人不知要付出多少倍的艰辛。她说她不能忘记的是关心、帮助她的父母和朋友，愧对的是自己的小女儿，是他们在自己困难的时候给了她信心、勇气和力量。

如今，曾时英的美丽人生保健城已安排数十人就业，拥有一批经过专业培训的保健师、美容师、浴足师。以“美丽人生”为基地，创办国际美容美发学校，发扬美学，是她的远大理想。她说赚钱并不是她人生唯一的目标，作为一个女人，应该拥有一份属于自己的事业，不管成功与否，只要努力了，奋斗了，就无怨无悔。

（原载《娄底晚报》2002 年 10 月 20 日第六版）

第四辑

窗口风采

让『窗口』亮起来

倾情实事只为民

春风化雨景象新

醉心农金唱『大风』

除夕，『天使』为健康守岁

以忠诚坚守南丁格尔誓言

让“窗口”亮起来

——娄底地区工商系统形象建设纪实

本报记者　刘惠南　通讯员　刘和平　廖晓华

今年6月，涟钢钢材研究所王会准备创办经济实体，安置下岗职工，苦于缺乏这方面的知识。娄底地区工商局工商登记科的同志听说后，主动上门为其办理工商登记手续，并指导创办了旧货交易市场。该市场开业后，一次安置了10余名下岗职工。

9月下旬，记者在一些企业采访听到许多关于娄底工商系统干部乐为企业服务的动人故事。地区工商局的领导告诉记者，年初开始的全区工商队伍形象建设，为工商这一文明窗口增添了风采。

全区工商系统形象建设从教育整顿入手。年初，地区工商局党组决定将形象建设再上一个台阶，制订了具体措施，并以地直机关作风整顿为契机，成立专门班子，做出具体部署，分步抓好队伍的教育整顿。

教育整顿采取理论灌输、活动熏陶、制度约束、突出重点解决问题的形式。他们把地委、行署领导在地直机关作风整顿动员大会上的讲话综合整理打印，发至干部集中学习。采取报告会、演讲会、专题讨论、知识竞赛等多种活动，陶冶干部职工情操，提高广大干部职工的思想政治素质和文明执法水平。地局机关开展“今天不爱岗，明天就下岗，今天不敬业，明天就失业”的“爱岗敬业”大讨论活动，机关99名干部人人参与，联系实际写出心得体会，收到了好的教育效果。

教育整顿中，地县市局共举办各类培训班52期，培训干部职工8000人次；进一步健全机关办事公开制度26个，规范各“窗口”科室文明用语59条。地局和各县市局领导勇于反省自身，对照检查，找出班子内部和干部队伍中的突出问题，有的放矢进行重点整改。全区6个局党组都分别召开班子民主生活会，对照要求和标准，认真开展自查互查。地区工商局党组在民主生活会前，请机关全体人员就“民主决策、开拓进取、表率作用”等9项内容给局领导班子打分，然后针对群众不够满意的、班子整体有待加强和提高的“开拓进取”等四个方面，各自做出深刻的自我批评，提出了具体的整改措施。

针对少数工商干部不思进取，纪律松弛，队伍整体素质不高的状况，地县市局积极推行岗位轮换、聘任组阁等人事制度改革，地区工商局实行岗位轮换，19 个科室负责人 3 天内换岗到位。双峰县工商局实行劳动人事制度改革，15 名干部停薪留职，52 名干部下岗分流。广大工商干部的公仆意识明显增强。

结合教育整顿，地县市局在干部职工中认真开展廉洁自律教育。从控制车子、房子、票子、机子、筷子入手，做到来客招待严格控制标准，不该招待的坚决不招待，无特殊情况一律不准租车，领导干部严格按照规定配置通信工具，限额报销电话费，严格控制费用。地区工商局机关 1 至 9 月招待费比去年同期下降 15%，电话费同比减少 50%，收回个人借款 5 万多元。全系统共停、缓建办公楼、宿舍项目 3 个，节约资金 550 万元，压缩会议 20 次，取消各种大小庆典活动 10 次，取消评比 11 次，节约资金 22 万元。上半年，地县市局领导拒收礼金 3.2 万元。全系统立案查处违法违纪案件 3 件，处分 3 人。收到了处分 1 人，教育一片的效果。

实实在在的教育整顿，夯实了工商队伍形象建设的基础。全区工商系统把服务企业，便民为民、为企业排忧解难办实事，看作高于一切的大事，取消了 1% 至 1.5% 的私营企业管理费，取消搭车收费。工商年检过去每户收费 1000 元左右，今年只收了 100 多元，减少 800 多元。

4 月份，是工商企业统一年检时间，为方便外资企业年检，地局外资科的同志改到地区招商局办公，减少了企业来回跑的辛苦。4 月初，地区医药公司兼并地区药材公司，组成地区医药集团有限公司，按规定要先到省有关部门重新办理经营许可证和药品合格证，才能经营，但要耽误半年的经营。地局合同科的同志考虑到原两家公司均有经营许可证，就破例允许先登记注册经营，再补办“两证”。公司领导感慨地说：“地区工商局干部真是企业的贴心人”。

6 月 14 日，涟源市遭受暴雨袭击，桥头河镇桥南市场、中铺街被淹，桥头河工商所所长梁伦福带病与 26 名干部职工一道跃入齐胸的洪水中，为个体工商户抢救出价值 50 万元的货物，在该镇传为美谈。

今年来，全系统共为个体工商户、私营企业解决实际问题 2 万余个，制止和处理“三乱”行为 2000 余起，为个体工商户和私营企业主挽回直接经济损失 1500 多万元。

近年来，全区国有企业有数万人下岗。为帮助下岗工人再就业，各级工商部门一方面发动个体、私营企业以租赁、购买、兼并、联营等方式参与国有企业改造，并动员个体、私营企业吸收下岗职工 2000 余人；另一方面，积极支持企业改制改造，为改制企业特困职工从事个体经营减免管理费，优先办理执照，提供商业信息。

蓝田市管所在蓝田市场设立下岗职工经营区，安置国有企业下岗职工近200人。全区各类市场采取多种优惠措施，共吸收1.8万名下岗职工进入市场经营。广大工商干部竭力当好合法经营的“保护神”和非法经营的“大克星”，深入开展“打假保真”“打假保农”“禁止传销”等整治活动，维护生产者、经营者，消费者的合法权益。1至9月，全系统共立案查处各类违法违章案件154起，罚没收入47万元；受理投诉4354起，解决4165起，支持消费者起诉234起，为消费者挽回经济损失175万元。

廉洁执法、文明执法蔚然成风。某公司下属6家单位没有参加年检，为减轻处罚，公司先后两次派车请地局直属工商所所长朱正元等人吃饭。“没这个必要，你们就拿请客吃饭的钱交罚款吧！”朱正元一口回绝，硬是按规定罚了款。今年来，仅该所拒绝请吃、请跳、请洗就达30余次。蓝田工商所干部许荣矿、王少林在执勤中，被一无理取闹的个体户殴打，但他俩坚持打不还手，骂不还口，有理有节，文明执法，使群众由围观转为敬佩，树立了工商干部文明执法形象。

扶贫帮困形成共识。5月初，地区工商局得知自己的建整扶贫点——涟源市三甲乡三甲村改建村小学，新建村办公室、会议室和广播室缺少资金，便组织各科室捐款、筹资3万多元送去。局机关19个科室还与村里13户五保、特困户对口扶贫，今年先后2次为他们捐款1.5万元、衣服1200件、被25床、米油200公斤。长江、嫩江特大洪灾发生后，全系统1400余名干部职工纷纷解囊，捐款达30万元。

果实浸透着汗水，荣誉伴随着奋斗业绩。6月底，地区工商局荣获“地直机关作风整顿先进单位”和“全区经济工作先进单位”称号，受到地委、行署表彰。全系统1至9月收到个私企业和消费者表扬信、锦旗173件。全区工商行政管理部门在各级党委、政府和社会公众心中树起了有为、有位、有威的形象。

（原载《娄底日报》1998年11月4日第一版）

倾情实事只为民

——娄底市劳动和社会保障局为民办实事纪实

本报记者　刘惠南　实习生　李惠琴　通讯员　赵伟战

盛夏时节，踏进忙碌的娄底市劳动和社会保障局服务大厅，工作人员一张张热情的笑脸，一句句真诚关心的话语，一条条便民利民措施，让办事群众感受到了春天般的温暖，体会到这里为民办实事的作风。

局党组书记、局长彭建祥兴奋地告诉记者，市劳动和社会保障局从加强干部职工素质能力建设入手，扎实做好就业再就业和“两个确保”工作，1–6 月，全市新增城镇就业人员 17603 人，完成全年目标任务的 58.6%；征缴企事业单位养老保险 2.35 亿元，确保了国有企业和机关事业单位离退休人员基本养老金按时足额发放。

加强素质能力建设　夯实为民办实事基础

打铁先要本身硬。近年来，随着改革的逐步深入，劳动保障部门的职能大大增强，服务范围和对象越来越广泛，要求越来越高。

“适应新形势，为民办实事，干部职工的素质能力是基础。”局党组一班人深谙此道。他们制订“大厅窗口工作人员办公制度”“接待管理制度”“用车管理制度”等 14 项局机关工作制度，严格规范干部职工的办事行为；研究制订“党员监督制度”“廉政建设制度”“党员密切联系群众制度”等 8 项党员、干部勤政廉政制度，建立“长期受教育、永葆先进性”的长效机制。

与此同时，在全局开展为期 7 个月的创建学习型机关，加强干部职工素质能力建设活动，采取集中辅导、个人自学、岗位练兵、考试考核等方法，组织政治理论、劳动保障法律法规业务和计算机技术的学习。并联系劳动保障工作实际，深入开展“八荣八耻”社会主义荣辱观教育，着力营造爱岗敬业、明礼诚信、遵纪守法、服务民众的良好氛围。他们还建立文体活动室，购置乒乓球、多功能运动机等文体设施，组织开展“乒乓球比赛”“技能竞赛”“文艺会演”等文体活动，丰富干部职工业余生活，陶冶干部职工情操。全局干部职工队伍的凝聚力、向心力大大增强。

实施目标责任管理　构建为民办实事保障机制

为充分调动全局干部职工为民办实事的积极性、创造性，提高服务质量，娄底市劳动和社会保障局强化工作责任，将“城镇新增就业人数”“企业养老保险新增参保人数”等21项工作目标任务下达到局属13个单位，局领导与各下属单位签订目标管理责任状，分季度督查，按年度严格考核，超奖欠罚。

目标管理责任制，有力地构建为民办实事保障机制，全局上下形成齐抓共管劳动保障工作的良好局面。

以“就业科”“劳动就业服务局”为主的就业再就业工作机构，努力拓宽就业再就业渠道，1–6月，街道、社区新办就业实体32个，新开发就业岗位7417个，新安置下岗失业人员4249人；组织4次全市统一的送岗上门活动，对困难群体实施再就业援助，解决了1985人就业难的问题；举办15次全市联动的就业再就业招聘大会，提供省内、外就业岗位21万多个，招聘人数达2.3万人次。切实落实再就业优惠政策，上半年发放下岗失业人员《再就业优惠证》3582个，全市享受再就业优惠政策税费减免人数达到18300人。强化就业培训服务，1–6月完成各类培训28600人，为8602人进行了职业技能鉴定，有8080人取得职业资格证书。加强基层工作平台建设，在全市16个街道、82个乡镇建立劳动保障服务站，在242个社区建立了社区劳动保障服务中心。大力发展劳务经济，上半年全市新增农村劳动力转移28135人，外出务工人员达30万人。

养老、医疗、生育、工伤、失业五大保险部门积极工作，努力扩大保险覆盖面；劳动工资、劳动保障监察支队则进一步规范企业工资支付行为，加大对克扣或故意拖欠职工尤其是农民工工资行为的监管和查处力度，上半年为1.9万多名职工及农民工督查追讨工资等待遇15726万元。

全局劳动保障工作整体推进。1–6月，全市安排下岗失业人员再就业9095人，安排“4050”人员再就业1865人，分别完成全年目标任务的56.8%和56.6%；企业养老保险、医疗保险、工伤保险分别新增参保人数7440人、20138人、16463人，完成全年目标任务的50.2%、57.5%和54.1%。

坚持优质高效服务　提升为民办实事水平

一串串闪光的数字，演绎着娄底市劳动和社会保障局干部职工坚持优质高效服务、提升为民办实事水平的动人故事。

在服务大厅办理企业养老保险、医疗保险等业务，面对的是弱势群体，难免遇到怨声、诉求声。工作人员总以对人民群众的深厚感情和高度的责任感，认真接待每一个办事者。各相关处室在大厅醒目位置增设办事指南和经办各相关业务的流程图，为办事群众提供写字桌、纸、笔等便民设施，建立政策咨询制度，由处室负责人轮流值日，全天候接受群众咨询和处理日常业务，方便群众。同时，简化办事程序，所有正常业务都在服务大厅一站式办理完结，让群众满意而去。

市属以下国有、集体企业去年底绝大部分完成改制，全市有 48000 余人与企业解除劳动关系，占养老保险参保人数 34.1% 的参保缴费人员面临流失。为扎实做好这部分人续保工作，使他们无后顾之忧，企业职工社会保险处及时印发续保宣传手册，通过社区或聘请专人上门宣传政策，与职工逐个签订续保卡。同时，积极与银行联系，推行银行异地缴费办法，在服务大厅开设续保缴费专窗，设立银行刷卡缴费机，极大地方便职工个人缴费，确保了续保人数达到 80% 以上。

在市劳动和社会保障局服务大厅，电脑屏上显示的那一串串为民办实事的数字，凝聚着工作人员的心血和汗水；而相关业务处室那一面面的锦旗，“就业再就业先进单位”“国企员工的保护神”“劳工知音、执法为民”，正是群众对该局为民办实事予以肯定的真实写照。

（原载《娄底日报》2006 年 7 月 20 日第三版）

为国企护航

——地中级人民法院经济一庭审判工作侧记

本报记者 刘惠南 张 慧 通讯员 李萼清

元月26日，随着地区中级人民法院经济审判一庭庭长李萼清从省高院召开的总结表彰大会上捧回“打击假冒‘双菱’牌螺纹钢专项审判先进单位”和“为国有大中型企业服务先进单位”两块奖牌，这个庭充分发挥审判职能，积极为国有大中型企业经济发展保驾护航的事迹在全省传开。

地中院经一庭主要负责经济合同纠纷的审理。1998年，该庭将服务国有大中型企业，为国企经济发展保驾护航作为工作重点，制订计划，分步实施，并与涟钢和资江煤矿建立联系点，竭力服务，不懈努力，全年共受理案件67件，审结60件，结案率达90%，比上年增加3.7个百分点；诉讼标的近1亿元，收取诉讼费及罚款共计140.9674万元，分别比上年翻一番，为维护社会政治稳定，促进经济发展发挥了积极作用。

审结旧存积案，是该庭去年为国企护航的开台好戏。他们采取责任到人、限时审结、及时督促的办法，从年初开始，就集中力量，各个击破旧存积案。涟源市金石信用社借款纠纷案社会关系复杂，起诉到法院已2年时间未判决。审判人员先后5次到广东调查，合议庭研究10多次，审判委员会研究4次，积累的案卷材料达12本，硬是审结了这起棘手积案。不到半年时间，该庭多年遗留下来的16件积案全部得到审结，掌握了审判工作的主动权。

在省高院、地中院领导指导下，依靠各部门和有关企业紧密配合，组织精干力量周密审理一批影响重大的案件，是该庭为国企护航的扛鼎之作。1998年8月，省高院将受理涟钢起诉的4件商标侵权案件指交该庭审理。涟钢生产的“双菱”牌螺纹钢曾3次蝉联国家产品银质奖，2次荣获“湖南省著名商标”称号。近年来，一些不法分子在利益驱动下大肆生产假冒“双菱”牌螺纹钢，制假厂家达60家之多，年产量15万吨以上，占涟钢螺纹钢年产量的四分之一。省高院要求选择好重点案件，快审快结。该庭接受任务后，深入调查，将新邵新兴钢厂和邵东建材厂作为“先行突破”对象，制订周密行动方案。1998年9月17日晚，该庭会同有关部门，在省高院、地中院领导的率领下，出动14台车、80多人集中行动，一举捣毁了这两个制假窝点，查封了制假机电设备和假冒螺纹钢，做好证据保全。此后，对案件进行公开审理，追究了被告人的法律责任，保护了企业权益。给省内制假厂家以极大震慑，遏制了非法生产假冒“双菱”牌螺纹钢行为，收到了良好的法律效果和社会效果。

1997年9月，地区粮食总公司起诉香港中阳企业及其法定代表陈某严重违约，要求法院解除《中外合作湖南皇冠大酒店有限责任投资合同书》，由被告外方赔偿因违约而给中方造成的298.5万元损失，并退出皇冠大酒店的经营。这是我区法院受理的第一桩涉外经济案件，社会影响大，该庭迎难而上，积极调查取证，开庭审理，并多次向省高院和地委、行署汇报，在省高院和地委、行署举办的协调会、听证会中充分发挥其职能作用。通过近半年的努力，最后调解结案，中方满意，外方也露出了笑脸，受到省高院领导和地委、行署一致好评。

在审理经济纠纷案件，为国企保驾护航中，该庭还加大对大标的案件审判力度。去年，全庭共审理标的300万元至1600万元的经济案件6件，帮助企业解决了历史遗留下来的老大难问题和巨额货款回笼问题。云南省曲靖市某钢铁公司欠涟钢400万元货款迟迟不还。该庭受案后组织10多名干警赶到曲靖，在当地法院和地方政府的支持下，查封了公司的钢材，并耐心细致地做工作，晓之以法，终于达成协议，公司一次性付清涟钢400万元货款，全案从起诉至案结只用了12天时间。

该庭还引导干警克服因循守旧思想，积极审理期货纠纷、“两会”（农村合作基金会、储金会）资金占用纠纷第一批新类型案件。全年共审理新类型案件11件，取得了良好社会效果。

（原载《娄底日报》1999年3月10日第三版）

春风化雨景象新

——娄星区国税局便民办税服务纪实

本报记者　刘惠南　通讯员　曾　海　蔡昌国

初夏时节，记者到娄星区国税局采访，只见全面升级的国地税联合办税大厅窗明几净，自助办税区、等候休息区、咨询辅导区、办税服务区分布合理，秩序井然；休息椅、表证单书柜、资料填写台、电子显示屏、排队取号与叫号器等便民设施齐备，办税流程提示、办税疑难解答等便民措施温馨；19 个办税服务窗口整齐划一，38 名办税员端坐柜前，笑靥亲切地接待每位纳税人。

这家业务量名列全省前茅的“窗口”单位，近年来不断创新与深化“便民办税春风行动”，通过积极推行“三简四加”办税服务举措，倾情提升办税服务质效，受到省、市国税部门领导高度评价，其经验在 2015 年 11 月召开的全省纳税服务工作会上推介。

娄星区国税局便民办税条件并非得天独厚。办税服务大厅属国家 B 类标准，面积仅 164.9 平方米，是全市面积最小的办税大厅。而纳税人却占全市纳税人的三分之一，业务量在全省 130 多家办税大厅中居前 5 位，办税申报高峰日达 800 多人次，大厅常出现排队拥堵现象，办税效率不高。特别是 5 月 1 日“营改增”试点改革成功推开后，新增“营改增”纳税人 5300 多户，办税服务质效受到严峻考验。

“积极应对，创新管理，为纳税人提供更加简便快捷的纳税服务！”去年 7 月，以局党组书记、局长李曙阳为首的局领导班子统一思想，进一步打造富有娄星特色的“便民办税服务”品牌。

简化“窗口”，简并征期，是便民办税服务的主要内容。他们将发票认证、税收优惠备案、税控收款机用户清卡等简单业务归类，专门设立“简易业务”窗口，使此类纳税人直接到简易业务窗口快捷办理，不用到综合窗口排队等候，缩短纳税人办税时间；对收入长期零申报的小规模纳税人和部分偏远的个体工商户，改按月申报为按季申报，减少“窗口”业务量，减轻纳税人负担。并设立办税服务“延伸点”，与邮政部门签订委托代开发票协议，辖区 17 个邮政代开点通过开票系统为个人开具通用机打发票，既避免纳税人反复往返办税大厅耗时费神，也减轻办税大厅服务压力。

“点单”引导，缩短时间，是便民办税服务的重要举措。他们对前来办税大厅办理业务的纳税人，由咨询员辅导纳税人正确填写“涉税事项咨询确认单”，待选择确认需要办理的涉税事项后，再由咨询员依“确认单”进行分流，并对资料进行预审、核查，对资料不齐的书面一次性告知补正办理或指引办理，对填写有误的进行现场辅导纠正。经核查资料完整、准确的再指引取号。这种“点单式”服务，大大缩短了每一笔涉税业务的办理时间，方便了纳税人。

“一对一”辅导，“点对点”服务，是便民办税服务的关键。他们以“志愿者服务精英团队”为主体，局党组成员分 7 个组组成“专家团队”，深入基层开展“百人千户亿元工程”大走访活动，通过与纳税人面对面沟通，“点对点”为纳税人服务。从各科室抽调业务骨干设立辅导站，实行局领导、辅导站和专管员三级联动，分行业、分类别、分批次举办电子申报、远程抄报税、网上认证等业务培训班，有针对性地为纳税人开展“一对一”“点对点”辅导。湖南安石集团涉及房地产、建筑安装、生活服务等税收业务，“营改增”后，表单涉及 9 项 38 类，企业财会人员对税收政策难把握，且不会填写税负分析表。李曙阳率领“业务咨询团队”上门服务，有针对性地解疑释惑，受到集团领导称赞。自“营改增”工作全面启动以来，举办业务培训班 20 余场，培训纳税人 8000 余人次，培训税务干部 600 余人次；全局税务干部走访纳税人 2600 余户，发放税收宣传资料 2 万多份，召开座谈会 18 次，发放《调查问卷》3800 余份，收集纳税人意见建议 150 多条，均有针对性地进行了整改。

批量预约，错峰办税，是便民办税服务的重头戏。局纳税服务科科长伍玉辉兴奋地告诉记者：他们将办税分为 1–5 日、6–10 日、11–15 日三个时段，分科室按 30%、30%、40% 的比例预约纳税人，引导他们在申报征期内选择某一时间段申报办税，均衡办税高峰，改变办税大厅拥挤状况。并在申报期的每天上午 10 时和下午 4 时，利用征管互动 QQ 群平台和短信、微信等方式，发布办税大厅办税实况，提醒纳税人选择合适时间错峰办税，减少纳税人排队等候时间。该局还倡议“低碳生活、绿色出行”活动，尽可能给纳税人提供便利停车位，方便纳税人停车办税。

大力推广电子网上办税，是便民办税服务的点亮之作。他们深度融入“互联网+”新模式，实现信息时代线上线下服务联动。线上，积极宣传推广“娄星区国家税务局”官方认证微信公众账号，大力引导纳税人利用扫描“二维码”获取一次性告知等新方法，让纳税人利用手机享受方便、快捷的“指尖上的涉税服务”；依托湖南国税“网上纳税人学校”这一公共平台，进一步提升税收宣传、咨询辅导实效，更好地方便纳税人，实现减负共赢。线下，制作《纳税服务规范宣传活页本》《表证单书填写活页范本》，利用大尺寸电子液晶显示屏、公告栏等载体，加大政务公开力度，保证纳税人的知情权；在办税大厅增添打印、复印机，方便纳税人办理各项业务。

春风化雨景象新，便民办税暖人心。一年来，娄星区国税局办税大厅排队拥堵现象得到化解，办税质效大幅提升。纳税人平均排队等候时间由过去的53分钟，缩短到现在的10分钟；纳税人现场办税‘满意度’显著提升。“我们办税从来没有像现在这样轻松，也从未感到如此被重视！”现场刚办理完涉税业务的企业财务人员对记者说。这话语，是纳税人对娄星区国税局便民办税服务的切身感受和高度赞誉！

（原载《娄底日报》2016年6月29日第二版）

架通海外“金桥”

——中行娄底分行扶持外向型经济发展纪实

本报记者　刘惠南　通讯员　郭喜长

娄底的进出口企业和外商投资企业大都把中国银行娄底分行，形象地称作“金桥”。这不仅是因为娄底进出口企业和外商投资企业是通过中国银行娄底分行迈向国际市场的，而且因为娄底中行为娄底外向型经济发展，真正发挥了桥梁和纽带作用。

5 月 21 日，记者慕名来到位于娄底市氐星路的中国银行娄底分行采访，只见国际业务部 6 名员工端坐电脑前，认真、熟练地为客户办理国际贸易结算业务。经理薛劲兴奋地告诉记者：中国银行娄底分行自 1992 年 7 月开办全区第一家国际金融窗口——国际业务部以来，与海外 30 多家银行、550 多家金融分支机构建立了密切的业务往来关系，共办理各类国际结算业务 8600 多笔，为区内 25 家进出口企业和外商投资企业办理进出口贸易结算近 5 亿美元，提供进出口贸易融资 3500 万美元，提供境外融资担保 3000 万美元，累计向企业发放外汇贷款 1.5 亿美元，共折合人民币 17 亿多元，在积极扶持我区外向型经济发展上，该行发挥了重要作用。

扶持外向型经济发展，作为银行，结算、融资是关键。中行娄底分行充分利用自己国际金融机构多、网络广、员工业务素质高的优势，想方设法为全区进出口企业和外商投资企业筹资、注入资金。1995 年，省属一大型企业从国外进口一套中宽边带轧钢机设备，需要 3000 万美元，这家企业一时拿不出这笔巨额资金，便找到中行娄底分行。因 3000 万美元折合人民币达 2.5 亿元，按规定该行不能受理。但该行领导没有推托，而是详细了解企业情况后，千方百计为其想办法。当得知全国中行在张家界召开海内外行行长、总经理协作会议时，立即率领国际业务部经理和这家企业领导赶到张家界找总、省行领导，专题汇报这家企业扩大生产规模、要求申请“辛迪加”贷款（即银团贷款）的情况，然后与省、总行有关部门专程到德国、香港、新加坡等地银行，提出贷款申请，后又多次联系，求助支持。通过近半年的努力，终于争取到了德国、香港、新加坡等国家和地区的 10 家银行贷款，资金按期到位，使该企业这一项目如期上马。去年 5 月，冷水江市一大型企业需 80 万美元资金，进口生产所需原材料，并要求资金一周内到位，该行国际业务部经理薛劲连续奔波5天，硬是为这家企业办理好了80万美元的融资手续。

为客户提供及时、便捷的国际贸易结算服务，是娄底中行一贯坚持的原则。去年6月，该行国际业务部的电传机被雷击坏，为不影响客户办理业务，该部员工白天为客户办理其他结算手续，晚上赶到地区邮电局，借用该局一台电传机，加班至深夜，一连几天都是如此，硬是没有耽误客户一笔业务。5年多来，他们通过4000多家国外直接代理行的代理业务，选择最优、最短线路“拉直汇路”，资金直接从国外代理行汇入娄底中行，减少了诸多中间环节，一笔国际贸易结算业务一般只需6至10天就能办好，其出口收汇时间，在全区金融系统中最为快捷。

客户的利益就是中行的利益。有次娄底一公司进口一批货物，货船已抵达广州黄埔港，因国外客户的提单未到，100多万美元货物压在港口，而此时厂里生产急需进口材料，且如果超过3天的提货期，港口每天要收近万元的滞港罚款。该公司从经理、财务科长到业务员个个急得直跳，急催国外客户寄单据，而国外客户回电说，单据已寄出。在一筹莫展中，该公司经理求助于中行娄底分行国际业务部。正在医院打吊针的业务主管刘腾军得知后，拔下针头就赶到企业，在认真审核信用证条款，落实提单抬头、物权后，立即为企业开出提货担保书，使这批货物及时运回，不仅解了企业生产燃眉之急，而且避免了企业的巨额滞港费支出。

在维护客户利益上，中行娄底分行积极为企业出主意、当参谋。有一次，娄底一家大公司与台商正在谈一笔生意，台商提出货到台湾后才能付款，公司方则要求款到公司账号上才能发货，双方相持不下。谈判了好几天，没有结果，直到第四天子夜一点多钟，该公司经理打电话向该行国际业务部薛经理求助。薛经理经过思考、权衡，提出在广州黄埔港一手交钱、一手交货的主张，终于使谈判获得成功，公司获益匪浅。娄底一大型企业有次在巴西进口货物时，发生沉船事件，140多万美元货物沉入大海。娄底中行国际业务部的员工得知后，主动投入事件的调查工作。他们按照国际惯例，严格审核国外来单，结果审出了10多处单证不符情况，及时向国外银行提出拒付货款，为企业避免了巨额经济损失。

秉着发展国际业务、服务外向型经济的宗旨，中行娄底分行竭尽全力，为娄底进出口企业和外商投资企业架起了一座通向海外的桥梁。娄底中行也因此获得了良好的经济效益和社会效益，5年多来共创国际业务收入数百万元人民币。该行国际业务部连续4年被评为全省中行系统先进集体，各项业务指标名列全省中行系统前茅。

（原载《娄底日报》1998年7月9日第一版）

萦怀都是情

——农行娄底分行扶持石门工业小区经济发展的故事

本报记者　刘惠南　通讯员　彭梦雄

涟源南部边陲有座巍峨挺拔、风景壮丽的山，叫龙山。山下有个以工致富、闻名全省的村，叫石门。涟源市石门工业小区就坐落在这里。

初冬时节，记者耳闻目睹的是农行娄底分行扶持石门工业小区私营经济发展的暖人故事，感受到的是农行人与石门的那份特别情愫。

1996 年春，创办在石门工业小区内的涟源宏宇搪铝工业公司一份申请贷款 150 万元解决流动资金的报告，送到了农行娄底分行原行长曾昭才的办公桌上。

当时中国农业银行和省农行均没有要求向私营企业发放信贷的精神，商业银行还存在“贷公不贷私”的观念。富有开拓精神的曾昭才决定闯一闯。他与当时分管信贷的副行长、现任行长范上华率领地、市农行信贷部门干部先后 4 次深入涟源市茅塘镇石门村，在调查了解公司产品、市场、技术力量和投资环境情况的基础上，召开中心支行专题会议。

“我们农行放贷应是不求大，只求好，不问姓，只求效。石门村是全区农村的一面红旗，石门工业小区是娄底地委、行署确定的 10 个工业小区之一，农行不扶持谁扶持？尽管私营企业信贷有风险，我们可以投石问路试试。”很快，农行 150 万元贷款发放到了“宏宇”的账上。

1997 年 5 月，“宏宇”试产不久，公司在江苏镇江采购原材料被骗，损失 240 万元。240 万元，对私营老板来说可不是一个小数目，肖自江、肖安江兄弟俩灰心丧气了。范上华知道后，率信贷干部驱车 40 公里赶到石门，拉着肖氏兄弟的手说：“人不可能不碰到挫折，干事业要有百折不挠的信心。有困难，我们帮你们！”当了解到因无资金采购原材料，公司已停产 5 天的情况时，范上华立即指示信贷部门再落实 100 万元贷款予以扶持。

急企业之所急，想企业之所想，是农行扶持石门工业小区的宗旨。湘中塑料厂厂长周菊娥至今记得，1996 年 5 月，她丈夫因意外事故去世，厂里货款收不回，流动资金紧缺，生产停停打打，且欠银行的 40 万元贷款已到期。农行不但不追债，还贷款 10 万元帮助厂子渡过难关。

岳峰塑料厂厂长谢少松不会忘记，他每次申请贷款，农行从未打过折扣，且贷款到位迅速，经办人员非常体贴企业。去年 11 月，厂子扩大生产规模，申请贷款 30 万元，下午 3 点送上申请报告，4 点多钟就办好了贷款手续。为表谢意，他请信贷科科长周国良到餐馆吃饭，周国良却婉言谢绝："现在厂里急需资金，还是省下用于生产吧！"

市农行把扶持石门工业小区经济发展作为行里工作的大事来抓，主要领导每年到村里现场办公 4 次以上，重点扶持产品有市场、发展前景广阔的企业经营上规模。今年 5 月，宏宇搪铝公司新上一很有发展前景的项目，农行市中心支行和涟源市农行主要领导率信贷干部到北京、重庆、昆明等 6 省市考察，为该项目的开发提出建设性建议。为解决该项目 2000 万元配套资金，范上华还陪同娄底市委、涟源市委主要领导和石门村党支部第一书记吴奇修到省农行有关处室专题汇报。并在行里资金紧缺的情况下，与省分行签订《贷款责任状》，使该项目于 10 月底顺利动工兴建。

3 年多来，农行共为石门工业小区累计投放贷款达 1 亿元，累计签发承兑汇票 1.2 亿元，占石门工业小区私营企业资产总额的 40%。

交通是制约石门工业小区经济发展的"瓶颈"。帮富帮根本，去年 5 月，农行领导协助村里多次与省交通厅和省运管局联系，开通石门至株洲的豪华直达班车，每天往返一次，不仅大大加快了产品运销速度，且降低了销售成本。

便捷的金融服务，是石门工业小区经济发展的基础。今年 8 月，农行在石门建立湖南省第一家村级分理处，开展储蓄、信贷和代发企业工资等金融服务，并实行全国通存通兑。如今，石门工业区的老板们外出采购原材料，再不用带现金，"一卡通"走天下。

在农行的真诚扶持下，石门经济快速发展，去年全村工业产值达 3.12 亿元，农民人平纯收入 7285 元，从事二、三产业人员达 2800 多人。今年 1 至 11 月工业总产值比去年同期增长 20%，农民纯收入全年可望达到 8000 元，就业人数增加 300 人。工业小区内 22 家私营企业家家盈利，按时还贷付息。小区不仅为全村 300 多名剩余劳动力找到了就业出路，还为周边国企 1000 余名下岗职工提供了就业门路。同时，小区带动了运输、包装等相关产业发展。

（原载《娄底日报》1999 年 12 月 21 日第二版）

醉心农金唱“大风”

——冷水江市农村信用社服务“三农”走笔

本报记者　刘惠南　通讯员　谢立松　李逗生

7月中旬的一天，冷水江锡矿山信用社又将2万元贷款送到下岗女工段柳香的手中，这笔贷款似“及时雨”，使段柳香又可以为她的千头养猪场购进原料。这是今年锡矿山信用社贷给段柳香的第6笔贷款。冷水江市锡矿山信用社累计已为段柳香发放贷款120余万元，使养猪场发展到年出栏肥猪1000头、年产值达100万元的规模，4年向国家缴纳税收50余万元。段柳香也因此成了湘中赫赫有名的“养猪明星”，被评为湖南省“巾帼百佳”。省委副书记、省长储波到段柳香的养猪场考察时，对她下岗不丧志的精神给予充分肯定。

段柳香的成功是冷水江市农村信用社扶持农村经济、培育致富能人的一个缩影。

近4年来，该社深化体制改革，优化资产结构，强化为农服务，各项业务长足发展，存款增长、贷款投放均居冷水江市金融机构前列。冷水江市农村信用联社主任段吉平说：“服务农村、农村是我们的天职，促进地方经济发展是我们义不容辞的责任。”

（一）

冷水江市农村信用社成立于1952年。在40多年的风雨沧桑中，该社信用合作社事业从小到大，从弱到强，一年一个台阶，发展成为机构网点遍及城乡、资金实力雄厚、服务全市农村经济的合作金融组织。

1996年12月16日，是冷水江农村信用社发展史上的一个重要里程碑，该社沐浴着全国金融体制改革的春风，这天与农行顺利脱钩。

面对前所未有的发展机遇，冷水江市农村信用联社党组提出“牢牢把握支农重点，全力以赴支持地方经济建设，塑造全新行业风貌”的工作思路。围绕这一思路，他们以联社党组为核心，积极强化内部管理，稳步推进各项改革，出台了《信贷管理实施细则》等30多项规章制度。在全省农信社率先推行贷款包收责任制；在全区农信社系统率先实施计划信贷、财务会计、安全保卫等行政处罚；改革传统服务方式，推行“电话预约”“汽车银行”等服务，推行文明用语，杜绝服务忌语。同时，在全体干部职工中推行能者上、庸者下的用人制度，实行竞争上岗，优胜劣汰。重视对信贷、会计、出纳等重要岗位培训，提高干部职工政治、业务素质。一项项科学、切合实际的改革制度，使该市农村信用社脱钩前隐含的一些问题被发现和曝光，并得到了及时处理。脱钩2年来，该市农村信用社共查处各类违规违纪案件15起，处理违规违纪人员17人，追回经济损失110余万元。

系列改革给冷水江市农村信用社带来勃勃生机：职工民主管理意识和主人翁责任感明显增强，各项业务均呈稳中上升之势。脱钩后的两年半时间，全市农村信用社存款、贷款分别增长1.5亿元和1.2亿元。到今年6月末，各项存款余额4.5亿元，各项贷款余额达2.8亿元。全市农村信用社在资金组织、清收盘活、增收节支、队伍建设等方面取得很大成绩，迈上了规范化、科学化、法制化的管理轨道，有力化解了信贷风险，控制了亏损局面，规范了经营行为，提高了职工整体素质。在上级组织的各种业务检查、竞赛中，均取得优异成绩。全市16家信用社，已有6家获得市级以上“精神文明建设先进单位”称号。

（二）

为农业、农村、农民服务，是冷水江市农村信用社成立40多年来一贯保持的优良传统。冷水江市农村信用社下辖15个基层信用社，39个信用分社（储蓄所），216个村级信用站。这支强大的服务农业的队伍，其力量是无可比拟的。特别是216个基层信用站，在全市每个自然村都设有信用站，这些信用站本身全部是农民，生活在农民中，他们最清楚农民的疾苦，是农民的贴心人，是农村信用社服务农业、农民的主力军。

坚持为农服务的办社宗旨。该社每年对农业生产所需资金进行早调查、早计划、早安排。每年春耕时节，信贷人员纷纷深入基层，掌握农户生产所需的种子、化肥、农药、薄膜、耕牛、农具等资金急需情况，确定农户贷款的需要额，适时计划安排发放。同时，积极开拓信贷领域，调整信贷结构，由单一支持粮、棉、油生产向农、林、牧、副、渔、加工、运输、服务业转变，由小农经济向推广农业科学、乡镇企业、集体和个体私营经济等业务领域拓展。在贷款投向上实行“三个优先”，做到“三个坚持”，即农户贷款优先、社员贷款优先、农业贷款优先，坚持小额、短期为主，坚持为农村、农业、农户经济发展为主，坚持以本社区、社员服务为主，每年确定农业贷款不低于贷款总量的50%。与农行脱钩2年多来，累计发放贷款4.8亿元，发放贷款额年年位居全市各类金融机构之首。

在为农服务中，冷水江市农村信用社合理安排信贷资金，积极扶持一批养殖、种植、运输、加工专业户，推进农业产业化进程，积极培育一批农村致富“领头雁”。下岗女工陈淑桃1996年在潘桥信用社的支持下承包布溪园艺场，然后又兴建养殖场、饲料加工厂，成为集养殖、加工、园艺为一体的综合性专业户，成为全地区的“再就业能手”。中连乡诚意村农民段建雄，前2年在中连信用社贷款4万元跑运输赚了钱，去年下半年又在信用社的帮助下与他人合伙种草莓15亩，投产4个月就完成产值6万元。在他的带领下，诚意村近8成农民进行种植、养殖等专业化生产，成为冷水江市有名的“小康示范村”。对此，段建雄深有感触地说：“致富路上离不开信用社的大力扶助。”

支持乡镇企业和个体私营经济的发展，是冷水江市农村信用社支持地方经济发展的重要组成部分。随着冷水江市近几年乡镇企业和个体私营经济进入高速发展的快车道，农村信用社作为其坚强后盾，注入大量信贷资金，支持建材、锑品、水泥、化工等支柱产业的建设和发展。目前，该市农村信用社有10万元以上的信贷企业336家，贷款余额达14270.9万元。

汇丰文体集团公司是冷水江市“十佳民营企业”，创建于1994年，起初只是小门小店，规模很小，在金竹山信用社的重点支持下，短短几年时间，已发展成为跨地区、跨行业的集团公司，其经营网络覆盖娄底地区，在怀化、邵阳等地均设有分公司，安排就业人员90余人。公司总经理罗程美被评为“第二届地区十大杰出青年”“全国优秀青年企业家”。

今年，冷水江市农村信用联社在下辖的冷水江信用社推出了“富民工程”，即：重点支持百家个体私营户和民营企业，实现每家企业年产值或营业额超百万元，总产值或营业额超亿元，创利税超千万元。这项工程从今年5月实施以来，已初见成效，重点支持的个体私营户、民营企业已有30余家。

成功倾注着热血，事业蕴含着责任。冷水江市农信人以满腔热血和崇高责任，奋发进取，不懈追求，为农村、农民和农业，唱出了一曲曲农金“大风歌”。

（原载《娄底日报》1999年8月8日第二版）

除夕，“天使”为健康守岁

本报记者　刘惠南　通讯员　黄小红　刘素凤　朱　菲

农历大年除夕，娄底市中心医院近 1000 名医务工作者和机关后勤人员坚守工作岗位，以责任与担当，为 900 余名住院患者的健康守岁。

只为迎接新生命的到来

“这是龙年最后一天迎接的第 5 个宝宝！”产科医生孙艳琼欣慰地说道，“共做了 3 台剖腹产手术，还有 2 个宝宝是顺产的，这些小家伙都迫不及待地赶着出来当‘龙宝宝’。”

除夕晚上 20 时 30 分，终于可以歇一口气了，孙医生掏出手机给家里打了个电话，从她焦急而又充满关爱的询问声中我们得知，她自己的小孩因为感冒这天也在打针。可为了守护更多妈妈和宝宝，她一整天都没有回家，甚至连给孩子打电话的时间都没有。她的话语中透着些许无奈，但看到病房里熟睡着的小宝宝们，她倍感欣慰。在娄底市中心医院，医护姐妹们情同家人，大家互相鼓励，互相慰藉。

除夕夜，身体条件允许的产妇和宝宝都被医生批准回家过年了，但还有 20 多个新妈妈要带着宝宝在医院过年，守护他们的是除夕这天值班的 22 名医护人员。

“23 床，昨天下午出生的宝宝，到现在还没小便，怎么办？”

“请家人多给宝宝喂水，注意加强饮食，我马上就过去看看。”

“有两个宝宝的血压偏高。”

“我一会就来！”

……

这是除夕之夜的产科，医务人员匆忙的脚步只为迎接新生命的到来。她们的世界，因为有了这些小精灵的闯入而更加精彩；她们的除夕之夜，有了这些小天使们的陪伴而倍加温馨。

“有一种坚守叫责任”

在娄底市中心医院二病室消化内科，有一副画面足以感动所有病友及家属：一个头戴燕尾帽的小姑娘左手插着针头，头上悬着吊瓶，面对病人家属急躁的问询，嘴角露出甜甜的微笑：“请不要着急，到了医院你们就放心吧，医生会竭尽全力救人的。”该科已感冒 3 天的普通护士李爱，除夕之夜仍然选择坚守岗位。

“120 来电话了，马上有一个消化道出血的病人送来。”“8 床病人一直在出血，要马上联系输血……”除夕夜，二病室值班医生曾异锋沉着冷静地处理着复杂情况……

农历去年腊月二十九，消化内科共收治了 5 名消化道出血危重病人，该科值班医生、护士几乎没有一刻是闲着的。看着摆在桌上还没来得及吃的盒饭，病友和家属心疼了，但他们坚定地回答：“这是我们应该做的，是我们的职责所在。”

“能救活他们再苦也值得”

时针指向 20 时，春晚开始。当人们围坐一团笑看晚会时，新生儿科上白班的医护人员却还在加班。

“8 个重症病危患儿、10 个早产儿、8 个呼吸道感染患儿、9 个其他患儿，除夕这天共有 35 个新生儿住院。”新生儿科值班医师高珊娜迅速回顾近 12 小时的工作情况。从她口中得知，下午 5 点多值晚班的她来接班时，产科突然又送来一对早产双胞胎男婴，拖住了 8 个上白班即将下班的同事回家团聚的脚步，“他们有的已经几年没有回家过年了，本以为这次可以回家吃个团圆饭，可惜还是没有吃上。”

在医院所有住院科室中，新生儿科是个特殊的地方。这里没有家属陪护，初生的婴儿不能说话甚至不能哭泣，医护人员必须时刻观察他们的病情，上呼吸机、抗感染、蓝光治疗、营养补给、喂奶、换尿片、不分日夜地守护……没有片刻的休息。一个宝宝尚且让人难以招架，更何况是 35 个患儿！他们不是父母，却胜似父母。

“没有家人的陪伴，宝宝更需要我们的用心呵护。大过年的，家人不在身边，我们就是他们的父母，我们只有做得更好，才能让他们的父母过个安心年。”高珊娜淡淡地说。

这是高珊娜第 5 个春节值班，已经结婚生子的她，已经多年没有回家与家人一起吃年夜饭了。面对家人，她很愧疚。然而，每当看到一个个初生的患儿因为自己和同事们的照顾而逐渐红润的脸蛋，她感到无比欣慰：“看到他们，我就想到了自己的孩子，能救活他们，我们再苦也值得！”

急诊，没有硝烟的战场

匆忙的脚步、急促的呼吸、焦急的吼叫和紧张的“战斗”。急诊科，这个没有硝烟的战场在除夕夜更加忙碌。

“快！有车祸病人需要紧急抢救！”急诊外科医师蒋玉斌立即放下碗筷，跑出诊室和其他护理人员进行抢救。4 个多小时，身旁的盒饭拿起又放下，却始终没有吃完。

“老人家，您一定要注意身体啊，可千万不能再受凉啦！”“这两天降温，再加上过年吃得太杂，患高血压、冠心病、支气管炎、脑卒中的中老年人及各种腹痛病人急剧增多，从下午 5 点半开始到晚上 9 点半我就已经接诊 29 个病人了，连喝口水的机会都没有。”急诊内科副主任医师刘红专刚为一位老人看了病，转身抽空与记者说不到两句，又迎来了新的病人来。

据了解，从除夕 17 时 30 分到 21 时 30 分，急诊内、外、儿科共接诊 104 位病人，还不包括正在候诊和之前已经留观的患者，平均每二三分钟接诊一位患者。

畏缩着身体，不停地打战，一脸通红，守在急诊儿科重症监护室的一名护士引起了记者的注意。她叫张晋，有 10 个春节是在急诊科度过的。2 个月前，85 岁的老父亲因脑梗住院，血管性痴呆，生活完全不能自理。她在坚守岗位的同时还要照顾老父亲。农历去年腊月二十八下午，她终于不堪重负病倒了，反复高烧近 40 度。身为急诊儿科的老同志，张晋深知这时候来看病的往往是重症患儿，科室工作耽误不得。除夕这天，晚班时间快到了，张晋顾不上虚弱的身体，一把扯下还没输完液的针头，赶到科室投入到护理工作中……面对工作，她坚强勇敢；谈到父亲，她却泪水盈眶，哽咽地说：“父亲年纪大了，和我在一起的时间越来越少，我想除夕值好这个班，然后好好地陪他过个春节，可是自己却病了……”

（原载《娄底日报》2013 年 2 月 26 日第三版）

以忠诚坚守南丁格尔誓言

——娄底市中心医院护理工作者素描

本报记者　刘惠南　通讯员　黄小红　董　昉　朱　菲

在这个激情洋溢的5月，娄底市中心医院1049名护理工作者迎来了属于她们自己的节日——“5.12国际护士节”。

那一年，她们选择了护理，便只顾风雨兼程；

那一年，她们铭记了誓言，便只顾默默奉献。

60后“孕育”：优秀护士长带出优秀团队

生于20世纪60年代的她们，大多在护理岗位上工作了二三十年，心中的南丁格尔誓言也如初见。她们见证了市中心医院的成长壮大，是医院早期建设者和中层管理者；她们对生活有更高的感悟，对医院有更深的感情，对工作有更多的担当，对社会有更多的责任。她们是鞠躬尽瘁、孕育新生的一代。

血透室护士长刘育连，因为出色的管理和人性化的服务，她被病人亲切地称为“娄底血透病人的福星”。1986年，刘育连娄底卫校毕业，因成绩优秀被学校推荐到市中心医院工作。2003年，她被调到血透室担任护士长，一干就是10年。血透室面对的是一个特殊的群体——尿毒症患者。尿毒症仅靠单纯的药物治疗是不可能治愈的，要想延续生命、提高生活质量，必须长期坚持透析或换肾。

“以前我总以为精神病人和癌症病人很可怜，现在觉得尿毒症病人才是最可怜的，他们每个月光透析费至少要花费3000多元，还不包括药费、治疗费等其他费用，别说一般家庭吃不消，就是有钱人家耗几年也会因病致穷了。”刘育连自小家境贫寒，特别能体会病人的疾苦。有时看到病人没钱做血透，她就自掏腰包为病人垫钱，并多次发动科里医护人员捐款。同时，为了帮病人节省劳力，她将帮病人缴费等工作纳入科室日常工作，开全省医院“先河”；做一次血透要4个小时，为防止病人因肚子饿导致低血糖，她向医院申请，为病人免费提供包子、馒头，仅此一项，医院每月就要花费上千元；为了满足病人血透需要，确保血透效果，她适时调整时间，白班、晚班安排病人做血透，夜班则为机器做维护，工作再忙再累也要保证机器的高效运转。她常对科里的医务人员说："虽然我们的条件比不上省城大医院，但我们可以不断完善服务、提高技术。病人不容易，尽量满足他们的要求，减轻他们的负担和痛苦，是我们的愿望，也是我们的责任！"

在刘育连的带领下，市中心医院血透室业务飞速发展，现已成为全市最大的血液净化中心。良好的透析效果和人性化的管理服务赢得社会的赞誉和病人的口碑，不少病人专程从省城甚至外省赶到该科治疗。一位外地尿毒症病友感慨地说："我走过了 8 家医院，女儿还是湘雅医院的护士，可这里给我的感觉最好，以后我再也不去其他地方了！"

全市"青年岗位能手"、全市"十大杰出青年"孙玉红今年 43 岁，介于 60 后和 70 后之间，是市中心医院 24 病室（泌尿外科）护士长。爱笑的她，一直是病人心目中"最温柔的微笑天使"。

作为护士长，孙玉红特别注重团队建设，每开展一项新技术，她总是要到处查找相关的护理资料，给科里的护士认真培训，手把手教，她连续 8 年被评为优秀带教老师。除了业务知识的培训，对护士综合素质的培养，她也不遗余力。今年，医院举办庆"三八"妇女节演讲比赛，她见新来的护士罗兰普通话好，口齿伶俐，就鼓励她积极参加。从演讲稿的撰写到练习，从演讲技巧的表达到服装的选购，她都全程辅导，倾力相助。终于，罗兰从 80 余名选手中脱颖而出，荣获二等奖的好成绩。

孙玉红做事特别细心，她有一个观念，那就是：病人的事无小事。正因为如此，工作中她总是以身作则，言传身教。2008 年医管年检查，省里专家到泌尿外科检查护理工作，听说孙玉红所在科室护理工作在全院是出了名的。这位专家用棉签到被检查的病人会阴部、脚趾上蘸一下，再闻一闻是否有异味。检查完后，这位专家表示完全合格。但她还是不相信，又连查了 6 个病人，结果还是完全合格。这位专家不得不感叹："一个优秀的护士长带出了一个优秀的团队！"

70 后"成熟"：用爱诠释护理工作者最高境界

70 后的她们经过岁月的历练，在医院从事多年急、难、险、重的临床护理工作后，逐渐成长为医院的中流砥柱，在医院各个角落都能见到她们成熟干练的身影。她们吃苦耐劳、踏实敬业，一步一步朝着自己的理想迈进；她们无私奉献、不求回报，用爱诠释护理工作者的最高境界。她们是勇挑重担、承前启后的一代。

"我走了，病人怎么办？！"面对即将爆炸的油罐车，120 急救中心护士蒋庆久铿锵有力的回答、坚定的眼神和她那高举输液瓶不肯撤离的身姿如一剂“强心针”给了奄奄一息的杨某莫大的勇气和安慰，那画面烙刻在杨某脑海里，让他永生难忘。

时间追溯到2008年11月24日上午九点，娄涟公路石井段发生一起小车、货车相撞事故，司机杨某全身多处受伤，被卡在车内无法动弹，生命危在旦夕。120接警后，迅速赶到事故现场实施抢救。由于小车被撞得严重变形，无法将杨某拉出，于是医护人员马上给杨某实施输氧、输液等抢救措施。突然，一辆油罐车来不及躲避，撞上了事故车辆。油罐车侧翻在地，液体到处蔓延，爆炸随时会引发。为了避免造成更大的伤亡，交警坚决要求现场所有人员立即撤离。120护士蒋庆久正举着输液瓶为杨某治疗，她看着人们匆匆离去的身影，又看了看杨某那双对生命渴求的眼睛，毅然做了一个惊人的决定——留下来！最后，在交警与消防人员的共同努力下，油罐车被安全转移，伤员被及时救出。但在危难之时，护士蒋庆久的惊人举动深深地感动了现场每一个人。关键时刻，蒋庆久用伟大而无私的爱，用舍生忘死的奉献精神，用对医疗事业的满腔忠诚，坚守了自己的职业道德，履行了“一切为了人民健康”的庄严承诺！

省“优秀护士”袁辉辉和全市“十佳服务明星”王霞分别是骨科14病室和28病室的护士长。虽然两人分管不同科室，但由于场地的原因，她们一直在同一个屋檐下工作，是一个战壕里的亲密战友。工作18年来，她们始终坚持将病人的利益放在首位，用爱和奉献践行着南丁格尔誓言。

2012年，骨科收治了一位疑似艾滋病、吸毒的骨伤病人。当发现病人携带了毒品和注射器后，护士长王霞果断地将吸毒工具没收，并上交公安局。有一次，病人毒瘾发作，误将袁辉辉当成王霞，恨从心起，对她一阵猛抓，将她的手部抓伤。袁辉辉忍着痛和同事们一起稳住了病人，简单处理伤口后，对病人依然关怀备至。几天后，由于长期注射毒品、血管脆弱，这位病人突然股动脉大出血，鲜红的血液如泉水般喷涌而出，如果不尽快止血，病人几分钟内就可能死亡。袁辉辉见状，顾不上自己已经受伤，在毫无防护措施的情况下，连忙用手按住伤口，和姐妹们一起为病人按压止血……事后，病人的艾滋病化验结果为阳性，万幸的是袁辉辉并没有被感染。有人问她，面对这样一个疑似艾滋病人，你受伤了，难道不害怕？她淡定地说：“当时情况紧急，我没有想太多，只知道如果不马上按压止血，病人就有生命危险……”

2010年一个下午，骨科住进了一位双足坏疽的流浪汉。他双脚腐烂坏死，流着黄脓，散发着腐肉的恶臭，熏得整个科室的人都要窒息，所有住院病人和家属都要求立即将他抬走。王霞马上打来一盆盆热水，给流浪汉洗脚、搓泥、理发、擦澡。

见他的衣衫破烂，她把丈夫的衣裳给他换上，还带头为他捐了伙食费。不想，这个病人不但抗拒治疗，还故意在身上大小便，甚至对医护人员又打又骂。王霞不愠不恼，反而加倍细心护理，为其一遍遍换洗擦身，对他嘘寒问暖……最后，在王霞和护理姐妹们的共同努力下，流浪汉慢慢被感化，病情也逐渐康复，他充满敌意的脸上也终于露出了友善的微笑。很多病友看了深受感动，啧啧感叹："你们对他真是比亲人还好啊！这样做图个啥？"王霞笑着说："不图什么，就算听不到病人一声谢谢，只要能得到他们的理解与信任，就是我们最大的满足！"

80、90后"成长"：带着感恩的心勇敢前行

80、90后宛若晌午的太阳，她们风华正茂、青春洋溢；她们热爱生活、享受求知；她们勇敢无畏，昂然面对。她们成长于干事创业的好时代，她们遇上了医院飞速发展的好时期。尽管她们有众多护理前辈的关心呵护，但她们也必须独自品尝工作中的酸甜苦辣。微笑与泪水、喜悦与悲伤、坚定与踯躅，都是她们成长的代价。她们是渴望成长、感恩前行的一代。

今年31岁的付颖杰从事护理工作有11个年头，年轻的她现为市中心医院重症监护室（ICU）的护理组长，是2010年ICU筹建时最早调入的护士之一。

付颖杰是一名军嫂，她的丈夫在西昌卫星发射基地工作，一年到头都难见着一面。在医院要用心照料病人，回到家又要独自挑起家庭的重担。刚到ICU时，孩子还不满一岁，经常生病，她总是白天上班，晚上带着孩子看病打针，经常让她感到筋疲力尽。尽管她熟练掌握了一般护理技能，但ICU并非之前她所工作过的普通病房，这里收治的都是危重症病人，必须时刻关注病人的病情变化，配合医生争分夺秒地实施抢救。护理记录时间间隔最长不超过一小时，最短也不过一两分钟。为了尽快适应新的岗位，小付利用工作之余到骨科、神经外科等科室跟着抢救班护士学习，也抽出时间到省城大医院专门进修ICU护理。"在ICU，我看到了太多生离死别，太多悲凉无助……我最大的愿望就是病人能平平安安地转回普通病房。"话语间，付颖杰忍不住又双眼湿润，"那些日子是艰难的，尽管我开始失眠、经常偷偷地掉眼泪，但我绝不后悔，相反，我还要感谢这段岁月，它让我明白一个道理：任何苦难都是年轻人成长的一笔宝贵财富！"

"护士长，我去！"20岁的杨淑刚到医院的第二年就遇到娄底最为严重的手足口病疫情，当护士长征求大家的意见时，小姑娘毫不犹豫地站了出来。"我是最早一批去手足口发热门诊支援的护士哩！"杨淑嘴角上扬，自豪地说道。

然而，事情并不是杨淑想得那么顺利。手足口病发热门诊的日门诊量一度由200人急剧增加到600余人，杨淑和所有前线支援的医护人员一样超负荷运转，工作时间最长达16个小时，连续几个月没有休过一天假，没有睡过一次安稳觉，更没有及时下过一次班，甚至没有吃过一次热饭……

一天上晚班时，杨淑接诊了一个高烧患儿，由于高热中血管充盈不好，为其输液时连续两次都没成功。在一旁的家属愤怒至极，当即一个耳光就打到她脸上，脸上顿时火辣辣的杨淑抬了一下眼，强忍着委屈的眼泪，带着患儿到急诊儿科，去请别的同事帮忙。那晚，刚好是她的姐姐值班，姐妹俩一起为患儿扎好针后，杨淑再也控制不住，扑到姐姐的怀里伤心大哭起来……“身体再累我都能挺住，但得不到家属的理解，我就感到委屈。这事儿以后，我就开始动摇了，好几次都想申请回自己的科室。”然而，杨淑并没有因为一记耳光而退缩，她勇敢地坚持到最后。活泼可爱的杨淑得意地说：“我是个幸运儿，一毕业就考入市中心医院，工作没多久就遇上手足口疫情，跟那么多前辈一起并肩作战，学会了很多书本里没有的知识。”

那一年，她们一起追寻着护理职业梦想；

那一年，她们一起坚守着南丁格尔誓言。

无论是60、70后，还是80、90后，娄底市中心医院这群可亲可爱的白衣天使都用自己最美好的年华、最真挚的热血，默默奉献给祖国的医疗卫生事业，守护着娄底人民的健康。

（*原载《娄底日报》2013年5月11日第三版*）

铁警群英

——双峰县供销合作联社经警队掠影

本报记者　刘惠南　通讯员　邓远新

在双峰县，有一支“铁警”——县供销合作联社经济民警队。这支仅 19 名队员、担负着联社 23 个核算单位 400 多个门店共 11000 多万元资产安全保卫任务的经警队，以机智、勇敢、果断，演绎出一个个卫护企业安宁和政治稳定的感人故事。

1995 年 5 月 1 日凌晨，石牛乡供销社桥亭商场发生一起破窗入室盗窃案件，价值 7000 元的商品不翼而飞。经警队接报后，分管警队的联社副主任孙文定与队长刘业芝率领 2 名经警火速赶到现场，通过勘察、分析，认为盗贼有可能回头作案。于是，他们严密封锁消息，晚上悄悄地潜伏到现场四周，来个“守株待兔”。一晚、两晚，毫无动静，到第三天晚上凌晨 2 点多钟，盗贼果然露头了。当盗贼刚从窗户外往里爬，被经警们逮个正着。审讯时，盗贼懊悔地说：“我走南闯北偷了上 10 次没‘翻船’，没想到栽在几个经警队员手里。”后来，经警们顺藤摸瓜，抓获了另外 4 名同伙，追回赃物，为企业挽回了损失。

同年 9 月，经警队接受联社清理一基层供销社欠款任务。该社 120 余名职工有 80 多人挪用、拖欠公款 120 万元，少的近千元，多的上 10 万元，这些欠款如不清收，势必影响企业的经营发展和政治稳定。经警队组成 5 人工作组进驻该社“攻坚”。有一“钉子户”刘某欠款 8 万多元，工作组多次催收无效，果断将其隔离反省。刘某亲属纠集 10 多名不明真相的村民拿着刀围攻经警队员，并将队长刘业芝的手、背砍伤。刘队长忍着伤痛，与队员们反复做工作，讲明道理，得到村民理解。刘某及其亲属也主动承认错误，写出检讨，订出当年还清欠款的计划。

去年 2 月，青树坪镇合心村农民刘某 5 年前在某基层供销社购买的一只高压锅因使用不当，发生爆炸，造成 1 人死亡。事发后，死者亲属将责任推向供销社，并组织 300 多名不明真想的农民围攻，扬言如不承担责任，就要扛尸闹事，踏平商场。经警队闻警紧急出动。当时，天下大雨，离事发地有 2 公里未通公路，车开不进，经警们跑步赶到现场，分 3 路行动：一路向村、镇派出所汇报，一同做村民的工作；一路与县公安局联系，对死者进行法医鉴定；一路与县消委联系鉴定事故性质，与经销、生产单位联系索赔。经过整整4天4晚耐心细致的工作，终于制止了事态发展，平息了一起可能发生的恶性闹事事件。

在处理突发事件、卫护人民生命财产安全中，经警队员们经历着一次次生与死的考验。今年2月10日，县日杂食杂公司一承包门店发生烟花鞭炮爆炸事故，造成店内1人死亡，2人受伤。经警队员们清理完现场，整修好炸坏的墙、门窗，第二天在与死者亲属谈判、处理死者后事时，性格暴躁、悲伤过度的死者儿子谢某，冷不防提进一桶10公斤重的汽油，将自己和正在作谈判调解工作的联社副主任孙文定、经警队队长刘业芝、指导员陈滋培锁在日杂公司内，随后，谢某将10公斤汽油浇在身上、地上，手里拿着打火机，准备引火自焚。这楼房下面是烟花鞭炮批发部，上面是家属住宅楼，两边是居民平房，弄不好后果不堪设想。千钧一发之际，经警临危不惧，刘队长一个箭步跨上去夺下谢某手里的打火机和未倒干净的小半桶汽油，陈指导员守住门控制外面的火星，孙副主任上前耐心细致地作谢某的思想开导工作。通过1个多小时晓之以理、动之以情的工作，谢某终于感动地脱掉了身上被汽油浸透了的衣服。一场一触即发的特大爆炸事故化险为夷。

凭着机智、勇敢、果断，1994年以来，该经警队侦破盗窃案件50多起，抓获犯罪分子60多人，为企业挽回经济损失50多万元；妥善处理突发事件20多起；依法清收企业个人欠款1000余万元，确保了一方安宁和政治稳定。先后有2人评为省公安系统“五好”警员，7人评为地公安系统“先进个人”。该警队也连续4年被地公安处评为“合格警队”，3次荣获地、县政法系统“先进单位”称号。

（原载《娄底日报》1999年3月24日第一版）

“小事”做出大文章

——双峰县公安局荷叶派出所维护社会治安小记

本报记者　刘惠南　肖思林

4月30日，双峰县荷叶镇政府地段发生一起交通事故，一辆工具车与一农用车相撞，车主双方因责任问题争吵不休，各纠集数十人准备斗殴。该地离县城远，交警鞭长莫及。矛盾一触即发之际，镇派出所所长张建良率领2名干警火速赶到现场，依法公正地进行调解，不到半个小时就化解了矛盾，避免了一起可能发生的流血事件……

荷叶镇派出所维护社会治安，从一件件“小事”做起。

1997年5月，群众举报王某有偷鸡摸狗嫌疑。这偷鸡摸狗的案子，在农村较多，派出所一般懒得去管。可该派出所闻警而动，立即将王某带到所里审问。王某承认了一起偷鸡案，并供出了同案犯李某。干警们根据王某的交代，及时从衡山将李某抓获归案。通过深挖，破获了一涉案20起、盗鸡400多只的犯罪团伙，为群众挽回损失6000多元。

去年7月8日晚上8点多钟，该所接到特情举报：本镇长塘村冯某在井字镇等地销赃摩托车，有盗窃嫌疑。所长张建良立即组织干警将其带回所里审问。狡猾的冯某拒不交代问题。干警们改变策略，向其反复宣讲法律政策，最后，冯某思想防线崩溃，交代了在娄底城区盗窃摩托车20辆的犯罪事实，供出了10名同伙。干警们顺藤摸瓜，整整半个月追逃、追赃、取证，行程1000余公里，将这一盗窃团伙一网打尽，赃车全部追回，挽回损失20多万元。

去年12月4日晚上10时许，本镇珠目村王松贵到所里报案，称他家一头价值800元的水牛被盗。该所5名干警全体出动，赶到现场勘查。这天刚下过雪，地湿，路上有牛蹄印，干警们就打着手电，根据牛栏里牛蹄印的特征，翻山越岭，顺着一路的牛蹄印找牛。遇上交叉路口，则仔细辨认牛蹄的去向。到5日凌晨4点多钟，干警们循着牛蹄来到25公里外的衡山县贯塘乡石峰村李家组的一个山坡上，在山上一间破屋里找到了牛。干警们喜出望外。为做到人赃俱获，所长张建良、教导员刘正文与干警们蹲在潮湿、寒冷、臭气熏天的破屋里守牛待“兔”。早晨7点来钟，案犯果然来提赃物，被机智、勇敢的干警们逮了个正着。经审讯，案犯叫李自军，他做梦也没有想到公安干警来得这么快，赃物还没有转卖自己就被擒。后来李自军被判劳教一年。失主王松贵家对派出所干警千恩万谢，当地群众也交口称赞该所破案神速，令盗牛案犯闻声丧胆。

一件件维护社会治安的“小事”，构筑了一方社会的平安；一个个治安的小环境，构成了社会平安的大环境。

荷叶镇派出所在辖地与湘潭、衡山、衡阳、湘乡4县市毗邻，镇内周边社情复杂的情况下，就是这样从一件件最基础、最基层的、群众最关心的治安“小事”，做出了维护一方社会平安的大文章。仅去年该所就侦破刑事案件19起，查处治安案件248起，调处民事纠纷47起，处理交通事故40余起，抓获违法犯罪人员82人。震慑了违法犯罪分子，全镇连续三年无重大刑事案件，无重大治安灾害事故，无群体性闹事，无集体上访事件，被评为全县“社会治安综合治理先进单位”。1998年被评为“娄底地区社会治安模范乡镇”。该所所长张建良也由此被评为“荷叶镇1998年度十佳新闻人物”，受到表彰。

（原载《娄底日报》1999年5月6日第二版）

“窗口”见真功

——记湖南省“优质文明服务先进单位”黄泥塘信用社市场储蓄所

本报记者　刘惠南　通讯员　周晓阳　龙桂娥　廖群艺

在离涟钢厂区不远的碧溪路，有一家外表并不显眼、颇有名气的服务窗口，它就是连续2年荣获地级“青年文明号”，去年荣获省级“优质文明服务先进单位”称号的娄星区黄泥塘信用社市场储蓄所。8月下旬，记者慕名到这里采访，只见所前水泥坪地洁净，绿树成荫；所内，窗明几净，休息椅、茶桶、报纸、老花镜、捆钞纸等便民设施齐备；2名储蓄员端立柜前，笑靥亲切地接待顾客。

黄泥塘信用社市场储蓄所创建于1993年，在该所方圆不到500米的区域内，就有6家储蓄网点，储蓄竞争激烈。开业6年来，他们推行“四声服务”，即来有迎声，问有答声，去有送声，常有谢声。力求服务态度“亲”，服务用语“美”，咨询导储“细”，服务速度“快”。为使优质文明服务收到实效，该所向储户公开承诺：“如果我的服务您感到满意，请告诉我的领导。”并公布监督电话，设立“批评奖”，请储户监督。凡储户反映某储蓄员服务不合格，每次奖励储户30元。

“存款取款一样热情，新老客户一样亲切，零币整币一样欢迎，业务忙闲一样耐心。”这是该所优质文明服务的准则，更是办理业务时的具体行动。去年11月的一天，涟钢市场个体户唐某的妻子怒气冲冲地拉着丈夫走进储蓄所：“快把那14万元取给我！”当班储蓄员周建如热情地接待夫妻俩。原来，她丈夫先天未按她的意图把1万元存入就近储蓄所。“谢谢对我们工作的信任，我们所离你家是远了点，但以后需要取款、存款，打一个电话，我们就上门给你们办理。”周建如诚恳地解释。唐妻听了这春风拂面般的话语，看到墙上一块块省、市优质文明服务先进单位的奖牌，小声说：“这里不错，钱存这里要得！”说着，又把兜里7000元钱存入该行。此后，夫妻俩成了这里的常客，还先后介绍了10多个储户到该所存款。

一个星期天的中午，一中午妇女带着小孩，提着一袋零币走进市场储蓄所要求储蓄。当时，正是所里午饭时间。“请坐下休息，喝茶，我们就为您办理！”当班3名储蓄员笑容可掬，立即放下刚端起的饭碗，不厌其烦地为她整理小票、脏票。中年妇女十分感动。一个小时后，当接过1456.83元的定期存折，望着一双双脏兮兮的手和一张张仍灿烂的脸，她动情地说："我牵着小孩提着袋子去了 5 个储蓄所存款，均被拒绝，没想到这里不但没拒绝，且很热情，真不错！"这位中年妇女从此成了市场储蓄所的义务宣传员，为所里引来了不少储户。

做储户的贴心人，是市场储蓄所优质文明服务的又一特色。有的个体户忙于做生意，没时间到所里存款、取款，他们就开展上门收储、送款，把服务送到储户身边，并千方百计让储户满意。

采访中，所主任周建如与我们谈起这么一件事：有名个体户有次打电话来急需 5 万元进货，要求 1 小时内送上门，可当时所里库存没有这么多钱，当班员工立即与其他分社联系，也没有得到解决。为不使储户失望，收储员连忙与娄底附近一个体户联系，然后乘车前往揽回 4.5 万元，加上所里的 0.5 万元送上门，使这名个体户及时赶火车进回了货。事后，他对所里员工说："钱存在你们这里是我们明智的选择！"6 年来，全所员工上门服务 1500 人次，收储、送款金额达 2100 余万元。

有的储户来存款，常有粗心大意的事发生，多交款少填单，她们都主动退还。今年 6 年的一天，有位储户到所里存 1 万元，储蓄员清点后发现实际有 1.1 万元，便将 1000 元长款当即还给了他，这位储户感激不尽。仅去年以来，该所共退长款 21 笔，金额达 3986 元。

一分耕耘，一分收获。凭着一颗赤诚的心，一腔火热的情，员工们擦亮了市场储蓄所这一服务窗口，先后 6 次获得省、地、市"优质文明服务"的奖牌，6 年来，该所存款余额以年均 430 万元的速度递增。截至今年 8 月底，各项存款余额已达 2598 万元，比年初净增 260 万元，完成全年任务的 106%，存款增长速度居该区信用社系统所有储蓄网点首位。

（原载《娄底日报》1999 年 9 月 20 日第二版）

怎一个“贷”字了得

——涟源市枫坪信用社改善和创新支农服务的启示

本报记者　刘惠南　通讯员　姚永忠

入春以来，以支农为己任的涟源市枫坪信用社显得格外繁忙：所辖 9 个营业网点 30 余名信贷员不辞劳苦下村入户，调查了解农村经济结构调整情况，引导农民因地制宜，发展农业产业。并按照“简化程序、简化手续”的原则，积极落实支农贷款，开展送贷上门活动……

谈到支农，社主任刘仁辉深有体会地说：“信用社作为‘农民自己的银行’，要扶持农业、农村、农民经济的发展，必须在改善和创新服务上下功夫。”

以推进农村经济结构调整为出发点，改善支农服务

枫坪信用社近年在增加农业贷款投放，扩大农业贷款面的同时，择优扶持，引导农民按照市场需求调整产业结构，促进农业产业化发展，推动农村经济结构的调整。

——引导发展特色农业。明星村周东桂耕种 6 亩责任田，家庭经济十分拮据，信用社向他贷款 3 万元（他自筹资金 7 万元），引导他将 6 亩责任田中的低洼田改造成高标准的精养鱼池，上游建猪圈、鸡舍，水中养鱼，堤上种青饲料，青饲料喂猪，猪粪入沼气池，沼液注入鱼池为饵料，沼渣肥田，形成生态种养一条龙体系。去年他出栏小猪 80 头，肉猪 9 头，鲜鱼 1000 公斤，鸡蛋 300 公斤，收入 5 万元。

——引导开发综合农业。金家村是枫坪镇偏僻山村，是镇里的“绿色工程”示范点，信用社多次与村干部和村民代表商讨良策，引导、支持农户大搞综合农业开发，形成“山顶植树造林绿地戴帽子、山坡梯土栽果抓票子、山脚立体科学开发产金子”的立体农业。去年，枫坪信用社重点引导、支持像金家这样综合农业开发的村就达 12 个，投放贷款 347 万元。

——引导农业产业化经营。实施“创造一个品牌、带动一项产业、致富一方农民”的战略，推进农业产业化进程。杨梓村村民肖国雄有一套种植甘蔗的技术，信

用社鼓励支持他发展种植甘蔗项目，并积极引导该村村民利用山岭荒地大种甘蔗。去年，仅肖国雄一人就创纯利 5 万元。

以探索信贷便民、惠民举措为着力点，创新支农服务

为切实解决农民贷款难的问题，枫坪信用社实行凭证贷款制度，在有效期限和授信额度内，农户只要凭两证一章（贷款证、身份证和个人私章）可随时到信用社（站）办理贷款，极大地简化了贷款手续，贷款如同取存款一样方便。

同时，提高授信额度，降低贷款“门槛”。1000 元以下的小额农户贷款由信用代办站在总授信额度内审批发放，随到随办，利率优惠；1000 元以上、3 万元以下的农户贷款，由联站签署意见报信用社审批；2000 元以内的农户贷款不需要办理抵押。

服务“三农”：怎一个“贷”字了得

去年来，涟源市枫坪信用社支持枫坪镇发展西瓜、甘蔗、金秋梨“三个品牌”，支持肉牛基地、生猪品改和养殖基地、黑山羊基地、稻田鱼苗繁殖和稻田养鱼基地“四个基地”的农业综合开发，其中西瓜、甘蔗、金秋梨分别发展 1000 亩，开发优质稻 8000 亩、杂交玉米 1000 亩，养殖良种肉牛 1000 头、黑山羊 1000 只、生猪 10000 头，稻田养鱼 1000 亩。枫坪信用社共为 894 户农户投放贷款 1596 笔，贷款额 877 万元。

在信用社的信贷支持下，农户去年户平增收 4000 余元，涌现出了 160 余名养殖、种植业能手。然而，这并非一个“贷”字就能做到的。农村尤其是贫困山村，信息闭塞，基础设施落后，农民科学知识贫乏，观念保守，这就需要农村金融机构在信贷扶持的同时，认真搞好致富引导，包括项目品种引导、知识技术引导和管理上的引导。只“贷”不“导”，收不到成效。而农民要致富，离不开农村金融机构便民、惠民的服务。这就是枫坪信用社在服务“三农”上给我们的启示。

（原载《娄底晚报》2002 年 4 月 5 日第六版）

多管齐下治“顽疾”

——金谷大市场从“乱”到“序”的转变

本报记者　刘惠南　通讯员　尹伟华

位于娄底城区月塘街南侧的金谷大市场，曾经“脏、乱、差”，尤以“乱”闻名。一是临时摊点乱摆。金谷路从南到北300多米长的街道，早点摊、夜宵摊、麻辣烫摊等临时摊点多达100余个，这些摊点大都摆在人行道上，有的甚至摆在机动车道上，影响行人、车辆通行，且从早到晚垃圾不断，油污遍地。二是违章建筑乱搭。街道旁的违章建筑达60多处，占道经营，严重影响市容市貌。三是车辆乱停乱放，阻碍交通。尽管市场管理处曾多次整治，但收效甚微，成为市场管理的“顽疾”。

“治理‘顽疾’必须标本兼治，疏堵结合，多管齐下。”2012年12月，以市场管理处主任曾真为首的领导班子提出整治思路，决定以娄底市创建国家卫生城市为契机，从农贸市场标准化升级改造入手，进一步规范市场管理，提升市场品位，有效推进市场环境整治工作，以吸引摊担进入市场经营，为治理“乱象”奠定基础。

说干就干。他们科学制定改造方案，多方筹集改造资金，认真选定施工队伍，对农贸市场的摊位、消防设施、地面、墙面、照明线路和大小招牌进行全面的标准化升级改造，增设地面排水系统、“农产品自产自销区”“农产品农药残留检验检测室”、电子监控设施、LED电子显示屏和市场广播系统，完善市场功能。并将禽类宰杀销售与市场相对隔离，确保食品安全。经过17天努力，2013年1月14日，投资360多万元的金谷农贸市场标准化升级改造工程竣工营业。

与农贸市场标准化升级改造并驾齐驱的是建设“金谷过渡夜市”，全面规范夜市市场。他们筹资160多万元，按照市政府要求，在市城管局、市整建办、市三创办、市征收中心的具体指导下，在金谷北坪建设拥有48个门店的“金谷过渡夜市”，统一排气、排油、排污，将夜宵摊、麻辣烫摊等马路摊点全部引入夜市门店经营。并与市城管局、市建设局、市商务局等部门联合，开展为期4天的取缔占道经营大行动，先后出动车辆16台次、300多人次，拆除违章建筑60多处，取缔占道经营的早点摊、夜宵摊、麻辣烫摊等临时摊点80多处，清除各类违规堆积杂物10多处，全面净化市场环境。

紧接着，规范车辆停放，全面整治卫生死角。他们请专业公司在市场各道路旁划定停车位 400 多个，使进入市场的车辆能有序停放；组织干部工职工开展卫生大扫除，对金谷路等主马路用碱粉进行清洗，去除地面油污，恢复道路原貌；组织专业人员进行灭“四害”行动。并组织人员向小街小巷进军，开展清除“牛皮癣”专项行动。他们发放清除“牛皮癣”宣传资料 3000 多份，干部职工与聘请的专业公司人员，对金谷市场 100 多栋楼房 300 多个单元外墙及单元楼梯间，共计 10 万平方米的“牛皮癣”进行全面清除，并用涂料或油漆进行粉刷、覆盖，全面美化市场环境。

治“乱”重在宣传教育和常态化管理。他们先后在市场悬挂宣传横幅 100 余条，粘贴文明经商用语宣传广告牌 50 块，出健康教育宣传栏 8 期，印发宣传传单 6000 余份，营造“人人讲卫生，个个讲文明”的良好氛围；成立文明督导小组，挨家挨户进行文明劝导，开展“创卫”现场宣讲，引导居民和经营户改掉陋习，树立文明新风。并积极探索环卫管理模式，通过公开招投标，聘请专业物业管理公司对市场环境卫生进行清扫、保洁；建设垃圾站，增加环卫人员，加大清扫保洁力度和垃圾拖运力度，实行常态化保洁。

整治环境市场美。如今，这家占地 300 多亩，集商贸、经营、休闲、居住娱乐与一体的综合性大市场，面貌焕然一新。宽敞平坦的街道整洁亮丽，各种车辆有序停放；改造升级的农贸市场规范清新，独具特色的“店中店”异彩纷呈，顾客熙熙攘攘……每当夜幕降临，路灯亮起，设计美观的“金谷过渡夜市”人来人往，热闹非凡，无不让人感受到它的优雅与繁荣。

（原载《娄底日报》2013 年 5 月 13 日第一版）

“凤”落蓝田

——涟源市蓝田市场经营发展纪实

本报记者　刘惠南　刘再丽　通讯员　梁利根

农副区，鲜嫩的辣椒、茄子，一篓篓、一堆堆；水产区、鲜活的草鱼、鲤鱼、鲢鱼，一池池、一框框；鞋帽区，各式皮鞋、布鞋、凉鞋、旅游鞋，应有尽有；服装区，各类精品屋、专卖店、时装店，一个挨一个；家私城，新潮家私豪华气派，光泽照人；小百货厅，名优精品琳琅满目，品种齐全……这是5月8日，我们在涟源市蓝田市场见到的情景。

蓝田市场位于涟源市人民中段，占地26亩，总投资2800万元，拥有摊位1000个、门面400个、住宅200套。涟源市工商局局长颜建新、市场管理所所长戴多格兴奋地告诉我们：蓝田市场自1994年开业以来，实施“引进搞活”战略，不断培育发展市场，经营如“芝麻开花节节高”，市场成交额和上缴税费分别由1994年的8000元和50万元，上升到1997年的4亿元和108万元，今年1至4月，市场成交额和上缴税费又分别比去年同期增长8%和15%；连续两届被评为（2年一评）省、地文明市场。

引“凤”筑“巢”

蓝田市场开业伊始，市管所就把引“凤”筑“巢”工作摆到首位，竭力培育市场。

——优惠收费。凡个体进入市场经营的，试营业半年内，不收摊位费和工商管理费；国有、乡镇企业进入市场经营的，1年内不收摊位费；下岗职工和特困户进入市场经营的，费用特别优惠。这一招真灵，已有邵东、新邵、湘乡、安化、新化、冷水江、娄底等10个县市的900多个体户在市场安“巢”经商，从业人员达1400多人。

——引进经营项目和品种。桥头河蔬菜基地的蔬菜丰富，且菜质好，他们将其引进来，在市场专门辟200平方米场地挂牌经营，日销量达3吨。石门工业小区的塑料铝制品、劳保用品很有名气，他们在市场内设立“石门塑料铝制品长廊”“石门劳保用品专店”，组织经营。据统计，4 年来，经市管所牵头引进经营的品种达 300 余个。

——发展贩运队伍。以优先安排场地、优惠收取费用、优质提供经营上的方便和服务，本地和外地贩运户一视同仁的措施鼓励个体工商户从事贩销活动，目前，蓝田市场贩运队伍达 1000 余人，从事鲜鱼、水果、禽蛋、蔬菜、大米及石门塑铝产品等 6 大项商品贩销，年贩运引进量达 6000 多吨。

助“凤”拓“巢”

1994 年 7 月，服装区 100 余个门面因经营大而全，缺乏特色，半数亏了本，关门歇业或转让门面。眼看着好不容易引来的“凤”将走，市管所所长戴多格焦急万分。“无论如何也要帮助他们拓展出新的‘巢’，向专业化、精品化经营发展，留住这些‘凤’！”他与市管所的干部来到一个个门店，落实各店经营专业和品牌，指导调整经营结构。功夫不负有心人。短短 10 天时间，服装区就冒出“西服专卖店”“男士休闲服专卖厅”“童装专店”“内衣专店”“女士精品屋”等 30 多家服装专卖厅、店，突出专项经营、个性化、精品化经营，改变了过去“千店一面”的状况，生意自然兴隆。市管所又因势利导将特色经营在全市场推广，短时间内，百货区、鞋帽区又冒出一批专卖店、精品屋。

市管所把指导、帮助工商户经营作为一项经常性的工作来做。贩运户的营销需要掌握市场信息，他们成立有贩运户代表参加的贩运指导小组，根据不同季节和市场需要，千方百计为贩运户收集、提供报纸、电视信息，指导营销。仅 1997 年贩运指导小组向贩运户发布提供的信息就达 351 条，创成交额 2000 余万元。

为“凤”护“巢”

采访中，戴多格向我们讲了这么一件事：家系新田县的谢种德原在文艺路做家具生意，小打小唱。1996 年引进到市场后，他办起舒美特家私城。因这里环境宽松，家私城的经营规模不断扩大，生意甚是红火。有道是同行生嫉妒，有 2 个本地个体户将家具乱摆乱放，挡住他家私城的视线，并暗中邀来两个“溜子”到舒美特家私城滋事，败坏他的信誉，想方设法要将他赶出市场，市管所知道后，立即上门对这两名个体户进行批评教育，责成其将阻挡“舒美特”视线的家具撤开，并与公安派出所联系对两名滋事的“溜子”作了处理，维护了舒美特家私城的合法权益。谢仲德规模经营的劲头大增，动员 3 名亲戚协助他经营，到区内各县市设立销售点，1 至 4 月，仅席梦思的销售额就达 20 万元。

加强对市场的监督管理，规范市场行为，既为个体工商户创造一个良好的经营环境，又保护消费者的合法权益，维护个体经营户这一个个小“巢”和市场大“巢”的形象，蓝田市场管理所制订了《摊位区域岗位职责》《市场卫生职责》《安全保卫制度》等 11 项市场相关制度，实行目标管理，定人、定岗、定职责，做好市场监管工作。还广泛开展军民共建文明市场活动。4 年来，共查处违法案件 210 件，罚没金额达 35000 元；涌现了“文明经商户”80 户。

（原载《娄底日报》1998 年 5 月 27 日第二版）

“花”香“蝶”自来

——全国文明市场冷江市场见闻

本报记者　刘惠南　通讯员　龚辉成　段汉中

元月13日下午，我们来到位于冷水江市中心的冷江市场采访。这是一个以消费品经营为主的综合市场，已连续两届（每两年一届）荣获“全国文明市场”称号，连续8年评为省、地“文明市场”。负责管理的冷水江市管所（1997年分设市场服务中心）先后评为地区“双文明先进单位”和全国工商系统“对市场经营者职业道德教育先进单位”。

进入市场，展现在面前的是一派熙熙攘攘、车水马龙的繁荣景象。市场的一楼经营蔬菜、水产等，品种达100多个。鲜嫩的茄子、大白菜、辣椒，一篓篓，一堆堆；鲜活的草鱼、鲤鱼、鲢鱼，一池池、一担担。二楼经营肉类、干货、豆制品、冷冻品，共有98副肉案板，22个牛肉架井然有序，近日来，日销猪肉达2.2万公斤，日销牛肉上4000公斤。三楼经营服装、布匹、针织品，280多个摊位，货丰价平。一位姓朱的女老板对我们说：“冷江市场经营环境好，管理、服务优，是个发财的好地方，我在这里已整整干了8年，赚了近20万元。”来自双峰县洪山殿镇的老板吴顶文笑容满面的告诉我们，他从1万多元起家，如今发展到库存商品10多万元，还购买了一套三室一厅的住房，家里6个兄弟也跟着到这里做副食、渔具生意，开了5个门面。

冷江市场占地面积14亩，建筑面积12000平方米，分9个经营区，固定摊位1800个，固定门店112个，从业人员3000余人，上市商品8500余种。由于这里经营环境好，吸引了全国10多个省、市、区的贩运大户，日上市平均2.5万人次，节假日的高峰期，达6万人次。自1990年开业以来，市场成交额平均每年以20%的速度递增，去年市场成交额达3.4亿元。

文明公平市场旺。冷江市场的繁荣，来自规范管理和文明服务。冷江市管所和市场服务中心的管理、服务是出了名的。他们在每年投入20万元，不断加强市场硬件建设，增加市场安全、服务设施的同时，不断加强市场软件建设，推出了“四定”内部管理措施，即定岗、定责、定任务、定奖罚；建立健全规章制度，强化制约机制。根据市场的行业特点，针对“案、费、征、照”等重要环节，制订了26项规章制度。其中公开办事制度，所里将摊位分配、违章处罚、证照办理程序、期限和负责人姓名、相片以及各项收费标准等制牌公布于众，接受群众的监督，杜绝了收人情费和乱收费现象。在外部管理上，他们将市场分类摆设，统一编号，定位安排，亮照经营。雇请9名专职卫生工清扫，全天保洁，使市场整洁有序。

为维护市场正常经济秩序，他们根据楼层及地段设立了5处监督执勤岗和3处公平尺、公平秤，设立了市场消费者投诉站，建立和实施市场巡查制度，市场管理人员按照各自责任区域巡视监控市场，哪里出现违章违法行为，哪里就有管理人员迅即介入和查处。同时，开展经常性的重点查处和专项整治。让人民群众来市场顺心，做买卖放心。去年以来，共查处违法违章案件256起，没收不合格衡器178件，规范经营者行为1780人次。去年元月的一天，一名姓李的消费者在市场买了2.75公斤羊肉，回家切开时发现里面有10颗铁渣，市管所接到投诉后立即查处，除按原价金额加倍赔偿外，还给予100元罚款，并责成羊肉经营者写出书面检讨。

市场管理所和市场服务中心还深入开展“文明建设进市场”活动，对经营者进行文明经营的行为教育、引导，鼓励他们规范经营。并把有关市场管理的各种法律规范和道德规范归纳成9个方面，根据各行业的要求列出40条行为准则，考核评出89户“文明建设先进户”和270户“文明建设合格户”，挂牌经营，收到良好效果，先后受到中宣部肯定和省、地有关部门好评。

为了创造一个更良好的经营环境。市场决定增建一栋营业面积4000多平方米的综合营业大楼，把经营场地扩大，以满足市场发展的需要。

“花”香“蝶”自来，相信冷水江市场将更加兴旺发达。

（原载《娄底日报》1999年2月25日第二版）

“创卫标杆”见影来

——育财市场标准化升级改造纪实

本报记者　刘惠南　通讯员　尹伟华

水磨石地板洁净如洗，尽显本色；绿罩节能灯整齐吊挂，亮度无比。蔬菜区、水产区、牛肉区等经营区合理布局，一个挨一个；冷冻批发店、粮油干货店、海鲜水产店等特色店设计美观，防蝇防菌。过道上，红色塑料垃圾桶有序摆放，方便垃圾集中统一收集；摊位旁，紧张忙碌的经营业主们笑脸相迎，应接不暇……这是4月25日，记者在我市第一家标准化升级改造市场——育财农贸市场见到的情景。

育财农贸市场始建于2000年6月，占地3600平方米。市场原系框架式铁结构，顶篷为塑胶结构，设施简陋。随着时间的推移，市场陈旧破烂，铁框架严重生锈，存在严重安全隐患和脏、乱、差问题，市民反响强烈。

“农贸市场是城市形象的重要窗口，是创建国家卫生城市的重要基础，育财农贸市场的标准化升级改造刻不容缓。”“要立足娄底实际，将育财农贸市场作为‘创卫标杆’来打造。”2010年5月，经娄底市政府同意，娄底市商务局正式启动对育财农贸市场标准化升级改造工作。

没有现成模式和经验可供借鉴，育财农贸市场管理处以主任吴育荣为首的领导班子成了第一个“吃螃蟹”的人。他们上网查找相关资料，学习国家有关农贸市场升级改造标准。并在娄底市商务局的组织下，到常德、益阳、长沙等地的星级农贸市场参观学习，借鉴别人长处。然后，根据自身实际，合理定位，按照“高起点规划、高标准建设”的思路，创造性地制订市场标准化升级改造方案，对市场进行全面提质改造。没有资金，采取向政府争取、向社会融资等多种方式筹措；对周边矛盾，晓之以理，动之以情，予以化解。经过1年多的努力，2011年6月，总投资1865万元、建筑面积7200余平方米的高标准农贸市场竣工营业，一楼为标准化农贸市场，二楼为生活超市，比原市场整整增加一倍的面积。市场采用砖混结构和有机玻璃装饰，透光、透气性好。

市场标准化改造只是“创卫”添彩的基础。为营造良好经营秩序和卫生环境，市场管理处一班人以管理超市的理念管理市场。他们成立“创卫”工作班子，制订工作方案，建立《农贸市场环境卫生管理制度》《食品卫生安全管理制度》《消防安全管理制度》等规章制度，对市场实行全封闭式管理，每天早上 5 点开市，晚上 8 点半休市，市场内经营货物严格按照划分的区域经营。并加大市场清扫保洁力度。保洁员由过去的 6 人增加到 12 人，清扫保洁时间由 8 小时延长至 12 小时；在市场通道和经营户处统一放置 260 余个垃圾桶，做到垃圾直接入桶收集不落地；每周用水、洗洁精对市场地板冲洗 2 次，每晚对地板普拖 1 次，常态化保洁。

与此同时，开展环境卫生、占道和跨区经营整治行动。他们联合城管、商务、工商等部门开展取缔占道经营大行动，市场周边小摊贩和自产自销经营户的零担货物一律安排进入市场内经营，就连钟表修理、配锁匙、刻章，他们也在市场内设立专区，供其经营；联合有关部门对市场四周不规范的广告招牌进行拆除，保持良好的市容市貌；组织干部职工开展清除“牛皮癣”行动，对市场周边街道和居民楼的“牛皮癣”进行全面彻底的清除。

为确保市场财产和消除安全，他们在市场内安装监控设施，治安员 24 小时值班巡逻。为使食品安全，让消费者吃上放心菜，他们将禽类宰杀与市场相对分区隔离，将熟食区、豆制品区、卤菜区用纱布进行保护，防尘防菌；建立残存农药检测室，配备检测人员和设备，每天对进入市场的蔬菜进行检测，建立电子台账，并将检测情况在电子显示屏上公布，使顾客放心消费。

围绕“创卫”标准化的升级改造和规范化的环境卫生管理，育财农贸市场收到立竿见影的效果。市场宽敞明亮，规范整洁，商品摆放整齐，给人清新怡人之感。

“育财农贸市场是娄底‘创卫标杆’！”3 月 19 日，省“创卫”预检专家组这样评价。

（原载《娄底日报》2013 年 5 月 3 日第一版）

迎难搏击展风采

——涟钢大市场整改的故事

本报记者　刘惠南　通讯员　尹伟华

娄底中心城区的农贸市场“创卫”，要数涟钢大市场的难度最大。难在哪？

4 月 26 日，市场管理处主任刘曙辉掰着指头给记者说了三难：一是产权高度分散，市场标准化改造难。涟钢大市场建于 1998 年 10 月，当时开发商将 340 多个摊位卖给了私人经营，这些摊位业主担心影响自身利益，不同意市场改造。二是长期形成的习惯，取缔占道经营难。自市场开业以来，3 条主街道全是小摊小贩占道经营，交通拥堵，管理与被管理者处于对立情绪。三是市场管辖范围广，环境卫生管理难。涟钢大市场占地 140 亩，布局为二街、三路、六弄、八巷，建有商居房屋 30 余栋，安居住宅 1200 余套，商业门店 1380 余个；配套的农贸市场 6000 余平方米，拥有摊位商铺 540 多个。市场常住人口 10000 余人，流动人口 20000 余人，环境卫生保洁难。

“为了‘创卫’，服务民生，再难也要干。”刘曙辉告诉记者，2011 年 7 月，市场管理处召开业主大会，进行市场标准化升级改造动员。会上，他从市场标准化升级改造的重要性、必要性，讲到改造的方法、步骤，本以为能得到业主们的支持，那知业主当场坚决反对：“要改可以，每个摊位补助几万元。”为使市场改造顺利进行，会后，管理处决定将私人经营的摊位收购，哪知业主又要求计算 13 年来的利息。340 多个摊位，收购要 1000 多万元，管理处只好放弃。

开弓没有回头箭。2012 年 6 月，管理处就市场改造项目进行公开招标，消息一发布，更大的阻力接踵而至。部分业主打着横幅到娄星区、娄底市政府上访，说“刘曙辉要霸占他们的摊位”。刘曙辉派人将他们接回做思想工作，他们就围堵市场管理人员，将管理处的食堂砸烂，几个老婆婆竟然睡到摊位上，阻止市场改造。

面对种种阻力，办事果断、富有谋略的刘曙辉没有退缩，他与班子成员一道，一方面，分头做业主的解释说服工作，晓之以理，动之以情；另一方面，将市场内的摊位妥善安排到过渡性经营区经营。通过耐心细致的工作，业主终于得到理解。2012 年 7 月，市场标准化升级改造工程正式动工。

“市场标准化改造是‘创卫’的基础，不能有半点疏漏。”自此，刘曙辉与班子成员狠抓市场规划落实和工程质量管理。涟钢大市场当年因开发商急功近利，功能设计不全，全靠门窗采光，排水不畅，常年阴暗潮湿，经营户不愿到市场经营，消费者不愿到市场消费，由此形成十分混乱与繁荣的马路市场。刘曙辉将排水和照明功能作为市场标准化升级改造的重点，一项项抓落实。如在柜台上方设置不锈钢电缆桥架，在桥架上给每个摊位安装一个照明灯，增强市场的亮度。

市场改造稳步推进，取缔马路市场的工作也在悄悄地进行。今年1月25日市场改造竣工开业的前夜，管理处就开会部署摊担入市工作。凌晨4时，100余名工作人员分成10余个小组，将马路上用于打伞的水泥墩全部用车拉走。当天亮摊贩来摆摊时，工作人员就一一做工作，将其引进到改造好的农贸市场内经营。尽管市场管理处每年要减少120万元的马路市场摊位费，但他们无怨无悔，直到上午9时，260多个摊担、400多个零担全部被引进到农贸市场经营后，他们才回家休息。

紧接着，管理处下大力气整治市场环境卫生和交通秩序。他们开展专项行动，拆除违章建筑13栋、乱搭乱建的棚子730多处，撤除不规范的固定招牌800多块，捣毁有损市容的活动招牌300多块。并在所辖区域安放翻斗式垃圾桶500多个，划定停车位300多个，引导市民垃圾入桶，有序停放车辆。同时，在市交警支队的大力支持下，设置标准的交通标志牌18处，划定交通道路标志标线13000平方米，有效规范交通秩序。

为使取缔马路市场的工作不反弹，他们成立23人的城管执法队，配备执法车，坚持常态化管理，严格执法，严管重罚，实现市场秩序由乱到治的转变。

“市场整洁亮丽，秩序井然，焕然一新，我们真的想不到。”如今，居民赞不绝口，业主们的对立情绪也逐渐缓解。3月19日，省“创卫”预检专家组到这里检查，几名业主拉着专家的手不停地赞叹。

（原载《娄底日报》2013年5月9日第一版）

第五辑

大美娄底

神秘故事藏在神奇的地方

感受山水人文之美

丹心碧血铸师魂

志在苍生笑开颜

八旬老人的无私大爱

给别人希望，让自己永恒

神秘故事藏在神奇的地方

——“神奇娄底·探秘之旅”主题形象走笔

本报记者　刘惠南　通讯员　谢宝国

旅游主题形象是旅游区的生命，一个个性鲜明的旅游主题可以形成较长时间的竞争优势。娄底旅游主题的形象是什么？怎样才能把握娄底旅游的内涵，提炼娄底旅游主题形象？成为娄底旅游界人士多年来苦苦思索、难以定论的问题。

揭开神秘，感受神奇，是每个人都有的愿望。神奇娄底，不正是人们所要寻找的探秘之旅吗

一份向全球60多个国家发放的12000多份问卷调查显示：87%的人在回答“是什么原因激励你愿意去偏远而交通不便的地方”时，答案是如果这个地方充满了神秘、神奇。

娄底旅游资源丰富。根据国家旅游局颁布的《旅游资源调查规范》，娄底有五级资源区2处、四级资源区4处、三级资源区6处，另有二级资源区、一级资源区各10处。目前，全市旅游资源除原有的大熊山国家森林公园、世界锑都等知名品牌外，新增紫鹊界秦人梯田、梅山龙宫国家重点风景名胜区、国家首批自然文化遗产——曾国藩故居富厚堂国家文物保护单位、“中国蚩尤故里之乡”“中国梅山文化艺术之乡”、湄江省级地质公园、龙山国家森林公园等9个具有市场冲击力的品牌。

娄底这些高品位的旅游资源和市场冲击力强的旅游品牌，无不充满着神秘、神奇——

大熊山国家森林公园演绎着人类始祖黄帝与蚩尤的恩怨故事，这里是蚩尤的出生之地还是蚩尤的放逐之地？乾隆登大熊山是探访他的身世之谜吗？

紫鹊界秦人梯田田与山齐，天下旱涝此处无灾，为什么连现在的水利专家也难以破解天然的灌溉体系？

陶潜所描写的“桃花源”原型在哪里？奉家古塘及隆回花瑶是否才是真正的

“世外桃源”？特别是依山傍水的“瑶人居”遗址是否见证了刀耕火种到依山造田的农耕演变？

曾国藩故居富厚堂与白玉堂是否真的印证了风水之谜？曾国藩的思想航向为什么在“思云馆”突然转变，从此铺就了立业、成家、治军、修学的成功道路？太平天国的“天都”财富是否就在“富厚堂”周围？

是一座什么样的山吸引了张仲景、孙思邈、李时珍等历代名医的造访？孙思邈的《千金要方》和《千金翼方》为什么在龙山国家森林公园写就？

“西游记”美猴王的宝座与白骨精的梳妆台为什么选择波月洞？富含金矿的古台山森林公园为什么留下众多细如水管的采金坑道？

……

千百年的历史沉淀，大自然的鬼斧神工，使得娄底的山水洞田充满原生态气息，有着数不尽的神秘。

揭开神秘，感受神奇，是每个人都有的不可掩饰的欲望。神奇娄底，不正是人们所要寻找的探秘之旅吗？

新年初，经过缜密思考，反复推敲，娄底市旅游部门领导将“神奇娄底·探秘之旅”确定为娄底旅游主题形象。

神秘的梯田王国、乡间侯府、帝王之山、“桃花源”真地、华夏药园……一个个神秘的故事总藏在一处处神奇的地方

1. 神秘的梯田王国——紫鹊界秦人梯田

神秘指数：★★★★★

紫鹊界秦人梯田位于新化县水车镇，距今已有2000余年历史，总面积近8万亩，坡度最陡达50度以上，层层叠叠于海拔500米—1100米之间，蔚为壮观。

神秘点：

几万亩梯田无库无塘，而清水却汩汩而出，随便用手指头在田埂上一戳，就有涓涓细流涌出，酷热的夏天，山外已在干涸中更觉酷暑难当，而紫鹊界那一层层的梯田却盛满了清凉的山泉，微风一吹，给农作的人们带来山外人永远享受不到的凉快。这些水来之何方？怎样形成了这宏大的水田系统？

梯田垂直方向达800多级，坡度40度以上，为什么不会被雨水冲垮？

在窄小田埂上光着脚丫踩着，湿润的田埂颤而不垮，似踩钢丝一般的感觉，这

是一些什么样的泥土？

梯田大的盘山，绵延数百米，小的如“斗笠”，这样的田怎么耕作？畬耕又是一种怎样的种田方法？

农事时那高亢入云的“呜啊”山歌，在诉说着什么？是秦汉流传下来的吗？是什么让先民们背离一个喑呜叱咤的王朝来到这苍茫紫鹊？山歌里是否蕴藏了解读的密码？

2. 神秘的乡间侯府——曾国藩故居

神秘指数：★★★★★

曾国藩故居富厚堂，始建于清同治四年，是我国唯一保存至今的“乡间侯府”。

神秘点：

曾国藩湘军攻克“大平天国”后，其弟曾国荃率部下从水路向双峰荷叶运送了千余船“行箱”，通宵达旦接连运了半月有余，金银财宝不计其数。这些巨额财宝到哪里去了？是否就在以上某一个“堂”的地底下？

毛泽东在《讲堂录》中说，纵观历史几千年，“办事兼传教之人”历史上只有两位，一位是范仲淹，一位就是曾国藩。是什么机缘成就了这么一个封建王朝的“精神偶像”？现今流行的“风水说学”是否确有其事，看看曾国藩出生的白玉堂和成长之地富厚堂，或许也能参透些“风水之谜”？

富厚堂的思云馆是曾国藩完成思想转变的地方，致使他以后的仕途青云直上，第二年就任两江总督。在这座小馆里，他思想的灵光得到顿悟，是受到了什么样的启示或是高人的点化？藏书楼又开具了什么样的书单可使你走一条成功的捷径？

3. 神秘的帝王之山——大熊山国家森林公园

神秘指数：★★★★★

大熊山国家森林公园距新化县城 62 公里，公园总面积 7623 公顷，森林覆盖率 93%。海拔 1622 米的主峰九龙峰为湘中最高峰；有 3 万亩原始次森林。古代英雄——蚩尤生长在这里。他是华夷共敬的战神，他的出生地也被命名“神山”，后改名熊山。

神秘点：

大熊山国家森林公园遗留有“蚩尤屋场”的古迹，蚩尤部落就世居于此，是什么支撑他统领了 81 个九黎部落？是什么机缘使他开始了青铜铸剑？是什么动力催发他与黄帝、炎帝的“中华文明”第一战？

史料记载了大熊山香火鼎旺的历史，49 座寺庙遗迹依然可见，为什么有这方圆几平方公里的寺庙群？

史记有黄帝“登湘熊处”，大熊山是传说黄帝“梦熊之处”，黄帝为什么要南巡登熊山？在熊山做了一个什么样的梦促使他班师回朝，再无心继续南征？

风流皇帝乾隆“五下江南”，民间流传着大熊山与乾隆身世之谜的隐秘联系，并留下了“十里屏开独标清胜，熊山鼎峙半吐精华”的写照，乾隆是不是为了寻找他真正的出生地来到这神奇之地？

4. 神秘的“桃花源”真地——奉家桃花源、虎形山花瑶

神秘指数：★★★★★

雪峰山脉中段新化县奉家山的地形地貌与人文景观，和《桃花源记》所述完全相同。今奉家的玄溪和米金河正是古武陵渔人捕鱼捞虾的所在地。谷地和下团一带就是晋太原中古桃花源人杀鸡温酒款待陶渊明而使之流连忘返的地方。虎形山花瑶是一支被我国民族史料遗忘了的瑶族分支，至今，仍尚生存在新化县境内最北面的崇山峻岭之中。5000 多瑶族同胞就封闭在这荒野的大山里，忠实地传承着先祖最为古朴纯真的生活。

神秘点：

真正的桃花源在哪儿？是不是就是常德桃花源那一片小天地，作为历经几百年的小社会形态应该有“旧不与中国通”的人文历史？这里不仅有像陶公所描述的地理特征，而且有旱涝保收的粮草基地，特别是当地奉姓家族族谱藏着什么样的“避秦乱”的秘密？

这里的花瑶为什么与其他的瑶族服饰、民俗等大不相通？婚嫁丧娶为什么有着梅山文化的种种特征？这里和奉家等一大片地区是否就是传说中的“莫徭”一族？

5. 神奇的溶洞极品——梅山龙宫、波月洞

神秘指数：★★★★

梅山龙宫位于新化县，距县城 28 公里，是一个地下溶洞群，洞道已探明长度 2876 米，其中已开发 1856 米，包括 466 米世界罕见的神秘地下河，共九层，大小石厅 80 多个，被誉为“亚洲最美的地质博物园”。

波月洞位于世界锑都所在地——冷水江市北郊，有大小洞厅 27 个，厅厅有景，

景景各异。想着《西游记》里的水帘洞、美猴王宝座、白骨精的梳妆台，让人不得不赞叹大自然的神奇。

神秘点：

罕见的高达80米的层楼空间结构，规模如此宏大，水陆遥相呼应，各种石钟乳在五颜六色的灯光照耀下层次清晰，是否联想到时光覆盖了泥沙，造就了这世界溶洞奇观！

为什么有形象十分逼真的“哪吒出世”景观？一个从中裂开的巨大的天然钟乳石莲，一叶剥落的花瓣以及带有红色血团的哪吒肉身，俨然是神话与现实的交织。

天宫仙苑景观由数百万根洁白无瑕、美妙绝伦的鹅管和姿态各异、层次分明的乳石倒长于洞顶，倒映在水平如镜、清澈见底的瑶池中，但见一座五光十色的巨大金山，光芒四射、龙麟点点，令人眼花缭乱、如痴如醉。这“水中金山”究竟是怎样形成的？

这里从前叫作“藏兵洞”，是梅山先民抵抗王权的“躲兵洞”？传说梅山英雄扶汉阳的帅印和头盔就在洞里，蚩尤帝“铜头铁额”的兵主头盔也传到扶汉阳手中。它是否也藏在这个洞中？

6. 神秘的华夏药园——龙山国家森林公园

神秘指数：★★★★

距娄底市45公里，1513米主峰岳坪峰顶的药王殿，是为纪念唐代名医孙思邈而建，至今依稀可追踪当年孙思邈写《千金要方》的执着和灵感，而这里每一个有关孙思邈的民间传说，以及药王殿里尚存的3000个药方更是给龙山蒙上了一层层神奇的色彩。

神秘点：

为什么历代名医都对龙山心驰神往，亲历龙山采药？唐代孙思邈为什么长期居住龙山？《千金要方》和《千金翼方》又是怎样写成的？

这里为什么一年四季花期不断？这里流传的《龙山花疗歌》记载46种山花能治什么样的疑难杂症？

这里有一种树常开四季花，这是一种怎样神奇的树？为什么世界五大公园树，就有雪松、金钱松、巨松（俗名世界爷）三大树种在此山安家落户？

7. 神秘的佛泉喷涌之地——绝壁画廊湄江

神秘指数：★★★

湄江位于涟源市西北部，它集山、水、洞、峰、石、泉、涧、瀑布、峡谷、沙滩、绿洲、悬崖、峭壁、深潭、湖泊于一体。

神秘点：

在观音崖有一个“天下第一佛泉”，每个莲花涌泉眼，直径为 1–2 米，是莲花朵朵。为什么在天然的观音神像脚下有天然的莲花涌泉？

在香炉山有一处石头，从八个不同的角度看有八个不同的景色，对应着八个什么样的神话故事？这里的骨牌灯是怎样放的？这里的“抬故事”又怎样演绎？

政府主导，市场运作，逐步推进。揭开惊世之谜，就从脚下开始

千里之行始于足下。“神奇娄底·探秘之旅”主题形象的宣传推介，必须一步一个脚印，制订框架式方案，分步组织实施。

强化资源融合。一是景区建设保留原生态美。仿真恢复一些古迹，营造一些神秘点，并巧妙穿插到游览线路中；精心重编讲解词，给游客造成亦真亦幻的心理效应。二是挖掘和整理文化。作为梅山文化的发源地，有着远古的渔猎文化和神秘的巫文化，无不体现在山歌、武术、祭祀等民俗活动中，各旅游景区将下大气力挖掘整理，融入旅游活动中。三是市场开拓紧密围绕“神奇·神秘”这一主题进行。有关旅游宣传画册、形象广告、形象宣传片以及软文报料和大型活动等，都将体现这一旅游主题形象。

力推 6 条线路。旅游产品即旅游线路，根据娄底市目前旅游品牌还没有广为人知的现实，依托湖南知名产品如南岳衡山、毛泽东故居韶山、张家界等借船出海，以“神奇娄底·探秘之旅”为主线，大胆进行跨区域联合，力推 6 条旅游线路。

分步宣传推介。遵循“政府主导、市场运作、逐步推进”的方针，分策划准备、前期品牌推出、中期省外市场推介和后期主题形象品牌巩固四个阶段，采取主题形象座谈会、主题形象宣传推介月、区域巡回促销推介会等多种形式，将“神奇娄底·探秘之旅”主题形象宣传推介出去，打造娄底旅游形象崭新品牌，促进娄底旅游产业快速发展。

（原载《娄底日报》2007 年 3 月 30 日第三版）

感受山水人文之美（上篇）

——娄底人游娄底

通讯员　左　丽　本报记者　刘惠南　实习生　毛　丹

神奇娄底，山清水秀；湘中大地，人杰地灵。

快乐之旅，不必远足。在我们家乡娄底，就有着极具特色的山水、人文、民俗以及美食。在游客越来越追求生态和休闲的今天，这些风土民俗、文化饮食就像散落在民间的珍珠，在你的亲历下将焕发出更加绚烂的光芒。

为营造人人关心娄底旅游、人人支持娄底旅游的良好氛围，促进娄底旅游产业又好又快地发展，娄底市旅游外事侨务局与共青团娄底市委自 9 月 1 日至 12 月 31 日举办以“游娄底、知娄底、爱娄底”为主题的“娄底人游娄底”活动。

为了有效地配合这一活动，本报分上、下篇对娄底一日游的线路及吃、住、行、游、购、娱等向广大读者作一推介。

让我们来一番“山水钟灵秀，人在画中游”吧！

线路一　水府旅游区—水府庙水库大坝—溪砚工艺厂—洛阳湾古建筑群—曾国藩故居—蔡和森纪念馆

从大埠桥坐船到水府庙水库，再走陆路去曾国藩故居，真是天堑通途连远景，忙将舢板换轮胎。这是一条极好的休闲线路，用时短，体力消耗少，多数时间是沿水而行。再加上水库的鱼和香铺坳的豆腐，周末度假再好不过。

第一站：水府庙旅游区。水府庙旅游区位于娄底市东郊 8 公里处，水库面积 45 平方公里，库内大小岛屿 34 个，库岸线 100 多公里，大小库湾 100 多处，水面明净如镜，两岸青山倒映，湖光山色，交相辉映，给游人幽深莫测之感，充满怡静、闲适、淳朴的湘中田园情调。在库区已修复的陶龛学校和天籁岩，为优美的自然风光抹上了一层浓厚的历史文化色彩。娄底市东郊水府庙水库，有一座小山包，名曰白鹭洲，因岛上常年聚集上百只白鹭而得名，帆船路过，人声鼎沸，常惊得白鹭掠碧波齐飞，与蓝天竞美。

第二站：洛阳湾古建筑群。整个建筑偎山临水，雄伟壮观，建筑工艺非常精巧。观音阁、关圣殿、龙王阁、文昌阁四大建筑均为砖木结构，青瓦白墙，山字墙垛，画栋雕梁，天井巷道，蔚为壮观。四殿互为犄角，连成一体，与河心巨石上古香古色的石塔相映成趣。游人可入殿求神祈福，或登石行觞观钓者，或松下散心吟读，其怡情怡趣之妙，胜似人间仙境。而每到天和日丽之时，登阁倚杆，观赏眺望，楼阁塔尖倒映水中，与东、西、南三面青山互为映衬，碧波银光，风动山移阁碎，间有锦鳞游弋，倾听渔歌互答，令人心旷神怡，乐而忘返。

第三站：曾国藩故居。曾国藩故里旅游区核心景区富厚堂始建于清咸丰 7 年（1857），坐落在双峰县东部的荷叶镇富托村的鳌鱼山下，与湘乡市、湘潭县、衡山县、衡阳县毗邻，总占地面积 4 万多半方米，主体建筑近 1 万平方米，砖木结构，内有八本堂、求阙斋、筱吟斋、勤敬斋、归朴斋、赍宏斋、艺芳馆、思云馆、八宝台、缉园（含花圃、风月亭）、凫藻轩、棋亭等，是典型的沿中轴线对称的宋明回廊式风格的古建筑群体。富厚堂坐南朝北，背倚的半月形鳌鱼山从东、南、西三面把富厚堂围住。从远看去，富厚堂好似坐在一张围椅中。富厚堂精华部分是藏书楼，曾藏书达 30 多万卷，是中国近代保存完好的最大的私家藏书楼之一。曾国藩是中国清朝中兴重臣，他的八本家训为中国人的为人、处世、教子、育人甚至行政、治国、平天下都产生了不可估量的影响。

第四站：蔡和森纪念馆。蔡和森纪念馆坐落在双峰县城区，包括蔡和森纪念馆、烈士陵园、蔡畅图书馆。馆内陈列了大批珍贵照片及实物，详细介绍了蔡和森生平事迹；陵园中心是蔡和森一家五人群雕，周围苍翠挺拔的青松似乎在诉说着：英雄如青松不老，与山河同在。

旅游小贴士

曾国藩故里旅游区核心景区富厚堂门票价为 68 元，蔡和森纪念馆门票价为 20 元，其他景点免费。在这趟旅行中您可以购得三件宝：国藩溪砚、曾国藩手迹堆金帛书、永丰辣酱。

国藩溪砚。相传，晚清重臣曾国藩少年求学之时，苦无佳砚发墨，习字作文了无兴趣，学业一度受阻。其祖父梦见获砚台一方，百思不解。蒋字街长寿庵老道圆梦说："玄武有紫砚"。祖孙沿涓水北向寻至溪口，只见翠谷挂瀑，雷鸣山野，重岩叠嶂，紫气东来。在深谷涧溪中果真觅得奇石一块，琢成砚台。自此，国藩学业大有长进。咸丰、同治年间，国藩效命朝廷，溪砚成为他的终身伴侣。出任直隶总督时，还将溪砚作为"贡品"敬献皇上，同治帝把玩再三，龙颜大悦，置于龙案使用，溪砚从此名声大振，满朝文武竞相求之。

溪砚着水研墨，墨锭有如一股神力黏附于砚表面，所得墨汁细腻均匀，水乳交融，黑亮沉凝。若将砚盒盖紧，其墨汁可经久不干，即干亦无墨垢，寒冬呵气，即可研墨，正可谓溪砚奇葩飞异彩，玉德金声传美名。

曾国藩手迹堆金帛书。曾国藩自进入仕途的数十年时间内，对他上至呈送朝廷的奏稿，下至个人的书信、日记、诗文等的全部底本和副本进行原文整编。曾国藩手迹堆金帛书包括曾国藩家书家训、奏折、书信等，集中反映了曾国藩一生的主要活动和他治家、治学、治军的主要思想，是一个思想者对世道人心的观察体验，是一个学者对读者治学的经验之谈，是一个成功者对功名事业的奋斗经历。从曾氏语录的一字一句间，可以深入一个人物的心灵，破译一个家族的密码，探求一个民族文化的底蕴。

永丰辣酱。每年的这个时候，步入双峰县永丰镇农村，农家门前、房顶晒坪中，随处可见大大小小的辣酱坛，里面的辣酱油红油亮，酱香四溢。当你信步踱入农家小院，热情的永丰人定会端出新晒制的辣酱请您品尝。永丰辣酱精选本地味鲜肉厚的灯笼辣椒为主要原料，配以小麦、黄豆、糯米等辅料，采用纯天然晒制工艺酿制而成，具有独特的风味和丰富的营养成分，辣中带甜，甜里透辣。

线路二　梅山龙宫—油溪河漂流—大熊山国家森林公园

从瑰丽的地下宫殿出来，经历了惊险刺激的漂流，来到大熊山国家森林公园，马儿得得，带你揽尽小处的优美与大处的壮阔。

第一站：梅山龙宫。梅山龙宫位于新化县，距县城28公里，是一个地下溶洞群，洞道已探明长度2876米，其中已开发1856米，包括466米世界罕见的神秘地下河，共九层，大小石厅80多个，被誉为“亚洲最美的地质博物园”。洞内景观丰富多彩、钟乳丛生、石笋兀立、石柱如林、石幔如幕，既有姿态各异的流石景观，又有千变万化的断面形态和蚀余形态。分九龙迎宾、碧水莲宫、开天辟地、梅山风情、龙凤呈祥六大景区。洞内“孔子游学”“世纪平安钟”“泰山胜景”等象形景观惟妙惟肖、栩栩如生；世界溶洞五绝叫人称奇，无不让人赞叹大自然的鬼斧神工。

第二站：油溪河漂流景区。油溪河漂流景区位于新化油溪河中段。从吉庆镇晨光电站至邹家滩，漂流全程12公里。两岸绿树成荫，危崖耸立，怪石嶙峋。流水清澈见底，流速陡急盘旋。总落差300多米，水流量8立方米/秒。沿途穿过8座峡谷，跨越36个潭、48面滩、39处回湾，有“迎水舰”“江心洲”“双桥拱映”“神象饮水”“美女十八变”等数十处景观，形成典型的“江南峡谷第一漂”。

第三站：大熊山国家森林公园。大熊山国家森林公园距新化县城 62 公里，公园总面积 7623 公顷，森林覆盖率 93%。海拔 1622 米的主峰九龙峰为湘中最高峰；有 3 万亩原始次森林。园内，山体壮观，气势磅礴；溪流风光秀丽如画，飞瀑层叠多姿多彩，山、水、林、寺相得益彰，是一座融“高、奇、秀、神”于一体的江南明珠，是一幅“声、光、影、色”俱佳的立体山水画卷。自然之美，人文之幽，引人入胜，令君遐思。这里是古代英雄——蚩尤生长的地方，他是华夷共敬的战神，他的出生地也被命名“神山”，后改名熊山。至今尚存“蚩尤屋场”的称呼。千年银杏主干粗大苍老，树冠枝叶繁茂，经历了 1400 多年风霜雨雪。

旅游小贴士

娄底至梅山龙宫行程约 128 公里。梅山龙宫、油溪河漂流、大熊山三景点路程紧凑，大熊山距梅山龙宫 30 公里，沙石路，沿途有新化县县城大桥加油站，提供各种标号汽、柴油。

梅山龙宫门票 80 元，大熊山门票 20 元，油溪河漂流门票 95 元。油溪河漂流惊险刺激，常伴水仗嬉戏，容易湿身，建议穿深色衣服。

住宿推荐新化宾馆（二星，标准间 168 元 / 天）、金穗宾馆（二星，标准间 168 元 / 天）。

来到新化，你会觉得“梅山美食之乡”名不虚传，新化东岭田鱼、火焙鱼、三合汤、新化水酒、雪花丸、擂打鸭、杯子糕、梅山板鸭、白溪水豆腐、水车腊肉等都是美味佳肴，新化精制魔芋粉、玉兰片、龙牙百合、大熊山黄金菜、蜂蜜、花粉、金银花茶和揉制独具特色的月牙茶也是当地特产，你可尽情品味，也可购些带回家去与家人一同分享。

（原载《娄底日报》2007 年 8 月 31 日第二版）

感受山水人文之美（下篇）

——娄底人游娄底

通讯员　左　丽　本报记者　刘惠南　实习生　毛　丹

线路三　紫鹊界秦人梯田

直奔苍茫紫鹊，粗犷的基调，沉厚的民俗，温暖的山窝子，散发古韵的油榨房，屋侧叮咚作响的山泉，看那农人闲牛……

紫鹊界秦人梯田是国家重点风景名胜区，是国家首批自然与文化遗产，位于新化县水车镇。她集云南哈尼梯田的大气、广西龙胜梯田的壮美、菲律宾巴拉韦梯田的险峻和越南沙坝梯田的飘逸于一身，总面积 8 万余亩，集中成片的有 2 万余亩。

紫鹊界秦人梯田有四大神奇之处：

最原始最天然的灌溉系统。如此大面积的梯田竟然无山塘、水库等任何明渠储水系统，全靠天然的自流水灌溉，且四季长流不止，当属世界一绝。据地质专家称，这是基岩裂隙水。充满智慧的当地先民们利用花岗岩风化物的疏松透水等天然优势，合理地引水布局，从而形成了独特的天然灌溉系统。

历史最悠久，文化底蕴深厚。据考证，紫鹊界秦人梯田始于秦汉，至今已有 2000 余年的历史，是当地苗、瑶、侗、汉等多民族历代先民共同创造的劳动成果，是南方稻作文化与苗瑶渔猎文化交融糅合的历史遗存。

梯田坡度最陡。梯田坡度在 25−40 度，最陡达 50 度以上，且层层叠叠于海拔 500−1100 米之间，共 400 余级，蔚为壮观。

海拔最高的梯田。据专家研究，海拔在 800 米以上，水稻则难以成活，而这里海拔达 1200 米，且年年丰收，当地传闻“外面大乱，此地无忧；外面大旱，此地有收”。

旅游小贴士

紫鹊界秦人梯田目前不收门票。紫鹊界秦人梯田，有根植于本土文化土壤的丰富而久远的梅山民俗，为紫鹊界打上鲜明的地域烙印。在饱览紫鹊界壮丽景色之后，可欣赏梅山武术、山歌对唱、舞草龙、傩戏等独具特色的民俗表演。

线路四　湄江—龙山

亿万年的时间雕琢出来的一条"风景线"，绝对让你不虚此行。

第一站　湄江。湄江风景名胜区位于距湖南娄底市50公里的涟源市西北部，它集山、水、洞、峰、石、泉、涧、瀑布、峡谷、沙滩、绿洲、悬崖、峭壁、深潭、湖泊于一体。仙人府，洞中有洞，荡舟而入，洞内成瀑，别有洞天；香炉山，一石八景以不同角度互换，构成一幅惟妙惟肖的三维动画；龙泉峡谷时而山穷水尽后柳暗花明，时而小桥流水，峰回路转，尽头则是绝处逢生的一线天和一曲优美动听的高山流水；观音崖的莲花涌泉为您解读了与塞海湖一脉相通的秘密……秀丽的九曲湄江如翠绿的玉带般轻绕其中，将所有的佳景美画萦绕在一起来点缀。

第二站　龙山。龙山国家森林公园距娄底市市区45公里处，如一条腾飞的绿色巨龙，灵动于天地之间。有石牛相斗、小瑶池、宝石残月、将军石、仙人石、彩风湖等佳景，虽不及张家界森林公园般如雷贯耳，也没有泰山般雄峻挺拔，它只是以幽深的峪谷、苍翠的林木、清凉如春的四季向世人展现她小家碧玉般的优雅和别致。更让人流连忘返的是1513米主峰岳坪峰顶的药王殿，它是为纪念唐代名医孙思邈而建，至今依稀可追踪当年孙思邈写《千金药方》的执着和灵感，而这里每一个有关孙思邈的民间传说，以及药王殿里尚存的3000个药方更是给龙山蒙上了一层层神秘的色彩。因此，慕名前来旅游、避暑、烧香求医者络绎不绝。

旅游小贴士

湄江风景区距娄底约60公里，门票为75元。途中有涟源城东加油站，各种汽柴油都有；住宿推荐涟源宾馆（二星）（标准间，168元/天，停车费6元/辆）、湄江宾馆（标准间，100元/天）。龙山国家森林公园目前免票，有新修的凤凰寺，山上道路已硬化，适于各种车辆通行。

线路五　世界锑都—波月洞

娄底老牌知名景点，至今仍焕发着活力。

第一站　世界锑都锡矿山。锡矿山位于冷水江市郊，是百年老矿，锑储量占世界总量的1/6，至今锑的发现、开采、冶炼以及不断深加工的技术仍是世界研究的第一脉络。在这里曾有全国第一个工业企业党支部，有再现旧社会矿工苦难生活的忆苦窿、光彩夺目的锑矿标本展览馆和见证历史变迁的砋碉堡、烈士墓，"千米垂直层次直井”“现代新工艺流程”等景观也为游客所青睐，是工矿旅游的理想选择。

第二站　波月洞风景区。波月洞位于世界锑都所在地——冷水江市北郊。有大小洞厅 27 个，厅厅有景，景景各异。且不说它有石槽之深、鹅管之高、石坝之高三个世界之最，单是那或如白洋淀里的青纱帐，或如皇宫宝殿里的罗绸帷幕，或如《桃花源记》里的纵横阡陌，或如九寨沟里的人间瑶池……就会弄得你眼花缭乱，心怡不已。想着《西游记》里的水帘洞、美猴王宝座、白骨精的梳妆台，没错，就是这里了。细思量，让人不得不赞叹大自然实是一位神奇的艺术大师，它留给人类一座瑰丽无比的艺术宫殿。

旅游小贴士

波月洞距娄底约 60 公里，门票价为 53 元，可夜宿波月宾馆（50-100 元 / 间、天）、冷江宾馆（二星级，标准间 168-268 元 / 天）、红梅宾馆（一星）标准间 128-138 元 / 天。

娄底的山山水水，是有生命的大自然，激越流动着的血脉奔腾在娄底的显影；娄底的一石一木，是山的呼吸、水的歌吟所营造出来的鬼斧神工。娄底的风景，让人心跳，让人战栗，等着你来解读它的神秘、礼赞它的瑰丽！

（原载《娄底日报》2007 年 9 月 21 日第二版）

播种希望

——娄底军分区建整扶贫纪实

本报记者　刘惠南　通讯员　肖　晖

离新化县城30公里的风云山黄家岭与老田岭之间，有个面积仅3.6平方公里的群健村。1998年，娄底军分区建整扶贫工作队开进这块贫瘠的土地，用睿智和坚韧，播种希望，演奏出了一曲曲动人的扶贫帮困乐章。

群健村是新化县有名的石灰岩溶洞区，50%的土地处于溶洞区上。全村212户848人，山地面积2000余亩，旱地160余亩，水田480亩，而旱涝保收的水田仅30余亩，人平产粮不足250公斤，人平均年收入不到300元，是省定特困村。1998年元月，军分区政治部干事肖光明、司令部参谋邹子芳和新化县人武部干事张秦宇，带着地委、行署、军分区和新化县委、政府的重托和群健800父老乡亲的厚望，挑起了建整扶贫的重任。

扶贫先扶志。他们“走百里路、访百户人”，广泛宣传党的扶贫富民政策，认真听取群众意见，了解群众疾苦，坚定村民脱贫信心，与村民制订出基础设施建设和脱贫致富“5123567”计划，即：整修一条村级公路、改建一所村小学和一个村办公室、恢复一个园艺场，修好一口山塘、2条水渠，拉通3条低压线路，建好5口水井，达到年人平产粮300公斤，年人平纯收入700元。

扶贫要济贫。工作队在走访调查中，得知全村有10余户特困户，还有16名儿童因家庭贫困被迫辍学，心里很难过，马上向分区领导汇报。分区动员16名营以上干部对失学儿童结对扶贫。同时，组织分区56名官兵为特困家庭捐款7000余元、棉被21床，为他们送去党的温暖和拳拳爱心。6月25日，他们走访黄家岭六组五保户黄先木老人，得知老人生活困难，当即尽身上所有，捐助200元钱。老人感动得热泪盈眶。

扶贫，关键是要建设一个好支部。过去，村里的财务账目未公开，群众牢骚怪话多，对村支部班子有抵触情绪。而村干部也不敢抓不敢管，村级工作几乎处于瘫痪状态。工作队进村后，着手整顿村领导班子，挂牌设立村委、支部办公室，成立村民代表大会委员会、村务工作民主管理监督委员会、经济管理委员会等十大管理机构，并制订《村民代表大会制度》《村民委员会主任职责》《财务管理制度》等15个规章制度，由村务公开监督小组对群健村前10年的村财务进行认真清查、公布，给群众一个明白，还村干部一个清白，改善干部、党群关系。

“要想富，先修路。”去年5月初，工作队与县、镇、管区领导和村组干部、村民代表研究整修3.5公里村级公路方案，成立由工作队、管区驻村干部和村干部组成的“公路整修指挥部”，分工负责。没有资金，分区政委孟祥映、司令员周南银与新化县委领导和有关部门负责人，到村里现场办公，落实资金。县扶贫办解决3万元，县以工代赈办拨款2万元，分区提供公路护坡、涵管等工程所需的20吨水泥、500公斤炸药和1000发雷管。缺乏技术，县交通局派出工程师负责勘察测量，修改整修方案。8月24日，公路整修动工。工作队坐镇现场指挥，村干部分工负责，广大村民修路热情高涨，仅25天时间就完成了任务。经有关部门验收，公路达标，成为新化一流的村级公路。

群健村严重缺水。每逢干旱季节，不仅农田灌溉困难，就是人畜饮水也成难事。特别是一、二、三、七、八、九组近500人的饮用水十分困难，每天凌晨3至4点，水井边就长龙似地排起了打着手电挑水的农民，如果谁排得稍后一点，等待你的必是“黄汤”。有时甚至有一半以上的人连“黄汤”都挑不上。工作队驻村后，立即与管区和镇党委、政府有关领导研究修井之事。与村干部挨家挨户做思想工作，发动全民参与，仅用20来天时间，就兴建了3口水井，其中一口井容量在50吨以上，能供400人饮用水。

队员们把村民当亲人。他们与群众同吃同住同劳动，经常为孤寡老人挑水，在生活上不搞特殊，总要按规定缴付生活费。每当村民为感谢他们送点土特产时，他们总是拒收，实在拒不掉，也要按市场价付款。村民每每谈及此事，总是赞不绝口。

汗水浸透着果实，果实孕育着希望。如今的群健村人心稳定，干群关系融洽，村风民风好转，正大步向新的目标迈进。

（原载《娄底日报》1999年1月26日第一版）

丹心碧血铸师魂

——记为保护学生以身殉职的英雄校长杨建一

本报记者　刘惠南　聂国颂　通讯员　李　劲

悠悠资水，呜咽悲泣；魏魏梅山，托起英灵。

1 月 17 日，新化县梅山古城，有泪如倾，长歌当哭。没有人号召，没有人组织，人们从四面八方汇集县殡仪馆，一时间，白色的海涌，悲痛的潮动。

小学生手握白花走来了。

老太太拄着拐杖走来了。

个体户放下手中的生意走来了。

……

一个名字在新化的天空闪光。

一个名字在新化的土地嘹亮。

这个名字叫杨建一，他是新化县上梅镇北渡中心小学校长。1 月 15 日，为了保护自己的学生，面对手持凶器的歹徒，他赤手空拳展开殊死搏斗，被刺数刀后英勇牺牲。

1 月 16 日，新化县教育局向全县教育系统发出向“英雄校长”杨建一学习的决定。1 月 17 日，来自省、市教育部门和新化县四大家领导及新化各条战线 10000 余人，在县殡仪馆为杨建一举行了隆重的追悼大会。

十里长街，万人送别。

“面对生命威胁，他毫无畏惧”

1 月 16 日，北渡中心小学不远处的一块菜地里，还残留着杨建一未干的热血，阴沉的天空下起了细雨，仿佛在泣诉那悲壮的一幕……

1 月 15 日下午，杨建一像往常一样，巡查了校园，回到了办公室。13 时 53 分许，三年级学生正兴高采烈地分组做游戏。突然，从校园南围墙上翻入一名不明身份的男子，手持铁剪刀，直奔学生王振宇。凶手一手掐住王振宇脖子，一手用铁剪刀朝其头上猛戳，孩子血流如注，当场倒在血泊中。

“救命啦！”女体育老师卿芳惊呼。听到呼救声，杨建一夺门而出，奋力向歹徒逃窜的方向奔去。

追出学校后，手持凶器的歹徒拼命向乡村小路跑去。200多米后，杨建一在学校围墙外的一块菜地里将歹徒抓住。穷凶极恶的歹徒突然反转身，拿起凶器朝杨建一的头部和胸部连砍数刀。杨建一一头倒在血泊中，英勇献身，菜地上的绿叶子、白萝卜都被血染红了。

“他平常很温和，但面对穷凶极恶的歹徒，明明晓得有危险，但他完全不顾，心里想的是抓住歹徒，没想到为了学生连自己的命都丢了。”86岁高龄、曾是杨建一的老师杨智水哽咽着说。

1月16日13时许，犯罪嫌疑人王志初归案，新化公安用行动告慰了杨建一的在天之灵。

“一心扑在学校，他是一名好校长”

杨建一1954年出生在新化县上梅镇和兴村。1982年12月从事泥工的他顶替父职，先后在东方红、展沅、三江口、北渡等小学教书，任学校教导主任、校长。1997年加入中国共产党。

今年59岁的杨建一，再过半年就可以退休，享受天伦之乐了。忆起杨老师的琐事，北渡小学的老师无不潸然泪下。

“他每天清早就到了学校，直等把最后一个孩子送出学校，他才会走出校门。”

“校园里门窗、水龙头坏了，都是他负责修理；院内绿化都是他打理。”

“我们有个什么事，杨校长总会尽力帮助。”

离事发地不远，杨建一家门口的灯还亮着，可永远也等不回这个家庭的顶梁柱了。30多年来，杨建一一心扑在教学上，每天不工作到18时不回家，节假日和寒暑假，他更是牵挂着学校的一草一木。

2008年11月的一天下午，杨建一为了节省开支亲自维修学校电线，不幸从楼梯上摔了下来，软肋严重扭伤，动弹不得，医生建议他在家休息，但他第二天就来到了学校，手撑着藤椅艰难的登上二楼为学生上课，一直坚持了一个多月。全校教师无不为之感动，学生们感动得流泪，都争着要搀扶杨校长上下楼。

2012年5月，杨建一因腿部肿瘤进行手术治疗，医院建议休养一个月。但伤口未愈他就不顾医生的劝说来到了学校，为学生上课，巡查学校工作……学校老师说，杨校长一心扑在学校工作上的事例不胜枚举。

去年，学校的瓦要翻新，杨建一就利用双休日，自己搭梯子一担担瓦往屋顶挑。可自己家的老房子急需翻新，他却没时间管，妻子康桂梅忍不住向他发火，他对妻子说："学校的事是大事，家里的事是小事，我是一校之长，你就多理解点。"

杨建一关心教师，有口皆碑。2010 年 9 月，教师周仁凯身患癌症先后在娄底、长沙住院，杨校长不顾劳累，前往医院探望，问寒问暖，并多次安排学校行政人员、教师探望这位生病的老师，还个人捐送 1000 元慰问金，令周仁凯及其家人很受感动。前年冬天的一个夜晚，一位住校教师发高烧，杨校长知道后，从离校 1 公里的家里赶来，把他送到县人民医院，待到回家时已经是第二天凌晨 2 点多了。

"杨校长特别关心我们青年教师的成长进步，总是在教学上不厌其烦地指导我们，使我们迅速成长为教学骨干。"一年前来校的特岗教师姜海燕热泪盈眶地说。

"爱学生胜过爱家人"

无论是当老师还是做校长，杨建一对学生都倾注了无尽的爱，哪个学生家庭有困难，他总会热心帮助，深受家长、学生爱戴。

2011 年上学期，五年级学生何先凡突发急病，疼痛难忍。杨建一看在眼里急在心上，立即租车送人民医院。医生诊断后需住院治疗，杨建一跑上跑下，又是挂号，又是取药，还二话没说付了 1000 元住院费。这位学生家境贫寒，父母在外打工，跟随奶奶生活，无法还医药费。杨建一还买了水果看望这位学生，一直没让还钱。

杨建一非常关心孩子们的成长进步，哪个学生在纪律上有不良表现，他总会耐心教育。他办公室有两本小册子，一本记载贫困生情况，一本记录留守儿童家庭状况，引导班主任关注特殊学生的成长。学校 8 名学生家庭十分困难，杨校长了解情况后，给学生们申请了困难补助，使这些学生家长解了燃眉之急……

杨建一在工作日记里写道："教育是我事业的全部，学生是我生命的全部。为了教育事业，我无怨无悔；为了孩子的成长，我在所不惜。"这是杨建一用自己的生命保护学生做了最好的注释。

杨建一走得太匆忙，他来不及告别相濡以沫的妻子和可爱的儿女，来不及看一眼他一生热爱的校园。但他无私无畏、忠于职守、乐于奉献的精神，永远留在他用生命护卫的校园里，永远活在人民群众的心中……

（原载《娄底日报》2013 年 1 月 18 日第一版）

志在苍生笑开颜

——记“全国先进工作者”涟源市田心医院院长石海澄

本报记者　刘惠南　通讯员　李郁林　彭冬余

在涟源、新邵、双峰3县市交界的巍巍龙山脚下，有家名医院——涟源市田心疑难病专科医院，创办这家医院的是名医、“全国先进工作者”石海澄。他用一双妙手，为千百个重危的疑难病人再次撑开了生命的蓝天；他以仁慈的胸怀，让患者和家属感受到了春天般的温暖；他以执着追求，致力于发展农村卫生事业。

陈玉娥是石海澄从死神身边拽回来的。陈是邵阳市纺织厂女教师，患胰腺癌，在几家大医院住院治疗近1年，用去医药费8万多元，到1998年3月病情恶化，大医院给她下了“死刑”判决。绝望中，她的丈夫打听到田心医院有个“石神仙”，就带着妻子的病历赶到田心向石海澄求救。石海澄给她开了14副自己研制的“抑癌散”和“癌痛灵”特效中草药带回邵阳。陈玉娥服完以后，病情大为好转，在丈夫的陪同下来院治疗，住院两个月后，生活便可完全自理，还可干轻微的家务劳动了，夫妻俩直喊石海澄是“大救星”。

在田心的两天采访中，人们向记者讲述了石海澄一个个妙手回春的动人故事：有患肝癌3年多、省城医院下了病危通知单的白马镇民办教师王吉元；有患脑膜炎昏迷113天、在长沙等地治疗花去医药费4万多元、医生断言没得救了的娄底蔬菜公司9岁的彭勇；有患脑胶质瘤四处求医不见好转、生命垂危的湘潭小学生龙争……类似起死回生的例子不胜枚举，仅近5年，就有1195名重危病人在石海澄的努力下，与死神擦肩而过。

湘乡市粟山桥镇永安村七组张家国的6岁女儿张安林患肠石膜恶性淋巴瘤，肚子大于鼓，四处求医，倾家荡产花了1万多元没有治好，病情却日趋严重。张家国抱着绝望的心情带着女儿来到田心医院。石海澄用“抑癌散”中草药为小安林治疗，小安林只服了60副中草药就全部康复，学习得了班上的第3名。去年9月17日，张家国给石海澄寄来热情洋溢的感谢信：“悬壶济世四十春，药到病去思邈魂，当今世间疑难疾，请找神医石海澄。”

石海澄医术高超，医德也高尚。脑膜炎患者梁松和重度昏迷达49天，先后在几家大医院抢救，均无疗效，背上的褥疮严重溃烂，恶臭难闻。病人已奄奄一息，家人抱着最后一线希望，将病人连同棺材一道送到田心医院，石海澄连夜精心设计了治疗方案，运用中草药秘方《醒脑丹》和多种综合治疗方法为梁松和治疗。为观察病情，石海澄硬是在病床前守护了14个日日夜夜，患者终于奇迹般地苏醒过来，后仅住院两个多月就康复出院。

石海澄行医多年，给他送礼送钱致谢的人不计其数，每次他都婉言谢绝，长沙市双江乡肝硬化患者彭青山在田心医院治愈后，感谢不已，给石海澄送来一面锦旗和1000元红包。石海澄收下锦旗，红包说什么也不收。他说，“精心为病人治病是医师的职业道德，只要你身体康复了我就高兴！”1990年来，石海澄拒收各种红包礼品600多次，累计金额达4万多元。近年来，不少医疗机构和用人单位看准他这个“财神菩萨”，高薪聘请他去坐堂行医，深圳一家外资企业老板开出年薪5万元，外加一次性聘金10万元的条件聘请他去坐堂应诊，他都没有动心。

为发展农村卫生事业，石海澄针对医院长期来吃“大锅饭”的弊端，大胆改革。他改革人事用工制度，取消固定工和固定工资，实行职工聘用制和“浮动工资”；改革社区服务机制，改单一治病为防治结合，改坐堂应诊为上门服务；除办好中心卫生院外，还设立4个分院、16个村医疗所，将社区三级医疗卫生保健抓到实处；改革医疗作风，医院实行上午坐堂应诊，下午下乡出诊，24小时全天候服务，还进城开设涟源等城区门诊部，方便群众看病。

与此同时，石海澄狠抓人才培养、设备配套和院舍建设，先后挤出资金1000余万元，选送27名医务人员到省城著名医院进修、深造，购进120多台先进医疗设备，新建面积2800多平方米的门诊综合大楼、340平方米的辅助用房和2600平方米的职工宿舍，建起一个制药厂和500多亩药材基地。医院固定资产由1984年的20万元剧增到1900多万元，吸引了全国20多个省、市、自治州区的患者前来求医问诊，为成千上万的疑难病患者解除了病魔带来的痛苦。1999年，医疗收入达560万元，成为中国农村卫生改革的一面红旗，院长石海澄被评为“湖南省劳动模范”和“全国先进工作者”，当选为省九届人大代表。

（原载《娄底日报》2000年7月31日第二版）

八旬老人的无私大爱

——记全国第二届助人为乐道德模范入选人、涟源市国税局退休干部肖光盛

本报记者　刘惠南　石　瑶

在涟源乃至娄底市，每一个熟悉他的人都赞誉他为“活雷锋”，每一个受过他扶助的人都尊称他为“恩人”！

他就是“全国第二届助人为乐道德模范”与“全国离退休干部先进个人”入选人、湖南省“金牌志（义）工”、湖南省“关心下一代工作先进个人”、湖南省“三好老干部”、湖南省与娄底市“优秀共产党员”、娄底市与涟源市“首届道德模范”、涟源市国税局退休干部肖光盛。

21年来，他恪守着“要一辈子为人民服务”的人生诺言，不顾自己年高体弱，四处奔波筹善款，圆就“爱心大梦”。至目前为止，他已行程16万多公里，涉及全国20多个省市的100多个县市，走访了3000多个单位，发动或联系了51万人献爱心，募捐善款414万元，其中，他个人自捐达5.6万元，扶助了525个亟须帮助的人。

他以大爱与善举，喜圆一个又一个“爱心大梦”，点燃弱势人群的希望之火；

他以执着和追求，谱写了一曲曲倾心为民、感动岁月的爱心壮歌！

“把爱洒向亟须帮助的人”

1991年6月，肖光盛退休了，一贯热心公益事业、乐于助人的他，把“关爱他人、无私奉献”作为晚年生活的追求，开始实施他的第一个“爱心10年计划”：发动10万爱心人士，募捐善款100万元，扶助100名伤、病、特困学子等亟须帮助的人。为实现这个“爱心大梦”，他一年365天至少有350天奔走在募捐的路上，不论刮风下雨，不管严寒酷暑，总是奔波忙碌，乐此不疲。

“退休了也不在家好好享享清福，一天到晚总是往外跑。”一开始，家人和朋友对肖光盛的执着很不理解。他总是这样回答：“我是退休了，可是我并没有从自己设置的岗位上退下来，反而有了更多的时间来完成自己的爱心计划，这不是很好

吗？”他在日记中写道：“我要在有生之年把爱洒向亟需帮助的人。”

14 岁的孤女郭春花患白血病，孤苦无助，无钱治疗，心急如焚。“我不能让这朵‘小春花’就此凋谢。”肖光盛得知后，先后 10 多次义务撰写求援书，向社会各界爱心人士共发放 800 余份，发动 9 名退休老干部一起四处奔波，在 11 个月时间里走遍娄底市范围 140 多家单位，发动 45800 余人献爱心，共为郭春花募捐 11.6 万元。《湖南日报》曾以《九老救孤，一呼百应》为题，报道了这个动人故事。

“救火女英雄”龙洪元因扑灭山火烧伤面积达 90%，急需巨额医疗费救治。获知情况的萧光盛连夜撰写新闻稿和救助书，在《三湘都市报》《娄底日报》等全国 20 多家媒体发表。在前后 8 个多月时间里，他为龙洪元募捐善款整整劳累奔波了 250 多天，走访了 240 余家单位，共发动 4 万多人献爱心，募捐善款 38.6 万多元，硬是将这位“救火女英雄”从死亡线上拉了回来。

24 岁的女青年廖红飞和 14 岁初中生廖丰浪不幸患上了白血病，肖光盛四处为他俩募捐善款，在一个月里为廖红飞募捐善款 7 万多元，又用半年时间为廖丰浪募捐善款 6 万多元，使他们俩得到了及时救治。

经过近 10 年如一日的艰辛努力，肖光盛终于在他古稀之年提前圆了他的第一个“爱心大梦”：发动 11 万多人，募捐善款 101.2 万多元，帮扶救助了 108 位亟需帮助的人。省内媒体竞相以《七旬老人百万募捐梦》《七旬老人的爱心之路》为题，报道了他的感人事迹。

“永不停息的爱心大接力”

肖光盛的第一个“爱心大梦”提前实现后，毫不松懈地开始实施他的第二个“爱心 10 年计划”。他说：“做好人好事像大海中的巨浪，一个接一个，永不停息，我要开展爱心大接力，奏响爱心‘大合唱’。”他为自己定下了“三个三”目标，即累计发动 30 万人，累计募集善款 300 万元，累计扶助 300 个亟需帮助的人。

肖光盛深知：“一花独放不是春”。个人的力量毕竟有限，爱心事业必须动员全社会的力量来参与。为此，除个人捐款之外，他更注重广泛发动社会爱心人士奏响爱心“大合唱”。并把爱心接力的重点逐步扩展，延伸到助学成才上来。他风里来，雨里去，走遍了涟源市 20 个乡镇、办事处的 900 多个村、居委会，300 多所学校，他多次走访亟需帮助的特困户、特困学子，记下地址、联系方式，并登记在册，然后用“一帮一”、或“多帮一”“一帮多”等多种方式，分出轻重缓急，为他们寻找帮扶对象。

孤儿吴心意，父母双亡，与80多岁高龄、行动艰难的祖父相依为命。他聪明好学，成绩优异，但小学毕业后却无钱升学。肖光盛得知这一情况后，四处联系帮扶单位和个人进行帮扶。从初三到大学的5年时间里，他先后为小吴找了6位干部、教师、职工和企业家“接力帮扶”，共筹集帮扶资金5.71万元。如今，吴心意已是南京东南大学在读研究生，并入了党。每每谈起肖光盛老人时，他总抑制不住内心的激动。他说：“肖爷爷是我最亲的人，他用无私大爱浇灌了无数的生命之花。在我的生命里，他教会了我怎么感恩，怎样去奉献人生价值。”

涟源市七星街镇檀山村肖珑，父亲严重智残，靠母亲做小工糊口。因家庭困难，哥哥初中没毕业就辍学在家。聪明好学的小肖珑考上天津大学后，为学费的事发愁。肖光盛知道后，四处奔走，联系涟源市国土资源局对他给予长期资助。如今，肖珑研究生毕业参加了工作，经常给肖光盛写信，他说他很幸福，能在肖爷爷爱心与仁慈的光辉下生活……

爱心大接力，带来“爱心大梦”圆。至2009年4月，经过夜以继日的奋斗，肖光盛又提前实现了他的第二个“爱心10年计划”目标：累计发动了30万人，募捐了善款300.72万元，帮扶了302个亟须帮助的人。

人生有限，奉献无涯。2009年7月22日，是肖光盛80岁的生日，雄心不老的他，又构想了第三个“爱心大梦”的10年计划，开始新一轮的爱心大接力，奏响又一爱心“大合唱”。他雄心勃勃地对家人说：“如果我能健康地活到90岁，我将在有生之年，实现第三个‘爱心10年计划’的‘三个五’目标，累计发动50万人献爱心，累计募捐善款500万元，累计帮扶500个亟须帮助的人。

2年多来，肖光盛老人撑着瘦弱的身体，踏着一拐一拐的步伐，凭着坚韧的毅力，募捐资金42万元，帮助65名贫困学子圆了读书梦。而肖光盛也成了远近有名的爱心名人，上门求助的人也愈来愈多，工作也愈来愈忙。他的手机成了社会弱势群体求助的“爱心110”，亦是社会公认的“有求必应、有应必果”的“爱心电话”。

“为他人自己再苦心也甜”

生命的价值在于奉献，人生的力量全靠信念。肖光盛有他的信念，也有他的追求，他常说：“扶贫助困是最崇高的事业，我永远热爱这个‘只亏本、不赚钱’的事业，为他人，自己再苦心也甜。”

在涟源市委宣传部同志的陪同下，我们走访有关部门、肖光盛的家和肖光盛扶助过的家庭及周边群众，感受着肖光盛大爱与善举的闪光足迹。

涟源市国税局的干部向我们介绍：21 年来，肖光盛不知道磨坏了多少双鞋，不知道摔过多少次跤，不知道受过多少回伤痛。在为“救火女英雄”龙洪元募捐善款时正值仲夏，天气酷热难熬。肖光盛却拄着拐杖在烈日下来回奔波。他患严重的溃疡病，身体虚弱，但那些日子为了凑钱救命，他硬撑着。有一天，肖光盛因过度劳累昏倒在路上，龙洪元的丈夫急忙将他扶起，使劲掐他的人中，许久肖光盛才苏醒过来。像这种昏倒在行善路上的情况，不知发生过多少次，肖光盛总是坦然以对。他乐当“爱心大使”，在扶助的 471 名学生中，有 11 名进入复旦大学等学校读研，有 12 名进入清华大学等 10 所名牌大学，有 80 名进入全国 100 所重点大学，有 9 名参加了工作，有 42 名入了党。

肖光盛的邻居梁玉书充满深情地说：“肖老对亟须帮助的人很大方，对自己却特别小气。老两口从不多花一分钱，家里吃的菜都是自己种的，老两口穿的衣服也都是儿子、儿媳穿旧了的，除非非买不可，不然家里从不添置东西。好几次肖老将离家较远、又没钱住店的求助者带回家留宿。”

肖光盛家里简陋，几张凳子、桌子，简简单单的一些生活日用品。在他的卧室，最引人注目的还要数那些被挂在斑驳墙壁上被肖光盛救助过的学生名册、大学录取通知书、贫困学生的国家贷款。肖光盛从书柜里翻出自己与资助过的学生合影，小心翼翼地翻着一张张照片，把照片上的学生名字一个个地告诉记者。“这些照片中的孩子都是我这个大家庭的成员，就像自己的孙子孙女一样，作为爷爷的我，一定得成为这些孩子们的坚强后盾。”肖光盛显得异常兴奋。

肖光盛头发花白，目光炯炯有神，微微泛黄的衬衣外套着一件颜色已不再鲜亮的国税局制服，衬衣的领口被磨得起了棉球。“这制服是我在国税局上班的儿子穿旧了的，我喜欢这衣服，而且又不需花钱买，真是一举两得。”肖光盛憨厚地解释。

肖光盛的老伴刘穆桂动情地说：“我家老头子扶贫助困，从不计较个人得失。为了募捐善款，他几乎把大部分的退休金都用在了搜集、打印资料和车旅费上。早些年一个月工资还只有 20 来块钱，一次他碰见别人家里没有煤烧，他二话不说就拿钱去帮别人买煤，其实当时自己家也没有多少煤了。最后没办法，我只好到山上捡干柴烧。还有一次，我看他的鞋子又旧又破，便熬夜帮他做了一双布鞋，结果他第二天出去一趟，回来时鞋子就没有了，问他才知道，鞋子送给贫困户了。”

在涟源市七星街镇土珠村，小学教师肖均平介绍：肖光盛只求奉献，不求索取；只求服务，不求回报。2010 年 8 月，他的大儿子肖志勇患尿毒症，大额的医疗费用使原本贫困的家庭雪上加霜。肖光盛得知后，多次上门了解情况，每次来都要转几趟车。在这么颠簸的路上坐几趟车年轻人都吃不消，何况一个年过八旬的老人。

2010 年 11 月至今，肖光盛一直为他家四处奔波，已募集爱心款 15.4 万元。去年 4 月 6 日，肖光盛在为他家募捐途中不幸摔倒，右腿髌骨骨折，造成四级伤残，在医院住了 50 多天，花了 2 万多块钱医药费。他多次提出要到医院看望，肖光盛硬是不肯。“其实，他就是怕我送东西给他呢！后来，他腿稍微好一点了，便又拄着拐杖陪着我四处筹钱。”回忆起肖光盛帮助自己的经历时，肖均平有些哽咽。

“把方便让给别人，把困难留给自己”“心里装着人民，唯独没有自己。”雷锋的精神在肖光盛身上闪耀着夺目的光彩。

这就是肖光盛，他用实实在在的行动，凸显了一位退休干部为国分忧、为民解难的高尚情怀，展示了一名老共产党员不图名利、不计得失、倾心奉献的人生境界。

（原载《娄底日报》2012 年 5 月 11 日第一版）

死亡意味着生命的终结吗？不！因爱心的捐献，逝者的器官还在这个世界上延续着生命。

——题记

给别人希望，让自己永恒

——记娄底市首例“脑死亡”器官捐献患者成媛妮

本报记者　刘惠南　通讯员　董　昉

虽然医生尽了最大的努力进行抢救，但花季少女成媛妮依然没有出现奇迹，她的生命迹象只能仰赖医疗设备维持，被诊断为“脑死亡”。

“为了让妹妹走得更有意义，为了减轻更多家庭的痛苦，我们全家都同意捐出她身上有用的器官。”1 月 12 日下午 4 时，在娄底市中心医院 25 病室，长媛妮 6 岁的哥哥成玮强忍着眼泪坚定地说：“妹妹走了，但生活还要继续。给别人希望，让自己永恒。”

1 月 12 日晚上 9 时，16 岁的媛妮被推送进手术室，陆续摘除机器，靠特殊的人工膜肺维持基本脏器功能，心跳停止。9 时 50 分，为媛妮擦洗身体、穿上新衣和这个年龄喜爱的牛仔裤、帆布鞋后，进行器官移植的医生、护士们为消逝的青春深深默哀。随后，媛妮的眼角膜、肝、肾连夜送往长沙，捐给了最需要的人……

生命陨落

2013 年 1 月 1 日晚 9 时，就读于娄底一中的成媛妮搭乘同学的摩托车回家，途经东方豪苑时，与另一辆摩托车相撞，瘦小的她顿时被飞出车外，头部严重受伤，当场不省人事。

娄底市 120 急救中心接到求救电话后，火速赶往现场，将媛妮送入娄底市中心医院抢救。医院开通绿色通道，在做完 CT 检查后，媛妮被立即推入手术室。当晚，市中心医院 25 病室副主任、主任医师黎景光和其助手龙任医师为媛妮进行头部开颅手术，手术长达 4 个小时。术后，媛妮被送入该院 ICU 继续抢救治疗。

这是一个沉重的新年。一场交通意外让这个平日不能团聚的四口之家顿时陷入巨大的悲痛中。远在武汉打工的父母接到女儿的噩耗立即赶往娄底，终于在近 7 个小时后见到了躺在 ICU 病床上奄奄一息的女儿。在湖南工学院读大三的成玮也在第二天赶到了病房，抚摸着妹妹的手，感受着妹妹的体温。历经数天抢救，媛妮的病情仍没有好转。1 月 8 日，媛妮的瞳孔突然散大，血压骤降，脑干反射全部消失，医护人员沉重地告诉父亲成亦湘，媛妮被诊断为“脑死亡”。这也就意味着女儿将再也无法看父母一眼，再也无法喊上一句“爸爸、妈妈”。

爱心捐献

成媛妮是娄底一中艺术部高二播音主持班的一名普通学生。据她的老师和同学回忆说，媛妮是一个心地善良、性格文静的漂亮女孩，为了实现自己的主持人梦想，高一的时候转入艺术部播音主持班学习。

当医院下达“脑死亡”通知后，成玮向父母提出了捐献妹妹器官的建议。沉默寡言的成亦湘同意了儿子的想法，但母亲戴赛珍坚决不同意。

“身体发肤、受之父母，女儿走也要留个全尸，漂漂亮亮地走。”成玮对母亲说：“如果将妹妹的尸体火化了，我们得到的只有一盒骨灰。如果捐出妹妹可用的器官，她的生命就没有结束。”在儿子的耐心劝导下，戴赛珍含着眼泪点了点头。

在征得父母的同意后，成玮拨打了省红十字会的电话……

1 月 9 日，省红十字会工作人员和中南大学湘雅二医院专家以及人体器官捐献协调员来到娄底市中心医院，为媛妮做了详细的身体鉴定与评估。经过 3 个半小时紧张、详细、专业评估之后，专家组给出综合意见：成媛妮的身体适合作为器官捐献的供体。

1 月 12 日下午 2 时，当一脸倦容、眼里布满血丝、连续几夜守在病床旁的戴赛珍再次见到湘雅二医院人体器官捐献协调员时，忍不住又一次号啕大哭起来。戴赛珍跪倒在地，任凭家人如何拉扯，都不能起身。若不是为了生计，她不会将女儿寄养在异乡，也就不会有这样的悲剧发生。悲痛、内疚，没有什么事情能如此折磨人到中年的母亲了。

当日晚上 9 时，成亦湘夫妇满含着不舍的泪水，望着女儿被推入了手术室。虽然已知女儿毫无知觉，但想到将要发生的一切，痛苦如火焰般席卷而来，烈焰炙烤着心头……就这样，手术室外，时钟一分一秒走过；手术室内，历经了无数磨难的年轻心脏停止了跳动。

灿烂绽放

嫒妮是娄底市首例“脑死亡”器官捐献患者。术后，医护人员为嫒妮穿上了一套崭新的衣服，并为她深深默哀。青春的脸庞宛若熟睡，女孩的世界不再有痛苦悲伤，她的遗体将于1月16日在娄底火化，骨灰将安葬在湖南省遗爱人间公益纪念陵。

生命尽头爱未尽。嫒妮年轻的肝脏拯救了一名严重肝病患者，健康的双肾分别移植给两位尿毒症患者。而一对眼角膜则暂时安置于长沙爱尔眼科医院，终会有人替她再次见到这个美丽的世界。正如人们所说：“我用我逝去的生命，换你一生的光明。只希望你能用这双眼睛，代我看这世间的一切。或冷暖，或辛酸……”

承载着一切痛苦，凤凰在火焰中死亡，换来的是更加灿烂的生命。这个16岁的美丽女孩的离世，如同神鸟凤凰的牺牲，让更多生命绽放开来。

当一切尘埃落定，离世的人们安息长眠。而心存感恩的世人将永记这个女孩，她的名字将被刻入捐献者的纪念石碑，她的精神也将被刻入每个人的心中。

（原载《娄底日报》2013年1月18日第三版）

公公瘫痪，婆婆疯癫，行长的千金嫁给了他们那挖煤的儿子——

爱使她永不觉得累

刘惠南　邹新民

坐在我们面前接受采访的，是一位热情活泼、俊俏苗条的中年女性。她就是连续 4 年被娄底地区、新化县总工会授予“好媳妇”称号的中国工商银行新化县支行事后监督员徐永平。

1980 年初，在冷水江市工行金竹山储蓄所从事储蓄工作的徐永平在爱神丘比特之箭的指引下，与金竹山煤矿采煤工人彭铁钢相爱。

“永妹子啊，你这是何苦呢？千千万万的人不找，偏要找个挖煤的！”家里人反对。

“他家 6 兄妹，母亲是精神病人，你将来有受不完的苦。”亲友们劝阻。

“堂堂银行行长的千金小姐，却找个挖煤佬，真是自讨苦吃！”周围的人冷嘲热讽。

“挖煤的难道就不应该被人爱？我爱的是铁钢的勤劳忠厚，至于吃苦我不怕，伺候公婆是应该的。”徐永平认真地回答。

徐永平朝着自己认准的路走。铁钢提出花 800 元钱订婚，她说“不必要”；要带她上县城买手表、衣服，她以“我有工资”为由拒绝。这年梅花怒放时节，徐永平“走火入魔”般投进铁钢的怀抱。

永平与彭铁钢结婚后，首先面临的是婆母疯疯癫癫，生活不能自理。永平痴心不改，以挚爱和柔情沟通与婆母的情感。每天下班后，冒着随时会被婆母打骂的危险，像逗小孩一样与婆母接近，为婆母梳头洗发，穿衣打扮。久而久之，永平与婆母感情益深，亲密无间。

屋漏偏遭连夜雨。1994 年初，年老体弱、退休在家的公爹突患脑血栓中风，四肢瘫痪，不能言语，近似植物人。已调到新化县工行担任西门储蓄所主任的徐永平得知后，伤心极了。她请假买来水果补品，急急地赶回金竹山看望公爹。看着公爹躺在床上痛苦难忍的样子，想着公爹辛苦几十年养育丈夫 6 兄妹的恩情，永平的眼泪像断了线的珠子直往下掉。她动情地对丈夫说：“铁钢，我们把老人家接到新化照料好吗？”

公爹来到新化，各种难题摆到了永平面前：所里任务重，工作与侍候公爹的矛盾突出；公爹屎尿在身，与公爹接近存有世俗的男女之别……

永平没有去想那么多，她只想着公爹的病早点好，让公爹享几年福。每天天未亮，她就起床为公爹洗脸、刷牙、喂早餐、接屎接尿；中午和下午回到家，先要问公爹病好点没有，为公爹翻翻身子，再动手做饭菜，给公爹喂药、喂饭，擦洗身子。公爹不能吃硬食，且需营养，她每餐总要格外为公爹煮点有营养的汤食。公爹肠胃不好，常拉肚子，且因吃中药，尿多，常将床搞得臭不可闻，永平总是不声不响地换上干净床单。

1996 年夏，公爹身上长了褥疮，永平寻医问药，当医生讲要 100 片枇杷叶煮水清洗时，她下班后跋山涉水，四处寻找。后来，在远离县城 5 公里的罗盛教园艺场找到了枇杷叶。她每天煮药水细心地为公爹清洗，直至半月后公爹褥疮痊愈。

为使公爹不感到寂寞，永平一有空闲就为公爹阅读报纸杂志，讲故事；为减少公爹痛苦，她为公爹勤翻身，勤换垫片，轻轻地按摩。公爹遇到便结，她就用消过毒的棉球棍小心翼翼地抠出来。

看着永平日渐消瘦下去的面容，不能言语的公爹“啊、啊！”直叫，心里很不好受，眼泪夺眶而出。下班归来的丈夫铁钢眼睛湿润，哽咽着说：“永平，你跟着我受累了！”永平不禁心里一酸，安慰公爹和丈夫说：“只要爹生活得好，再苦再累我也愿意。”

去年元月，公爹走完了生命的全部旅程。永平眼睛哭肿了，并拿出家里仅有的 8000 元积蓄，与夫兄弟妹为公爹料理后事……

徐永平，以她那颗诚挚善良的心，温暖了家庭和社会，获得领导和同事的赞扬。1994 年至 1997 年，连续 4 年被新化县和娄底地区总工会评为“好媳妇”。

（原载《三湘都市报》1998 年 11 月 9 日第四版）

清廉生威

——记涟邵矿务局斗笠山煤矿党委书记梁军政

刘惠南　毛甲初

今年 3 月初，涟邵矿务局斗笠山煤矿党委书记梁军政的父亲满七十大寿，老梁决定携妻子儿女回河南老家一趟。矿行政办的同志考虑到他已有 10 多年未回老家了，过去又从未因私事用过车，决定为他安排一辆小车送一趟。他婉言谢绝，说："私事用公车，搞特权不好！"后来，刚好矿里有一辆车要送人去长沙办事，负责安排车子的同志叫他一家搭便车去，到长沙后再转火车。临上车时，梁书记掏钱交车费，大家告诉他："这是搭的便车，用不着交钱。""便车也要烧油嘛！"他硬是交了汽油钱。

一些人认为梁书记手中有权不用，太傻！老梁却认为权力是党和人民给的，作为党的干部，只有为职工谋利的义务，没有为个人谋取私利的权力。他常对妻子说："咱们做人，要做得有志气，做得光明磊落，公家和别人的便宜一分钱也不能占。"

1985 年，香花台工区的领导看到梁家困难，安排他的爱人到工区食堂小卖店做临时工。他知道后考虑到矿里新迁户口的家属很多，不少人需要安排，就说服爱人，主动从小卖店退了出来。1986 年，矿职工代表大会根据招工条例，决定安排老梁的大女儿招工。老梁说："先照顾同志们吧！"把到手的"肥肉"丢了出去。

大吃大喝，挥霍浪费是一大公害；个人张嘴，公家出钱的事常有发生。可老梁从当党委书记的 7 年多生涯中，他只陪过一回餐。有的人除了正当工资奖金的"白钱"，还有单位私分的"灰钱"，以及利用手中权力贪占、受贿的"黑钱"，而老梁只有那份大家都有的"死工资、奖金"。

去年，矿里按规定每季度给矿领导发 45 元安全奖金，老梁硬说自己"安全工作没做好，得了心里不安"，一分钱也没有要。前年春节，下属一个单位的领导为感谢老梁对工作的支持，趁他不在家里，送了一条"白沙"烟到他家。老梁知道后，拿着烟就往那位领导家里送，结果，误把妻子买来的那条准备春节招待客人的"白沙"烟也送走了。

梁书记就是这样廉洁正派，难怪矿里的职工评价他是"掌权不特权"的好干部，这样的共产党员没掺水分。

许许多多熟悉梁书记的人知道，老梁对自己很“刻薄”，在吃穿用上非常节俭。冬天穿蓝色“的卡”，夏天穿“的确良”；抽的是竹竿旱烟，生活费用低于普通生活水平。然而，老梁对别人却很大方，尽管他要负担父母亲，尽管他家境寒酸，仅有几件简单家具，但别人遇上困难时，他就慷慨解囊。1991 年，江南遭受特大洪灾，矿里开展为灾区人民捐款活动，老梁捐款 100 元；1992 年，矿里组织为残疾人捐款，他拿出 40 元；今年元月，矿里成立扶贫基金会，帮助特困职工脱贫，老梁带头捐款 20 元。

老梁常对妻子和儿女们说：“别人的困难就是自己的困难，自己省几十元钱容易，给别人就能派上大用场。”

今年 3 月，枫坪乡一名妇女不满 2 岁的小孩发高烧，这名年轻妇女家里穷，抱着小孩到矿里找她姐姐借钱，找了半天没找到，中午来到梁书记的邻居小刘家打听，梁书记听说后，很同情，一边叫人为她找姐姐，一边把她喊到家里，塞给她 3 个热气腾腾的糖包子，并给她 10 元钱为小孩看病。见她衣服破烂，老梁又叫妻子从衣柜里翻出 4 身半新不旧的衣服给她。这位妇女感动得热泪盈眶，连连说：“好人！好人！”

（原载《中国煤炭报》1994 年 8 月 27 日第二版）

“信合铁汉”刘明恒

本报记者　刘惠南　通讯员　吴坚强　邱晓慧

他，给人的印象是纯朴、诚恳、精明、清正，在农村信用社已整整工作了29个春秋，先后38次评为省、地、市“先进工作者”“优秀共产党员”。他所领导的涟源常林信用社年年盈利，多次评为省、地、市金融系统“先进单位”和“经济效益十佳信用社”“信贷管理十佳信用社”。

他叫刘明恒，人们赞誉他为“信合铁汉子”。

（一）

1986年9月，在信用社会计、外勤岗位干了15年，人称“铁算盘”的刘明恒被推上常林信用社主任的位置。他发扬干一行爱一行的老作风，任劳任怨，倾心工作。连星期天、节假日也极少休息。

今年5月26日，刘明恒主持开完社务会，他的眩晕症复发了，呕吐不止，被人扶到医院打点滴。医师叫他休息一星期，可他打完点滴，开了点药，第二天就下到了收息单位。妻子心疼地劝他注意休息，保养身体。他却说：“现在收贷收息紧张，我是主任，不去不行啊！”硬是带着药一连10天泡在基层。

在信用社的出勤登记本上，记载着刘明恒这样一串数字：1996年，出勤359天，超90天；1997年，出勤361天，超92天；1998年，出勤363天，超94天；今年1至10月，仅休假2天。职工们说：“刘主任真是呷了铁。”

（二）

信用社作为经营货币的特殊企业，重要的是把守好信贷大门，刘明恒深谙此道。他坚持原则，从不以贷谋私。

去年12月，邻村一个体户想到信用社贷款5万元，买台汽车跑运输，考虑到是跨地贷款又没存单抵押，就先后给刘明恒送来一件优质羊毛大衣和一箱名酒，请求“关照”。刘明恒婉言谢绝，此人不“死心”，奉行“有钱能使鬼推磨”的信条。一天晚上悄悄地敲开刘明恒的家门，从怀里摸出一个厚厚的信封，递到刘明恒面前，殷勤地说：“刘主任，这里 2000 元钱算是我的一点心意，请笑纳，贷款的事请多包涵！”刘明恒铁着脸回答：“别小看我刘明恒！你想让我用信贷原则跟你做交易，办不到！”那人自讨没趣，拿着钱悻悻地走了。

对别人是这样，对自己的亲朋，刘明恒同样坚持原则，不讲情面。一次，他的亲外甥带人找到信用社，想违规借 5000 元做生意，被刘明恒一口回绝。

刘明恒铁面无私，看准放稳，把住了信贷关。至 10 月底，全社累放的 601 万元贷款，到期收回率、收息率均达到 100%。

（三）

说刘明恒“铁”，还表现在他精打细算、厉行节约上。信用社的费用开支，他抠得很紧，不该花的钱一分也不花。上级来人检查工作，社里召开联站人员会议等开餐，一律不进餐馆，都是自己买菜在家搞招待，每桌标准不超过 80 元。有时因特殊情况租车去涟源联社解送头寸，只要头寸送到联社，他会马上打发车子回去，自己办完事再搭公共汽车回社，目的是为了只付半天租金。

1994 年，社里新建一栋营业用房，为节省开支，他白天带领职工们利用休息时间挑土、运砖、杠材料、锯木头，晚上自己设计图纸，进行工程预算，看守材料。並对基建材料“惜材如命”，一块玻璃、一根钢筋，一个小风钩核算得准备无误，使这项至少要 12 万元的工程，仅用 7.2 万元就建成了，为信用社节约资金 4.8 万元。去年 5 月，联站的柜台护栏因年久生锈，需刷漆保护。如请人刷漆，每人每天要付 20 元工资，刘明恒觉得不合算，就买来油漆，带领职工刷，硬是没请一个工。

为此，职工们背着喊他“小气主任”，正是凭着他那股“小气劲”，才换来常林信用社近 5 年年均节约费用 1.7 万元、保持 46 年经营无亏损的成果。

（原载《娄底日报》1999 年 11 月 22 日第二版）

甘居清贫献光热

——记涟邵矿务局斗笠山煤矿香花台工区电工贺焕然

刘惠南

在人们眼里，涟邵矿务局斗笠山煤矿香花台工区电工贺焕然可是个能人，他不仅有高超的井下电工技术，更有一手令人叫绝的家电维修技术。按说，他只要开个家电修理店，或到外面当个技术顾问之类的，那钞票说不定就滚滚而来。

可贺焕然从不考虑去发那个财。尽管他一家老小生活困难，但他从来不图利、不图名，愿把技术献矿山，愿为祖国献光热。1988 年 7 月的一天，一个朋友对他说："老贺，我的一个亲戚在斗笠山市场开了个家电维修店，请你去掌掌本，赚了钱'二一添作五'。"老贺回答说："我在煤矿干了 10 年，现在带了两个徒弟，每天要教他俩学技术，还要下井处理电溜子故障，哪有时间去你亲戚的店里掌本？"

1989 年 10 月，涟源市一家国营单位想开办一个家电维修店，苦于缺乏技术力量，单位领导通过熟人找到贺焕然说："老贺，我们想调你去承包家电维修店，承包基数由你定，一年拿四五千票子不成问题，保证不会让你吃亏，你看怎么样？""现在矿里技术力量缺乏，井下电溜子集中控制需要我，你们那个店子我承包不了。"此后，这位领导又先后三次来信和派人劝说，老贺都以同样的话回绝了。

对上门找他修理家用电器的，不论生人、熟人，他都热情接待，免费修理，有时还要倒贴上零件费。今年元月，黄港工区一位工人的录音机坏了，找上门来要求帮忙。老贺二话没说，下了 4 点班就干开了，花了两个晚上才修好。第二天，那名工人拿出 10 元钱表示酬谢，被老贺一句话挡回："要钱我才不为你修呢！"

对本职工作，贺焕然从来是尽心尽责。他负责井下 30 多台电溜子的集中控制，总是不分日夜地干，哪里有问题他就出现在哪里，一天下两次井是家常便饭。去年底，他的眼睛患了中心性视网膜炎。医师劝他住院治疗两个月，可他仅住了 10 天，眼病还未痊愈，就偷偷地跑回队里下井了。

12 年来，贺焕然共上义务班 1200 多个，为职工家属免费修理家用电器 2400 多件，贴上零件费 1200 多元。他 15 次谢绝别人的高薪聘请。他先后 11 次被评为矿"先进工作者"和"优秀共产党员"，2 次评为地、省和全国"优秀工会积极分子"。

（原载《中国煤炭报》1991 年 4 月 30 日第三版）

灯房之恋

——涟邵矿务局斗笠山煤矿充电女工徐桂发的故事

刘惠南　谢春阳

有人恋海，有人恋山，湖南涟邵矿务局斗笠山煤矿香花台工区女工徐桂发恋上了矿灯房！

在煤矿干过的人都知道，矿灯房可不是什么好地方，硫酸味儿难闻，对身体有害，还具有很强的腐蚀性，烧破衣服是家常便饭，弄不好还烧伤皮肉，痛得要命。正因如此，一般女工在矿灯房干不了几年就“跳槽”了。而徐桂发在矿灯房一干就是27年。

1967年12月，年仅16岁的徐桂发招工来到了斗笠山煤矿，分配在观山工区矿灯房工作。这位矿工的女儿，从小就听爸爸说过矿灯，深知矿灯对矿工的重要性。她刻苦学习技术，只用2个月时间就掌握了别人要1年时间学会的技术，成了队里的骨干。不久，她当上了灯房组组长，并加入了中国共产党。

配硫酸是矿灯房最苦最累也最危险的活，男同志不愿干，女同志不敢干，她主动包了下来。干这活，一件新工作服穿上不到2个月就“千疮百孔”了，尽管她补丁上面加补丁，发的工作服还是不够穿，每年得自己掏钱买工作服替换。

按中国人的传统，春节是一家人团聚的时候，而徐桂发有12个春节是在灯房里度过的。1991年大年初一，她早早起床，吃了一碗面条就来到灯房。过年了，下井的人不多，发完几盏灯就没事干了，她闲不住，找出几盏坏灯修了起来……中午，丈夫、孩子等着她吃饭，直到下午2点多了还不见人影，丈夫老刘只好带上饭菜去灯房找她。她正在认认真真地修理矿灯，早把时间给忘了！老刘又好气又好笑，说：“夫人，这宝贝矿灯能充饥啊！”

1992年4月的一天中班，徐桂发正带着几个女工修灯，突然晕倒在地上，送到医院急救近3小时才苏醒过来。医生告诉她是高血压病发作，得住院治疗。可她只吃了几片药，第二天又出现在灯房里。同班女工“骂”她：“徐姐，你真是命都不要了！”

近5年来，因资金紧张，每年新购矿灯由过去的900盏减到了300盏。灯少了，下井的工人并没有少，怎么办？“修！”徐桂发带领姐妹们开展修旧利废，不仅保证了全区 1300 多人下井所需矿灯，红灯率还由过去的 5% 下降到 0.5%，每年为矿里节省资金 3 万多元。

1992 年 10 月，工区调她去福利组补衣房工作，她找到领导据理力争：“现在灯房新手多，技术力量弱，我还是留下来当师傅吧！”

至今，她已先后 30 次被评为局、矿“先进生产者”和“三八红旗手”，她所在的矿灯房也连续 5 年荣获省“达标峒室”和矿“三八红旗班组”称号。

（原载《中国煤炭报》1993 年 5 月 18 日第三版）

生死关头见精神　高风亮节泣鬼神

刘惠南　梁望德

一场意外的矿井垮顶事故，将两位老矿工挤压在钢梁、矸石下，生命危在旦夕。然而，当干部、工人闻讯赶去抢救时，他们俩却一再恳求先救对方，其情之真、意之切，令人感动不已。

元月12日凌晨3点多钟，涟邵矿务局斗笠山煤矿黄港工区采煤一队老工人刘文祥、吴少军在采煤工作面作业时，被意外的垮顶挤压在粗大的钢梁、沉重的矸石下面。

“不好，出事了！”曾永步、张发达、曾罗飞等10多名同班职工快步赶来。“全力抢救！”矿、工区领导率领数十名干部、工人以最快的速度赶到现场。

垮塌的钢梁、矸石把吴少军挤压在井壁边，只露出头部；两根单体液压支柱，像一把铁钳紧紧夹着刘文祥的腰部，无法脱身。而此时，顶板上的矸石还在继续往下掉。同时抢救两人危险大，弄不好，还会发生大冒顶。

“我还挺得住，先救少军！”“不，抢救文祥难度小，先救他！”当抢救者们确定两人的抢救先后时，这对生死难卜的矿工，强忍着各自被挤压的疼痛，相互推辞着。

抢救勇士们以手当耙，飞快地扒着矸石，加固控制顶板，准备先抢救危险性最大的吴少军。

多次评为先进的老吴强忍着疼痛恳求人们：“先救……他！先救文祥！”“不！先救……少军……。”从部队来到矿山，有着20多年党龄的刘文祥也咬牙忍痛恳求。

在场的干部工人感动了。一个个噙着泪飞快地扒矸石、架支柱……手被矸石划破了，鲜血直冒也全然不顾。

经过近4个小时的紧张奋战，刘文祥、吴少军终于先后得救了。

（原载《湖南日报》1993年2月6日第五版）

心灵的守护者

——记感动娄底十大人物、双峰县精神康复医院院长彭海珍

本报记者　刘惠南　通讯员　彭灿波

采访彭海珍，是一个春光明媚的上午。这天记者在双峰县精神康复医院住院部四楼病室找到她时，她正在巡房。通过采访，记者感到在她那柔弱的身躯中蕴藏着一股令人惊叹的力量：她用一双妙手解除了成千上万名患者的痛苦，使他们正常回归社会；用一颗赤诚之心温暖着每一位患者的心，给这些不幸家庭带来幸福。

曾某是彭海珍从精神痛苦中拉回来的。2010 年 5 月，16 岁的曾某因家庭贫困、学习负担重等多种原因被确诊为严重的抑郁症，开口闭口都是“生活没意思”“生不如死，死了算了”，在一些大医院治疗数月未见好转，父母将她转到双峰县精神康复医院，彭海珍热情接待，与其促膝谈心，耐心细致地开导她，和她聊一些轻松愉快的话题，生活上无微不至地关心她，并为她梳头、理发、洗衣服。经过近 2 个月的悉心照顾和药物治疗，曾某康复出院，学习努力，2 年后考上湖南医科大学临床医学，其家人感激不已，给医院送来锦旗致谢。

采访中，人们纷纷向记者介绍着彭海珍一个个为精神病患者守护心灵的故事。2004 年 10 月，湖北省汉口县一位女病患者因劳累过度导致旧病复发，脱衣剥裤，自言自语，当家属把她送到医院时，已是深夜一点多。当晚不值班的彭海珍得知后，立即赶往医院。半路上车子出了毛病，彭海珍硬是一个人摸黑走了 10 多里路赶到医院，并和值班医师一道，一面用抗精神病药物治疗，一面细心护理，一直守到天亮。双峰县青树坪镇女青年席某患精神病，先后杀死母亲、毒死儿子，被亲属送到医院后，彭海珍一边给她药物和心理治疗，一边帮她找家，整整 5 个月不放弃，后在政府部门帮助下席某返回了家乡。

2005 年 5 月，医院接到杏子铺镇先锋村村民电话，请求救治因久患精神病而奄奄一息的胡金汉。彭海珍和同事们立即租车赶到患者家中，只见老人一丝不挂地躺在地上，满身污垢，臭气熏鼻，而老人的妻子体弱多病，无力照顾。见此情景，彭海珍主动提出先为老人洗个澡。在老人的骂声中，彭海珍为他抹香皂、擦身，然后为他穿好衣服，把他扶到床上，再详细询问病情，开具处方。聚在门外的村民

无不肃然起敬，直夸这样的医师世上少见。15 年来，医院共收治患者 31000 多人，20000 多名患者重新回归社会，过上正常人的生活。

精神病人是一个特殊的群体，往往与贫困艰难相连，而被送到精神康复医院来的患者，更缺乏亲人的关怀和照顾，很多患者住了很长时间都没有人来探视，彭海珍和同事们总是把他们当作自己的亲人一样看待。由于病因的复杂性，患者发病突然且表现各异，他们或沉默古怪，或癫疯狂躁，行为失常、理智匮乏是其普通特征，打人骂人是常有的事。彭海珍不知挨过多少病人的拳打脚踢和恶语辱骂，经常被污水泼脏衣服，或被踢倒在地，挨耳光更是家常便饭，但她总是以一颗慈母般的爱心平静地接受这一切。家人和同事们都劝她换个工作。可彭海珍却总是说："他们得这个病已经够可怜的了，如果连医生都嫌弃，那还有谁来管他们呀！"一次巡房诊治时，一名患者病情发作，突然猛击彭海珍的头部和腹部。彭海珍整整一个星期眼睛青肿，小腹疼痛。看到彭海珍痛苦的样子，爱人心疼不已，要彭海珍辞职或换个工作环境，可彭海珍却反而安慰道："不要紧，他们是病人嘛，等他们病情稳定就不会这样了。"

为改善医疗环境，彭海珍呕心沥血，积极跑省里、市里、县里，争取项目和建设资金。2005 年医院争取政府改造资金 40 万元，并在县残联的协助下，为全县 100 个精神病人解决 6 年每年 490 元的药费；2009 年争取到国家 1100 万元项目建设资金，新建住院楼和门诊大楼；2010 年争取到 220 万元器械资金。目前住院楼和门诊大楼已投入使用。

为探索一条适合本地实际的精神病防治路子。内科临床医院毕业的彭海珍阅读大量关于精神病临床应用方面的书籍，并虚心请教有关专家、学者，先后数十次前往省精神病研究所以及天津、南京、上海、北京等地拜师学习或跟班进修，摸索总结出中西结合、辨证施治的科学防治方法，《女性精神病人怀孕分娩用药注意事项》《难治性抑郁症的临床治疗》等 10 余篇论文先后在市级以上刊物发表，获得专家学者高度评价。

彭海珍在从事精神科临床工作的 15 年里，受了不少累，吃过不少苦，可她从没有后悔过。她在日记中写道："生活是平凡的，但我常常被这样的日子感动着，我为自己是一名共产党员而骄傲，为选择这样的职业而自豪！"正是抱着这样一种信念，彭海珍把爱的阳光播撒进每一位患者的心田，把希望传递给每一位患者和他们的亲人。

（原载《娄底日报》2013 年 3 月 27 日第二版）

32 年的默默坚守

——记娄底市十佳教育工作者、涟源市杨市镇大坳学校校长肖应运

本报记者　刘惠南　龙红年

在涟源、新邵交界的巍巍龙山，有一所只有一名教师的学校——涟源市杨市镇大坳学校。4 月 6 日，我们从镇里出发，沿盘山公路驱车 50 公里爬上海拔 1500 米的学校，采访这位大山里的“孩子王”——校长兼教师肖应运时，无不被他呕心沥血、真诚奉献的精神所感动，无不被他 32 年默默坚守、不离不弃的行动所折服。他以无私大爱和执着追求，为贫困孩子的成长撑起一片晴朗的天空。

“山里人把所有希望寄托在孩子身上，我要为孩子们的成长坚守”

1981 年，高中毕业的肖应运被群众推选为大坳学校民办教师。从此，他与山区的教育结缘。

大坳学校交通闭塞，生活环境非常艰苦，不少教师来了又走了，但肖应运从未动摇过扎根大山的决心。1983 年，其舅父在邵阳卫校为他争取到了一个读书指标；1985 年，他的亲戚为他在涟钢谋到了一份好工作。他担心找不到合适的接替人而影响孩子的学习，便婉言谢绝了。1988 年和 1991 年，肖应运有 2 次进修转正的机会，但当看到山里孩子依恋难舍的目光时，他毅然决定牺牲个人利益，再一次留了下来。直到 1994 年，组织上妥善解决他去进修期间学生的上课问题后，他才安心到原娄底师范进修。1996 年师范毕业后，他又主动请缨，回到了大坳学校。

近 5 年来，肖应运肩负 2 个班复式教学工作，集校长、班主任和任课教师于一身。冬天，他通常天还没亮就起床，为孩子们生好煤火，烧好一天的开水。天旱时，他要到 3 公里外的地方挑饮用水；遇上天冻，他要靠在桶里融化冰雪才能得到饮用水。

由于劳累过度，他患上了浅表性胃炎，常手捂胃部强忍着疼痛给学生讲课，下课后匆匆吃点止痛药，稍作休息继续工作。2010 年，肖应运又被查出患有高血压、冠心病，他仍然边服药边工作，默默忍受着病痛的折磨。今年 2 月 16 日晚，他疼痛难忍，才在妻子的再三催促下到娄底市中心医院住院治疗。为不耽误学生的学习，

他把在广东做生意的弟弟叫回来代课。肖应运本来请了一个月的假，医生针对他的严重病情建议静养2个月，但他放心不下学生，仅住院17天就不顾医生的劝告出了院。记者采访他时他正拖着虚弱的身体给学生上课。谈及肖应运为了大山里的孩子32年默默奉献，他的弟弟肖应江泣不成声。

冬去春来，当年的帅小伙，如今已两鬓斑白。记者疑惑不解："大坳山高路远，贫穷落后，有什么值得留恋的呢？"肖应运回答说："大坳虽然贫穷，但山里人把所有希望都寄托在孩子身上，我要为孩子们的成长坚守。"

"为山里孩子未来做点事情，再苦再累再亏我也无怨无悔"

肖应运爱学校胜过爱家庭。

1991年，大坳学校学生增多，桌凳不够用，肖应运毫不犹豫地扛起家里准备建房的木材往学校跑，利用自己的木工技术和课后休息时间制作、维修课桌。经过1个月的努力，他自制、维修课桌28套。学生们能安然学习了，可妻子问他："将来自己建房怎么办？"他不假思索地回答："我们家建房可以再等几年，但学生们的学习可不能耽误啊！"1993年，学校教室严重裂缝，楼板多处断口，门窗玻璃也破损严重，肖应运计划利用寒假动员群众进行翻修。恰好这期间附近一林场伐木，村民都去扛树挣钱了，翻修学校的重担就落在肖应运一个人身上，他白天当匠工，晚上守材料，整整一个寒假没休息，还把自家准备建房的8000元存款也做了学校翻修的开支。妻子很不理解："你不去扛树赚钱，补贴点家用也就罢了，还把自家建房款也贴了进去，今后家里的日子怎么过？"他动情地回答："学校破烂严重，作为校长，我要为学生们的安全负责。"

为弥补办学经费不足，改善办学条件，近年来，肖应运在教学之余粉刷教室墙面，加固教学楼栏杆，硬化学校操坪，修建乒乓球台，整修校园排水沟……还无私拿出12000多元工资用于校舍维修和添置课桌，而他家里住的仍然是几间土砖房，妻子没买过一件首饰，儿子边学习边打工才完成大学学业。每当忆起这些事时，这位从不向困难低头的汉子不由得热泪盈眶："我对不起家人，但为山里孩子未来做点事情，再苦再累再亏，我也无怨无悔。"

"爱是一座桥梁，更是一种无言的承诺，我要用爱开启孩子心灵之门"

肖应运爱学生胜过爱家人。雨天，有学生被淋湿了，他叫妻子拿出儿子的衣服给学生们换上，然后烧起一灶柴火为孩子们烤干湿衣服；冬天，看到学生冻红了小手，他会从家里带来手套让孩子御寒；对路远不能回家的孩子，他会安排他们在自己家里住下。他还经常利用节假日上山采些中草药，下山买些常用药品，为学生治疗一些小病……

五年级学生彭家豪控制能力差，上课不带笔和本子。肖应运没有歧视他，而是对他重点施教。家豪没有笔，肖应运就把自己的笔给他；没有本子，肖应运就给他本子。家豪有一些许进步，肖应运就及时给予肯定表扬。下雨天他没带雨伞，放学时肖应运就在教室门口等他，与他同撑一把伞回家。慢慢地，家豪学会了控制自己，上课也遵守纪律了，学习成绩提高很快。

山区的孩子大部分是留守儿童，且流失率高。有一个叫杨赞成的学生开学 3 天了还没报到，肖应运心急如焚，放学后就急匆匆地沿着崎岖陡峭的山间小道去做家访。走到半路上，突然雷电交加，天昏地暗，一会儿就下起瓢泼大雨，毫无准备的他在湿滑的山路上跌跌撞撞地走着，到达赞成家时，已是满身泥水。赞成爷爷感动得热泪盈眶。当得知赞成在外打工的父母寄回的钱已用于治疗奶奶的病，赞成准备辍学时，肖应运立即做起思想工作来："孩子的学业不能耽误，没有学费我们一同想办法。"随即掏出身上仅有的 100 元钱递给赞成的爷爷："拿着吧，钱不多，多少能帮衬点！"第二天，赞成来学校办理入学手续时还差 70 元，肖应运又给他垫付了。

肖应运资助贫困学生的事数不胜数：他资助彭莉、彭甫姐弟俩从学前班到小学毕业的学费、生活费 5000 多元；资助唐爱军、唐爱民学费 1600 多元；资助肖果贤、肖业学费 600 多元……

32 年来，大坳学校共有 30 余名学生在肖应运的资助下顺利完成了小学学业。

肖应运在工作日记上写道："爱是一座桥梁，更是一种无言的承诺，我要用深厚的爱开启孩子心灵之门。"肖应运将深情大爱洒向大山里的孩子，收获着一份份沉甸甸的果实，他多次被上级评为"优秀教师"和"优秀教育工作者"。

岁月沧桑，32 年的坚守透出无私大爱；龙山默默，回荡在大山的是一曲深沉颂歌。

（原载《娄底日报》2013 年 6 月 12 日）

根据旧城原貌改造古建筑群，修缮湘军将领故居群，整理继承古民俗文化——

杨市：打造湖南首个乡镇人文街区

本报记者　刘惠南　实习记者　李　莜

12月1日，位于涟源市杨市镇集祥社区的“杨家滩湘军文化商业街”项目部，人来人往，热闹非凡。

“围绕湘军文化旅游，投巨资打造‘湘军文化一条街’，促进古民俗文化资源开发。”省外一大型全国连锁超市考察团在详细了解杨市古镇历史、项目建设规划和湘军文化内涵后，当即与建设方涟营实业公司达成意向。

作为湖南首个乡镇人文街区，“杨家滩湘军文化商业街”项目建设一亮相，就受到省内外客商青睐，近一个月来，经考察洽谈，拟进驻的品牌主力店近20家，前来咨询、认购商铺的客户络绎不绝。

湘军文化商业街招商火爆，缘于杨市古镇丰富的文化旅游资源和“杨家滩湘军文化商业街”高起点规划、高标准建设。

杨市镇是湘军始源之地和“湘军名将故里”，清咸丰二年（1852年），“湘军之母”罗泽南在杨家滩（今杨市镇）地区讲学，积极游说曾国藩出山。并与李续宾等人在杨家滩招募团练，整训勇营，组成湘勇部队，援江西出湘作战。《清史稿》立传的44位湘籍湘军将领中，杨市有12人；总督、巡抚、布政使、提督、总兵等三品以上文武大员达50多人，其他六品以上副将参将多达千余人。境内现存古民居20多处，其中保存较为完整的湘军名将府邸14处，有7处列入省级文物保护单位。曾国藩湘军的后勤部就设在杨家滩，粮草、军械、马匹等均在此集散。

境内龙山是“药王”孙思邈采药、悬壶、隐居之所，孙思邈在此撰写《千金要方》《千金翼方》，现为江南著名的药王文化朝圣之地。杨市古镇有至今尚存武狮十八般武艺、文狮一百〇八台故事、把子龙七十二台故事和端阳龙舟文化等民俗风情与民俗活动；有“湘军水火席”“龙山野菜”及“湘军干粮”等驰誉三湘的传统美食和铸铁、石雕、根雕、竹雕、榨油、制称、制伞、制鞋、打铁等传承不绝的手工制艺。时人称“把把戏戏南岳山、花花绿绿杨家滩”。近年来，杨市镇相继跻身“湖南省历史文化名镇”和“湖南省特色旅游名镇”。

为挖掘湘军文化底蕴，整理继承古民俗文化，打造湘军文化旅游品牌，2015年初，涟源市委市政府、杨市镇党委政府决定建设以湘军文化为主要内容的乡镇人文街区，推进乡村旅游转型发展。通过“招商引资，涟商回归”战略实施，娄底涟营实业发展有限公司董事长王光辉携手北京大江南国艺教育投资管理有限公司，投资建设“杨家滩湘军文化商业街”。

“杨家滩湘军文化商业街”集主体电商、文化休闲旅游、湘军博物馆、文化展示中心、农贸市场、酒店接待中心建设于一体。项目总投资4.5亿元，占地96亩，总建筑面积130800平方米，工期5年，分两期建设。遵循“主题鲜明、合理分区、理念创新”原则，按照仿古风格、街巷建设的模式，根据旧城原貌改造古建筑群，修缮湘军将领故居群，打造湖南首个乡镇人文街区。今年4月，第一期工程开工建设。

为高起点规划、高标准建设湘军文化商业街，涟源市委市政府、杨市镇党委政府领导多次莅临现场办公，解决项目施工中遇到的困难；规划、住建等部门多次到现场指导。目前，项目完成投资8000余万元，第一期工程可望春节前竣工，第二期工程建设正在紧张筹划之中。

“项目建成后，将实现杨市古镇与新区的无缝对接，全面提升湘军文化旅游开发和城镇建设品位，推进乡村旅游和精准扶贫。”杨市镇镇长刘五洋向记者介绍，话语中透着喜悦与自信。

（原载《娄底日报》2016年12月5日第一版头条）

罗家：爱撒大山结远亲

本报记者　刘惠南　通讯员　傅和平

在新化县西部山区天门乡，有一个村名叫大山村。村如其名。大山地处雪峰山脉，平均海拔800米，全村13个村民小组共计238户1007人，散居在崇山峻岭之中，是典型的边远山区村，村民人均纯收入不足700元，2011年被定为“国家级贫困村”。

7月6日，娄星区大科街道办事处罗家社区党支部书记彭春华、主任彭建江率支、居两委班子成员和企业家彭国华，冒着高温酷暑，驱车200余公里，来到大山村，结亲帮扶助学，奉献爱心。

罗家社区共13个居民小组。近年来，该社区充分发挥党支部的战斗堡垒作用和广大党员的先锋模范作用，以“坚持以人为本，共建和谐社区”为主题，开拓创新，有效壮大社区经济。并不断加强社区班子建设和精神文明建设，为社区繁荣、稳定提供强大的精神动力和智力支持；积极做好社区低保、医保、劳动保障、计划生育、综治、信访维稳和环境卫生工作，受到上级领导好评。

“社区发展了，不忘社会责任感。”于是，在娄底市城市建设投资集团扶贫工作队的牵线搭桥下，5月底，彭春华、彭建江到大山村考察，与大山村、支委班子成员座谈。当了解到大山村自然条件恶劣、村民渴望致富，在扶贫工作队的帮助下，已建立500亩油茶林产业基地、修复4000米水渠、拉通了11.2公里进村盘山公路等情况时，罗家社区两位负责人当即决定给予大力帮扶。回到罗家社区后，他俩立即组织召开专题会议，研究帮扶大山村的方法。7月6日这天，他俩与社区班子成员等一行6人一到大山村，就开展“爱心帮扶助学”活动，罗家社区向大山村资助10万元，用于基础设施建设；企业家彭国华捐款3万元，资助陆秋宇等7名贫困优秀学生。

针对大山村扶贫工作实际，罗家社区与大山村的班子成员就大山村班子建设、基础设施建设、产业发展、计划生育等问题进行了深入交流，“罗家”表示要常来常往，起好示范作用，带动大山村尽快脱贫致富；“大山”表示要依靠自身优势，大力改善基础设施，积极发展农业产业，着力增加农民收入，高度关注孩子教育，努力改变村里面貌。

真是：

爱撒大山结远亲，
扶贫帮困心连心。
众人划桨开大船，
幸福娄底永向前！

（原载《娄底日报》2012 年 7 月 12 日第三版）

第六辑

风骚独领

沉甸甸的奖牌

——娄底运动员参加湖南省运动会争创佳绩散记

本报记者　刘惠南　通讯员　邓志文

8月6日，湖南省射击运动管理中心，“嘭嘭”响亮的枪声此起彼伏，角逐激烈。湖南省第十二届运动会首个单项比赛——射击飞碟比赛在此紧张举行。娄底运动员彭炯晞、许世豪、刘归以112中的成绩获团体冠军，同时19岁的彭炯晞以43中的成绩斩获专业组冠军，许世豪以35中、刘归以34中成绩分别获业余组亚军、季军。娄底首日斩获2金1银1铜，为湖南省第十二届运动会打响“头炮”，这是娄底运动员拼搏省运会的又一精彩场景。

精彩省运，放飞梦想。娄底运动员自第四届省运会以来，以高昂的斗志和饱满的热情参赛，以百折不挠的韧劲刻苦训练，以顽强拼搏的精神摘金夺银，先后在湖南省运动会上夺得奖牌400多枚。

射击：竞技水平保持全省前列。射击是娄底传统竞技体育项目，自2000年以来，娄底射击队的竞技水平一直保持在全省前列，成绩稳中有升，在历届省运会上有多人次打破全省及省青少年纪录。

跆拳道：培养优秀后备人才参赛。通过培养，娄底一大批优秀跆拳道运动员得到成长。这些运动员发扬“礼仪、廉耻、忍耐、克己、百折不屈”的跆拳道精神，积极挑战省运会，屡创佳绩。

定向越野：知耻而后勇。娄底定向越野运动队在2010年第十一届省运会上，获得的成绩不尽人意，单项只获得一个第6名，团体总分倒数第三。21名定向越野运动员知耻而后勇，经过3年集中训练，竞技水平稳步提升。“参加第二十届省运会所有项目比赛，力争夺得3块金牌，团体总分进入前三名。”娄底定向越野运动队向市里立下“军令状”。

娄底运动员在省运会上的奖牌总数和团体总分稳步上升。金牌从第五届、六届、七届的10枚左右徘徊，上升到第十届的37枚；银牌、铜牌数分别从第五届6枚、8枚，上升到第十届的35.5枚、41枚；团体总分从第五届的262分，上升到第十一届的1167分。娄底运动员在第十一届省运会上的奖牌数和团体总分排名，在全省14个市州中上升到第10位。

娄底运动员以更高水平参赛第十二届省运会。参赛第十二届省运会的少年运动员，几乎全是经过专职教练员系统训练的业余体育学校学生，运动技术水平较上届有较大幅度提高。田径赛中有男女28个单项超过上届省运会纪录，有23人14次破10个单项省纪录；18人10次破8个单项游泳省纪录；举重竞赛中有1人破1项全国纪录，5人24次破9个单项全国青少年纪录，破3项省纪录；射击竞赛中有1人平1项全国纪录，11人23次破7项省纪录。

放飞梦想，挥洒汗水，成就辉煌。娄底体育健儿在省运会上，无不展示着他的自信、刚毅、智慧和顽强！在第十二届省运会，他们将再创辉煌，再展雄风!

（原载《娄底日报》2014年9月3日第十版）

难忘的记忆

——湖南省第十二届运动会第九届残运会巡礼

本报记者　刘惠南　张长青　康承贵　李细华　彭爱平　唐立勇

这是一届激情飞扬、精彩纷呈的体育盛会；

这是一段震撼心灵、催人奋进的难忘记忆。

透过这盛会，我们领略到了它的“热烈、节俭、安全、精彩、和谐”；追寻这记忆，我们感受到了湘中娄底城市品位形象的提升、竞赛工作的井然有序、接待服务水平的优良和安保工作的高效有力……

让我们一同记住这盛会，追寻这记忆。

开闭幕式篇：全民参与，简约精彩

回放湖南省第十二届运动会、第九届残运会开幕式，给人第一感觉是：这是一届全民参与的运动会。2 个开幕式在举行之前，分别进行 30 分钟全民健身运动展示活动，由上千名热爱运动、坚持锻炼的普通市民表演龙狮、柔力球、太极功夫扇、双节棍、广播体操等体育项目和歌舞等文艺节目，所有展示项目广接地气，源于民间，自编、自导、自演，为群众喜闻乐见。

刚柔相济，力与美的完美结合，这是 150 名市民的排舞表演给人的印象。在他们身上，展示的是运动与健康的相生相伴，是体育与艺术的相得益彰。娄底峰懿拉丁舞学校的国标舞学员们，用欢快的律动、跃动的节拍、曼妙的身姿，彰显着生命的活力，展示着青春的风采。150 名国家工作人员表演的广播体操，整齐划一，释放出青春娄底昂扬向上的正气与能量。100 名大学生组成的青春方阵，100 名中学生组成的手语方阵，用优美的韵律展示娄底青年学子的真诚和热情。

一首赞美湖湘山水的歌曲《八百里洞庭美如画》，拉开了本届省运会开幕式序幕。80 名活泼可爱的少儿，跳着橡皮筋舞，体现出充满乐趣的童年；100 名青春靓丽的娄底姑娘，演唱着列入国家级非遗名录的新化山歌，表现出娄底人民热情好客的美好情怀，原始古老的劳动场面，朴素清新的民俗民风，如诗如画的梅山民谣……在悦耳嘹亮的歌声中，观众们感受到青春娄底的蓬勃活力和迷人风姿。

龙狮是吉祥的象征，龙狮舞表演是力量与技巧的展示，表演者不仅要有强壮的体魄，而且需要互相配合，才能展现龙狮辗转腾挪的威武姿态，湖南人文科技学院体育系的60名学生精彩的龙狮舞表演，赢得满场喝彩；104名市民表演了柔力球、健身球，60名梅山汉子表演武术、60名青年鼓手击鼓相和，营造出潇湘儿女气势如牛、牛气冲天的豪迈气概，这是力与美的完美结合！100名湖湘少儿在轻盈的音乐中，朗诵清代大儒曾国藩的《八本家训》，演绎着耕读传家、经世致用、富厚日新的湖湘文脉；潇湘职业技术学院选送的双节棍表演，既有徒手搏击与器械搏击的激烈惊险，又有绚丽夺目的表演效果，是传统与现代的碰撞。150名市民组成的广播体操表演方阵，彰显着本届省运会“精彩省运、放飞梦想”的主题，体现了“回归体育、节俭简约”的办会宗旨，释放出青春娄底昂扬向上的正能量！

在残运会开幕式上，以“生命的乐章”为主题的演出，感人至深。生命之树，演绎着万物生长，展示蓬勃的活力与能量；生命之光，演绎着孩子们听课的场景，照亮心灵的角落；生命之路，展示着新一代残疾青年励志向上的精神；生命之梦，凸显新时代青年对梦的追逐，赋予拼搏的勇气；生命之歌，则表达着温暖、感动、执着、追梦的情怀，表达广大残疾人追求完美、向往新生活的美好愿景。从孩子们朝气活泼的滑轮表演，到青春少女的韵律动感，从市民激情活力的快乐排舞，到国家工作人员整齐标准的广播体操，这些喜闻乐见的体育健身项目，把三湘儿女的青春活力、朝气蓬勃的昂扬姿态展示得淋漓尽致。

这是一届回归体育的运动会。运动会开幕式选择白天，在室内体育馆举行，没有明星大腕，没有燃放焰火，纯粹以群众性文化体育活动表演为主，真正回归体育本质，还群众主角，所有节目服装、道具以租借为主，节俭办会。这是一届主题鲜明的运动会。开幕式群众文化体育展演活动紧扣“精彩省运、放飞梦想”“精彩残运、成就梦想”主题，以本届运动会吉祥物“牛牛”和“奔奔”为线索，将湖南与娄底、文化与体育、传承与现代等元素有机结合，表达湖南人气势如牛、奔腾飞跃的坚强气魄，彰显“忠诚、担当、求是、图强”的湖南精神，力求表现三湘儿女为实现湖南“小康梦、两型梦、崛起梦”而励精图治、振兴中华的昂扬面貌。

赛事组织篇：周密准备，严肃执纪

在金秋这个丰盈的季节里，6317名运动健儿挑战湖南省第十二届运动会、第九届残疾人运动会，为人们呈上了一场精湛的竞技盛宴，把1179枚金牌、846枚银牌、788.5 枚铜牌尽收囊中。金牌总数比上届省运会、省残运会增加 230 枚。

金牌总数的增多，不仅集中展示了“十二五”期间湖南省体育事业的发展成果，而且折射出了湖南省体育整体实力的增强。东道主娄底代表队在本届省运会、省残运会上扬长避短，大显身手，共夺得 169.5 枚金牌、77 枚银牌、62 枚铜牌。特别是残运会参加 9 个大项竞赛，共获得 87 枚金牌，居全省金牌榜第一。

8 月 6 日上午，娄底小将彭炯睎在男女混合双多向飞碟比赛中抢得头彩，夺得本届省运会首枚金牌。

9 月 8 日，省运会步手枪项目在市射击中心开赛，当日决出 5 枚金牌。娄底选手钟劲、向韬、彭尧以 1818.7 的总成绩获得男子甲组 10 米气步枪 60 发队赛金牌；向韬以 699.6 环超过第二名 1.7 环的成绩夺得男子甲组 10 米气步枪 60 发个人金牌；娄底选手梁君斌以 542 环的成绩获得男子甲组 50 米手枪慢射 60 发专业组冠军。

娄底的摔跤项目早已出名。9 月 4 日的首场摔跤比赛，娄底队运动员康艳霞虽个子不高，但动作非常灵活，在女子丙组 52 公斤级比赛中战胜来自长沙的唐璇，夺得摔跤首枚金牌。

篮球不是娄底的强项，但在 9 月 6 日晚的省运会成年组男子篮球比赛中，娄底队运动员凭借精湛的球技，以 82∶76 战胜郴州队夺得金牌。

田径是娄底的优势项目。9 月 12 日，省运会田径项目进入比赛第二天，娄底队运动员继续表现出色，周超（专业）、谭茂、毛娟、郭斌（专业）、孙亚成、曾廷超（专业）分别在男子甲、乙组铁饼，女子乙组铁饼，女子丙组 400 米，男子乙组跳高、女子甲组跳远 6 个项目各拼得 1 枚金牌。

9 月 13 日，省运会田径、射击、跆拳道、举重等项目角逐激烈，娄底代表队发挥出强劲实力，斩获 9 枚金牌。这天，娄底代表队金牌总数达 70.5 枚，排名跃升全省第二，称为“娄底金牌日”。

定向越野赛上，娄底代表队运动员罗诗涛获男子乙组 6 公里长距离冠军，黄琪获女子乙组 6 公里长距离冠军，夺得 2 枚金牌。

省残运会上，娄底代表队运动员毫不含糊。9 月 22 日，射击比赛第二天，在 SH1 男子 50 米 5.6 口径自选步枪三种姿势 3×40（R7）比赛中，娄底市代表队刘秋以 972 环的总成绩获个人金牌、吴平辉以 924 环总成绩获得银牌，2 人以 1896 环的总成绩获得该项团体金牌。另外，刘秋、吴平辉以 1081 环总成绩获得 SH1 混合 50 米 5.6 口径自选步枪卧射 60 发（R6）团体金牌。

9 月 21 日下午，26 岁的盲人奉梅花在女子 48 公斤级柔道比赛中，仅用 2 秒时间，以绝对优势摔倒张家界代表队运动员代云霞，为娄底队夺得省残运会第一枚金牌。

9月23日，竞争激烈的省残运会田径项目共决出219枚金牌，娄底队独揽70枚金牌，以总分651分居金牌总数和团体总分第一，成为田径赛场最大赢家……

金牌总数的增多，折射出竞赛实力的增强。而这背后，是赛前艰苦的训练和赛事严密的组织。各竞委会与各参赛队伍的领队签订《赛风赛纪责任书》，实行目标管理，责任到人；赛风赛纪工作人员严把运动员检录关；加强对裁判员的教育、培训和管理，杜绝“黑哨”“偏哨”现象发生；成立兴奋剂检测组，赛前在各市州开展反兴奋剂教育工作，正式报名后，共取消103名运动员的参赛资格。

标准服务篇：严察细作，优质规范

省运会、残运会期间，娄底市商务局和市食药监局用五星级标准服务省运会和残运会。

市商务局负责组织清泉、九龙华天等33家酒店猪肉食品安全有效供给，该局早准备、早计划、早安排，指定庆阳牧业作为中心城区唯一定点屠宰供应企业，负责对33家酒店实行猪肉加工配送，与此同时，确定双峰利源、益群二个养猪场为庆阳牧业定点屠宰场猪源采购养殖场，派出局屠宰办工作人员对定点屠宰企业实行猪源采购，生猪屠宰加工及配送指定酒店进行监督管理，并实施双休日、节假日值班制度，采取“一把手”亲自抓，分管领导具体抓，一级抓一级，层层抓落实的办法，随时协调处理供应中出现的问题，会同食品药品、畜牧水产等部门全力确保省运会猪肉食品安全有效供应。

市商务局牵头对口接待3批次17个市州运动员、教练员共423人次，从8月19日到9月24日，历时26天。8月19日至29日，接待提前进行比赛的6个市州年龄在16周岁以下的少儿组运动员124人。湘西自治州乘坐火车凌晨2点多到娄底站，联络站站长谭跃进立即安排人员车辆去接站。联络员聂育勇在比赛期间，一天24小时坚守在联络站，节假日加班，晚上值班，毫无怨言。每到就餐时间，联络站工作人员和餐厅服务人员一起帮运动员打菜打饭，端茶送水，让残疾人运动员感受到无微不至的关怀。

自4月份起，市食品药品监督管理局全面启动省运会、省残运会餐饮食品安全保障工作。

该局制定《2014年餐饮食品安全监管及省运会餐饮食品安全工作要点》，在全市开展了以校园及周边餐饮食品、小餐饮单位等一系列重点区域、重点单位、重点品种的专项整治工作，通过以点带面，消除餐饮环节特别是小餐饮环节的安全隐患。

并认真梳理，对各项工作倒排时间：7月底以前完成省运会场馆周边、大型宾馆酒店及周边餐饮清查工作，确保这些区域内不出现无证经营的餐饮单位和监管盲点；8月10日前，完成组委会确定的33家定点接待酒店监督检查工作，对存在问题进行督促整改，完成1060名从业人员餐饮安全保障的集中强化培训工作。

从8月18日开始，137名餐饮食品安全保障监督员陆续进驻赛事定点接待宾馆酒店，开展清查清理，对凡是未取得市食安办“合格标志”原辅材料实行集中封存。同时，抓细每一个具体环节。对定点宾馆酒店，市食品药品监管局按照严把原材料控制关、从业人员进出加工场所关、菜谱审查关、加工烹饪关、食品留样关的工作目标，建立接待单位负第一位责任、驻店执法人员负监管责任、分管片区局领导负督查落实责任的责任机制，严格监控重点环节。突出强化风险监测，加大高风险食品药品日常监管和检验检测力度，重点对学校食堂、接待酒店等餐饮单位高风险食品，对有重金属元素、生物毒素、致病菌等潜在安全隐患开展专项评价，随时防止食物中毒事件的发生。积极配合省食品药品监管局督查组，采取明察暗访等形式，对保障工作进行督查，及时指导解决保障中的问题，规范食品安全操作行为。

省运会期间，900名青年志愿者在各宾馆和体育场馆开展嘉宾引导、竞赛服务、沟通联络、后勤保障等各项志愿服务，无论是在入口安检处、饮水处，还是引导运动员入场和器材搬运，都展现出良好的业务素养。他们的友好、热情、真诚让人倍感温馨，他们用行动和爱心践行着“奉献、友爱、互助、进步”的志愿精神，成为赛场上一道独具特色的靓丽风景。

市容市貌篇：精细管控，展示大美

青春娄底焕发出的美丽和自信，以及干净、舒适、整洁、有序的城市环境，让体育健儿发自内心地赞叹，让来自四面八方的客人刮目相看。娄底变了，娄底美了。而大美背后，是付出，是坚守。

镜头回到8月25日，文艺路两旁人行道上正在紧张施工，当时体育中心东侧的人行道上，有5台挖机在紧张作业，10多名工人在铺放人行道板。因为文艺路地质情况复杂，为了赶工期和保证工程质量，路基二层只好把土方改为水泥稳定碎石，全路段共用掉6万吨水泥稳定碎石。

湘阳街是娄底中心城区的东大门，又是进出市体育中心的主干道。投资方开足马力，采取“围挡作业”方式进行施工，实行24小时“三班倒”轮流作业，将3

个月缩短到 40 天工期。8 月 24 日晚上，湘阳街非机动车道沥青全部铺完。

省运会召开前，市容市貌整治和交通秩序整治更加声势浩大开展。有效规范大街大道、小街小巷市容市貌秩序，改善农贸市场、学校及周边网吧、“五小”行业、宾馆酒店和商场、夜宵摊点环境卫生，有力控制“牛皮癣”和建筑工地渣土运输。通过志愿者文明劝导活动，让文明出行、文明驾驶成为市民一种共识。

为了加快娄底体育馆周边道路绿化施工，市园林处全体干部职工加班加点，利用早晚气温较低时间栽植苗木，并选用易成活的袋装苗和质量较好的马尼拉草皮，一鼓作气栽植四季桂、红叶石楠、花石榴、红继木等大灌木 400 多株，草皮 4500 平方米。在乐坪街、腾飞广场、城区各交通岛及体育中心等地摆放鼠尾草、鸡冠花、千日红、百日草、一串红等数万盆鲜花，造型布景，扮靓星城。娄星、珠山、孙水、涟水、火车站等公园广场全面加强精细管理，补栽补植植物和提质改造绿化，对游乐设施进行了安检和维修更换，并新增了部分健身器材。定期对公园广场内设施进行擦洗，集中清除顽固性污垢，对水面漂浮物及时打捞。对公厕进行高标准提质改造，实行 15 小时专人管理。

省运会期间，娄底市重点加强对比赛场馆、运动员食宿的 32 家宾馆酒店、各大商场、各大餐馆及小吃店、KTV 等娱乐场所、汽车站、火车站周边等重点部位的市容市貌管控力度。

市环卫处按人流车流量增人保洁，对比赛场馆及周边街区，各大餐馆、酒店、商场进行重点保洁。并加大机洗机扫、人工清洗、洒水降尘频率，努力打造空气清新、地面洁净、院落干净的市容环境；加大对公厕垃圾站管理力度，新增移动公厕 14 座；加强设施设备维护和车辆人身安全管理，为环境卫生质量提供保障。

市渣土办采取“堵、守、处”措施，对一条道路有几处出口的，采取封堵部分出口，仅留一处通行的办法进行控制。对既不能堵路又来不及硬化的居民进出小道，安排人员蹲点值守，确保车辆出入，轮胎不夹泥带沙行驶上路。同时，实行 24 小时巡查处置，有效降低污染的发生，确保中心城区天更蓝、地更净。

市路灯处积极实施节能减排和智能化管理，加强路灯设备巡查维护，保证全市路灯和景观灯饰全开，营造节日期间优美夜间景观。

安全保卫篇：一腔热血，特护值守

9 月 10 日凌晨 3 时 40 分，正在万源大酒店参加省运安保执勤的民警戈聚才感觉身体不适，便请假回家拿降压药。凌晨 4 时整，戈聚才乘坐出租车回到家里服药后，其妻子发现他脸色难看提出去医院进行治疗，但他说宾馆执勤工作还未结束，休息一会还要赶去宾馆参加执勤。凌晨4时9分，戈聚才妻子发现他的脸色越来越差，连忙拨打120求救。4时25分，医务人员赶到现场进行抢救。4时30分，戈聚才因抢救无效不幸去世。

戈聚才是全市公安民警甘于奉献、勇于担当，用实际行动护卫省运平安的缩影。

自领受省运会安保工作任务以来，全市公安机关在市委、市政府和省运会执委会的统一领导下精心谋划、周密部署，组织开展缉枪治爆、打击多发性侵财犯罪、扫黄禁赌等9个专项整治行动，破获了一批大要案件，抓获了一批违法犯罪嫌疑人，消除了一批治安、安全隐患。

开展娄底中心城区大清查、设关堵卡、打击团伙犯罪专项工作。4次集中清查行动共排查整改隐患744处，查破刑事案件30起，抓获各类违法犯罪人员56人；设关堵卡行动共查获违法车辆311台，收缴管制刀具161件，警棍29根，移送各类违法犯罪嫌疑人62人。

全市公安机关8月份进入省运会安保特护期，全力以赴开展19项重点工作，确保省运安全。将赛事场馆、住地宾馆作为安保重点，对省运会开幕式场馆、住地酒店、周边道路多次进行现场勘查与安全风险评估；坚持每场赛事一个安保方案，每个住地一个安保方案，成立专门的安全保卫工作组，每个赛场由一名辖区局领导担任安保组长，每个住地由辖区派出所所长担任组长，对所有赛事场馆进行搜排爆等项目安检，专人24小时值守。

针对开闭幕式等重大活动安保，公安机关设置5道安保圈，在中心场馆设置3道防线，在环娄6个市州设置11个安全检查卡口，对所有参战安保人员定人、定岗、定责。9月3日，市公安局共抽调2751名公安民警、武警、消防官兵及保安人员参加开幕式安保工作，省运会开幕式安保外围3道防线按工作流程，8时前全部部署到位。

为了确保省运会、残运会期间各项安全保卫工作圆满完成，市公安局巡特警支队特警大队早在8月5日就已进入安保特别防护期，全体民警一律取消休假，坚守岗位，齐心奋战，承担了屯警街面、武装巡逻、场馆安检、场馆执勤等工作。至9月15日省运会闭幕，特警大队共出动警力3590余人次，车辆1411辆次，完成保卫任务2次，处置群体性事件4次，完成省运场馆安检任务36次。

这不是一串简单的数字，这里有着每一个特警队员扛起的使命。

特警队员涂伟的爱人8月2日分娩，李东钟的爱人8月11日分娩，谢学谦的爱人8月24日分娩。这本该是他们握着爱人的手，给予爱人最大鼓励和安全感的时候，他们却在屯警街面、在场馆安检、在武装巡逻。他们甚至未能第一时间见证孩子的降临。

8 月 28 日，是特警队员毛振羽结婚的大喜日子，他只向大队申请了一天的婚假。婚礼当天，一切从简，他笑了笑说："不是自己不想给爱人一个隆重的婚礼，只是实在没时间去筹备。"结婚当日，特警队员因为要执勤，几乎都未能到场祝贺，几个队员代表为他带上了同志们的祝福。婚期实在太过短暂，第二天清晨 6 点 30 分，毛振羽便站在了队列中整装待发。这一天，他们要进行省运会开幕式演练。

新闻宣传篇：别样竞赛，彰显特色

本届省运会和省残运会为全省人们呈上了一场脍炙人口的竞技盛宴。与这场体育盛会相得益彰的是，来自全国的 50 多家媒体齐聚娄底，160 多名新闻工作者在此展开了另一场激烈而精彩的竞赛。

这场竞赛所展现的是新闻宣传部门的严密组织、高效运行、团结协作、锐意创新。2 月底，由市委常委、宣传部长伍美华为责任领导的省运会、省残运会娄底市筹备委员会宣传活动部正式成立，一场与时间争锋的竞赛率先打响。

为了尽快让民众了解省运、支持省运、参与省运，市委宣传部新闻科迅速制订了内容详细、要求具体、责任细化、时限明确的省运会新闻宣传方案。随后，根据市委宣传部的总体部署，娄底日报社、娄底市广播电视局成立了由主要领导负总责、分管领导具体负责的工作班子，指导和督促所属媒体迅速启动省运会宣传，并节节升温。

3 月中旬，省运会和省残运会的吉祥物、会旗、会徽、宣传画、主题口号征集的消息通过各媒体向全球发布。征集活动结束，一场有影响的新闻发布会在长沙召开，《人民日报》、新华社、中央人民广播电台、中央电视台、中新社和《湖南日报》、湖南卫视、湖南经视等 30 多家权威媒体应邀到会，征集结果连同湖南省第十二届运动会和第九届残运会将于今年 9 月在娄底举行的消息通过媒体公之于众，憨态可爱的"牛牛""奔奔"娃娃，由"LD、山水、12、运动员、运动圣火"等元素构成的会微图案，"精彩省运、放飞梦想"的省运会主题口号……这些，都在最短时间内展现在大众面前，并逐步被热炒。

从 3 月到 8 月省运会、省残运会紧张筹备阶段，省运会的场馆建设、交通基础设施建设、城市环境整治和"办精彩省运、做文明市民"等内容迅速成为新闻宣传的热点，体育中心的工程进度、城市道路的建设情况、文明风尚的建设等倍受关注的问题，人们都可从媒体找到答案。

到了 9 月，省运会、省残运会的新闻宣传进入关键阶段，新闻宣传打破常规，加大密度，省运会、省残运会的前期筹备、比赛项目、参赛队伍和运动员、比赛场馆和配套设施、安全保卫、后勤接待、“中国梦・省运情”名家书画展等相关情况以及开幕式的主要内容与特点等信息，都在最恰当的时间内向社会公布。新闻宣传又一次抢到了时间的前面。

在这场同行之间的激烈竞赛中，各媒体大胆创新、彰显特色，向世界传递最美的湖南省运残运声音。

作为全省核心媒体的《湖南日报》，除了及时报道各种动态新闻、深入挖掘省运会的重要意义外，还专门开设了省运会专版，对省运会给娄底带来的巨大变化和深远影响进行全方位的展示，让人们看到了省运会不仅是一个体育的盛会，更是一个展现城市形象、提升市民素质、转变干部作风、推动社会和谐的良好契机和有力抓手。湖南经视、湖南卫视、湖南电台等广电媒体和以红网为代表的网络媒体，《潇湘晨报》《三湘都市报》等都市类报纸，以及中央和港澳媒体，也根据各自特点推出专题、专页和专栏。

市直媒体在省运会的宣传中更是各辟蹊径，极尽工巧，从而构筑了自己的一片独特风景。

《娄底日报》按照“气氛浓烈，主题彰显，立意新颖，重点突出”的总体要求，围绕主题，高起点策划，分赛前、赛中两个阶段高密度报道，高规格宣传。赛前，开辟“青春娄底，精彩省运”等专栏，在做好一般性动态报道的同时，分阶段开展专题系列报道，全面反映省运会各项筹备工作，在充分展示娄底良好形象的同时，也引领了舆论的主旋律；在会徽、吉祥物、宣传画、主题口号公布，省运会开幕式 100 天等重要时间节点，均开展专题报道，赛前共推出专题报道 9 个。同时，整合力量，精心策划，推出《精彩省运，放飞梦想》特刊，对省运筹备、赛事安排、娄底体育发展等进行全面展示。赛中，开辟“精彩省运，放飞梦想”和“精彩残运”等专栏，除了在一版对重要内容进行报道外，每天在二或三版开设省运会专版，及时全面报道当天赛况。在省运会开幕式当天、闭幕式当天等重要节点，娄底日报均进行了精心、精确、精致的专题策划，除在头版刊发开幕式、闭幕式的消息、本报社论和当天的重要赛事外，还在二版刊发有关本届省运会、省残运会开幕式的侧记、特写，既立意高远、又角度新颖，充分体现了地方权威媒体的大家风范，彰显着党报的权威地位和旗舰作用。同时，在三版刊发开幕式图片专版，以大标题、大照片来增强视觉冲击力，增强新闻阅读效果。

娄底晚报从8月中旬开始到赛事结束，开辟专栏，以体坛版面为阵地，以精彩省运残运为主题，每天刊发赛事新闻或花絮，集中报道赛场内外的新闻，并在头版以半版的篇幅，报道省运会、省残运会的开幕式和闭幕式，做到图文并茂，体现了晚报新闻的特色。

新新网充分发挥网站和《娄底手机报》、掌上娄底APP新媒体优势，集中推出专题专栏，围绕省运会、省残运会筹备及各项赛事，进行全方位、立体式的报道，在新闻竞赛中成功实现了自我超越。

娄底电视台所属综合频道、公共频道、都市频道和娄底新闻综合广播、娄底电台交通频道、娄底广播电视报、娄底新闻网，以及各县市媒体、其他市州媒体，也根据媒体的特点，精心策划和组织省运会的报道，赢得了收视群体的普遍认可。

4年筹办、4年磨砺，湖南这场由娄底承办的完美而令人震撼的体育盛会，将为娄底留下一笔普惠市民、助推城市可持续发展的宝贵财富，成为未来推动娄底富民强市的精神力量。

（原载《娄底日报》2014年9月29日第一版）

“形象大使”展英姿

——湖南省第十二届运动会第九届残运会礼仪服务承办小记

本报记者　刘惠南

湖南省第十二届运动会、第九届残运会 9 月中、下旬在娄底圆满落幕。人们在感叹它“热烈、节俭、安全、精彩、和谐”的同时，不忘称赞由湖南大视野集团承办为省运会、省残运会提供礼仪服务的“形象大使”。她们为省第十二届运动会、第九届残运会谱写绚丽篇章。

10 天完成选拔任务

7 月中旬，湖南省第十二届运动会组委会公开招标，标的是为湖南省第十二届运动会、第九届残运会开、闭幕式和颁奖环节及各个场馆的礼仪活动提供服务。

这一项目看似简单，要办好却不容易。因为娄底市是第一次承办省运会，颁奖和礼仪服务在很大程度上代表娄底形象。为此，组委会对几个报名竞标的公司进行认真、严格的资格审查，最终，湖南大视野集团以其先进的企业文化、周到的服务和一流的策划方案中标。

时近 7 月底，湖南大视野集团董事长李鑫深感责任重大。离省运会首个项目开赛只剩一个月时间，要做的事情很多，如要选拔一流礼仪形象大使、进行全方位培训、找冠名单位支持等等。而省运会毕竟不是一般的商业活动，冠名单位不是有钱就可以冠名。李鑫首先想到了综合实力和社会影响力较大的新东方控股集团董事长李佳，李佳从小热爱体育，4 年一次的省运会能在娄底召开，能参与省运也是企业文化的一种延伸，双方一拍即合。紧接着，娄底高级技工学校、凯旋大酒店、千里红国际家居博览中心、湖南联华科技有限公司也加入了协办单位。李鑫广辟人才源，让青春美少女们踊跃报名参赛。但此时，大中专学校已放暑假，只能到社会上宣传。李鑫就利用自己的红绿灯传媒和旗下的户外媒体、微信平台广泛宣传。不到 10 天，就有 600 多名来自全国各地青春靓丽、身材形象好、综合素质较高的少女报名。通过形体展示、自我介绍、才艺表演等方式，经初赛、复赛、决赛，层层选拔，最后确定26名礼仪形象大使入围。

系统培训只为力臻完美

培训是搞好省运会、省残运会礼仪服务的关键一环。经选拔的礼仪形象大使个个气质不凡，才艺俱佳。但形体和基本礼仪培训、省运知识培训必不可少。于是，李鑫精心策划，聘请参与奥运与省运会礼仪形象大使培训的老师陈萍当顾问，聘请礼仪专家罗敏芳任总教练，邬平、刘子嘉为副总教练，快速组建一支高水准的培训团队，目的是为了让她们尽快成为优秀的省运会礼仪志愿者，充分展现湘中娄底青年志愿者的精神风貌。

在接下来20多天的封闭式授课培训里，李鑫全程做好后勤服务，培训班老师从形体、行走、站立、微笑等方面，对这些姑娘们进行系统的礼仪培训。她们学习非常认真，精神面貌焕然一新，换上量身定做的礼仪服装，一个个就像出水芙蓉，靓丽可人，连微笑时嘴角裂开的角度都是一样的。“老师要求我们头顶着书、嘴里咬着筷子、膝盖夹着纸。膝盖夹纸特别累，整个人都快酸了。”采访中，省运礼仪形象大使康乙丽告诉记者。当问起她们有没有后悔或者放弃过时，康乙丽说：“参加省运会礼仪很光荣，从中收获也很多，虽然累一点，但是很值得。”

为省运提供一流礼仪服务

8月24日，湖南省第十二届运动会在娄底主赛场举行第一场比赛，26位形象大使第一次精彩亮相，立即吸引众媒体记者的眼球，成为记者拍摄的亮点。此后在娄底场馆各比赛项目颁奖现场，礼仪形象大使们身着深蓝或乳白色礼服，双手托盘，面带微笑，犹如轻盈的精灵，踏着音符，依次走向颁奖台……颁奖礼仪服务成为省运会一道靓丽的风景。

由于省运会比赛项目多，安排的场馆分布在城区各个角落，甚至各个县市区；项目颁奖环节和场馆的礼仪活动有的安排在晚上进行，但无论早晚，她们总是提前到场，均无怨言。8月27日下午，省运会青少年组男子甲组足球赛在涟源落幕，礼仪形象大使在李鑫带领下从娄底赶到涟源后直接入场，参加完颁奖仪式后又迅速赶回娄底。9月13日，省运会田径比赛进入第3天，赛场迎来产金最高潮，在短跑、跨栏、跳高、跳远、标枪等多个项目上，共产生30余块金牌。从上午8时开始，至下午5时30分，在长达7个小时的比赛时间里，赛场金牌接连产生，平均每10

余分钟就会产生一枚金牌，忙得为运动员颁奖的礼仪形象大使们没得片刻休息——这个项目的颁奖仪式刚刚结束，下一个项目的颁奖仪式又开始。但她们总是认真对待，没有出现一丝差错。

从 8 月 24 日第十二届省运会第一场比赛，到 9 月 23 日第九届省残运会闭幕，在整整一个月的时间里，礼仪形象大使们出现在各个赛场的颁奖台边，出现在省运会、省残运会开、闭幕式的典礼上，她们就像一个个不知疲劳和烦恼的微笑天使，为省运会提供尽善尽美的服务。“礼仪形象大使，省运赛场上最美的微笑！”省、市领导及运动员、裁判员和社会各界对湖南大视野集团承办的省运会礼仪服务给予高度评价。9 月 28 日晚，为了表彰这些为省运会付出辛勤劳动的礼仪形象大使及教练团队，大视野集团精心策划，组织了“新东方葡萄杯”省运礼仪形象大使颁奖晚会。晚会上，“形象大使”们表演精彩的文艺节目，展现着她们青春的魅力和风采！

（原载《娄底日报》2014 年 10 月 10 日第一版）

青春如花绽放

——娄底市自来水管道安装公司争创“全国青年文明号”纪实

本报记者　刘惠南　通讯员　王迎春　彭如江

今年“五四”青年节，是娄底市自来水管道安装公司荣获“全国青年文明号”周年纪念日。作为全市建设系统唯一获此殊荣的单位，如去年一样没开庆功会，而是用特殊方式庆祝这一周岁荣誉：放弃“五一”长假，有的奋斗在高溪给水工程，有的忙碌在供水管网安装、抢修工地。

这个集体成立于1995年，现有职工63名，平均年龄30岁。他们长年工作在最脏、最苦、最累的岗位上，用艰辛与汗水浇灌着青春之花。

团结拼搏，确保“生命线”畅通

水是生命之源。城市供水管道便是城市的“大动脉”，是城市的“生命线”。这条“生命线”联系着千家万户，影响着各行各业，生命线哪里有问题，他们就战斗在哪里，拼搏在哪里。

2004年冬，娄底持续降雪，出现罕见严寒，城区1200余处供水设施受损，更糟糕的是娄湘公路DN1200供水主管多处出现塌方，渗漏严重，二水厂被迫停产抢修。为确保居民用水，安装公司6个班组的职工加班抢修。他们背着几十斤重的钢套，点上蜡烛，在不能直腰的DN1200管里一干就是27个小时。手受快速水泥和快干剂化学作用，渗出了血，疼痛难忍，也全然不顾。当大家拧紧入孔盖的最后一颗螺帽爬出工作井后，过度的劳累竟使他们穿着湿透的衣服，在冰冷的寒风中背靠背地睡着了。早起路过的市民目睹这一情景感慨地说：“市自来水公司管道工人真辛苦、真负责！”

2004年4月，国家重点工程涟钢200万吨薄板工程开工建设，需要分离原由涟钢供水的涟钢周边两个村和其新建家属区上万人的生产、生活用水，转由娄底市自来水总公司供水，以解决其供用水紧张的矛盾。娄底市政府把这一艰巨的转供水管道安装任务下达给市自来水管道安装公司，工程期限120天。当时，这两个村的供水管网老化，漏损大，水压低，污水返浸水管中，由此引发的工农矛盾突出。为确保工程按期完成，安装公司立下“军令状”，制订严密的施工计划，出台具体严格的施工纪律。4月8日进驻工地安营扎寨，顶着高温酷暑，披星戴月，加班加点，文明施工，所有供水设施全部换新，硬是提前在7月11日完工。工程质量通过用户、涟钢、总公司三方验收，达到优质工程标准，赢得政府与用户满意。

2005年5月，由国家商务部引进的全省第一家全美商投资工业园落户娄底经济开发区，为确保此项目开工建设用水，负责供水管网施工的四、五班，与百年不遇的暴雨山洪抗争，如期完成了任务。听到这个喜讯，美方代表连连跷起大拇指赞叹：“OK”！“OK”！

这些仅是娄底市自来水管道安装公司确保城市“生命线”畅通的一个片段或镜头，该公司每年进行的抢修不知有多少次，却总能确保抢修及时率达到100%；历年来安装各类管道比娄底到北京的往返里程还要多，一次试压成功率达到98%。他们因此被市民誉为“生命之源守护神”。

改革创新，不断提升管理水平

娄底市自来水管道安装公司坚持改革创新，科学管理。

为解决出工不出力、干好干坏一个样的问题，2001年，安装公司在全省供水系统率先打破旧的工资制度，大胆实施计件工资制，实行“多劳多得、技术好的多得、能力强的多得、团结协作好的多得”的改革措施，调动员工工作积极性。广大职工从要我干到我要干、要我学到我要学，工作作风发生根本转变。大多数职工尝到改革甜头，公司也减轻管理难度，大大降低了管理成本。“管道安装计件工资制度”被省内外许多同行借鉴。

班组长、施工员实行竞聘上岗。为打破班组长、施工员任命制、终身制带来的弊端，消除班组长、施工员不思进取的思想，自2003年起，市自来水管道安装公司实行班组长、施工员竞聘上岗。为确保竞聘上岗公正、公平，公司打破常规，公司层不提名，由职工自己提出竞聘申请，通过演讲、技术比武及综合测评，最后由全体职工投票决定，真正让员工选择自己的“当家人”，使落选的原有班组长、施工员心服口服。这种竞聘一年一次，能者上，庸者下，大大激发全司职工学技能、学管理的热情，迫使在位的班组长、施工员“居安思危”，积极提高自己的业务技能，不断提升管理水平，从而提升整个公司的竞争能力。

不断创新管理。随着供水事业的不断发展，新技术、新材料广泛应用。为使公司每个职工能迅速掌握新技能和熟练使用市场上各类新的管材，公司狠抓业务培训，每年聘请专业人士进行技术指导，对职工进行集中授课，并选送部分技术骨干到外地参加学习、培训。对一些新生型管材及时请厂方专家到现场进行从材质到安装要领的讲解和示范。今年公司还与娄底职业技术学院及劳动部门职业培训中心联系，邀请名师对职工进行规范业务技能的培训。使每一位职工能够熟练掌握岗位操作规范。同时，公司在职工中广泛开展一年一度的技术大比武，大大提高职工业务技能水平和掌握新技术、新材料性能的能力。

2004 年 4 月，公司在安装孙水河 DN300 过河管道时，为避免长时间高空作业发生安全事故，工人们根据斜拉索桥的受力原理，采用钢丝绳吊挂技术，200 米过河管焊接完毕后，实行整体一次性吊装、安装到位，不仅解决过桥管道因过桥车辆承载负荷大小不一、桥面振幅不一而影响管道安全使用的问题，而且大大缩短工期，降低造价，节省安装费用 100 万元。

真诚奉献，让文明之花常开

为建设新时期供水队伍，安装公司不但要求职工努力做到“情为民所系，利为民所谋，事为民所想”，切实将正常、优质、文明供水落到实处，还要求每一位职工树立“爱厂如家、爱岗敬业”的思想。

自 2004 年开始，安装公司采取举办职业道德行为培训班、召开形势教育座谈会和班务民主生活会等形式，帮助职工牢固树立主人翁思想，增强工作责任感。在公司正确引导下，各班组自行制定“三不准”制度，即：任何情况下不准与用户顶嘴；不准向用户索拿卡要；不准随意损坏用户家的设施。以及“三个必须”，即：接到用户电话必须马上前往处理；遇到和用户发生矛盾必须耐心解释；无论时间多晚都必须完成当天工作，又不能影响用户用水。

在制度的约束下，公司员工文明施工，诚信服务。公司成立 10 年来，没有一人有违法行为。他们积极参加公司开展的文明创建活动，自觉以雷锋为榜样，不图名，不谋利，真诚奉献，近 4 年来人平加班达 140 个工作日。以前，厂区随处可见剩余管材、废角边料。现在常常见到职工主动把它抬放到集中的地方码好。施工完后现场剩余的管材，哪怕没有多大用途了，也会被师傅们仔细收拾好带回公司。

一次，在安装地处娄底城北的湖南李小龙武术学院一段 DN100 输水管时，正值炎热的 8 月，学校要求尽早完工，迎接新生及时入学。这项任务交给管道安装公司一班来完成，预定工期 20 天，可望着学院陆续到来的新生和师生们期盼的眼神，公司向一班发出“抢时间、抢进度、快供水”号召。一班员工白天放弃午休，晚上挑灯夜战，硬是提前5天完工送水。而这15天里，先后有2名同志中暑。校方得知情况后，非常感动，执意要给大家发加班工资。工人们婉言谢绝。后来，公司被学校用作教育学生敬业奉献的范例。

好人好事更是层出不穷。一次在抢修娄湘公路DN1200供水管道时，劳累的工人们中午准备休息。突然，一辆满载货物的东风车与一辆迎面而来的桑塔纳轿车相撞，巨大撞击使轿车车身变形。周围群众被这场惨祸吓得目瞪口呆。在没有任何人指挥下，工人们不约而同地直奔车祸现场，实施紧急救援，用手中工具迅速打开车门。受伤的司机和一位乘客血流满面，人事不省。他们不顾血流满身，扶的扶，抱的抱，把伤者从小车里小心救出，然后抱上工具车，火速护送到医院。在办好伤者住院手续后，从清醒过来的伤者口中得知其家属电话、地址，他们又赶紧开车将其家属接到医院，然后才放心地离去。

近10年来，娄底市自来水管道安装公司职工为贫困职工、残疾人士和灾区捐款达数十万元，累计资助10名贫困儿童重返校园。

一分耕耘，一分收获。公司年年被市自来水总公司评为“先进单位”，先后获得市、省级“青年文明号”和“全国信用公约单位”等荣誉。去年5月被团中央授予“全国青年文明号”荣誉称号。

（原载《娄底日报》2007年5月23日第四版）

雏凤清于老凤声

——写在娄底技师学院承办 2016 湖南技能大赛·全省数控赛暨全国选拔赛之际

本报记者　刘惠南　通讯员　赵　蓉　宁　谨

金秋送爽，丹桂飘香。湘中娄底迎来职业教育发展盛事：2016 湖南技能大赛·全省数控赛暨全国选拔赛在娄底技师学院举行。10 月 13 日，随着大赛隆重开幕和各大赛事的有序展开，这项由湖南省人力资源和社会保障厅、湖南省总工会、娄底市人民政府主办，娄底市人力资源和社会保障局、娄底市总工会协办，娄底技师学院（筹）承办，省职业技能鉴定专家委员会提供技术支持的全省性数控技能竞赛，将展示出迷人风采而载入史册。

承办大赛，既是一种荣誉，也是一种压力。在经济欠发达的地区，在省内众多职业院校，娄底技师学院（筹）为何能脱颖而出，成为 2016 全国数控技能大赛湖南选拔赛的承办单位？记者走进位于娄底经济开发区这片盛誉在外的育才之地，探寻其中的奥秘……

砥砺耕耘，“职教明珠”耀湘中

娄底技师学院（筹）在艰难中起步，在自强中奋进！

1977 年，经原劳动和社会保障部批准，娄底市高级技工学校正式建立。办学之初，学校师资严重不足，专业设备匮乏，资金十分紧缺。面对严峻的办学基础，学校始终坚持走品牌发展和特色办学之路，不断改革创新，一路高歌！

1986 年，学校晋升为中级技校；1995 年，学校再次晋升为“湖南省重点技校”，同时被授予“湖南省首批国家职业技能鉴定所”。

2003 年，经原劳动和社会保障部批准，学校晋升为“国家级重点技校”和“高级技工学校”。2004 年 2 月，教育部、省教育厅批准学校为“天津工程技术师范学院娄底函授站”；2004 年 5 月，原省劳动和社会保障厅批准学校为“高技能人才培训基地”和“湖南省农民工培训示范基地”。

2008 年 4 月，经省人民政府批准同意，以娄底市高级技工学校为主体的“娄底技师学院”正式挂牌筹建。2009 年，娄底技师学院（筹）被原省劳动和社会保障厅认定为“湖南省高技能人才培训定点机构”。

2015 年 9 月，娄底技师学院（筹）实现整体搬迁新址的目标。

在以党委书记黄迪军、校长谢高云为首的领导班子带领下，学校紧紧抓住职业教育发展的大好机遇，坚持以“高端引领、校企合作、多元办学、内涵发展”的发展方略，以培养高技能人才为目标，稳步提升教学质量。

全国、省、市各项技能大赛，学校均获得第一、二、三名及优胜奖的骄人成绩；会计电算化专业学生参加全省会计从业资格考试和全国初级会计专业技术资格考试，过关率均居全省前列。

学校形成短训、中技、高技、技师、大专、函授本科等多层次教学的办学格局，中、高级、技师专业达 30 多个，并打造出了车工、钳工、电工、数控、模具、电算会计 6 大品牌专业。开办的天津工程师范学院单独招生高考班，每年有几十名优秀学子被该校录入本科学习。

教学相长，学校高度重视师德建设，坚持从严考德，违规必究。在年终考核、评优评先、职称评聘中实行师德师风“一票否决”制；全面实施“双师”素质提升工程，在全校形成“严谨、求实、敬业、博学”的优良教风。重点实施“名师工程”“青年教师成才工程”“骨干教师培养工程”“双师型教师培养工程”，建立健全刚性管理、柔性服务、活性激励的管理体系，树立职业教育教师品牌形象。

学校还不断完善专业带头人和骨干教师选拔、培养与管理的相关制度，严格专业带头人选拔条件和程序。全面实施兼职教师倍增计划，全力打造专兼结合、能支撑现代职业教育体系建设与运行的教学团队。

学校得到社会各界高度评价，先后被评为湖南省“园林式单位”、湖南省“文明卫生单位”、湖南省“职业教育先进单位”、湖南省“高技能人才培训先进单位”、湖南省“招生就业先进单位”“职业技能鉴定所全面建设先进单位”和“职业技能鉴定所全面建设十佳单位”。

一个占地 350 亩、容纳学生 3800 名、拥有雄厚师资力量、设置专业 30 余个的一流技师学院，已呈现在世人面前。

多元办学，“技师摇篮”展风采

5 月，正值学生毕业季节，湘中石油、中船国际、佳能公司、三一重工、比亚迪、海螺集团、格仑新材等知名企业纷纷派人来到娄底技师学院（筹），挑选 2016 届优秀毕业生到其公司就业。很快，学校优秀毕业生被挑选一空。其他毕业生也在学校组织的专门力量帮助下，有了自己如愿的事业平台。

100% 的就业率，95% 以上的专业对口率，高工资、高待遇，在当今经济低迷形势下，娄底技师学院（筹）毕业的学生却成为企业手中的“香饽饽”。

“打铁还需自身硬。”培养造就适合企业需求的技能型人才是实现高就业率的关键。

近年来，学校始终坚持以就业为导向，以提高学生职业能力为本位，以职业实践为主线，紧跟区域经济和社会发展需要，按照“需用为准、够用为度、实用为先”的原则，建立起“公共基础课 + 专业必修课 + 专业选修课”的课程结构。

教学中，学校对课程内容不断进行动态调整和更新，扩大专业理论课、技能课范围，增大专业技能实训课时和教学量，突出各专业关键技能和职业能力的学习培养，激发学生学习的积极性、主动性。

为了培养适应市场、适应企业的人才，学校通过“走出去、请进来”的方式，主动寻找市场，率先尝试“校企合作、共同培养”模式，先后与三一重工等数十家国内知名企业建立密切的技术工人对口培训协作关系，由单一的订单式培养向多元化纵深发展，建立健全供需合作、委培合作、资源合作、技术合作、经营合作等多种合作形式，开设“三一班”“文昌班”“鸿帆班”等“订单式”培训班级，培养人数达 3000 余人。

在加强“校企合作”的同时，学校还加强“校校合作”，增强学校办学实力。先后和贵州施秉县一中、邵东振华中学、双峰县职业中专学校签订了“校校联合办学协议”。

为了加强学生的生产实习和社会实践，学校采取分阶段到企业集中实习、第三年到企业顶岗实习等形式开展工学结合培养模式，开展半工半读试点，建立各专业学生毕业技能合格标准，提高学生的实践能力、技能水平和综合素质。

“出口畅，则进口旺”。近年来，学校把毕业生就业工作作为第一要务，为毕业生创造有利的就业环境。学校每年都要通过毕业生就业座谈会、就业讲座、就业调查问卷、就业指导课等形式，引导学生了解就业政策和就业信息，掌握求职技巧，认识自我，找准定位；每年组织专门力量到全国各地考察调研，推介毕业生，与用人单位签署培养协议，实行订单培养。对毕业生集中工作的地区，回访老单位，开发新市场，做到老单位不掉链，新单位不断线。

在努力办好学制教育的同时，积极拓展社会培训工作。作为省、市高技能人才定点培训机构，学校在娄底市人社局、财政局等部门的大力支持下，积极开展针对下岗职工、农村劳动力、高技能人才的培训和创业培训，年培训达3000多人次，为区域产业结构优化升级和区域经济的发展做出了贡献。

多元化办学，为学校发展注入新的活力，教育教学质量明显提升。历年来在国家、省、市组织的各种技能大赛中，先后有20多人获奖，其中谢学民老师获得“湖南省技术能手”称号，并被评为“全国优秀教师”；蔡利军、刘浪潮、刘湘军等3名教师被评为“娄底市技术能手”。2010年，该校组织5名学生参加全国技工院校第三届技能大赛湖南赛区选拔赛，全部获奖，其中李波、袁晔同学荣获一等奖。学校2011年被评为“湖南省十佳职业技能鉴定所”，2012年被确定为“省级高技能人才培训基础能力建设项目实施单位”，连续多年被评为“湖南省技能人才培训先进单位”。

科学发展，“一流院校”摆擂台

今年初，湖南省人力资源和社会保障厅下发举办2016年湖南省数控技能大赛文件。娄底技师学院（筹）迅速行动，召开党委扩大会议，决定申办大赛。并在娄底市委、市政府的支持和主管局指导下，提前做好竞赛筹备工作。

3月底，省人力资源和社会保障厅职业技能鉴定中心主任吴开明来校考察，对学校主动、扎实的申办工作给予高度评价。5月底，省人力资源和社会保障厅与省总工会联合发文，正式批复由娄底技师学院（筹）承办2016湖南技能大赛·全省数控赛暨全国选拔赛。

取得大赛承办资格，意味着履行承办义务。此次赛事规模大、规格高，设数控车工、数控铣工、加工中心操作工（四轴）、加工中心操作工（五轴）、数控机床装调维修工等5个竞赛项目，来自全省14个市州近330余名选手将进行为期5天的竞技角逐。旨在进一步深入贯彻落实制造强国战略，培育精益求精的工匠精神，努力造就一支技艺精湛的高技能人才队伍，加快推动湖南省制造业的发展。

为此，学校成立了由党委书记黄迪军任组长、校长谢高云任常务副组长、其他校领导任副组长、各科室负责人为成员的竞赛筹备工作领导小组，下设综合协调、竞赛、场地器材、会务宣传、环保安保、后勤接待等6个职能工作组，制定详细的工作计划，责任到人，扎实推进。

“承办此次竞赛，既是学校参赛者技能的比拼，也是一次办学实力、办学成果的展示，更是学校科学发展的需要。”娄底技师学院（筹）党委书记黄迪军说。

近年来，随着经济全球一体化，世界科技进步日新月异，新兴产业科技含量不断提高和发展，技能型人才迎来了发展的春天。

作为国家职业技能鉴定所、全国农民工培训示范基地、全国高技能人才培训基地的娄底技师学院，通过承办全省性的数控技能赛事，展示职业教育成果，推进高技能人才培养，将是这个“发力点”中最重要一步。

而全面贯彻落实科学发展观，坚持以教学为中心，以和谐创新为动力，大力推进校企合作、校际合作，切实提高教育教学质量，建设一批一流的专业，打造一支一流的师资队伍，将是学院未来工作的重点。

学院将立足湖南经济社会发展需要，面向现代工业、现代农业和第三产业设置专业。到 2020 年，形成机械工程系、电气自动化系、环境与能源工程系、信息自动化系、计算机工程系、职业外语系、社会艺术系 7 个系和娄底市职业培训公共实训中心的基本格局，专业设置达 30 个左右。其中，建设模具制造与设计、数控加工技术等 2 个专业具有国内领先水平，建设电气技术与应用、现代物流管理等 8 个专业具有省内领先水平；培育 1–2 门国家级精品课程、5 门以上省级精品课程。建立符合现代科学技术和适应社会发展需要、能够促进学生全面素质发展，集科学性、先进性、教育性、整体性、示范性于一身的现代教育体系。

积极建立现代应用技术研发平台，倾力打造集学生实训与技术研发于一体的创新型实验室，加快学院应用技术研发人员培养，开发拥有自主知识产权的应用技术。

在教育教学中，重点加强对学生实践操作能力的培养，进一步加强“校企合作”，建立涟钢、“三一”等 10 个以上稳定的校外实习基地和中联重科、海信（容声）冰箱有限公司、广州文冲船舶有限公司等 13 个以上市外实训基地；积极构建“以赛代训”的成长平台，全面提高学生整体技能水平。

以在职培养、短期培训、以赛代训、自我培养等多种途径，不断加强“双师型”师资队伍建设，每年推出一批在湖南乃至全国有影响力的名师，为学校向全国一流职业院校迈进奠定坚实基础。

桐花万里丹山路，雏凤清于老凤声。有这样全新的办学理念、灵活的专业设置和超前的治校举措，人们有理由相信，娄底技师学院（筹）将不断创造出一个又一个发展奇迹。

（原载《娄底日报》2016 年 10 月 10 日第四版）

职教“花”开春满园

——涟源市工贸职业中专创建国家中职示范校纪实

本报记者　刘惠南　通讯员　梁月明

这是一个充满生机和活力的校园，

这是一块孕育梦想与希望的土地。

绿树成荫，芳草遍地；繁花似锦，蝉鸣鸟喧。操场上，身着崭新校服的新生班学生随着口令规范地做着广播体操，迎接全校的比赛；实训楼内，几分老练的学生屏心静气地在老师兼师傅的指导下做着车工、钳工、电工等实验；教室里，神情专注的学生在听老师运用多媒体设备讲课，观摩老师演示的各种工作场景……涟源市工贸职业中专向世人展示着他的青春活力与亮丽风采。

近3年来，学校以远见卓识和脚踏实地，书写着中等职业教育的辉煌，赢得春色满园“花”争艳：成功创建“国家中职改革发展示范校”，成为目前娄底唯一获此殊荣的中职学校；学生就业率始终保持100%，对口就业达到80%以上；今年180人参加高考，68人上二本，连续3年高考升学率雄居娄底市同类学校榜首；在全市初中毕业生人数最低谷，各职业中专学校招生人数普遍连年下降的情况下，今年秋季学期迎来了1540名新生，实现招生人数连续3年递增的目标，在籍学生达4113人，成为娄底市招生人数和在籍学生人数最多的职业中专学校。

迎难而上，乘势而为，用心孕育“发展之花”

涟源市工贸职业中专创建于1987年，通过20余年的发展，学校规模不断扩大，为社会培养各类职业技术人才3万多人。但随着高校扩招、生源分流和初中毕业生人数低谷期的到来，职业中专学校生源逐年减少，招生成本增加。加上社会对职业教育认识的偏差，家长送子女就读职高的积极性不高。而招进来的学生文化基础和行为习惯不如普高生，涟源工贸职业中专面临前所未有的困难。

“唯有创建国家中职示范校，充分发挥学校区域示范、辐射作用，才能推动职业教育持续健康发展。”2010年8月，刚从涟源市教育局副局长位置调到涟源工贸职业中专担任校长的龚锡奇向学校班子成员说出了自己的想法。

然而，国家中等职业教育改革发展示范学校的建设要求，是要使学校成为全国中等职业学校发展创新、提高质量和办出特色的示范，国家不仅对学校的硬件建设要求高，而且对学校教育教学等软件管理具有严格的标准。

“创建工作并非易事。”正当龚锡奇等一班人为创建合力攻坚时，涟源教育强市战略为职业教育迎来发展的春天——涟源市出台《关于大力发展职业教育的决定》等一系列推动职业教育发展的政策。涟源市四大家主要领导到该校现场办公，或专题调研，提出了“抓职教就是抓经济，抓职教就是抓就业”的崭新理念，大力支持涟源市工贸职业中专申报省示范职业中专和国家中等职业教育改革发展示范学校，拨付专项经费，将该校实训大楼配套设施经费列入财政预算，对其基础设施建设所欠债务贴息。

为打造精干的师资队伍，涟源市委、市政府批示该校公开招考录用“双师型”教师，并按国家示范性中职学校编制标准设置教师编制。市政府还将该校的学生公寓楼、实训楼建设列为涟源市重点建设工程之一，将涟源市职教中心创建“湖南省示范性县级职教中心”、涟源市工贸职业中专创建“湖南省示范性中等职业学校”列为涟源市重点建设项目。涟源市委、市政府还与三一集团签署政企联合办学框架协议，支持该校与三一集团等名企建立深度合作关系。涟源市教育局也为该校发展创造良好环境。

涟源市职业教育发展的春风吹开该校“发展之花”。仅今年上学期，学校就投入 63 万元添置了数控加工中心；投入 13 万元改造了两个实习实训车间；投入 426 万元建设数字化校园，建设 46 间电子白板教室、160 座电子阅览室，为每位教师配备笔记本电脑用于教学，新增 2 个用于会计电算化与数控加工的专用机房。学校还在远扬煤机、三一中源新材料等企业建立 60 多个稳定的校外实习实训基地。

5 年来，学校共投入 2125 万元新建了办公大楼、学生公寓、实训大楼、学校文化广场，投入近 200 万元建成了机电实训中心、计算机实训中心，形成了融实验实训、实物实训、虚拟仿真实训于一体的实训体系。

专兼强师，工学结合，潜心浇灌“教改之花”

办学条件的全面改善为涟源市工贸职业中专创建“国家中职示范校”奠定了坚实基础，而围绕专业建设抓教师队伍和教学的改革创新，提升学校教学质量，则为创建“国家中职示范校”提供了保障。

积极实施专业教师培养培训和兼职教师项目指导的双轮战略。学校通过内培外引、“走出去，请进来”等办法，着力打造专兼结合的双师结构师资队伍。近2年来，学校先后有13名教师参加省级骨干老师培训，57名教师参加国家级骨干教师培训，100多名教师参加计算机应用能力、英语等培训。专业教师每两年到合作办学的企业带薪实践锻炼二至三个月。学校鼓励教师参加专业技术（或职业）资格证的考试和学历提升，涌现了一批优秀教师。颜国强、刘文博老师在湖南省中职学校计算机程序比赛中获一等奖，刘文博老师还获得“湖南省技术能手”称号。学校将企业的技术骨干请到学校给学生当师傅，请专家、技师、企业家担任专兼职教师，对专业建设与课程改革进行指导。目前，学校有省级立项科研课题6个，教师通过课题研究与实践进行教研教改，提高了教学教研水平。

构建工学结合的人才培养模式与课程体系。学校围绕专业建设，全面实施改革创新。把学生动手能力的培养放到教学最重要的环节，初步形成了“教室、车间小循环，学校、企业大循环”的专业人才培养模式。近年来，学生参加全国、全省、全市的知识大赛、技能大赛、创业规划大赛，多次获得大奖，有些学生获奖后立即成为企业争着要的“香饽饽”。在教研教学改革创新中，学校注重服务本土经济，与地方产业对接，助推涟源产业转型升级。对接涟源矿山装备制造及工程机械制造业，打造了机械加工技术、机电设备安装与维修等特色专业；对接涟源特色农业，打造了现代农艺技术等重点专业。目前，该校机械加工技术专业是省级精品专业，机电设备安装与维修专业是省级重点专业，机械加工技术、现代农艺技术、会计、建筑工程施工等4个专业是中央财政支持重点建设专业。

为了服务好地方经济，学校积极开展农村劳动力转移培训、乡村干部培训、移民技能培训、退役士兵技能培训等工作。近3年来，学校面向社会开展电工、电焊工、电器产品维修工、车工、钳工、煤矿安全监督员等工种的职业资格认证培训、特种作业人员培训1607人次。面向下岗工人，开展再就业培训600多人次。开展企业职工技能提升培训1100多人次，开展“阳光工程”和“雨露计划”培训1300多人次。开展农村实用技术培训和引导性培训3680多人次。

“育人为本、德育为先”是学校贯穿始终的理念。注重文化育人，去年以来，学校把《弟子规》列入教学内容。学校常年开展朗诵比赛、默写比赛、书画比赛、演讲比赛、行为规范无扣分活动、感恩亲情行动等系列活动。通过活动凝聚学生、激励学生、锻炼学生。学校还投入200万元进行校园文化建设。营造广场文化，用李聚奎等本土历史名人的事迹教育、鼓励学生。今年4月，学校正式创办校刊《涟源工贸》，如今，校刊已成为学生传播校园文化的一个重要阵地。

校企联手，订单培养，精心培育“就业之花”

“校园环境是发展之基，教育质量是强校之本，学生就业是兴校之源。”涟源市工贸职业中专领导班子在办学实践中深谙此道。为此，学校将学生就业工作摆在首位，常抓不懈。

学校遵循“做企业发展需要的事，办面向人人的职业教育”理念，以“培养高素质劳动者和技能型人才”为目标，坚持以市场为导向，以推动校企深度合作为重点，以重点专业、特色专业为引领，以工学结合为切入点，构建校、企共同育人的人才培养模式。该校的班级命名非常独特，有“三一班”“广菲班”“威胜班”“远扬班”“涟邵建工班”“毅俊班”“唐宫班”等等，这些都是与企业联合办的班级，这些学生一进校门就具有双重身份：既是学生，又是联合办班的企业的学徒，既有学校的老师上课，也有企业的师傅传授技术。学生在校 3 年，由联合办班的企业提供工作服和实习工具等，并且至少有整整半年时间是由联合办班的企业师傅来学校进行培训，相当于岗前培训，毕业之后全部进入联合办班的企业工作。学生一进校就成为“学徒”，走出校门就成了技术工人。

学校领导告诉记者：学校继与三一重工、威胜集团、远扬煤机等企业进行校企合作办学之后，今年上学期又与纬创资通、唐宫控股等 2 家世界知名企业建立了深度的校企合作关系。学校与这些企业联合办班后，为学生学习和就业提供了良好条件。截至 9 月底，学校已与 60 家企业合作办班或建立其他校企合作关系。

今年 5 月，学校的校企合作工作得到省教育厅的高度评价，并被国家教育部收入校企合作的典型案例。今年 6 月，学校被列入“国家中等职业教育改革发展示范学校建设项目计划”第二批立项学校，标志着该校吹响向国家级示范性职业学校迈进的号角。

漫漫发展路，悠悠职教情。涟源市工贸职业中专正是凭着这份情感，在困难中求发展，在发展中求创新，奋力前行，不懈追求，从省重点、省示范到国家重点、国家示范，一步步打造出娄底市职业教育品牌，成为娄底市中等职业教育的一面旗帜。

（原载《娄底日报》2012 年 10 月 22 日第一版）

商界“智多星”

——记湘中商业大厦总经理叶红昕

徐　勤　刘惠南

戴一副眼镜，身材单瘦，风度儒雅，初识叶红昕的人对他的感觉是一介书生。

就是这个表面平静的人，用一支充满激情的巨笔，搅起了娄底商界的惊涛骇浪，创造出堪称领导商界潮流的一个接一个的“第一”。

——首家把军队管理机制引入商业企业管理，员工上岗前一律通过军训，培养员工铁的纪律和吃苦耐劳精神。

——“湘中销售无假货”成为娄底商界最早向社会公开承诺。并获区内首家“省级质量计量信得过企业”殊荣。

——充分发挥专业化、系列化优势，物丰货盈，最早改写娄底人外出大采买的历史。

——销售收入连续几年居全区十大零售商业企业首位，1996 年成为全区首家销售过亿元流通企业，成为中西部地区唯一进入全省国有零售企业十强。

……

奋斗的过程往往比结果艰难得多，这是人生的规则也是经验，想干一番事业的叶红昕义无反顾，迎难而上。

1992 年 6 月，叶红昕调任娄底地区商业集团总公司副总经理，并负责湘中商厦开业筹备工作，1994 年 3 月，他正式出任湘中商厦股份有限公司总经理。面对一个社会普遍关注的综合性规模型商业企业的走向，时年 34 岁的叶红昕有自己的见解，他提出“用新办法、新思维来办新企业、创新业绩”的思路。

初创之时，叶红昕的脑海里萦绕的便是企业经营定位问题。凭借丰富的经商经验和系统的市场调查，他创造性地把宏观市场划分为“大众”和“大款”两个阶层。把含混的销售对象科学地具体化。由此，叶红昕把经营品种定位在“高档商品有、中档商品全、低档商品保必需”上，以服务工薪阶层为主，满足不同层次的消费需求。通过对销售部、柜组分类的调整优化，对商品进货渠道的统筹调控，逐渐形成“高档精品化、中档系列化、低档使用化”的经营格局。目前，该厦与全国 100 多家名优厂家建立了总经销业务关系，商品品种达 4 万多个，名优商品占半数以上。

商场如战场，善谋者胜。面对日趋兴旺的商厦，叶红昕表现出超常的深沉和冷静。作为娄底商界颇具实力的前卫派代表，他的脑海中一刻都没有停止过“冷中看热”“热中看冷”的辩证思考。在各商场纷纷拿出巨资搞豪华装修，或竞相大甩卖，搞有奖促销时，叶红昕没有盲目跟风，现代商人的责任感强烈地撞击着他那独特的灵感。叶红昕果断地提出了“以满足消费占领市场、以引导消费创造市场”的竞争策略。于是精品阁、名牌专柜、名优特新商品自选厅应运而生。同时，叶红昕巧妙地把文化品质、艺术情调蕴藏在商业销售之中，相继推出“国货精品展”和“国际箱包节”“夏之韵服饰节”和“金秋国货精品展”等活动，营造出以文兴商、以情促销的购物氛围。

为开发杭州“天堂伞”潜在市场，叶红昕按照“优质优价才有竞争力”的原则，采取零售九折优惠、批发厂价直销、以旧换新等措施，去年，享有全国名牌盛誉的“天堂伞”在该厦销售总额突破百万元大关，一举夺得全国地属市销量第一名。

1995 年秋，叶红昕赴上海、杭州、无锡等经济发达地区考察后，心潮澎湃，浓厚的超前发展思想如洞开的闸门奔涌而出。他召集几位“老总”商议，把 1996 年提前实现销售“亿元工程”的设想和盘托出，得到响应和支持。很快，《湘中商业大厦“亿元工程”可行性研究方案》送到了地委、行署有关领导的案前。

负重加压，这是奋斗者独有的气概。要在一年内新增销售额 3600 万元，圈内行外不少人认为这是天文数字。1996 年元旦前夕，叶红昕多次主持召开党政联席会、中层骨干会、职工大会反复倡导，提出“再造优势，走规模经营联合发展之路”的战略。由此，一项项经营活动有条不紊地展开。

发展连锁企业和一批短、平、快的公司，组建“联合舰队”，这是叶红昕等一班人借助外力的新招。1996 年，湘中商厦创办了 3 家规范化连锁企业和 2 家分公司，其中涟源连锁店，销售白糖占涟源白糖市场的 60% 以上。

推进“名牌战略”开展单项商品百万元、千万元销售工程，这是叶红昕等一班人挖掘内力的举措，通过建立目标考核制度，提高名优商品的市场占有率。去年，该商厦共有创维彩电、安琪儿自行车等 15 个单项商品销售突破 100 万元，“百万工程”销售额达 4000 万元。

几经风雨，绚丽人生。这几年，叶红昕荣获“全区优秀企业家”“全区十佳青年”“全区优秀党员领导干部”等光荣称号。然而，他并没有沉醉在功劳簿里，发展是他心目中永恒的主题，今年，叶红昕又把销售、利税定位在 20% 的增幅上。惊诧之余，我们才真正悟透“真诚奉献、追求卓越”这句湘中商厦员工箴言的蕴意。

（原载《娄底报》1997 年 5 月 9 日第二版）

湘中警坛一“奇”

——记全区十大新闻人物、娄底市公安局刑侦大队副大队长柳奇志

本报记者　刘惠南　邹新民

湘中大地传颂着一个不寻常的名字。这是一个用公正无私和奉献精神凝成的名字。他，就是全区’98十大新闻人物、娄底市公安局刑侦大队副大队长兼城区中队队长柳奇志。

3月31日，我们采访了这位年轻刑警，出现在我们眼前的柳奇志，高而略瘦，说话斯文，他眼神里透出稳健和刚毅。凭着对公安事业的满腔赤城，他在神圣的警坛创造串串辉煌，演绎着“奇志”“奇招”“奇迹”“奇情”“奇勋”的感人故事……

奇志

1968年12月27日，柳奇志出生在娄底市涟滨乡一个普通的农民家庭。父母对他的期望很高，将他取名为“奇志”，希望他长大以后以罕见的、特殊的、非常的志向，为祖国和家乡人民建功立业。铭记父母的愿望，19岁那年，柳奇志以优异的成绩考入湖南省公安高等专科学校，立志当一名优秀的人民警察，保护家乡人民安宁。3年求学路，年年优等生。1991年毕业分配时，长沙公安机关点名要他，而柳奇志却谢绝了长沙公安机关的好意，回到了生他养他的娄底，安排在市公安局杉山派出所干刑侦。从此，柳奇志不管遇到什么困难，碰到什么危险；无论开始干普通刑侦，还是后来提拔为娄底市公安局刑侦大队长要案中队副中队长、刑侦大队副队长兼城区中队中队长，都不改初衷。1992年12月，柳奇志破获一盗窃摩托车团伙，当他率领干警赶到壶天乡捉拿犯罪嫌疑人陈某时，受到200多名不明真相的群众围攻，眼看着他和干警受殴打、案犯逃脱，他义正词严，陈明真相，疏散群众，硬是将陈某抓获归案。

柳奇志天天与犯罪分子打交道，犯罪分子既闻风丧胆，又威胁恐吓。有的扬言要搞死他，有的声称要绑架他的家人，面对这些，柳奇志泰然自若：“我穿了这身警服，就要对得起这身警服，对得起公安警察这个神圣职业！”

奇招

没有金刚石，不揽瓷器活。干刑侦，没有几路招数不行。这几年，柳奇志破案屡出“奇招”。

穷追不舍，苦出线索，是他破案的第一招。

1996年农历过小年的晚上，娄底市夜宵摊发生一起流氓伤害案，杀死一人。案发时，天下着雪，路人稀少，受害人在送医院的第3天死亡。报案时已时过境迁，无任何有价值的线索。柳奇志带领一班人从夜宵摊展开调查访问。100多家夜宵摊，日客流量达2000多人，而绝大部分摊主早已回新化、涟源过年去了。柳奇志硬是冒着冰雪严寒从涟源到新化，一路访问，一路寻找线索。一连几天，他布满血丝的双眼又盯到夜宵摊上。白天他做调查摸排工作，晚上则一个人在夜宵摊“混”到三四点，等摊主收摊才回家合一下眼。柳奇志的工作作风深深感动了广大群众，大家争相提供线索，终于有一摊主向柳奇志反映：案犯是个光头，裤脚有黄边。“对，那是劳教人员嘛！”柳奇志立即赶往娄底监狱，终于在3000多名服刑犯人中挖出了仅外出吃过一回夜宵就行凶致人死亡的案犯廖峻辉。

摸准心态，突破“防线”，是柳奇志破案的第二招。

1996年3月，公安干警抓获一特大盗窃团伙，主犯李枝宣是“三进宫”对象，抱着“死猪不怕开水烫”的心理拒不交代问题。柳奇志就专门租一间房子，与李吃住在一起。柳奇志了解到李枝宣是一个孝子，并要求与娘见一面。柳奇志因势利导，以心唤醒他的良知，10多天后，李终于认罪了，如竹筒倒豆子般倒出了所有罪行。

奇迹

在娄底警界，柳奇志有“拼命三郎”之称，靠着这股“拼”劲，他破案创造了一个又一个奇迹。

1997年10月4日，娄底市洞新市场发生一起恶性杀人案，案发现场仅搜出一个发自浙江省邳州市苏庄的信封和一张照片。犯罪嫌疑人平时与周围群众说是河南人，叫张洪彬。

柳奇志连夜带人到河南查找，河南查无此人；到浙江查找，亦无此人。而发出此信封的地点是邳州市的苏庄村，离县城有100多公里，与山东省的苍山县接壤。柳奇志步行20多公里，赶到苏庄，一个村访问完了，邻近的三四个村访问完了，案情仍无任何进展。柳奇志水土不服，病倒在村民家中，好心的村民劝他回去算了，然而，人民警察神圣的职责容不得他有丝毫松懈。他毅然走向了山东，逐家逐户、逐村逐寨调查访问，历时一个多月，行程1000多公里，终于在山东苍山县查到了这个在家杀死其妻、潜逃到娄底又杀死人的奈昌斗。

同年6月17日，娄底市关家脑居民点发生了一起震惊全省的持枪抢劫杀人案。3名案犯持“五四”手枪杀死一人，抢走价值近50万元的邮票、纪念票等。一下子，恐怖气氛笼罩了整个星城。柳奇志负责此案的重点线索查证，他迅速从繁多的情报中捕捉到一个叫“资宝”的人，这人与另一负案在逃多年的“石宝”经常一起出入邮市，形迹可疑。

柳奇志决定将“石宝”密捕。并找到“石宝”的情人谢某诱出“石宝”。晚上9点20分，柳奇志带领3名队员带谢某到公用电话亭叩机。“你为什么在外面打电话？”狡诈的“石宝”回机起了疑心，不肯在谢某提出的地方见面，要求改为10分钟后在“皇冠”大酒店门口见面。途中，谢某证实“石宝”有一支“五四”手枪。柳奇志心头一紧。“贴身缉拿，绝不能伤及群众！”柳奇志果断部署。

柳奇志安排队员小朱隐蔽起来，自己则在最危险的“皇冠”门口静候目标出现。9点45分，“石宝”与另一年轻人来到了“皇冠”门口，柳奇志用眼神给小朱分了工：小朱负责缉拿“石宝”身后同伙，自己负责缉拿“石宝”。仅隔一步之遥时，柳奇志如离弦之箭扑上去抱住“石宝”的腰往地上一掼，一黑亮黑亮的“五四”手枪从“石宝”的腰间咣当掉到地上。“石宝”疯狂倒地抢枪，几乎同一瞬间，柳奇志先倒地抢到手枪，并将“石宝”死死地压在地上。身强体壮的“石宝”狂叫着、挣扎着。柳奇志与“石宝”搏斗10多分钟，终将案犯捆好，一验枪，好险！弹已上膛，内有子弹4发。

其实，柳奇志豁命相搏已不是第一次了。去年3月，省地矿468队4坨“钴60”被盗，如泄漏到社会上，会对环境造成严重的放射性污染，如人体接触会大量杀死体内白细胞，造成障碍性贫血症，危及生命安全。柳奇志率员组织侦破“钴60”案。经侦查4坨“钴60”已被人作废品售给涟钢。面对堆积如山的废钢，柳奇志冒着被钴放射的危险一块一块仔细翻寻。经过整整一天翻箱倒柜，终于找到4坨“钴60”，防止放射源毒害人们。

奇情

柳奇志对犯罪疾恶如仇，对人民却柔情似水，爱得深沉。在杉山派出所工作时，他先后3次为家境贫困的失学儿童交纳学费、购买学习用品近千元；到刑侦大队工作后，他主动将局里破例分配给他的一套住房让给另一住房困难的同志；将上班途中遇到的一被玻璃砸伤、割破动脉血管流血不止的妇女送到医院，掏钱替她挂号，待妇女转危为安后，才悄悄离去……

柳奇志对金钱看得淡薄，秉公执法，不徇私情，表现了一名人民警察的浩然正气。

1996 年 8 月，柳奇志在主办一盗窃大案时，案犯的父母乘夜深人静之机来到他家，将一个胀鼓鼓的袋子放到桌上，“柳队长，这里是 5 万元，请关照保我儿子一条命。”柳奇志没好气地说：“法不容情，你儿子该怎么处理就怎么处理，要我为他开脱罪责，办不到！”案犯父母只好提着钱悻悻地走了。

1997 年 11 月，娄底市百亩乡化工厂银块被盗案在柳奇志的组织下告破，追回银块 20 多公斤，合人民币 10 万多元。厂领导为表感激之情，特意到柳奇志家登门道谢，临走时，送给柳奇志 1000 块钱，对他的辛苦疲劳给予补偿。柳奇志婉言谢绝道：“感谢你们对公安工作的理解，但人民警察为人民，这是我应该做的。”

柳奇志作为一条硬汉子，却欠父母妻儿的债太多了。

妻子卫华记得，父亲 60 大寿那天，柳奇志却远在广西抓逃犯，3 岁的女儿懂事地举起酒杯说：“爷爷，爸爸抓坏蛋去了，您别怪他，我代爸爸祝您生日快乐！”父亲听后老泪纵横，他是高兴，也是欣慰。

队里的战友记得，去年 4 月他妻子重感冒，在家打点滴，他却整天忙于办案，中午抽空回到家，又错将医用酒精当氨基酸倒进瓶里给她输，幸好妻子发觉不对头，扯掉针头呼救，被人送往医院抢救，才未酒精中毒要她的命。

柳奇志自己不会忘记，他与妻子新婚的第二天就赶赴邵阳办案，半月未归；小女儿出生那大，他却扎在案子里没尽一个父亲的责任；结婚 6 年，每年春节均扑在办案上，未陪妻子女儿逛过街，玩耍过……

每当与人说起这些，柳奇志心里总是酸楚楚的。

奇勋

柳奇志从警 8 年，以铮铮铁骨在公安工作第一线屡建奇勋。他为主或参与侦破各类刑事案件 500 余起，其中重特大案件 100 余起，为国家和人民挽回经济损失 400 余万元，他曾 3 次被地、市嘉奖，1 次荣立个人二等功，2 次荣立三等功，1997 年被评为全省优秀人民警察。

（原载《娄底日报》1999 年 3 月 26 日第一版）

缕缕心血润绿原

——湖南省园艺学会理事、高级农艺师刘英才醉心经作散记

本报记者　刘惠南　曾国莲

在今年全省名优茶评定会上，评委们端过工作人员递上的泡茶，细细品味，一股清香沁人心脾，顿觉心旷神怡，不禁连声称赞："好茶！好茶！"参评的这种名叫"茶园毛尖"的茶，首次送样即获得了铜质奖。然而，这饮誉全省的名优茶，却倾注了一位农业科技工作者不少心血。30年来，这位科技工作者主持或参与研究推广农业技术22项，为农民创造直接经济效益3000万元以上；引进经济作物新品种45个，为农民创直接经济效益60万元。他，就是中国园艺学会会员、湖南省园艺学会理事、娄底市农业局高级农艺师刘英才。

时间追溯到1960年春暖花开时节，刘英才的家乡涟源市杨市镇龙潭村来了一批下放劳动锻炼的省农科院干部。村里安排他家住2人。1年多耳濡目染，年仅14岁的他与农科干部交上了朋友，从这时候起，他便与农业科技结下了不解之缘。1965年，他跨进了湖南农学院的大门，成了该院农学专业的高才生。1969年学成毕业，从此，他在农艺科学的殿堂里潜心研究，辛勤耕耘30年。

刘英才把解决经济作物栽培、耕作和育种中的技术难题，作为科研的主攻方向和课题，如痴如醉。如柑橘冬季低温冻害与春夏之交异常干热天气对柑橘落果的危害防御，一直是我省橘场和柑橘专业户一大生产难题。他主动立项研究，访问300多人次，行程3000多公里，历经10年现场取样观察实验，终于从地形地势、品种选择和水肥管理、包扎防护、花期喷水、增湿降温等方面，成功研究出了柑橘防冻害和防干热风危害的办法。该项成果在全市推广后，有效地减轻了柑橘冻害与干热风危害的损失，推广6年来，累计为橘农增加收入2156万元。

刘英才深知经作科技研究是无止境的。他不懈追求，相继主持湖南省农业厅下达的攻关课题"柑橘低产园改造综合技术"研究和全市经济作物生产的区划、规划以及生态农业、持续农业的研究。他针对柑橘品种不合理、品质差、产量低的现状，以高产出、低投入为主攻目标，广泛收集国内外科学栽培新技术，结合本地土壤、气候，进行定点实验和对比示范，历经多年努力，终于研究出"柑橘深耕改土、

改造树冠和进行高接换种、合理搭配品种”等低产橘园综合改造措施，使柑橘品质大大提高，柑橘产量提高190%。为了全面了解新化大熊山区经济作物的现状及其发展潜力，他曾于1982年7月率领4名农技人员，冒着高温酷暑，爬山越岭考察。白天扛着10多公斤重的仪器设备调查，采集标本，晚上借住在农民屋里加班整理数据、资料和制作标本。整整一个月，行程1800公里，采集制作各种果、茶等标本58套，制茶蒸清样4个，土壤标本2个，摸清了大熊山经济作物综合开发利用的家底，写出长达5000字的《新化县大熊山经济作物考察报告》，为大熊山经济作物的综合开发利用提供了科学依据。而刘英才却为此瘦了10公斤。同局干部职工说:“他为了经作科技研究与推广真是呕心沥血！”

春华秋实，刘英才在农艺科技领域收获颇丰。先后获得“地区科技进步一等奖”“省科技进步四等奖”“全国农牧渔业丰收二等奖”“国家科技成果奖”等9项奖励。其中“柑橘冻害与干热风危害防御及灾后恢复措施研究”，被《中国技术成果大全》刊登。同时，刘英才先后在国家级刊物《中国农业气象》《农业现代化研究》《中国柑橘》和《湖南园艺》等省以上刊物发表学术论文18篇，多篇获奖。先后在《农业科技通讯》《湖南农业》和《湖南科技报》发表科普文章27篇。此外，刘英才先后在全国及省内学术研讨会上交流20余次，去年获得湖南省农业系列副高级评委资格。

刘英才醉心科研，更醉心科技成果的推广运用。1984年以来，他每年要为县市政府部门培训一批经济作物生产栽培技术骨干。每项科技成果一问世，或引进一项新技术、改良一个品种，他总要率领农技人员下到各县市，进场入队指导技术。近20年来，他走遍全市90%以上的乡镇，行程数万公里，培训农技骨干2065人次，繁育柑橘、椪柑等优质果苗50多万株，推广柑橘优良品种和柑橘高接换种2万余亩，创苗木直接经济效益100万余元。柑橘经过高接换种后，产值增加三分之一以上。为此，他所在的经作科先后获得“全省经济作物新技术推广先进单位”和“全省农业系统经营服务先进单位”等多项殊荣，受到奖励。

（原载《娄底日报》1999年9月21日第二版）

文武仁爱写风流

——记感动娄底十大人物、湖南东方文武学院院长晏西征

本报记者　刘惠南　实习生　廖清泉

人杰地灵的新化，曾经养育出了陈天华、谭人凤、成仿吾、罗盛教等优秀儿女，他们驰名中外，让世人敬仰。如今在新化县，同样有一位引世人敬仰的骄子，他就是被原亚洲武联主席、中国武协主席徐才先生称之为“武品高深、诗品高雅、人品高尚”的一代宗师晏西征。

晏西征 1947 年生于新化县，他自幼酷爱传统武术，少年时期跟本地拳师游本恒学习梅山武功。后又千里迢迢到武汉拜丁鸿奎学习八卦掌，继而又师从当代武术十大名师之一的赵子虬精修八卦掌和峨眉拳，师从中国武协副主席蔡龙云、亚洲拳王蒋浩泉练华拳和中西技击，几十年如一日，终于练就了一身上乘功夫，最早荣获“一级拳师”资格证书。

为弘扬中华武术，1981 年，他创建改革开放以来中国第一个民间武馆——“兴武拳社”。1986 年，“兴武拳社”改名为“东方武术馆”，晏西征任院长兼总教练，招生办学，先后荣获“第三届‘全国武术之乡’武术比赛传统拳术项目金奖”“第四届‘全国武术之乡’武术比赛传统器械项目金奖”、中国当代“中华武林百杰”等荣誉或称号。

晏西征在长期的发展武术事业中，一刻都没有忘记要把中华武术推向世界。在出国讲学期间，他毫不保留地向国外武术爱好者传播中华武术，先后教过西班牙、法国、比利时、荷兰、美国、泰国、日本、意大利、新加坡、中国香港、中国澳门等国家和地区的学生，桃李满天下，为发展中华武术做出了不可磨灭的贡献。

“单一的教武会走进穷途末路，只有把文和武结合起来才具有强大的生命力。”2002 年，晏西征没有沉醉在已取得的成绩中，他大胆理顺办学思路，投资 2000 多万元，建起一所具有现代气派的“东方实验学校”，后更名为“东方文武学院”。学院开办以来，晏西征不断探索新的教学方法，推陈出新确定一整套科学、规范、严谨的办学模式。他秉承“专家治校，名家执教”的办学理念，实行严格的军事化管理，由优秀教师、武术冠军组成高素质的师资队伍，文武并举科学地安排

课程，彻底改变一般文武学校“文不强，武不精”的办学局面，学院每年的高考上线率达到87%。在全国各级各类武术比赛中，学院更是夺得各种奖项1000余个。

晏西征既是武术家，也是诗人。他自幼好学喜文，特别喜欢诗词对联，改革开放后开始在各种刊物上发表文章和诗词，出版诗词《晏西征诗文集》《东方风采》《传统诗词快速入门》等诗文集。他的诗每一篇都堪称佳作，我国著名诗人与诗评家熊东遨先生评价他的诗词“各体兼备，注重‘厚味、真情、高格’，其雄厚气象，磊落情怀，足与武学交相辉映。”

在北京举行第29届奥运会前后，晏西征创作出历届奥运中国金牌颂诗168首，并不惜耗费巨大财力、人力和时间，邀请中国当代著名书法家、画家创作成书画作品，制成一本高2.8米、宽2米、展开长度100米、重300公斤的大册页，在国内巡回展览，为北京奥运鼓劲加油。

在“芙蓉王”北京奥运金牌颂全国征诗活动中，晏西征荣获二等奖。在第二届“李杜杯”世界华人诗词艺术大赛中，他又被评选为“当代吟坛之星”。为使新化县成为“中华诗词之乡”，晏西征除了与萸江诗社的吟友们在县内各地积极开展诗词普及工作，他还二上北京积极邀请中华诗词学会前来考察评估。同年8月，新化县被评为“中华诗词之乡”，并举行了隆重的授牌仪式。

2010年4月，晏西征被推选为世界汉诗协会会长。同年8月，《湖南日报》连续发表他的传统诗词121首。新化县委、县人民政府授予他“德艺双馨艺术家”称号。

晏西征倡导仁义、博爱。他倡议发起成立“新化县见义勇为基金会”“罗则柔奖学基金会”，并率先捐款；向希望工程捐款，为贫困学生免学费。近年来，为公路建设、堤河改造、抗震救灾等公益事业捐款，累计达200万元以上。

“仁者爱人”“仁者无敌”，这是晏西征的人生理念，在他看来：幸福就是永恒的追求，就是对社会对他人有所帮助。这也是他文成武就的根本所在。

（原载《娄底日报》2013年3月29日第二版）

夫妻同登“十佳”榜

刘惠南

刘志奇、陈春风是娄底地区湘中商业大厦一对工作上互帮互助、对顾客优质服务的好夫妻。从事服务工作两年多来，刘志奇负责的柜台月平均销售额始终保持在3万元以上，累计销售达150万元，盈利20万元，居市内同行之首；陈春风利用电脑专业知识，为顾客解答并操作示范上1000次，上门义务安装电脑学习机30余次，为客户子女义务辅导中英文电脑打字累计达200小时。在11月份有顾客参与的大厦“首届十佳营业员”评选中，夫妻双双荣登金榜。

刘志奇今年25岁。1993年10月，他在交电商品部电工电科柜任柜长时，与在电脑工程商品部测绘柜任营业员的陈春风正式确定为终身伴侣。从那时开始，他俩就把“互帮互助比服务、创一流”作为夫妻生活的信条。丈夫只有高中学历，商业理论知识贫乏，有些专业术语不懂，妻子就把在怀化商校学习过的知识传授给他，提高丈夫的业务能力和管理水平；妻子实践知识缺乏，开始对顾客买书挑来挑去又不买有想法，丈夫就启发她：“顾客未买书，是因为未挑到合适的书，我们作为营业员，不能责怪顾客，应自我反思。”从此，妻子从自己的服务上找原因，哪些书好销，哪些书滞销，及时将信息反馈给经理，满足顾客需求。

在服务中，夫妻俩互相支持、互相帮助。丈夫工作任务重，绝大部分时间上全天班，有时送货上门回家晚，妻子没半句怨言，几乎承担全部家务；妻子应顾客之约上门义务安装电脑学习机，义务辅导中英文电脑打字，丈夫总是单车送，单车接，遇上电源方面的故障就帮助排除。

为提高服务水平，夫妻俩互相鼓励学习高层次知识。今年4月，小陈获得行政管理自学考试大专文凭后，又自学本科，现已通过了5门课程；小刘参加市场营销专业大专自学考试，已通过了2门课程。

夫妻俩工作上的比翼齐飞赢得了领导、同事的好评和顾客的称赞，2年多来，他俩共收到顾客的感谢信40多封。

（原载《湖南日报》1995年12月26日第七版）

第七辑

现场直击

夜访定点屠宰场

木板屋里的笑声

『专家基地』好种梨

波月洞的『转型路』

童主任的『民企情』

月池塘村：鱼儿『泡』温泉

夜访定点屠宰场

本报记者　刘惠南　邹新民　通讯员　唐海松

实行生猪定点屠宰，是让人们吃上放心肉，保证人们身体健康的一项重大举措。为此，国务院发出了《生猪屠宰管理条例》第238号令，省政府和行署都下文作了规定。作为地区所在地的娄底市认真落实上级精神，自去年来逐步规范新区和茶亭子2个定点屠宰场，各部门紧密配合，严密稽查、检疫，杜绝私屠滥宰和病害肉上市。市食品公司作为承担市政府赋予定点屠宰生猪任务的管理部门，更是以大局为重，带头按规定开展定点屠宰经营活动，保证人们群众吃上放心肉。

5月20日凌晨2时，记者来到娄底市新区和茶亭子2家定点屠宰场，目睹了生猪定点屠宰、检疫，杜绝不合格猪肉上市的情景。

初夏的夜晚吹着凉风，给人几丝冷意。2时40分，记者来到位于娄底大市场一侧的新区定点屠宰场。这家屠宰场14间个体屠宰点一字排开，3栋国营屠宰点连成一体。6名检疫员在这里值班检疫。记者转了一圈，闻不到一丝异味。据市畜牧水产服务中心党支部书记李铭铁介绍，因去冬今春气候反常，时冷时热，牲畜易感染病毒。为严防不合格肉上市，市里除在进入娄底市的公路上设立7个检疫站24小时守卡检疫外，市食品公司还协助市畜牧水产技术服务中心在定点屠宰场设立了活畜检疫点，24小时值班，严格把住产地、运输、宰前和宰后检疫4关。规定经营者的牲畜必须凭产地检疫证明、非疫区证明和防疫费屠宰税票，经检疫点检疫验证、登记后，方可进场；在屠场内宰杀的猪肉，须经检疫员检验合格、开具检疫证明和集体屠宰的税费统一票据、加盖检疫印章后方可出厂。非常时期严禁从外地收购贩运生猪进入屠场宰杀，当天进场的生猪必须当天宰完，屠场内严禁存猪；屠宰完毕后对全场进行全面消毒灭菌，杜绝疫病传入。市畜牧水产服务中心还设立28名专职检疫员，对清潭等4个定点宰牛场值班检疫，对城南市场及其外围、涟钢、恩口、老街等地进行流动检疫；市牲畜定点屠宰稽查队则不定期开展稽查。市公安局治安大队从5月17日起抽调3人参与稽查，以防止私自宰杀和农村病害肉上市。由于层层把关，保证了娄底城区每天上市的21000公斤猪肉、

1000余公斤牛肉无病害。

3时40分，记者来到位于老街的茶亭子定点屠宰场。设在屠宰场大门口的"卫检室"，2名检疫员正在对用农用车拉来的生猪一一进行验证检疫、登记，不一会儿就检疫了56头。涟滨乡茅塘村杨某违规从外地收购12头生猪，且未经杉山检疫站检验，被当场扣押，不准宰杀，责令放押金，待观察24小时后再行处理。

在个体屠商童建春的屠宰架前，市畜牧水产服务中心副主任兼动物检疫站站长袁斌对刚砍下的4只猪蹄，一一仔细辨认检疫。袁斌告诉记者，农村自宰上市猪肉，必须对猪肉、猪头、猪脚进行检疫。

在市食品公司的屠宰间，三四名职工正在为2头已宰杀的良种生猪去蹄、剐皮；五六名肉商等着调肉。总经理肖勇告诉记者，公司在城区有60余张屠桌，100余人卖肉。职工均能自觉遵守国务院《生猪屠宰管理条例》，遵守职业道德，不卖注水肉、病害肉，日销量在100头猪以上。

4时20分，记者"杀个回马枪"，返回新区定点屠宰场，先前宁静的屠场顿时热闹起来。在一屠宰间，屠杀的白肉摆在地上，2名检疫员在认真检疫签证、盖印。门外一农用车拉来的7头外地生猪，经验证核实后也同样被检疫人员扣下，作观察处理。目前，全市生猪屠宰管理井然有序。

（原载《娄底日报》1999年5月26日第一版）

木板屋里的笑声

本报记者　何一波　肖　州　刘惠南　见习记者　廖　菁

新化县天门乡山高林密，风景秀美，随处可见的是依山傍水建造的木板屋，屋前公路建设带给生活在这里的贫困村民无限喜悦和奋斗激情。

易检清家的木板屋坐落在天门乡土坪村穿村而过的小溪边，3.5 米宽的水泥公路从屋前经过，沿溪向前延伸。8 月 27 日下午，52 岁的易检清在他油光发亮的木板屋里谈起屋前这条从乡政府到村里 5.5 公里长的公路建设，喜不自禁。

他说这条村级公路原是八十年代初修建的沙石路，路面狭窄，坑坑洼洼，骑摩托去乡里办事经常摔跤，村民渴望将公路硬化。2007 年，在县、乡两级政府的重视下，公路被列入新化县村级公路建设项目，村民欢呼雀跃。村、支两委顺势动员，成立工程建设指挥部，动员村民捐资和投工投劳，以弥补修路资金缺口。家境困难的易检清第一个响应，将全家 7 人 1400 元的捐款送到指挥部。并辞掉每月 600 元薪水的农电员工作，担任村公路建设指挥部副指挥长，还与指挥部其他 16 名管理人员一道每人多捐款 1000 元。整整 7 个月，易检清与村干部一道奋斗在工地上。他带头义务投工 40 多个，他说我们当头头的带个好头，在群众面前就好说话。在他们的带动下，全村 1500 余人捐资 31 万多元，义务投工 6000 多个。这年 10 月，公路硬化工程竣工，村民自发燃放鞭炮庆祝。

“公路硬化后，我风风光光地娶了媳妇，3 台婚车将媳妇迎进了家门。班车进了村，到乡里、县城办事方便了，过去到乡政府坐摩托车要 15 元钱，现在只要 2 元钱。过去想喝啤酒，骑摩托到天门市场买，半路上‘嘭’的一声啤酒从屁股后面掉下来；现在想喝啤酒，一个电话送到家！”谈及公路建设带来的好处，易检清笑得合不拢嘴：“现在做点木材生意，只要一个电话就能搞定，再也不用为路烂大车子进不了村而发愁了。”

“要想富，先修路！”今年村里又启动长 8 公里、总投资 200 多万元的组级公路硬化工程建设，村民又积极捐款和义务投工。6 月初发生特大洪灾，土坪村民木板屋前的这条对外唯一通道被洪水冲毁 84 处，县里解决 50 吨水泥维修。易检清又与村干部一道带领村民义务投工6000余个，将水毁处一一修复。

像土坪村民一样对公路建设充满喜悦与激情的，在天门乡不胜枚举。28日上午，大山村三组村民奉林芳在她的4弄木板屋里谈及屋前从长丰管区到村里11.3公里长的公路建设，笑得眼睛眯成一条缝。她说县里已将这条“致富大道”立项进行水泥硬化，村里动员村民每人捐资500元，没有哪户不愿意的，因家里贫困实在拿不出的就向亲戚朋友借，目前已收到80%的捐款，村民不久就有好路走了。

大山村海拔700多米，全村238户住的都是木板屋，每年上半年的雨季和下半年的冰冻季节，出入困难，阻碍产业发展。去年村里的金银花遇上雨水季节，运不出山，损失数万元；村里每年的竹笋产值在10万元以上，今年因遇水灾未收一分钱。“村民想的是早日修好水泥路，增加收入，我做梦都想。”大山村党支部书记刘立芳脸上写满激情与喜悦。

“天门乡今年已硬化村级公里4公里、组级公路4公里，恢复水毁公路27公里，投资700余万元的天长公路硬化改造工程正在进行，现已完成一半工程量。近5年公路建设主要任务是贯通天门乡东西南北4个出口，拉通土坪、凉风至文田、水车，鹅坪至金凤，长丰至奉家的公路，全面畅通天门乡与周边区域的交通，构筑天门快捷方便的‘十字架’交通网络，改善天门人流、物流封闭状况。”谈到天门乡公路建设成就和未来发展规划，乡党委书记廖中华笑容可掬，笑声在木板屋里回荡。

（原载《娄底日报》2011年8月31日第一版）

“专家基地”好种梨

本报记者　刘惠南　通讯员　李　魁　黄　昂

眼下临近寒露，秋风中透着凉意。踏着十月的阳光，记者来到“湖南省专家服务基地”——涟源市北部中低山区古塘金秋梨基地，只见满山金秋梨采摘进入尾声，基地负责人吴治凡与老婆李爱兰正在工具室兼卧室的平房前为刚采摘回的金秋梨装箱。见记者来访，这位5年前就获得“湖南省优秀农村实用人才”称号的果农放下手中的活计兴奋地告诉记者：“今年的金秋梨格外大而甜，且销路好，国庆节不到就基本采摘完，真是搭帮省和娄底市、涟源市3级专家服务中心大力扶持。”

蹲在小山似的导着纸袋的金秋梨旁，吴治凡重重地吸了一口烟。他是古塘乡塘边村村民，1995年引进洪江市农科所优质金秋梨种植技术，承包50亩荒山，种植金秋梨。3年后，尝到甜头的他又将种植面积扩大到500亩。并帮助10多户村民建立数百亩果园。他的事业引起省、市有关部门高度重视。2004年，娄底市和涟源市专家服务中心将其作为重点帮扶对象，定期邀请农技人员现场指导，还与农业、商务、水利等部门为其解决有关困难。去年，省专家服务中心将其确定为“湖南省专家服务基地”，湖南农大副教授刘昆玉多次到基地进行育苗、栽培、施肥、治虫害等技术指导和示范场管理指导。如今，他的水果种植基地已发展到塘边、古塘、破石、群山4个村，面积达3000余亩，带动周边农户183户。他打心眼里感谢省和娄底市、涟源市3级专家服务中心。

“专家的技术指导是无法用金钱衡量的。”吴治凡说着将记者引到北坡尚未采摘完的金秋梨树前，只见树上挂满导着灰色导袋的金秋梨，取下导袋，一个个金色的大梨展现在眼前。他说每个导袋成本5分钱，请人包每个工钱3分钱。导袋于梨树育果期进行，尽管费时费力，但能起到防虫、防农药残留、保鲜、提高梨品质的作用。“导袋梨显得高档，商品价值也上来了。”他显得异常兴奋：“这些都是在专家指导下进行的哩！”他告诉记者：今年上半年，遇上干旱天气，雨水严重不足，他在省专家服务中心指导下利用草地保湿技术抗旱，并加强管理，科学施肥，使基地顺利渡过干旱季节，保持了良好产量。

“一棵树有多少个梨？一个梨多重？”

“一棵树平均80余个，30余公斤，最多的一棵树达150个，重60余公斤；最大的梨1.125公斤，平均每个重也有0.35公斤。”吴治凡介绍：基地位于涟源、新化、安化三县市交界山区，平均海拔700米，气候独特，土层深厚，土壤肥沃，常年日照1600小时，年均降水量1400毫米，年平均气温16.5度，常年无霜期287天左右，适宜早熟梨生长。今年已挂果的金秋梨200亩，梨除大外，还格外甜，深受省内外经销商喜爱，预计收入可达120万元。

吴治凡感慨地说，有省、娄底市和涟源市专家服务中心真诚服务，发展特优梨的道路越走越宽广。今年初，他带头组建了涟源市红星特优水果种植专业合作社；他从日本引进的春水糖梨，韩国的圆黄梨、爱甘水等早熟梨试种成功。他计划投资1600万元再建成3000亩标准化南方早熟无公害有机梨生产基地，把产品销往全国乃至国外，以“合作社＋基地＋农户”的农业产业化经营模式，带动更多的农户致富。

（原载《娄底日报》2011年10月24日第二版）

波月洞的“转型路”

本报记者　刘惠南　通讯员　尹文锋

每次到冷水江市波月洞风景名胜区采访，都有一种别样的感觉。20 世纪 80 年代末到波月洞，洞内独特的景观，品种齐全的钟乳石，使人耳目一新。虽只单一的洞，也甚是惬意。21 世纪初到景区，除了地下那个奇特多彩的洞，地上多了些娱乐设施，游客在观赏洞内景观之余，还能坐坐“碰碰车”和“小火车”。近几年来，景区地面上的娱乐、休闲设施渐渐多了起来。

“这是‘摇头飞椅’，那是‘太空飞碟’，正在运转的那个叫‘遨游太空’……”10 月 18 日，记者再次来到波月洞景区，配套的娱乐、休闲设施令人眼花缭乱。陪同采访的景区管委会主任曹运军介绍，如今景区以儿童娱乐为主的服务项目达 50 多个，每年有 10 多万元的场地租赁收入。而洞内通过改造提质后，更显多彩迷人的魅力。

在导游的引领下，我们下得洞来，只见钟乳挺拔，石笋丛生，石幔高挂，石柱巍峨，石帘低垂，石花瑰丽，石瀑飞流，一步一景，景景各异，鬼斧神工，奥妙莫测，在彩灯的照射下，更是光彩夺目，美不胜收。

“这是景区走经营转型之路取得的成效。”曹运军显得异常兴奋。

波月洞开发于 1980 年，被中外专家誉为“天然的地下艺术宫殿”“地下岩溶博物馆”。当时，全国 30 多家中央、省级媒体竞相报道，波月洞在海内外享有盛名，《西游记》剧组慕名于 1983 年、1984 年两度来洞取景拍摄“三打白骨精”“猴王出世”等精彩片断。波月洞自此游人如织，1994 年被列入省级风景名胜区。然而，由于景区景点单一，旅游行业组合呈多元化发展趋势，旅游景区（点）间竞争日趋激烈，波月洞经营举步维艰。

“单一景区定会走进死胡同，唯有转型升级，多元化发展才是出路。”景区管理班子在经营实践中看出了道道。曹运军说他们利用景区靠近城区的优势，实行公园与景区并存的发展模式，着力打造综合性旅游景区。按照“严格保护、统一管理、合理开发、永续利用”的方针，斥资 20 多万元修编《大乘山—波月洞旅游控制性详细规划》和各种专项规划，形成可操作性的规划体系。并积极争取政府对景区开发建设的重视。2008 年至 2009 年为创建 3A 级景区，冷水江市政府投资 100 万元，对洞内游步道、灯光进行改造，修建 3 个星级厕所和功能齐全、面积 200 平方米的游客服务中心。今年冷水江市政府又投资 500 万元对 1.2 公里长的入园路进行高标准改造，目前已完成 50% 的工程量。同时，大力招商引资。引资 3000 万元的人工湖旅游项目已开工；引资 400 万元建设湘中地区高标准的幼儿园项目正在洽谈中。此外，采取社会筹资、职工出资的方式投资 500 多万元，增建、改造地面娱乐游乐休闲项目 54 处，维修、改造游路 1.1 公里，新安装园内路灯近 100 盏，垃圾桶 50 余处。景区环境得到全新改观，由过去单一景点打造成为以溶洞景观为主，地面休闲、娱乐、游乐项目为辅，集旅游观光、度假休闲、餐饮、购物于一体的综合性旅游景区。

“景区就是公园，我们几乎每天都要到这里游玩。”站在一旁看孙子“遨游太空”的段女士脸上挂满笑容。

“景区服务形象得到改观，2010 年波月洞被评为‘湖南省十佳乡村文化旅游明星单位’。”曹运军微笑着告诉记者，笑声充满自信与坚毅！

（原载《娄底日报》2011 年 10 月 29 日第一版）

童主任的“民企情”

本报记者　刘惠南　通讯员　姚永忠

2月15日，农历正月十三，记者在涟源市斗笠山镇捕捉到湖南省农村信用社系统“先进工作者”——斗笠山农村信用社主任童卫中情系信贷民营企业的故事。

这天一大早，童卫中率信贷员黄奇鹏来到涟源锦源煤业公司。“产销好不好？资金缺不缺？”一进门，童卫中就向公司财务总监冯艳芳直问。并爬上公司办公楼，居高临下地察看储煤基地和洗煤加工生产线。煤坪里原煤堆积像小山似的，两条生产线在紧张地运转。

“洗煤供不应求，就是流动资金缺乏，需扩大贷款授信额度。”冯艳芳顺势向“财神爷”提出请求。

“好，信用社一定尽最大努力支持企业发展！”童卫中一口应承。

接着，童卫中与公司管理人员座谈，详细了解公司去年经营、管理情况，听取公司对信用社信贷服务的意见、建议。

定期走访信贷企业，为其提供优质的信贷服务，是童卫中和他的“湖南省银行业文明规范服务示范单位”——斗笠山农村信用社的“必修课”。斗笠山镇是产煤大镇，煤炭资源丰富，从事煤炭生产、煤炭加工的股份制民营企业有近10家。这些企业流动资金需求量大，资金瓶颈十分突出。为扶持民企发展，该社在涟源市信用社系统率先推出“最高额授信担保贷款”，规定期限内随借随贷，像存、取款一样方便；推行客户经理制，实行一对一贴心服务。去年11月，锦源煤业因业务量加大，急需980万元流动资金，客户经理仅一天就为其办理好了贷款手续。

针对煤炭加工企业资金周转快的特点，去年10月，童卫中又在涟源市27个农村信用社率先开展银行承兑汇票贴现业务，方便企业资金流动，至今共为锦源煤业、腾达煤业等6家民营企业贴现16笔，贴现余额达5000万元。

目前，斗笠山农村信用社贷款余额达1.4877亿元，居涟源市农村信用社系统首位。其中累计为6家民营企业发放贷款8900万元。

有了农村信用社的支持，6家民企如虎添翼。锦源煤业销售收入去年8亿元，是2009年的3倍，今年预计可达10亿元。去年6家企业为国家创造税收6500万元，创利上亿元，为当地解决了1200人就业。

“今年再发展2至3家信贷大户，增加贷款投放3000万元；进一步扩大银行承兑汇票规模，方便企业资金流动。”座谈中针对国家提高存款准备金率，民企资金瓶颈将尤为突出的情况，童卫中提出进一步扶持民企发展的对策。

“没有斗笠山农村信用社的倾情支持，就没有我们民营企业的快速发展！”冯艳芳笑逐颜开，感激之情溢于言表。

（原载《娄底日报》2011年2月20日第二版头条）

月池塘村：鱼儿“泡”温泉

本报记者　刘惠南　通讯员　曾飞跃

新化县桑梓镇月池塘村泡温泉长大的草鱼、鲫鱼、鲢鱼，品质细腻，吃起来口感好，尽管价格不菲，却成了抢手货。

农历正月初五，记者到村里采访，探问究竟。

走近月池塘村，放眼望去，一垄垄稻田碧波荡漾，一串串水泡从池底冒出，在水面炸开了花，热气腾腾，形成一团团水蒸气升向天空，摇着小尾巴的鱼儿慢条斯理地在水泡四周吃着红薯料，鱼儿吐泡与泉水冒泡交织在一起，简直就是一幅绝美的冬季乡村风景图。

“怎么都是小鱼，不见大鱼？”记者迷惑不解。

“池里的大鱼春节前几天就被城里人抢购一空了，30元钱一公斤的草鱼，供不应求，村民一般在腊月或正月里就把小鱼从育苗池转移到大池塘喂养。”村支书曹永峰笑呵呵地告诉记者。

“月池塘村400多亩稻田，大多产生地下温泉水，每亩田平均泉眼20至30个，大的泉眼有碗口大的水，小的泉眼跟鱼儿吐泡差不多，一连串连串往上涌，冬暖夏凉。冬季水温较高，鱼儿很暖和，照样吃草。农户的生态意识也强了，春夏季喂青草，秋季喂红薯，冬季喂米糠、菜饼等，加之泉水中含有丰富的有益物质，鱼不仅长得快，而且品质好。”村民们你一句我一句地抢着介绍。

月池塘村的鱼真正走入市场，还得从2008年村委换届说起。那年，村民曹永峰放弃因烧炉技术特长被一公司高薪聘请的机会，回到家乡寻找致富门路，被村民推选为村支书。他带领村民把月池塘村名与井水温泉养鱼有机结合起来，推出“月池塘井水鱼品牌”，引起县畜牧水产局等部门高度重视，县里给予10余万元项目资金。随后，村里对农户实行“以奖代投”，鼓励村民将自家的冷冻田改造成鱼池，将田埂用混凝土硬化，将池底淤泥清除干净，方便温泉水往上冒。短短4年，全村80余亩温泉稻田已有20余亩实现改造升级。村里统一鱼儿喂养品种，推出生产销售扶持政策，尤其对“两女户”“独生子女户”“计划生育模范户”予以重点扶持；

村委委员曹正雄、村计育专干黎初香等村干部带头喂养，还不忘传授技术，极大地激发广大村民温泉养鱼积极性。“两女户”曹太新去年成功开发温泉鱼池 5 亩多，按亩产鱼 350 公斤计算，他家一年收入 5 万多元。

“目前，全村已有 40 余户加入到规模化养鱼、养鸭、养猪行列，村里计划近年再改造鱼池 80 亩，在全村形成生态养鱼产业链条。”采访结束时，曹支书兴奋地坦言。

（原载《娄底日报》2013 年 2 月 19 日第二版）

为了留守儿童的健康

本报记者　刘惠南　通讯员　张治国　王秋贤

在涟源市西郊三甲乡三甲村，坐落着古朴、典雅的图书馆，馆高 3 层，设有图书室、书画练习室、心理辅导室、作品展览室。

8 月 3 日，记者到这里探访，“留守儿童文化活动基地”10 个鲜红大字首先映入眼帘。

走进一层右边第一间 30 多平方米的图书室，只见 30 余个儿童端坐在木椅上认真地看着各自喜欢的图书。靠东西墙和中间两排书架上，摆满各种书籍，有认知、启蒙的科普读物，智能开发的少儿英语，故事、童话类卡通绘画和手工系列优秀绘本……

“这里图书上万册，全天候开放，留守儿童们在这里增长知识，开发智力。”图书管理员梁伦开兴奋地介绍。

走出图书室，上得二楼，来到书画学习室，20 余名儿童正在老师的指导下临摹练习毛笔书法。

“先挫笔入纸，然后转中锋下行，稍微提笔行笔一段后，再稍微加力下行，然后顺势出锋。”在前排中间座位，中年老师梁革新正在指导一位女孩练习竖笔的运笔方法。女孩叫梁舒宇，今年 11 岁，父母在外打工。“我能像城里孩子一样暑期免费参加书画兴趣学习班，真高兴！”小舒宇笑着说。

小朋友们练完书法，接着练习绘画。

在隔壁的作品陈列室，中间摆着两张方桌，小朋友们利用普通白纸、水彩颜料和从野外采集的树枝、树叶等材料，制作喷绘画。他们充分发挥各自丰富的想象力，不一会儿就创作出了一幅幅精美作品，有“山村春色”“田野风光”“校园书声”等。11 岁女孩梁人之创作的“守望”，惟妙惟肖，表达对在外务工亲人的期盼和思念，赢得大家啧啧称赞。作品陈列室四周张贴着学员们一年多来的书画作品。“有 6 人次在全国、省、市的书画大赛中获奖哩！”梁老师自豪地向记者透露。

心理辅导在室外的小亭子进行。

“只要努力，就会成功；只要沟通，就会快乐；只要心静，就不会冲动！”全国青少年健康人格工程特聘专家、国家二级心理咨询师、国家高级经络催眠师毛智文通过“计时击掌”“红砖与氢气球”“家庭角色扮演”的游戏，引导留守儿童们增强自信，懂得感恩，加强与人的沟通，提高交流能力和自我情绪管理能力。

“三甲村只是三甲乡留守儿童健康人格工程的缩影。”

采访中，乡长梁志远介绍：全乡17岁以下的留守儿童1856人，这些留守儿童大部分由爷爷、奶奶或外公、外婆带养。乡党委、政府和计生协会在关心他们物质生活的同时，十分注重对他们的精神慰藉和心理关怀，通过建立“留守儿童文化活动基地”，举办“书画兴趣学习班”，开展“读书活动”“书画大赛”和“心理辅导”等活动，着力塑造留守儿童的健康人格。

“三甲村46名留守儿童如今个个体贴父母、孝敬老人，关爱他人，学习成绩也普遍提高了！”梁乡长高兴地告诉记者。

（原载《娄底日报》2012年8月10日第一版）

温馨服务 “难事”不难

本报记者 刘惠南 通讯员 张治国

涟源市桥头河镇有一支由镇计生办干部、计生服务所人员、村计生专干和计生协会员等300人组成的“计生宣传服务志愿者”队伍。“队员们活跃街头村尾，开展计生集中宣传服务，让育龄群众感受到计生工作的温馨与和谐。”1月26日，农历腊月二十六，记者到该镇采访，镇计生办主任李朝晖高兴地介绍。

上午10时，交通路三角坪人来人往，热闹非凡。一字排开的“宣传服务台”映入眼帘，台前10余名胸佩服务牌的“志愿者”，或为群众提供政策咨询、发放宣传资料，或为育龄妇女检查疾病、发放避孕药具，忙得不可开交。旁边立着两块宣传展板，内容包括“流动人口计生政策问答”“优先优育知识”“计生为民办事全程代理业务流程”等。

“这是《新婚孕育宝典》，对优生优育很有帮助的，看看吧！”在中铺街，张敏等4名“志愿者”抱着宣传资料，沿街发送。

“单独两孩政策适用于一方为独生子女的夫妇……”镇“计划生育宣传车”高音喇叭轮番播放着计生相关政策法律法规。

“春节期间请到镇计生服务所免费作个健康检查，办理好‘流动人口婚育证明’，再去东莞。”搞完街头宣传来到花枝村周家组，“志愿者”周伟叮嘱育龄妇女聂清。

“我是来落实长效节育措施的……”时近中午，刚从广州回乡的温塘村严玉元，在“志愿者”引领下来到镇计生服务所。严玉元与丈夫在广州打工，生育两个小孩。镇“计生宣传服务志愿者”上门宣传，夫妇俩就赶来了。

“近1个月来，发放计生宣传资料5万份，接受计生政策咨询3万人次，开展查环查孕服务1万人次……志愿者宣传服务的效果好着呢！”镇党委委员、计生宣传服务志愿者队长颜勇笑着告诉记者。

记者感言：人口计生工作是“天下第一难事”。在新形势下，唯有创新管理，强化宣传服务，才能使“难事”不难，构建温馨计生、和谐计生！

（原载《娄底日报》2014年2月13第一版）

第八辑

热点探析

蓄势突破

——在转方式调结构中破解娄底工业经济发展之路

本报记者　刘惠南　通讯员　邹晶晶

娄底是一个依托资源发展起来的城市，工业在国民经济中占有举足轻重的地位。近年来，特别是“十一五”期间，娄底按照省委、省政府“一化三基”总体要求，大力实施“工业强市”发展战略，加快推进新型工业化进程，工业经济取得长足发展。

然而，多年来的粗放式发展，使娄底已经面临着资源逐渐枯竭与生态恶化的双重威胁。如何找准工业转型升级的突破口，从而推动工业经济内涵式发展，是娄底当前急需解决的问题。

优势与劣势

娄底工业经济的优势凸显。

矿产资源丰富。素有“世界锑都”“百里煤海”和“有色金属之乡”的美誉。截至2009年底，娄底探明的矿藏有54个矿种65个亚种，探明储量的有34种，600余处矿产地，探明资源总量19.90亿吨，现保有储量17.59亿吨，潜在总价值747.04亿元。

区位优势明显。娄底自古以来就是湖南省主要的战略腹地和南北通达、东西连贯的要衢。洛（阳）湛（江）铁路和湘黔铁路在这里交汇；上（海）昆（明）高速公路与在建的二（连浩特）广（州）高速公路、娄（底）怀（化）高速公路在这里相交；207国道、320国道、312省道（包括娄涟高等级公路、娄湘二级公路）贯穿娄底。此外还有207、209、210、217、225等5条省道横贯南北。

产业基础较好。改革开放以来，娄底依托自身矿产资源优势，建成了一大批具有区位特色的能源原材料产业。特别是“十五”以来，涟钢薄板及配套项目、双峰海螺新型干法水泥、天宝紧固件、华润电厂等一大批标志性工程的建成投产，使娄底工业迅速壮大，冶金、煤炭、电力、化工、建材、机械六大支柱工业形成规模，电子、医疗、轻纺、食品、饲料等新兴工业茁壮成长。

政策环境趋好。国家对资源枯竭型城市各项援助政策的逐步落实，为娄底改造传统产业、转变传统发展模式提供了重组的政策空间；“长株潭”“两型”社会试验区和湖南省“3+5”城市群建设，为娄底形成有利于“两型”产业发展的体制机制和参与区域一体化进程创造了良好的区域环境；娄底制订“十大产业集群规划”，设立“新型工业化引导资金”和“新型工业化项目建设引导资金”，打造“精品园区”，政策环境越来越好。

娄底工业经济的劣势：经济实力弱。2009年，娄底经济总量在全省排名11位，仅占全省比重的4.4%。竞争能力不强。2009年，娄底规模工业企业605家，在“3+5”城市群中排名末位，大部分企业产值在1亿元以下，难以形成以大型龙头企业为支撑的产业体系。发展后劲不足。以采煤、采锑为主的资源依托型传统产业依然是娄底各地的经济支柱和财政收入的主要来源；以钢铁、冶金、建材、化工、煤炭、电力以及机械加工为主的产业结构没有根本改变，工业经济结构性矛盾突出，节能减排任务艰巨；高新技术产业缺乏，人才资源短缺；城市承载能力不大，辐射能力较小，已成为娄底经济发展中的软肋。

困难与问题

娄底工业经济转型升级面临的困难。首先是瓶颈较多。政策支持不足，国家没有具体的配套措施支持鼓励；工业在娄底经济结构中的比重大，转方式调结构面临多重压力，2009年，娄底工业占GDP的比重为45.8%；转型资金短缺严重，难以满足“转”“调”的需要。其次是企业转型升级困难大。大部分企业生产规模小，现代化程度低，效率低，竞争力弱；创新投入不足，自主创新成本高、风险大，企业害怕投入；企业融资渠道单一，融资困难。

娄底工业经济转型升级面临的问题表现在三个方面：

工业经济布局不合理，区域合作存在障碍。如电厂建设，在涟源、冷江、新化经济带上，就有金竹山电厂、华润电厂，还有正在申报中的新化电厂，这不仅会影响到资源的有效配置，而且会带来市场的无序开发与区域间的竞争加剧。

资源禀赋逐渐枯竭，节能减排压力巨大。据测算，以现有的开采速度，娄底市煤、锑的开采期限分别不足30年和50年，资源优势正在逐年削弱。而与之相伴的是生态的恶化和环境的破坏，冷水江市已被国务院列为全国第二批32个资源枯竭城市之一。

园区工业发展滞后，软硬设施配套较弱。娄底市开发区经济总量从零起步，成倍递增，但基数小，作为市域经济的增长极远未形成。2009 年全市园区企业共实现增加值 71.55 亿元，占全部规模工业的 27.9%，所占比重比全省低了 6 个百分点。娄底园区还存在配套服务不全、公共平台支持能力弱的问题。

对策与建议

实现娄底工业转型升级，推进工业经济快速发展，必须把握优势，避免劣势，破解难题，扎实做好四篇文章。

解放思想，营造良好“转”“调”环境。要克服过分依赖资源、靠山吃山的思维定式与惰性，破除“小富即安、小成即满”的落后观念，更新发展理念，开阔发展视野，丰富发展思路，依靠技术创新促进传统产业改造提质。要加强规划对接、要素对接、基础对接，积极融入长株潭，拓宽发展空间。打造承接产业转移优势。要着力营造开明、开放的思想环境，重商、亲商的服务环境，诚信、守信的信用环境，公平、公正的法制环境，温馨、和谐的人文环境，加快审批制度改革，加强对限时办结制度的监督，杜绝强装强卸、强揽工程、强行阻工等现象。

优化布局，明确“转”“调”方向。要按照市委、市政府确定的“311”目标要求，做好城市布局，即以主城区为核心，南进城南新区、北顾城北工业区，西连城西环保高科区，东接水府“两型”示范区，把娄底建设成为未来湖南发展的新的增长极。大力发展“两型”产业集群。做大做强优势产业，重点把华菱涟钢、金电、双峰海螺、五江轻化、湖南宜化、闪星锑业、安石集团等企业打造成为行业“旗舰”和“航母”，形成支撑经济转型发展的中坚；加快产业延伸，着力打造钢产品及深加工 500 亿元产业集群，煤炭深加工 100 亿元产业集群，有色金属冶炼及深加工、机械制造及铸造、建材等 3 个 50 亿元产业集群，农机、煤机、电源新材料、农产品深加工、生物医药和工业陶瓷等 6 个 10 亿元产业集群；抢抓国内与省内产业梯度转移机遇，承接发展服饰、制鞋、皮革和食品、药品等终端消费品业，加快发展钢铁、建材等优势产业物流市场，提升现代服务业的整体素质与竞争力；紧跟产业发展和竞争趋势，有选择地发展先进制造业、电子信息、新材料、新能源等战略性新兴产业。立足娄底产业基础，重点扶持中原新材料等企业做大做强，加强与长株潭汽车、工程机械和电力机车等产业的对接与融入，努力将娄底建设成为湖南专用汽车及零部件生产基地。

做大载体，打造“转”“调”平台。加强规划引导，认真编制并严格执行园区发展规划。突出产业特色，着力打造娄底经济开发区薄板材料深加工产业园、冷水江先进制造产业园、涟源新材料产业园、双峰机械机电制造产业园、新化先进陶瓷产业园、娄星先进电池材料产业园等特色园区，促进特色产业集群的集聚发展。提升产业层次，完善产业配套，推动园区经济总量壮大和质量提升。创新机制，理顺管理体制，优化服务环境，将园区打造成为产业发展的高地、要素集聚的洼地、投资创业的福地。

推动创新，做好“转”“调”文章。扎实推进科技强市战略和国家知识产权试点，完善科技创新机制，改造电子陶瓷、农机、煤机等传统优势产业，促进产业高新化；构筑科技创新平台，加强产学研合作，大力培育发展新兴产业；依靠科技创新，促进传统产业升级换代；加快运用环保技术、节能技术、资源循环利用技术，改造化工、建材等污染较重产业和钢铁、有色等高能耗产业，降低资源和能源消耗；大力扶持发展“两型产业”，实施品牌带动战略。

（原载《娄底日报》2010 年 10 月 27 日第三版）

有力的支撑

——对娄底市高新技术产业快速发展的思考

本报记者　刘惠南　通讯员　康利民

面对复杂多变的宏观经济环境，娄底以加快实施创新驱动发展战略为核心，以培育壮大主导产业为重点，大力发展高新技术产业，成效斐然，2013 年全市高新技术总产值完成 568.6 亿元，高新技术产品增加值达 128.65 亿元，分别比上年同期增长 6% 和 6.37%，有力地支撑全市经济结构调整和产业转型升级。

然而，在高耗能、高污染“两高”型产业仍占据主导地位，高能耗企业增加值仍占工业增加值比重较大的娄底，加快培育发展高新技术产业，推动娄底经济转型升级和可持续发展，显得尤为重要，应成为娄底“调结构，促发展”的永恒主题。

现状：主导产业壮大

重点发展突出，产业结构不断优化。依靠资源优势和原有工业基础，全市高新技术产业形成新材料、先进制造、电子信息和生物与新医药四大优势产业集群，四大产业集群的产值占高新技术产业总产值的 97.38%，其中新材料一枝独秀，其产值占全市高新技术产品产值的 76%。

大中型高新企业主导，民营企业不甘落后。2013 年，全市大中型工业企业共 20 家，在全市高新技术产业企业中占比不足三成，但完成高新技术总产值 469.68 亿元，占全市高新技术总产值的 83.08%；完成销售产值 429.03 亿元，占全市高新技术产业的 62.78%；完成利税 26.94 亿元，占全市高新技术产业的 62.55%；投入科技活动经费 17.18 亿元，占全市的 95.26%。在这些大中型企业中，湖南华菱涟钢和冷水江钢铁两家企业的产值为 295.99 亿元，占全市产值的 52.36%。由此可见，大中型工业企业因其规模大、综合实力强、科技人才素质高、科技经费投入和研发力度大，对整个高新技术产业起到了很强的支撑作用。此外，五江集团、双峰湘源集团、湖南农友机械集团和新化长青电子等民营企业迅速崛起壮大，也成为我市高新技术产业发展的新亮点。

集聚效应明显，专业园区发展迅速。随着一批具有成长性和强竞争力的产业项目快速成长，以先进制造、新材料、电子信息、生物医药为代表的高技术产业集群已具规模。在高技术产业集群的辐射和带动下，娄底经济开发区作为高新技术产业的集聚基地，专业园区特色明显，在辐射带动全市高新技术产业加速发展的同时，已成为支撑区域经济发展的重要增长极。截至2013年底，娄底经济开发区进区企业已达624家，国家级高新技术企业1家，形成新材料、先进制造、电子信息、生物制药、新能源和现代农业等六大优势产业。

环境优化，自主创新能力持续增强。娄底市高新技术产业有较丰富的科技创新资源、矿产生物资源和日益优化的政策环境，致使高新技术产业发展具有强劲的后发优势。目前，全市拥有国家级企业技术中心1个，省级工程技术研究中心3个，省级企业技术中心5个；拥有1个省级应用研究基地、3个公共技术和产业化服务平台技术研发体系。2013年，全市申请专利1660件，同比增长45%；其中发明专利235件，同比增长19%。专利管理和专利保护服务体系日趋完善，为我市高新技术产业的发展提供强有力的支撑，促进了高新技术企业的稳步健康发展。

发展：面临四大难题

娄底市高新技术产业发展虽然保持着较好发展势头，但也面临着四大难题，与全市经济快速发展不相适应。

高新技术资格认证企业比重偏低、范围窄。目前全市拥有国家认定的高新技术资格认证企业64家，约占全市规模工业企业数的10%，占全省拥有国家级高新技术企业认证企业数的3.4%，且多集中在先进装备制造业、新材料技术和电子信息技术等较窄领域。

企业规模小，没有形成产业集群效应。目前纳入高新技术产业统计范围的企业共88家，其中大中型企业20家，仅占企业总数的24%，其产值大约是小型企业的5.6倍。大多数小型企业进行着较低层次的重复性竞争，制约着全市高新技术产业的增长。

高新技术产业结构配置有待优化。在全市纳入高新技术产业统计的88家企业中，电子信息产业的企业多达35家，但产值仅占高新技术全部产值的8.5%；新材料领域企业17家，其产值占全部产值的73.98%；生物与新医药技术、新能源及节能、资源与环境技术等较薄弱，高技术服务等前沿领域尚属空白。

企业研发经费投入不足，自主创新能力不强。全市高新技术企业尽管大部分都设有自己的研发中心，但仅有几家企业达到科研机构“四有”，即“有科技人员、有经费、有试验场地、有科研任务”的标准，真正具有自主研发能力的企业不到20%。这些企业研发资金匮乏、条件简陋、设备落后以及科技人员技术水平不高，致使无力进行核心技术和前瞻性技术的研究开发。

对策：加快培育步伐

目前，娄底市高能耗、高污染的“两高”型产业仍占据主导地位，高能耗企业增加值仍占工业增加值的比重较大。因此，加快培育发展高新技术产业，是转变经济发展方式，调整经济结构的根本途径，是适应“两型社会”建设需要和实现娄底经济可持续发展的重要内容。而要克服高新技术产业发展中的“短腿”，务必从以下四个方面着力。

制定切实可行的高新技术产业发展规划。明确目标，根据娄底现有产业基础和资源、地域条件，对发展高新技术产业进行深入调查研究，广泛征求专家意见，科学制定娄底新材料、高端装备制造、生物、节能环保、信息等战略性新兴产业发展规划和实施方案，通过加快新兴产业发展，培育形成新的主导产业和新的增长点，为构建现代产业体系打下坚实基础，推动经济转型升级和可持续发展。

加强人才队伍建设，增强自主创新能力。新兴产业发展应与人才引进、培育结合起来，努力造就结构合理的高层次新兴产业人才队伍。培养、引进高水平研究开发人才、高技能生产人才和高层次管理人才，特别是要通过加强国内外科技合作，鼓励引进掌握核心技术、具有持续研发能力、并能实施重要产业化项目的海外领军型科技人才。同时要善于调动新兴产业领域广大科技工作者的积极性、主动性和创造性，以推动新兴产业发展和壮大。

促进优势产业集群集聚，扶持好骨干龙头企业。推进企业体制机制创新，推动企业并购和重组，通过兼并、收购、买断等方法，着力做强做大一批规模超亿元、有竞争力和比较优势的骨干龙头企业，形成聚集效应，引导同类企业、同类行业向优势园区聚集。充分发挥企业的主体作用，创建好自有的品牌，提升产业核心竞争力。

政府引导，市场运作，积极构建投融资和担保体系。发展高新技术产业，前期投入大、风险高、效益不明显和需要持续投入，单凭企业自身的实力，对高新技术产业的发展难免会有顾虑和欠缺动力，需要政府和金融部门强有力的激励措施和保障制度，才能使有条件的企业致力于高新技术产业的发展。

（原载《娄底日报》2014 年 3 月 22 日第三版）

依法收贷也愁人

——对银行、农村信用社依法起诉案件的调查与思考

本报记者　刘惠南　通讯员　谭涛云　刘志明

随着《中华人民共和国商业银行法》等金融法律法规陆续出台，银行、农村信用社金融法制观念有了很大增强，通过法律途径清收不良贷款越来越得到广泛应用，一批推诿、逃债、废债，以及架空银行、信用社债务的“钉子户”“赖债户”被推向法庭“被告席”，为摆脱风险贷款居高不下，确保信贷资产安全性、流动性发挥了积极作用。

然而，依法收贷，官司易赢债难追，不免让人忧虑。最近，我们对双峰县三塘铺、甘棠等乡镇 14 个农村信用社依法收贷情况进行调查。22 个网点，近 2 年依法起诉借款人 185 笔，起诉金额 790 万元，胜诉率 100%。但真正收回或部分收回进账的贷款本息笔数和金额，分别只占 30.2% 和 15.9%。

忧虑之一：时间、精力赔不起。依法收贷，从起诉到结案，要经过出庭、协调、追款、拍卖等事务，农村信用社在时间和精力上赔不起。1996 年某信用社对一逃债、赖债亏损企业提起诉讼，前后花了近 3 个月时间，法院判决由企业和企业主管单位限期归还全部贷款及到期利息。然而，到了判决归还期限日，并未归还。

忧虑之二：搞僵了与借款户和当地政府的关系。有些地方政府和行政部门，总认为银行、农村信用社的资金是国家的，一味要求银行、农村信用社对好的企业“锦上添花”，对困难企业“雪中送炭”，对差的企业“救死扶伤”，使大量信贷资金投入“无底洞”。企业到头来无钱还贷，银行、农村信用社撕破脸皮打起官司来，往往牵一发而动全身，不但与企业、借款户的关系闹僵，而且会得罪企业主管部门乃至当地政府。银行、农村信用社由“救星”“财神爷”变成了“黄世仁”“催命鬼”。此后，还会遭遇以前不曾有过的“关关卡卡、是是非非”。

忧虑之三：委曲求全，让利降息。银行、农村信用社为求得债务人合作，防止节外生枝，法庭上面对企业和个人违规拖欠，往往节节让步，不惜“丢卒保车”“割肉消肿”，以让利降息为代价，乐于接受法庭调解，委曲求全，以免蒙受更大损失。

忧虑之四：收贷物资难处理，损失大。一些借款人在法院强制执行时要钱没有，

信用社只好采取收取财产、商品等办法折抵收贷。然而，收回的厂房、产品、设备等却难以变现，既要四处联系处理，又要与有关部门协调，一旦处理时，某些部门还要收取各种税、费。结果，往往得不偿失。况且，“以物抵贷”的破汽车、库存商品，实际上多为破旧伪劣滞销品，信用社收回来后，有的放仓库长久寄存，有的放在露天风吹雨淋，顶不了几个钱。

忧虑之五：官司赢了也白赢。银行、农村信用社起诉某些欠贷大户，判决书下来无疑胜诉，但由于政府干预和各路“神仙”说情，最终银行、农村信用社拿到手的往往是一张难以兑现的判决书，白白垫付一笔数目可观的诉讼费、差旅费和招待费。

依法收贷，为确保信贷资产的安全性、流动性开辟了一条新路，但要改变依法收贷让人愁的现象，需采取如下对策：

——着力改善金融执法环境。政法部门要强化金融执法手段，及时强制执行已判决和调解的案件，真正做到有法必依、违法必究、执法必严，充分显示依法收贷的威力，确保依法收贷顺利进行。同时，要着重调解，依法协调贷款单位、担保单位和主管部门的关系，寻找切入点，让各方换位思考，设身处地理解对方，使欠贷人自觉履行义务。

——正确处理各方关系。银行、农村信用社要积极主动向政府部门介绍银行、信用社面临的困境，对依法收回的资金，可在保障贷款效益性、安全性、流动性前提下，对地方政府提出的重点项目、重点企业给予支持，突出重点，带活一片，以实际行动取得地方政府对依法收贷工作的支持。同时，要主动与有关职能部门联系，争取他们的帮助与合作，以营造依法收贷良好环境。

——积极申请强制执行。针对目前一些贷户种种拖、逃、避债行为，银行、农村信用社要及时依法采取“诉前保全”“诉讼保全”等措施，及早查封债务人资产，采取积极措施参与企业“破产清偿、改组转制”全过程，把握有利时机，依法向法院申请强制执行，确保银行、信用社权益不受损失或少受损失。

——及时行使“代位执行权”。当债务人根本无还款能力，不具备执行条件时，银行、农村信用社可以申请“代位执行权”。以防止被执行人与第三人串通，临时放弃到期债权而逃避对债权人的偿债义务。

——公开曝光赖债行为。对“赖债户”“钉子户”、长期拖欠不还的贷户，可由人民银行协调各商业银行、农村信用社互通情况，及时予以内部通报。法院、金融部门必要时可以将其公开曝光，使之在社会上难以生存。

——依法落实担保抵押措施。对借款人和担保人进行严格的资信审查，严格落实担保人信贷清偿连带责任，加强贷后监督，防患于未然。

——强化依法收贷队伍建设。建立一支既具备较强法律知识和诉讼技能，又有丰富金融专业知识的法律顾问队伍，协助银行行长、农村信用社主任依法决策，参与业务经营中的涉法管理，从而确保信贷资产安全。

依法收贷，彰显的是法律的尊严，体现的是政法部门的权威、地方政府的协作和信贷单位的责任，愿各方通力合作，严格依法收贷清欠，为确保信贷资产安全性、流动性，着力构建和谐社会贡献力量。

（原载《娄底日报》1998 年 11 月 19 日第三版头条）

直接融资：企业的路有多长

——娄底资本证券市场系列报道之一

本报记者　刘惠南

随着资本证券市场的规范发展和社会经济的不断进步，以间接融资发展起来、渴望做大做强的娄底国有、民营企业，迫切需要直接融资，实现资本的有效扩张。这是一条催人奋进、充满希望的企业发展之路。

差距：令人汗颜

资金紧缺，是制约企业发展的瓶颈。长期以来，娄底企业实行的大都是银行贷款、亲友借款的间接融资。2002年，全市金融机构各项贷款达150多亿元。银行贷款，一要还本，二要付息，三是“门槛”高，小型企业难贷到款；靠亲友借款，数额很少，企业难发展。企业界人士认为，企业要不断发展、做大做强，单一的银行融资不行，必须上市开辟直接融资渠道，到广阔的资本市场去广泛运营有效资本，实现现有资本的扩张。企业上市后直接融资，不仅融资数额大，且风险低，成本低，其优越性是间接融资所无法比拟的。

然而，由于种种原因，娄底企业直接融资至今还是空白。到2002年底，全国共有上市公司123家，上市公司通过证券市场融资超过1万亿元；湖南省34家上市公司，融资193亿元，在全国排名第12位。而娄底上市公司为零，全省193亿融资，娄底没有占一分钱。

差距如此之大，令人汗颜。据业内人士介绍，企业上市，必须先把企业改制成股份公司。娄底的工业企业底子薄，结构不合理，亏损的多，具备上市条件的很少。而上市程序复杂，条件苛刻，企业上市难度大，不少人对此失去信心。

副市长杨云辉认为，看问题要透过现象看本质，要用发展的观点来看。从现象看，亏损企业多，但从本质看，许多企业还是有发展潜质的。对有发展潜质的企业，只要实行股份制改造，加快企业内部劳动、工资、人事三项制度改革，激发企业活力，完全可以做大做强做活，通过专业公司的辅导培育，经过一定时间后，是可以逐步符合上市条件的。世界上没有轻而易举的事，只要我们一步步往前走，就不怕程序多、条件要求高。

希望：催人奋进

企业的改制改造和发展壮大，促使企业向资本市场迈进，向多领域多行业的更高层次发展。这方面的例子很多，去年 2 月，湘潭电机向社会公开发行 A 股 7500 万股，以每股5.6元在上海证券交易所挂牌交易，募集资金达6.0138亿元。同年7月，株洲新材料股份有限公司向社会公开发行 A 股 3500 万股，每股 6.6 元，募集资金 2.2 亿元。数额巨大的资金注入企业后，所产生的作用是无法估量的。

证券业人士分析认为，上市公司的多少，一定程度上将成为未来衡量一个地区经济实力的象征。按照我国近年企业股票上市募集资金的平均水平测算，一个企业上市之初一般可以募集 3 亿元以上的资金，以后只要净资产收益率在 10% 以上，一般按照 10∶3 比例配一次股，又可以募集几亿元的资金。若增发新股则不受 10 ∶ 3 的配股比例限制，募集的资金则更多。企业上市后，只要管理正常，在 3 至 5 年内就可实现超常规发展。如果一个地区有 3 至 5 家上市公司，每年仅配股和增发新股得到的增量资金就有几个亿甚至十几个亿，既可带动产业发展，又能成为地方财政支柱。

正是资本证券市场对企业开辟直接融资渠道，促进国民经济发展的重要作用，党和政府长期以来十分重视资本证券市场的发展和稳定。党的十六大报告指出："要推进资本市场的改革开放与稳定发展。""要正确处理虚拟经济与实体经济的关系。"这就把发展资本证券市场的工作提到了一个新的高度。而从国家近年多次降息刺激资金流向股市、迅速扩大证券市场规模以及不断强化管理的政策导向来看，国家已把证券市场作为加速我国市场经济发展的战略问题来对待。

娄底没有一家上市公司的落后局面，更是牵动着省里领导的心，省证券管理部门把在娄底进行股份制改造，培育上市资源，作为"新突破"的工作来抓。娄底市委、市政府以此为契机，重视发展娄底资本证券市场。市委副书记、市长刘云柱在今年市一届人大五次会议《政府工作报告》中特别提出要争取在企业规范化改制、上市融资上取得突破。市里专门成立金融证券工作办公室，以加强对企业上市融资工作的研究指导和证券交易工作的监管服务。

据市贸易办主任廖南云介绍，目前我市已有证券机构 5 家，从业员工 62 人，股民 4 万余人，市值 8 亿元，交易额 26.8 亿元，形成以泰阳证券为主，多家券商竞争的格局，为娄底资本证券市场的发展打下了良好基础。

行动:“零”的突破

娄底市金融证券办负责人认为，企业上市直接融资的路得一步一步走，必须抓住机遇，加强领导，上下通力协作。

娄底资本证券市场发展思路是，以党的十六大精神推动企业股份制改造和集团公司的组建，培育上市资源并进入辅导期，通过捆绑、买“壳”和以子公司身份加盟上市公司等途径，力争有一家股份制企业在二三年内上市。

今年上半年严格按照《公司法》要求组建 4 家股份有限公司，即国有企业股份有限公司、民营企业股份有限公司，农业产业化集团股份有限公司，商贸流通股份有限公司。通过将分散的企业按股份制要求进行改造，形成企业集团，为企业上市夯实基础。

树立信心，各方配合，是推进娄底资本证券市场的保证。刚刚成立的市金融证券办把培育优势企业上市，作为最主要的日常工作来抓，积极做好规范管理和协调服务工作。

娄底辖内 5 家卷商也把推进我市资本市场的改革开放和稳定发展，繁荣证券交易市场，推动企业股份制改造和上市工作，摆到重要位置，积极配合那些成长性好、发展潜力大的企业进行股份制改造，并尽最大努力寻找“壳”资源，为娄底企业早日上市做出贡献。

一批骨干企业则积极谋划，加快改制上市步伐。湖南大汉集团已与省内知名投资管理公司合作，进行内部资源整合、财务制度规范、发展战略和市场、融资投资等方面策划，力争跻身资本市场。

我们坚信，有各级政府的高度重视、骨干企业的共同努力和市金融证券办、券商的扶持、培育，娄底上市公司实现“零”的突破已为期不远。

（原载《娄底晚报》2003 年 3 月 8 日第六版）

炒股，你赚了吗？

——娄底资本证券市场系列报道之二

刘惠南　杨立霞

买卖股票，赚取利润，让手中的钱增值，是股民成功的最基本要求。然而，在成功的背后，是股票投资者对股市现状的全面了解、股市前景的正确认识和对炒股技巧的准确把握。目前娄底有4万股民。千军万马在股海沉浮，投资者，你赚了吗？

股市现状：让我欢喜让我忧

有首歌这样唱："你这样一个女人，让我欢喜让我忧。"其实股市就是这样，充满着诱惑和无限魅力。随着国家对资本证券市场监管和改革加强，股票市场呈现好的状况。

——证券机构不断发展。娄底证券市场由泰阳证券一统天下，发展为泰阳为主，多家竞争的局面，从业员工82人，为股市的发展打下了良好的基础。

——监管机构不断加强。近年来，湖南省成立了中国证券会长沙特派办和湖南地方金融证券办，各地州市也成立了证券办。政府对股市的监管加强，为股市规范发展提供了有力保证。

——上市公司不断扩大。经过10年发展，目前湖南省境内外上市公司达37家。上市公司增多，股民增多，股市资金扩大，股市也就活跃，为股民炒股创造了条件。

——股民经验逐步积累。部分股民通过券商培训和自行探索、磨炼，素质提高，在变幻莫测的股海中不再盲从，有的成了职业股民。

股市有喜也有忧。

股市持续低迷。沪深两市自2001年6月回落至今年元月底探底企稳，指数的最大跌幅达到了40%，指数总在1500点徘徊。去年6月24日停止从A股市场上减持国有股的特大利好政策出台，也只是使大盘产生了一波短暂的井喷行情，之后又吞回到缩量调整的怪圈之中。

股民损失较大。近2年多来经历股市三方面的煎熬，投资者信心倍受打击：其一是股指连连下挫，账面亏损累累，对投资赚钱预期大不如前；其二是国有股减持和上市公司高派现象引发的大讨论，让投资者对上市公司大股东如何圈钱有了真实的了解，对市场又恨又爱，感情复杂；其三是媒体曝光的上市公司虚伪利润、庄家操纵股价等事实，沉重打击了投资者的积极性，市场信心恢复之路延长。

证券公司惨淡经营。据有关部门提供的资料表明，全省大部分证券机构处于这种状况。去年娄底除老牌券商泰阳赢利 100 万元外，其余券商保本经营，处境艰难。

股市问题不容忽视。娄底市金融证券办公室负责人认为，造成股市上述问题的原因主要有五个：

少数人违规违法，违背股市发展规律，证券信誉受到打击，导致股民利益受损。

上市公司职工劳动、工资等改革大都没有落实到位，影响企业进步，股民分不到红利。

投资基金数量太少。社保资金国家规定只能上市 40%；保险资金刚刚允许上市；住房公积金只能购买国债，不能理财；银行资金只能等钱上市；国有股、法人股只能减持，不能流通。这就造成股市资金实力弱，不能适应股市发展。

股海沉浮，股民经验不足。他们几乎不懂金融投资知识，大都以过度投机的心态来炒作，比如，从换手率来看，国际上成熟股市的年换手率通常为 30%–50%，甚至更低。而我国沪深股市平均换手率是 500%，即上市流通的每一张股票平均每年转手 5 次以上。我市的每张股票年均转手率则更高，达 8 次以上。说明我市股民面对风云变幻的股市，大部分人盲目、过度投机，举棋不定，结果容易亏本“被套”，不堪一击。

游戏规则尚不健全。一些经营不善的企业，为了上市，巧妙“包装”，上市后又缺乏管理，不求发展，使得上市公司经营业绩差，股民难得利。而上市公司历来只上不下。虽然去年底有了退市规则，但从目前来看，退市的无几。

要解决股市存在的问题，让股民走出困惑，除了国家加强宏观调控，健全“游戏规则”外，券商、上市公司要规范管理，健康发展，证券监管机构要强化监管，股民自己也要理性操作。

股市展望：明天会更加美好

展望未来，股市会更加美好。

国家的大政方针为股市发展注入新的活力。首先，从发展目标来看，党的十六大确定“三个代表”的重要思想和全面建设小康社会的目标，进一步明确了和平与发展是当今世界的主题，中国经济将会大发展。经济大发展，必然带来股市的大发展。其次，从理论创新来看，党的十六大报告提出了“投资分配”理论、“保护私有财产”理论和“虚拟经济”的理论，为拥有资本的人大力投入股票市场创造了条件，为大力发展虚拟经济指明了方向。再次，从经济政策来看，国家要继续保持7%的经济增长速度，要继续扩大内需，实行积极的财政政策，发展1400亿元投资，将对股市产生良好影响，而国家毫不动摇发展国有经济、毫不动摇发展私有经济的政策，将会使国有经济走上规范、健康、快速发展的轨道，使民营经济成为股市的生力军，促进股市发展。

证券监管机构监管力度的加大为股市发展提供了有力保障。据业内人士介绍，自银广厦事件以来，管理层对上市公司信息披露的规范力度大大加强，对庄家操纵股价行为打击力度前所未有，使得以集中操作为特征的旧的市场主力面临昂贵的潜在操纵股价成本，导致其操盘思路发生重大变化，组合投资、分散风险的操盘模式盛行，有利于股市发展。中国证券会长沙特派办、湖南地方金融证券办和娄底市证券办层层负责，强化业务监督，有利于防范风险，维护各类市场主体的合法权益。

券商方便、快捷、优质高效的服务为股市发展创造重要条件。泰阳证券娄底营业部除在娄底城区设立娄星交易厅外，还在冷水江市、涟源市设立服务部，与营业部合作的网吧更是遍及城乡。营业部专用的卫星接收设备，通畅的信息、委托跑道和独立的上证、深证所席位号及柜台委托、磁卡委托、热自助委托、电话委托、网上交易等多样化的委托方式，能为投资者提供安全、便捷、准确、高性能的交易服务。而营业部长期聘请万国测评分析师现场咨询，常年举办股民培训班，能大大提高股民的投资决策水平。恒信证券、西南证券飞虎网娄底办事处等券商，也把教育引导股民理性投资，为投资者提供更快捷、专业、安全的证券网上交易服务摆在首位，这对股市繁荣将起到积极的推动作用。

炒股技巧：明明白白我的心

证券市场是一个特殊的市场，更是一个特殊的赛场，参与证券投资的人，作为一个参赛选手，应该具有一技之长，才能在风云变幻的股市上杀出一片天空。泰阳证券娄底营业部总经理贾国强认为，要取得投资证券的利润，不但要有扎实的基本功，还需要掌握一定的技巧。投资者应多学习一些有关股市的知识，熟悉股市常用的术语，并逐渐学会能够从报刊书籍、电视等媒体披露的信息中分析股市，关注个股的基本面、消息面的情况，并通过做一些模拟操作，获得一定的感性认识。

说到炒股技巧，贾国强认为应该从股票的选择、买入时机的选择和卖出时机的选择三个方面来考虑。

股票的选择。要把握好几个原则：有太多人看好的股我不做或获利快跑；已经在高位的股不管“消息”多么迷人我坚决不做；已经连续几个拉升的股不做或暂时出局回避；抗跌的庄股做波段；已经在近两年历史低位跌无可跌的个股密切关注，如有波段可做，则做波段。另外，买股票要再三考虑分批建仓，当在大盘低迷时，某股票业绩稳定，价位低的股票就可开始分散分批建仓。

何时买入股票。大盘相对低点时买入股票，一般股民总在最低点时买入股票，实际上这是办不到的（即使做到也是偶然的），能做到大盘相对低点，或者说是大盘趋于低位，这时入市比较安全；个股价位处于低位时买入股票；证券营业部里投资者已稀稀拉拉时买入股票。

何时卖出股票。自己设立一个盈利点，如盈利 20% 出局，假如：某一股票 10 元，该股票涨到 12 元多一点即可卖出；自己设立一个止损点，如亏损 8%–10% 卖出；当大盘进入某一高位时，当证券市场里人潮涌动时，就应该卖出，并且卖出时要果断。

勤奋学习，熟悉股市，再加上一点技巧，成功就在不远处了。

（原载《娄底晚报》2003 年 4 月 5 日第六版）

打造公开公平公正市场环境

——对娄底市建设工程招投标监管的思考

本报记者 刘惠南 通讯员 谢孟秋

建设工程招投标是一个地方经济社会发展的晴雨表。近3年来，随着娄底“北扩南移”战略的实施和城市基地设施建设的加快推进，娄底市建设工程招投标市场异常活跃，招投标项目成倍增长。

然而，一些招标代理机构和项目业主因受利益驱动，违规操作、规避招标、资质挂靠、围标串标的现象也时有发生。提高招投标工作质量和监管水平，从源头上预防工程建设领域腐败，成了娄底市各级政府、建设行政主管部门及其招投标监管机构工作的重要课题。他们在“阳光交易”中提升服务，在规范权力运行中加强监管，在创新管理中建立长效机制，着力打造公开、公正、公平的市场环境，赢得社会各界好评，娄底市建设工程招标投标管理办公室连续两年被评为湖南省建设工程招投标监管工作先进单位，并被指定在2011年全省建设工程招投标监管工作会议上介绍经验。

服务，在“阳光交易”中提升

建设工程招投标监管离不开规范的服务。2000年以来，应国家有关政策规定要求，娄底中心城区、冷水江市和新化县相继设立建设工程交易中心，调配24名高素质人员从事建设工程交易管理服务工作。他们认真贯彻实施《中华人民共和国招投标法》等有关法律法规，规范建筑市场交易行为，强化行政服务意识，扎实做好建设工程交易中心这一“有形建筑市场”的管理和服务工作。近3年来，他们更是把优质服务摆在首位，围绕“公开、公平、公正、诚实、信用”和“阳光交易”的工作目标，及时向客户提供招标投标技术服务，收集、储存和发布各类工程、企业状况、材料价格、政策法规等信息，为发标、招标、开标、评标、定标等活动提供服务规范的场所。并及时准确地做好招投标过程中招标代理合同备案、招投标书面报告等八项备案工作。把备案工作当成便民务实的政府形象工程来完成，耐心细致地向服务对象做好法规、政策宣传解释工作，尤其审查招标公告、资格预审文件和招标文件等备案文件时，总是对照法规政策，逐字逐句审阅，认真仔细把关。同时，以行政效能建设为契机，推行公开办事制度，一次性告知审批前置条件，“一个窗口进，一个窗口出”“内转外不转”，限时办结。

规范化的服务，使娄底建设工程交易逐步走上“集中交易、阳光操作”的平台，极大地提高了行政办事效率。2010 年度，全市建设工程招投标监管机构完成招投标备案 700 余项，办事速度提高 60% 以上，得到服务对象广泛好评，有力地提升了政府形象。

监管，在规范权力运行中加强

权力是滋生腐败的温床。要保持建设工程招投标市场持续公开、公正、公平的环境，规范权力运行，加强监管尤为重要。娄底市市县两级建设主管部门建立 56 人的建设工程招投标监管队伍。并不断加强对监管人员的政治理论学习和业务知识培训，开展创先争优活动，加强思想政治工作，增强干部职工的政治责任感和强烈事业心，提高其依法行政的水平和能力。

与此同时，从规范权力运行入手，适时出台监管制度。2009 年，娄底市住建局制订和实行《招投标行政监督备案工作制度》等 11 项招投标监管工作制度；2010 年初，针对招投标工作环节，娄底市住建局又制订和落实《建设工程项目招投标备案管理制度》《投标人资格预审、开标、评标现场监督管理制度》等 5 项制度。在此基础上，娄底市建设工程招投标管理办加强对投标报名、投标保证金和信誉保证金的监督管理，2010 年监督 85 个项目、1500 多家投标单位，4000 余笔进、出帐，均实现“零差错”；加强对资格预审、开标、评标活动各环节现场监督，开展投标单位和个人行贿犯罪记录查询工作；大力推行“合理定价评审抽取法”，去年“合理定价评审抽取法”采取率达到 32%，以此促进招投标工作的公开、公正、公平。同时，加大行政监督执法力度，2010 年 4 月和 9 月，娄底市住建局与市纪委等部门对娄底中心城区 40 个较大规模工程项目进行地毯式清查，摸清工程建设领域存在的突出问题，并逐个项目对照法律法规落实行政处罚，进一步规范招投标市场行为。

针对规避招标、资质挂靠、围标串标等违法违规现象，按照中央和省、市建设领域突出问题专项治理工作要求，2009 年 9 月，娄底市住建设局采取“投标保证金集中管理”“试行投标信誉保证金制”“任何单位和个人不得抬高资质标准和设置不合理条件限制潜在投标人投标报名”等6条措施进行治理。经过一年多的努力，资质挂靠、围标串标等违法违规现象大为减少，领导干部违规打招呼插手招投标的现象基本杜绝。

通过强有力的监管，全市招投标工作质量得到提升，近3年来，全市共办理招投标监督备案的工程项目480个，总交易金额71.3亿元，应招标项目招标率、国有投资项目公开招标率和招标项目入场交易率均达100%。两年多来市本级建设工程招投标项目没有发生举报投诉案件。

机制，在创新管理中建立

不断创新监管制度，建立长效机制，是打造建设工程招投标公开、公正、公平市场环境的有力保证。去年11月，娄底市住建局和娄底市建设领域突出问题专项治理办在深入调查的基础上，起草《娄底市加强工程建设领域行政行为监督管理的若干规定》，经反复讨论后以市政府文件发布实施。今年2月，娄底市住建局与市监察局又联合发布实施《关于进一步加强招投标市场监管的若干规定》，强力推行建设工程招投标工作10项新举措，对症下药，精确打击围标、串标行为。

设立投标人承诺不发生围标、串标行为押金。在保障投标人充分竞争的前提下，大大增加围标、串标行为的成本和风险，更有效地遏制围标、串标行为。

推行投标人资格审查后审方式。简化招标程序，缩短招标时间，节省招投标成本。最重要的是，消除招标方通过资格预审方式，排斥投标人的现象，增加了围标、串标的难度，减少了围标、串标的可能性。

合同估算价在1000万元以下，且工程技术要求简单的工程建设项目，其评标办法一律采用合理定价随机抽取法，大大简化评标定标办法，使招投标工作更加公开、公平和公正。

实行企业法定代表人实名投标制度。工程项目投标时，投标单位的法定代表人必须亲临投标地点和开标现场，并当面签署诚信承诺书，否则，其投标文件将被拒绝接收，大大增加了资质挂靠和围标的难度及成本，资质挂靠和围标的现象将会大为减少。

实行评标委员会无业主评委制度。所有评委均从评标专家库里随机抽取产生，以解决评标委员会中有的业主评委评标不公正的问题。

实行招标代理机构招标制度。改变过去部分招标人可随意选择的状况，有效防止招标人利用选择权将个人意愿附加给招标代理机构的行为，减少招标人利用招标代理机构串通投标的可能。

实施围标串标行为认定处理办法。明确认定招标人（包括招标代理机构和评委）与投标人，投标人与投标人围标串标的43种情形及其处理规定，改变过去认定标准模糊的状况，提高围标串标可观察性和验证性，增加了串通投标人的风险成本。

实行建设工程招标代理市场准入和清出制度。明确准入的条件和清出的规定，以规范招标代理机构的市场行为。

实行工程项目招标代理评价制定。规定每个工程项目招标完成后，招投标监管机构即对招标代理工作质量和社会信誉进行评价定级。评估打分的子项达25项。按照评价等级，对招标代理机构实施差别化管理，以提高招标代理工作质量，防止招标代理机构违规操作。

实行招投标监管人员问责制度。规定对不认真履行监管职责的监管人员实施调离或撤换；对伙同招标人（招标代理机构）和投标人实施暗箱操作的依法严肃查处。行政监管机构人员约束机制得到健全。

这些新举措的实施，对建立建设工程招投标监管工作长效机制，推动招投标市场和行政监管向规范化迈进，将起到十分重要的作用。

（原载《娄底日报》2011年3月23日第三版）

典当作为特殊融资方式，在延伸银行服务功能、救急解难、方便民众生活、抑制民间高利贷、维护社会稳定方面，发挥着不可替代的作用。然而，社会上存在的认识偏见，加上某些寄卖行、投资及担保公司违规从事典当业务，给依法设立的典当企业经营蒙上一层阴影，给典当行业的发展带来重重困难——

娄底典当业：想说爱你不容易

本报记者 刘惠南 通讯员 尹伟华

2005 年 10 月，娄底市第一家由国家商务部批准，依法取得《典当经营许可证》的典当企业正式对外营业。从此，典当这一传统行业在美丽的娄底不断发展壮大，焕发出勃勃生机。目前，全市依法设立典当企业 5 家，主要分布在娄底中心城区、冷水江市、新化县和双峰县。

“爱”在行动

娄底市依法设立的 5 家典当企业注册资本最少的 1000 万元人民币，最多的 3000 万元人民币，总注册资本达 7500 万元，从业人员 66 名。这 5 家典当企业均以现代企业股份有限公司和股份有限责任公司形式出现，主要从事不动产和财产权利抵押、质押业务，经营中倾注情和爱，注重企业诚信品牌建设，自觉依照《典当管理办法》经营，在国家商务部、省商务厅历年组织的全省性交叉年审核查过程中，均被评为 A 类典当经营企业。

灵活、高效、便捷的服务，是娄底典当企业诚信品牌建设的亮点。他们以“为企业及个人融资打造快速通道”为目标，简化手续，当当户以相应资产作抵押、质押，欲换取一定数额的贷款使用时，总是尽最大努力提供方便。今年 4 月，洪山殿镇一经营洗煤的个体户急需 100 万元采购原煤，以某集团货物结算凭证为质押向锦宏典当公司贷款，锦宏典当仅 2 个工作日就为其办理相关手续，解了难。从房屋、土地等不动产抵押物，到建材、设备等动产抵押物，只要符合相关规定，娄底典当企业的贷款手续长的二三天，短的一二小时就可办结。

在追求经营效益的同时，娄底典当企业勇于承担社会责任，从业人员中 70% 以上是下岗失业人员和退伍军人。2008 年下半年开始的国际金融危机导致经济发展趋缓，典当企业以其自身优势，积极为全市中、小企业提供优质的融投资服务，1 年多时间共发放中、小企业典当融资贷款 2.265 亿元，有效地帮助中、小企业渡过了金融危机寒冬。

“作为特殊融资渠道和融资方式，典当对经济与社会发展起着不可替代的作用：发挥银行业务难以延伸的功能，起到金融领域拾遗补阙的作用；在发展经济与企业关系上，起着支持生产、活跃流通的作用；在方便民众生活与公民个人关系上，起到扶危济困、救急解难的作用；在民间借贷关系上，起着抑制民间高利贷. 维护社会安定团结的作用。”娄底市商务局有关人士接受记者采访时如是说：“随着社会主义市场经济日益发展与完善，娄底典当企业的融资功能对促进中、小企业发展起着不可或缺的作用。”

“爱”好困惑

娄底市典当业起步较晚，经营发展中面临种种困惑。

老百姓对典当业缺乏了解，认识上存在某些误区和偏见。市民普遍认为：典当企业就是传统的“当铺”，是乘人之危，高利盘剥的地方；典当企业大都与黑恶势力联在一起，惹不起，躲得起；到典当企业办理典当贷款的，是贫困潦倒、走投无路的。故一些爱面子的中、小企业经营者不敢堂而皇之地到典当企业办理典当贷款业务。

寄卖行、投资及担保公司违规从事典当业务，给合法典当企业经营蒙上一层阴影。据近期调查，全市在工商注册登记的寄卖行 222 家，如果算上未注册的黑寄卖行，总数将达到 300 家左右，其中明目张胆挂“典”“当”“典当”招牌的寄卖行达 140 家。这些寄卖行非法从事典当业务，与正规典当企业共生共存，导致娄底典当市场鱼龙混杂，良莠不分，混淆了老百姓对典当的概念，认为寄卖行就是典当企业。更为严重的是，一些寄卖行因流动资金短缺，高息吸资，然后再高息放贷经营。还有的收取赃物和来源不明物品，有的寄卖行甚至采取暴力和涉黑手段强迫典当，收取高额息费，导致一系列社会治安案件发生，严重干扰正常金融秩序和典当经营秩序，让典当企业“背黑锅”，破坏合法典当机构的声誉。而一些投资及担保公司也变相或非法经营典当业务，造成恶性竞争和经营秩序混乱。

专业人才严重匮乏，传统民品典当业务难开展。典当公司所需的鉴定师、评估师、客户经理等专业人才难求，加上典当企业担心当户的当品“来路不明”，怕惹麻烦，使得金银珠宝、古玩字画等传统民品典当业务很难开展起来。目前，5 家典当企业除 1 家每年经营一二笔民品业务外，其余 4 家均未开展民品业务，这就无形中把这项利润颇丰的“蛋糕”让给了寄卖行。

娄底市典当行业面临种种困惑，除受传统观念影响、相关法规约束不力外，也与政府部门和典当企业自身管理分不开。因受传统思维定式影响，老百姓常常将典当公司与“高利贷”和“黑社会”联系在一起，持歧视态度。寄卖行业由于缺乏相应法规约束，客观上放任了寄卖行的违规经营。而寄卖行大都以个体工商户的形式出现，其登记手续相对简单，一旦违规被查，马上关门歇业，再另行择址登记设立，逃避处罚。况且，目前寄卖行业还没有明确监管部门，造成寄卖行遍地开花，其违法经营范围又几乎与合法典当企业一致，无疑挤占了合法典当企业的市场份额，影响了合法典当企业的经营。而某些政府部门对典当行业了解不多，缺乏强有力的支持，典当企业在企业形象宣传、人才引进等方面存在的缺陷，也是造成我市典当行业困惑的原因之一。

“爱”需努力

典当作为介于流通领域和金融领域的边缘行业，要获得又好又快发展，必须多方合力，共同推进。

加强宣传，努力营造典当业发展浓厚氛围。政府和典当企业要采取多种形式，大力宣传现代典当企业的重要作用、优势，以及与传统当铺的区别，提高人们对现代典当企业的认识，摒除传统错误观念的束缚，着力营造有利于典当业健康、有序、快速发展的浓厚氛围。

开拓创新，全面拓展典当企业经营业务。在激烈竞争的新形势下，典当企业要增强危机意识、忧患意识，既防范风险，又要大胆开拓，以创新和优质服务吸引中小企业融资；在做好房地产抵押、财产权利和动产质押等常规业务的基础上，千方百计拓宽业务范围，开展个性化服务，为典当企业快速发展注入生机和活力。

注重培训，着力提高典当企业整体素质。一方面，通过多种途径培养鉴定、评估类典当专业人才，特别是针对金银珠宝、古玩字画的鉴定评估，培养出一批具有执业资格的典当鉴定师和评估师，使典当企业由单纯的典当服务，向典当、咨询、评估一体化方向发展。另一方面，通过“请进来、走出去”的方式，加强对典当企业管理人员的业务培训，以提高其管理水平和业务能力，适应新形势下典当业发展的需要。

强化监管，有效规范典当行业经营秩序。商务、公安、工商、银监等相关部门要加强对典当公司的监督，不断规范典当企业经营行为，引导行业健康发展。同时，要严厉打击非法典当经营机构，根据《典当管理办法》等法律法规，对公开张挂“典”“当”“典当”字样招牌的寄卖行予以取缔，对暗地非法经营或变相经营典当业务的其他融资机构予以查处，努力为典当企业创造良好经营环境，促进典当业健康有序发展。

大力扶持，不断增强典当企业发展后劲。政府相关部门应给予典当企业相应的政策支持与行业培育，应像对待投资担保公司一样，利用中小企业扶持专项资金，为典当企业提供资金支持；本地商业银行应按相关规定为典当公司发放贷款，增加典当企业的资本金，提高典当企业融资能力和水平，使之更好地为中小企业融资服务。

“爱”需包容，“爱”需呵护。娄底典当业有社会各界的关心、支持与厚爱，定能阔步前行，发展壮大！

（原载《娄底日报》2010年9月14日第三版）

市场监管又一把利剑

——娄底市商务综合执法述评

本报记者 刘惠南 通讯员 尹伟华 谢高光

2008年，国家商务部为进一步深化改革，转变职能，加强商务领域市场监管，充分发挥商务部门职能，在全国实行商务综合执法试点，以努力解决执法缺位、执法力量分散、执法效能低下、执法行为不规范等问题。娄底市作为全国试点城市，2年多来扎实推进，声名鹊起，在去年全国商务综合执法试点考评中，荣膺全国第一。

商务综合执法体系初步建立

2009年5月，娄底市商务局被国家商务部批准为全国第一批商务综合行政执法试点单位。市委、市政府高度重视，市委副书记、市长张硕辅主持召开市政府常务会，做出具体部署。市政府成立由市委常委、副市长雷绍业任组长的市商务综合行政执法试点工作领导小组，出台试点工作意见，制定试点实施方案。安排25个全额事业编，在娄底市城区生猪定点屠宰执法稽查支队的基础上组建娄底市商务综合执法支队，并按照商务部试点要求给予配套资金支持。从此，我市实现由生猪定点屠宰专项执法向综合执法跨越。

相对全国而言，娄底市商务综合执法工作在进一步整合执法资源、优化人员结构、完善执法制度、健全执法机制等方面走在前列。一是率先在全国实现“三统一”。即统一执法制服、统一执法车辆标识、统一执法文书。二是生猪定点屠宰执法领先全国，形成具有娄底特色的生猪定点屠宰执法模式。三是建立具有娄底特色的商务综合执法机制。即管执分离机制，将商务局对市场的管理与综合执法支队对市场的监管适当分离，管理为执法搭建平台，执法为规范管理服务，相得益彰；联席会议制度，与公安、工商、卫生、畜牧、质检等职能部门实现信息互通互享，共同监管；县市联动机制，形成上下执法联动，既可以相互参与、互相呼应，又可以在同一执法领域采取统一行动。另外，建立市场监管长效机制。实现从商品出厂、市场经营到终端消费一条龙执法监管。

商务综合执法效能凸显

娄底市商务综合执法对市场的监管，采取经常性稽查和专项整治相结合以经常性稽查为主、独立办案和联合办案相结合以独立办案为主、教育和处罚相结合以教育为主的办法，收到良好效果。

市场行为得到有效规范。去年以来，市商务综合执法支队出动执法车辆800多台次，执法3000多人次，对娄底城区肉食市场、酒类市场、成品油市场、二手车、拍卖、废旧物资回收进行稽查。端掉城区生猪私屠滥宰窝点6个，清理专业私宰村1个，查处白板肉1万余公斤。凡没有两章、两证和税务发票的肉品一律不准上市，让消费者吃上放心肉。酒类市场执法着力解决无证经营问题，取缔1个不符合条件而经营酒类批发的企业，责令2个应换发批发许可证而未换证的企业办理换证手续。酒类打假初见成效，共查处假酒案5起，涉案金额10万余元。城区成品油市场得到规范，对2个加油站进行整改，对35个成品油零售加油站建立电子档案。

“12312”中心作用得到充好发挥。“12312”举报投诉中心主要接受生猪屠宰、酒类流通、成品油市场、典当拍卖、零售商供应商公平交易、二手车市场、流通领域商品安全、技术出口、对外劳务合作、反补贴反垄断等扰乱市场秩序的举报投诉。同时，开展一网多用，将万村千乡市场工程、家电下乡、家电以旧换新、汽车以旧换新、汽摩下乡、家政服务、劳务输出等政策咨询列入服务范围，为消费者提供政策咨询服务。去年以来，“12312”共接到举报投诉、政策咨询电话730多起，答复率、处置率均达100%。

商务综合执法社会影响不断加强。在生猪屠宰领域，定点屠宰场、生猪批发商、屠商和执法支队实现良性互动，合力打击私屠滥宰，规范肉食市场。执法与服务并重，为解决娄底中心城区“城中村”养猪户生猪屠宰问题，市商务综合执法支队实行人性化管理，派人派车凌晨三四点钟为养猪户将猪送到屠场，屠宰后又将经检疫检验后的猪肉送回养猪户手里，养猪户异常感动。在酒类市场监管中，执法人员深入到500多家酒类批零企业开展法律宣传；查处违规经营行为时，公平、公正、廉洁，受到执法对象好评。

商务综合执法任重道远

目前，商务综合执法试点工作在全国逐步展开，但执法中存在的问题不容忽视，影响商务综合执法工作全面推进。

执法体制滞后，经费不配套。目前，商务综合执法没有形成垂直管理体系，除市建立了商务综合执法支队外，全市仅新化和双峰两县设立了商务综合执法大队，纵向执法体系还没有完全建立。执法经费来源有的是差额拨款，即使全额拨款单位执法经费也严重不足。

执法人员素质有待提升。目前，我市商务综合执法人员大多是一种简单的整合，这与商务综合执法建设要求有一定距离。

商务综合执法法律法规滞后。商务领域的法律法规不少，但属于商务部门的处罚职权不多，客观上影响了商务综合执法力度。

执法成本太高。如对假酒的鉴定，按国家有关规定要到酒厂去鉴定，这就给执法查处工作增加难度，导致办案成本增加。

执法环境不优。由于商务部门对执法对象没有强制约束力，不服处罚、不配合执法的现象时有发生，干预执法现象也较普遍，给商务综合执法带来很大困难。

商务综合执法试点工作是顺应国家依法行政，推进行政改革的一项系统工程。务必进一步强化措施，有序、有效推进。

理顺商务综合执法体制。娄底市已经成立商务综合行政执法支队，县市应尽快成立商务综合行政执法大队，条件许可的话应建立从上至下垂直管理体系，以强化商务综合行政执法监管职能，形成执法合力。在目前商品流通领域监管职能没有统一整合的情况下，建议市政府出台《娄底市流通领域监管办法》，确立商务部门在市场监管中的主体地位，增加商务综合执法经费，强化商务部门监管职能，以推进商务综合执法向纵深开展。

强化商务流通领域法制建设。加强商务领域行业管理法律、法规建设，明确在现有商务部门行政处罚职权基础上，赋予商务综合执法支队对餐饮、住宿、美容美发等行业的行政执法权力，解决商务综合执法缺位、执法效力不优的问题。

优化商务综合执法环境。各级政府、部门要加大有关市场监管法律、法规宣传力度，加强对商务综合行政执法的宣传教育，加大对逃避处罚、阻挠执法、干预执法的教育和处罚力度，营造商务综合执法的良好氛围。商务部门与酒类生产协会要加强协作，出台相关文件，减少执法难度，降低执法成本。

提高商务执法人员素质。建立科学完善的教育培训机制，切实提高执法人员政治理论素养和专业素质，使之自觉依法行政，文明执法。

（原载《娄底日报》2011 年 6 月 17 日第三版）

城镇低保喜与忧

本报记者　刘惠南　通讯员　陶慧孜

1999年，国务院为了保障贫困者的基本生活，颁布实施《城市居民最低生活保障条例》。6年过去了，这项惠泽城镇特困群体家庭的国策，对缓解和消除娄底城镇贫困现象，维护社会稳定，发挥着一定作用。

然而，由于各项制度措施尚处于探索建立和规范完善阶段，相互配套衔接存在缺陷，娄底城镇低保工作任重道远。

城镇低保：惠及特困家庭

张某是商业系统的残疾职工，过去经常为吃饭和孩子上学发愁。而今，他不再东挪西借了，每季度领上的低保金让他脸上有了笑容。他兴奋地说："是低保让我们全家对生活充满了信心。"

1993年从国营煤矿调来娄底商业系统的张某，起初日子过得也很红火。但不料灾难接踵而来，先是他在一次车祸中失去了一条腿。接着，妻子又得了绝症，医治无效去世，给他撇下了一大堆账和2个未成年的儿女。残疾的他靠着每年商厦救济和东挪西借度日，2个孩子面临着辍学。

2000年下半年，张某所在街道办事处实行城镇居民最低生活保障。最低生活保障制度无疑使城里的弱势群体和特困家庭看到希望的曙光。居委会和商厦根据张某的实际情况，为他办理了最低生活保障待遇，每年他可以从居委会领到最低生活保障金。与此同时，家中的2个子女分别享受组织的救助。体验着组织的温暖，他们全家再不用发愁了！

张某是娄底城镇低保工作的一个缩影。市委、市政府高度重视城镇低保工作，成立低保领导小组，配备专人负责低保工作，全力为困难群众排忧解难。6年来，全市共有3700多户90000多人享受低保待遇。最低生活保障工作的开展，惠泽城镇特困群体家庭，成为造福百姓的"阳光工程"。

"低保"脱贫：一个沉重话题

据调查，娄底城镇居民低保户有三个特点：老、幼、残和三无人员（无固定住所、无稳定职业、无正当收入）占较大比重，在低保人口中占到近一半；受教育程度低，自我发展能力差，在低保人员中，大专以下文化的超过 95%；低保家庭中有劳动能力或技能的人口比重较低，不到 50%，就业状况差，家庭人均收入低。这些成为低保家庭难以脱贫的瓶颈。

低保家庭由于消费水准低，营养不良状况比较普遍，加上心理压力，他们的患病率往往高于非贫困者。而因低保家庭的医疗保健条件较差，患病后能不看医师就不看，能拖则拖，这就加重了低保群体生活和困难程度。许多低保户因病致贫，因病返贫，形成恶性循环。加上近年来国有企业纷纷改制，下岗失业人员增加，更加大了城镇贫困人员数量和低保家庭贫困程度。

城市居民最低生活保障标准，是按照当地维持城市居民基本生活所必需的衣、食、住费用，并适当考虑水电费、燃料费用及未成年人的义务教育费来确定的。目前，娄底最低生活保障线为每人 130 元 / 月（属国家级贫困县的新化为每人 125 元 / 月），低于全国平均水平，一个三口之家，每月可支配的钱为 390 元，细分到每一天只有 13 元。13 元要吃饭，需要日常生活品、衣服、孩子学费、医药费等开支，还要水电、燃料费用。低保金对大多数低保家庭来说只能勉强维持，对于个别低保户只是杯水车薪。

低保工作：任重道远

娄底城镇低保家庭现状，加大了城镇低保工作任务。低保工作面临的困难也是显而易见的。

补助资金紧缺，应保尽保压力大。娄底市城镇贫困人口约 10 万人，按照中央和省应保尽保要求，尽管中央、省财政有一定低保补助，但对于经济不是很发达的娄底来说，只能是僧多粥少，面临的压力很大。

低保工作需要改进和完善的地方很多。由于某些原因，低保保了一些有不良嗜好、懒惰不愿就业的人，而有少数收入超标的家庭也享受了低保，造成低保不公平现象。

温家宝在十届全国人大四次会议政府工作报告中指出，要"继续完善城市低保制度”。因此，做好城镇低保工作仍是当前和今后一个时期不容忽视的任务。综合有关专家意见，需从以下四个方面着力：

适时适当提高低保标准。自低保政策实施以来，我市的低保标准只调高一次，即从104元提高到130元。党的十六大全面建设小康社会后，城镇居民收入不断提高，公务员工资也逐步增加，而低保标准没及时调整，这无形中降低了低保户的生活水平。及时修改和提高最低保障标准十分必要。

因地制宜解决劳动力就业问题。发放低保金是缓解贫困的一个方法，但不是治本之策，低保户真正彻底脱贫，甚至致富，就业是唯一途径。这就需要政府多辟就业门路，抓好技能培训，让低保人员实现就业。低保户自己也应想方设法寻找就业门路，真正从低保救贫中解脱出来，走上致富道路。

进一步丰富低保内容。例如配套减免低保人员就医、就学等费用，多途径丰富低保内容，隐性提高低保标准。

建立低保对象公示制度。在认真考虑低保对象家庭隐私等不宜公示的内容前提下，通过实行对低保对象的社会公示，以充分了解群众意见，排除低保政策执行中的“人情”等不公平现象，取得社会对低保政策的广泛信任。

在实践中不断探索、完善，走出一条有效的低保路子，让全社会真正贫困者不仅目前生活有着落，而且长远有脱贫的路子可走，这就是政府低保工作最终要达到的目的。我们期待着。

（原载《娄底日报》2006年6月7日第三版）

企业养老保险：与挑战同行

本报记者　刘惠南　通讯员　宋新林

企业养老保险已越来越引起各级政府、有关部门及经办机构的重视。企业养老保险年内要实现全覆盖，保险关系转移政策年底将出台。但基金征缴、基金支付和基金监管难度增大，与挑战同行。

10亿元养老金按时足额发放

5月8日，娄底市人力资源和社会保障局副局长曾跃良向记者介绍：2011年，全市共有参保企业离退休人员77966人，应发养老金10.4647亿元，实发10.4647亿元，按时足额发放和规范的社会化发放率均达到100%。全市企业养老保险经办机构在短短一个月内完成73442名退休人员调待和补发工作，人均养老金增加110元。

曾跃良还告诉记者：2011年，湖南省人民政府下达娄底市的扩面任务是20700人，实际完成25706人，完成省政府下达目标任务的124%；下达全市年末职工参保人数是20万人，实际完成202477人，完成全年目标任务的101%；下达全市年末实际缴费人数为17万人，实际完成176983人，完成全年目标任务的104%；下达全市全年基金征缴任务是7.2亿元，实际完成7.4765亿元，完成全年目标任务的103%。

养老保险扩面、征缴任务的超额完成，为确保离退休人员基本养老金按时足额发放奠定了基础。而基础工作的不断完善，确保了基金运营的规范安全。去年各级企业养老保险经办机构进一步完善基金监管长效机制，业务经办实行“一事双岗双审”；养老保险关系实现无障碍转移；业务档案管理工作进一步完善，市本级在全省市州中率先建立高标准的业务档案室，对历年来的资料进行全面的整理归档，安排专人对经办资料进行日清月结，集中归档。基金管理严格按照《社保基金财务制度》实行基金预、决算和“收支两条线”管理，没有发现大的基金安全管理问题，得到省人社厅领导好评。

基本养老金领取资格“人脸识别”认证系统建设进展顺利。自去年10月开始，娄底市人力资源和社会保障局筹措资金60万元，全面开展“人脸建模”工作，在各个社保经办机构和离退休人员居住集中的社区设立13个点，开展面部信息采集工作，截至3月底，全市离退休人员人脸建模5.93万人，建模率76%，建模进度居全省前列。

企业养老保险面临新形势

曾跃良介绍：当前企业养老保险工作面临有利条件。

社会保险进入加快发展重大机遇期。在当前欧债危机和国内严峻的经济形势下，各级党委、政府和社会各界对完善社会保险重要性和紧迫性的认识空前统一。《社会保险法》出台后，养老保险的政府责任更加明确，养老保险市级统收、统支，省级统筹乃至全国统筹的步伐正在进一步加快。

养老保险制度将更加配套完善。农村养老保险和城镇居民养老保险今年将全面覆盖。养老保险关系跨省转移进展顺利，城镇职工养老保险与农村养老保险、城镇居民养老保险之间的转移政策可望年内出台。

企业养老保险工作已经具备良好基础。全市参保人数不断增加，待遇水平不断提高，基金规模不断扩大，基础管理全面加强。

在看到有利条件的同时，也要充分估计我们即将面临的困难和挑战。

征缴扩面难度日益增大。娄底市基金征缴虽然屡创新高，但很大程度上得益于政策性补建补缴，而非缴费人数和缴费基数的实质性上升。当前征缴扩面的潜力是私营经济，但却难见大的成效。

中断缴费人数大幅增加。从统计数据上看，娄底市实际缴费人数占在职参保人数的比例仍维持在高位，中断缴费人数增加的矛盾从数据上尚未体现，但从全市实际情况来看，中断缴费人数的绝对数从2010年开始逐年增加。可以预计中断缴费人数增加的矛盾将在接下来的几年中日益凸显。

基金支付压力逐年增大。一方面由于各种原因导致征缴、扩面难度大，基金收入增长的逐步放缓；另一方面随着人口老龄化的到来和养老待遇的不断提高，基金收支缺口将会越来越大，养老金的支付对中央、省、地财政转移支付和补助的依赖程度将越来越大。

基金监管难度增大。企业养老保险基金涉及面广，与广大人民群众息息相关，虽然是“养命钱”，是“高压线”，但是千方百计弄虚作假非法套取基金的现象还是不断发生，其方法不断翻新，给监管增加很大难度。

今年期末参保 20.9 万人

曾跃良透露：今年省政府下达娄底市企业养老保险目标任务是期末参保人数 20.9 万人，实际缴费人数 18.4 万人，基金征缴收入 8.6 亿元。

为确保任务圆满完成，各级企业养老保险经办机构将加大养老保险政策宣传力度，提高企业和个人对养老保险重要性的认识，增强参保缴费的积极性；加强政策引导，积极引导符合条件的人员参保缴费，鼓励有条件的企业承担部分补缴费用；强化征缴手段，进一步加大对重点行业、重点单位的缴费基数、参保人数的稽核工作，开展部门联合执法，挖掘扩面征缴潜力；加强与税务部门联系，理顺税务征收操作流程，推进私营经济组织扩面和征缴工作；举办参保单位劳资人员业务培训班，提高参保单位劳资人员养老保险政策水平和业务经办能力。

“养老金按时足额发放，关系到离退休人员的切身利益，是企业养老保险经办机构始终必须坚持的一项中心工作。”曾跃良说：“一方面要继续做好常规性工作，严把职工提前退休审核关，坚持提前退休和特殊情况退休集体会审制度；要按照上级部署做好 2012 年养老金待遇调整和补发工作；要积极推进离退休人员自主选择养老金代发银行工作，方便离退休人员就近领取养老金。另一方面要重点做好离退休人员人脸建模工作，按照市里的统一部署按时完成建模，确保下半年我市企业离退休人员基本养老金领取资格人脸识别认证系统上线运行。”

借基金审计东风，进一步加强基础和基金安全工作。要完善社保基金监管长效机制，严防贪污、截留、挪用基金等违规违纪行为；进一步规范业务档案管理，按照业务档案管理办法规定，加强全市业务档案管理，市本级争取今年达标验收；要搞好关键信息审核，力争 2015 年达到退休条件的 1995 年前参加工作的参保人员信息全部审核完毕。

今年是国家“社保审计年”，经办机构要高度重视，正确对待，积极配合，力争通过这次审计。

（原载《娄底日报》2012 年 5 月 15 日第三版）

娄底缘何又“气短”

本报记者　吴丽萍　刘惠南

水、电、气，关联着千家万户的切身利益。

从2011年11月开始，最让市民烦心的莫过于煤气了。娄底城区煤气供应经常出现“上气不接下气”的状况，一到中午、晚上用气高峰期，菜炒不熟，水烧不热，想洗个热水澡更是难上加难。

娄底煤气又怎么了？

近日，记者走访了居民小区、娄底新华联燃气有限公司、市住房和城乡建设局、涟钢等相关部门了解情况。

居民：家里煤气不足　吃饭洗澡成问题

“家中没煤气，天天下馆子算个什么事？”昨日上午，家住加州阳光小区的龙先生反映，最近家中煤气气若游丝，他们家已经连续一个月一日三餐在外下馆子。龙先生说，两天来，家中煤气热水器用不上，买了个电热水壶来烧水洗澡。

家住菊苑小区的梁女士告诉记者，她家有6口人，最开始吃门口那家快餐店，一个月下来光吃饭就花了2000多元钱。周末到宾馆开房洗澡，成了一家人的节目。

家住老市政府一带居民区姓萧的居民，说到煤气就来气，原来贴在墙上的告示是1月9日9时停到11日9时，结果直到1月16日也没有来过煤气。幸亏家里买了电磁炉，不然就无法正常生活了。

“这几天许多家庭拖家带口来吃饭，每天如同流水席。”老王餐馆的员工说，居民楼周边餐馆最近两天生意好得不得了，来吃饭的大部分是周边住家户。

采访中，不少市民表示，每年到了年前这个时候，娄底煤气就开始出问题。报纸上从没有过告示，一般都是一张纸条往门缝里一塞，往往市民没在家或没看到，气就停了。煤气收费原来都是每月20日交，1月却莫名其妙地提前到了12日。煤气想停就停，居民根本不知情。问题究竟出在哪里？

新华联：供气管道严重老化　年前全力维修保供应

新华联燃气有限公司运营部副总经理何学军称，最近老市政府一带居民区时有“断气”，是因为这一区域的供气管道出现了漏气现象。经工作人员检测，该区域整个下水道充满了燃气。出于安全考虑，暂时切断了该区域的燃气供应。目前新华联已派出所有相关工作人员赴现场检修。

新华联燃气公司党委书记、常务副总经理苏岳荣告诉记者，娄底是湖南省第一家使用管道煤气的城市，目前已有27年的历史。管道老化严重，漏气抢修、维修频繁，特别是在突发性抢修中造成局部用气不正常的现象很难避免。冬季居民用气剧增，也是引起供气不正常的原因之一。

自2006年进驻娄底，新华联每年要投入1000多万元对设备管网进行更新维护。前不久，公司将丹阳路的主干管网进行了全部更换。

涟钢：年底原煤供应紧张　承诺压生产保民生

在涟钢，记者看到这样一张计划表：“为确保城区稳定供气，特作以下计划：从2011年12月26日到2012年元月16日，每天需煤气7万立方米，共计154万立方米；元月17日至元月23日，每天需煤气9万立方米，共计63万立方米；元月24日至2月7日，每天需煤气8万立方米，共计120万立方米。”

能源环保中心主任赵胜利告诉记者，娄底城区去年同期一天所需煤气基本量为4.5至5万立方米，今年同期一天所需煤气基本量为7万立方米。城区供气量猛增，造成了涟钢焦炉煤气生产与民用煤气供给的矛盾。加之冬季涟钢电力不足，需煤气发电保障生产，更突出了供给矛盾。目前，涟钢对煤气生产进行了适当的调配，加大了民用焦炉煤气的供应量，调煤保煤气生产。

市住建局：加强协调沟通　保证春节充足供气

作为煤气供应的主管部门，娄底市住建局的态度很坚决：无论如何，春节期间必须保证煤气充足供应。

市委、市政府高度重视春节期间老百姓水电、煤气供应。为保障娄底城区管道煤气正常供应，市住建局、市经信委、市燃气管理办做了大量协调工作，克服了因涟钢电力不足需煤气发电、设备故障等多种原因造成的煤气供应不正常的困难。

12月26日，市委副书记、市长易鹏飞指示市住建局组织各相关单位协调解决煤气供应问题。当日，副市长石超刚召集涟钢、市经信委、市住建局、新华联等相关部门，针对水电、煤气供应等问题召开协调会。临近年关，在全国调煤保电、拉闸限电的大前提下，娄底市面临着原煤紧张，用电、用气量骤增的严峻形势。石超刚要求加强需求管理，努力保障人民生活需要；着重调节春节期间娄底城区的用气供应，无论如何也要保证满足春节期间老百姓的用气需求。

（原载《娄底日报》2012年1月17日第一版）

故意占道不让现象普遍存在；急救车辆超速罚款，天使行动受挫；生命热线骚扰多，占用急救资源——

娄底：120“生命通道”何日畅通

本报记者 刘惠南 通讯员 刘丽涛 李 辉 刘素凤

从北京急救车3公里走40分钟，到西安急救车无人避让，再到重庆重症婴儿急救遭遇“行路难”最终夭折……一个个生命的逝去，不是因为没有高明的医术，也不是因为无钱医治，只是因为一次又一次地输掉了与“死神”赛跑的时间。那么，在娄底，我们的“生命通道”畅通吗？120急救中心的急救工作顺利吗？元旦前夕，记者走进设立在娄底市中心医院的全市120急救中心，用文字记录急救人员的工作点滴，用心体会这群“急救天使”为保障市民安全付出的艰辛。

生命通道常被堵 延误急救时间

“从银海广场红绿灯处到军分区不足500米的距离，鸣着警笛的120急救车竟行驶了近3分钟。”娄底市中心医院120急救站卢忠辉在回忆2012年12月19日的一次出诊经历时无奈地讲到。

“去年3月份，娄涟高等级公路发生车祸，我们接到120急救电话后就赶紧赶往现场，行至铁路桥时发现一辆长安面包车挡前缓慢行驶，救护车一直鸣笛，可面包车就是不让，直到二大桥我们勉强超车。”120急救中心一名工作10余年的司机告诉记者，“这种故意占道不让的现象我们习以为常了，10辆车里大概只有1辆车会主动给救护车让道。”

娄底城区10%的主动让道比例让120急救中心的工作人员极为寒心，救援路上被堵，急救人员只能干着急：“我们很希望车主们听到120的鸣笛后能主动避让一下，因为危急病人的抢救时间非常有限，特别是对于呼吸心搏骤停的病人来说，黄金抢救时间仅有4至6分钟”。120急救中心护士李辉告诉记者。

据悉，从2013年元旦起正式实施的《机动车驾驶证申领和使用规定》，把不让行急救车纳入扣分细则，其明确规定：驾驶机动车不按规定超车、让行，或逆向行驶的，一次扣3分。《治安管理处罚法》也规定，阻碍执行紧急任务的救护车通行的，处警告或者200元以下罚款；情节严重的，处5日以上10日以下拘留，可以并处500元以下罚款。

120救护车罚款多　天使行动受挫

记者在娄底市120急救中心采访时发现，截至2012年11月，该中心8辆救护车共收到高速交警罚单35张，罚款3700元。其中高速超速罚单30张，占罚款情况的85.7%；不按所需方向驶入导向车道、非紧急情况下在路肩行驶或停车等罚款情况占8.6%；其他罚款占5.7%。娄底120急救车辆主要因超速而罚款，而为了抢救病人，司机们不得不与“死神”赛跑，在确保行车安全的情况下，根本无暇顾及是否超速。

我国《道路交通安全法》明确规定，救护车执行紧急任务时，在确保安全的前提下，不受行驶路线、行驶方向、行驶速度和信号灯的限制。但目前在高速公路上的超速监控，都是采用电子眼拍照，而电子眼却难以识别120等特种车辆是否是在执行紧急任务时超速，是否是在执行紧急任务时违规行车或停车。120急救车辆在争分夺秒挽救病人生命的同时，却触犯了法律法规，受到相关惩罚。

生命热线骚扰多占用急救资源

“有些半夜喝醉酒的人，朋友们替他打电话叫来救护车，可我们到了之后，病人死活不肯上车，也不接受医生的救治。”“有些病人打了电话之后又自己打车来医院了。”……这样“白跑一趟”的情况每一位急救人员都遇到过。

据娄底市中心医院120急救站站长刘丽涛介绍：目前，我市120急救中心共有8辆急救车，平均每月出诊700余次（含长途），全年出诊近8000次。仅11月份，我市120急救车辆便出空诊107次。因路上塞车，或呼救地点不明确，或患者家属等不及，自己打车来医院了，或旁人打电话呼救，本人不愿意来医院等种种原因，导致120出空诊的情况每天都会发生，严重浪费了有限的急救资源，影响了救治流程。

“我们还经常会接到一些根本不需要救护车的病人，比如说感冒、肚子疼之类的不需要急救的情况。”由于大多数群众缺乏医学常识，不知道哪些病需要急救车辆来进行抢救，这样也会占据救护资源，致使真正需要急救的病人得不到及时救治。

“经常会有人打骚扰电话来占用我们的急救热线，有时候是打过来不说话，不停地重复拨打；有时候是半夜无聊之人的故意骚扰……可电话响了，我们又不能不接。”说到骚扰电话，急救站的接线员很是无奈。据了解，娄底市中心医院120急救中心每月约接急救电话800通，其中骚扰电话约300通，占3成以上。

以上种种占用有限急救资源的现象，多是因人民群众对120急救工作认识不够，降低了急救中心的工作效率，耽误了真正需要急救人员的抢救时间。

他山之石　可以攻玉

120“生命通道”饱受拥堵之殇，我们应该采取何种措施，积极解除现实难题呢？

今年年初，一则“实拍德国千余辆车自觉给急救车让道”的视频在相关网站上疯传，点击率上百万次，在这个全球首个给“让路”立法的国家，即使在很难避让的高速公路上，所有社会车辆听到警报声便努力靠边，不少车紧紧贴在隔离带上。对急救车影响较轻者最少罚款20欧元，影响严重的将由检察机关调查，甚至坐牢。而在英国、美国、新加坡等国，救护车上都装有摄像头，如果拍摄到不给救护车让路的车辆，就将受到重罚。

在日本，专门设置了高速公路和医疗设施直接相连的急救车专用道路。同时，在急救车通过普通道路上设置的光学感应器时，车辆信息会被传递给交通管制中心，急救车在行进的道路中绿灯就会被延长，红灯时间相应缩短。

（原载《娄底日报》2014年1月16日第三版）

租个保管箱

本报记者 刘惠南 通讯员 朱 华

胡女士与李先生同住一栋楼。胡开店炒股，几年下来发了，家里不仅购了房，还买了数万元的黄金饰品、有价证券，在银行里还有一笔存款。陶醉于幸福之中的胡不时却对购房合同、房产证、存单存折、黄金饰品等贵重物品的安全保管问题担忧。李在机关工作，爱好集邮，不到10年积攒了近10万元的邮票。高兴之余，李对邮票的安全存放也不时掠过一丝忧虑。

“租个保管箱，省心保安康。”朋友提醒胡和李。11月初，他俩还真的到娄底市农业银行保管箱租赁业务部租用一个保管箱，由其代保管贵重物品，解除了各自的一块心病。

像胡女士、李先生一样为安全保管贵重物品而租赁保管箱的家庭，近年来逐渐增多，保管范围包括存单存折、金银首饰品、古玩珠宝、邮票证券、货币、纪念币、合同契约、票据货单、证券证书等。据市农业银行保管箱租赁业务部经理胡国初介绍：市农行自1997年在市内独家开办此项业务以来，保管箱已逾2000多门，并呈逐年上升之势。

家庭租赁保管箱缘何愈来愈多？业内人士分析认为，主要是两方面原因：一是随着社会经济的发展，人们拥有的财富日趋丰富，但由于社会治安的不尽人意，恶性刑事案件的时有发生，给个人财富的安全保管带来了威胁和隐患，采用何种方式既保险、保密，又经济方便地保管财富，已成为广大富有家庭和个人不容回避而须抉择的问题。二是租用保管箱具有保险、保密、经济、方便的特点。

保险，即银行的保管箱库完全是按银行金库管理的要求设计建造的，安装有电子监控、报警等高科技设备，具有防火、防盗、防潮等功能。加上高素质的保安人员昼夜值班守卫，24小时不离人，贵重物品存放其中万无一失。

保密，即客户租用保管箱存取贵重物品，银行工作人员一般回避接触客户秘密，银行一般不对租箱客户存取物品实行检查登记；除法律另有规定外，银行拒绝任何单位或个人查询、冻结租用人和保管箱；且保管箱锁具先进、科技含量高，1000万把锁无重复，市面上无钥匙可配，加上银行不留存保管箱备用钥匙，保管箱除客户自己外，没有他人可以打开；箱库内还有供客户单独使用、整理箱内物品的小包厢，以防他人窥见箱内物品；到箱库存取物品，则只许客户单独进入，不许多客户同时进入，以防客户之间相互泄密造成隐患。

经济，即租箱费用低微。如租一个长 600 毫米、宽 153 毫米、高 75 毫米的保管箱使用一年，租金仅 128 元，如果定租 2 年以上，租金还可 9 折优惠。

方便，即租用保管箱手续和到箱库开启保管箱存取物品，非常简单、快捷。客户租箱，只需持本人有效身份证件，填一份租箱申请书，签一份租约，即可办理租箱手续。客户也可电话预约，银行实行免费上门服务，营业时间内，客户存取物品不限次数，随到随办。

租用银行保管箱，是确保家庭贵重财物安全的重要手段。在发达国家和地区，家庭租用保管箱十分普遍，仅香港地区租用的保管箱就有 100 万门之多，几乎每个家庭都租有一门保管箱。上海、广州、天津、哈尔滨等重要商埠的金融机构早在 40 年代就已开办了保管箱租赁业务。据有关部门统计，目前我国金融机构出租的保管箱已达 120 万门之多。随着我国社会经济的不断发展、人们拥有财富的日趋增加和人们消费观念的转变，租用保管箱的家庭将会日益增多。

（原载《娄底晚报》2000 年 11 月 29 日第六版）

星城满街飘茶香

本报记者　刘惠南

就像春天在不知不觉间绿了城市一样，星城娄底的茶楼也在不经意间，在角角落落里飘出了茶香，让市民多了些休闲交际的好去处。

茶楼从无到有

在过去的娄底，供人们喝茶、品茶的茶楼真是寥寥无几。记得 1991 年初，几位客商出差娄底，夜间想到茶楼坐坐，找遍星城竟没有一家。

这种尴尬不久便被打破。1992 年初，位于娄底城区氐星路的第一家专业茶楼裕源山庄开张。随后，星城茶楼如雨后春笋，迅速崛起，为娄底这个产茶大区演奏出一曲曲美妙音乐。特别是近 3 年星城上规模、高档次、高品位茶楼的问世，演绎出娄底经济发展的精彩篇章，“天香茶都”“新星茶楼”等众多茶楼逐渐被人们所熟悉。据不完全统计，目前星城娄底茶楼已发展到 40 余家。

与传统的北方茶楼和广州茶楼相比，星城茶楼有着它自己显著的特色。一是茶楼环境清新典雅，大多点缀着字画，具有较浓厚的文化气息。二是茶楼已不再是某种单一的风格。在茶楼里可以学习到不同的茶文化，杯茶在手，可以“涤烦”“忘忧”“去虑”，净化心灵。三是茶楼经营方式多种多样。有的是以品茗茶为主，崇尚传统茶文化；有的是重在为客人提供休闲、交谈的大众茶楼；有的是饮茶和餐饮结合的茶餐厅；还有的是把品饮与卖茶叶、卖文物结合在一起的媒介性茶楼。

就开茶楼的目的而言，星城茶楼分为两类：借助茶楼这个“平台”，通过融入茶文化，以茶会友，繁荣经济；经营盈利，通过茶楼来提升茶叶的附加值。

到茶楼喝茶的人多了

同任何新生事物一样，茶楼刚在星城出现时，一度遭受冷落，前来茶楼喝茶的人远远低于一些咖啡屋和酒吧。但随着时间的推移，茶楼里优雅的环境，茶叶的高品质，精美的茶具，以及十分讲究的泡茶技艺与方法，使其把休闲与文化、现代与传统紧密地结合在一起，而这些都极大地吸引着追求高品质生活的人们，越来越多的人加入到了茶楼喝茶品茶的队伍中来。

在娄星广场，记者走进一家名为“天香茶都”的茶楼，只见这里干净明亮，环境优雅，有浓厚的艺术氛围。一楼是设计新颖的卡座和美观舒适的摇座，小桥流水，古典音乐，悦耳动听。二楼是设有高档豪华、以名茶命名的包厢，风格迥异；200余平方米的大厅内，四周摆放着多样的精美茶具。整个茶楼以明清时期的格调装修，古色古香，让人耳目一新。茶楼与娄星公园相望，推窗见景，令人心旷神怡。这里的负责人告诉记者，茶楼不仅可饮茶，还有套餐、特色煲仔饭，有专业茶师，在这里喝茶休闲时，还可观赏茶道、茶艺表演。在此消费的某房地产公司经理王先生对记者说，由于工作上的需求，他经常在八小时工作之外陪客户，以前在酒店里喝完了酒再到酒吧消费，无非还是喝酒，而且里面又吵又闹，后来他们就开始到茶楼，一来醒醒酒，二来茶楼的环境也会让人觉得很放松，更加有利于沟通交流。一壶香茗在手，由衷享受。在保险公司做代理的李先生也感受颇深地对记者说，现在人们的工作状态普遍十分繁忙，而适时地置身于茶楼那清新优雅的环境，会使人们的心情得到很好的调节。同时，由于茶楼本身所具有的高品位，茶楼也是邀请客户洽谈的首选去处。

据了解，来茶楼的顾客多为企业老总、经济界名流、艺术界人士、有层次的知识分子、高收入的白领阶层、厌倦了酒楼和酒吧的中产阶级及生意场上的儒商。

茶楼品茗知多少

在星城茶楼采访，记者被茶浩如烟海的品种和减肥、健美、美容的功效所吸引。

“天香茶都”的茶师告诉记者，茶按其制作加工方式和品质等级分为绿茶、红茶、乌龙茶（青茶）、白茶、黄茶、黑茶六大系列。绿茶品种最多，有西湖龙井、洞庭碧螺春、庐山云雾等70多个；其次是乌龙茶，有台湾人参乌龙、极品人参乌龙、安溪铁观音等40多个；第三是黄茶，有君山银针等30多个品种；白茶排第四，有银针白毫、安化银毫等20多个品种。品种较少的是红茶，仅10多个品种。此外，还有各种各样的花茶、紧压茶、液体茶、速溶茶及药用茶，上百个品种。

茶中富含维生素C、维生素B、维生素E、氨基酸、生物碱、脂多糖、多酚类化合物，茶叶中的矿物质元素多达40多种。维C、维E、维B具有美容、生津、清肺、明目、延缓衰老的功效；其氨基酸、多酚类化合物，对有机体的脂肪代谢起重要作用，可明显地抑制血浆和肝脏中胆固醇含量的上升，有去腻减肥、清热解毒等作用；茶中脂多糖能增强机体的特异性免疫力，具有明显的抗癌、抗辐射功能。据陆羽的《茶经》、苏轼的《东坡杂记》、李时珍的《本草纲目》等经典介绍，不同身体类型、不同性别、不同工作性质、不同年龄段的人，对饮用茶的需求不同，如需提神益智的，宜饮用优质乌龙茶、铁观音、大红袍等；要养颜、去腻、减肥、清肺、明目的，宜选用西湖龙井、碧螺春、青山绿水、高桥银峰等优质绿茶；需安神、益智、延缓衰老的，宜饮用银针白毫、安化银毫、白牡丹、贡眉等白茶；降血压血脂和胆固醇的宜饮用祁门红茶、湖江工夫、苦丁等品类的茶；强身健体宜饮用参须红枣、枸杞桂圆、冰糖莲子系列滋补茶；姑娘、女士则宜常饮绿茶配伍的菊花、茉莉、桂花等名贵花茶，俗话说“人养花，花养人，常饮花茶迷死人”。

茶的价格高低不一，高档的 3000 多元 /500 克，低档的 30 多元 /500 克。按壶论价有 68 元、88 元、98 元、108 元、128 元、208 元等多个档次，最高的达 680 元。不过如今星城的茶楼，大多讲究经营的灵活，实行包厢最低消费和小时消费相结合的方式，4 个人花 68 元就可在茶楼尽情玩上一天。

到茶楼品茗是身份的象征。星城茶楼的迅速发展体现着一种经济现象。业内人士认为，随着人们生活水平的提高，会有更多的人到茶楼品茗，星城茶楼业大有可为，前景广阔。

（原载《娄底晚报》2004 年 6 月 30 日第五版）

定做服饰：家庭消费新潮

本报记者 刘惠南 通讯员 李纪南

揖别了酷热，走进凉爽的秋季，时尚女人、男士便考虑购置一二套合体舒适的秋装。于是，服装商场、精品屋成了逛的去处，休闲屋、时装店成了追寻的目标。而到服饰设计室请专业设计师设计定做服饰，更成了家庭消费新潮流。

9 月初，记者在娄底星城采访，但见街头巷尾的服饰设计室大都人来人往，生意红火。娄底规模最大的服饰设计室滢心服饰设计工作室专业设计师曹滢女士兴奋地告诉记者：近年来，越来越多的人到服饰设计室定做服饰，成为服饰消费的一种趋势。

据了解，定做服饰的消费者已从前两年的 10% 左右，上升到今年的 40%，年龄在 16−50 岁。主要包括三方面的人：爱漂亮的年轻女士；家庭经济较宽裕者；体型特别（胖或瘦）者。定做的服饰，根据消费者的气质、身材和职业、需求不同，或成熟的职业装，或娴静的淑女装，或天真的少女装，或色彩明艳的运动装，或线条简洁、造型粗犷、款式大方的工装裤。抑或高品位的表演装、结婚装、晚礼服、家居服和睡衣等，异彩纷呈。

云想衣裳花想容。消费者定做服饰，主要原因有三个：一是随着社会进步和物质生活水平的提高，人们对服饰的要求越来越高，穿衣打扮，追求时尚，讲究个性，表现自身的美。而紧跟时尚的服饰设计室大都能满足需求。二是从经济上考虑，定做的服饰比国内名牌服装要实惠得多，而质量又很好。三是消费者当面选择花色布料，自选款式，参与设计，能极大限度地满足自己，特别是特体人的心愿。在税务部门工作的陈女士去年生小孩后体型较胖，跑遍星城的服装商场、时装店，均没有买到理想的服装。今年初，陈女士花 160 元到滢心服饰设计工作室定做一件西装。设计师为她选择一块合适的条纹布料，并在裁剪、色彩上进行变化。衣服做出来后，陈女士穿上它不显得胖了。陈女士非常高兴，此后成了常客。

业内人士认为，服饰，不仅仅是保暖、遮羞，而是一种文化，一种艺术，体现人的个性、修养、内涵，反映一个人的精神风貌。因此，到服饰设计室定做服饰，有几个方面应好好把握：

首先，要选准店子。目前，娄底星城从事服饰设计、制作的店子有 20 多家，但具有一定规模的不到 10 家。规模较大的服饰设计室大都拥有 8 名以上服饰设计、制作的专门人才，拥有 400 种以上质地上等的进口、国产面料，设计、制作的服饰，款式简洁轻松，面料轻巧、柔软，做工精细，与大商场、时装店、精品屋里的名牌服饰没有两样。故理性选择服饰设计室是很重要的。

其次，要突出个性。个性才能表现人体美。要根据自己的职业、性格、爱好去设计、定做服饰，不要一味地跟着潮流跑。

再有一点是定做服饰要多样化。在家庭条件允许的前提下，可请服饰设计师设计制作一二套职业装、休闲装、运动装、晚礼服、家居服和睡衣等。这样，你可在不同的场合穿不同的服装，既体现流行、时尚、个性化的装扮，又感到舒适大方，独具风情。

（原载《娄底晚报》2000 年 9 月 13 日第六版）

第九辑

时代留影

娄底跻身中国十大宜居城市

娄底财政监督经验成『全国名牌』

娄底城区路灯年节电250万千瓦时

水费抄收管理『娄底模式』全国推广

娄底劳动争议仲裁经验中南六省交流

娄底城区科学节水『一马当先』

城在绿中　屋在花中　人在画中

娄底跻身中国十大宜居城市

本报讯（本报记者　刘惠南　实习生　毛　丹）“环境优美、社会文明、生活方便、人民安居乐业”，如今已成为娄底市民的骄傲，成为娄底城市发展最核心价值的名片。日前，在中国城市论坛2007北京峰会上对外发布的我国首份《中国城市品牌价值报告》显示：娄底市入选中国十大“宜居城市”，名列第8位。

据了解，这份报告首创“中国城市品牌价值指数”，以“宜居、宜业、宜学、宜商、宜游”五大指标体系，对全国287个地级以上城市品牌价值进行了系统分析。“2007年中国城市品牌价值”排名前10位的城市分别是：北京、上海、深圳、广州、南京、杭州、青岛、成都、宁波和苏州。另外两个直辖市天津、重庆分别排在第11位和第21位。深圳、湛江、十堰、许昌、黄冈、九江、牡丹江、娄底、湘潭、聊城，依次进入宜居城市的前10位。

近5年来，娄底市加快城市人居环境和公共服务体系建设，先后投资近100多亿元加强市政设施建设和城市环境改造，城市品位得到极大提升，全市人居环境、人均居住面积、人均道路面积、人均公共绿地面积和自来水普及率均居全省先进行列，相继获得“省级园林城市”“省级卫生城市”“全国绿化模范城市”殊荣。加强旅游开发，着力人文环境建设和城市景观打造，涌现出紫鹊界秦人梯田——梅山龙宫“自然与文化双遗产”、曾国藩故居“全国重点文物保护单位”和湄江风景区、大熊山国家森林公园“百姓喜爱·湖南百景”等一批重点景区；打造出娄星广场、石马公园、春园商业步行街等一批颇具特色的城市景观。加强社会文明体系建设和区域经济发展，地方生产总值增速连续3年超过全省平均水平，广大市民的文明程度有大的提高，娄底去年荣膺“省级文明城市”。

如今的娄底，城在绿中，屋在花中，人在画中，处处鸟语花香。每到夜晚，游人如织的广场上，如诗如画的公园里，健身的市民扭着秧歌、做着健美操、跳着时尚街舞，构成城市一道独特的风景，令人好不惬意。

（原载《娄底日报》2007年9月25日第一版头条）

前移“关口”　突破“禁区”　关注“盲区”

娄底财政监督经验成“全国名牌”

本报讯（本报记者　刘惠南　吴丽萍　通讯员　戴龙楚　谢子仪）“娄底市的财政监督观念新、思路活、工作实，是全国地方财政监督工作的亮点。”在5月下旬召开的全国地方财政监督工作经验交流会议上，财政部监督局领导对娄底市创新财政监督理念、拓宽财政监督领域、实现财政监督无“禁区”的做法和成效给予了高度评价。从2003年以来，娄底市先后开展各类财政监督检查680余次，查处违约金额1.8亿元，有效提高了财政监督的层次和效力。

财政监督是财政管理的重要组成部分。但长期以来，由于不少部门单位总是片面地认为财政监督是“找茬子”“添乱子”“罚票子”，加之财政部门内部一些业务科室也片面认为监督工作是监督部门的事，资金分配和管理是业务科室的事，出现监督与管理“两张皮”，一些部门单位想方设法逃避和抵制财政监督的现象时有发生。针对这种情况，娄底市财政局党组紧紧围绕规范财政管理这一中心，切实强化财政监督无“禁区”理念，着力实现由“检查型”监督向“管理型”监督和“处罚型”监督向“服务型”监督转变，改单纯查处问题的事后检查为规范管理的全过程监控，做到检查处罚与督促整改并重，切实强化服务和规范管理。

与此同时，着力拓宽监督领域，在全省率先前移监督“关口”，强化预算编审监督，建立事前审核、事中监控和事后检查制度，构建一道监督局长全程参与，各相关科室集中会审、严格把关的财政预算“监控网”。坚持“正人先正己”，大胆突破“自己查自己既得罪领导又得罪同事”的“禁区”，强化内部监督。娄底市财政局成立内部监督检查小组，对预算执行、内控制度和局机关财政管理等进行全面检查，发现问题及时整改，充分发挥内部监督的规范管理和预警防范作用。他们还强化专项资金监督，完善监督机制，严明法纪约束，堵塞管理漏洞，消除财政监督“盲区”。2004年以来，先后开展了农业、社保、企改等10余次专项资金监督检查，涉及金额5亿多元，有力提高了资金使用效益。

娄底市财政监督的深入开展，有力地规范了财政收支行为，促进财政经济健康有序发展。去年全市财政收入达12.27亿元，比上年增长21.49%。

（原载《娄底日报》2006年6月5日第一版头条）

构建节能型网络　坚持科学化管理

娄底城区路灯年节电 250 万千瓦时

本报讯（本报记者　彭竹文　刘惠南　通讯员　谭小平　朱卫国）市城管执法局路灯管理处全面贯彻落实科学发展观，通过强化节约意识，改善设施设备，加强维护保养，构建城区节能型路灯网络，实施科学化管理路灯，使娄底城区路灯年节电 250 万千瓦时以上，节约电费 120 余万元，占城区路灯年用电量和电费总额的 40%，为娄底城区路灯事业的可持续发展打下了良好基础。

娄底城区现有路灯专杆 2860 基，各类路灯 4.5 万余盏，路灯总功率 3600 千瓦，路灯规模和路灯功率总量在我省地级以上城市中居第二位，仅次于省会长沙。过去，由于各种原因，路灯设施配套性能较差，能量消耗高，每年政府需投入路灯经费 780 万元。为节约能源，改善照明，营造城区美丽夜景，去年以来，市路灯管理处从实施路灯节能工程入手，精心构建城区节能型路灯网络。在狠抓职工节能意识教育的基础上，改高能耗设备设施为低能耗设备设施。处领导班子严把路灯器材采购质量关，确保路灯设施设备高质量、低能耗，使用时间长、照明效果好，先后将湘中大道、扶青路、月塘街、湘阳街、新星中路的 378 基 4914 盏 150 瓦的高能耗高压钠灯，全部更换成 35 瓦的节能灯，仅此一项，一年就可省电 150 万千瓦时，节约电费 70 多万元。

与此同时，该处按照科学管理、安全使用、合理调度的原则使用路灯照明。针对城区路灯密度大、夏冬季用电高峰期和来娄参观夜景人员批次多的实际，制定《娄底城区亮化设施使用管理办法》，科学设定路灯开闭时段，规定只有在市委、市政府的重大活动，传统节日、法定假日，市城管执法局和本处的月考核检查三种情况下才全部开启照明。其余时间，繁华、重要的中心城区路灯分时亮灯。该处还建立完善《城区路灯维护管理考核办法》，按月检查考核，奖惩兑现，激励职工对路灯设施实行 24 小时精细维护巡查管理，从而有效节能降耗。

（原载《娄底日报》2005 年 7 月 19 日第一版头条）

勇于创新　破解难题

水费抄收管理“娄底模式”全国推广

本报讯（本报记者　刘惠南　段志光　通讯员　王迎春）12月22日，江西省分宜县自来水公司组织相关人员来到娄底市自来水公司学习取经。至此，以“一户一表、计件抄表、邮政代收、短信服务”为主要内容的水费抄收管理“娄底模式”，在全国13个省230余个供水企业推广。两年多来，市自来水公司水费回收率保持100%，水损率低于国家标准1.55个百分点，成为全国供水行业的典范。

水费收缴是一个全国性的难题。娄底地处湖南中部经济欠发达地区。过去，因受计划经济体制影响，工业企业、行政事业单位和小区居民的用水按单位总表收费，分摊到户，水费回收更难，水损耗大，企业效益上不去。至2002年底，中心城区用户拖欠水费达300多万元。市自来水公司曾采取停水追费措施，但因一块欠费总表牵涉数千人甚至上万人，引发集体上访事件，影响社会和谐。为此，承担供水任务的市自来水公司大胆创新，改革水费抄收管理办法，将单位的生产用水和生活用水分离，一户一表，装表到户，收费到户；水费抄收员竞聘上岗，废除档案工资，按抄表量多少计酬，优胜劣汰；委托城区40个邮政社区服务站代收水费，用户不用出社区便可交水费。同时，建立语音、短信服务平台，利用用户通信工具及时向用户发布抢修停水、水费催缴、水质状况的信息，提供水价、立户、水压等咨询服务。2006年9月，这种全新的水费抄收管理办法全面实施，当月水费回收率达到100%。

水费抄收管理的创新为市自来水公司开创了全新局面。户表工程打破“大锅水”，水费直接由自来水公司收缴，没有了摊派，交的是明白费，用户拥护，两年多来，户表由23000多块增加到46000多块，单位欠费总表瓦解，无新增欠费，还追回历史欠费110万元；员工主观能动性得到发挥，工作积极性高涨；更重要的是服务水平提高，欠费停水的矛盾没有了，用户主动缴费和预存水费，公司步入良性发展轨道。两年多来，用户平均每月预存的水费余额达100万元，水费100%回收。公司产销差率由19.1%下降至16.45%，2007年实现利润685万元。

2007年12月，《中国水星》网站、《中国供水节水报》以《娄底：水费100%回收率的成功窍门》为题作了推介，引起全国供水行业广泛关注。

（原载《娄底日报》2008年12月24日第一版头条）

抓源头规范用工　重调解促进和谐

娄底劳动争议仲裁经验中南六省交流

本报讯（本报记者　刘惠南　段志光　通讯员　谢军红）“七一”前夕，新化县吉庆镇村民彭汉清在市劳动争议仲裁院的调解下，与某建筑公司达成享受工伤待遇9.8万元的协议。一年来，娄底市劳动争议仲裁院共调处涉及工伤、社会保险、劳动合同履行、经济补偿、劳动关系确认等劳动争议案件400余起，为1140名劳动者讨回经济补偿金2900余万元，督促100余家用人单位补签或规范劳动合同50000余份，补办各种社会保险20000份，有力地促进社会和谐。日前召开的中南六省（区）劳动争议仲裁工作经验交流会推介了娄底经验。

近年来，随着国企改制，劳动者就业多元化，特别是国际金融危机影响，企业裁员减薪、拖欠工资、拒绝为员工办理社会保险等劳动争议纠纷增多，严重影响社会稳定。为此，去年以来，娄底市劳动争议仲裁院着力创新纠纷调处机制，从源头规范用工管理入手，多措并举做好劳动争议纠纷化解工作。娄底市劳动争议仲裁院先后向全市300余家用人单位下发“预防劳动争议指导意见”，为其进行人力资源培训，并在大型企业及矛盾多发企业建立联系点，加强对预防劳动争议纠纷的行政指导；对可能引起集体争议和带苗头性的劳动争议提前介入，将不稳定因素消除在萌芽状态。某劳务公司因企业改制，1000余名外协工80年代末到20世纪初的用工遗留问题无法处理，市劳动争议仲裁院挂点干部主动给职工宣传劳动法规，帮助公司按照“依法依规、尊重历史事实”的原则，处理好用工遗留问题。并对公司现有用工行为进行规范，避免了集体劳动争议纠纷的发生。

强化对劳动争议纠纷调解。依托乡镇、社区劳动保障平台，建立调处机构，着力把矛盾化解在基层。原国企下岗职工吴某在一私企务工3年多，公司一直未与其签订劳动合同，未给其缴纳社会保险，并违规收取押金，常年加班未给付加班费，娄底市劳动争议仲裁院接到投诉后，上门宣讲劳动政策法规，严厉制止企业侵害员工利益行为，督促企业规范用工管理，公司与400余名员工补签劳动合同，办理基本养老保险，维护了员工合法权益。

（原载《娄底日报》2009年7月8日第一版头条）

娄底城区科学节水“一马当先”

本报讯（本报记者　刘惠南　通讯员　王迎春）5月16日，娄底市自来水公司对内部管网腐蚀未及时维修导致漏损严重的2个公益用水单位做出责令维修止漏、安装密码阀限制供水的处理，这是该公司强化供用水管理，节约用水的镜头之一。近10年来，该公司加强管网投入，坚持科学管理，所供娄底城区6万用户水损率控制在12%以内，低于供水行业标准6个百分点，居全国领先水平。

娄底地处涟邵干旱地区，是全国资源性缺水城市之一，水资源年人均仅1064立方米，低于全国年人均水平1136立方米，低于联合国确定的年人均用水紧张线1686立方米。近10年来随着城市的扩张，娄底城区年用水量从2000万立方米增加到2600万立方米，2009年最高日供水达12万立方米。而受气候影响，枯水季节取水水源孙水河、水府庙水库常面临取水紧张状态。为保障城市用水需求，娄底市自来水公司坚持科学调度，用水低谷蓄水，2座水厂清水池保持高水位运行，城区1万立方米高位水池满负荷蓄水，充分发挥好调节作用。

与此同时，加大投入。先后投资5000多万元配合城区改造与城区南扩北移建设，对主干管选用优质球墨管，按区域水量需求科学配置管径大小，合理调整管网走向，避免新改、建管网发生爆管；对居民小区20多处破旧、腐蚀严重的管网进行更换，对开启不易、关闭不严的城区主干管网117座阀门进行换新，减少爆管时水的损耗。强化科学管理，配备国内先进的查汛仪器，对查出漏点及时修复；开展水表普查，对所有计量不准、老化滴漏的水表进行修整、更换；建设供水调度系统，对管网压力实行科学调度，均衡管网配置压力，减少爆管发生；对管网实行实时监控，发现爆管及早抢修；配备6名专职查漏员，并实行竞争上岗，责任到人，充分调动其查漏工作积极性，不断加强管网、阀门巡查力度，减少水损；实行供水“110”值班制度，严格考核、问责，历年来该公司供水出警及时率、管网抢修及时率和抢修工程质量合格率均达100%。

（原载《娄底日报》2010年5月19日第一版头条）

产品开发与市场接轨　产品满意度列全省第一

“南方塔机”矗立国内外

本报讯（本报记者　刘惠南　通讯员　谢　军）湖南南方建筑工程机械总厂自主研发的塔式起重机，产品满意度名列全省第一，畅销国内外。1至6月，该厂产销量突破50台，创历史新高。

湖南南方建筑工程机械总厂原名湖南煤矿机械厂，是专门从事煤矿机械产品生产的国家中型企业。80年代末，全国煤炭行业不景气，煤机企业亏损。为解决企业吃饭问题，厂里组织技术人员合力攻关，研发建筑工程机械产品。他们从小型施工升降机入手，不断攻克技术难题，向塔式起重机迈进。1994年，全国建筑行业第一台QTZ63型塔式起重机在该厂问世，填补国内空白，全国10多家媒体争相报道。

及时跟进建筑市场的发展变化，实现产品开发与市场需求接轨。为适应高层建筑建设之需，促进企业发展，该厂科技人员致力于科技创新的最前沿，不断完善产品系列，向中、大型塔式起重机发展，自2000年开始自主研发了QTZ5013、QTZ5015、QTZ5610、QTZ5613等5大系列11个产品的塔式起重机。这5大系列产品设计美观，增加了起重臂的长度和起重量，提高了安全系数。

为使设计更趋人性化，该厂今年投入近100万元，研发国内领先的焊接工艺，改手工焊接为气体保护焊接，增加焊接美观度和抗拉强度。并改进油漆工艺，改手工刷漆为喷漆，改手工打磨为电动刷除锈。同时，改进驾驶室，驾驶员由露天作业为在装有空调、视野开阔的室内作业。

产品开发与市场需求接轨，使该厂自主开发的科技产品在市场上一路领先，畅销广州、上海、西安、沈阳、北京、昆明等国内16个省、市和越南等国外市场。经理邓铁武告诉记者，自成功研发第一台塔机，该厂产品订单不断，供不应求，已销售1100多台。不久前省质量技术监督局和湖南名牌产品评审委员会对全国市场客户调查，该厂产品满意度居全省首位。

（原载《娄底日报》2007年7月16日第一版头条）

扩大补偿额　提高受益面　增加便捷度

娄底“新农合”惠民利民便民

本报讯（本报记者　刘惠南　通讯员　刘兆梅　张业志　郭征宇）去年12月31日下午，因患脑梗死在娄底市中医医院住院治疗12天的涟源市水洞底镇谢大妈，高兴地从该院新型农村合作医疗报销窗口领取了2588元“新农合”补偿款，报销比例占医疗费用的55%。2014年，娄底市通过扩大补偿额，提高受益面，增加便捷度，“新农合”更趋惠民、利民、便民，全年累计补偿参合群众421.86万人次，补助金额达12.18亿元，分别比上年增加29.19万人次和1.73亿元；全年参合率达99.28%，受益面即补偿人次占参合人数比例达154.39%，均居全省前列。

2014年，娄底市把“新农合”作为为民办实事、让群众得实惠的大事来抓，紧紧围绕“惠民、利民、便民”目标，优化补偿方案，深化支付改革。补偿政策更加惠民、利民。各县市区普遍建立家庭门诊账户，按参合人头划转一定比例资金作为家庭门诊费用补偿，提高受益面；在双峰县开展大病保险试点、冷水江市开展大额医疗费用二次补偿，分别对“新农合”报销后个人自负费用5000元以上、10000元以上的部分，再按20%-40%的比例进行报销，进一步减轻群众患大病费用负担。同时，报账手续更加便捷。省、市、县、乡四级定点医疗机构基本实现网络对接和即时结报，群众在哪里住院，出院后就在哪里报账，不用再为报账而四处跑腿；双峰县、新化县还在县政务中心为参合群众一站式办理外地非定点医疗机构住院报账手续，简化办理程序，方便群众。此外，经办服务更加公平、公正。涟源市率先引进商业保险公司经办意外伤害补偿，克服以前因经办人员不够、意外伤害调查不清，个别参合对象在第三方责任主体已全额赔偿情况下重复补偿的弊病；娄星区严厉查处参合群众制作假住院资料，骗取补助资金案件；新化县暂停存在虚增费用、变更病名、串换药品等违规行为的医疗机构定点资格，追缴违规费用，处以罚款，确保“新农合”运行更加有序，提高参合群众健康保障水平。

（原载《娄底日报》2015年1月16日第一版头条）

我省首条双平壁钢塑排污管生产线在娄投产

本报讯（本报记者　刘惠南）12 月 1 日，我省首条国内领先的双平壁钢塑排污管生产线在娄星区小碧工业园朝阳塑胶有限公司投产，当日生产口径 1.2 米的高环刚度、高耐蚀性、高寿命钢塑排污管数十米，产品填补中南地区市场空白。

随着国家对人类生存环境和可持续发展的重视，城市排水管网与污水处理管网建设步伐加快，对管网的安全和质量性能提出了更高的要求，以钢增强双平面结构壁水管取代传统的耐腐蚀性差的水泥管和刚性不足、强度低的塑料管，成为世界新型排水管材开发和推广的潮流。具有敏锐市场洞察力的娄底朝阳塑胶有限公司在市和娄星区经济委员会的支持下，及时引进获 6 项中国专利、经国家建设部鉴定处于国内领先水平的双平壁钢塑排污管生产技术，先期投资 600 万元，在娄星区小碧工业园建成年产值可达 4000 万元的双平壁钢塑排污管生产线，生产口径 0.6 米至 1.8 米、多达 10 余个规格的双平壁钢塑排污管。

公司总经理谭江南介绍：该生产线是我省首条双平壁钢塑排污管生产线，所产双平壁钢塑排水管与水泥管、塑料管相比，具有管壁内外光洁平滑、环刚度高、耐腐蚀、使用寿命长、工程综合造价低等优点，适用于广大城镇及工矿企业排水、排污工程。该产品填补中南地区市场空白，对推进城市污水处理设施建设，改善人居环境，具有十分重要的意义。公司计划二期投资 1000 万元，引进第二条生产线，生产直径 1.8 米至 3 米的大口径双平壁钢塑排污管，建成后，预计年产值可达 1 亿元。

（原载《娄底日报》2010 年 2 月 28 日第一版头条）

娄星区 2.7 万农民喜领养老金

本报讯（本报记者　刘惠南　通讯员　徐曙兵）12 月 15 日，娄星区彭冬钦等 158 名农村老年人胸戴大红花，出席区新型农村社会养老保险首批养老金发放仪式，喜悦之情溢于言表。从这天起，该区 2.7 万多名 60 周岁以上的农村老年人也可以和城里老年人一样按月领取养老金了。

娄星区是全国首批新农保试点县市区。12 月 15 日，该区 12 个乡、镇、街道办事处发放点的 3 万余名 60 周岁以上的农村老年人都领到了一本红色的《新型农村社会养老保险待遇领取存折》，共领取基础养老金 200 万元。此举标志着娄星区新型农村社会养老保险试点工作取得阶段性成果。凭着这本存折和密码，该区农村老年人每人每年可在指定的金融服务机构领取 720 元的基础养老金，成为我省率先享受国家这一惠民政策的农民。

在该区万宝镇农村信用合作社营业大厅，61 岁的村民黄良生将刚刚领到的养老保险存折递给柜台营业员，待输入密码后，营业员随即递上 60 元养老金。黄老开心得合不拢嘴："没想到党和政府这么关心我们农民，在种粮不交税、上学不付费、看病不太贵后，又送钱给我们养老！"

根据娄星区新型农村社会养老保险试点实施办法，新农保养老金待遇由基础养老金与个人账户养老金两部分组成，支付终身。基础养老金标准为每人每月 55 元，资金由中央财政全额补助，区财政自 2010 年 1 月起增加每人每月 5 元基础养老金。个人养老金由参保农民个人自主选择缴费档次，多缴多得，建立个人账户。

据悉，娄星区新农保覆盖年满 16 周岁以上、未参加城镇职工基本养老保险而具有该区户籍的 11 万农村居民。目前，已有 93500 多人自愿参保，参保率达 85%。个人缴费标准设 100 元、200 元、300 元、400 元、500 元 5 个档次。省政府对参保人缴费给予每人每年 20 元的补贴，地方政府每人每年补贴 10 元，区财政对每提高一个档次缴费的，增加 5 元的补贴。鼓励农民长期缴费，多缴多得。参保人员缴费累计超过 15 年的，每增加一年缴费，其基础养老金每月增加 0.5 元。

（原载《娄底日报》2009 年 12 月 17 日第一版头条）

科学化设计　专业化施工　规范化管理

涟源市农业开发向“国标”迈进

本报讯（本报记者　刘惠南　通讯员　刘保初）至4月底，涟源市高标准完成总投资1072.5万元的湄江镇及龙塘南风中低产田改造项目。项目区排灌自如，路渠配套，整个工程既美观又坚固，被前来督查的省、市农业综合开发办的领导称赞为“达到国家‘20年不大修、40年不落后’建设标准的样板项目”。去年来，涟源市坚持科学化设计，专业化施工，规范化管理，全市农业综合开发向“国标”迈进，成效显著。

过去，涟源市农业综合开发项目基本上由农开办自行规划设计，项目区农民组织施工，但因技术力量薄弱，加上管理不够规范，建设标准和质量达不到国家规定要求。为改变这种状况，提高农业开发水平，去年初，涟源市委、市政府提出了“高起点规划、高标准建设、高效益产出”的口号，并采取措施狠抓落实。

科学化设计，建设高标准农田。去年夏天，围绕湄水河流域和四新水库灌区，选择湄江镇石牛湾、白石、珍珠和龙塘南风的龙泉、托林等15个村为土地治理项目区，集中连片，规模开发，单项工程由娄底市水利水电勘探设计院科学设计，山、水、田、林、路综合治理。到今年初，项目区共新修硬化渠道59公里，修建排灌站2座，管道输水2公里，新修维修机耕道10公里，整修河堤800米，维修拦河坝1座，完成小型蓄水工程31处，改造中低产田2万亩。过去的“旱涝田”“荒芜地”，成了田成方、路相通、渠相连、旱能灌、涝能排的高标准丰产田。

专业化施工，提高工程建设质量。全面推行“工程招投标制”，项目区主要工程，由通过对外公开招标中标的6家专业工程建筑公司严格按国家农业开发工程质量标准组织施工，全面提升建设质量。

规范化管理，提升农业开发效能。所有工程签订施工合同，由监理公司对项目施工和工程质量实行全程监督。着力提高工程建设效益。项目受益村达20个。新增和改善除涝面积6000亩。预计项目区可新增耕地200亩，新增粮食生产能力292万公斤，新增种植业总产值420万元，农民年人平纯收入可增加210元。

（原载《娄底日报》2007年5月19日第一版头条）

随用随贷送便捷　巧解农户贷款难

涟源市小额信贷催生七千种养专业户

本报讯（本报记者　刘惠南　段志光　通讯员　毛卫东　姚永忠）“五一”节后，涟源市龙塘乡宽家村养猪大户吴子华忙开了：通过生猪贩运商，将饲养的110头肥猪销售到广州番禺屠宰场；从饲料厂运回10吨上等饲料，为500头存栏架子猪准备“口粮”。在涟源市，如今种、养殖专业户达100余户，全市种、养殖业年纯收入在7000万元以上。知情者纷纷说，这是涟源市农村信用社小额信贷催生的结果。

涟源市是农业大市，长期以来产业结果单一，经济增长方式粗放。新世纪初，在党的富民政策指引下，渴望摆脱贫困的农户大力发展种、养殖业，但苦于缺乏资金，发展缓慢。2002年，涟源市农村信用社急农房之所急，开展农户小额信用贷款业务。社里坚持放宽贷款权限，简化贷款手续，实行《农户贷款证》制度，按照“一次核定、随用随贷、余额控制、多次借用、周转使用”的原则，对从事种、养殖业，且信用程度好、有一定偿还能力的农户，在办理农户联保或可靠但保手续后，在核定限额内可凭证随用随贷。至2007年底，全市共发放《农户贷款证》7000余个。目前，《农户贷款证》的贷款余额达1.48亿元。

方便快捷的小额信贷，解决了农民贷款难问题，激发农户的积极性。以“捡破烂”为“主导产业”的宽家村，在信用社2100万元小额信贷的扶持下，逐步建立由村委会干部领头的现代化生猪饲养基地和大规模的养鸡基地。全村以养殖基地为依托，以“基金＋合作社＋农户”的形式，组建3个专业合作社，走立体循环的产业发展路子，全村种、养殖大户发展到56户。由过去有名的省贫困村一跃成为扬名全省的“小康示范村”。去年全村人平纯收入增加到7000多元，是2002年的14倍。

目前，涟源市共建立蔬菜、瓜果、生猪、肉牛、山羊、家禽等种植基地100多个，去年蔬菜、瓜果种植面积达17.1万亩，出栏生猪110.67万头、肉牛5.12万头、山羊8.83万只、家禽395.01万羽。种养殖户人均年纯收入达1万余元。101名种、养殖能人被涟源市委、市政府评为“种养能手”。

（原载《娄底日报》2008年5月10日第一版头条）

"人情低保""关系低保"都不保

娄星区2021名骗保对象全部清退

本报讯（本报记者　刘惠南　通讯员　李奋飞）4月18日，娄星区民政局认真落实审计结论，对不符合低保条件的陈某2011年每月320元低保金予以追回。至此，该局已清退"人情低保""关系低保"1041户2021人，追回违规发放的低保资金275.26万元。

去年8月，娄星区审计局将审计低保资金的发放作为"民生工程"来抓，组织专门力量，对全区17180户城乡低保资金发放情况进行深入调查和认真审计，通过运用审计管理软件多渠道进行低保信息比对，发现一些有稳定收入，甚至开着小车、拥有多套住房的高收入者，通过人情和关系违规享受城市低保。针对审计发现的问题，区民政局及12个乡镇办事处积极整改，在全区范围内开展城乡低保"拉网式"排查和低保资金发放专项治理行动，通过查实低保对象在房产部门的购房证、交警部门的购车证、工商部门的工商登记证、税务部门的纳税证和社保部门的养老保险证明等，查出"人情低保""关系低保"1041户2021人，涉及金额275.26万元。其中72户系有车户、29户为多房户。此后，区民政局召开专题会议部署"清违"工作，区纪委、区审计局进行跟踪监督，对不符合城市低保条件的"人情低保""关系低保"及时进行清退。今年3月，区审计局又对"人情低保""关系低保"的清退情况和审计结论的落实情况进行了审计回访，促进了审计结论的全面落实。

为确保"人情低保""关系低保"不反弹，娄星区正进一步规范社会救助资金管理，建立责任追究制度，推进救助资金公开、公平、公正发放。

（原载《娄底日报》2012年4月1日第一版头条）

整合资源解瓶颈　　强化措施求实效

新化县扶贫开发势头强劲饮誉三湘

本报讯（本报记者　刘惠南　通讯员　彭　斌）3月20日，从湖南省扶贫开发办公室传来喜讯，新化县扶贫办荣获“全省扶贫系统先进单位”，成为我市唯一获此殊荣的单位。2012年，该县扶贫开发工作积极争取支持，全面整合资源，创新扶贫机制，狠抓项目落实，取得可喜成绩。全年投入财政扶贫资金2767万元，减少贫困人口8.5万人，农民人均纯收入达到3342元，增长22.6%，增速位居全市首位。

新化县地处高寒山区、水淹库区、石灰岩干旱区三大贫困带，困难群众贫困程度深、脱贫难度大。截至2011年底，全县贫困人口达83.5万人。2012年以来，新化县委、县政府以“新一轮国家扶贫开发工作重点县”“武陵山片区区域发展与扶贫攻坚试点县”为契机，强力推进扶贫开发工作。

争取项目增后劲。新化县委、政府编制出台《武陵山片区新化县区域发展与扶贫攻坚实施规划》，并通过专家评审后作为全省第一批43个县上报省政府。以此为契机，全县共申报重点建设项目177个，总投资达1298.11亿元，其中投资839亿元的166个项目列入2013—2015年湖南省实施规划项目库。县扶贫办积极向国务院扶贫办和省委、省政府及省扶贫办专题汇报，争取到彩票公益金支持革命老区县整村推进试点工作县、科技扶贫综合试点县和国家“雨露计划”实施方式改革试点县等项目，争取增加特批财政扶贫专项资金300万元，增加“雨露计划”试点资金410万元。

整合资源解瓶颈。以44个整村推进村为主战场，多渠道筹措建设资金，在贫困村实施“六到农家”工程，为群众脱贫奠定基础。娄底市委、市政府把新化作为全市扶贫攻坚主战场，“四大家”一把手长期驻点新化贫困村扶贫。县“四大家”一把手选择最边远、最贫困的村驻村帮扶，每位县级以上干部挂点联系一个贫困村。奉家镇川坳村至月光村31.8公里公路未硬化，成为4个贫困村脱贫致富“瓶颈”，县委书记胡忠威先后2次主持召开现场办公会，筹集资金1100余万元，一举打通了这条致富路。去年15个国定贫困村共整合行业资金2956万元，改善村里基础设施。

强化措施求实效。通过结对帮扶、示范户带动脱贫。桑梓镇石窖村 52 个农户利用有限资金开发 410 余亩有机蔬菜基地，告别贫困；圳上镇白毛村 21 个农户种植食用和药用价值高的葛根 50 余亩，走上致富路。产业扶贫注重因地制宜，发动群众在高寒山区发展中药材、高山蔬菜、茶叶种植，在水淹库区发展稻田养鱼、娃娃鱼养殖和旅游产业开发，在石灰岩干旱区发展李子产业，均收到良好效果。去年全县新增中药材 11700 亩，稻田养鱼 5200 亩，开发有机蔬菜基地 2640 亩、李子 8500 亩。针对贫困村相对集中的情况，该县采取以整村推进村为中心，整体规划，带动周边村庄发展。圳上镇白毛村、人和村、谢家拜村、松山村共建公路 15 公里，连片开发李子种植 1200 亩。

（原载《娄底日报》2013 年 3 月 29 日第一版头条）

娄底唯一的“湖南省承接产业转移十大基地”

双峰经开区成全市承接产业转移领头羊

本报讯（本报记者　刘惠南　通讯员　王连兵）国庆长假刚过，全省“承接产业转移十大基地”之一的双峰县经济开发区又传喜报：总投资2.5亿元的产业转移项目——江西宜春全球化工有限公司具有自主知识产权的精细化工项目整体转移该区。双峰经开区着力打造承接产业转移优质载体，不断提升承接能力。1至9月，该区引进产业转移项目8个，协议资金18.3亿元；产业转移的13家入园企业工业总产值7.2亿元，占该区工业总产值的47%，处全市领先水平。

双峰经开区是我市唯一的“湖南省承接产业转移十大基地”，园区总体规划面积10.8平方公里。近年来，该区加快承接产业转移步伐，争做承接产业转移“排头兵”，先后投入资金1亿多元完善园区基础设施，打造承接产业转移优质载体。占地3000亩的“湖南双峰台资制鞋园”拔地而起；规划3平方公里承接产业示范区，引进投资商建设10万平方米高标准厂房。与此同时，进一步完善承接产业转移优惠政策，简化投资流程，对产业转移企业实行“保姆式服务”，倾情优化发展环境，充分利用劳动力资源丰富的优势，大力引进劳动力密集型产业——制鞋业等特色产业。

产业转移优质载体建设，大大提升了产业承接能力。双峰经开区顺势而上，加大招商引资力度，“亲情招商”“以商招商”等招商引资举措深入推进，产业转移项目“满园春色”。如今，该区以兴昂、荣诚、晟丰为龙头的大型国际知名制鞋企业在园区扎根壮大，从租赁厂房到购地建厂，从鞋面加工到成品鞋制造，2009年加工贸易额达5000万美元，就业员工5000余人；福建湘源皇视向园区转移，形成年产300万台套卫星地面接收设备和机顶盒设备产能，年销售额达3亿元；总投资5亿元的惠州家宝艺10条地板砖生产线项目落户园区；占地1.5平方公里的不锈钢深加工产业园正在规划中；佛山300家不锈钢加工企业抱团入园达成意向；惠州华丰微线精密线路板项目整厂向园区转移也在进一步洽谈中。

（原载《娄底日报》2010年10月26日第一版头条）

“没有憋死的牛，只有愚死的汉”

“涟饮”逼出 192 名闯市场好汉

本报讯（本报记者　刘惠南　通讯员　李湘兵）5 月 6 日，涟源市饮食公司经理肖菊文兴奋地告诉记者，公司自 1992 年先后转变观念，丢掉企业“铁饭碗”，申请下岗经商、办厂的 192 名职工，除 2 人因经营不善亏本外，其余均不同程度地赚钱发了财，其中有 20 余人赚了 20 万元以上。真是市场造就好汉，造就财富！

涟源市饮食公司是一家以食宿业为主，兼营商业零售、批发，有职工 270 人的综合经营公司，由于多方面的原因，到 1991 年底，企业亏损严重，发不出工资。严峻的现实逼着“涟饮”走减人增效之路，逼着“涟饮人”转变观念，自谋职业闯市场。1992 年初，公司党支部不失时机地进行引导，并出台系列优惠政策，鼓励职工下岗再就业。从此，员工不要“面子”要票子，陆续自动申请告别“铁饭碗”，到市场经济海洋中寻找“金饭碗”。朱江南，原是商场营业员，尽管工作了 18 年，公司每月只能开 100 多元工资。1993 年，生活的艰难逼着他下岗向亲友借款 3 万多元，在涟源市蓝田市场买下一个门面，从事针纺和服装经营，由于他舍得吃苦，加上诚信经营，生意红火，如今还请了 2 个帮工。火车站旅店女工颜克兰，2 个小孩，家庭困难，1995 年申请下岗承包蓝田镇供销社一饮食店，因勤学苦钻，掌握了一套经营饮食的本领。2 年后，她又大胆投标承包了公司的一家饭店，经营甚是红火。

如今，“涟饮”的在岗职工只有 78 人，被“逼”下“海”从事个体私营饮食、商业零售批发、加工和运输业的达 192 人，遍布广东、广西、福建、云南等 10 余个省。谈及这些，“涟饮”的干部职工深有感慨地说：“愁，愁不出富裕，怨，怨不出美好。市场经济条件下，‘没有憋死的牛，只有愚死的汉’，下岗虽然失去了‘铁饭碗’，但只要转变观念，充分发挥自己的特长勇闯市场，守法经营，也能找到‘金饭碗’”。

（原载《娄底日报》1998 年 5 月 29 日第一版头条）

紫鹊界声名鹊起　农家乐乐在增收

水车旅游兴镇带活一方经济

本报讯（本报记者　刘惠南　段志光　刘辉煌　刘明军　谭小斌）新化县水车镇锡溪村村民邹应雄最近很高兴，他家销售“柴火腊肉”“猪血粑”等土特产品，今年收入可上2万元。他说，这是镇里开发紫鹊界旅游给我们带来的好处。近两年来，随着水车镇旅游兴镇战略的实施，全镇像邹应雄一样依托旅游开发服务增收的村民达1.3万人，年销售土特产品300万元以上，旅游经济呈现勃勃生机。

水车镇地处新化西部，是一个典型的“老、少、边、穷”乡镇，全镇农民人平年纯收入过去很长一段时间不到600元。2004年初，镇党委、政府新的领导班子创新发展思路，把旅游产业作为全镇脱贫致富的支柱产业来抓，高起点编制景区开发规划，全方位挖掘整理紫鹊界梯田及相关景点珍贵文化遗产资源，开展声势浩大的宣传和旅游产品推介活动，风景优美的紫鹊界梯田在湖南旅游界乃至全国声名鹊起。2005年2月，紫鹊界梯田被湖南省人民政府批准为“省级重点风景名胜区”。同年12月，被评为“国家级风景名胜区”。今年初，紫鹊界梯田被列入“世界自然与文化双遗产名录”，同时入选“湖南百景”和“新潇湘八景”之一。

与此同时，镇里强力推进景区基础设施建设，多方筹资800多万元，将进入景区的25.28公里公路全部水泥硬化，修建游道，设立观景台，引导农民开办“农家乐”，提高旅游接待能力。目前，核心景区石丰村、龙普村有20余家体验式农家乐，向游客全天开放。镇街和景区为旅游开发服务的商店、酒店达20多家。

镇党委、政府还引导农民围绕“吃”字做文章，根据旅游市场需求调整产业结构，一批“名、特、新、优”的本地农产品，陆续“端”上游客的餐桌，堪称一绝的“水车冻鱼”“柴火腊肉”“风干板鸭”成为游客抢手的“纪念品”，每年仅“柴火腊肉”就销售上百万元。

水车镇独具魅力的紫鹊界旅游产品，引得游人如织。今年“五一”黄金周，迎来13000多名国内游客，更有一批外国游客远渡重洋慕名而来，带动了当地农民脱贫致富的新兴产业。

（原载《娄底日报》2006年9月29日第一版头条）

娄底陵园着力倡导文明祭祀新风尚

本报讯（本报记者　刘惠南　通讯员　李新颜　实习生　廖清泉）“以鲜花祭祀、网络祭奠、植树等代替鞭炮、冥币纸钱祭扫”“守护逝者安息地的清洁与宁静”……清明节期间，娄底市各大陵园着力倡导文明祭祀新风尚。

4 月 4 日上午，记者在位于娄星区万宝镇南龙山的金宝灵塔园看到，手捧鲜花前来祭扫的市民络绎不绝。“让我们以更文明的方式表达哀思”“守护逝者安息地的清洁与宁静”“文明祭祀，从我做起”等为主题的大幅宣传牌摆放在人流经过的地方。设于园区入口处的文明祭祀服务点，大学生志愿者在向人们免费发放祈福丝带、追思卡等祭祀用品。并开展“鲜花换纸钱”活动，免费投放菊花供市民文明祭祀。对少数带着纸钱、香烛和鞭炮扫墓的市民，工作人员则引导其来到设于园区外的焚烧桶和燃放池前，有序地焚烧纸钱、香烛，燃放鞭炮，以寄托哀思。为低碳、环保祭祀，市交通部门开通了清明祭扫公交专线，方便群众出行。

市民政局殡葬管理处工作人员告诉记者：“将思念与缅怀用绿色、低碳、环保的方式寄予，是更高的境界与情怀。与往年相比，今年清明，娄底各大陵园加大引导人们文明祭祀力度，更多的市民自觉参与到文明祭扫的行列。”

清明节期间，金宝灵塔园接待群众达 10000 余人。

（原载《娄底日报》2013 年 4 月 10 日第一版）

新绿岛手机城孵出 60 个“百万富翁”

本报讯（本报记者 刘惠南 实习生 廖清泉） 4 月 13 日，娄底市下岗职工再就业基地——新绿岛手机城装饰一新，重新开业，为从事手机及配件经营、手机维修和通信运营服务的业主，提供更好的发展、创富平台。该手机城创建 6 年来，已孵化出60个“百万富翁”、100余个“购车购房户”，成为下岗职工投资创业再就业、实现“幸福梦”的理想场所。

新绿岛手机城创建于 2007 年，经营面积 1500 平方米，集手机及配件销售与批发、手机维修、通信运营于一体。为吸引下岗职工投资创业，孕育“致富梦”，该手机城实行“专卖店”“店中店”经营和一站式服务，对前来投资创业的下岗职工，降低入场“门槛”，给予租金优惠，提供业务培训，还在品牌代理、广告投入等方面给予倾斜。同时，全面推行“服务客户零距离、规范管理零投诉”的服务模式，着力营造良好的管理和服务环境，满足不同群体消费需求。目前，商场拥有“苹果”“三星”等一线品牌“专卖店”“店中店”20 多个，拥有手机品牌 1000 多个，安置下岗职工 600 余人。

记者在现场看到，新装修的手机城布局合理，功能区分明确。总经理周明辉介绍：要以发展为主题，以创新为主线，狠抓内部建设和管理，着力打造湖南更具影响、更具品位、更具档次的超大型综合性通信市场，孵化出更多的“百万富翁”。

（原载《娄底日报》2013 年 4 月 16 日第一版）

娄底“爱心助孕”首例试管婴儿成功分娩

本报讯（本报记者　刘惠南　通讯员　张治国）11月24日，通过“爱心助孕”行动成功怀孕的涟源市三甲乡妇女黄明亮，在该市妇幼保健院成功分娩，产下一男婴，圆了孩子梦，成为娄底市“爱心助孕”首例分娩的试管婴儿。

今年33岁的黄明亮与35岁的丈夫梁铁钢结婚10年不孕，先后到娄底市内和省城多家医院治疗，花去近10万元。去年底，娄底市启动“计划生育爱心助孕特别行动”，并首先在涟源市试点。黄明亮与丈夫梁铁钢被该市计生部门列为首批“爱心助孕”行动对象，今年3月被送到湖南省计划生育研究所接受辅助生殖技术周期治疗、试管培育，黄明亮成功怀孕。省计生研究所大幅减免治疗费用，计生部门给予专项补助，三甲乡给予特殊关爱。经过8个多月孕育，24日下午3时15分，黄明亮在涟源市妇幼保健院成功分娩，婴儿重3.4公斤。

“‘爱心助孕’圆了我孩子梦，感谢党和政府，感谢计生部门，感谢省计生研究所的专家！”梁铁钢接过妇产医师递过来的婴儿，喜不自禁。他告诉记者，他已将孩子取名为“梁承望”，意为孩子承载着“爱心助孕”的希望，承载着父母和家庭的希望。

据了解，自“爱心助孕”行动启动以来，娄底市已有1700对不孕症患者接受省计划生育研究所义诊，其中48名对象成功怀孕，另有85名对象进入辅助生殖技术周期治疗、试管培育。

（原载《娄底日报》2013年11月30日第一版）

第十辑

学有所思

晚报新闻软做的思考

刘惠南

新闻是报纸的主角。面向家庭、以可读性强的新闻吸引读者的晚报也不例外。而要增强晚报的可读性，缩短“硬新闻”（与读者距离较远、而不易被人们接受的新闻）与读者之间的距离，必须将新闻软做。这既是晚报坚持党性原则的要求，又是我们坚持晚报特色的需要，也是广大受众心理的要求。如何将晚报新闻软做呢？笔者结合自己晚报工作实践谈点浅见。

巧处着笔，找准突破口

晚报，百姓的报纸，所面对的读者水平是参差不齐的，其生活范围、情感趣味等等都是千差万别的。因此，要想使报道贴近生活，被人们所接受，就要巧选角度，从群众共同感兴趣的事物上寻找突破口，把硬性的思想放在最易为读者接受的视角上，使大家看得懂，从而达到最佳的宣传效果。

首先，从与人们生活有直接关系的问题上选角度。如：2002 年初，娄底市盐务管理系统设立盐政稽查执法队伍，并与公安部门联手，成立公安盐务执法室，开展联合执法。这样的新闻，如果单就盐务执法队伍而言进行报道，关注的人不会很多，我在报道这一消息时独辟蹊径，抓住同千家万户生活紧密相关的无碘私盐问题，以《合格碘盐，你吃了多少》为题，介绍食盐打假缉私，既对有关部门起了督促作用，也给老百姓提了个醒。报道见报后，反响良好。

其次，从社会最关心问题上选角度。《娄底晚报》2003 年 3 月 1 日刊发我写的《娄底：宏观调控“米袋子”》一文，在这方比较典型。它之所以引起读者的广泛注意，是因为切中了作为湖南省 9 个非主产市之一、商品粮自给率低的娄底市进入粮食购销市场化后，400 万城乡人们普遍关注的“米袋子”这一问题。笔者从这里入手，介绍娄底加强粮市宏观调控，确保商品粮常年供求平衡的做法，这种“说教”不露痕迹，显得水乳交融。

再次，从读者心理方面选角度。一般而言，读者心里所想、所希望的现象和事物，最能引起他们的兴趣。娄底市娄星区卫生防疫站组织名老中医成立专科诊所，我在报道时，根据人们看病时都喜欢找年纪老的医生这种心理，将标题定为《这里的医生“胡子”最长》，使报道收到预想不到的效果。

小处着手，找准结合部

以软新闻为主的晚报，既要把握政治方向，又要坚持晚报特色，离不开“滴水观海”“一叶知秋”的技法，这就要求我们的记者从大处着眼，而从小处着手，深入生活，寻找政治经济新闻与社会新闻的结合部，从时刻发生的大量社会新闻中挖掘出带有深层意义的政治新闻和经济新闻来。

《娄底晚报》获得2001年中国晚报好新闻二等奖的消息《文明方式渐入人心，鲜花扫墓走俏娄底》，正是从社会生活中看似平凡的小事中挖掘出重大主题。“清明节在娄底城区长青中街一花店，记者发现一位老大爷提着一个大花篮出来，大爷说：‘扫墓是表达内心的怀念之情，有么子比鲜花更好？’近年来，用鲜花寄托哀思的人越来越多，清明节在市殡仪馆公墓用鲜花扫墓的猛增至60%左右。”很明显，作者发现了鲜花扫墓这一新闻事实后，运用小处着手的方法，把深入开展文明教育、增强市民文明意识的社会主题，浓缩于主人公——老大爷等市民身上集中地反映出来。可以看出，这样的文章实实在在，有血有肉，比那些理论分析和调查数据的说服力要大。2001年7月18日晚北京申奥成功，举国同庆。在星城娄底，在各县市的大街小巷、乡村小镇，人们为共同的骄傲而激动、狂欢。对这一重大社会政治主题，《娄底晚报》从小处着手，抓住城区个体工商户扎彩车、赠国旗、提供锣鼓、燃放烟花鞭炮、组织摩托车队通宵达旦上街宣传等新闻事实，以《今晚，谁能入睡》为题进行报道。读者读后感到亲切、形象、具体。晚报新闻小处着手的重要性由此也便窥一斑而见全豹了。

深处着眼，找准契合点

深层次的报道能更多地向读者提供他们所关心的信息，取得更大的社会效益。注重短新闻和知识性、趣味性、服务性的晚报，更应注意深处着眼，增强报道力度。这就要求记者深入到生活中去，体味和观察周围的事物，从中抓出最具典型性的“活鱼”来；然后将文章做透，让文章的主题与时代的节拍相吻合。

《娄底晚报》记者欧阳洪亮写的《血泪遗言带来的震撼》一文，是一篇从深处着眼找准吻合点、颇有影响的作品。这篇报道通过2003年4月16日涟源市七一煤矿特大穿水事故17名遇难矿工之一——安全员聂文清在矿帽上留下的震撼心灵的遗言、娄底市委常委们的悲伤流泪，反映出矿难带来的悲惨教训、矿难成为挥之不去的痛的普遍问题和市领导坚决治理非法采煤、狠抓安全生产的决心，进而喊出全市一个声音：重拳猛药，治乱打非，开展煤矿安全专项整治工作。文章见报后，在社会各界产生极大反响，国内数家知名网站及《中国青年报》《南方周末》等数十家媒体纷纷转载，并引起了中央电视台的关注，央视新闻频道《新闻会客厅》栏目邀请作者作客，报道了矿帽遗言的有关情况。

（原载《新闻天地》2004年第1期）

浅谈晚报新闻特色与记者素质

刘惠南

在当前传媒竞争激烈的新形势下，作为以面向家庭为立足点的晚报和以贴近群众、贴近生活为己任的晚报记者，应该多用可读性强的新闻吸引读者，吸引各个层次的读者，通过新闻起潜移默化的作用。因而晚报要强调抓新闻，晚报记者要写好新闻，通过新闻报道指导群众的思想和生活，产生更大的影响。所以，强调晚报新闻的特色与晚报记者应具备的素质，以短、小、新、快、活的新闻吸引住读者，增强晚报的市场竞争力，至关重要。

晚报新闻的特色

晚报新闻的特色，是晚报自身的条件决定的。主要有三条：

第一，从群众角度抓新闻。群众角度，即贴近读者，能使读者产生诸如震惊、共鸣、愤怒、思考等等情感体验和满足读者需求的角度。从群众角度抓新闻，这是同从“工作角度”抓新闻相对而言的。晚报既然面向家庭，它的读者便更广泛了，因此它的新闻便不担负指导业务工作的作用，它的指导性在于指导思想，指导生活。晚报要从广大读者喜闻乐见的角度去抓读者关心的新闻。

第二，抓现场短新闻。现场短新闻是记者深入新近发生的事件现场，用精炼的文字、巧妙的手法，对具有新闻价值的单一事实（或场面、片断）所做的立体、纪实性报道。它包括现场短消息、现场快讯、现场短评、现场短通讯、现场短特写、现场速写及新闻小故事等。晚报的新闻是写给多层次读者看的，就要求记者能把新闻写得生动、活泼、吸引人。要做到这一点，晚报记者要到现场去深入采访，用事实说话，把记者耳闻、目击、鼻嗅的都写进去，体现鲜活的动感美，通过报道，把读者“带”到现场去神游一番。用形象的事实说话，是更可亲、可信、可读的。

第三，抓新闻时效，尽可能抓当天发生的独家新闻。这是体现晚报新闻特色的最重要的一点。时间差是晚报的优势，从凌晨到晚报截稿时所发生的新闻，是日报抢不去的。晚报只要发挥这个优势，抓新闻时效，便可以抓到独家新闻，不致吃日报的残羹剩饭。新闻时效是新闻的生命，也是报纸所不可缺少的，作为以新闻为主体、为基础的晚报更不例外。净发昨天的甚至是前几天的，用“日前”“最近”掩盖时效差的新闻，报纸就缺乏生气了。

晚报新闻特色的这三个方面融为一体，即从群众角度抓新闻，突出现场感，且强调“当天新闻”的时效。这样，晚报才会出奇制胜，赢得越来越多的读者。

晚报记者的素质

晚报新闻的特色给晚报记者素质提出了要求，这些要求主要包括：

1. 晚报记者要有着眼大局、贴近群众的硬功。

“大局”即党的方针政策、改革开放、团结稳定鼓劲的大局。晚报在党性原则指导下，以自己最大的创造性和灵活性，通过读者感兴趣的新闻，把党的声音，把社会主义精神文明的种子播进人民群众的心田，体现党的“大局”与人民群众的一致性。

党的这一“大局”与记者的“群众观点”有关。有“大局”的记者，就会胸有全局，站在中央、省、市委和人民群众利益的高度决定新闻的取舍。缺乏“大局”的记者，就会失去勤奋，或者不务正业，不从政治上考虑问题，就可能凭个人好恶取舍稿件，甚至在政治上转向，看不起“群众角度”的短新闻，认为写短新闻有失个人身份。这是影响记者抓新闻的思想障碍。

作为晚报记者，首先要树立对党对人民负责的思想。坚持群众观点，不断增强新闻的超前意识、竞争意识和创新意识。其次，要培养从群众角度抓新闻的能力。根据西方记者的经验和我从事晚报工作的实践，从群众角度抓新闻，一是要选择最能引起人们兴趣的角度，把严肃的新闻事实中的趣味性因素突现出来，使读者乐意接受；二是要选择读者知识水平最易接受的角度，使专业性、技术性强的报道通俗易懂；三是要选择读者最关心的角度，把读者的注意力吸引过来；四是要选择时空距离最接近读者的角度，将新闻“地方化”，或把旧闻新鲜化，以影响读者的生活、行为、思想和工作；五是要选择最富有人情味的角度，以满足读者要求。

2. 晚报记者要有深入现场、不怕艰险的品德。

现场短新闻最基本的要求之一就是现场感强。记者必须到现场，写现场，读者读了新闻有如临其境、如见其人、如闻其声的强烈感受。而现场的条件往往比较艰苦，有的交通不便，有的环境恶劣，在特殊情况下甚至还有生命危险。比如，扑救大火的现场，防治瘟疫的现场，抗洪抢险的现场，追捕持枪罪犯的现场，等等，都是相当艰险的。这就要求晚报记者具有不怕艰苦、不怕风险的思想品德，勇敢、坚定地深入现场，写出有浓郁现场感的新闻。

深入现场，就须洞察现场，不能像蜻蜓点水，只到现场打个转；不怕艰险，就须克服胆怯、懦弱，勇敢顽强地去适应艰苦的环境，承担艰巨的任务。2001 年 10 月，我曾选择娄底市娄星城区的国有肉摊，采写了一篇《肉摊前的岁月》。娄星城区有近百个国有肉摊，年均销售 300 头猪肉，可很多市民不知道这些猪肉是凌晨 4 时从新区洞新定点屠宰场宰杀、调来的。我凌晨 2 时跟着卖肉人赶到屠场，目睹屠猪的全过程，天还未亮又从屠场来到集市肉摊，以图文形式在《娄底晚报》上告诉娄底市民闻所未闻之事。结果，这篇特写在社会上反映很好。

3. 晚报记者要有连续作战、快速应变的闯劲。

晚报以快、以新传播新闻信息，为抓当天独家新闻，常常采取预留版面的方式，对当天新闻稿随来随发。而晚报记者常常处于紧张战时状态，这个采访还没完，那个采访任务又在等着你。

这就要求晚报记者有快速应变、连续作战的闯劲。

晚报记者的这股闯劲需要敏锐的观察能力——在纷繁、复杂的社会现象中，运用新闻价值衡量事物的重要性，做出迅速、准确的判断；熟练的文字表达能力——包括思维、逻辑、语言、文字技巧等，运用自如。当今互联网技术在新闻媒体中普遍运用，晚报记者还要有熟练操作计算机的能力，以此增强晚报新闻的时效性、趣味性和关注度。

晚报记者具备以上三方面素质，就能准确地把握晚报新闻的特色，写出能够引起读者在家庭议论的新闻来。

（原载《新闻天地》2004 年第 11 期）

瞄准“风向标” 突出“风景线” 开启“知识窗”

——增强地市党报旅游专刊可读性与吸引力的有益探索

刘惠南

面对日趋激烈的媒体竞争和方兴未艾的旅游支柱、龙头产业，地市党报如何打破思维定式，围绕地方旅游事业发展搞好旅游宣传，进一步增强可读性与吸引力，成为一个崭新课题。近年来，《娄底日报》经过不断探索，以创办《娄底旅游》专刊为切入点，立足于贴近时代，贴近基层，贴近读者，着力瞄准“风向标”，突出“风景线”，开启“知识窗”，为地市党报办好旅游专刊、专版进行了有益的尝试，取得了令人欣喜的成绩。

贴近时代：瞄准“风向标”

旅游“风向标”是时代主题的体现。作为地市党报必须时刻紧扣时代脉搏，与时俱进，采编出富有时代感的版面，只有这样，才能肩负起时代赋予地市党报旅游新闻宣传的使命和责任，提高旅游新闻的影响力。

《娄底日报》自2006年创办《娄底旅游》专刊伊始，就把贴近时代作为办刊的首要宗旨，推出《旅游视野》《旅游风向标》《权威发布》《专家访谈》等栏目，适时瞄准国家和省、市加快发展旅游产业的“风向”展开系列报道，深化报道主题。

围绕旅游视点推出专家访谈。记者就一个时期旅游产业发展现象和方向请市内专家学者、旅游界权威人士谈看法、思路和举措。并通过对旅游市场的分析，揭示旅游市场发展趋势，以此推动旅游产业健康、快速发展。2011年5月19日是首个“中国旅游日”，《娄底旅游》专刊及时就“中国旅游日”设立的由来、意义和对娄底旅游业发展带来的压力，以及娄底应采取的对策等问题，专访分管旅游的副市长，为全力推进娄底旅游业科学发展指明了方向。近6年来，《娄底旅游》专刊紧跟国家旅游“风向标”和娄底旅游产业发展进程，先后就“中国乡村游”“和谐城乡游”“实现旅游资源大市向旅游经济强市跨越”“携手打造大梅山文化旅游产业”“当好旅游合法权益保护神”“推进乡村旅游富民工程”等问题访问市委、市政府主要领导和旅游局长，对引导全市广大干部群众树立现代旅游新观念，发展壮大娄底旅游业，起着十分重要的作用。

围绕旅游重点推出新闻评论。无论是旅游业发展的先进地市，还是后发地市，每一时期旅游产业开发建设的重点均有所不同，地市党报旅游专刊若紧紧围绕各自旅游业发展重点开展评论，既提出问题、分析问题，又指出解决问题的方法与对策，就能为旅游产业发展起到推波助澜的作用。从 2006 年 4 月开始，《娄底旅游》专刊连续推出《努力建设旅游强市》《关注旅游发展，引导旅游行为》《新农村与新旅游》《强力推进“创优”工作和旅游产业发展》《努力实现旅游业发展新跨越》等 10 余篇领导署名评论文章，形成新闻舆论强势，对娄底创建中国优秀旅游城市和旅游经济进入全市支柱产业行列起到了“助推器”作用。

围绕旅游活动推出深度报道。旅游以活动为载体。地市党报旅游专刊版应紧密围绕旅游部门举办的各项旅游活动，积极推出有一定深度的主题报道，既让版面活起来，吸引读者，又促进报社与旅游行业主管部门和景区、旅行社等旅游企业的互动，提升党报的影响力。2006 年来，娄底市已举办“曾国藩文化旅游艺术节”“梅山文化旅游节”“2008 中国湖南国际旅游文化节之紫鹊界梯田景区首游庆典活动”、2009“亿元优惠迎国庆，万人免费游娄底”、2011“相约娄底·走进乡村”等大型旅游节会活动，这些活动期间，《娄底旅游》专刊都及时推出立意高、视角新、内容厚实的深度报道，成为吸引读者的亮点和提升党报影响力的“卖点”。2007 年 9 月举办以“游娄底、知娄底、爱娄底”为主题的“娄底人游娄底”活动，《娄底旅游》专刊推出《体验家乡今昔巨变，感受山水人文之美》上、下篇深度报道，对宣传推介娄底旅游起到了有力的推动作用。

贴近基层：突出“风景线”

旅游“风景线”是地方旅游特色的展示。一个地方旅游业发展，关键靠突出特色，有特色才有吸引力，有特色才有竞争优势，有特色才有更大话语权。作为地市党报旅游专刊，只有强化策划，贴近基层，立足地方旅游业特色，通过提炼富有特色的主题进行宣传，充分展示地方旅游的壮美“风景线”，才能推进变潜在的比较优势为现实的竞争优势，塑造神奇山水、人文品牌形象，提升地方旅游市场竞争力，进而提升地市党报影响力。

突出个性化景点宣传，展示旅游精品魅力。个性化景点能彰显地方旅游精品。湘中娄底山川俊俏，风光秀美，旅游资源种类齐全，品位甚高。梯田王国紫鹊界秦人梯田、乡间侯府曾国藩故居、帝王之山大熊山国家森林公园、世界溶洞极品梅山龙宫、“桃花源”真地奉家桃花源、华夏药园龙山国家森林公园、佛泉喷涌之地绝壁画廊湄江等一批旅游资源享誉国内外。《娄底旅游》专刊紧紧围绕娄底市这些个性化景点，开设《景观看台》《魅力娄底》《湘中览胜》等栏目，以大图片和长篇通讯等形式展开系列专题宣传，吸引了众多国内外游客目光。

突出深厚文化内涵宣传，展示地方旅游特色。旅游专刊要挖掘深厚的文化内涵。旅游文化的内涵是多方面的，从时间概念分有古代、现代、当代；从内容分大至地理环境、民风民俗、宗教文化，小至茶文化、酒文化、花卉文化、海洋文化等等。深刻理解各种旅游资源的文化构成，在此基础上确定旅游专刊宣传的定位，才能使宣传具有厚度和文化冲击力。这就要求我们在旅游专刊宣传中，既要表现东方特色和民族特色，充分展示中国几千年的文明史，也要重点宣传代表地方特色的旅游文化精品，把新闻视点对准具有代表性的品牌，打造旅游精品。娄底人文厚重，是湖湘文化的发源地之一，还是中国蚩尤故里文化之乡，耕读文化底蕴深厚，梅山文化独树一帜，傩戏、武术、宗教、山歌等多姿多彩、神秘莫测，素有中国武术之乡、女杰之乡、诗词之乡等美誉。《娄底旅游》专刊加强策划，围绕“神奇娄底、特色文化”主题，推出“魅力娄底”之山水篇、人物篇、民俗篇、美食篇等系列，为塑造“神奇山水、人文娄底”品牌形象起着重要作用。

突出规范化管理宣传，展示旅游业优质服务。旅游行业的规范化管理，是树立旅游良好形象的重要一环。《娄底旅游》专刊在景点宣传推介中，不忘对风景区、旅行社、旅游星级饭店和旅游商品企业推行规范化管理，着力提升服务质量的宣传。同时，对个别旅游企业违规经营、旅游服务质量低劣等问题进行监督曝光，维护旅游市场正常经营秩序，促进旅游业的健康发展。

贴近读者：开启“知识窗”

旅游“知识窗”是旅游专刊贴近读者，增强旅游宣传报务性，提升旅游经济引导作用的重要手段。《娄底旅游》专刊从读者需要出发，着力突出旅游宣传服务性，全方位、多角度推介旅游资讯。

融历史地位于环境之中介绍地理知识。旅游是人的一种生活方式，任何旅游资源都是以独特的地域存在为特征的。这种地域特征包涵着丰富的地理知识。娄底地处湖南中部，相传是因天上 28 个星宿中的“娄星”和“氐星”交相辉映之处而得名。《娄底旅游》专刊推介娄底时，巧妙地将历史地位融入地理环境之中进行介绍，即丰富知识，又形象生动，增强了旅游专刊的可读性与吸引力。

融历史人物于景区之中介绍人文知识。一个地方的历史人物总与这个地方的风景名胜区息息相关，在宣传推介景区历史人物时，有意识地介绍人文知识，能引起读者兴趣，提升报纸的“卖点”。娄底人杰地灵，被尊为中华始祖的蚩尤、三国名相蒋琬、清末重臣曾国藩等都诞生于此，并涌现出了陈天华、蔡和森、成仿吾等一大批蜚声海内外的志士仁人。《娄底旅游》专刊在推介本市景区景点时，不惜篇幅详细介绍与此相关的历史人文知识，为读者游览这些景区（点）打好“人文基础”。

融旅游资讯于活动之中介绍旅游信息。旅游行业本身具有很强的服务性，旅游专刊要为读者提供大量的旅游信息，满足读者多方面的需求。《娄底旅游》专刊除了每年春节、“十一”等黄金周旅游旺季有重点地介绍旅游信息外，还注意在与旅游部门开展的各项旅游活动中介绍游、购、乐、吃、住、行等旅游资讯，如配合“娄底人游娄底”活动推出的上、下篇旅游专刊，为旅游者推介经典旅游线路，设计游程，提供航班、列车、客车、轮船的班次、票价等情况，增强旅游专刊的服务性。

（原载《中国地市报人》2012年第6期）

领导干部经济活动报道的创新

刘惠南

近年来，随着改革开放不断深入和“四化两型”建设的加速推进，地市党报领导干部经济活动的报道愈来愈多起来，大到商务考察、项目洽谈签约、工程开工奠基的报道，小到工作检查、建议提案办理，扶贫帮困慰问等报道，这些活动报道无论大小，领导干部都非常关注，要求在重要版面、重要位置进行刊发。因此，创新领导干部经济活动报道的方式方法，让领导干部的经济活动报道出精出彩，提升地市党报的影响力，成为当前地市党报改革的一个重要课题。

领导干部经济活动报道创新原则

创新是党的新闻事业发展之魂。创新领导干部的经济活动报道应当遵循如下原则。

注重强化宣传效果的原则。党报是我国社会意识形态的重要组成部分，是党和人民的喉舌，是我国重要的舆论工具，是社会主义核心价值体系建设的重要载体。因此，党报对领导干部经济活动报道的创新必须把社会效益放在首位，始终从有利于党、国家、社会和人民的角度来衡量宣传效果，提升报纸形象，增强报纸的吸引力和影响力，使党报更好地为党的经济建设服务。

遵循新闻规律的原则。党报作为新闻媒体，就必须按新闻规律办事，使领导干部的经济活动报道合乎新闻规律。对于新闻价值和宣传价值都很大的领导干部经济活动，地市党报要舍得拿出版面，理直气壮地报道。对于那些新闻价值不大的领导干部经济活动，该简报的简报，该不报的不报，该合起来报的就合起来报；该从中找新闻的找新闻，该换角度的换角度。只有这样，才能使报纸收到更好的宣传效果。

坚持“三贴近”的原则。贴近实际、贴近生活、贴近群众，是社会主义新闻事业的本质要求。报纸只有贴近群众，站在群众立场、反映群众呼声、服务群众生活，才能得到群众的支持和拥护，这是报纸的生命力所在。创新领导干部经济活动报道，其根本途径就在于努力做到“三贴近”。要多从读者的角度思考问题，捕捉鲜活的新闻素材，关注读者的所思所想，增强报道的针对性和吸引力；要坚持实事求是，有一说一，有二说二，把真实的情况报道给读者；要用读者乐于接受的形式，把领导干部的经济活动报道好。

领导干部经济活动报道创新方法

创新领导干部经济活动报道的方法，是提高地市党报影响力的必然要求。笔者在党报经济新闻部门当记者10多年，对领导干部经济活动报道方法的创新，有几点粗浅体会。

一活动多题，挖掘新闻“富矿”。领导干部的经济活动暗藏着许多有价值的新闻信息，作为一名党报记者要善于捕捉有用的新闻素材，通过深入的调查研究和精心采访写作，挖掘领导干部经济活动这座新闻“富矿”，提炼出多个主题，写出多篇有价值的经济新闻。2011年3月，湘潭市政府考察团到娄底市考察城市建设，我跟随采访，在娄底市的汇报材料里，我了解到了娄底“十一五”以来新型城镇化建设取得的成就和“十二五”城市建设规划，通过认真策划，除对考察活动进行报道外，还跳出活动挖掘新闻，以《亮点频显，精彩纷呈——从一组组数据看我市住建事业跨越式发展》《市住建局切实加强服务改善民生》《我市2011年将给力宜居城市》为题，从3个主题入手，对娄底市的城市建设情况进行全方位的报道，受到市领导好评。

一题多活动，彰显新闻特色。领导干部的多项经济活动有时内容和主题相近、程序相同，只是活动的时间不同，记者不必对这些活动一一进行报道，可以精心提炼出一个主题，把这几项活动作一篇报道，突出各项活动的主要内容，这样，一方面可以节省版面，减少受众接受新闻信息的时间；另一方面，可以彰显新闻特色，提升党报的影响力。2011年6月10日，华润雪花啤酒娄底20万千升啤酒生产基地、总投资8亿元的湖南巨大重工机械在娄底经济开发区隆重开工，湖南众一LED生产线项目也在该区太和工业园正式投产，娄底市主要领导分别出席开工、投产庆典仪式。这3项活动每一项都重要，但我没有写3篇报道，而是从中提炼一个新闻主题，以《我市战略性新兴产业迈进发展新阶段》为题，对这3个项目开工、投产情况进行报道，突出以先进装备制造业、电子信息产业为代表的战略性新兴产业发展这一新闻特色，收到好的宣传效果。去年10月30日，位于娄星区的恩口煤矿棚户区改造新建小区项目和位于万宝新区的湖南神斧民爆集团棚户区改造工程分别隆重开工，我采取同样的方法提炼新闻主题，以《我市改善工矿区群众居住条件迈新步》为题，只作一篇报道，受到读者好评。

一活动一题，追求新闻“含金量”。领导干部的有些经济活动题材重大，新闻信息量大，对全局有很强的指导意义，记者要善于选择新闻角度，提炼具有时代感的新闻主题，追求新闻的“含金量”。2009 年 4 月 21 日，娄星区举行“让老年人安享幸福晚年”养老保险宣传活动暨首批城镇居民养老金发放仪式，湖南省人力资源和社会保障厅、娄底市主要领导出席活动，我没有就活动写活动，新闻里连领导的名字也没有点，而是从老年人的养老逐步成为新的社会问题、“养儿防老”的旧观念正悄悄地被“养老靠社保”新思想取代、娄星区作为湖南省新型农村养老保险试点县率先启动此项工作、50 名城镇居民退休老同志高兴地领到养老金和存折等新闻事实入手，以《娄星区首批城镇居民喜领养老金》为题，进行报道，该报道荣获“2009 年湖南省地州市报好新闻三等奖”。

领导干部经济活动的报道随了消息之外，还可以通过照片、图表、特写、综述、小故事、评论、记者感悟、资料链接等活泼的形式，提高受众的关注度和接受度。

领导干部经济活动报道创新要求

要提高业务水平。写领导干部的经济活动报道看似平常，但往往需要大量的政策、法律和专业知识，需要有较强的政治敏锐性和较厚实的理论功底，要熟悉基层的具体情况。没有这些，就难以吃透活动精神和领导讲话的实质，也就难以抓住报道的要点。作为一名地市党报记者，要自觉加强学习，打好理论路线、政策法规纪律、群众观点、知识和新闻业务等方面的“根底”，努力适应新闻工作的需要。

要树立创新意识。创新是记者永恒的追求。作为地市党报的记者要注意培养自己的创新意识。创新新闻采访，提升新闻敏感，变“跑跑现场听一听、拿份材料看一看、回到家里想一想”的不负责任式采访，为主动地对领导干部经济活动的报道进行策划和多侧面、全方位的采访；创新新闻写作，注重精益求精，对领导干部的经济活动报道精心选材、精心构思，多在字、词、句上下功夫，多在简洁、准确、生动、传神上下功夫，多在谋篇布局、意境优美等方面下功夫，真正采写出反映时代主流、立意新颖、见解独到、形式活泼、意义深远的稿子，不断给受众以新鲜之感。

要加强职业道德修养。《中国新闻工作者职业道德准则》（以下简称《准则》）规定，新闻工作者必须遵守“客观公正，遵纪守法，坚持真理，廉洁奉公，增进友谊，团结合作”的职业道德准则，这对新闻记者在创新领导干部经济活动报道中注重职业道德修养，无疑具有积极意义，只有每位新闻记者严格按《准则》去做，才能更好地完成党和人民赋予的历史使命。

（原载《中国地市报人》2012 年第 9 期）

调结构转方式应立足本土优势

刘惠南

加快产业结构调整，转变经济发展方式，是新的历史条件下党中央对经济工作的总体要求，也是我们应对金融危机后复杂局面的必然选择。娄底作为资源型工业城市，面对新的形势，必须抓住机遇，立足本土优势，着力解决产业结构不优的问题，推进经济可持续发展。

众所周知，优势是指超过同类事物中其他情况的形势，能压倒对方、在全局处于必胜的有利形势。立足本土优势调结构，转方式，是践行科学发展观的必然要求，是落实市委、市政府“科学发展、加速赶超”战略的具体行动，它体现我党从实际出发，因地制宜发展经济的工作方针和优良传统。立足优势发展产业，就能收到事半功倍的效果；离开本地优势盲目发展产业，很难成功。

立足优势，必须立足本土资源优势。资源型城市的比较优势终究离不开资源。娄底有丰富的矿藏资源，享有“世界锑都”“百里煤海”“十里钢城”“建材之乡”等美誉；有丰富的旅游资源，紫鹊界秦人梯田、梅山龙宫、曾国藩故居等一批国家级景区享誉海内外。这些资源是娄底的宝贵财富。俗话说，“靠山吃山，靠水吃水。”紧紧依靠本土资源，找准适合城市具有比较优势的产业，并使其不断发展壮大，带动整个娄底经济发展。

立足优势，必须立足本土产业优势。优势产业是经济发展的基石。娄底有生猪和草食动物、粮油、中药材、楠竹、果蔬五大优势农业产业，涌现了一大批种养专业大户和一批名牌畅销产品；拥有冶金、建材、能源、机械制造和化工传统产业；形成了薄板、特种陶瓷、有色金属和耐火材料、机械制造、新型原材料等 6 大特色产业基地；食品加工、服饰、制药等新兴产业逐渐壮大。我们要坚持从这些优势产业基础出发，改造提升传统产业，培育壮大高新技术特色产业，加快发展新兴优势产业，大规模淘汰落后产能，构建现代产业体系，推动产业结构优化升级。

立足优势，必须立足本土区位优势。娄底地处湘中，紧邻长株潭。我们要充分利用“两型社会”建设试验区和“3+5”城市群的区位优势，加快产业结构调整步伐，在项目建设上积极对接长株潭、融入长株潭、服务长株潭，实施园区带动战略，着力提高产业发展的辐射力、影响力，推进区域经济又好又快发展。

立足优势，必须立足本土人才优势。转方式调结构重在坚持自主创新，重在掌握和开发核心技术。娄底有各类专业技术人才，有遍布全国各地的娄底籍专家、学者。我们要充分利用这些技术人才和人脉优势，选商招商。坚持“引进一批、储备一批、研发一批、合作一批”原则，围绕制约生产和产品结构升级瓶颈，加大研发投入和创新力度，完善产、学、研联合机制，力争突破一批居于领先地位的关键核心技术，确保机械制造、新型原材料等核心技术保持国内领先水平。

优势就是生产力。只要我们立足资源、产业、区位、人才等优势调结构，转方式，就能不断增强产业集聚力、综合竞争力和持续发展力，实现科学发展的新跨越。

（原载《娄底日报》2010年7月20日第三版）

推进生态文明建设　打造绿色宜居娄底

刘惠南

12 月 5 日，娄底市委书记龚武生在接受中央、省、市媒体采访时，提出要结合娄底实际，矢志不移地推进生态文明建设，着力打造绿色、宜居娄底。这对我们贯彻落实党的十八大精神，努力建设美丽娄底、幸福娄底，全面建成小康社会，提出了一个重要课题。

娄底山川秀美、人杰地灵，文化底蕴深厚，是长株潭“两型社会”示范区的“后花园”。随着经济社会稳步发展，人民生活水平不断提高，推进生态文明建设，打造绿色、宜居娄底，让山更绿、水更清、天更蓝、空气更清新，已经成为广大市民的共同愿望。它是贯彻落实党的十八大精神的具体行动，是改善民生，努力提升人民群众幸福指数的重要保障，对未来娄底发展具有特别重大的意义。对此，我们不能等闲视之。

推进生态文明建设，打造绿色、宜居娄底，我们必须统一思想，坚定信心。党的十八大把生态文明建设摆在前所未有的战略位置，纳入中国特色社会主义建设的总体布局，列为全面建成小康社会的奋斗目标之一，反映了我党对建设中国特色社会主义的规律性认识达到新的高度，顺应了人民群众追求更高生活质量的热切期待。娄底作为年轻的城市，多年来紧紧围绕“科学发展、加速赶超”战略目标，坚定不移地在绿色、宜居、生态的征途上攻坚克难，铿锵前行，城市生态环境不断改善，人民生活质量大幅提高，城市形象和品位不断提升，相继获得“省级园林城市”“省级卫生城市”“省级文明城市”“全国绿化模范城市”“全国十大宜居城市”“中国最佳生态旅游城市”等殊荣。至 2011 年底，娄底建成区绿化覆盖率、绿地率、人均公园绿地面积分别达到 39.8%、34.9% 和 9.51 平方米。今年 2 月娄底荣膺“国家园林城市”称号。如今又紧锣密鼓创建“国家卫生城市”和“全国文明城市”。这为推进娄底生态文明建设创造了有利条件，全市上下一定要保持良好的精神状态，坚定信心不动摇，不断推进生态文明建设向前发展。

推进生态文明建设，打造绿色、宜居娄底，必须科学规划，强化管理。要紧密结合娄底实际，加强对娄底生态文明建设的科学规划。继续秉持“科学创建、全民创建、节约创建”理念，按照“尊重自然、顺应自然、保护自然”的原则，加快推进基础设施建设。以创建“国家卫生城市”和“全国文明城市”为契机，加强生态文明制度建设，大力实施“门前三包”和“严管重罚”，着力规范交通秩序和市民行为，杜绝车辆乱停乱放、乱扔垃圾、随地吐痰等不文明现象，推进我市生态文明建设步入规范化、法制化轨道，进一步提升城市绿化管理水平和园林绿化品位，进一步改善人居环境，巩固和提升“国家园林城市”创建成果。

推进生态文明建设，打造绿色、宜居娄底，必须苦干实干，艰苦奋斗。一方面，要下苦功夫、花大力气把推进生态文明建设的措施一项项抓落实。以创建“国家园林城市”为新起点，以创建“国家生态园林城市”为新目标，负重加压，狠抓各项基础工作，众志成城推进城乡生态文明建设和生态文明环境整治，着力爱绿护绿、保护环境。另一方面，厉行节约。节约出效益，要整合资源，用好每一分钱，管好每一笔账，把有限的资金用到刀刃上，千方百计降低建设成本，提高资金使用效益。

长风破浪会有时，直挂云帆济沧海。让我们把思想和行动统一到中央决策上来，统一到市委、市政府的战略部署上来，尽心尽力，真抓实干，为把娄底打造成山清水秀、林城相依、人与自然和谐的绿色宜居之城而努力奋斗。

（原载《娄底日报》2012 年 12 月 15 日第二版“湘中时评”栏目）

后　记

校完最后一次清样，我想起了我的父亲。父亲是一个老实本分的农民，用老家的话来说就是“掉片叶子下来也怕砸了脑壳”。父亲有两句“名言”：“犯法的事莫做，毒人的东西莫呷，‘三条路’走中间条路。”“讨米讨得久，总要赶席酒。”前者是说：要遵纪守法，洁身自好；要走正道，不要走歪门邪道，不干违法乱纪的事。后者是说：要干一行，爱一行，专一行，干好一行；只要执着追求，不懈努力，总有收获，总会取得成功。

父亲常用这两句“名言”教导我们兄弟姊妹。每次回家，他总要询问我们的工作、生活情况，在得知我们好学上进、严于律己、工作勤奋时，脸上露出满意的笑容。但不免也要用他的“名言”叮嘱一番。

父亲命运多舛。他7岁丧父，母亲改嫁，与教私塾的爷爷相依为命，跟着爷爷识文断字，帮爷爷煮饭菜、做家务。成年后为谋生计，在爷爷“养崽不学技，担断箢箕系”的思想鼓动下，拜一个叫“盛美生”的师傅学习铁匠手艺。有道是“徒弟徒弟三年奴仆”，在那“吃不饱、穿不暖”的年代，哪有人家请打铁货？父亲就帮师傅料理家务、带小孩，打理几亩薄地。偶尔有上门请打铁货的，就与师傅利用中午和傍晚时间完成。学打铁很费体力，握着10磅大锤，跟着师傅小锤的节奏一下一下地在铁墩上锤打烧得通红的铁坯，几十上百锤下来，常累得上气不接下气。打完后还得拉风箱，烧红铁坯，开始又一轮气喘吁吁的锤打。衣服前襟被四溅的铁霄火星烧得千疮百孔。夏天炎热，铁炉烧烤加很费力气的锤打，父亲常常汗流浃背。尽管父亲真正学艺的时间不多，但因父亲悟性好，到3年学徒期满，顺利出师。

二十世纪五十年代末，父亲患腰疾，因缺医少药，落下病根，以致后来，渐渐成了驼背，腰脊弯成弓。面对身体残疾，他却从未放弃对铁匠手艺的追求，积极参加手工业社会主义改造，加入手工业生产合作社，锤炼技能。七十年代，父亲农闲时走村串户做手艺，需向生产队“投资”——缴纳现金以换取相应工分，他总是主动按队里规定的“投资”上限缴纳。因识字会打算盘，为人正气，父亲还被社员推选为生产队出纳兼保管员，一当就是10多年，粮款账目清清楚楚，从没短款少粮。他从20岁做铁匠手艺，一直做到70岁抡不起铁锤为止。打出的铁货不仅式样好看，而且质量好、服务优，价格也比别人的低，深受用户喜爱。方圆十里的乡亲都请他打制锄头、耙头等农具和菜刀、饭勺等厨具。遇上家庭困难的，他常常少收钱甚至不收钱。

在父亲的言传身教下，我老实做人，踏实干事。无论是在条件艰苦的矿山千米井下，还是在环境舒适的城市商厦机关；无论是当民办教师、采煤工人、企业宣传干事，还是进入党报当记者、担任部室主任，我坚持干一行，爱一行，干好一行，恪守职业道德。如今已到退休年龄，这本新闻作品集，是对我32年新闻生涯成果的展示，也是向九泉之下的父亲的汇报。

这部作品中的文章，绝大部分发表在我所任职的《娄底日报》，有些发表在《中国煤炭报》《湖南日报》《三湘都市报》等报刊，也算是对娄底这片热土的人和事所做的一些零碎的记录。如果这本书有一点价值，那首先得感谢我的新闻启蒙地——涟邵，是这个光和热的故乡给了我新闻写作的梦想与激情。其次，要感谢我生活的这块土壤，是湘中这块发光发热的土地，给了我生活的乳汁和报道的源泉。同时，要感谢我所任职单位的领导、同事和通讯员朋友，以及30余年来默默支持我的妻子——曾国仁女士，没有他们对我事业和工作的支持、帮助，我不可能有今天的这些成就和荣誉。

娄底市委常委、宣传部长吴建平为本书写序；娄底市作协副主席袁杰伟和娄底市委宣传部政策研究室梁鹰，以及唐丽丽、毛丹、杨丽霞等朋友为本书的编排、出版，付出了辛勤的努力，在此深表感谢。

刘惠南

2017年9月于北京